जो कुछ रह गया अनकहा

[आत्मकथात्मक उपन्यास]

जो कुछ रह गया अनकहा

केदार नाथ पाण्डेय

राजकमल प्रकाशन

ISBN : 978-93-88933-29-2

मूल्य : ₹695

पहला संस्करण : 2019

प्रकाशक : राजकमल प्रकाशन प्रा. लि.
1-बी, नेताजी सुभाष मार्ग, दरियागंज
नई दिल्ली-110 002

शाखाएँ : अशोक राजपथ, साइंस कॉलेज के सामने, पटना-800 006
पहली मंजिल, दरबारी बिल्डिंग, महात्मा गांधी मार्ग, इलाहाबाद-211 001
36 ए, शेक्सपियर सरणी, कोलकाता-700 017

वेबसाइट : www.rajkamalprakashan.com
ई-मेल : info@rajkamalprakashan.com

मुद्रक : बी.के. ऑफसेट
नवीन शाहदरा, दिल्ली-110 032

JO KUCHH RAH GAYA ANKAHA
Autobiographical novel by Kedar Nath Pandey

मनोज कृष्ण, आनन्द पुष्कर
आलोक रंजन, यशोवर्द्धन
एवं
अभिनन्दन
को

आभार

'जो कुछ रह गया अनकहा' मेरे जीवन संघर्षों की औपन्यासिक गाथा है। निम्न मध्य वित्त परिवार में जन्म लेने के बावजूद जातिगत संस्कार और गाँव के सामाजिक परिवेश के कारण परिवार के सदस्यों का मन-मिजाज सामंती रहा है। किन्तु व्यक्तिगत रूप से मैं इस मानसिकता से अलग रहा हूँ। मेरे मन में 'नहि मानुषात् श्रेष्ठतरं हि किंचित्' भाव रहा है। समाज सेवा की भावना मेरे अन्दर कहाँ से आई, पता नहीं लेकिन बचपन से प्रवृत्ति यही रही है। कठिनाइयों में पढ़ाई-लिखाई हुई, भैया के सहयोग एवं संकल्प से। वरना गाँव की संस्कृत पाठशाला में पढ़कर जजमानी कर रहा होता। गाँव की माटी मानुष छोड़कर अपने बलबूते अटट देहात से जिला मुख्यालय के बड़े विद्यालय में पहुँचा और शिक्षकों की सेवा, मान-सम्मान की लड़ाई लड़ता हुआ राजधानी और लोकतंत्र के इस उच्च सदन तक पहुँचा। शिक्षा और शिक्षकों की सेवा के लिए प्रायः इसमें अपना कठोर श्रम और संघर्ष तो रहा ही स्व. बच्चन प्रभाकर और स्व. रामाधार सिंह का भी अविस्मरणीय योगदान रहा है। बच्चन प्रभाकर मेरे राजनीतिक सलाहकार रहे हैं। तीन पुत्रों और चार पुत्रियों में किसी को चाहते हुए भी उच्च पद तक नहीं पहुँचा सका। अर्थाभाव सदा पीछा करता रहा। फिर भी सभी सन्तुष्ट हैं।

डॉ. ब्रजकुमार पांडेय मेरे मित्र, पथ प्रदर्शक और लेखन सलाहकार हैं। निरंतर लेखन में उनकी प्रेरणा मिलती रहती है। शत्रुघ्न प्रसाद सिंह, इन्द्रशेखर मिश्र, विजय कुमार सिंह और वामेश्वर शर्मा का सहयोग और सलाह भी। शिक्षक एवं साहित्यकार मित्रों की लम्बी कतार है। नाम लेना सम्भव और सरल सहज नहीं है। लेखन हमारे लिए हमेशा स्वान्तः सुखाय रहा है। फिर भी यदि यह आत्म संघर्ष परिवार के सदस्यों और मेरे पुत्रों मनोज कृष्ण, आनन्द पुष्कर एवं पौत्रों आलोक रंजन और यशोवर्द्धन को प्रेरित कर सका और वे ऋषिऋण और पितृऋण को उतारने के प्रति सजग और संघर्षशील हो सकें, साथ ही शिक्षक मित्र इससे कुछ प्रेरित हो सकें तो मैं अपना श्रम सार्थक समझूँगा।

मेरी पुस्तकों के पाठक और प्रेरक मेरे आत्मीय अंगरक्षक यतीन्द्र कुमार दुबे भी हैं। सुमन कुमार और राम कुमार ने कठोर परिश्रम करके प्रेस कॉपी तैयार की है और इसे मुद्रण के योग्य बनाया है। उन्हें हार्दिक धन्यवाद।

राजकमल प्रकाशन के प्रबन्ध निदेशक अशोक महेश्वरी जी ने आग्रहपूर्वक प्रकाशन का जिम्मा लेकर मेरे श्रम को कृतार्थ किया है।

ज्ञात-अज्ञात जिन मित्रों का सहयोग मिला है, सबके प्रति आभारी हूँ।

होलिकोत्सव, पटना **केदार नाथ पाण्डेय**

13 मार्च, 2018

गंगा नदी हमारे गाँव से सटे दक्षिण दिशा में बहती है। यह यहाँ उत्तर प्रदेश और बिहार की सीमा का निर्धारण भी करती है। यह गाँव बलिया जिले के पश्चिमी सीमा पर अवस्थित आखिरी गाँव है और इसी से सटे गाजीपुर की सीमा शुरू हो जाती है।

गाँव के पश्चिम आठ-दस किलोमीटर की दूरी पर गाजीपुर का एक प्रसिद्ध गाँव वीरपुर है। जिसके दक्षिणी तट पर बक्सर का प्रसिद्ध चौसा गाँव है जहाँ हुमायूँ की लड़ाई शेरशाह के साथ सन् 1539 ई. में हुई थी और शेरशाह से पराजित होकर हुमायूँ गंगा में प्राणरक्षार्थ कूद पड़ा था जिसे भिश्तियों (मल्लाहों) ने बचा लिया था। कहते हैं कि चौसा युद्ध में मुगलों के आठ हजार सैनिक मारे गए थे। चौसा में शेरशाह-हुमायूँ के बीच लड़े गए युद्ध के प्रतीक स्वरूप आज भी एक लड़ाई का मैदान है जो कर्मनाशा नदी के पूर्वी तट पर है। पुराणों में कर्मनाशा को गौतमी भी कहा गया है। कर्मनाशा ही यहाँ बिहार और उत्तर प्रदेश की सीमा का निर्धारण भी करती है, और यहीं आकर गंगा में मिल जाती है। वस्तुतः चौसा ही वह स्थान है जहाँ गंगा बिहार में प्रवेश करती है। चौसा से गंगा की धारा ईशानकोणवाहिनी होकर हमारे गाँव में पुश्ता से टकराते फिर बक्सर के किले से टकराती है।

गंगा के किनारे नागा बाबा के घाट और डाकबंगला घाट के बीच गाँव और करइल क्षेत्र का श्मशान घाट है जिसे जमाने से कालीघाट कहा जाता है। काली घाट की संज्ञा क्यों पड़ी यह तो नहीं मालूम क्योंकि कोई काली का मन्दिर भी यहाँ नहीं है लेकिन मल्लाहों की एक बस्ती जरूर बस गई है जो अब समृद्ध रूप धारण कर चुकी है। पहले उतनी समृद्ध नहीं थी। यहाँ काफी एकान्त और गंगा का किनारा ऐसा था जहाँ मुर्दे जलाए जाते थे अथवा मल्लाहों की नावों के सहारे गंगा में जल प्रवाह किया जाता था।

मेरे पूज्य बाबाजी, दो चचेरी आजियाँ, पूज्य पिताजी, माताजी, चचेरे चाचा हरि नारायण पांडेय और विश्वनाथ पांडेय का दाह-संस्कार भी इसी काली घाट पर हुआ था। यह तो मेरे होश और शुरुआती जीवन की घटनाएँ हैं। वैसे बचपन में होश सम्भालने के बाद यहाँ प्रति सप्ताह मुर्दों को जलते या जल प्रवाह होते देखा करता था। शवयात्रा करते लोगों के नारे–'राम नाम सत्य है' सुना करता था।

तब इस नारे का अर्थ समझ में नहीं आता था। अब समझने लगा हूँ तो लगता है कि कितना सच है यह नारा। शायद इसके सिवा दुनिया में कुछ भी सच नहीं है।

दाह-संस्कार करके नागा घाट पर स्नान, पिंडदान और मुंडन कराते लोगों को देखता था। मेरा भी यह भोगा हुआ यथार्थ है। काशी की मणिकर्णिका या बक्सर के श्मशान घाट पर मुर्दों के जलने के समान कालीघाट रोज तो इसका साक्षी नहीं बनता है लेकिन महीने में पन्द्रह-बीस दिन तो बन ही जाता है। जब बनता है तो यह तल्ख सच्चाई मन की गहराइयों में उतर आती है। अलबत्ता कुछ समय के बाद फिर भूल जाती है लेकिन यादें तो रहती ही हैं।

इन्हीं तल्ख सच्चाइयों को देखते, सुनते, समझते होश धारण किया है और अब जीवन के चौहत्तर बसन्त देखने के बाद याद आता है कि बाबा अस्सी बसन्त पार कर चुके थे। पिताजी तो वहाँ तक नहीं पहुँचे लेकिन भैया लगभग पार कर चुके हैं।

नौकरी की तलाश में बाइस साल की उम्र में गाँव की, माटी और मानुष छोड़ने के बाद आज वैसी जगह पर हूँ जहाँ कभी होने की बात जेहन में नहीं आ पाई थी अर्थात् अपने गाँव-जवार की संस्कृति और रीति-रिवाजों से मिलती-जुलती राजधानी में जो मेरे पड़ोसी राज्य की राजधानी है। जहाँ आज की उत्तर राजनीति के दाँव-पेच चलते रहते हैं और जिनमें कमोबेश हमारी भी सहभागिता रहती है।

मेरे गाँव का नाम कोटवा नारायणपुर है। यह गाँव दो गाँवों कोटवा और नारायणपुर का मिला-जुला गाँव है। कोटवा में आज भी मल्लाह, मुसलमान और पिछड़ी जातियों की आबादी ज्यादा है। जबकि नारायणपुर में मुख्यतः भूमिहार ब्राह्मण, ब्राह्मण, यादव, रस्तोगी, अनुसूचित जाति के चमार तथा अन्य पिछड़ी जातियों की आबादी है। क्षत्रिय सिर्फ एक-दो घर ही हैं। दोनों गाँवों की आबादी दस-पन्द्रह हजार के लगभग रही है जो अब तीस हजार के करीब है। गाँव की संस्कृति मुख्यतः मिली-जुली है। लेकिन वर्चस्व भूमिहार ब्राह्मण जाति का ही रहा है। इसलिए कि जमीन और सम्पत्ति के मामले में वे ही सर्वोपरि रहे हैं। यद्यपि गाँव में राजे-रजवाड़े नहीं रहे हैं लेकिन यहाँ के भूमिहारों की जमीन आस-पास के कई गाँवों तक फैली रही है और वे 2400 बीघा से 3600 बीघा तक के जोतदार रहे हैं। गाँव में उन्हें चौधरी तक की उपाधि रही है और सर्वशक्तिमान होने के कारण बाकी जातियों पर उनका वर्चस्व रहा है।

चल-अचल सम्पत्ति के संकेन्द्रण के कारण उनके घरों का स्तर काफी ऊँचा रहा है। यद्यपि शिक्षा के मामले में वे बहुत जागरूक नहीं रहे हैं। उनका सारा ध्यान जमींदारी के विकास और शानो-शौकत पर ही केन्द्रित रहा है। लेकिन समृद्धि के प्रतीक रहन-सहन, भोजन, शादी-विवाह में बेतहाशा खर्चा और झूठी शानो-शौकत का वे प्रतिनिधित्व जरूर करते रहे हैं। चौदह पट्टी यानी मुख्यतः मुहल्लों में बँटे

नारायणपुर की पहचान चौधरी घराना, मुंशी घराना, पक्का घर, बाबा पट्टी, सातो घराना, परेत पट्टी आदि नामों से रही है। ये ही नाम उनके पहचान के द्योतक रहे हैं। गाँव में शादी-विवाह, होली, दशहरा आदि सार्वजनिक पर्वों पर गीत गवनई की शानदार परम्परा रही है और जीवन सामुदायिक रहा है।

वाराणसी की मशहूर गायिकाएँ ताराबाई, गिरिजाबाई आदि तथा प्रसिद्ध गायक-वादक यथा शंभू महराज, कंटे महराज, गोदई महराज और बनारस के भाड़ों मुकुन्दी, ईदू आदि का लगातार आगमन होता रहा है। कुल मिलाकर गाँव की सांस्कृतिक चेतना काफी मजबूत रही है। इस पर जमींदारों का खर्च बेतहाशा होता रहा है। इसके साथ कुश्ती-पहलवानी का शौक भी खूब रहा है। नागपंचमी के दिन गाँव में जबरदस्त जमावड़ा होता रहा है। राष्ट्रीय स्तर के पहलवान मंगला प्रसाद राय, जो बगल के ही जोगा (गाजीपुर) के रहने वाले थे, इसी गाँव में पालित-पोषित हुए हैं और यहीं के नाम पर उन्होंने राष्ट्रीय स्तर के दंगलों-कुश्तियों में हिस्सेदारी की है।

बलिया-वाराणसी राजमार्ग पर अवस्थित होने और गंगा के तट पर बसे होने के कारण गाँव का भौगोलिक स्वरूप काफी आकर्षक है। आज भी कोटवा में गंगा नदी के तट पर कई घाट हैं। बक्सर का सेन्ट्रल जेल ठीक कोटवा के सामने स्थित है। गाँव की प्राचीनता और ऐतिहासिक स्थिति का अन्दाजा इसी से लगाया जा सकता है कि इससे सटे पूरब गंगा के तट पर अंग्रेजों के जमाने का बना विशाल डाकबँगला आज भी अपनी प्रासंगिकता के साथ खड़ा है। विशाल परिसर में अवस्थित यह डाकबँगला सन् 1916 में ही बना बताया जाता है। बँगले के ठीक सामने बक्सर का सेन्ट्रल जेल दिखाई पड़ता है। डाकबँगला का पुराना चौकीदार बताता था कि डाकबँगला एक बार गंगा में विलीन हो गया था। फिर इसका पुनर्निर्माण हुआ। डाकबँगला बलिया, गाजीपुर और बिहार के पड़ोसी जिलों के राजनेताओं एवं अधिकारियों की पहली पसन्द है। बताते हैं कि आजादी के पूर्व राष्ट्रीय स्वातंत्र्य आन्दोलन के नेता पंडित जवाहर लाल नेहरू भी यहाँ विश्राम कर चुके हैं।

कोटवा नारायणपुर बलिया जिले का आखिरी पश्चिमी गाँव है और यहाँ कोटवा बाजार से रसड़ा जाने वाली सड़क के पश्चिम गाजीपुर जिले की सीमा शुरू हो जाती है। अब यह सड़क आबादी के बीच में आ गई है और गाँव के एक-दो मुहल्ले गाजीपुर में भी पड़ जाते हैं जैसे पूरा पर का मुहल्ला। सड़क पर अब काफी आबादी शिफ्ट कर रही है। जीविका के लिए लोगों ने दुकानें खोल ली हैं। पहले यह गोबिनपुर चमटोल के नाम से जाना जाता था। अब तो विकास तेजी से हो रहा है। कोटवा से कनुवान, बसनिया, गोड़उर आदि करइल के गाँवों तक सवारियाँ चलने लगी हैं और काफी आवागमन बढ़ गया है। एक तरह से करइल क्षेत्र का यह प्रवेशद्वार है।

सड़क पूरब तक का हिस्सा समाजवादी नेता और एक जमाने में कांग्रेस के युवा तुर्क के रूप में ख्यात लोकसभा के सदस्य और पूर्व प्रधानमंत्री चन्द्रशेखर का क्षेत्र भी रहा है। कुछ दिनों तक समाजवादी पार्टी के सदस्य के रूप में उनके बेटे नीरज शेखर भी यहाँ के सांसद रहे हैं लेकिन अब क्षेत्र परिसीमन में यह क्षेत्र मुहम्मदाबाद तक विस्तारित हो गया है।

पहले गाँव में जाने वाली सड़कें और गलियाँ कच्ची हुआ करती थीं। बरसात के दिनों में चलना-फिरना मुश्किल हो जाता था लेकिन मायावती के कार्यकाल में इस क्षेत्र के विधायक और सपा सरकार में मंत्री रहे माननीय अम्बिका चौधरी के प्रयास से नारायणपुर अम्बेदकर गाँव घोषित हो जाने के कारण गाँव की गलियाँ सीमेंटेड रूप ले चुकी हैं। मेरी कल्पना नहीं थी कि कभी चार पहिए की गाड़ी मेरे घर तक जाएगी किन्तु बिहार विधान परिषद् का सदस्य चुने जाने के बाद और गाँव की गलियों के पक्कीकरण के बाद अब हमारी गाड़ी अपने दरवाजे के भीतर तक प्रवेश कर जाती है। यह बदलाव अब आ चुका है। मेरा सौभाग्य है कि मैं इस गाँव का पहला व्यक्ति हूँ जो आज विधान मंडल का सदस्य है। एक बार चौधरी गिरिजा प्रसाद राय ने उत्तर प्रदेश विधान सभा का चुनाव लड़ा था लेकिन गाँव की आपसी गुटबाजी के कारण वे कामयाब नहीं हो सके। उन्होंने लगभग गाँव का परित्याग कर मुहम्मदाबाद में ही अपना स्थायी आवास बना लिया और अपना सारा समय पूजा-पाठ में ही गुजार दिया।

गाँव के उत्तर का इलाका काली मिट्टी का क्षेत्र है। जहाँ सिंचाई की कोई व्यवस्था नहीं रही है। अब एक-दो स्थानों पर निजी ट्यूबवेल लग गए हैं। काली मिट्टी का यह क्षेत्र कई किलोमीटर दूर तक फैला है और काफी उपजाऊ है। बगैर खाद-पानी के गेहूँ और मसूर की खेती का प्रमुख क्षेत्र है। मसूर यहाँ की कैशक्रॉप रही है। भूमिहारों के घरों में मसूर के पैसे खूब आते रहे हैं। मुझे याद है कि प्राइमरी विद्यालय में जब पढ़ता था तो हमारे हेडमास्टर शिवपरीक्षण सिंह, जो द्वाबा क्षेत्र के क्षत्रिय थे, कहते थे कि नारायणपुर में मसूर की आमदनी रंडियाँ खा जाती हैं। वे बड़े मुँहफट व्यक्ति थे और जब कभी भूमिहारों के बच्चे पाठ याद करने में पिछड़ते तो वे यही रिमार्क दिया करते थे। सचमुच पचास के दशक में हर मौके पर नाच, गान गाँव में खूब होता था और हम बच्चे छुप-छुपकर नाच देखने जाया करते थे। अब वैसा कुछ नहीं है।

गाँव का पश्चिमी इलाका जो मुख्यत: गाजीपुर जिले में पड़ता है, बाँगर मिट्टी का क्षेत्र है। इस इलाके में बाग-बगीचे भी ज्यादा हैं। प्राय: इस क्षेत्र में बाजरा और ज्वार, जिसे अगहनिया या जोन्हरी कहते हैं, की खेती होती थी। कोसों तक यानी भदौरा तक का यह क्षेत्र अब ज्वार-बाजरा के साथ गेहूँ, अरहर तथा जौ की खेती के लिए काफी उर्वर है। पहले गेहूँ की खेती नहीं होती थी, ज्यादा जौ ही हुआ

करता था। लेकिन अब सरकारी नलकूप के साथ-साथ कुछ निजी नलकूप भी किसानों ने लगा लिए हैं। फलत: मसोन, ऐमा, केवड़ा आदि मौजों में अच्छी फसलें होती हैं। गाँव के कुछ समृद्ध भूमिहारों और यादवों के डेरे इस क्षेत्र में हैं जहाँ वे झोपड़ियाँ अथवा पक्के डेरे बनाकर रहते हैं। अब मसोन इलाके काफी गुलजार हो गए हैं, क्योंकि अनुसूचित जातियों में पढ़ने के प्रति जागरूकता बढ़ी है। लड़के नौकरियाँ कर रहे हैं और व्यापार को भी अपना लिया है। अब वे बबुआनों के घर अथवा खेत-खलिहान में सिर्फ काम करके जीविका नहीं चलाते। विकास की रोशनी उन तक पहुँची है। मायावती के शासन के बाद उनमें राजनीतिक चेतना और जागरूकता भी ज्यादा बढ़ी है।

आजादी के तत्काल बाद से बक्सर (बिहार) का चावल जो रात के अँधेरे में गंगा पार करता था क्योंकि चावल के अन्तर्राज्यीय व्यापार पर तब प्रतिबंध था, वह अब नहीं है। अब चावल या अनाजों का व्यापार उत्तर प्रदेश, बिहार में धड़ल्ले से होता है। साठ के दशक में कुछ दिनों बिहार की कोयला खदानों-झरिया, धनबाद आदि का कोयला कोटवा घाट पर खूब उतरता था। उस पार यानी बक्सर के सेन्ट्रल जेल तक ट्रकों से आता था और कोटवा में नावों से गंगा पार कर बलिया, गाजीपुर, आजमगढ़, देवरिया और गोरखपुर की ईंट चिमनियों पर जाया करता था। अच्छे घरों के भूमिहारों, मल्लाहों का यह अच्छा व्यापार था। इसने गाँव में काफी समृद्धि लाई थी। लेकिन भरौली में बक्सर को जोड़ने वाले वीर कुँअर सिंह पुल बन जाने के कारण अब यह व्यापार बन्द है। यूँ भी भूमिहारों, ब्राह्मणों, यादवों तथा अन्य पिछड़ी जातियों के बच्चे पढ़-लिखकर बाहर नौकरियों में जा चुके हैं। अब तो अमेरिका तक उनकी पहुँच हो गई है और गाँव में काफी धन-सम्पत्ति का प्रवाह होने लगा है। जहाँ पहले कुछ ही घर पक्के हुआ करते थे अब मिट्टी के घर दिखाई ही नहीं पड़ते। शहरी संस्कृति गाँव की सामुदायिक संस्कृति पर भारी पड़ चुकी है। पहले की कहावत-

'श्रीमान् शिक्षा दें उन्हें तो श्रीमती कहती यही
छेड़ो न लल्ला को हमारे चाकरी करनी नहीं।'

अब झूठी पड़ चुकी है।

गाँव के पूरब बाग-बगीचे और बाँगर मिट्टी का क्षेत्र है जहाँ ज्वार-बाजरा, अरहर की खेती का स्थान शाक-सब्जी ने ले लिया है। पूरब में अवस्थित मंगला भवानी का मन्दिर अब काफी प्रसिद्धि पा चुका है। बचपन में सड़क पर लोहे के गगरा की मुड़ी वाली गाड़ी दौड़ाते हम बच्चों को दिन में जहाँ डर लगता था वहाँ अब मंगला भवानी की ख्याति इतनी बढ़ चुकी है कि नववर्ष और नवरात्र के अलावे साल-भर गाड़ियों और दर्शनार्थियों की भीड़ लगी रहती है। बलिया, गाजीपुर ही नहीं बल्कि बिहार और बंगाल तक के भक्त दर्शनार्थ जुटते रहते हैं। मंगला भवानी

के जिस पंडा को उस समय गांजा पीने के पैसे मुश्किल से मिलते थे, आज उसकी आमदनी इतनी बढ़ गई है कि घर दो मंजिला बन चुका है।

पूरबी इलाका के उजियार और भरौली गाँव तो आज भी अपना धार्मिक महत्त्व रखते हैं। कहते हैं कि अयोध्या से जब विश्वामित्र, राम लक्ष्मण को साथ लेकर अपने यज्ञ की रक्षा करने बक्सर के चरित्रवन आए थे, तो उजियार, भरौली में ही गंगा को पार किया था। तबसे यह चौपाई लोकमानस में प्रचलित है–

भोर भरौली भये उजियारा,
बक्सर जाइ ताड़का मारा।

अर्थात् विश्वामित्र को भरौली और उजियार में ही सबेरा हुआ था। यह तो पुरातत्व की खुदाइयों से प्रमाणित हो चुका है कि बक्सर के चरित्रवन में ऋषियों का आश्रम था। जब वे यज्ञ करते थे तो राक्षस यज्ञ विध्वंश करते थे और ऋषि परेशान होते थे। शायद उसी यज्ञ की रक्षा के लिए विश्वामित्र ने राजा दशरथ से राम, लक्ष्मण को माँगा था। चरित्रवन में ही महर्षि विश्वामित्र का आश्रम था। यह बात अब लोक मानस का हिस्सा है कि बक्सर में ही राम ने ताड़का नामक राक्षसी का वध किया था और उसके खून से नाला बह निकला था। ताड़का नाला आज भी बक्सर में गंगा नदी में मिलता है। त्रेतायुग की यह घटना कितनी सही है, नहीं मालूम लेकिन चरित्रवन की खुदाई में यज्ञ की सामग्रियों–यथा जला हुआ चावल, मिट्टी के कुछ घड़े, मूर्तियाँ इस सच्चाई को अवश्य उजागर करती हैं कि अतीत में यहाँ धार्मिक कृत्य सम्पन्न होते रहे हैं।

इस प्रकार बलिया, गाजीपुर और बक्सर (बिहार) के संगम पर अवस्थित कोटवा नारायणपुर अपनी ऐतिहासिकता तथा भौगोलिक स्थिति के कारण बलिया जनपद का चर्चित गाँव है। मंगला भवानी के पास खड़ी पुरानी बिल्डिंग तत्कालीन कोषागार मानी जाती है। कहते हैं कि यह कोरंटाडीह का मुख्यालय हुआ करता था। गंगा के तट पर अवस्थित होने के कारण इसकी महत्ता और भी बढ़ जाती है।

जहाँ तक बलिया जिले के इतिहास का प्रश्न है, उत्तर प्रदेश जिला गजेटियर 1986 के अनुसार बलिया जिले का इतिहास 1879 ई. से शुरू होता है जब अवध के नवाब वजीर आसफउद्दौला ने 1775 में बनारस को सम्प्रभुता सम्पन्न प्रांत घोषित करने के लिए एक सेशन किया था जो 1794 ई. तक राजा महीप नारायण सिंह की जमींदारी का हिस्सा था। 1818 ई. में बिहार के पुराने शाहाबाद जिले के बिहिया का दोआबा परगना गाजीपुर राजस्व अनुमंडल को स्थानान्तरित किया गया और शीघ्र ही बनारस से अलग करते हुए एक स्वतंत्र जिला का दर्जा दिया गया। पुनः 1832 ई. में सिकन्दरपुर और भदॉव परगने आजमगढ़ को स्थानान्तरित किए गए और फिर 1837 ई. में कोपाचीट और खरीद के कुछ हिस्से उसी नए जिले में मिला दिए गए। बाद में पहली नवम्बर 1879 को परगना लखनेशर और कोपाचीट रसड़ा

तहसील से अलग कर तथा परगना भदॉव और सिकन्दरपुर आजमगढ़ की नगरा तहसील से अलग कर स्वतंत्र जिला बलिया का गठन किया गया। 1882 से 1892 तक कई बार कुछ हिस्सों की अदला-बदली होती रही। 1892 ई. में 9 मार्च को बड़ा परिवर्तन हुआ जब गड़हा परगना के 168 गाँवों और मुहम्मदाबाद तहसील के सरायकोटा को बलिया में शामिल किया गया। पश्चात् जुलाई 1892 में मुहम्मदाबाद तहसील के एक बड़े गाँव नारायणपुर को गड़हा का अंग बनाया गया। आगे भी बिहार के भोजपुर और सारण जिले के कई गाँवों की अदला-बदली बलिया के साथ की गई। अदला-बदली का यह काम 1970 तक चलता रहा। सम्प्रति बलिया जिले में तीन तहसील बलिया, रसड़ा और बाँसडीह हैं तथा प्रत्येक तहसील में छः-छः थाने कुल अठारह थाने हैं।

स्थानीय किंवदंतियों के आधार पर बलिया का नामकरण महर्षि बाल्मीकि के नाम से जोड़ा जाता है जो बाल्मीकि रामायण के रचनाकार थे। लेकिन इसके कोई साक्ष्य उपलब्ध नहीं हैं। ज्यादा सम्भावना है कि मिट्टी की बलुआही प्रकृति के आधार पर इस जिले का नाम बलुआ से अपभ्रंश होते-होते बलिया हुआ हो। क्योंकि गंगा और घाघरा के दोआब के बीच होने तथा गड़हा (गड्ढे) पाए जाने के कारण यह नाम ज्यादा उपयुक्त प्रतीत होता है। प्रसिद्ध समीक्षक डॉ. विश्वनाथ त्रिपाठी ने आचार्य हजारी प्रसाद द्विवेदी के पुण्य स्मरण से सम्बन्धित पुस्तक 'व्योमकेश दरवेश' में बलिया का उल्लेख इस प्रकार किया है–"गंगा, सरयू और सुरहा (ताल) से निरन्तर सिंचित बलिया जनपद शस्यश्यामला है। अन्न, दुग्ध, धन-धान्य और नाना प्रकार की सब्जियों, वनस्पतियों से हरा-भरा है। ऐसी प्राकृतिक समृद्धि के बावजूद अधिकांश जनता निरन्न-निर्वस्त्र है। बलिया जिले के लोग थोड़ा उजड्ड भी समझे जाते हैं। इलाहाबाद, बनारस, लखनऊ में बलियाटिक का मतलब उजड्ड गँवार और भदेस होता है। शहरी वातावरण में अपने को जल्दी न ढाल पाने वाले। वस्तुतः स्वाभिमानी स्वभाव तथा खान-पान, रहन-सहन, पोशाक आदि में पारम्परिक क्षेत्रीय विशेषता न छोड़ पाने के कारण उन्हें ऐसा समझा कहा जाता है। बलिया जनपद स्वतंत्रता संग्राम में आगे रहा। 1857 के वीर नायक मंगल पांडेय को ये लोग बलिया का ही मानते हैं। 1942 के भारत छोड़ो आन्दोलन में बलिया ने बढ़-चढ़ कर भाग लिया। 15 अगस्त, 1947 के लगभग पाँच वर्ष पूर्व ही बलिया का एक भाग कुछ समय तक स्वतंत्र घोषित रहा।

जो भी हो भारतेन्दु ने हिन्दी के महत्त्व पर 'उद्‌बोधक काव्य भाषण' बलिया में ही दिया था। जवाहर लाल नेहरू 1942 में जेल से छूटने के बाद सबसे पहले बलिया आए थे वहाँ की जनता का अभिवादन करने।

बलिया ने साहित्य, राजनीति के क्षेत्र में भी कई सपूतों को पैदा किया है जैसे आचार्य हजारी प्रसाद द्विवेदी, आचार्य परशुराम चतुर्वेदी, पंडित बलदेव उपाध्याय,

डॉ. भगवत शरण उपाध्याय, डॉ. उदय नारायण तिवारी, डॉ. भोला नाथ तिवारी और हमारे गुरुदेव डॉ. रवीन्द्र नाथ श्रीवास्तव आदि। राजनीति के क्षेत्र में चन्द्रशेखर, चित्तू पांडेय और क्रान्तिकारी मंगल पांडेय का उल्लेख अप्रासंगिक नहीं होगा। इन्हीं सब गुणों से सम्पूर्ण बलिया जनपद लहुरा काशी कहलाता है।''

वाराणसी के पहले यह ऐसा गाँव है जहाँ गंगा नदी में स्नान करने के लिए तीन-तीन घाट—नागा घाट, पक्का घाट और महिलाओं के घाट बने हैं। यह तो पता नहीं कि पक्का घाट से सटे पुश्ते का निर्माण कब हुआ और इसके पीछे किसका दिमाग काम करता रहा क्योंकि हमारे एक-दो पीढ़ी पहले तो इतनी इंजीनियरिंग भी विकसित नहीं थी। लेकिन लगता है स्वातंत्र्य पूर्व ही पक्का घाट स्थित शिव मन्दिर के रक्षार्थ यह बना होगा। आज भी यह प्रचलित सत्य है कि चौसा से जब गंगा बक्सर की ओर बढ़ती है तो बाढ़ के दिनों में पानी की जबरदस्त धार कोटवा के पुश्ते से ही टकराती है और गंगा की धारा यहाँ से दक्षिणाभिमुख होकर बक्सर के किले से टकराती है। बक्सर में रानी का कुआँ जो कट कर गंगा की धार में आ पहुँचा है, इसका जीवित उदाहरण है। हो सकता है कि अंग्रेजी सरकार के कार्यकाल में यह निर्माण हुआ हो और कोटवा नारायणपुर के बचाव के लिए यह कदम उठाया गया हो। पक्का घाट की सीढ़ियों पर आज भी सुग्गा और सुग्गी के प्रतीक चिह्न बने हैं। बताते हैं कि गंगा का पानी सुग्गी तक बढ़ने पर दोनों गाँव गंगा की धारा में समा जा सकते हैं।

इस गाँव की खूबसूरती के दो बड़े प्रमाण और उन दोनों साधुओं-संन्यासियों की देन इसकी महत्ता को बढ़ाते हैं। गंगा के तट पर नागा बाबा की कुटी और सड़क के समीप ही मौनी स्वामी का आश्रम मौनीश्वराश्रम। नागा घाट के तट पर नागा बाबा की कुटी, शिवमन्दिर और विशाल पुश्ता गाँव के रक्षार्थ तो खड़ा है ही, नागा बाबा की कीर्ति-पताका फहरा रहा है। बचपन में नागा बाबा को देखा था। कद्दावर शरीर, सिर पर जटा-जूट, लम्बी दाढ़ी, नंगे बदन सिर्फ एक कौपीन पहने हुए। शरीर में भभूत का लेप। भक्तों से घिरे लेकिन महिलाओं से दूर रहने की प्रवृत्ति। कद्दावर शरीर देखकर लगता कि बाबा जरूर पंजाबी या हरियाणवी हैं। गंगा में ईंट का घाट बाबा ने ही भीख माँगकर बनवाया है। घाट पर किसी को साबुन लगाने नहीं देते। देखते तो चिल्ला पड़ते, पत्थर चलाने लगते। कोटवा बाजार की वसूली और भक्तों के दान से बाबा की कुटी का खर्च चलता। गुरु पूर्णिमा को बाबा के यहाँ काफी भीड़ जुटती। उनके निधन के बाद एक युवा नागा संन्यासी उत्तराधिकारी हुए लेकिन कुछ ही दिनों में आश्रम का रंग-ढंग देखकर पलायन कर गए।

मौनी स्वामी के सम्बन्ध में बाबा कहते थे कि वे सिद्ध पुरुष हैं। मौनी स्वामी जी के आश्रम में संस्कृत महाविद्यालय चलता है जहाँ आचार्य तक की शिक्षा दी जाती है। इस महाविद्यालय का अब स्वतंत्र भवन बन चुका है। हमारे बड़े भाई उसी

महाविद्यालय के छात्र रहे हैं। बाबा कहते थे कि संस्कृत पाठशाला उन्हीं लोगों के नेतृत्व में खुली थी। पहले ठाकुरबाड़ी में चलती थी बाद में मौनी आश्रम तक पहुँची। यह सम्पूर्णानन्द संस्कृत विश्वविद्यालय वाराणसी से संबद्धता प्राप्त है। सरकार शिक्षकों के वेतन हेतु अनुदान देती है। दूर-दूर के बच्चे रात को पाठशाला के छात्रावास में रहते, वहीं खाना खाते, पढ़ाई करते थे। आज इसकी भी दुर्दशा हो चुकी है। स्वामी जी ने एक आयुर्वेदिक चिकित्सालय भी खुलवाया था जो अब जिला परिषद् के नियंत्रण में संचालित है।

गाँव के पश्चिम में कैथलिक ईसाइयों का एक बहुत बड़ा आश्रम है, ख्रीस्ताश्रम। पहले यह एकदम एकान्त में होता था, अब यहाँ तक आबादी फैल चुकी है। भौगोलिक रूप से यह गाजीपुर जिले में पड़ जाता है। लेकिन वस्तुतः कोटवा नारायणपुर का ही विस्तारित हिस्सा है। आश्रम में एक विद्यालय और चिकित्सालय भी चलता है, पहले आश्रम वाले गाँव के गरीब अनुसूचित जाति के लोगों को ईसाई धर्म में दीक्षित करते थे, अब वैसा कुछ नहीं है। एक जमाने में आश्रम के फादर ईश्वर प्रसाद से मेरी अच्छी जान-पहचान थी। 60 के दशक में उनसे कई विषयों पर बातचीत हुआ करती थी और मैं वहाँ आता-जाता था। वे भी मेरे घर आते-जाते थे।

कोटवा नारायणपुर में कुल तीन ग्राम पंचायतें हैं, नारायणपुर, सिकन्दरपुर और सराय कोटा। गोबिनपुर का हिस्सा जो गाजीपुर में पड़ता है वहाँ भी एक स्वतंत्र ग्राम पंचायत है। कुल मिलाकर कोटवा नारायणपुर चार पंचायती क्षेत्रों में बँटा हुआ है।

इसके अलावे कोटवा और नारायणपुर के बीच मुक्तिनाथ शिव का प्राचीन मन्दिर, कोटवा का हनुमान मन्दिर, मुंशी घराना का शिव मन्दिर, मिडिल स्कूल के पास का ठाकुरबाड़ी मन्दिर तथा बाबा के पोखरा के पास का हनुमान मन्दिर गाँव की धार्मिकता को उजागर करते हैं।

मौनी आश्रम में भी एक शिवमन्दिर है जिसे उनके शिष्यों ने बनवाया है। इसी शिव के सिद्धेश्वर नाथ के नाम पर आश्रम द्वारा संचालित संस्थाओं का नामकरण स्वामी जी ने सिद्धेश्वर नाथ संस्कृत महाविद्यालय, सिद्धेश्वर नाथ आयुर्वेदिक चिकित्सालय और सिद्धेश्वर नाथ इंटर कॉलेज किया था।

मौनी स्वामी जी को मैं पचास के दशक से उसी रूप में देखता रहा हूँ जब हम लोग प्राथमिक विद्यालय के छात्र के रूप में उनके तालाब में पानी पीने जाया करते थे। कद्दावर शरीर, नंगा बदन, शरीर पर एक लंगोटी, जाड़े के दिनों में भी नंगे बदन रहते और भोर में तीन बजे और दिन में दो बजे गंगा स्नान करते और शिव मन्दिर में घंटों पूजा करते। उनके कुछ खास ही भक्त होते जिनसे वे विमर्श करते और उन्हें ही मन्दिर में पूजा का अधिकार होता। मन्दिर सार्वजनिक कभी नहीं बन पाया। एक तो गाँव से अलग होने, दूसरे गाँव में सबसे लगाव नहीं रखने के कारण मौनी स्वामी अपने आश्रम में ही सिमट कर रहते और सिर्फ अपने भक्तों,

शिष्यों के साथ स्लेट पर लिखकर बातें करते। लिखावट भी टेढ़ी-मेढ़ी और भाषा बिल्कुल अच्छी नहीं। लेकिन उनकी वेश-भूषा, कद्दावर शरीर और रहने का ढंग देखकर स्वभावतः श्रद्धा उमड़ आती। प्रायः अधिकारी प्रभावित हो जाते। बाबा चार महीने प्रवास पर रहते बाकी शेष दिनों आश्रम पर। बाद में उनके दूर-दराज के धनी-मानी शिष्यों ने आश्रम को पक्का बनवा दिया। उनके कमरे में जमीन के भीतर भूइओबरा है। कहते हैं कि स्वामी जी वहीं तपस्या करते थे। लेकिन जब उन्होंने एक नेपाली साधु ओंकारानन्द को शिष्य बनाया, कुछ दिनों में आश्रम नाना प्रकार की विकृतियों का शिकार हो गया। आश्रम में सारी बुराइयाँ उसी प्रकार चली आईं जैसे महंथों के आश्रमों में होती हैं। अब तो सब कुछ लुट चुका है। ओंकारानन्द का भी स्वर्गवास हो चुका है।

गाँव के पश्चिम गोबिनपुर से सटे मसोनदाई हैं। यह गाँव की प्रमुख देवी मानी जाती हैं। शायद मसोन मौजा में होने के कारण इनका नाम मसोन देवी पड़ा हो और अपभ्रंश होकर दाई के रूप में जनमानस का हिस्सा बन गया हो। किंवदंती है कि जिस किसी ने इस देवी का मन्दिर बनवाने का प्रयास किया उसका नुकसान हो गया। फलतः पीपल के वृक्ष के नीचे टूटे मन्दिर में ही मसोन दाई स्थित हैं। लेकिन अब उनके मन्दिर का चबूतरा भव्य बन गया है और मुहल्ले के लोगों का आश्रय स्थल है। इसी चबूतरे पर अब भजन-कीर्तन होता रहता है। गाँव में होली के दिन फाग गाने वाले दल यहीं एकत्र होते हैं और यहीं होली-फगुआ का समापन होता है। हमारे बचपन में होली के दिन यहीं पर नाच-गान भी हुआ करता था। मसोन दाई के बारे में प्रचलित उक्ति है-

बुढ़िया मसोन दाई दीह असीस
लइका जीयें लाख बरीस।

गाँव की सघन आबादी के बीच एक कोट देवी का मन्दिर भी है और मन्दिर के पास एक पुराना पीपल का वृक्ष भी। कोट का मुहल्ला गाँव की सामान्य ऊँचाई से कुछ ज्यादा ऊँचा है। लगता है कि कभी किलानुमा बनाया गया था। बताते हैं कि नारायण बाबा, जिनके नाम पर गाँव का नाम नारायणपुर है, जब यहाँ आए थे तो उन्होंने ही कोट का निर्माण कराया था। कोट के पास की खाई इसकी पुष्टि करती प्रतीत होती है जैसे राजाओं के किले के चारों ओर खाइयाँ बनाई जाती हैं और उनमें पानी भरा जाता है। कुछ वैसा ही यहाँ भी है। अब कोट मन्दिर तक जाने के लिए पक्की सड़क बन चुकी है। यह दुर्गम नहीं है। कुछ नौजवान कोटि देवी की पूजा-अर्चना भी करते हैं। उन्होंने मन्दिर और पास की जमीन को सभा करने लायक बना दिया है।

कुल मिलाकर बलिया-वाराणसी राजमार्ग पर बलिया, गाजीपुर और बक्सर के संगम पर अवस्थित यह गाँव स्वयं तो बाँगर मिट्टी में बसा है लेकिन खेती

काली मिट्टी में होती है। इसकी अवस्थिति, प्राचीन संस्कृति, समृद्धि तथा धार्मिकता के कारण ही इसे लहुरा काशी की संज्ञा मिल चुकी है। कहते हैं कि नारायण बाबा के नाम पर ही इसका नाम नारायणपुर पड़ा है। हालाँकि इसके कोई ऐतिहासिक साक्ष्य नहीं हैं। लेकिन जनमानस में यह बात प्रचारित है। इसकी प्रसिद्धि, कुंडेसर, वीरपुर आदि रईस गाँवों के साथ मानी जाती है और इसकी रईसी के चर्चे जनमानस में हैं।

2

इसी गाँव के एक प्रतिष्ठित और दबंग ब्राह्मण परिवार में मेरा जन्म हुआ था। माँ कहती थीं कि जब अंग्रेजी सरकार गिरफ्तारियाँ कर रही थी, गाँव-घर फूँके जा रहे थे, मैं पैदा हुआ था। वैसे तो मेरी जन्म तिथि पहली जनवरी सन् उन्नीस सौ तैंतालिस है लेकिन एक पुराने पंचांग को देखने के बाद मैं इस निष्कर्ष पर पहुँचा था कि मेरा जन्म 19 दिसम्बर, 1942 को हुआ था। मेरे घर बच्चों की जन्म कुंडली बनाने की परम्परा नहीं रही है। पंचांग में ही संतान के जन्म की तारीख, राशि नाम लिखने की परम्परा रही है। इसलिए मेरे जन्म के सम्बन्ध में कोई प्रामाणिक साक्ष्य उपलब्ध नहीं है। फलत: मैं पहली जनवरी को ही अपना जन्मदिन मानता हूँ जो मेरे प्रमाणपत्रों में दर्ज है।

जिन दिनों मेरा जन्म हुआ मेरे चचेरे चाचा विश्वनाथ पांडेय कट्टर कांग्रेसी थे। खादी की खूब साफ चकाचक धोती, खादी का ही कुर्ता, बंडी पहनते थे। उन दिनों देश में 1942 का आन्दोलन जोरों पर था। उस समय चाचा को पकड़ने पुलिस आया करती थी। चाचा की पत्नी हमारी अपनी मौसी थीं और कभी-कभी माँ और मौसी में बाता-बाती हो जाया करती थी। क्योंकि मौसी का स्वभाव थोड़ा उग्र था और वो मेरी माँ से उम्र में छोटी थीं। चाचा, जिन्हें हम काका कहते थे, पंडित गोरखनाथ उपाध्याय जो उजियार के रहने वाले थे और उस समय संपन्न ब्राह्मण परिवार के कांग्रेसी ठीकेदार थे, उन्हीं के ठीके वाले घाट पर नौकरी करते थे। घर आते तो मुझे कपड़े, मिठाई आदि लाते थे। मुझे यदा-कदा डाँटते और खूब पढ़ने की बात करते। मुझे याद है कि शरारत के कारण एक बार मुझे पकड़कर मेरी हथेली पत्थर से कुचले भी थे। मौसी नहीं चाहती थीं कि काका का एक पैसा हमारे परिवार में लगे। यही बाता-बाती का मुख्य कारण होता था।

मेरे बाबा पंडित रामेश्वर पांडेय गाँव में काफी प्रतिष्ठित ब्राह्मण थे। उनके तीन भाई और थे। एक घर से भागकर भरौली मठ के महंथ बन गए थे। मुझे बाबा के अलावा अपने अन्य बाबाओं की कोई याद नहीं है। मैंने उन्हें देखा भी नहीं था लेकिन

घर में आजी और उनकी गोतिनी मैया, जो बक्सर के चोरही की थीं, उनकी याद है। मैया मेरी आजी ही थीं, जिन्हें हम लोग मैया कहते थे। वे प्राय: अपने मैके ही रहती थीं। कभी-कभी खास मौकों पर गाँव आती थीं। आजी की दो बेटियाँ थीं यानी मेरी बुआ। लेकिन उनके दर्शन का भी सौभाग्य कभी नहीं मिला। आजी चिलम पर तम्बाकू पिया करती थीं। मैं गौरीशंकर की दुकान से उनके लिए डाली में अनाज ले जाकर तम्बाकू लाया करता था। कभी-कभी तम्बाकू की कमी होने पर आजी रोया करती थीं। अपनी आजी यानी दादी की कोई याद मुझे नहीं है। माँ कहती थीं कि वे अच्छी और कड़े अनुशासन वाली महिला थीं। शायद मेरे जन्म के पहले ही स्वर्ग सिधार गई थीं।

बाबा के तीन चचेरे भाई भी थे, जो घर में उसी आँगन में पश्चिम की ओर रहते थे। उनमें पं. भूसी पांडेय, जो विश्वनाथ पांडेय जी के पिताजी थे और पंडित महादेव पांडेय, जो हमारे चाचा हरिनारायण पांडेय के पिताजी थे, की पूरी याद मुझे है। पंडित भूसी पांडेय घर से प्राय: विरक्त थे और पूजा-पाठ में ही समय गुजारते थे। कभी-कभार गाँव आते थे तो खूब जोर से शंख बजाते थे और देवी-देवताओं को गोहराते थे। बाद में पं. भूसी पांडेय काका के असमय निधन से इतने खिन्न हुए कि घर छोड़कर संन्यासी हो गए। मैं जब मैट्रिक पास कर बलिया पढ़ने गया, उस समय वे वहीं एक मन्दिर पर साधु बनकर रहते थे। उस समय उन्होंने अपने एक भक्त को कहकर मेरे रहने-खाने की व्यवस्था करवाई थी।

पंडित महादेव पांडेय की पत्नी यानी हमारी चचेरी आजी गाजीपुर जिले की थीं। वे ज्यादा अपनी माँ और नानी के यहाँ असावर गाँव में ही रहती थीं। कभी-कभार नारायणपुर आतीं और महीनों रहती थीं। मेरी माँ उनसे काफी घुली-मिली थीं लेकिन मौसी उनसे भी कटी रहतीं। मौसी के खिलाफ, माँ एवं आजी की गोपनीय बैठकें होतीं। उनके एक ही पुत्र पंडित हरिनारायण पांडेय थे, जो शास्त्री तक शिक्षा ले सके थे। वे इतने सीधे थे कि उन्हें दार्शनिक कहना ज्यादा उपयुक्त होगा, वे भी अपनी माँ के साथ ही प्राय: रहते। भरसक घूमते रहते। उनकी पत्नी यानी हमारी चाची सीधी महिला थीं और मुझसे मजाक भी किया करती थीं। उनका कोई देवर नहीं था। अत: मुझे ही देवर भी मानती थीं। चाची कभी-कभी पूछती थीं कि बबुआ जी बियाह करिएगा? मैं नहीं समझता था कि बियाह क्या होता है और किससे तथा क्यों होता है? मैं हाँ कर देता तो चाची फिर पूछतीं कि किससे बियाह करिएगा? और मैं उन लड़कियों का नाम बता देता था जो मेरे साथ खेला करती थीं। कभी-कभी मुहल्ले के शिवशंकर लोहार की बेटी लवंगी अथवा सर्वानन्द चाचा की बेटी कुन्ती का नाम ले लेता था और चाची खूब जोर से हँसने लगतीं और माँ से कहतीं कि दीदी जी, बबुआ जी तो घर में ही शादी करेंगे। तब मेरी समझ नहीं थी कि मुहल्ले की ये लड़कियाँ रिश्ते में मेरी बहन लगेंगी। चाची बाद में बड़ा होने पर बातों की

याद दिलाकर मुझे खूब चिढ़ाया करती थीं तो मैं सिर्फ मुस्कुरा देता। सोचता, बचपन भी क्या चीज है। माँ के मना करने पर भी मुझे खूब तेल लगातीं, देह दबातीं। किस्से-कहानी कहकर समय काटतीं क्योंकि चाचा तो प्राय: साल-छ: माह में कभी-कभार ही घर आते थे।

हम लोगों के क्षेत्र में प्राय: दो मकान अलग-अलग होते हैं। उनमें कुछ दूरी भी हुआ करती है। औरतों वाले मकान को घर और पुरुषों के मकान को दुआर कहते हैं। वहीं प्राय: बैल, गाय आदि पशु भी रहा करते हैं। शहरी संस्कृति ने अब इस सिस्टम को खत्म कर दिया है।

महादेव पांडेय पंडित भूसी पांडेय से छोटे थे। हम लोगों की अचल सम्पत्ति यानी खेतीबारी सब कुछ साझी थी। महम्मदाबाद में भी माफीनामा में कुछ जमीन मिली थी, जिसे पंडित महादेव पांडेय ही नौकरों के साथ देखते थे। गाँव पर की खेती हमारे बाबा, पिताजी देखते थे।

मुझे याद नहीं है कि बाबा कभी खेतीबारी का काम देखने जाते थे। क्योंकि उनका समय 10 बजे तक गंगा स्नान, पूजा-पाठ तथा सायं में गाँव के कुछ प्रतिष्ठित भूमिहार परिवारों के साथ गपशप में ही गुजरता था। पक्का घर के श्री चन्द्रिका राय, रामदेव राय, बलिराम राय, जो काफी समृद्ध और सम्पन्न थे, बाबा को खूब मानते थे। नित्यप्रति बाबा का सायंकाल वहीं गुजरता था। वे पतले, छरहरे और सुन्दर देहयष्टि के स्वामी थे। धोती, मिरजई और रुद्राक्ष की माला धारण करते थे।

दुआर पर घोड़ा का नाद, उसके सामान आदि देखकर पता चलता था कि बाबा घोड़े के भी शौकीन थे। उस समय घोड़ा सिर्फ प्रतिष्ठित भूमिहारों के यहाँ ही होते थे। शायद बाबा ने बड़े भूमिहारों की संगति में कभी घोड़ा रखा था। उनकी एक विशेषता मुझे याद है कि वे सम्पत्ति के लोभी और संग्रही नहीं थे। उनकी ससुराल रेवतीपुर (गाजीपुर) में जब जमीन नवरसा देने की बात आई तो बाबा ने इनकार कर दिया था। उनके छोटे भाई, जो भरौली के महंथ थे, उनके द्वारा भी चल-अचल सम्पत्ति देने का प्रस्ताव आया था जिसे उन्होंने खारिज कर दी थी। हम लोगों की जो पैतृक जमीन है वह जमींदारों ने माफीनामा में दिया था। बाबा कहते थे कि जमीन लेंगे और जोतने-बोने का काम करेंगे तो ठाकुरजी की सेवा नहीं हो पाएगी। नरोत्तमदास के सुदामा चरित की यह उक्ति उन पर सटीक ठहरती है कि-''बाभन को धन केवल भिक्षा''। सही अर्थों में वे अपरिग्रही और निर्लोभी ब्राह्मण थे और इसीलिए पूजा-पाठ, भगवद् भजन ही उनका अध्यवसाय था। गाँव के सभी वर्गों में उनका पूरा सम्मान था।

मुझे याद है कि सम्पन्न भूमिहारों के घरों से जब मिठाई वगैरह लाते, मुझे अवश्य देते। मलमास के महीने में मुक्तिनाथ मन्दिर में पार्थी पूजन, बेलपत्र लेखन आदि खूब होता था। समृद्ध भूमिहार, रस्तोगी परिवार हलवा, जलेबी आदि मिठाइयाँ

प्रतिदिन बँटवाते। ब्राह्मणों को प्रसन्न करना, उनका आशीर्वाद प्राप्त करना यही उनका मुख्य उद्देश्य था। मिठाई के लोभ में हम भी बाबा के साथ मलमास में मुक्तिनाथ मन्दिर जाते। बेलपत्र पर राम-राम लिखते, 'राम रामेति रामेति' श्लोक भी लिखते। 10-11 बजे तक इन्तजार करते कि अब मिठाई बँटेगी। बाबा मेरा हिस्सा अलग से दिलवाते।

बाद में जब गंगा स्नान से घर आते समय रास्ते में फिसलकर गिर गए और पैर की हड्डी टूट गई तो कभी-कभार हम उनके पास जाते। वे हमें पास बिठाते और खूब प्यार करते। कुछ हँसी-मजाक भी करते जो मुझे उस समय समझ में नहीं आता। एक बात आज भी याद है, जब उन्होंने कहा था कि विवाह होगा तो खूब चाँदी काटना। पैर टूटने के बाद जब गंगा स्नान और कहीं आना-जाना बन्द हो गया, दरवाजे पर ही बैठे रहते। कोई भिखारी दिखाई पड़ता तो बुलाकर गपशप करते। कोई सम्बन्धी आता तो खूब प्रसन्न होते कि दो-चार दिन गपशप करेंगे तथा भोजन भी अच्छा मिलेगा। उनकी एक बात अब भी याद है कि उन्होंने कहा था कि इसका कान लम्बा है। यह एक दिन बड़ा आदमी होगा। तब ये सब बातें समझ में नहीं आती थीं। पता नहीं कि ये बात उन्होंने क्यों कही थी? क्या ज्योतिष जानते थे?

बाबा के तीन भाइयों में महंथ जी ने शादी ही नहीं की थी। दो की शादी हुई तो कोई लड़का नहीं था। सिर्फ हमारे बाबा को ही एक पुत्र था, जो मेरे पिताजी थे। पिताजी भी लगभग पाँच फीट आठ इंच के लम्बे, छरहरे, कद्दावर शरीर वाले व्यक्ति थे। उनका नाम राजनारायण था। एकमात्र पुत्र होने और उस समय पढ़ाई की समुचित व्यवस्था नहीं होने के कारण वे पढ़े-लिखे नहीं थे। मुझे याद नहीं है कि वे दस्तखत करना भी जानते थे या नहीं? लेकिन यह बात अच्छी तरह याद है कि बड़े सीधे-सादे व्यक्ति थे और सब पर विश्वास कर लेते थे। यजमानों के यहाँ पूजा कराते मैंने उन्हें कभी नहीं देखा। घर की चिन्ताओं से भी वे लगभग मुक्त थे। जीवन के पूर्वार्द्ध में उन्हें पिता का संरक्षण प्राप्त था और उत्तरार्द्ध में सब कुछ भैया ने सम्भाल लिया था। पट्टीदारों से उस समय खेत सम्बन्धी कई मुकदमे चल रहे थे। हमारे पट्टीदार पंडित अम्बिका पांडेय, जो घर से सटे ही थे, बड़े धूर्त थे। एक मुकदमे में जब खेत की नापी चल रही थी, पिताजी ने पट्टीदारों को ही पंच मान लिया। सभी पट्टीदार हमारे घर के खिलाफ भीतर-भीतर एकजुट थे और उन्होंने उल्टी गवाही दे दी। यह घटना पिताजी के सरल और निश्छल स्वभाव की एक बानगी है। देहातों में ऐसे लोगों को मूर्ख माना जाता है।

पिताजी का एकमात्र काम खेतीबारी देखना, खेतों से जानवरों के लिए माथे पर चारा ढोकर लाना, उसे काटना और जानवरों को खिलाना-पिलाना, कुएँ से काँवर बनाकर पानी लाना था। उस वक्त आर्थिक स्थिति ऐसी नहीं थी कि नौकर-चाकर रखा जा सके।

गाँव में उस समय भूमिहार ब्राह्मणों के बाद ब्राह्मण ही दूसरी प्रतिष्ठित जाति थी। हमारे गाँव में हमारे गोत्र के आठ घर थे जिन्हें अठघरवा कहा जाता था। भृगु ऋषि के नाम पर हमारे गोत्र का नाम भार्गव है। पौराणिक उक्ति है कि भृगुऋषि ने गुस्से में भगवान विष्णु की छाती में लात मारी थी और भगवान विष्णु ऋषि के पैरों को सहलाते हुए बोले थे कि ऋषिवर आपके पाँव में चोट तो नहीं लगी। कहते हैं कि भृगु काफी क्रोधी ऋषि थे। हमारे बाबाओं के बारे में भी प्रचलित सत्य है कि वे बड़े गुस्सैल थे। एक बार पंडित महादेव पांडेय कहीं जा रहे थे। एक यजमान ने प्रणाम नहीं किया तो उसे लोटा (जलपात्र) से ही मारने लगे थे। उस वक्त सभी जातियों में ब्राह्मण का गुस्सा सहने की आदत थी। शायद यह निर्लोभी और अपरिग्रही ब्राह्मणों के प्रति सामाजिक सम्मान का द्योतक था।

अठघरवा के बाद गाँव में कश्यप गोत्र के ब्राह्मणों की आबादी है जो प्रायः भूमिहारों के यहाँ यजमानी करते हैं। उनके पास कुछ जगह-जमीन भी है। लेकिन कश्यप गोत्र के इन ब्राह्मण परिवारों की यजमानी अठघरवा के जिम्मे है। हमारे घर का हिस्सा इसमें ज्यादा था। भूमिहार भी प्रायः कश्यप गोत्र के ही हैं। इसके अलावे शाकद्वीपीय ब्राह्मणों के भी कुछ परिवार हैं जो प्रायः वैद्यक का काम करते थे।

भार्गव गोत्र के उसी पंडित रामेश्वर पांडेय के पुत्र पंडित राजनारायण पांडेय के छोटे पुत्र के रूप में मेरा जन्म हुआ। मेरी माँ का नाम बबुनिया देवी था। मेरे माता-पिता की सात-आठ संतानों में सिर्फ चार ही जीवित बचीं। बड़ी बहन दया, भैया केशव प्रसाद पांडेय, फिर मुझसे बड़ी बहन जैमुनी और सबसे छोटा बेटा मैं। माँ बताती थीं कि उनके बच्चे प्रायः जन्मते ही मर जाते थे तो देहाती टोटका के अनुसार मुझे दाई ने पैदा होते ही गोद लिया था। वह दाई जब घर आती मुझसे भी कहती थी कि मैं उसी का पुत्र हूँ। मुझसे काफी प्रेम से बातें करती। कहती थी कि उसी का दूध मैंने सबसे पहले पिया था।

मेरा घर मिट्टी का बना था। चारों ओर मिलाकर आठ कमरे थे। जिनमें चार हमारे परिवार के हिस्से में थे और चार हमारे चाचा के हिस्से में। बीच में काफी बड़ा आँगन था। पश्चिम की ओर से घर में प्रवेश करते थे जो अब मुनीन्द्र कुमार के हिस्से में है। दुआर यानी मरदाना वाला घर एक घर के बाद था। वह दोनों परिवारों का साझा था। घर के पीछे बड़ा खँडहर भी था। जहाँ मैंने बचपन में काफी फूल लगाए थे। मुझे फूलों के लगाने का गहरा शौक था। उनमें एक कनइल (कनेर) और एक अड़हुल का फूल भी लगाया था जिससे काफी फूल मिलते थे और ठाकुर जी की पूजा के काम आते थे। बरसात में गेंदा, गुलजारा, गुलाब आदि फूलों के पौधे लगाया करता था। घर के पीछे के खँडहर में लौकी, करेला, नेनुआ, सतपुतिया, बैगन के पौधे भी लगाता था। उसी की सब्जी उस समय घर के उपयोग में आती थी। बाजार से खरीदने की हैसियत नहीं थी। प्रायः गर्मियों में आम का अचार, अमावट

बनता और साल-भर हम लोग उसी से खाना खाते। गोबिनपुर वाले बगीचे में आम, महुआ के कई पेड़ थे। गर्मियों में काफी मजा आता। घर में महुआ का लाटा बनता। हालाँकि मुझे वह अच्छा नहीं लगता था। मैं अचार ज्यादा पसन्द करता था। घर में ज्वार-बाजरा की रोटी बनती। उसी का भात भी बनता। लेकिन उसका रंग-रूप देखकर मुझे काफी कोफ्त होती। मुझे वह पसन्द नहीं था। मैं रोने लगता तो माँ बोरसी (अँगीठी) में गोइठा की आग पर मुझे छोटे बर्तन में चावल का भात बनातीं और कभी अचार से, कभी मांड़-भात और कभी सत्तू के चोखा से खिलातीं। ये बातें उस समय की हैं जब मैं प्राइमरी और मिडिल स्कूल में पढ़ता था।

दुआर के सामने भी एक खँडहर था। बाबा का जब पैर टूट गया था, वहीं शौच जाते थे। उसके पीछे पंडित अम्बिका पांडेय का भी एक खँडहर था। दुआर के सामने वाले खँडहर के लिए इलाहाबाद हाईकोर्ट तक मुकदमा चला और जीत हमारे पक्ष में हुई। बाद में अम्बिका पांडेय वाला खँडहर भी हम लोगों के कब्जे में आ गया। तब तक भैया कोर्ट-कचहरी समझने लगे थे। वे ही मुकदमा देखते थे। पिताजी को इतना ज्ञान नहीं था कि वह पट्टीदारों का पेंच समझ पाते। मुझे याद है कि खँडहर की लड़ाई में एक बार लाठियाँ निकल गई थीं। बस मारपीट नहीं हो सकी। घर के पास के तितका इनार पर दोनों दल खूब हाथ-पाँव भाँज रहे थे। मैं पहले ही बता चुका हूँ कि अठघरवा में छः घर हमारे खिलाफ थे। वे भीतर-भीतर मिले हुए थे। सबकी सम्मिलित इच्छा थी कि हमारे घर को विकास नहीं करने दिया जाए। तब कहावत थी कि पट्टीदारी और दाल गलाने की चीज होती है। यूँ आज भी गाँव आपसी अन्तर्कलह और ईर्ष्या के ज्यादा शिकार हैं। मनुष्य अपने विकास के बारे में कम दूसरों के विकास से ज्यादा चिन्तित रहता है, और यही ईर्ष्या उसे परेशान करती रहती है।

3

मुझे याद है कि प्राइमरी स्कूल में मेरा दाखिला कराने भैया ही ले गए थे। उस समय गाँव में एक ही प्राइमरी स्कूल गाँव के बाहर उसरा में था। उस मैदान का नाम उ़स़रा शायद इसलिए पड़ा होगा कि वहाँ की मिट्टी ऊसर थी और धोबी उस मिट्टी से कपड़े धोते थे। गाँव के नोनिया समुदाय के लोग मिट्टी खुरचकर बड़े-बड़े लोहे के कड़ाहों में शोरा बनाते थे। यह स्कूल हमारे घर से लगभग एक-डेढ़ किलोमीटर दक्षिण कोटवा जाने वाले रास्ते पर मौनी स्वामी की कुटी के समीप अवस्थित था। स्कूल के तीनों कमरे खपरैल के थे। आगे दो बरामदे थे। इन्हीं कमरों और बरामदों में कक्षा एक से पाँच तक कक्षाएँ लगती थीं। स्कूल के पीछे एक

कुआँ था जिसमें पानी कम ही रहता। लड़के मौनी बाबा की छोटी बावली (तालाब) में गर्मी के दिनों में पानी पीने जाया करते थे।

प्राइमरी स्कूल में मेरा दाखिला सम्भवतः पाँच वर्षों की उम्र के बाद यानी सन् 1947 के आस-पास हुआ होगा। ठीक से सन् तो याद नहीं है लेकिन इसके पहले हम बाबा पट्टी में एक व्यक्ति, जो जाति के कमकर थे, उनके यहाँ पढ़ने जाते थे। वे पहाड़ा, गिनती, अंगूठा, ढगूँचा पढ़ाते थे। बाबा पट्टी के भूमिहारों के चार- पाँच बच्चे भी वहीं पढ़ते थे। जिस समय मेरा दाखिला हुआ, प्राइमरी स्कूल के हेडमास्टर उजियार के पंडित नाथशरण तिवारी हुआ करते थे। तिवारी जी हमारे यजमान होते थे। पैदल ही उजियार से विद्यालय आया-जाया करते थे। लम्बे, छरहरे, गोरे तो थे ही सफेद धोती-कुर्ता तथा माथे पर लाल टीका लगाते। उनका व्यक्तित्व प्रभावी था। उस समय सभी शिक्षक बड़ी लगन और निष्ठा से बच्चों को पढ़ाते थे। वेतन तो पन्द्रह-बीस रुपए ही मिलता था लेकिन अध्यापकों की इज्जत और सामाजिक प्रतिष्ठा काफी अच्छी थी। जहाँ तक स्मरण है प्राइमरी स्कूल में 51-52 तक हमने शिक्षा पाई थी। मैं उस समय काफी छोटा था। घर से स्कूल के लिए निकलता तो रास्ते में मनन राम के घर जाता। वह जाति का मेस्तर था किन्तु मेरा मित्र और सहपाठी था। उसका घर बीच गाँव में मुंशी घराने के पास था। उस समय मेहतरों के घरों की महिलाएँ भूमिहारों के घरों के सर्विस शौचालय साफ करतीं और मैला उठाकर रस्तोगियों के घर के पीछे बने मैला घर में ले जातीं और पुरुष रेलगाड़ियों में लैट्रिनों की सफाई का काम करते। कभी-कभी मैं मनन के घर कुछ देर रुकता। उसकी माँ मुझे कुछ खिलाती-पिलाती भी थीं। मेरे मन में छुआछूत का रोग शायद इसी सत्संग से कभी पैदा नहीं हुआ।

इस बीच देश के इतिहास में दो अति महत्त्वपूर्ण घटनाएँ घटी थीं, जिनका प्रभाव देश के सामाजिक, राजनीतिक जीवन पर जबरदस्त ढंग से पड़ा था। 15 अगस्त, 1947 को प्राप्त राजनैतिक आजादी की खुशी तो जनजीवन में थी लेकिन साम्प्रदायिक दंगों की आग से पूरा देश झुलस रहा था। इसी बीच 30 जनवरी, 1948 को राष्ट्रपिता महात्मा गांधी की हत्या का समाचार आया था और गाँव-गाँव, गली-गली में शोक की लहर छा गई थी। नेहरू अपने चन्द विश्वसनीय साथियों के साथ साम्प्रदायिकता बनाम धर्मनिरपेक्षता की लड़ाई लड़ ही रहे थे कि देशी रियासतों के विलय के मजबूत योद्धा तत्कालीन गृहमंत्री लौह पुरुष सरदार बल्लभ भाई पटेल का 1950 में आकस्मिक निधन हो गया। एक बार फिर देश को झटका लगा था। 1952 का प्रथम आम निर्वाचन सामने था और प्रश्न धर्मनिरपेक्षता की रक्षा के साथ-साथ लोकतंत्र की रक्षा का भी था। हिन्दुओं, मुसलमानों के परस्पर विश्वास और भाईचारे का था। हमारे विद्यालय में महात्मा गांधी और पटेल के निधन के समाचार बच्चों को शोक सभा के द्वारा दिए गए थे।

जहाँ तक हमें याद है शिवमुनी राम ने बच्चों की सभा में दोनों के बारे में बताया था और दो मिनट का मौन रखा गया था। शिवमुनी जी हमारे अध्यापक थे और कोटवा के मल्लाह जाति से आते थे। विचारों से कांग्रेसी थे। झकझक सफेद धोती, कुर्ता पहनते और सिर पर गांधी टोपी लगाते तथा कंधे पर एक बड़ा गमछा भी रखते। शायद तीसरी कक्षा के गुरुजी थे। उस समय हम लोग सारे अध्यापकों को पंडी जी ही कहते थे। कक्षा एक, दो, तीन, चार के पंडी जी। हेडमास्टर पाँचवीं को पढ़ाते थे। शिवमुनी जी 15 अगस्त और 26 जनवरी को छोटे-मोटे नाटक, प्रहसन भी करवाते थे। मुझे याद है कि मैंने कक्षा तीन में एक बार एक नाटक में भाग भी लिया था।

सम्भवत: मई-जून 52 में मैंने पाँचवीं की पढ़ाई पूरी की थी। उस समय पाँचवी की परीक्षा सरगनाई यानी ब्लॉक स्तर पर होती थी। पाँचवीं के बाद हमारा दाखिला जुलाई 52 में मिडिल स्कूल में हुआ था। मिडिल स्कूल की पक्की बिल्डिंग देखकर मैं काफी खुश हुआ था। हमें लगता था कि हम तरक्की कर गए हैं। प्राइमरी की बजाय यह स्कूल घर से कुछ ज्यादा नजदीक था और गंगा जी जाने के रास्ते में बाबा के पोखरा के पास ही था। दरअसल गाँव की आबादी वहीं खत्म हो जाती थी। इस स्कूल में तीन पक्के कमरे और एक छोटी कोठरी तथा आगे बड़ा सा बरामदा था। कोठरी में हेडमास्टर साहब रहते तथा ऑफिस के कागजात, रजिस्टर रखे जाते थे। मिडिल स्कूल के शिक्षकों की याद तो अब धुँधली है लेकिन हेडमास्टर रामजन्म उपाध्याय, पिपरा के इन्द्रदेव सिंह जिन्हें बच्चे पोपा कहते थे, संस्कृत के पंडित राम कुमार उपाध्याय, पंडित बैजनाथ पांडेय आदि की यादें हैं। श्री इन्द्रदेव सिंह, पुस्तक कला, ड्राइंग और गणित पढ़ाते थे। वे कक्षा छ: के क्लास टीचर भी थे। पंडित रामकुमार उपाध्याय संस्कृत और हिन्दी पढ़ाते थे। उस समय चरित्र की शिक्षा देने वाली एक पुस्तक 'हमारे पूर्वज' पढ़ाई जाती थी। उपाध्याय जी आते तो हमसे पाठ का वाचन करवाते। वे हमारे भैया को भी संस्कृत पाठशाला में पढ़ा चुके थे। बाद में जिला बोर्ड की इस नौकरी में आए थे। पुरुषोत्तम उपाध्याय अंग्रेजी के शिक्षक थे। वे भी दूर-दराज के ही रहने वाले थे। स्कूल पर ही रहते थे। मिडिल स्कूल में पढ़ाई घंटे के हिसाब से होती थी। पैंतालिस मिनट का घंटा होता था। हर घंटे पर शिक्षक बदल जाते और विषय भी बदल जाते। 10 बजे से 4 बजे तक स्कूल नियमित चलता।

मिडिल स्कूल की पढ़ाई के दौरान एक दिन हेडमास्टर साहब ने मुझे चावल का भात बनाने का आदेश दिया। वे प्राय: ब्राह्मण बच्चों से ही अपना भोजन बनवाते थे। हालाँकि स्कूल में एक राजा नामक नौकर भी था। उसकी पत्नी भी स्कूल में काम करती थी। हेडमास्टर साहब ने बताया था कि चावल जब पक जाता है तो बर्तन का ढक्कन हटाने पर छोटे-छोटे छेद नजर आते हैं। यह पाक-शास्त्र की मेरी

पहली ट्रेनिंग थी। चूँकि हेडमास्टर बड़े दबंग किस्म के व्यक्ति थे और उनसे डर लगता था इसलिए ना कहने की हिम्मत नहीं हुई थी। मैं उनका भात बनाने के बाद ही ड्यूटी से मुक्त हुआ था। स्कूल की फीस तो कम थी लेकिन वह भी मुश्किल से ही जुटती। दोपहर में आधे घंटे की छुट्टी होती तो हम लोग दौड़कर घर से खाना खा कर आ जाते। फिर चार बजे तक पढ़ते। कक्षा आठ में बच्चे रात को भी बुलाए जाते और स्कूल पर ही रहते। वहीं शिक्षकों की देख-रेख में पढ़ते थे। हम लोग भी घर से बिछौना ले गए थे। रात को जमीन पर सोते। सुबह बिछौना बटोर कर रख देते ताकि क्लास में टाट बिछ जाए और पढ़ाई बाधित नहीं हो। उस समय आठवीं की परीक्षाएँ जिला स्तर पर होतीं। एक तरह से फाइनल परीक्षा। पढ़ाई के दौरान मैं निहायत संकोची छात्र था। मिडिल स्कूल के हमारे सहपाठी, राजबहादुर राय, विजयनारायण राय, अवधेश नारायण राय, उदय नारायण राय, बब्बन राय, जहीर अहमद आदि थे। मैं रात को स्कूल जाता तो बाबा पट्टी के उदय नारायण को साथ कर लेता। वह बाबा पट्टी के बाबा का पोता था और उसका घर बाबा के पोखरा पर ही था जो रास्ते में पड़ता। उसकी माँ और टोले की औरतें हमको श्रद्धापूर्वक प्रणाम करतीं और मैं संकोच करता कि बड़े लोग हमें प्रणाम कर रहे हैं। लेकिन यह उस जमाने में ब्राह्मणों के प्रति श्रद्धा और आदर भाव के कारण होता।

1955 के मई-जून में मैंने आठवीं की परीक्षा पास कर ली। अब सवाल था कि हाई स्कूल की शिक्षा कहाँ प्राप्त करूँगा। गाँव में कोई हाई स्कूल नहीं था। गाँव के पूरब लगभग 10-12 किलोमीटर दूर सोहाँव में सेवा संघ हाई स्कूल था तथा गाँव से पश्चिम लगभग 12-15 किलोमीटर पर नेशनल इंटर कॉलेज, मछटी था। मछटी में हमारे एक दूर के रिश्तेदार गणेश शुक्ल भी अध्यापक थे। गाँव के भूमिहारों के लड़के प्रायः साइकिल से मछटी ही पढ़ने जाते थे। लेकिन एक तो मैं बहुत छोटा था दूसरे साइकिल चलाना भी नहीं जानता था। एक बड़ा संकट यह भी था कि घर में साइकिल खरीदने की क्षमता नहीं थी। पढ़ाई में असमंजस बरकरार था। पिताजी कुछ कर पाने की स्थिति में नहीं थे। कुल दारोमदार भैया पर ही था। लेकिन मैं हाई स्कूल में पढ़ना चाहता था।

जून में गर्मी की छुट्टियाँ थीं। उसके बाद यह संकट आने वाला था। पता चला कि श्रीनिवास राय श्रीपति की पहल पर गाँव में हाई स्कूल खोलने के लिए मौनी स्वामी की कुटी पर एक बैठक होने वाली है। श्रीनिवास राय गाँव के ही एक मध्यमवर्गीय किसान अवध राय के बेटे थे। उनके घर की भी स्थिति बहुत अच्छी नहीं थी। फलतः घर से भागकर लखनऊ पहुँच गए थे और वहीं पढ़ाई-लिखाई पूरी कर लड़कियों का एक विद्यालय चलाते थे। वहाँ वे एक अच्छे साहित्यकार के रूप में भी स्थापित हो चुके थे। बड़ा होने पर उनके नाटक 'सत्य की खोज' और कई कविताओं को पढ़ने का सुयोग प्राप्त हुआ था। उनसे बहुत अच्छे सम्बन्ध

भी बने थे और वे मुझसे बहुत स्नेह भी करते थे। उन्हीं की पहल पर जून 1955 में मौनी स्वामी के आश्रम पर कुछ संभ्रात लोगों की एक बैठक हुई। बैठक में एक कमिटी भी बनी और स्कूल खोलने का निर्णय भी पारित हो गया। स्कूल जुलाई से ही शुरू करने की योजना बन गई। मौनी स्वामी ने संस्कृत पाठशाला का एक हिस्सा स्कूल चलाने के लिए दे दिया। अब शिक्षकों की नियुक्ति का मामला था। हमारे पड़ोस के ही जयनारायण राय काशी विद्यापीठ से बी. ए. कर चुके थे। वे शिक्षक नियुक्त हुए। उनके एक मित्र भोजपुर के मणिलाल जी, जो कायस्थ थे, उनके सुझाव पर अध्यापक नियुक्त हुए। लेकिन प्रधानाचार्य ट्रेंड होना आवश्यक था सो वीरपुर के कालिका राय जो बी. ए. एल. टी. थे, उन्हें प्रधानाचार्य नियुक्त किया गया। किन्तु स्कूल की मुख्य जवाबदेही जय नारायण राय को ही दी गई। वे आचार्य नरेन्द्रदेव से प्रभावित समाजवादी विचारधारा के व्यक्ति थे। शायद बनारस में काशी विद्यापीठ में पढ़ाई के दौरान आचार्य नरेन्द्र देव के विचारों के प्रभाव में आए थे। इसके साथ ही वे बहुत साफ-सुथरे और सुलझे व्यक्ति थे। पढ़ाई के दौरान टी.बी. हो जाने के कारण बाहर नौकरी पर जाने के पक्ष में नहीं थे। इस बीच गाँव ने दबाव देकर स्कूल की जवाबदेही उन्हें दे दी। एक बेहतर और उत्कृष्ट शिक्षक के रूप में उनकी छवि आज भी मेरे मानस में कायम है। उतने प्रेम से शायद बच्चों को पढ़ाने वाले कम ही अध्यापक होंगे।

मणिलाल जी समाजवादी विचारधारा के व्यक्ति थे। दोनों मित्र सम्भवत: पढ़ने के दौरान ही कम्युनिस्ट पार्टी के सम्पर्क में आए थे। एक बार मैंने मणिलाल जी और जयनारायण जी को क्षेत्र के मशहूर कम्युनिस्ट नेता सुरही के तिवारी जी से प्रेमपूर्ण बातें करते, उनकी आर्थिक मदद करते देखा था। उस समय गाजीपुर में का. सरयू पांडेय का काफी प्रभाव था। बनारस में रुस्तम सैटीन और आजमगढ़ में झारखंडे राय की तूती बोलती थी। आजादी हाल ही में मिली थी और बहुत सारे बुद्धिजीवी समाजवाद और साम्यवाद से प्रभावित थे। उन दिनों कम्युनिस्ट पार्टी विभाजित नहीं थी और सोवियत संघ लेनिन के नेतृत्व में लाल परचम फहरा चुका था। एक नया समाज, खुशहाल समाज तेजी से बढ़ता दीख रहा था। प्रेमचन्द का प्रेमाश्रम जिसका संकेत कर चुका था। महापंडित राहुल सांकृत्यायन की पुस्तकें सामने आ चुकी थीं। बनारस उन दिनों वामपंथ के गोपनीय साहित्य का बहुत बड़ा केन्द्र था।

जितने बच्चों ने मिडिल स्कूल से जून 55 में आठवीं में उत्तीर्णता पाई थी, करीब-करीब उनमें से ज्यादा बच्चों को ही लेकर गाँव का स्कूल मौनी स्वामी की कुटी पर शुरू हो गया। अभिभावकों से जयनारायण राय तथा संचालकों ने आग्रह करके हमारे नाम वहीं लिखवाये। मिडिल स्कूल के हमारे सहपाठी अमरनाथ राय, बाबा पट्टी के विजय नारायण राय, सातो घराना का कमलेश्वर, परेत पट्टी का

जगदीश, मैं तथा गाँव के और दस-बीस लड़के थे। जयनारायण जी के सौजन्य से बाबू शिवबदन राय के घर मणिलाल जी के रहने की व्यवस्था हो गई। वे बाबू शिव बदन राय जी के बेटे सुरेन्द्र को पढ़ाने के लिए रखे गए, जो मेरे ही साथ पढ़ता था। शिवबदन राय के पिताजी बाबा के लंगोटिया मित्र थे और कई बार उनके घर बाबा मुझे भी साथ ले गए थे। स्कूल चल निकला। लेकिन सम्भवत: अगस्त में ही मैं गम्भीर रूप से बीमार हो गया। बायें पैर में एक घाव निकल आया। ज्यों-ज्यों दवा हुई घाव बढ़ता गया। कोटवा के डॉ. अब्दुल सत्तार फरीदी ने इसे चकाव बताया फिर उन्हीं के भजीते डॉ. खालिक या डॉ. तफज्जुल, याद नहीं है, ने ऑपरेशन किया। नाम लिखाने के लगभग चार-पाँच माह बाद तक मैं बिस्तर पर ही पड़ा रहा। धीरे-धीरे घाव ठीक हुआ। मेरे पैर में घाव का निशान आज भी मौजूद है। उम्र बढ़ोतरी के साथ उसकी भयावहता का अंदाजा आज भी लग जाता है। उस समय डॉ. सत्तार ही गाँव के सबसे बड़े सर्जन और हर रोग के डॉक्टर थे। यदि ये कहें कि बड़े-छोटे सभी घरों में उन्हीं का प्रवेश था तो कोई अतिशयोक्ति नहीं होगी। उनके तीन-चार भतीजे भी उन्हीं से ट्रेनिंग लेकर डॉक्टर बन चुके थे। बाद में तो एक भतीजा सोहाँव में जाकर अपनी डॉक्टरी करने लगा। उनके पास कॉलेज की कोई डिग्री तो नहीं थी लेकिन ज्वर, बुखार, घाव, फोड़ा, फुन्सी के वे अद्‌भुत डॉक्टर और सर्जन थे। डॉ. सत्तार की राजनीति में गहरी दिलचस्पी भी थी। खासकर समाजवादी राजनीति में। वे गरीबों, पिछड़ों अल्पसंख्यकों की बातें खूब करते थे।

बीमारी से निजात पाने के बाद मैं जब फिर स्कूल पहुँचा तो काफी पिछड़ गया था। अंकगणित, बीजगणित, रेखागणित, अंग्रेजी में लड़के आगे बढ़ गए थे। अध्यापक लोग भी मुझे ठीक से पहचान नहीं पाते थे। हिन्दी और संस्कृत हमारी कुछ अच्छी थी। धीरे-धीरे मैंने पाठ्यक्रम पूरा किया। जयनारायण राय जी के दरवाजे पर जाकर कुछ-कुछ अंग्रेजी पढ़ा। वे अंग्रेजी अच्छी पढ़ाते थे। वैसे अर्थशास्त्र, नागरिक शास्त्र के शिक्षक थे। लेकिन शुरू में ही मेरी गणित गड़बड़ाई तो सुधर नहीं पाई। उसमें मेरा मन कम लगता था। उस समय कक्षा 9 से ही साइंस की पढ़ाई अलग होती थी। प्राय: साइंस पढ़ने वाले लड़के ही गणित में अच्छे होते थे। मिडिल स्कूल के हमारे दो सहपाठी राज बहादुर राय और कोटवा के जहीर अहमद दोनों साइंस पढ़ने मुहम्मदाबाद चले गए थे। उनके घर-परिवार से साइंस के नाम पर मुहम्मदाबाद में रहकर पढ़ने की व्यवस्था हो गई थी।

1957 के मार्च अप्रैल में हमारी मैट्रिक की परीक्षा थी। मुझे याद है कि भैया के साथ फार्म भरने हम मुहम्मदाबाद घर से पैदल ही गए थे। घर से मुहम्मदाबाद की दूरी 20-22 किलोमीटर है लेकिन बस भाड़ा के पैसे नहीं थे। उस समय कोटवा से गाजीपुर तक मलसा के भूमिहारों की दो बसें चलती थीं। मलसा के ही शिवनाथ राय

उनके मैनेजर थे जिन्होंने बाद में अपनी बहन की शादी हमारे गाँव में की। मुहम्मदाबाद उस दिन प्रायः कई लड़के फार्म भरने गए थे। चूँकि हमारा स्कूल सरकार से मंजूर नहीं था। इसलिए व्यक्तिगत छात्र के रूप में हम लोगों ने अपना फार्म भरा था। मुहम्मदाबाद में कचहरी के पास वहाँ का हाई स्कूल था और उसके हेडमास्टर शेरपुर के एक भूमिहार थे। छोटा कद, लम्बी दाढ़ी और धोती-कुर्ता बंडी पहने थे। उन्हीं के पास फार्म पर दस्तखत हुआ था। रात को हम लोग अपनी मुहम्मदाबाद की छावनी पर रुके थे और दूसरे दिन घर लौटे थे।

हाई स्कूल की पढ़ाई के दौरान मेरा सबसे घनिष्ठ मित्र बब्बन था जो सातो घराना मुहल्ले का रहने वाला था। उसके पिता रविराम राय जी निहायत नेक इंसान थे और हमें भी बहुत स्नेह करते थे। उन दिनों सातो घराना ही मेरी बैठकी का अड्डा हुआ करता था। रविराम राय, मनमोहन राय और जपुराम राय उस मुहल्ले में मुख्य हैसियत रखने वाले व्यक्ति थे। गाँव में भी इन लोगों की अच्छी प्रतिष्ठा थी। गाँव में प्रायः मनमोहन राय ही शादी-विवाह में मालिक बनाए जाते थे। उन्हीं के बेटे थे हरिद्वार राय जो 42 के आन्दोलन में शहीद हुए थे और उन्हीं के नाम पर गाँव के कुछ देशभक्त नौजवानों ने अमर शहीद हरिद्वार पुस्तकालय की स्थापना कोटवा में की थी। जो बाद में प्रो. नरेन्द्र कुमार के प्रयास से सातो घराना में स्थानान्तरित हुआ था। हरिद्वार राय के बारे में मुझे बाद में पता चला कि वे एक पहलवान व्यक्ति थे और उन्हें तेरह साल की सजा हुई थी। किन्तु छः माह में ही बनारस सेन्ट्रल जेल में उनका निधन हो गया। वे अंग्रेजी साम्राज्यवाद के इतने खिलाफ थे कि अपने पिताजी के समझाने पर भी सरकार से माफी माँगने को तैयार नहीं हुए थे। उनका कहना था मैं अंग्रेजों की गुलामी के लिए पैदा नहीं हुआ हूँ। हमारे हाई स्कूल के अध्यापक जय नारायण राय बराबर उनकी चर्चा करते थे। फलतः मेरे मन में भी उनके नाम पर स्थापित पुस्तकालय के प्रति आदर का भाव था। मैं प्रायः प्रतिदिन अथवा छुट्टियों के दिन बब्बन के यहाँ जाया करता था। वह भी मेरे यहाँ आता था। मैट्रिक में रात में खाना खाकर मेरे दरवाजे पर ही आ जाता और हम लोग साथ-साथ पढ़ते, वहीं साथ सो जाते। यह मित्रता काफी गहरी थी। इसी क्रम में उससे दो-तीन वर्ष बड़े उसके भाई विष्णुशंकर से भी गहरी जान-पहचान हो गई थी। वह हम लोगों से दो कक्षा ऊपर पढ़ता था।

सातो घराना प्रवास के दौरान ही जपुराम राय के भांजे प्रो. नरेन्द्र कुमार से हमारी मुलाकात हुई थी। वे कुछ पारिवारिक संकटों के कारण घर-परिवार तथा कॉलेज की नौकरी छोड़कर नारायणपुर चले आए थे और यहीं रहने लगे थे। उनकी भी बैठकी प्रायः बब्बन के यहाँ ही होती। प्रो. साहब को कोई काम तो था नहीं, दिन भर अखबार पढ़ते, गाँव के कुछ लोगों से गपशप करते और पुस्तकालय के प्रति काफी अभिरुचि रखते। उन्हीं के प्रयास से पुस्तकालय को सोहांव प्रखंड से

दस-बीस हजार की अच्छी-अच्छी पुस्तकें भी मिली थीं। वे स्वयं पढ़ते और मुहल्ले के लोगों को पढ़ने के लिए प्रेरित करते। मुझे प्रेरित कर उन्होंने पुस्तकालयाध्यक्ष का भार सौंप दिया। दूसरा कोई व्यक्ति पुस्तकों और आलमारी को साफ-सुथरा करने वाला भी नहीं था। मैं प्रतिदिन प्रातः-सायं नियमित रूप से पुस्तकालय का काम करता और मुझे इस काम में काफी मजा आता। नई किताबें पढ़ने को भी मिलतीं। जून 57 तक यह नियमित रूप से चलता रहा। जब मैं बलिया चला गया और बब्बन ने इलाहाबाद आई. टी. आई. में नामांकन करा लिया तो इस दोस्ती में कुछ कमी आ गई।

तारीखें तो याद नहीं हैं, लेकिन 1957 के वसंत में विधानसभा और दूसरी लोकसभा के चुनाव हुए थे। उस समय राजनीति तो समझ में नहीं आती थी लेकिन चुनावी गाड़ियाँ कोटवा बाजार में, गाँव में और सड़क पर यदा-कदा दिखाई पड़ती थीं। कांग्रेस का चुनाव चिह्न दो बैलों की जोड़ी, सोशलिस्ट पार्टी की झोपड़ी और कम्युनिस्ट पार्टी का हँसुआ-गेहूँ की बाली की याद है। पोस्टर ज्यादा कांग्रेस के ही दिखाई पड़ते थे। गाँव में उस समय विजय बहादुर राय उर्फ बच्चा राय और डॉ. अब्दुल सत्तार ही राजनीति समझते थे और कुछ-कुछ बोलते रहते थे। हम बच्चे टुकुर-टुकुर उनका मुँह ताकते। कुछ समझ में नहीं आता। रेडियो, टी. वी. का प्रचलन ज्यादा नहीं था। शायद कुछ धनी परिवारों में ही रेडियो रहा हो। तब टेबुल सेट ही होता था। बच्चा राय भागलपुर का रहने वाला था। हमारे गाँव में उसका ननिहाल था और उसके नाना को मात्र एक लड़की ही थी सो बच्चा यहीं रहता था। वह इतना मुखर था कि बराबर कुछ टिप्पणी करता रहता था।

दूसरे आम निर्वाचन में लोकसभा और विधान सभा चुनावों के लिए अलग-अलग बक्से थे। भारतीय कम्युनिस्ट पार्टी के का॰ सरयू पांडेय, विधानसभा और लोकसभा दोनों में उम्मीदवार थे। तब अनुसूचित जाति एवं पिछड़ी जातियाँ, गरीब-गुरबे कम्युनिस्ट पार्टी को ही वोट देते थे। उसे ही वे अपना मानते थे। हालाँकि गाँव में दबदबा बड़े लोगों का ही था। कांग्रेस के प्रत्याशी बाबू कामता प्रसाद राय, चौधरी साहब, पक्का घर, मुंशी घराना, सातो घराना के भूमिहारों के पास ही प्रायः जाते। घर-घर वोट नहीं माँगते थे। उन्हीं से वोट माँगकर गाँव का वोट सुरक्षित कर लेते थे। छोटी जातियाँ वोट देने कम जाती थीं। जागरूकता की कमी, बाबू साहबों का डर तो था ही, वोटर भी कम बनते थे। बड़े घरों की बहुएँ भी घर से प्रायः निकलती नहीं थीं। लेकिन कम्युनिस्ट पार्टी का गाजीपुर में इतना प्रभाव था कि सरयू पांडेय विधानसभा और लोकसभा दोनों सीटों पर एक साथ चुनाव जीत गए। बाद में पार्टी ने तय किया कि लोकसभा में ही जाना है तो विधान सभा से इस्तीफा दे दिया। पचास के दशक में कम्युनिस्ट पार्टी विश्वसनीय और चढ़ाव पर थी और इसने देश के दक्षिणी राज्य केरल की विधान सभा में बहुमत

हासिल कर अपनी सरकार बना ली थी। यह देश की पहली कम्युनिस्ट सरकार थी जो ई. एम. एस. नम्बूरीपाद के नेतृत्व में बनी थी। यह दो वर्षों तक चली थी। बाद में कांग्रेस अध्यक्ष, इन्दिरा गांधी ने इसे भंग करा दिया। विभाजन के बाद तो कम्युनिस्ट पार्टी और कमजोर हुई है। बाद के नक्सलवादी आन्दोलन ने इसे वैचारिक रूप से कई भागों में बाँट दिया है।

दरअसल उन्नीस सौ सत्तहत्तर के बाद और पहले भारत की राजनीति जो आजादी की लड़ाई के दिनों से चली आ रही थी उसमें गुणात्मक बदलाव आ गया। सत्तर के दशक के पहले देश की राजनीति मध्यवर्गी और वाम की ओर झुकी हुई थी। लेकिन लोहिया के गैर-कांग्रेसवाद, जयप्रकाश की सम्पूर्ण क्रान्ति और मंडल कमंडल के आन्दोलन ने विचारधारा और सिद्धान्त दोनों को राजनीति से बाहर कर दिया। डॉ. लोहिया के गैर-कांग्रेसवाद और साठ प्रतिशत आरक्षण की नीति और जयप्रकाश के सम्पूर्ण क्रान्ति के आन्दोलन ने वाम, दक्षिण और उदारवादी धारा की पार्टियों को जनता पार्टी में शामिल कर इन पार्टियों के नेताओं और काडर को विचारहीन बना दिया। जब जनता पार्टी टूटी तो जनसंघ को छोड़कर शेष पार्टियाँ अपने पुराने वजूद में वापस नहीं हो सकीं। उनकी जगह जाति, व्यक्ति, परिवार और क्षेत्र आधारित पार्टियाँ बन गईं। इनका वर्चस्व, आधार और महत्त्व इतना बढ़ गया कि कई राज्यों में ये सत्ता पर काबिज होने में कामयाब हो गईं। केन्द्र में बनने वाली सरकारों में भी इनका हस्तक्षेप बढ़ गया। यहाँ तक कि वे केन्द्र की सरकारों में शामिल होकर सत्ता सुख भोगने लगीं। इससे वाम राजनीति ज्यादा प्रभावित हुई।

सत्तावन के जून में हमने हाई स्कूल की परीक्षा पास कर ली। हमें द्वितीय श्रेणी के अंक मिले। मेधावी छात्र तो मैं था नहीं। अंकगणित आती नहीं थी। सिर्फ कुछ बीजगणित और रेखागणित का भरोसा था क्योंकि वह रटी जा सकती थी। अलबत्ता परिश्रमी छात्र अवश्य था। अब प्रश्न था कि इंटर की पढ़ाई का क्या होगा? मेरे सहपाठी विजय नारायण राय, राज बहादुर राय, जहीर अहमद बलिया में नामांकन कराना चाहते थे। कोटवा में हम लोग मिलते तो चर्चा होती। मैं भी उन्हीं के साथ बलिया जाना चाहता था। लेकिन पिताजी असमर्थ थे। मैंने घर में माँ से कहा कि मैं बलिया में पढ़ना चाहता हूँ। माँ और भैया ने कई दिनों तक विमर्श किया। माँ उससे अधिक कुछ कर भी नहीं सकती थीं। भैया यजमानी और खेती-बारी का काम सम्हाल चुके थे। उनके मन में मेरी अच्छी पढ़ाई की व्यवस्था की बात तो थी लेकिन आर्थिक बाधा थी। सब कुछ भैया की मिहनत पर ही चलता था। इधर पट्टीदारी के अम्बिका पांडेय से कई मुकदमे चल रहे थे। हाई कोर्ट, लोअर कोर्ट के खर्चे भी थे। कोई बाहरी आमदनी नहीं थी। फिर भी भैया ने हिम्मत की और मैं विजय नारायण राय, जहीर अहमद और राज बहादुर राय के साथ बलिया गया और टाउन इंटर कॉलेज में दाखिला फार्म जमा कर दिया। मैं पहली बार बलिया

शहर में गया था। आश्चर्य से ऊँचे-ऊँचे भवनों को देखता था। टाउन इंटर कॉलेज का भवन देखकर आँखें फटी की फटी रह गईं। अंग्रेजी ई अक्षर के आकार में कॉलेज का भवन था। कैम्पस काफी सुसज्जित। बस पड़ाव के बिलकुल निकट ही। टाउन इंटर कॉलेज, बलिया में नामांकन हो गया और काफी खुशी हुई। एक संयुक्त लाज लेकर रहने की व्यवस्था हुई। कुछ दिन जहीर अहमद, विजय नारायण राय, राजबहादुर राय के साथ रहा। सुबह-शाम होटल में खाना खाता। होटल का मासिक खर्च 22.50 रुपए था। लाज का किराया अलग। दो-तीन महीनों में ही लगा कि पढ़ाई बन्द हो जाएगी। फिर भैया ने चचेरे बाबा पंडित भूसी पांडेय से बात की जो बलिया के रामपुर में ही एक मन्दिर पर साधु होकर रहते थे। उन्हीं के सौजन्य से उनके एक शिष्य के यहाँ मेरे रहने की व्यवस्था हुई। उनके दो-तीन बेटे पढ़ते थे। माँ खाना बनाने के लिए साथ रहती थीं। मेरा भी समायोजन उसी परिवार के साथ हुआ। पिताजी काँवर बनाकर आटा की मोटरी लाते थे। एक बार पिताजी आटा की गठरी-मोटरी लिए कॉलेज में ही चले आए और मुझे काफी शर्मिन्दगी महसूस हुई।

मैंने पहले तो जहीर अहमद और राजबहादुर राय के प्रभाव में गणित विषय लिया किन्तु एक सप्ताह में ही पता चल गया कि मुझसे गणित नहीं चलेगा। भूगोल मेरा प्रिय विषय था। अलावे संस्कृत और अर्थशास्त्र लिया। हिन्दी, अंग्रेजी अनिवार्य विषय थे। अंग्रेजी बी.एन. वर्मा पढ़ाते थे, जो कॉलेज के वाइस प्रिंसिपल भी थे। प्रिंसिपल श्याम बिहारी विरागी एम.एल.सी. थे। कभी-कभार महीने में एक-दो दिन आते। वर्मा जी ही कॉलेज भी चलाते। उनका व्यक्तित्व बड़ा गम्भीर था। लड़के, अध्यापक उनसे डरते थे। वे साइकिल से आते तो चपरासी खड़ा रहता, साइकिल ले जाकर लगाता। वे काफी रिजर्व रहते। ओंकार नाथ श्रीवास्तव भूगोल पढ़ाते। कोने में भूगोल का कमरा था, वहीं जाना पड़ता। धीरे-धीरे कुछ लड़कों से परिचय हुआ। उनमें वीर वहादुर, विद्यापति राय, उमाशंकर सिंह आदि की यादें हैं। दो साल किसी प्रकार कट गए। मैं 59 के जून में द्वितीय श्रेणी में इंटर पास कर गया। उस समय परीक्षा में चोरी नहीं चलती थी। ईमानदारी से ही परीक्षाएँ होती थीं। कापियाँ भी अध्यापक सही तरीके से जाँचते थे।

अब प्रश्न था बी. ए. में पढ़ने का। वही सिलसिला फिर शुरू हुआ। गाँव के विजय नारायण राय के साथ टाउन डिग्री कॉलेज बलिया में नामांकन कराया। यह कॉलेज अभी नया-नया मान्यता प्राप्त किया था। टाउन इंटर कॉलेज और टाउन डिग्री कॉलेज दोनों कायस्थों के कॉलेज थे। मुरली मनोहर लाल, जो बलिया के सांसद थे, शासी निकाय के अध्यक्ष थे। इस कॉलेज की बिल्डिंग भी ई आकार में थी और काफी भव्य थी। दोनों कॉलेज आस-पास ही थे। बी.ए. में आने पर रामपुर वाला डेरा छोड़ दिया। विजय नारायण राय के साथ राजकीय इंटर कॉलेज,

बलिया के सामने दो कमरों का डेरा लिया गया। गाँव के बब्बन राय भी साथ रहने आ गए। पड़ोस की एक बुढ़िया दाई खाना बनाने को खोजी गई। शायद वह सोनार जाति की थी। संयुक्त मेस चलता। अन्त में हिसाब-किताब हो जाता। किसी प्रकार गाड़ी चल निकली।

बाद में शदरूल हक सिद्दीकी, जो खेजुरिया का रहने वाला था, हमारे साथ रहने आ गया। उसके भाई रेलवे में थे। सिताब दियारा का श्रीकान्त सिंह भी कुछ दिन साथ रहा। श्रीकान्त बिहार की ढेर सारी राजनीतिक बातें बताता था। मेरे ही जैसा पतला-दुबला लेकिन काफी जुझारू। शदरूल से उसकी कम पटती। बी. ए. में हम लोगों ने प्रधान हिन्दी, भूगोल और दर्शनशास्त्र वैकल्पिक विषय के रूप में लिया था। जनरल इंगलिश अनिवार्य थी। जे. पी. सिंह भूगोल के प्राध्यापक थे और जी. पी. सिंह दर्शन शास्त्र के। जी. पी. सिंह शेरवानी, चुस्त पैजामा पहनते, टोपी लगाते। इंटर के कुछ सहपाठी वीरबहादुर, उमाशंकर सिंह, विद्यापति राय आदि साथ आ गए थे। विपिन बिहारी राय, जो लक्ष्मणपुर का था, वह भी साथ था। उसके पिताजी बलिया जिला परिषद् के चेयरमैन थे। वह बड़ा ही सुदर्शन और मुखर था। हमारे गाँव के सातो-घराना में उसकी रिश्तेदारी थी।

सामान्य अंग्रेजी प्रो. के.बी. श्रीवास्तव पढ़ाते। किन्तु उनका पढ़ाना कभी भी समझ में नहीं आत'। डॉ. रमाशंकर श्रीवास्तव टाउन कॉलेज छोड़कर जब अन्यत्र चले गए तो के.बी. साहब ही वाइस प्रिंसिपल बन गए। वे कंधे खूब उचकाते थे। दिग्गज विद्वान आचार्य सीताराम चतुर्वेदी प्राचार्य थे।

बी. ए. में हमारी कक्षाएँ सुबह सात बजे से ही लगतीं। जाड़ों में बड़ी दिक्कत का सामना करना पड़ता क्योंकि ऊनी कपड़े, स्वेटर, मोजा आदि खरीदने की हमारी हैसियत नहीं थी। शदरूल हक सिद्दीकी के भाई रेलवे में थे। वह कोट-पैंट उन्हीं का पहनता। रेलवे की ऊनी वर्दी जो कर्मचारियों को मिलती, वह लाता। मैं उसी ऊनी स्वेटर को कमीज के नीचे पहनकर काम चलाता। मोजा और मफलर भी मेरे पास ढंग का नहीं था। खैर, किसी प्रकार दो वर्ष का समय कटा और मैं 1961 के मई-जून में 56 प्रतिशत अंक के साथ बी. ए. उत्तीर्ण हो गया लेकिन गोरखपुर में 58 प्रतिशत पर द्वितीय श्रेणी मिलती थी। अत: मैं बी.ए. में तृतीय श्रेणी हो गया। इसका अफसोस मुझे जीवन भर रहा।

बी. ए. में पढ़ते समय तो लगता था कि हम सब लोग आई. ए. एस. ही बनेंगे। हमारे बीच चर्चा भी यही होती। लेकिन न हम उतना मेधावी थे, और न घर की स्थिति ही ऐसी थी कि बी. ए. पास करने के बाद आई. ए. एस. की कोचिंग करते। कोई सम्यक् गाइड करने वाला भी नहीं था। एम. ए. की पढ़ाई विश्वविद्यालय में करना चाहता था लेकिन आर्थिक स्थिति ने उस पर भी विराम लगा दिया।

4

प्रतिष्ठित ब्राह्मण परिवार में होने के कारण 55-56 से ही मेरी शादी के रिश्ते आने लगे थे। मेरी चचेरी आजी, जो अपने ननिहाल असावर (गाजीपुर) में रहती थीं, ने वहीं के एक पाठक जी से चर्चा की थी और पाठक जी इतने प्रभावित थे कि उसी समय बाबा के पास शादी-सम्बन्ध के लिए आने लगे थे। पाठक जी को सिर्फ एक ही लड़की थी और वे शादी के साथ-साथ अपनी जगह-जमीन भी देने को तैयार थे। बाबा की इच्छा थी कि उनके जीवनकाल में ही मेरी शादी हो जाए और वे अपनी आँखों से मेरी शादी देख लें। मैं तो उस समय हाफ पैंट और हाफ कमीज में ही मुहल्लों के लड़कों के साथ गुल्ली-डंडा खेला करता था। शादी की बात तो समझ में भी नहीं आती थी। माँ बताती थी कि आज तिलकहरू (बरतुहार) आने वाले हैं। लेकिन बाबा को छोड़कर कोई भी उस समय शादी के पक्ष में नहीं था। पाठक जी कई बार आए फिर उन्हें आभास हो गया कि यह सम्बन्ध नहीं हो पाएगा तो आना बन्द कर दिये।

आगे भी जब इंटर की पढ़ाई के लिए बलिया गया तो कई लोग आए। भैया के बड़े साले यदुनन्दन चौबे, जो दलसागर के रहने वाले थे और बिहार में कहीं थाना में बड़े बाबू थे, अपनी पुत्री से शादी का प्रस्ताव लेकर आए लेकिन भैया ने इस रिश्ते से इनकार कर दिया। पश्चात् चाची यानी मुनीन्द्र कुमार पांडेय की माँ के बड़े भाई, जो पांडेयपुर के रहने वाले थे और रेलवे में गार्ड थे, वे भी अपनी बेटी के साथ शादी का प्रस्ताव लेकर आए। सम्भवत: चाची ने ही यह बात चलाई थी। लेकिन भैया ने वहाँ भी इनकार कर दिया। अब तक भैया पूरी तरह घर का मालिकाना सम्हाल चुके थे और उन्हीं के नेतृत्व में मैं पढ़ भी रहा था। मोटा-मोटी वे तय कर चुके थे कि बी. ए. करने के बाद ही शादी पर विचार किया जाएगा। इस बीच 59-60 में मैं बी. ए. में दाखिल हो गया।

पढ़ने के दौरान मैं अपनी बड़ी बहन के यहाँ पचौरी (गाजीपुर) जाया करता था। बड़ी बहन दया अच्छे प्रतिष्ठित परिवार में ब्याही थी और वहाँ मुझे खूब दही खाने को मिलता था। मेरे जीजा जी तीन भाई थे। सबसे बड़े शिवशंकर उपाध्याय मिलिट्री में थे। वे बड़े कड़े स्वभाव के थे। मेरे जीजा जी रमाशंकर उपाध्याय पंडिताई और कुछ वैद्यकी भी करते थे। सबसे छोटे उमाशंकर उपाध्याय सम्भवत: इंटर तक की पढ़ाई पूरी कर असम में एक चाय बागान में काम करने लगे थे जहाँ वे बाद में मैनेजर भी बने थे। उनसे मेरी अच्छी पटती थी। बहन की सास कजरिया (भोजपुर) के पंडित राम होरीसा पांडेय की बूआ लगती थीं। पंडित राम होरीसा पांडेय कांग्रेसी थे और खादी की धोती, कुर्ता और बंडी पहनते थे। गांधी टोपी भी लगाते थे। हमेशा हाथ में बेंत की छड़ी लेकर चलते। उनका व्यक्तित्व बड़ा प्रभावी था। बड़े

जीजा जी के बेटे सर्वदेव की शादी में मैं पजराँव (बक्सर) बारात करने गया था। उन दिनों बारात जाना बड़ा अच्छा लगता था। बड़प्पन का बोध होता था। उस बारात में राम होरीसा पांडेय भी आए थे। उन दिनों बारातों में कुछ सवाल-जवाब करने की प्रथा थी। मैं शायद बी.ए. में पढ़ रहा था। बारात में किसी सवाल के सन्दर्भ में मैंने आधे घंटे का भाषण दिया था। इससे बारात वालों की प्रतिष्ठा में वृद्धि हुई थी और हमारे जीजा जी तथा अन्य लोग बड़े प्रसन्न हुए थे। अक्सर बारातों में मैं उन दिनों सवाल-जवाब किया करता था हालाँकि ज्ञान का विस्तार तो ज्यादा नहीं था लेकिन कुछ पढ़ता-समझता था। भाषण का अभ्यास भी करता था। इसलिए गाँव में तथा गाँव के बाहर कई बारातों में मेरी चर्चा होती थी। चर्चा इसलिए भी होती थी कि ज्यादा विद्वान लोग तो बारातों में जाते नहीं थे, जिसमें मुझे जाने का अवसर मिलता था और इस प्रकार मैं अंधों में कनवा राजा था। पजराँव की बारात में मेरे भाषण से राम होरीसा पांडेय प्रभावित हुए थे। वे अपने गाँव के प्रतिष्ठित व्यक्ति थे और उन दिनों गाँवों में लड़कियों की शादी के पूर्व पट्टीदारी में चर्चा हुआ करती थी। गाँवों का जीवन सामुदायिक था इसलिए लोग अपनी जानकारी से लड़के सुझाया करते थे और लड़का देखने भी गाँव के तीन-चार बड़े बुजुर्ग लोग जाया करते थे। कुछ लोग इसके एक्सपर्ट भी माने जाते थे। ऐसे लोग इसलिए ले जाए जाते थे ताकि प्रभाव पड़े।

बी.ए. के आखिरी साल में था तो सैंथू (बक्सर) के चौबे लोग भी शादी का प्रस्ताव लेकर आए थे। उन दिनों घर में मूँग के लड्डू बनाकर रखे गए थे ताकि कोई तिलकहरू आएगा तो तुरत मिठाई से स्वागत होगा। तब चाय-कॉफी की परिपाटी नहीं थी। सैंथू वाले आए तो भैया ने बता दिया कि बलिया में पढ़ता हूँ। वे डेरा का पता लेकर बलिया चले आए। हम लोगों ने मिठाई मँगाकर जलपान करा दिया। इस बीच मेरे जीजा जी की सिफारिश लेकर कजरिया के हरदेव पांडेय, उनके चचेरे भाई चन्द्रदेव पांडेय और राम होरीसा पांडेय आए। एक रात रहकर उन लोगों ने सब कुछ देखा सुना। राशि नाम लेकर पंचांग मिलाया। गणना बन गई। इस बीच भैया ने जीजा जी को भेजकर लड़की दिखवाई क्योंकि उन दिनों सीधे-सीधे लड़की देखने की प्रथा नहीं थी। वे संतुष्ट हो गए कि लड़की अच्छी है। वे लोग फिर दुबारा आए ताकि तिलक दहेज की बातें हो सकें। उन दिनों बिहार में ज्यादा दहेज चलता था लेकिन हम लोगों की ओर यानी उत्तर प्रदेश में कम में शादी पट जाती थी। फलतः बिहार के लोग प्रायः गंगा पार आते थे। वे लोग दुबारा आए तो लेन-देन की बात हुई। शायद तिलक 1500 रुपए तय हुआ। उस समय तक हमारी पट्टीदारी में हजार से अधिक तिलक किसी को नहीं मिला था। बी. ए. के इम्तहान के बाद सम्भवतः अप्रैल-मई में तिलक-विवाह की तारीख तय हुई। भैया ने पट्टीदारी में बड़ा नाम करने के उद्देश्य से काफी बढ़-चढ़ कर

व्यवस्था की। तिलक में बर्तन वगैरह के अलावे अपनी ओर से एक हजार रुपए मिलाकर ढाई हजार रुपए तिलक चढ़वाया। ब्राह्मणों में अब तक यह राशि गाँव में सबसे ज्यादा थी। फलतः गाँव में खूब चर्चा हुई। पट्टीदारों में भीतर-भीतर इससे ईर्ष्या की आग खूब भड़की।

तिलक समारोह के बाद अतिथियों को खूब कचौड़ी-पूड़ी, पकवान, मिठाई आदि खिलाई गईं। पट्टीदारी के भोज के पहले मैंने बाहर से आए रिश्तेदारों तथा अपने मित्रों को खिलाया। हमारे मित्रों में दो मुसलमान भी थे, बलिया के शदरूल हक सिद्दीकी और कोटवा के डॉ. अब्दुल सत्तार के बेटे जुबेर अहमद जो हमारे साथ बलिया में ही पढ़ते थे। आँगन में सभी सम्बन्धियों और मित्रों को खिलाया गया। भोजन परोसने वालों में पट्टीदारी का चचेरा भाई रमाशंकर भी था। उसने खाना खिलाने के बाद अपने पिताजी और पट्टीदारी के ही इन्द्रदेव चाचा आदि से शिकायत कर दी कि मुसलमानों को खिलाया गया है। जब पट्टीदारी के लोगों को खाने के लिए बुलाया गया तो दो परिवार नहीं आए। सकलदेव चाचा तथा जोड़ा इनार पर के लोग तो दरवाजे पर आ चुके थे। चाचा पंडाजी के साथ गाँजा का दम लगा रहे थे। मैं दोस्तों को खिलाकर घर से दुआर पर आ रहा था कि रास्ते में सर्वानन्द पांडेय और इन्द्रदेव पांडेय ने मुझे रोका। दोनों रिश्ते में चाचा लगते थे। पूछा कि मियाँ खिलाये हैं? हमने कहा कि वे अतिथि थे, उन्हें दूर जाना था। आप लोग तो अभिभावक हैं। वे गुस्से में आ गए और बोले कि पाँत जूठी हो गई। हम लोग मुसलमान की जूठी पाँत पर खाना नहीं खाएँगे। मैं सकपका गया। काटो तो खून नहीं, तब तक यह बात पिताजी तक पहुँची। वे उन लोगों को मनाने के लिए दौड़े। वे लोग और नाटक पर उतर आए। बात महादेव बाबा और भैया तक पहुँची। वे सब कुछ सुनकर तुरत गुस्से में आ गए। लाठियाँ निकल गईं कि साले नहीं खाएँगे तो मत खाएँ। वे लोग गली से भागकर घर में छिप गए। रात के करीब 10-11 बज रहे थे। अतिथि गण सोने की तैयारी कर रहे थे कि शोर सुनकर जग गए। क्या हुआ? क्या हुआ? की आवाज आई। सकलदेव चाचा सहित अन्य लोगों तक बात पहुँची। वे गाँजा पीकर मस्त थे, बोले छोड़ो उन लोगों को, चलो हम लोग भोजन करेंगे। उन दोनों घरों के सदस्यों को छोड़कर पट्टीदारी के शेष लोगों ने खूब डटकर भोजन किया। आठ घर की पट्टीदारी जिसमें अम्बिका पांडेय तो पहले से ही अलग थे, सर्वानन्द पांडेय और सूरज पांडेय भी अलग हो गए। हम चार-पाँच घर एक साथ रह गए। उनकी सोच थी कि शोर और झगड़ा-झंझट होने पर शादी-सम्बन्ध टूट जाएगा और काफी बेइज्जती होगी, लेकिन उनकी योजना धरी की धरी रह गई। शादी अपनी निर्धारित तिथि पर ही हुई। भैया ने बारात को मरजाद रखा और गाँव के सामनाथ भाँड़ का नाच ले गए। दक्खिन में उन दिनों भाँड़ की नाच का खूब रिवाज था। वह खूब पसन्द की जाती थी।

कजरिया बक्सर अनुमंडल के राजपुर थाना में नहर किनारे ब्राह्मणों का छोटा सा गाँव है। गाँव तक सड़क नहीं जाती। मँगराव तक ही सड़क जाती थी। अब थोड़ा आगे तक जा रही है। कुछ दूर नहर पर ही चलना पड़ता है। उस समय तो उस गाँव में चार चक्के की गाड़ी भी जाने की व्यवस्था नहीं थी। बारात बैलगाड़ी, साइकिल, इक्के से गई थी। हम भी मँगराव तक इक्के से गए थे। वहाँ डोली की व्यवस्था थी। लेकिन गाँव में एक अच्छी परम्परा थी कि मरजाद के दिन बारातियों को दोपहर का भोजन पट्टीदारी में बाँटकर खिलाया जाता था। बेटी वाले के घर दोपहर में भोजन नहीं बनता था। विवाह वाले को इससे बड़ी राहत होती थी। इस प्रकार मई 61 में धूम-धाम से मेरी शादी हो गई लेकिन पत्नी नहीं आई। माँ का कहना था कि हमारे घर शादी में विदाई नहीं सहती है। इसलिए दो-तीन साल बाद गवना (द्विरागमन) होगा।

शादी के बाद मुझे भैया ने नौकरी की तलाश में अपने एक शिष्य के यहाँ कानपुर पहुँचा दिया। वे जाति के ब्राह्मण थे और सेन्ट्रल एक्साइज में कानपुर में पदस्थापित थे। कानपुर के रामबाग में उस समय उनका आवास था। उनकी दो पत्नियाँ थीं। पहली से संतान नहीं होने के कारण उन्होंने पहली पत्नी की रजामंदी से दूसरी शादी की थी। मैं इस घर में निहायत अपरिचित और अन्तर्मुखी बनकर रहता था। कोई कष्ट तो नहीं था लेकिन नौ महीने में भी वे सन्तोषजनक कोई नौकरी नहीं लगा सके। मैं स्वयं अखबारों में नौकरी के विज्ञापन देखता, आवेदन करता और इंटरव्यू देता। बाद में कानपुर में ही सिक्योरिटी प्रिन्टर्स ऑफ इंडिया में उनके सौजन्य से साठ रुपए महीना पर मुझे नौकरी मिली। काम था चेक, बैंक ड्राफ्ट की शुद्ध छपाई देखना। मुझे यह काम रास नहीं आता। अखबार, पत्रिकाएँ खरीदकर पढ़ता। उन दिनों धर्मयुग और साप्ताहिक हिन्दुस्तान पत्रिका काफी प्रतिष्ठित थीं।

1962 में तीसरा आम निर्वाचन आ पहुँचा। राजनीतिक ज्ञान तो मेरा शून्य था। लेकिन पता चला कि पंडित जवाहर लाल नेहरू कानपुर आ रहे हैं। वे उस समय प्रधानमंत्री थे। कानपुर के फूलपुर पार्क में उनकी सभा थी। वे फूलपुर संसदीय क्षेत्र से ही चुनाव लड़ रहे थे। मैं भी उन्हें देखने-सुनने गया। फूलपुर के मैदान में भारी भीड़ थी। लाखों नर-नारी नेहरू को देखने-सुनने जुटे थे। मुझे भी नेहरू को देखने-सुनने का पहला और अन्तिम अवसर मिला। दूर से कुछ समझ-बूझ तो नहीं पाया लेकिन एक ऐतिहासिक क्षण का गवाह अवश्य बना। लगभग नौ महीने बाद मार्च 62 में होली में घर आया तो फिर कानपुर लौटकर नहीं गया। भविष्य की नई सम्भावनाओं की तलाश यहीं से शुरू हुई।

62 की जुलाई में मैं गाँव में अध्यापक नियुक्त हो गया और उसी समय 64 में मेरे गाँव का हमारा मित्र विष्णु शंकर राय पुलिस इन्स्पेक्टर की परीक्षा उत्तीर्ण

होकर ट्रेनिंग में चला गया। कुछ ही दिनों में एक कर्मठ और ईमानदार पुलिस इन्स्पेक्टर के रूप में उसने राज्य में ख्याति अर्जित कर ली। एक बार उसके इलाहाबाद वाले पदस्थापन में हम लोग उसके पास गए थे। उसने काफी स्वागत किया और हमें संगम पर स्नान भी करवाया। बाद में कई जगहों से होते हुए उसका पदस्थापन कानपुर के कर्नलगंज थाने में हुआ। उस समय कानपुर में एक खूँखार अपराधी नूर आलम की चर्चा जोरों पर थी। वह उत्तर प्रदेश का आतंक माना जाता था। वह बच्चा चुराता तथा भारी रंगदारी वसूलता था। उसके गहरे राजनैतिक सम्बन्ध भी थे। अतः पकड़ में नहीं आता था। विष्णुशंकर के क्षेत्र में भी उसका प्रवेश हो गया और उसने ठान ली कि नूर आलम को पकड़ेगा। नूर आलम ने भी चुनौती ले ली। 25 जनवरी, 74 को पता चला कि नूर आलम कर्नलगंज क्षेत्र में वारदात करना चाहता है। विष्णुशंकर की टीम पीछे लग गई और कर्नलगंज क्षेत्र से नूर आलम को खदेड़ते हुए विष्णुशंकर पूरी टीम के साथ लखनऊ पहुँच गया। अन्ततः लखनऊ के लाल बाग चौराहा पर विष्णुशंकर ने उसे गोली मारने में कामयाबी पा ली। लेकिन नूर आलम के साथियों ने विष्णुशंकर को भी गोली मारने में सफलता पा ली। कुछ ही घंटों में दोनों की मौत हो गई। इस प्रकार 32 वर्ष की कम उम्र में ही उसने वह कामयाबी हासिल कर ली जो बड़े-बड़ों को भी लम्बे संघर्ष से नसीब नहीं होती।

26 जनवरी, 74 को बड़े सज-धज के साथ कानपुर की पुलिस लाइन से उसकी शवयात्रा निकली। अब वह शहीद होकर अमरत्व प्राप्त कर चुका था। पुलिस लाइन कानपुर से भैरव घाट जाने में जुलूस को घंटों लगे थे। विशाल जन सैलाब ने उसके शव पर पुष्प वर्षा की। सरकार ने राजकीय सम्मान के साथ उसका दाह-संस्कार किया और राष्ट्रपति ने मरणोपरान्त उसे सम्मानित किया। शहीद हरिद्वार के बाद विष्णुशंकर हमारे गाँव और सातो घराना का दूसरा शहीद बन गया। जिसने पुलिस की टोपी को झुकने नहीं दिया। बाद में कुछ देशभक्त नौजवानों ने बलिया वाराणसी राजमार्ग पर कोटवा में उस शहीद की प्रतिमा स्थापित की। आज भी उसे देखकर और उसकी बहादुरी की याद कर रोमांच हो आता है।

कानपुर छोड़कर जब घर रहने लगा तो मेरे बड़े साले बद्री नारायण मिलने आए। वे बिहार में 61 की मैट्रिक परीक्षा में फेल हो गए थे और किसी प्रकार मैट्रिक उत्तीर्ण होना चाहते थे। जब उन्हें पता चला कि मैं 62 की जुलाई से गाँव के ही हाई स्कूल में अध्यापक नियुक्त हो जाऊँग तो उन्होंने प्रस्ताव रखा कि मेरे घर रहकर ही वह मैट्रिक की तैयारी करना चाहत. हैं। माँ और भैया नहीं चाहते थे कि वे यहाँ रहें क्योंकि रिश्तेदारी का सवाल था और उनके लिए अच्छा भोजन, नाश्ता का प्रबन्ध करना पड़ता। पिछली ही साल बढ़-चढ़ कर मेरी शादी हुई थी। फलतः सब कुछ प्रतिष्ठा के अनुकूल करना पड़ता। उस समय चावल का भात, अरहर की दाल, दोनों जून सब्जी और घी आदि का प्रबन्ध करना हमारे परिवार के लिए

काफी मुश्किल था। लेकिन उनके प्रस्ताव को काटना भी सम्भव नहीं था। फलतः माँ और भैया विवशता में राजी हो गए।

जुलाई 62 में मैंने अध्यापकी शुरू की और वे उसी समय कापी-किताब के साथ मेरे घर आ धमके। उनकी व्यवस्था की गई। मैंने मैट्रिक की तैयारी में उनकी काफी मदद की। अंग्रेजी ठीक करवाई। कई विषयों को पढ़ने की विधि बताई। प्रश्नों का उत्तर लिखना सिखाया। पढ़ने के साथ-साथ वे अपने घर और ससुराल की बातें भी बताते। उनके विवाह के बाद उनकी पत्नी उनके घर नहीं आई थी। दोनों घरों में कुछ विवाद पैदा हो गया था। उनके ससुर सम्पन्न और दबंग व्यक्ति थे। मैंने उन्हें समझाया कि पत्नी से विवाद नहीं करना चाहिए और फिर पत्नी को पत्र लिखवाया। उसकी अच्छी प्रतिक्रिया हुई। उधर से भी पत्र आया। इस प्रकार उनके रिश्तों को सामान्य बनवाने की कोशिश की। तब सिर्फ पत्राचार ही संवाद का माध्यम होता था। न तो हमारे जैसे घरों में फोन प्रवेश कर सका था और न मोबाइल क्रान्ति ही हो पाई थी। डाकघर से लिफाफा लाकर देता। पत्र लिखना सिखाता। इस प्रकार उनके अनसुलझे रिश्ते सुलझ गए। एक बार मेरी राय से घर को बिना बताए चुपचाप ससुराल भी हो आए। जून 63 तक मैट्रिक की परीक्षा उत्तीर्ण होने के साथ-साथ पत्नी से उनके रिश्ते भी सुधर गए। मैट्रिक के बाद उनकी पत्नी भी घर आ गई।

बद्री नारायण के हमारे यहाँ रहने से हमारा भी ससुराल के प्रति कुछ लगाव ज्यादा हुआ। शादी के तीन साल के बाद गवना की बात थी लेकिन घर में चर्चा चली तो मैंने 63 के नवम्बर-दिसम्बर में ही गवना के लिए स्वीकृति दे दी। एक-दो बार टाल-मटोल के बाद तारीख तय हो गई। सम्भवतः नवम्बर-दिसम्बर 63 में गवना हुआ। उस समय भी सामनाथ के लौंडों की नाच गई क्योंकि तब तक सामनाथ से दोस्ती गहरी हो गई थी। पहली बार अम्बेस्डर कार से हम ससुराल गए। एक नई जिन्दगी और सम्बन्धों की शुरुआत का यह अवसर था। ससुराल में उन लोगों से परिचय और संवाद बना जिनसे शादी के चन्द लम्हों में नहीं बन पाया था। हमारी दो बड़ी सालियाँ, एक चचेरी साली, साले सबसे निकटता बढ़ी। रिश्तों की गर्माहट का अहसास हुआ। लगा कि जीवन में यह भी एक अध्याय है।

उस समय तक गाँवों के सामुदायिक जीवन में दिन के उजाले में पत्नी के पास जाने, संवाद करने की प्रथा नहीं थी। मेरे गवना के बाद पहली रात भाभी ने मुझे घर रहने के लिए धीरे से सलाह दी थी। उस दिन मैं सुबह देर तक सोता रह गया तो माँ ने दरवाजा खटखटा कर मुझे जगाया था। किन्तु गाँव की यह परिपाटी ज्यादा दिनों तक नहीं चल पाई। मैंने कुछ दिनों में ही इसे तोड़ दिया। पहले घर और मुहल्ले में कुछ फुसफुसाहटें हुईं लेकिन फिर वे बन्द हो गईं और सब कुछ सामान्य हो गया। दिन में पत्नी से बातें करना मेरे द्वारा स्थापित एक नई परम्परा की शुरुआत थी जो सहज भाव से फिर स्वीकार ली गई।

5

गाँव का हाई स्कूल जो 1955 की जुलाई में मौनी स्वामी की कुटी पर शुरू हुआ था और हम लोग जिसके पहले छात्र थे, गाँव के आपसी विवाद के कारण बाद में कोटवा में शिफ्ट कर गया था। भैया भी उसमें कुछ दिनों तक संस्कृत के अध्यापक थे। विद्यालय कुछ दिन चलकर 59-60 में गाँव की आपसी राजनीति के कारण बन्द हो गया। बाद में गाँव के कुछ सुलझे व्यक्तियों–बाबू मुरली राय, रवि राम राय, रामसागर राय आदि ने मौनी स्वामी से आग्रह किया कि वे ही विद्यालय आरम्भ करें। लेकिन प्रश्न जमीन का था। उस समय गाँव में चकबन्दी चल रही थी। स्वामी जी ने जब यह सवाल उठाया तो उन लोगों ने वादा किया कि चकबन्दी में विद्यालय को जमीन दी जाएगी। लोगों के अनुरोध पर मौनी स्वामी ने 1961 के जून में योजना बनाई और कनुवान के केदारनाथ राय को हेडमास्टर बनाकर जुलाई 61 से विद्यालय शुरू कर दिया। गाँव के किसी भी व्यक्ति को मौनी स्वामी ने अध्यापक नहीं रखा। वे अमूमन गाँव से नाराज रहते थे। सिर्फ गाँव के कुछ चुने लोग ही उनकी निगाह में अच्छे थे। जरूरत होती तो उन्हें बुलाकर विमर्श कर लेते थे।

इस बीच मार्च 62 में कानपुर की नौकरी छोड़कर मैं भी घर आ गया था। भैया ने जाकर मौनी स्वामी जी से मुझे भी स्कूल में अध्यापक नियुक्त करने का आग्रह किया। भैया उनके संस्कृत पाठशाला में भी अध्यापक रह चुके थे। इसलिए पुरानी जान-पहचान थी। मौनी स्वामी ने आश्वासन दिया और फिर भैया जून 62 में दो-तीन बार उनसे मिले। मौनी स्वामी ने मुझे जुलाई 62 में अध्यापक नियुक्त कर लिया। गाँव के ही भुवनेश्वर राय भी मेरे साथ अध्यापक नियुक्त हुए। उस साल हम लोगों के सुझाव पर स्वामी जी ने नौवीं और दसवीं कक्षा भी शुरू कर दी। कुटी के बायें बगल तालाब के भिंडा पर दो झोपड़ियाँ डाली गईं। पता चला कि यहीं पहले पाठशाला भी शुरू हुई थी। यह स्थान मौनी स्वामी की दृष्टि में अत्यंत शुभ स्थान था और यहाँ शुरुआत से सफलताएँ मिलती थीं। हम लोगों ने लड़कों की तलाश शुरू की। गाँव के कई लड़के पारसनाथ राम, राणा प्रताप, शिवशंकर पांडेय आदि उस साल सेवा संघ इंटर कॉलेज सोहांव से मैट्रिक की परीक्षा में असफल हो गए थे। मेरे प्रयास से सभी ने नामांकन करा लिया। हम लोगों ने पढ़ाई और पास कराने की गारंटी की। पूरे परिश्रम के साथ हम लोगों ने बच्चों को पढ़ाया और मुहम्मदाबाद से व्यक्तिगत छात्र के रूप में उनके परीक्षा फार्म भरवाये। इम्तहान में भी डेरा लेकर बच्चों के साथ मुहम्मदाबाद में ही रहे। जहाँ तक याद है उस वर्ष नौ छात्रों में आठ मैट्रिक की परीक्षा में उत्तीर्ण हो गए। मौनी स्वामी जी परीक्षा के परिणाम से काफी खुश हुए। अगले सत्र में भी हम लोग जमकर मिहनत किए। फलतः स्कूल की प्रतिष्ठा बढ़ती गई। तब तक चकबन्दी में सड़क किनारे

की जमीन विद्यालय को मिल गई थी और ईंट की झँझरीदार दीवार बनाकर और फूस की झोपड़ी डालकर पाँच कमरे बना लिए गए। उसी में कक्षाएँ चलने लगीं। संस्कृत पाठशाला वाले कमरे में कार्यालय था। केदार नाथ राय वहीं बैठते। उनके अलावे टुटुवारी के रवीन्द्र नाथ राय, अमाँव के श्याम बिहारी राय, उजियार के लाल बहादुर राय आदि अध्यापक नियुक्त हो गए थे। केदार नाथ राय कुछ दिनों की छुट्टी लेकर बी. एड. की ट्रेनिंग करने बलिया चले गए तो संकठा प्रसाद राय हेडमास्टर बनकर आ गए। वे अक्खड़ व्यक्ति थे। हम लोग रोज सुबह-शाम मौनी स्वामी जी को प्रणाम करने जाते। शाम को उनके पास टाट पर बैठकर दिन भर की रिपोर्टिंग करते और फिर आदेश लेकर घर जाते। उस समय बी. ए. प्रशिक्षित को पैंसठ रुपए वेतन मिलता था। मुझे स्वामी जी साठ रुपए वेतन देते क्योंकि मैं अन्ट्रेंड था। घर रहने का सुख और साठ रुपए वेतन। पढ़ाने में खूब मन लगता। बच्चे घर पर भी आ जाते। हिन्दी, संस्कृत, भूगोल, अंग्रेजी पढ़ाता। खुद भी स्वाध्याय करता।

सितम्बर में कोटवा में ड्रामेटिक क्लब की स्थापना हेतु एक बैठक के आयोजन की सूचना मिली। दुर्गा पूजा के अवसर पर कोटवा में नाटकों के मंचन की पुरानी परम्परा थी। उस साल कन्हैया प्रसाद गुप्ता कलकता से थियेटर का अनुभव लेकर लौटे थे। उनके भाई लक्ष्मी, जो साइकिल मरम्मत की दुकान चलाते थे, भी अच्छा अभिनय करते थे। भुवनेश्वर राय भी फुटबाल और नाटक के शौकीन थे और पढ़ने के दौरान ननिहाल में नाटक खेलते-खेलाते थे। एक दिन मारकन्डे साह के गोला में एक मीटिंग आयोजित हुई। मुझे और भुवनेश्वर राय को भी बुलाया गया। मेरा भी नाटकों के प्रति गहरा लगाव था। मीटिंग में तय हुआ कि दुर्गा पूजा के अवसर पर दो दिन नाटक खेला जाए। एक नाटक भक्त अम्बरीष और दूसरा नाटक दानवीर कर्ण चुना गया। बैठक में पूरा जोश-खरोश था। कोटवा के कोयला व्यापारियों ने भी नाटक के आयोजन में भरपूर सहयोग का वादा किया। फलतः दुर्गापूजा के अवसर पर दोनों नाटकों का सफल मंचन हुआ। नाटकों में कन्हैया प्रसाद गुप्ता, लक्ष्मी, भुवनेश्वर राय, मारकंडे प्रसाद रस्तोगी, केशव प्रसाद 'नैना' और मेरी मुख्य भूमिका थी। कन्हैया और लक्ष्मी ने अच्छा अभिनय किया। नैना तो जन्मजात जोकर था ही। उसकी हर बात, भाव, भाषा, शैली में व्यंग्य का पुट रहता। इन नाटकों के मंचन में गोबिनपुर के सामनाथ और उनके दोनों लौंडों-शिलखन और सुमेर की नाच ने अच्छा मनोरंजन किया। उन दिनों देहाती क्षेत्रों में नाटकों के बीच-बीच में नाच का पुट देना आवश्यक होता था। नाटक से कोटवा नारायणपुर सहित करइल के कई गाँवों में सामनाथ का भी अच्छा प्रभाव जम गया और उनकी भांड़ मंडली चल निकली।

नाटकों का प्रभाव यह रहा कि कोटवा में हम लोगों की प्रतिष्ठा बढ़ी और परिचय का दायरा भी बढ़ा। कभी-कभी स्कूल से हम सीधे कोटवा जाते और मारकंडे

की दुकान पर चाय पीते। मुख्य सड़क पर ही उसकी कपड़े की दुकान थी जो हम लोगों का अड्डा बन गई। नाटक के रिहर्सल में लाख सिखाने पर भी उसने वेश्या को वेश्वा ही कहा था। इसलिए सामान्य बातचीत में हम लोग उसे चिढ़ाते–अरे तू किस वेश्वा का पुत्र है। नाटकों की सफलता और प्रचार-प्रसार के बाद इसका सिलसिला चल निकला।

1962 में चीनी आक्रमण से लम्बे समय से हिन्दुस्तान और चीन के बीच जो मित्रता थी, हिन्दी-चीनी भाई-भाई का नारा था और दोनों देशों के बीच पंचशील के सिद्धान्तों पर आम सहमति थी, एक झटके में टूट गई। प्रधानमंत्री पंडित जवाहर लाल नेहरू इसके लिए तैयार नहीं थे। फलत: देश को गहरा आघात लगा। नेहरू शारीरिक और मानसिक रूप से अस्वस्थ हो गए। चीन के इस विश्वासघात से देश का जनमानस काफी आन्दोलित हुआ। गली-कूचे, चौक-चौराहे, गाँव-नगर में चीन के विश्वासघात की चर्चा चल पड़ी। प्रदर्शन, नारेबाजी, सभाएँ होने लगीं। चीनी आक्रमण पर नाटक लिखे जाने लगे। आम जनता को अभिव्यक्ति के विभिन्न माध्यमों से जानकारी दी जाने लगी। 63-64 में हम लोगों ने मुक्तिनाथ ड्रमेटिक क्लब के बैनर तले चीनी आक्रमण नामक एक नाटक का मंचन किया। नाटक इतना लोकप्रिय हुआ कि सोहाँव प्रखंड के अधिकारियों द्वारा सरकारी खर्च पर इसकी कई प्रस्तुतियाँ कराई गईं।

एक प्रस्तुति के खट्टे-मीठे अनुभव आज भी स्मृति में धँसे हुए हैं। कैथवली गाँव में चीनी आक्रमण की प्रस्तुति हो रही थी। मैं एक बड़े चीनी अधिकारी की भूमिका में था। मेरे साथ मारकंडे रस्तोगी मुझसे जूनियर आफिसर की भूमिका में था। एक दृश्य में दोनों को मदिरापान करते दिखाया गया था। लेकिन मुझे इस दृश्य में रंगीन पानी पीने का अभ्यास था। उस दिन मारकंडे चुपके से असली शराब ले गया था और ज्योंही दृश्य शुरू हुआ उसने गिलास में मुझे असली शराब परोस दी। उसे तो आदत थी किन्तु मैं तो शराब छूता भी नहीं था। होठों से लगाया तो जलन हुई। मैंने उसे भद्दी गाली देते हुए शराब का गिलास पटक दिया। जनता ने इसे भी नाटक का ही दृश्य समझा। बाद में मैंने उससे पूछा कि ऐसा क्यों किया तो उसने हँसकर कहा कि ओरिजिनालिटी पैदा करना चाहता था। हँसते हुए बोला कि मजा आ गया। क्योंकि वह तो सारी शराब गटर-गटर पी चुका था।

मुक्तिनाथ ड्रामेटिक क्लब का संविधान भी बन गया। इसमें हम लोगों ने काफी मिहनत की। बाद में विद्यानन्द पांडेय के कोटवा वाले हाता में टिकट पर कई नाटक खेले गए। हमारे घर के पास प्राथमिक विद्यालय के उद्घाटन के अवसर पर नाटक खेले गए। मैंने कई नाटकों को काट-छाँट कर अभिनय योग्य बनाया। जयशंकर प्रसाद के चन्द्रगुप्त नाटक को भी मंचीय बनाया। मैंने नाटकों को लिखना भी शुरू किया। बी. ए. की पढ़ाई के दौरान आचार्य सीताराम चतुर्वेदी के भाषण, भाषा के लालित्य

का प्रभाव मुझ पर पड़ चुका था और मैं भी उसकी नकल करता रहता था। वैसा ही प्रभावी वक्ता भी बनना चाहता था। महामहिम राज्यपाल के टाउन डिग्री कॉलेज में आगमन पर प्राचार्य जी द्वारा लिखित अभिनन्दन पत्र की प्रति मेरे पास थी। कानपुर में सिक्योरिटी प्रिन्टर्स ऑफ इंडिया के मैनेजर की विदाई में मैंने वैसा ही लिखा भी था और उसकी तारीफ भी हुई थी। उसका प्रभाव भी मुझ पर था। कोटवा के नाटकों ने मुझे मंच पर बोलने, भाषण देने की कला की शिक्षा और प्रेरणा दी। भुवनेश्वर भी लिखने-पढ़ने वाले अध्यापक थे। पढ़ाते भी अच्छा थे। हम लोगों की जोड़ी की धाक जम रही थी। मौनी स्वामी हमें पढ़ाई तथा अनुशासन के लिए अच्छा मानते थे। प्रिंसिपल को कहते भी थे। हमारे नाटकों का प्रभाव यह हुआ कि एक साल में गाँव में कई क्लब बन गए और कई मुहल्लों में दर्जनों नाटकों की प्रस्तुतियाँ हुईं।

इस बीच केदार नाथ राय बलिया से बी.एड. की ट्रेनिंग लेकर आ गए। आए तो अपने साथ कनुवान के ही एक और अध्यापक बालेश्वर राय को नियुक्त करवाए। वे और प्रभुनाथ राय तो पहले से ही थे। अब उनका गुट तीन हो गया। इधर मैं, श्याम बिहारी राय, घनश्याम राय, भुवनेश्वर राय आदि थे। स्कूल में अब गुटबाजी भी शुरू हो गई।

हिन्दुस्तान के इतिहास में 27 मई 1964 का दिन अत्यंत दु:ख और पीड़ा का दिन था क्योंकि इसी दिन देश के प्रधानमंत्री पं. जवाहर लाल नेहरू का निधन हो गया। देश में भारी शोक की लहर फैल गई। देश की राजनीति और शासन में उनके सबसे निकट के सहयोगी लाल बहादुर शास्त्री थे। देश के इस संकट को हल करने की जवाबदेही कामराज पर आई क्योंकि वे ही कांग्रेस के अध्यक्ष थे जो देश की आजादी की लड़ाई वाली सबसे बड़ी पार्टी थी। कामराज एक गम्भीर व्यक्ति थे और बड़ी खूबसूरती से उन्होंने इस संकट का समाधान निकाला। 31 मई, 64 को कांग्रेस कार्य समिति ने लाल बहादुर शास्त्री के पक्ष में प्रस्ताव पारित किया और पहली जून को उन्हें संसदीय दल का नेता चुन लिया गया। फिर दो जून को शास्त्री जी ने प्रधानमंत्री पद की शपथ ली। आम जनता में यह संदेश जा रहा था कि शास्त्री नेहरू के रिक्त स्थान की पूर्ति कैसे कर पाएँगे? लेकिन शास्त्री जी ने न केवल प्रधानमंत्री कार्यालय को मजबूत बनाया बल्कि 65 में पाकिस्तान को युद्ध में पराजित कर अपने को योग्य भी प्रमाणित किया। उनका जय जवान, जय किसान का नारा देश में काफी लोकप्रिय हुआ और देश ने उनका लोहा माना।

64 के जून में मैंने और बाबा पट्टी के विजयनारायण राय ने तय किया कि जब अध्यापकी करनी है तो बी.एड. की ट्रेनिंग करनी चाहिए। हम बनारस पढ़ना चाहते थे। इसलिए पता लगाकर सुहवल के प्रो. विश्वनाथ राय, जो उन दिनों बनारस के डी.ए.वी. कॉलेज में प्राध्यापक थे, के पास पहुँचे। वह कॉलेज राजपूत प्रभावित

था। वहाँ बी.एड. की पढ़ाई भी होती थी। उन्होंने वहाँ एडमिशन से इनकार कर दिया। हम लोग बी.एड. के मूड में थे। इसलिए वहीं से ट्रेन से बलिया पहुँचे। प्रो. के.बी. श्रीवास्तव तब तक प्रभारी प्राचार्य बन चुके थे, पता लगाकर उनके आवास पर गए और मिलकर बी.एड. में नामांकन के लिए आवेदन दिया। उस समय बी.एड. में नामांकन के लिए मारामारी नहीं थी। के.बी. श्रीवास्तव ने हमारा आवेदन मंजूर कर लिया। कोई डोनेशन भी नहीं लगता था। जहाँ तक याद है कि 10 बजे कॉलेज में जाकर काउंटर पर पचास या साठ रुपए में ही हमने नामांकन करा लिया। प्रसन्न होकर घर लौटे कि बी.एड. में एडमिशन हो गया। अब प्रश्न था कि मैं स्कूल छोड़कर पढ़ूँगा कैसे? महीना का खर्च कैसे चलेगा? घर से कुछ लेना मुनासिब नहीं लगता था। व्यवस्था भी शायद नहीं हो पाती। इसलिए मौनी स्वामी से निवेदन किया कि मुझे स्कूल से तीन बजे के बाद छुट्टी दे दी जाए। तीन बजे तक स्कूल में पढ़ाकर बी.एड. भी कर लूँगा। क्योंकि टाउन डिग्री कॉलेज में बी.एड. की कक्षायें छः बजे शाम से लगती थीं। स्वामी जी सहमत हो गए। विद्यालय के रुटीन में मेरे घंटे तीन बजे तक ही रखे गए। प्रतिदिन कोई लड़का साइकिल से उजियार घाट पहुँचा देता और मैं बस से बलिया जाकर अपनी कक्षा में भाग लेता। नाम लिखाकर कक्षा नहीं करने की परिपाटी उन दिनों नहीं थी। प्रतिदिन हाजिरी आवश्यक थी। उस समय बी.एड. में प्रो. मदन मोहन शर्मा, प्रो. सत्य प्रकाश सिंह, प्रो. जी. पी. सिंह, प्रो. प्रकाश चन्द्र आदि प्राध्यापक थे। विजय नारायण राय और मैंने बलिया में डेरा ले लिया था। कक्षाएँ कर रात को वहीं रहता। सबेरे बस पकड़कर घर आता और दिन भर पढ़ाकर फिर बलिया पहुँच जाता। छुट्टियों में तथा रविवार आदि को बलिया में रहकर कुछ अधिक मिहनत करता। करीब छः महीने तक यह काम करना पड़ा।

बी.एड. के दौरान ही पता चला कि आचार्य सीताराम चतुर्वेदी फिर प्राचार्य होकर लौट रहे हैं। हम लोग काफी खुश हुए क्योंकि बी. ए. के दौरान ही उनके व्यक्तिव का प्रभाव मुझ पर पड़ चुका था। मैं एकलव्य की तरह उनका शिष्य था। सचमुच वे अगस्त-सितम्बर तक आ गए। कभी-कभी बी.एड. की कक्षाएँ भी लेने आते। हमारी कक्षा में दो-तीन लड़कियाँ भी थीं। बी. ए. का सहपाठी बैजनाथ राम भी था जो रसड़ा के पास बैजलपुर का रहने वाला था और सारण जिले के सीवान अनुमंडल में रघुनाथपुर प्रखंड के उच्च विद्यालय राजपुर में अध्यापक नियुक्त हो गया था। स्कूल से छुट्टी लेकर बी.एड. करने आया था।

आचार्य सीताराम चतुर्वेदी की कक्षाएँ बड़ी रोचक और मनोरंजक होतीं। एक घटना जो मुझे अभी भी याद है और जिसने मुझे पढ़ाने की शैली प्रदान की, वह है आचार्य जी की शिक्षण पद्धति। एक दिन वे शिक्षण विधि पर व्याख्यान दे रहे थे। उदाहरण के तौर पर उन्होंने तुलसी का एक सवैया लिया।

सुनि सुन्दर वैन सुधा रस साने, सयानी हैं जानकी जान भली
तिरछे करि नैन दे सैन तिन्हें समुझाई कछू मुस्काइ चली।
तुलसी तेहि अवसर सोहैं सबैं अवलोकति लोचन लाहु अली,
अनुराग तड़ाग में भानु उदय बिकसी मनु मंजुल कंज कली।

आचार्य जी ने प्रसंग का उल्लेख करते हुए बतलाया कि जब राम वन जा रहे थे तो राम, लक्ष्मण के साथ सीता को देखकर वन में ग्रामीण स्त्रियों ने सीता से पूछा कि ये साँवले और गोरे आपके कौन हैं? तो सीता समझ गईं कि ये स्त्रियाँ बड़ी चतुर हैं। उन्होंने नेत्रों के इशारे से उन्हें समझाया कि ये हमारे कौन हैं। इसे समझाने के लिए आचार्य जी ने अभिनय शैली का प्रयोग किया। अपने गले के उत्तरीय का घूँघट बनाया, नेत्रों की चितवन से इशारा किया और कक्षा में जोरदार ठहाका लगा। लड़कियाँ कुछ संकुचित हुईं। मुझे जीवन भर आचार्य जी की यह शैली भूल नहीं पाई। वे कहते थे कि शिक्षण की कोई विधि नहीं होती बल्कि शिक्षक स्वयं विधि होता है। The teacher is himself a method. उनका यह कथन मुझे सर्वदा याद आता रहता है।

एक दिन पता चला कि कॉलेज में दीक्षान्त समारोह के दौरान उप-कुलपति आने वाले हैं और आचार्य सीताराम चतुर्वेदी द्वारा लिखित नाटक आचार्य विष्णुगुप्त का मंचन होने वाला है। एतदर्थ पात्रों के चयन के लिए इंटरव्यू आयोजित होगी। मुझे कोटवा में नाटकों के अभिनय का शौक लग गया था, इसलिए मैं भी इंटरव्यू में शामिल हुआ। कई लड़के शामिल थे। आचार्य जी के साथ इंटरव्यू बोर्ड में प्रो. सत्यप्रकाश सिंह, प्रो. निरंकार श्रीवास्तव आदि भी थे। मेरी बारी आई तो आचार्य जी ने पूछा कि किसी नाटक में भाग लिये हो? मैंने हाँ में उत्तर दिया। फिर नाम पूछा तो मैंने प्रसाद जी के चन्द्रगुप्त की चर्चा की। बोले–उस नाटक का कोई संवाद बोलो। मैंने चाणक्य का संवाद जो मुझे पसन्द था–'खींच ले ब्राह्मण की शिखा, शूद्र के अन्न से पले हुए कुत्ते' सुना दिया। वहाँ तो किसी ने कुछ नहीं कहा लेकिन पता चला कि मेरा चयन नहीं हुआ। फिर कुछ दिनों के बाद प्रो. निरंकार श्रीवास्तव ने मुझे बुलाया और कहा तुम्हें आचार्य विष्णुगुप्त की मुख्य भूमिका के लिए चुना गया है। मुझे आचार्य जी के पास ले जाया गया और उन्होंने समझाया कि तुम्हें स, श, और ष का उच्चारण करना नहीं आता है। उन्होंने तीनों का अन्तर समझाया और कुछ दिन अभ्यास करने का आदेश दिया। संयोग से दशहरा की छुट्टियाँ हो रही थीं। दशहरा की छुट्टी में घर न जाकर बलिया में ही रहा और स, श, ष के उच्चारण का अभ्यास किया। सम्भवत: नवम्बर में नाटक मंचित हुआ था। मैंने नाटक के मुख्य पात्र आचार्य विष्णुगुप्त की भूमिका निभाया। बाद में पता चला कि किसी अध्यापक ने आचार्य जी के डर से इस भूमिका को स्वीकार नहीं किया और अध्यापकों के सुझाव पर ही अन्त में यह भूमिका मुझे दी गई। जबकि नाटक में

कई अध्यापक भी पात्र थे। चन्द्रगुप्त की भूमिका में सम्भवतः प्रो. सत्य प्रकाश सिंह थे और त्रिदंडी की भूमिका में भी प्राध्यापक ही थे।

विशाल मंच पर दिन में दीक्षान्त समारोह और रात में नाटक मंचित हुआ। नाटक के समय उप-कुलपति भी मौजूद थे। आचार्य जी के अनुशासन की एक घटना का उल्लेख करना अप्रासंगिक नहीं होगा। एक प्रसंग में चन्द्रगुप्त को आचार्य विष्णुगुप्त के समक्ष उपस्थित होकर प्रणाम आचार्य कहना था। ज्योंही चन्द्रगुप्त रूपी पात्र ने आकर मुझे प्रणाम कहा, एक लड़के ने पंडाल में खड़े होकर शब्दों को दुहरा दिया। तत्काल आचार्य जी मंच पर चढ़ गए और ऐसी डाँट पिलाई कि पंडाल अनुशासित हो गया। फिर अन्त तक अनुशासित रहा।

मुझे यह भी याद है कि नाटक के दौरान पर्दा गिराओ, पर्दा उठाओ नहीं हुआ। वरन् खुले मंच पर विद्युत का प्रकाश बन्द कर दृश्य बदले जाते थे। यह अब तक मेरे द्वारा किए गए नाटकों में पहला प्रयोग था जिसे बाद में हम लोगों ने भी कई स्थानों पर दुहराया। नाटक से आचार्य जी तक मेरी सीधी पहचान बन गई। यह भी याद है कि नाटक के अभ्यास के दौरान वे कभी-कभी आते थे। एक दिन मुझे बुलाकर उन्होंने कहा था कि पृथ्वीराज कपूर की ऐक्टिंग देखी है। मेरे हाँ कहने पर सुझाव दिया कि उसी तरह बोलने का अभ्यास करो। 65 के मई-जून में मैंने और विजय नारायण राय ने बी. एड. की डिग्री प्राप्त कर ली। हमारे अपने प्रयास और परिश्रम से यह हमारी पहली उपलब्धि थी जिसने आगे हमारे लिए विकास के रास्ते खोल दिए। हमारी दृढ़ इच्छा शक्ति और कठिन परिश्रम की यह एक शुरुआत थी।

6

बी.एड. के आखिरी दिनों में मैंने अपने मित्र एवं सहपाठी बैजनाथ राम से कहा था कि मेरे लिए भी बिहार में जगह तलाशना। संयोगवश मई 1965 में सीवान अनुमंडल के श्रीकृष्ण उच्च विद्यालय कैलगढ़, में हिन्दी और भूगोल शिक्षक का एक विज्ञापन अखबारों में छपा और बैजनाथ ने मुझसे पूछे बिना मेरे नाम से आवेदन कर दिया। आवेदन उस विद्यालय में पहुँचा तो विद्यालय के प्रधानाध्यापक श्री नर्मदेश्वर मिश्र ने उसी विद्यालय में सोहाँव (बलिया) के एक शिक्षक बृजमंगल राय से चर्चा की। वे चाहते थे कि इस पद पर किसी ब्राह्मण की नियुक्ति हो और वह स्थानीय नहीं हो। गाँव के स्कूल में गर्मी की छुट्टियाँ 15 मई से होने वाली थीं और मौनी स्वामी चातुर्मास पर बाहर जाने वाले थे। मैंने जाने के पहले उनसे कहा था कि मैंने बी.एड. कर लिया है और मेरा भी वेतन पाँच रुपए बढ़ा दिया

जाए। उस समय सभी प्रशिक्षित स्नातक शिक्षकों को पैंसठ रुपए वेतन मिलते थे। स्वामी जी ने सकारात्मक ही उत्तर दिया। बोले प्रिंसिपल को कह दिया है। लेकिन दूसरे दिन प्रिंसिपल से पूछा तो प्रिंसिपल मुकर गए। इस बीच गर्मी की छुट्टी के एक दिन पहले बृजमंगल राय, स्कूल पर मुझसे मिलने आए और प्रस्ताव रखा कि आपका आवेदन आया है। आप इंटरव्यू में चलिए। उन्होंने बताया कि बिहार में सरकार ने प्रशिक्षित स्नातक शिक्षक के लिए 150-250 रुपए का वेतनमान 01.04.1965 से लागू कर दिया है। देर-सबेर वेतन पूरा मिलता है। अधिक पर हस्ताक्षर कराकर कम वेतन नहीं दिया जाता। आवास की व्यवस्था नि:शुल्क है। हेडमास्टर की ओर से आश्वस्त भी किए कि नियुक्ति हो जाएगी। वे भी चाहते थे कि एक आदमी हमारे पड़ोस का हो जाएगा तो साथ आएँगे-जाएँगे। मैं असमंजस में था लेकिन उनके दबाव पर इंटरव्यू में जाने के लिए राजी हो गया।

सम्भवत: 8 जुलाई, 1965 को अन्तर्वीक्षा थी। बृजमंगल राय फिर 3-4 जुलाई को आए और बोले कि उनके घर किसी की मृत्यु हो गई है इसलिए वे साथ नहीं जा पाएँगे। मुझे सारे रास्ते की जानकारी दी कि कैसे जाना है और सबसे पहले स्कूल में किसके पास जाना है। स्कूल से बाजाप्ता इंटरव्यू लेटर भी आ गया था। बैजनाथ का पत्र भी आया था कि आपके नाम पर आवेदन कर दिया है, इंटरव्यू लेटर आए तो जरूर जाइएगा। घर में चर्चा की और इजाजत मिल गई।

7 जुलाई को रात-भर ट्रेन की यात्रा कर हथुवा पहुँचा। वहाँ से टमटम पर कैलगढ़ जाना था। हथुवा उतरने पर पास का ही एक लड़का रणेन्द्र सिंह मिल गया। वह नवीहाता के ईश्वर दयाल सिंह का बेटा था। पूछते-पूछते मैं भी उसी टमटम पर बैठा। रणेन्द्र ने कहा कि वह स्कूल को जानता है और वहाँ पहुँचा देगा। उस समय हथुवा यानी मीरगंज से कैलगढ़ की सड़क बेहद खराब थी। लगता था कि टमटम बीच रास्ते में ही उलट जाएगा। खैर, किसी प्रकार वहाँ पहुँचा और प्रधानाध्यापक के आवास पर गया। शायद 9 बज रहे थे। उनसे प्रेमपूर्वक बातें हुईं। उन्होंने ही खाना भी खिलाया। उसिना चावल का भात देखकर कुछ चिन्ता हुई लेकिन प्रेमपूर्ण व्यवहार अच्छा लगा। 11 बजे इंटरव्यू था। प्रधानाध्यापक ने कहा, आप आराम कर समय पर आइयेगा। कैम्पस में ही स्कूल था। तीन-चार लोग इंटरव्यू में आए थे। लेकिन सभी अन्ट्रेंड थे। एक-दो लोगों ने व्यंग्य भी किया कि इतनी दूर मास्टरी करने में क्या मिलेगा? आदतन मैंने कोई प्रतिक्रिया नहीं दी। रामसुन्दर तिवारी, बड़हरिया के प्रखंड शिक्षा प्रसार पदाधिकारी भी कमिटी के सदस्य की हैसियत से इंटरव्यू बोर्ड में शामिल थे। कुछ सवाल मुझसे पूछे गए। फिर क्लास में पढ़ाने को कहा गया। दसवीं कक्षा की हिन्दी का घंटा था। (उत्तर प्रदेश में घंटा ही कहा जाता है इसलिए आदतन उसी का प्रयोग किया है) मैं वर्ग में गया तो छात्रों ने बताया कि नेत्रदान पढ़ाना है। उस वक्त रामवृक्ष बेनीपुरी का नाटक नेत्रदान सहायक

पुस्तक के रूप में पढ़ाया जाता था। प्रथम दृश्य में ही महेन्द्र और संघमित्रा का संवाद था। सिंहल की राजकुमारी तिष्यरक्षिता पाटलिपुत्र जा रही थी। संघमित्रा खुश थी किन्तु महेन्द्र ने संघमित्रा की खुशी पर इस संवाद से विराम लगा दिया कि "कभी सुन्दरतम वस्तु ही संसार में सर्वनाश का कारण बन जाती है।" मैंने एक घंटे तक विभिन्न उदाहरणों से इस उक्ति की व्याख्या की। छात्र बड़े संतुष्ट हुए। एक घंटे फिर पढ़वाया गया। भूगोल पढ़ाया। शाम को स्कूल के सेक्रेटरी, जो उसी कैम्पस में रहते थे और मेरे बाबा जैसे थे, बाहर से लौटे तो उनके नाती सच्चिदानन्द ने उनसे मेरी पढ़ाई की तारीफ की और मुझे नियुक्त करने का आग्रह किया। उस दिन काफी बिलंब हो गया था और लौटने वाली गाड़ियों की कोई जानकारी भी मुझे नहीं थी। इसलिए प्रधानाध्यापक के साथ उनके आवास पर ही रुक गया। रात को विविध मुद्दों पर खूब बातें हुईं। उन्होंने मुझे नियुक्ति का आश्वासन भी दिया। दूसरे दिन विद्यालय सचिव, पंडित मंगल प्रसाद शर्मा से मिला। वे काफी प्रसन्न दिखे और सच्चिदानन्द की बातें बताईं। उन्होंने भी स्कूल में रहने का आग्रह किया। 10 बजे विद्यालय पहुँचा और प्रधानाध्यापक ने खुद टाइप राइटर पर टाइप कर सचिव से दस्तखत कराकर मुझे नियुक्ति पत्र दे दिया।

उस दिन 1965 की 9 जुलाई थी। कक्षाओं में मुझे भेजा गया और मैंने जमकर हिन्दी और भूगोल पढ़ाया। लड़के काफी प्रसन्न थे। शाम को प्रधानाध्यापक स्वयं सचिव के पास ले गए। उन्होंने साथ-साथ बाजार ले जाकर मिठाई भी खिलाई। यानी मेरे साथ काफी आत्मीय व्यवहार हुआ और मैंने लगभग मन बना लिया कि यहीं अध्यापक बनकर रहूँगा। नियुक्ति पत्र में वेतनमान 150-250 रुपए लिखा गया था। कुछ महँगाई भत्ता ऊपर से। खाने, रहने की व्यवस्था भी अच्छी लगी। मैं एक सप्ताह वहाँ रह गया। फिर घर आया और स्कूल में जाकर त्यागपत्र दे दिया। प्रधानाचार्य केदार नाथ राय भीतर-भीतर काफी खुश हुए। ऊपरी मन से जरूर कहा कि रुक जाइए। श्याम बिहारी राय, भुवनेश्वर राय थोड़े असहज दिखे और कहा कि साथ-साथ ही छोड़ना चाहिए था। क्योंकि केदार नाथ राय की गुटबाजी से सभी खिन्न थे।

दूसरे दिन एक पुराने टिन के बक्से में अपने कपड़े, कुछ सामान, घर से कुछ किताबें लीं और कैलगढ़ पहुँच गया। त्यागपत्र की खबर जब मौनी स्वामी को मिली तो वे प्रधानाचार्य पर रंज हुए। कारण यह बताया गया था कि पाँच रुपए की वेतनवृद्धि नहीं होने से मैंने स्कूल छोड़ दिया। लड़के दुखी थे क्योंकि वे मेरी पढ़ाई से सन्तुष्ट थे। कुछ दिन बाद बाबू मुरली राय का एक पत्र मिला, जिसमें मुझसे लौट आने का आग्रह किया गया था। यह भी कहा गया था कि स्वामी जी आपको छोड़ना नहीं चाहते हैं। वे वेतन वृद्धि भी कर देंगे। लेकिन मैं तो निश्चय कर चुका था कि गाँव में नहीं रहना है और पुनः वहाँ क्या लौटना जिसे मैं छोड़ चुका था। साथ ही कैलगढ़ में रहने का वादा भी कर चुका था। गाँव के वेतन की बजाय

यहाँ वेतनमान था और विद्यालय सरकार से मान्यता प्राप्त भी था। जबकि गाँव का विद्यालय अभी मान्यता भी नहीं प्राप्त कर सका था। नित्यप्रति मौनी स्वामी को सलामी भी देनी पड़ती थी। गाँव पर भैया के नेतृत्व में घर में सब कुछ ठीक-ठाक चल रहा था। जरूरत थी तो सिर्फ अर्थ की और अर्थ की प्राप्ति बाहर ही हो सकती थी। मैं निश्चिंततापूर्वक पढ़ना, पढ़ाना, स्वतंत्र जीवन जीना और न्यायोचित तरीके से घर के सुदृढ़ीकरण के लिए धन कमाना चाहता था। शायद इतना ही जीवन का लक्ष्य था। इसके आगे कुछ सोचा भी नहीं था। धन कमाने की गाँव में कोई न्यायपूर्ण व्यवस्था भी नहीं थी। लेकिन कैलगढ़ में पढ़ने-पढ़ाने, ज्ञानार्जन करने, शुद्ध वातावरण में जीवन जीने की सारी समुचित व्यवस्था थी। मन रम गया। शाम को छत पर तीन-चार चारपाई लगतीं, गप-शप होती, देश-दुनिया की बातें होतीं, पढ़ाई-लिखाई पर भी बातें होतीं "संगच्छध्वं, संवदध्वम्" नीति पर चलना, टीमवर्क करना अच्छा लगता था। अखबार, पत्रिकाएँ डाक से मँगाने, पढ़ने, लिखने की पूरी आजादी थी।

1966 के मार्च महीने में विद्यालय में एकमुश्त अनुदान के रुपए आए और उसमें मेरे वेतन मद में दो हजार रुपए मिले। होली की छुट्टियों में घर को दो हजार रुपए लाकर दिए। तय हुआ कि मिट्टी के घर को तोड़कर ईंट का बनाया जाए क्योंकि पड़ोस के दोनों पट्टीदारों–पंडित अम्बिका पांडेय और पंडित सर्वानन्द पांडेय के घर ईंट के बने थे। हमारे घर में उससे हीन भावना बनती थी। भैया और पिताजी गाँव की चिमनी पर जाकर तुरत बैना-बट्टा कर आए। हम एक डेग आगे बढ़े।

कैलगढ़ में योगदान करने के दो माह के अन्दर ही पता चला कि बिहार माध्यमिक शिक्षक संघ इस राज्य के माध्यमिक शिक्षकों का एक संगठन है और उसकी क्षेत्रीय इकाई का सम्मेलन सीवान अनुमंडल के मैरवा प्रखंड के कोआपरेटिव उच्च विद्यालय, जगदीशपुर कोठी में आयोजित है। शायद शुक्रवार-शनिवार का दिन था। यह भी पता चला कि गोपालगंज अनुमंडल के शाहपुर सिधवलिया उच्च विद्यालय में सारण जिला माध्यमिक शिक्षक संघ का सम्मेलन आयोजित है। एक-दो दिन आगे-पीछे दो जगहों पर दो सम्मेलन थे। हमने प्रधानाध्यापक जी से जाने की इच्छा व्यक्त की। हमारी रुचि सामाजिक कार्यकलापों में शुरू से ही रही है। अपने वरिष्ठ सहकर्मी, बच्चा पांडेय जी से भी चर्चा की क्योंकि मैं सीवान, गोपालगंज के भूगोल से परिचित नहीं था। वे भी सहमत हो गए। दोनों ने संयुक्त रूप से प्रधानाध्यापक से आग्रह किया और वे तुरन्त सहमत हो गए। हमें जाने की इजाजत भी दे दिए। निश्चित तारीख को हम लोग साइकिल से लगभग तीस किलोमीटर चलकर जगदीशपुर पहुँचे। मन में अपार उत्साह था। वहाँ शाहपुर के दो शिक्षक श्री राजमंगल दूबे और विभूति दीक्षित, ठेपहाँ के प्रधानाध्यापक वीरेन्द्र कुमार के नेतृत्व में उनके विद्यालय के चार-पाँच शिक्षक और पचरुखी के प्र. अ. महेन्द्र कुमार के नेतृत्व

में एक-दो शिक्षक आए थे। जगदीशपुर के तो थे ही। पहली बार उस स्कूल में मकई के भुट्टे का होरहा खाया, खूब मजा आया। हरिनन्दन यादव, जो उस विद्यालय के संस्थापक श्री महादेव चौधरी के पुत्र थे और उसी स्कूल में अध्यापक भी थे, ने हम लोगों का आतिथ्य-सत्कार किया। बैठक में शिक्षकों के सवालों पर कुछ चर्चा हुई फिर चुनाव हुआ। सब कुछ प्रेमपूर्ण। ज्यादा समझ में तो नहीं आया लेकिन अच्छा लगा। बैठक के बाद सभी लोग चले गए। हम दोनों दूर-दराज के थे इसलिए ठहर गए। रात को हरिनन्दन जी के घर से पूड़ी-सब्जी बनकर आई और बड़े-बड़े गिलासों में घर का शुद्ध दूध। खूब आनन्द आया। सुबह उठकर आस-पास टहले। विद्यालय की निर्जनता को देखा और बगल में नीलही कोठी, जिसमें अंग्रेज रहते थे, चढ़कर देखी। नाश्ता करके फिर गोपालगंज होते हुए झझवाँ पहुँचे। यहीं बच्चा पांडेय जी का घर था। उस समय शायद उनका गाँव बरौली प्रखंड में पड़ता था। अब तो सिधवलिया प्रखंड हो गया है और चीनी मिल के कारण काफी मशहूर जगह है। स्नान, भोजन से निवृत्त होकर लगभग 12 बजे सिधवलिया हाई स्कूल पर पहुँचे। अटट देहात का यह स्कूल उस दिन खूब सजा-धजा था। एक बड़ा सा मंच बना था। शामियाना लगा था। लाउडस्पीकर पर गाने बज रहे थे। स्कूल के द्वार के पास बड़ा पीपल का पेड़ था। वहीं एक कमरे में कुछ शिक्षकों की बैठक चल रही थी। चुपचाप शामिल हो गए। क्योंकि कोई रोक-टोक नहीं थी। पता चला कि विषय समिति की बैठक है। कुछ प्रस्ताव पास हुए। छपरा अनुमंडल के चुल्हन प्रसाद सिंह बैठक में मुख्य भूमिका निभा रहे थे। थोड़ी देर यानी लगभग दो बजे अपराह्न सम्मेलन शुरू हुआ। मंच पर गोपालगंज कॉलेज के प्राचार्य डॉ. राजेन्द्र प्रसाद सिंह, बिहार माध्यमिक शिक्षक संघ के अध्यक्ष जगदीश शर्मा, वृन्दा प्रसाद राय वीरेन्द्र, एम. एल. सी., राज्य सम्पोषित बालिका उच्च विद्यालय, गोपालगंज की प्रधानाध्यापिका सुशीला सिन्हा आदि मौजूद थे।

वृन्दा प्रसाद राय वीरेन्द्र और जगदीश शर्मा के भाषण सुनने का मौका मिला। शामियाने से बाहर पीपल के पेड़ के पास बैठकर सब कुछ सुनता रहा। वहाँ कोई हमें पहचानने वाला तो था नहीं। मौन भाव से सम्मेलन देखा, भाषण सुना और अच्छा महसूस किया। बातें शिक्षकों के वेतन, भत्ते, सुविधाओं पर और शिक्षा की दशा-दिशा पर ही केन्द्रित थीं। सम्मेलन खत्म हुआ तो उस रात झझवाँ में ही रुके। सबेरे नाश्ता करके हम लोग कैलगढ़ पहुँचे और प्रधानाध्यापक तथा शिक्षक मित्रों को वहाँ की सारी बातें बताईं। इस प्रकार इन दोनों सम्मेलनों के माध्यम से मेरा बिहार माध्यमिक शिक्षक संघ से पहला परिचय हुआ। फिर कभी-कभी स्कूल पर 'दी ईस्टर्न एजूकेशनिस्ट' की प्रति डाक से आ जाती तो उसे पढ़ता। चूँकि स्कूल के कैम्पस में ही डाकघर भी था। सामने कैलगढ़ का राजभवन था। लेकिन कोई रहता नहीं था। नौकर-चाकर ही सुरक्षा, साफ सफाई की व्यवस्था देखते। वसंत पंचमी में वहाँ

पशुओं का मेला लगता। उस समय कैलगढ़ राज के मालिक डॉ. उमाशंकर सिंह आते। वे ही विद्यालय की प्रबन्ध समिति के अध्यक्ष भी थे। पता चला कि वे गया के निवासी हैं। बच्चों के अच्छे डॉक्टर हैं तथा कैलगढ़ राज के दामाद हैं। कैलगढ़ राज को तमकुही (उत्तर प्रदेश) राज में ज्यादा संपत्ति मिली थी। वहाँ बड़ा फार्म हाउस था और वे वहीं रहते थे। कैलगढ़ में तो बस एक बार वसंत पंचमी के अवसर पर अपनी गाड़ी से सपरिवार आते थे। उनकी पत्नी का नाम शशि प्रभा था। कैलगढ़ इस्टेट का सारा काम-काज उनके मैनेजर पंडित मंगल प्रसाद शर्मा और कचहरी के कागज वगैरह भदई राम ही देखते थे। भदई राम रोज सौ पचास रुपए कागज देखकर कमा लेते थे।

गाँव के स्कूल में ही था तो एम. ए. प्रथम वर्ष की परीक्षा गोरखपुर विश्वविद्यालय से उत्तीर्ण कर चुका था। सिर्फ दूसरा वर्ष बाकी था। यहाँ आकर उसे भी पूरा कर लिया। मई 66 में हिन्दी विषय में एम. ए. उत्तीर्ण हो गया और अब एम. ए. प्रशिक्षित हो गया। बिहार माध्यमिक शिक्षक संघ द्वारा 66 में छेड़े गए आन्दोलन के फलस्वरूप 01.04.1966 से सरकार ने प्रत्येक हाई स्कूल में एम. ए. ट्रेंड के दो पद सृजित कर दिए और बी. ए. ट्रेंड से भिन्न एम.ए. ट्रेंड का वेतनमान भी लागू कर दिया। हमारे विद्यालय में मुझे छोड़कर कोई भी एम.ए. ट्रेंड नहीं था। सबलोग अपनी योग्यता से संतुष्ट थे। मुझमें योग्यता और ज्ञान बढ़ाने की भूख थी। मैं लगातार ज्ञानार्जन का पक्षधर था। प्रधानाध्यापक ने सलाह दी कि एम. ए. ट्रेंड वेतनमान के लिए आवेदन कर दीजिए। मैंने आवेदन कर दिया। विद्यालय में पढ़ाने के अतिरिक्त अन्य कार्यों यथा विभागीय कार्यों-शिक्षकों का वेतन विपत्र बनाना, अधिकारियों को पत्र लिखना, लाइब्रेरी ठीक-ठाक कर निःशुल्क लाइब्रेरियन का काम करना आदि में भी मेरी गहरी रुचि थी। प्रधानाध्यापक अमूमन विभागीय पत्र लिखवाते तो मुझे ही डिक्टेशन देते। क्योंकि विद्यालय के लिपिक आशुतोष सिंह लेप्रोसी के मरीज थे। ठीक से कुछ कर नहीं पाते थे। हम लोग विद्यालय की नीतिगत बातों पर प्रायः आवास पर ही खाना खाते अथवा सोने के दौरान विमर्श कर लिया करते थे।

बृजमंगल राय प्रतिदिन छुट्टी के बाद शाम को पड़ोसी गाँवों में घूमने चले जाते। छात्रों, अभिभावकों से मिलते और पूरे क्षेत्र के हालात से प्रधानाध्यापक को अवगत कराते। वे एक तरह से विद्यालय और प्रधानाध्यापक के खुफिया दूत थे। कैलगढ़ का इलाका मुस्लिम बहुल था और वह हेडमास्टर को जनसंघी मानता था। चूँकि हेडमास्टर नर्मदेश्वर मिश्र दबंग और दक्ष व्यक्ति थे। अतः स्थानीय शिक्षक भी उनके खिलाफ रहते थे। वे लेट आना चाहते थे तथा जल्दी जाना चाहते थे। हेडमास्टर स्कूल की पढ़ाई से कोई समझौता नहीं चाहते थे। यह अच्छा गुण था। वे स्वयं भी अंग्रेजी अच्छी पढ़ाते थे। अन्य विषयों की भी उन्हें अच्छी जानकारी थी। मैं और बृजमंगल राय इस्टेट की बिल्डिंग में एक ही कमरे में रहते थे। नीचे

प्राथमिक स्वास्थ्य केन्द्र था जहाँ अमरुद्दीन अहमद नामक एक कम्पाउंडर और राजेन्द्र लाल, अनुसेवक रहते थे। वहाँ कुछ मरीज भी आते रहते थे।

सितम्बर-अक्टूबर में स्कूल में संस्कृत शिक्षक की एक जगह खाली हुई तो सुन्दरी के पंडित राम शंकर पांडेय, जो कानपुर में संस्कृत कॉलेज में अध्यापक थे, की नियुक्ति हुई। वे बड़े मिहनती, सरल और निश्छल हृदय के व्यक्ति थे। बच्चा पांडेय जी ने उनकी पैरवी की थी क्योंकि उनकी ससुराल उदन्त राय के बंगरा में थी लेकिन उनकी सास सुन्दरी की थीं और अपने नैहर में ही रहती थीं। फलत: पांडेय जी की ससुराल सुन्दरी ही मानी जाती थी। सुन्दरी उस क्षेत्र का चर्चित गाँव था। उस गाँव की एक लड़की प्रेमलता तथा बहुतेरे लड़के विद्यालय में पढ़ने आते थे।

एक दिन आवास पर बातों-बातों में चर्चा चली कि टाउन डिग्री कॉलेज, बलिया में 64-65 के दौरान, जब मैं बी.एड. का छात्र था, आचार्य सीताराम चतुर्वेदी लिखित नाटक आचार्य विष्णुगुप्त का मंचन हुआ था और मैं उसमें प्रधान नायक की भूमिका में था। चूँकि 1962 के चीनी आक्रमण का प्रभाव भारत पर गहरा पड़ा था और 1965 में पाकिस्तान के साथ हुए युद्ध में तत्कालीन प्रधानमंत्री लाल बहादुर शास्त्री की बहादुरी और साहस की चर्चा आम जनता की जबान पर थी। उनका नारा 'जय जवान जय किसान' काफी लोकप्रियता हासिल कर चुका था। प्रधानमंत्री सुरक्षा कोष में राशि देने की खबरें लगातार अखबारों में छप रही थीं। बातों-बातों में चर्चा चल पड़ी कि सुरक्षा कोष में दान देने के निमित्त कैलगढ़ में भी एक नाटक का मंचन किया जाए। उस नाटक से जो आय होगी उसे सुरक्षा कोष में भेजा जाएगा। प्रधानाध्यापक के सुझाव पर मैंने मध्य विद्यालय के शिक्षकों से इसकी चर्चा की। कुछ दिनों के बाद एक सम्मिलित बैठक आयोजित हुई और उस बैठक में निर्णय हुआ कि इसे कार्यरूप दिया जाए। दूसरे दिन यह बात स्थानीय समाचार की सुर्खियाँ बनी। सबने स्वागत किया। कैलगढ़ के आस-पास के गाँवों में दुर्गापूजा के अवसर पर नाटक खेलने की परम्परा पहले से ही थी। फलत: स्कूल के नाटक पर आस-पास के गाँवों में चर्चा चल पड़ी। उस समय रघुनाथपुर के प्रफुल्ल कुमार द्विवेदी प्रधानाध्यापक के पास आया करते थे। वे अच्छा गीत गाते थे। कभी-कभी रात को भी हम लोगों के साथ रहते और गीत सुनाते। तय हुआ कि उस अवसर पर दृश्यों के परिवर्तन के समय उनके गीत भी गवाए जाएँगे।

नाटक के पात्रों का चयन हो गया। मुझे आचार्य विष्णुगुप्त की भूमिका मिली। प्रधानाध्यापक ने धननन्द की भूमिका पसंद की। बृजमंगल राय को चन्द्रगुप्त और त्रिदंडी की भूमिका विद्यालय के शिक्षक गणेश प्रसाद को मिली। वे हँसमुख, मजाकिया व्यक्ति थे। स्कूल में भी उनकी यही भूमिका रहती थी। मध्य विद्यालय के शिक्षकों को भी कुछ भूमिकाएँ दी गईं। कुछ छात्र भी चुने गए। उनमें सुन्दरी का लक्ष्मण भी था।

निर्धारित तिथि को आचार्य विष्णुगुप्त नाटक का मंचन हुआ। स्कूल से सटे इस्टेट के खँडहर में मंच बनाया गया। इसके चारों ओर चहारदीवारी थी। एक ही ओर से प्रवेश था। कुछ टिकट गाँवों में घूम-घूम कर सुरक्षा कोष के नाम पर काटे गए थे। एक सौ इक्यावन रुपए और कुछ इक्यावन रुपए के। काउंटर पर शायद दस रुपए के टिकट रखे गए थे।

गाँव से सामनाथ को पर्दा के साथ बुला लिया था। गाँव के मुक्तिनाथ ड्रामेटिक क्लब का अनुभव काम आया। सामनाथ ने मंच, पर्दा सब कुछ सँभाला और बीच-बीच में प्रफुल्ल कुमार द्विवेदी के गीत, पं. हीरा तिवारी का तबला वादन, मीरगंज के बैजनाथ मिश्र जी के गीत खूब पसंद किए गए। कुल मिलाकर प्रदर्शन अच्छा रहा लेकिन खर्च काटकर रुपए दो-तीन सौ ही बचे। ज्यादा आमदनी नहीं हो पाई। इसे सुरक्षा कोष में भेज दिया गया। नाटक ने विद्यालय और आस-पड़ोस के गाँवों में हमारी धाक जमा दी। मिलने और प्रशंसा करने वालों की लम्बी कतार बनी। प्रतिवर्ष सरस्वती पूजनोत्सव यानी वसंत पंचमी को विद्यालय में नाटक का मंचन अनिवार्य सा बन गया। सुन्दरी, शिवधर हाता आदि गाँवों में भी नाटकों का मंचन जोर पकड़ने लगा।

66 की जनवरी से ही विद्यालय में साहित्य परिषद् की स्थापना पर हमने जोर देना शुरू कर दिया था। प्रधानाध्यापक से विमर्श किया और उनकी सहमति लेकर इसकी शुरुआत कर दी। तुलसी जयंती आते-आते हमने एक माह का कार्यक्रम बनाया और प्रति शनिवार बाहर से किसी विद्वान को आमंत्रित कर 'तुलसी और रामचरितमानस' पर व्याख्यान कराना शुरू किया। प्रधानाध्यापक इस काम में हमारा मार्ग-दर्शन कर रहे थे। इस प्रकार 66 से 68 तक विद्यालय में साहित्यिक गोष्ठियों ने अच्छा स्वरूप ले लिया। बच्चों को काफी मजा आता लेकिन साथी अध्यापक इसे समय का दुरुपयोग मानते। 68 में मैंने प्रधानाध्यापक से प्रस्ताव रखा कि विद्यालय पत्रिका का प्रकाशन किया जाना चाहिए। उनकी स्वीकृति लेकर रचनाएँ आमंत्रित की गईं। पत्रिका का नाम रखा 'प्रतिमा'। इस प्रकार विद्यालय की पहली पत्रिका दुर्गा प्रेस, सीवान को छापने को दी गई। दुर्गा प्रेस, सीवान के प्रोपराइटर रामगोपाल महेनसरिया थे। वे मारवाड़ी विरादरी के सज्जन एवं उदार व्यक्ति थे। मैं पत्रिका का प्रूफ देखने सीवान जाता। एक-दो बार उनके यहाँ रहने, भोजन करने का अवसर भी मिला। वे काफी सम्मान देते।

पत्रिका के सिलसिले में प्राय: शनिवार को छुट्टी के बाद सीवान चला जाता। जवानी का जोश था। आना-जाना भारी नहीं लगता था। विद्यालय पत्रिका में मेरे शिष्य रवि प्रकाश सिन्हा ने कम्प्यूटर पर एक आलेख लिखा था, जिसमें कम्प्यूटर की उपयोगिता तथा भयावहता की चर्चा थी। सम्पादन के क्रम में मुझे भी इसकी जानकारी मिली। बाद में प्रतिमा के एक-दो अंक और छपे। इस प्रकार बच्चों में

साहित्य के प्रति अभिरुचि विकसित हुई और उनमें बोलने-लिखने की क्षमता का विकास भी हुआ। विद्यालय में यह एक नई क्रान्ति थी जिसे बच्चों ने दिलचस्पी से स्वीकार किया।

इस बीच डी. ए. वी. उच्च विद्यालय सीवान में सारण जिला माध्यमिक शिक्षक संघ की एक बैठक हुई। मैंने प्रधानाध्यापक के साथ उसमें भाग लिया। उस समय सारण जिला के अध्यक्ष पंडित मधुसूदन पांडेय थे जो सीवान के ही निवासी थे लेकिन सारण के रामपुर अटौली उच्च विद्यालय में संस्कृत के अध्यापक थे। उनका भाषण सुनने का अवसर मिला। काफी अच्छा लगा।

बिहार में 1967 में पहली बार डॉ. राम मनोहर लोहिया का गैर-कांग्रेसवाद का नारा साकार हुआ जब यहाँ महामाया प्रसाद सिन्हा के नेतृत्व में संविद सरकार का गठन हुआ और श्री कर्पूरी ठाकुर राज्य के शिक्षा मंत्री बने। भारत की सरकार ने 1964 में डॉ. डी.एस. कोठारी की अध्यक्षता में एक राष्ट्रीय शिक्षा आयोग का गठन किया था जिसने 66 में सरकार को अपनी रिपोर्ट सौंप दी। आयोग ने शिक्षकों के बेहतर वेतनमान की सिफारिश की। बाद में आयोग की इस रिपोर्ट पर संसद ने स्वतंत्र भारत में पहली बार राष्ट्रीय शिक्षा पर एक समग्र नीति स्वीकार की। देश के शिक्षकों में आशा बँधी और बिहार में शिक्षकों ने कोठारी वेतनमान की माँग सरकार के समक्ष रखी।

बिहार में प्राथमिक, माध्यमिक तथा विश्वविद्यालय सभी स्तर के शिक्षकों में कोठारी वेतनमान को लेकर एक नया चिन्तन और एक महासंघ बनाकर संयुक्त आन्दोलन करने का विचार उभरा और महासंघ के नेतृत्व में मार्च 68 में अभूतपूर्व अनिश्चितकालीन हड़ताल हुई। इस समय तक भोला पासवान शास्त्री राज्य के मुख्यमंत्री पद पर आसीन हो चुके थे। वे बड़े संवेदनशील, महान व्यक्तित्व वाले बिहार के पहले दलित मुख्यमंत्री थे। सामाजिक पीड़ा एवं विषमता के भोक्ता भी थे। उनमें शिक्षकों के प्रति काफी सम्मान का भाव था। महासंघ के नेतृत्व में हजारों शिक्षकों ने जेल यात्राएँ कीं। इस सफल जेल भरो आन्दोलन और अनिश्चितकालीन हड़ताल का केन्द्र जमाल रोड ही था। सरकार ने महासंघ के साथ समझौता किया और सभी कोटि के शिक्षकों को कोठारी आयोग द्वारा अनुशंसित वेतनमान और सरकारी महँगाई-भत्ता की घोषणा हुई। बिहार के शिक्षक आन्दोलन के इतिहास में इस आन्दोलन को अभूतपूर्व माना गया। सफलता भी अभूतपूर्व रही। लेकिन इस हड़ताल की गूँज हमारे विद्यालय तक नहीं पहुँची। फलतः हड़ताल में हमारी भागीदारी तो हुई लेकिन हड़ताल को हमने छुट्टियों के रूप में लिया। शिक्षक संघ की इस जीत का बोध हमें लड़कर नहीं हुआ। तत्कालीन जिला संघ का नेतृत्व ग्रामीण विद्यालयों को सम्पूर्णतः नहीं जगा पाया। हालाँकि समझौते का सारा लाभ हमें भी मिला।

जहाँ तक याद है सम्भवतः 69-70 के जून में पिताजी का निधन हो गया। वे

दमा के रोगी थे और खाँसी से काफी परेशान रहते थे। 68 में जब सीवान के पांडेय रेडियो से 250 रुपए का फिलिप्स रेडियो खरीद कर घर ले गया था, वे बड़े प्रसन्न हुए थे। उन्हें रेडियो देखकर बड़ा आश्चर्य हुआ था और उन्होंने रेडियो को प्रणाम भी किया था। गाँव के ही केदार नाथ राय आते और आश्चर्य से रेडियो देखकर पूछते कि बेटा इसमें आदमी कैसे बोलता है? उनको लगता कि रेडियो में कोई आदमी बैठा हुआ है, जो बोलता है, गाना गाता है। ग्रामीणों की इस सरलता पर मन खुशियों से भर उठता। दो बैंड का यह रेडियो बहुत दिनों तक हमारे मनोरंजन का प्रधान साधन था। इस बीच हमारी दो बेटियाँ कृष्णा और उषा का जन्म हो चुका था। घर में छोटे-छोटे बच्चे माँ का खूब मनोरंजन करते। हमारी दूसरी बेटी उषा कुछ ज्यादा मुखर थी। वह हमारी माँ से कहती, ''आजी, आपको गिनती पढ़ावें।'' माँ हँसने लगतीं।

1970 में मैं सीवान से जुड़ गया। प्रायः सीवान आता-जाता। शिक्षक संगठन में रुचि जम रही थी। उस समय तो मुझे कुछ नहीं पता चला, किन्तु 1970 में जब मैं वीरेन्द्र कुमार और रामचन्द्र ओझा के साथ बिहार माध्यमिक शिक्षक संघ के 32वें डाल्टेनगंज (पलामू) सम्मेलन में 5-7 दिसम्बर 70 को भाग लेने गया तो उस सम्मेलन का उद्घाटन करने माननीय भोला पासवान शास्त्री पूर्व मुख्यमंत्री आए थे। सम्मेलन के उद्घाटन के दौरान अपने वक्तव्य में उन्होंने शिक्षकों को कोठारी वेतनमान कैसे दिया, इसकी वृहद चर्चा की थी। उन्होंने अपने भाषण में कहा था कि समझौते के टे॰ल पर दो बार अधिकारियों ने शिक्षकों की माँगों को यह कहकर खारिज कर दिया ॰ा कि माँगें मान लेने पर बिहार का विकास अवरुद्ध हो जाएगा। तीसरी बार जब मैंने जोर देकर कहा कि सरकार ने शिक्षकों को कोठारी वेतनमान और सरकारी महँगाई भत्ता देने का निर्णय कर लिया है और एतदर्थ कोष की व्यवस्था आपको करनी है तो उन्हीं अधिकारियों ने हमारे निर्णय की भूरि-भूरि प्रशंसा की। उसी सम्मेलन में मैंने जगदीश शर्मा का अध्यक्षीय भाषण भी सुना था। उन्होंने सम्मेलन में उपस्थित शिक्षकों का आह्वान करते हुए कहा था कि सरकार हमारे स्कूलों का सरकारीकरण करे चाहे इसे बोर्डीकरण कहे, ईंटकरण कहे, चाहे जो नाम दे ले लेकिन हमें प्रबन्ध समितियों की दासता से मुक्ति चाहिए। सारा पंडाल तालियों की गड़गड़ाहट से गूँज उठा था और सरकारीकरण का प्रस्ताव स्वीकृत हो गया था। थोड़ी देर के बाद जब पदाधिकारियों के चुनाव हुए तो शर्मा जी बिहार माध्यमिक शिक्षक संघ के अध्यक्ष चुन लिए गए थे।

मैंने पहली बार समझा कि ब्यूरोक्रेसी क्या होती है और इस राजनीतिक व्यवस्था में जिसे हम लोकतंत्र कहते हैं, ब्यूरोक्रेसी की कितनी बड़ी भूमिका होती है। एक तरह से पूरा लोकतंत्र उसके हाथों में केन्द्रित होता है और ब्यूरोक्रेसी यानी नौकरशाही राजनीतिक सरकार को जैसा चाहे समझाती है, अपनी अँगुली पर नचाती है। इस

सन्दर्भ में मुझे नेहरू की एक बात याद आती है। एक बार उनके एक मंत्री ने उनसे मिलकर शिकायत की कि उसके विभाग का सचिव उनकी बात नहीं मानता। नेहरू ने उस मंत्री को समझाते हुए पूछा कि बिगड़ैल घोड़े को कैसे नियंत्रित किया जाता है? मंत्री ने दबे स्वर में कहा कि लगाम कसकर? नेहरू मुस्कुरा दिए। मंत्री को अपने प्रश्न का उत्तर मिल गया।

डाल्टेनगंज सम्मेलन से मैं काफी उत्साहित होकर लौटा था और प्रधानाध्यापक तथा मित्रों को सारे दस्तावेज दिखाकर सारी बातें बताई थीं। वे भी बड़े प्रसन्न हुए थे। बिहार माध्यमिक शिक्षक संघ के प्रति इस सम्मेलन ने मेरे अन्दर गहरी आस्था और प्रेरणा भर दी। वीरेन्द्र कुमार हमारे आदरणीय नेता बन गए। मैं शनिवार, रविवार या छुट्टियों में उनके घर जाने लगा। संघ, संगठन की बातें करने लगा। वीरेन्द्र कुमार भी हमारा सम्मान करते। उनके पिताजी उस समय मध्य विद्यालय के प्रधानाध्यापक थे। उनका भी स्नेह मिलता। इसी क्रम में मैं रामचन्द्र ओझा के संपर्क में भी आया। वे अनुमंडल संघ के सचिव थे और मेरे स्वजातीय थे।

1952 और 1957 के प्रथम और द्वितीय आम निर्वाचन में कांग्रेस का जलवा था। आजादी की बड़ी पार्टी होने के कारण देश सहित बिहार विधान सभा चुनाव में उसने बड़ी कामयाबी हासिल की थी। आजादी के एक महान नेता डॉ. श्रीकृष्ण सिंह के नेतृत्व में बिहार की सरकार बेहतर काम कर रही थी लेकिन धीरे-धीरे कांग्रेस की अन्दरूनी खींचतान और जातिगत लड़ाइयाँ धरातल पर उभरने लगीं। इसलिए सार्वजनिक क्षेत्र में औद्योगिक इकाइयों की स्थापना, सिंचाई परियोजनाओं का निर्माण, जमींदारी उन्मूलन जैसे बड़े कामों के बावजूद सत्ता संघर्ष तीखा होता गया और 62 के तीसरे आम निर्वाचन में कांग्रेस का लुढ़कना शुरू हो गया और 67 आते-आते चौथे निर्वाचन में वह मात्र 128 सीटों पर सिमट गई। 1957 में भारतीय कम्युनिस्ट पार्टी ने बिहार विधान सभा में सात सीटों पर जीत दर्ज की थी और 1967 आते-आते वह विरोध की बड़ी पार्टी बन गई। उसे विधान सभा में 24 सीटें मिल गईं। चूँकि 1964 में कम्युनिस्ट पार्टी का विभाजन हो गया था और माकपा दूसरी कम्युनिस्ट पार्टी बन गई थी तथा 1967 में उसे भी तीन सीटें मिल गई थी। इस प्रकार वामपंथी शक्तियाँ बिहार की राजनीति में प्रभावी भूमिका में आ गईं। बिहार माध्यमिक शिक्षक संघ के नेतृत्व में 60 के दशक में वामपंथी रुझान तीव्रता पर थी। फलत: संघर्ष के कार्यक्रमों पर चिन्तन और शिक्षकों को संघर्ष पर उतारने के कार्यक्रमों के निर्णय मजबूती से होने लगे थे।

1969 में मैंने बिहार विश्वविद्यालय, मुजफ्फरपुर से व्यक्तिगत छात्र के रूप में संस्कृत विषय में एम. ए. की परीक्षा का फार्म भर दिया था और 70 के मार्च में मुजफ्फरपुर में परीक्षा होने वाली थी। कार्यक्रम घोषित हो चुका था और मैं मुजफ्फरपुर जा चुका था कि परीक्षा से दो-तीन दिन पहले छपरा के राजेन्द्र कॉलेज

के प्राचार्य भोला प्रसाद सिंह की उनके कार्यालय में ही हत्या कर दी गई। घटना इतनी भयानक थी कि विश्वविद्यालय सहित बिहार में तहलका मच गया। स्नातकोत्तर परीक्षाएँ टल गईं। दो पेपर आगे खिसका दिए गए। इस परीक्षा में उच्च विद्यालय नवतन, सीवान के प्रधानाध्यापक रामेश्वर द्विवेदी भी परीक्षार्थी थे। हमदोनों साथ रहते थे। मैं रात को घंटों पढ़ता। वे हमारा मजाक उड़ाते कि इतना पढ़ने की क्या जरूरत है? मैं आश्चर्य करता। वे कहते कि यह बिहार है। मुझे विश्वास नहीं होता। सचमुच जब कुछ दिनों बाद परीक्षाएँ शुरू हुईं तो आधा घंटा बिलम्ब से परीक्षा हाल खुला। कमरे में भारी गंदगी का अम्बार था। एक निरीक्षक आए और उत्तर पुस्तिकाएँ वितरित कर दीं। कुछ देर में पर्चा भी मिल गया। निरीक्षक कमरे से बाहर चले गए। परीक्षार्थियों ने अपने साथ लाई गई पुस्तकों से देखकर लिखना शुरू कर दिया। कोई रोकने-टोकने वाला नहीं था। ऐसे ही एम. ए. की परीक्षा हुई। किन्तु मैंने नकल की हिम्मत नहीं जुटाई और अपनी याद से उत्तर लिखा। मुझे द्वितीय श्रेणी ही मिली जो मेरी अपेक्षा थी। टापर वह लड़का बना जो नियमित था और किताबें देखकर लिखता था। द्विवेदी जी की बातें सच हो गईं। लेकिन 1970 की वह परीक्षा अभी भी मेरे जेहन में नाचती रहती है। धन्य है बिहार और धन्य है यहाँ की शिक्षा व्यवस्था।

1970 में राज्य में निजी बी.एड कॉलेज खुलने लगे तो डी.ए.वी. हाई स्कूल के प्रधानाचार्य बाबू राम पाठक ने डी. ए. वी. हाई स्कूल में एक शिक्षक प्रशिक्षण कॉलेज खोला। साल भर बाद वी.एम. हाई स्कूल के शिक्षक दिनेश चन्द्र गुप्त और इन्द्रदत्त शुक्ल ने लालबाबू जौहरी तथा कुछ अन्य लोगों के सहयोग से सीवान में एक दूसरा बी.एड कॉलेज स्थापित किया। लालबाबू ने अपने घर का ऊपरी हिस्सा कॉलेज को दे दिया। कॉलेज का नाम रखा गया विद्या भवन शिक्षक प्रशिक्षण महाविद्यालय, सीवान। कॉलेज की शासी निकाय में पिछड़ों की ज्यादा भागीदारी थी। यह 67 के संविद सरकार का प्रभाव था। शुक्ल जी एम. एस-सी., एम. एड. थे। वे प्राचार्य बनाए गए। दिनेश चन्द्र गुप्त कॉलेज के सचिव थे। भिठ्ठी के प्रधानाध्यापक दिनेश चन्द्र सिंह भी एम.ए., एम.एड. थे, वे शिक्षक नियुक्त हुए। ठेपहाँ के वीरेन्द्र कुमार भी प्राध्यापक नियुक्त हुए। मैं इस बीच अनुमंडल शिक्षक संघ की गतिविधियों में लगातार शिरकत करने के कारण वीरेन्द्र कुमार और दिनेशचन्द्र सिंह के सम्पर्क में आ चुका था। इसका लाभ मुझे विद्या भवन कॉलेज में मिला। मैंने भी इन्द्रदत्त शुक्ल और दिनेश चन्द्र गुप्त से मुलाकात की। दिनेश चन्द्र सिंह से पैरवी कराकर कॉलेज में प्राध्यापक बन गया। अप्रत्यक्ष रूप से दिनेश चन्द्र गुप्त और शुक्ल जी ने पढ़वाकर मेरा इंटरव्यू भी लिया और मैं सफल अध्यापक साबित हुआ। फलतः मुझे रखने में कोई एतराज नहीं हुआ। यद्यपि मैं उच्च वर्ग का था और कॉलेज पिछड़े वर्गों का प्रतिनिधित्व कर रहा था। चूँकि कॉलेज शाम को

चलता था इसलिए कैलगढ़ से रोज साइकिल से सीवान आता और 9 बजे रात तक पढ़ाता। सात सौ रुपए मासिक मानदेय मिलता था। मुझे अच्छा लगने लगा। कॉलेज के छात्रावास में रहने का सुयोग मिला। मेरे साथ पटना के महेश प्रसाद सिंह, जिन्होंने पटना कॉलेज में दिनेश चन्द्र सिंह के साथ एम.एड. किया था, रहते थे। दस-बीस लड़के भी रहते थे। वहीं स्टेशन के होटलों में खाना खाकर हम रात को छात्रावास में रहते थे और सुबह कैलगढ़ पहुँच कर स्नान-भोजन कर स्कूल में पढ़ाया करते थे।

इस बीच कॉलेज के उद्‌घाटन का कार्यक्रम तय हुआ। श्री रामानन्द यादव, जो उन दिनों बिहार सरकार के मंत्री थे और सीवान के ही रहने वाले थे, उद्‌घाटन करने आए थे। इस अवसर पर रात में सांस्कृतिक कार्यक्रम भी आयोजित हुआ था। उद्‌घाटन के दिन कॉलेज में विमलेश जी की नाट्य मंडली ने भोजपुरी नाटक 'मनवा के साध' का मंचन किया। मैंने उस दिन कार्यक्रमों का संचालन किया और सीवान के स्थापित संचालनकर्ता पांडेय रामेश्वरी प्रसाद के संचालन को पीछे छोड़ दिया। दिनेश चन्द्र गुप्त, सचिव, इन्द्रदत्त शुक्ल, प्राचार्य सहित सीवान के साहित्यिक, सांस्कृतिक, सामाजिक व्यक्तियों के बीच स्थापित होने का यहीं से मुझे अवसर मिला। सबने मेरे संचालन की प्रशंसा की। धीरे-धीरे विमल कुमार सिंह विमलेश से जान-पहचान हुई। दो वर्षों में बी. एड. कॉलेज तो टूट गया लेकिन जनरल कॉलेज उसी नाम से चलता रहा। उसी समय मुसलमानों ने जेड. ए. इस्लामिया कॉलेज की स्थापना की थी जो एक अल्पसंख्यक कॉलेज था। चूँकि डी.ए.वी. कॉलेज के बाद सीवान में कोई दूसरा कॉलेज नहीं था। इसलिए आबादी के हिसाब से कॉलेज की आवश्यकता तो थी ही। बी.एड बन्द हो जाने के बाद हास्टल बन्द हो गया। जनरल कॉलेज में लड़के नाममात्र के थे। दिनेश चन्द्र सिंह ने पढ़ाना बन्द कर दिया। मैंने 1970 में संस्कृत से भी एम.ए. कर लिया था। अच्छा अध्यापक तो था ही। इसलिए कॉलेज मुझे छोड़ना नहीं चाहता था। फुलेना चौधरी, अवध बिहारी चौधरी तथा वीरेन्द्र कुमार के साथ किरण शंकर हिन्दी में दूसरे प्राध्यापक थे। वे कान से कम सुनते थे। हास्टल बन्द हो जाने और हास्टल वाले भवन में ही कॉलेज चलने के कारण मुझे शुक्ल टोली में एक कमरा किराया पर लेना पड़ा। सच्चिदानन्द मिश्र, जो उच्च विद्यालय हुसेनगंज में अध्यापक थे, के घर में पहली मंजिल पर एक कमरा मिला। बगल के कमरे में डी.ए.वी. कॉलेज के रसायन शास्त्र के व्याख्याता प्रो. पतिराम पांडेय रहते थे। दो कमरों में कॉलेज के छात्र रहते थे। पांडेय जी दिनभर खूब ट्यूशन पढ़ाते थे। हम किसी होटल में रात को कामचलाऊ खाना खाते और प्रातःकाल आई.ए. की कक्षाओं में अपना विषय पढ़ाकर 10 बजे तक विद्यालय पहुँच जाते। इसी बीच विमलेश जी से घनिष्ठता बढ़ी। उनका बिहार कामर्शियल इन्स्टीच्यूट सड़क पर ही था, जहाँ हम शुक्लटोली स्थित आवास के लिए मुड़ते थे। शाम को स्कूल से आने पर कुछ देर वहाँ बैठते। रामानन्द पांडेय, ब्रजेश दीक्षित,

मूँगालाल आदि से वहीं भेंट हुई। रामानन्द पांडेय महिला कल्याण विभाग में कर्मचारी था और भोजपुर का रहने वाला था। नाटक संगीत में उसकी गहरी रुचि थी। दीक्षित कविताएँ लिखता था और कवि सम्मेलनों के मंच से सुनाता था। आवाज बड़ी अच्छी थी। हम लोगों ने मिलकर एक संस्था 'साहित्य संगम' बनाई। रामानन्द महीने में एक बार उसकी बैठक करवाता था। बैठकें प्राय: डॉ. मिथिलाशरण के यहाँ होतीं। वे सीवान में होमियोपैथी के अच्छे डॉक्टर थे और काफी प्रतिष्ठित थे। वे कलक्टर, एस.पी. आदि अधिकारियों, पत्रकारों, आभिजात्य वर्ग के लोगों से परिचय बढ़ाने के पक्षधर थे। साहित्य संगम की बैठकें प्राय: शाम को सात बजे से होतीं। कुछ गीत आदि भी होते। डॉक्टर साहब की छोटी बेटी नूतन लता मंगेशकर की सुरीली आवाज में 'कान्हा आन पड़ी मैं तेरे द्वार' भजन बहुत बेहतर और आकर्षक ढंग से गाती थी। यूँ तो पांडेय रामेश्वरी प्रसाद सीवान के सार्वजनिक समारोहों के एकमात्र एनाउंसर थे लेकिन विद्या भवन कॉलेज के उद्‌घाटन समारोह में मेरे संचालन ने मेरा सिक्का जमा दिया था और पांडेय रामेश्वरी पीछे छूट गए थे। मेरा संचालन साहित्यिक और लच्छेदार हिन्दी वाला होता। फलत: पढ़े-लिखे समाज में पसन्द किया जाता था। धीरे-धीरे मैं सीवान के बुद्धिजीवी समाज में चर्चित हो रहा था। इसी समय विद्या भवन कॉलेज की पत्रिका 'विद्या' छपी जिसका सम्पादन मैंने किया। मुद्रक वाराणसी का था, उससे जान-पहचान हुई और उसने मेरा भी पहला नाटक 'पृथ्वीराज चौहान' छापा।

पिताजी के निधन के ढाई-तीन साल बाद माँ का अचानक निधन हो गया। वे अभी मरने की स्थिति में नहीं थीं। मेरे मन में माँ को लेकर कई प्रकार के भाव थे। सोचा करता था कि पैसे कमाने लगूँगा तो माँ को तीर्थ कराऊँगा, श्रीमद्‌भागवत की कथा सुनाऊँगा और उन्हें प्रसन्न रखने के उपाय करूँगा। लेकिन अचानक निधन से सारी बातें मन में ही रह गईं। माँ प्रतिदिन मुहल्ले की स्त्रियों के साथ गंगा स्नान करने जाती थीं। मृत्यु के दिन भी वह गंगा स्नान करने गई थीं। लौटीं तो शायद उन्हें शौच महसूस हुआ और शौचालय गईं किन्तु वही गिर कर मृत्यु को प्राप्त हो गईं। मौत ने उन्हें सँभलने का मौका नहीं दिया। शायद उन्हें दिल का दौरा पड़ा था। उस समय न तो हार्ट अटैक शब्द सामान्य रूप से जगजाहिर था और न ब्लड प्रेशर। माँ ने न तो कभी शिकायत की थी और न डॉक्टर के पास ही गई थीं। उनकी मृत्यु के समय न तो घर में भैया ही थे और न मैं ही। मैं तो कैलगढ़ में था और दाह-संस्कार में भी शामिल नहीं हो सका। चार-पाँच दिनों के बाद मुझे खबर मिली थी और मैं घर पहुँचा था। इस प्रकार माँ के अन्तिम दर्शन का भी अवसर मुझे नहीं मिल सका। इसका मुझे अब भी अफसोस है। मुझे माँ का भोला-भाला, निष्कलंक, निश्छल चेहरा अब भी याद आता है। वह आवश्यकता से अधिक सज्जनता की प्रतिमूर्ति थीं। मैंने उन्हें कभी गुस्सा करते नहीं देखा।

सम्भवत: 70-71 तक हमें कोठारी वेतनमान और सरकारी दर पर जीवनयापन भत्ता की सुविधा देने सम्बन्धी अधिसूचना आ चुकी थी और वेतन निर्धारण भी अनुमंडल शिक्षा पदाधिकारी, जिला शिक्षा पदाधिकारी से होते हुए सरकार से हो चुका था। मुझे अपार खुशी थी। मैं विद्यालय में ट्रेंड एम. ए. का वेतनमान प्राप्त कर चुका था और प्रधानाध्यापक के बाद मेरा ही वेतन सबसे ज्यादा था। भले ही प्रतिमाह वेतन नहीं मिलता था। लेकिन अनुदान आने पर एकमुश्त दो-चार हजार मिल जाता था। गाँव पर मिट्टी का घर तोड़कर ईंट का घर तो 66 से ही बनने लगा था। एक ओर बन भी गया था। अब हम अपने पट्टीदारों की बराबरी में आगे बढ़ रहे थे। माँ और भैया तथा पिताजी सभी काफी खुश थे। हमारी भी नौकरी के पैसे अक्टूबर और मार्च में दिखाई पड़ने लगे थे। जब घाटानुदान के एकमुश्त पैसे एक बार मिलते थे।

शिक्षक संघ में आस्था इतनी गहरी हो गई थी कि 12-14 मई 72 को सी. एम. एस. स्कूल भागलपुर में आयोजित राज्य संघ के 33वें सम्मेलन में भी वीरेन्द्र कुमार और साथियों के साथ मैं भाग लेने भागलपुर गया। वहाँ राज्य के सिंचाई मंत्री डॉ. जगन्नाथ मिश्र और अखिल भारतीय माध्यमिक शिक्षक महासंघ के अध्यक्ष सत्यप्रिय राय आए थे, जो बाद में बंगाल के शिक्षा मंत्री भी बने। उन दोनों के भाषणों ने मेरे अन्दर काफी उत्साह और ऊर्जा का संचार किया। दोनों सम्मेलनों में मुझे कुछ भी कष्ट नहीं प्रतीत हुआ, बल्कि अपार प्रसन्नता का अनुभव हुआ। शिक्षक संघ के प्रति आस्था और दृढ़ हुई। इसी अधिवेशन में संघ ने प्रस्ताव स्वीकृत किया-''सभी विद्यालयों का प्रबन्ध सरकार अपने हाथ में ले ले!'' यद्यपि यह माँग संघ की पुरानी माँग थी लेकिन इसे यहाँ दृढ़तापूर्वक दुहराया गया और सम्भवत: 5 सितम्बर 1972 से संघर्ष एवं जेल भरो कार्यक्रम तय किया गया।

भागलपुर तक आते-आते अपने विद्यालय का प्रतिनिधित्व राज्य अधिवेशन में हम करने लगे थे। भागलपुर से लौटकर साथियों को बताया कि सम्मेलन में क्या-क्या हुआ। विद्यालय में संघ की चर्चा होने लगी। फलत: 72 के इस आन्दोलन में हमारे विद्यालय ने बढ़-चढ़ कर हिस्सा लिया। शायद 6 सितम्बर, 72 को हमारे प्रमंडल की बारी थी। वीरेन्द्र कुमार के नेतृत्व में हमारे विद्यालय से प्रधानाध्यापक, बच्चा पांडेय और मैं जेल भरो कार्यक्रम में शामिल होने पटना पहुँचे। हमारे साथ सीवान के कई अध्यापक थे। सचिवालय का घेराव करते हुए हमें जेल जाना था। उस समय नया सचिवालय की चहारदीवारी नहीं थी। शिक्षकों ने चारों ओर से सचिवालय को घेर लिया और कोई अधिकारी कर्मचारी भीतर प्रवेश नहीं कर सका। फलत: हमारी गिरफ्तारी हुई। हम सरकारी बसों में भरकर फुलवारी शरीफ कैम्प जेल पहुँचाए गए। रास्ते भर इन्कलाब जिन्दाबाद, एकमात्र है माँग हमारी, हाई स्कूल करो सरकारी, जब तक शिक्षक भूखा है, ज्ञान का सागर सूखा है, नारे लगाते रहे।

अन्ततः हम जेल गेट पर पहुँचे। यह जेल नया-नया बना था। हमसे पहले अराजपत्रित कर्मचारियों के संगठन ने जेल यात्रा की थी। हम जेल गेट पर पहुँचे तो औपचारिकता पूरी कर 2 बजे जेल के भीतर दाखिल हुए। उस समय राधा सिन्हा पटना सदर की अनुमंडल पदाधिकारी थीं। वे बड़ी कड़क अधिकारी थीं। उन्हें देखकर अराजपत्रित कर्मियों ने नारा लगाया–"बोल राधा, बोल संगम होगा कि नहीं"। उन पर लाठियाँ बरस पड़ीं। इस जेल में हम बीस-बाइस दिन रहे। कई बैरकों में हम रखे गए। प्रतिदिन प्रातः अखबार आता। अखबार की लूट मच जाती। बाद में अखबार बैरकवार कर दिया गया। अपने बैरक में हम अखबार जोर-जोर से पढ़कर सबको सुनाते।

प्रतिदिन 3 बजे से जेल प्रांगण में सभा आयोजित होती। सभी बैरकों के लोग वहीं इकट्ठा हो जाते। जमशेदपुर का गुप्ता, जो पैर से लँगड़ा था, जेल की थाली बजाकर साथियों के साथ खूब गाना गाता। पता चला कि वह आकाशवाणी का भी कलाकार था। उसका गीत 'जय शिक्षक जय शिक्षक संघ' राष्ट्र गीत जैसा लोकप्रिय गीत बन गया और सभा में प्रतिदिन गाया जाता। कुछ शिक्षक प्रहसन सुनाते, कुछ भाषण देते। कुछ कविताएँ सुनाते। सीतामढ़ी के जिला अध्यक्ष चन्देश्वर सिंह बड़ी अश्लील कहानियाँ सुनाते। हम लोगों ने उनका नाम 'वी.सी. करप्शन यूनिवर्सिटी' रख दिया था। दिन इसी प्रकार कटता लेकिन रातें भारी लगतीं क्योंकि आठ बजे खाना खाकर हमें बैरकों में बन्द हो जाना पड़ता। एक सिपाही रात को रोलकाल में प्रतिदिन हमारी गिनती करता। सुबह उठने पर भी गिनती होती। जेल में आनन्द तो था लेकिन गेट के पास पहुँचते तो मन भारी हो जाता। बाहर निकलने का आदेश नहीं था। हार कर फिर भीतर आ जाते 'जैसे उड़ि जहाज को पंछी पुनि जहाज पर आवे।' बाहर के मित्र गेट पर आते और कुछ-कुछ समाचार सुनाते। उन्हीं से साबुन, सत्तू, बिस्कुट तथा अन्य सामान मँगाये जाते। दो-तीन दिनों के जेल प्रवास में ही छपरा के वी.सेमिनरी के प्रधानाध्यापक और सारण जिला संघ के सचिव विशेश्वर प्रसाद इतने नर्वस हो गए कि पर्सनल बांड पर जेल से बाहर हो गए। आम शिक्षकों ने उनकी कायरता का खूब उपहास किया।

जून 1972 में तीन बेटियों के बाद मुझे पुत्र रत्न की प्राप्ति हुई थी। पोते का मुंह न तो पिताजी देख सके थे और न ही माँ देख सकी थीं। रह-रहकर मुझे भी घर की चिन्ता हो आती। जेल आने लगे तो लड़के की तबीयत खराब होने की सूचना मिली थी। मन रह-रह कर चिन्तित हो जाता किन्तु ईश्वर का भरोसा था। अच्छे काम की सिद्धि के लिए जेल आए थे। किसी अपराध में तो आए नहीं थे। अतः मन में दृढ़ विश्वास था कि सब कुछ अच्छा ही होगा। लेकिन जेल से कब छूटेंगे यह तय नहीं था। बीस-बाइस दिनों के बाद एक दिन पता चला कि जगदीश शर्मा, अध्यक्ष जेल गेट पर आए हैं। सारे नेता मिलने दौड़े। पीछे-पीछे मैं भी था। शर्मा जी ने बताया कि सरकार विद्यालयों का सरकारीकरण नहीं करना चाहती।

वह सरकारीकरण से सिद्धान्ततः सहमत है। जेल यात्रियों ने उन्हें भोजन से बचाए पैसों की थैली दी और कहा कि जब तक आप आदेश नहीं देंगे, हम जेल से बाहर नहीं निकलेंगे। चार-पाँच दिन के बाद खबर आई कि समझौता हो गया मगर आर्थिक लाभ कुछ भी नहीं हुआ। फिर हम जेल से बाहर आए, हमारा उत्साह चरम पर था। शिक्षक संघ को किसी ने न तो कोसा, न ही गालियाँ दीं। बिहार माध्यमिक शिक्षक संघ के अब तक के आन्दोलनों में यह हमारी पहली सक्रिय भागीदारी थी। पहली जेल यात्रा भी थी। पहली बार हमने जेल देखा था। इस भागीदारी और जेल यात्रा ने हमारे उत्साह को काफी बढ़ाया और हमारे अन्दर एक नई ऊर्जा पैदा की। पूर्वापेक्षा शिक्षक संघ के प्रति हमारा विश्वास और गहरा हुआ। नागेन्द्र सिंह, भुवनेश्वर सिंह, मोहन प्रसाद, रामदेव सिंह, रामचन्द्र ओझा, वीरेन्द्र कुमार, सुरेन्द्र कुमार द्विवेदी आदि से संवाद कायम हुआ और अन्तरंगता बढ़ी। इसी जेल यात्रा से हमारे भविष्य के दरवाजे खुले।

दिसम्बर में बेटे की तबीयत ज्यादा खराब हो गई। उसे तेज बुखार था। बक्सर के डॉक्टरों को दिखाया गया। मगर ज्यादा लाभ नहीं हुआ। मैं कैलगढ़ था, मुझे सूचना आई और घर आकर बनारस हिन्दू विश्वविद्यालय अस्पताल ले गया। डॉक्टरों ने मेननजाइटिस बताया। एक सप्ताह के बाद घर लौटा। कुछ ठीक हुआ लेकिन रोग ने उसे प्रभावित कर दिया। बाद में काफी दवाइयाँ की लेकिन जैसा डॉक्टरों ने बताया था, वह कमर से विकलांग हो गया। मानसिक विकास भी उम्र के हिसाब से काफी कम हुआ। हालाँकि जीवित बच गया। खानदान का पहला लड़का था इसलिए देवी-देवता की पूजा भी हुई। फिर भी पूरी तरह आज भी स्वस्थ नहीं हो पाया। इन्हीं कष्टों के बीच अपने आगे के कर्तव्यों का निर्वहन करता रहा।

1972 के नवम्बर-दिसम्बर में सीवान को जिला का दर्जा प्राप्त हो गया और 3 दिसम्बर, 72 को इसका विधिवत उद्घाटन भी हो गया। गांधी मैदान में एक भव्य समारोह आयोजित हुआ और के. राय पाल इसके प्रथम जिलाधिकारी नियुक्त हुए। इस प्रकार सीवान सारण जिले का अब अनुमंडल नहीं बल्कि स्वतंत्र जिला बन गया। उस समय गोपालगंज सीवान जिले का एक अनुमंडल था किन्तु गोपालगंज के राजनीतिज्ञों के दबाव में गोपालगंज भी दो-तीन महीनों के अन्दर ही जिला घोषित हो गया।

1973 की जुलाई में बिहार माध्यमिक शिक्षक संघ का चौतीसवाँ सम्मेलन छपरा में आयोजित होने वाला था। अनुमंडल कार्यसमिति के सदस्य के रूप में मैं भी सम्मेलन के आयोजन के लिए गठित स्वागत समिति की बैठकों में भाग लिया करता था। तैयारियाँ चल रही थीं और इस बीच सांगठनिक चुनाव भी चल रहे थे। उन दिनों चुनाव की इतनी धूम नहीं होती थी और संघ में राज्य चुनाव आयोग भी नहीं था। अपने-अपने ढंग से जिले, अनुमंडल के नेता चुनाव आयोजित करते थे।

राज्य संघ के चुनाव के पूर्व सीवान अनुमंडल और सीवान जिले का चुनाव होना था। सीवान के दोनों गुट भीतर-भीतर प्रयासरत थे कि उसके पक्ष की जीत हो। तारीख तय हो जाने के बाद एक दिन रामचन्द्र ओझा मेरे पास आए। उस समय वे वीरेन्द्र कुमार से काफी नाराज चल रहे थे। वे अपना प्रतिवेदन लिखने का भार मुझे सौंप गए। मैंने अनुमंडल सचिव का प्रतिवेदन तैयार कर दिया। उन दिनों प्रतिवेदनों की मुद्रण की व्यवस्था नहीं थी। क्योंकि शिक्षक संघ के पास कोष का अभाव होता था, कोई प्रेस वाला दाता भी नहीं मिलता था। अनुमंडल सचिव का प्रतिवेदन हस्तलिखित था। 12 जुलाई, 1973 को डी. ए. वी. उच्च विद्यालय, सीवान के प्रधानाध्यापक कक्ष में सम्मेलन आयोजित था। जाहिर है तीस-चालीस लोग बमुश्किल सम्मेलन में भाग लेने आए थे। कुछ नाम याद हैं—बाबूराम पाठक के अलावे भुवनेश्वर सिंह, आन्दर के नागेन्द्र प्रसाद सिंह, सिसवन के प्रधानाध्यापक चन्द्रमा सिंह, वीरेन्द्र कुमार, दिनेशचन्द्र सिंह तथा पचरुखी से एक जीप गाड़ी करके रामनारायण सिंह अपने साथियों के साथ दलबल सहित पहुँचे थे। उन लोगों के मन में अनुमंडल सचिव का पद जीतना था। सम्मेलन शुरू हुआ तो ओझा जी ने प्रतिवेदन पढ़ना शुरू किया लेकिन लिखावट मेरी थी। अत: वे ठीक से पढ़ नहीं पाए। फिर तय हुआ कि मैं ही पढ़ दूँ। शिक्षक संघ की इस तथाकथित बड़ी सभा में पहली बार मैं वक्ता बना था। मैंने रिपोर्ट पढ़ी और जब बैठने को हुआ तो इस बीच मेरी कुर्सी किसी ने हथिया ली थी। मैं जमीन पर गिर पड़ा। फिर सम्भल कर दूसरी कुर्सी पर बैठा। चोट नहीं लगी। लेकिन सहानुभूति के शब्द उच्चरित हुए। प्रस्तावों के बाद अनुमंडल पदाधिकारियों के चुनाव शुरू हुए। पचरुखी वालों ने झट रामनारायण सिंह के नाम का प्रस्ताव किया। वे काफी तैयार हो कर आए थे। फलत: रामनारायण सिंह, अनुमंडल सचिव चुन लिए गए। सब कुछ सर्वसम्मत हुआ।

फिर जिला संघ के चुनाव की बारी आई। झटपट नागेन्द्र सिंह ने अध्यक्ष पद के लिए बाबूराम पाठक का नाम प्रस्तावित कर दिया। पिछड़े वर्ग के लोग चाहते हुए भी तेजी नहीं दिखा सके। प्रस्ताव स्वीकृत हो गया। सचिव के पद की बारी आई तो घोषणा होते ही भुवनेश्वर सिंह ने मेरा नाम प्रस्तावित कर दिया। सभा में सन्नाटा पसर गया क्योंकि उस पद के अव्वल दावेदार दिनेशचन्द्र सिंह थे, मैं दोनों दलों में स्वीकार्य था। फलत: मन मसोस कर सबने मुझे सर्वसम्मत सचिव स्वीकार कर लिया। दिनेशचन्द्र सिंह परीक्षा सचिव चुने गए। दो-तीन घंटे में अनुमंडल और जिला संघ के चुनाव समाप्त हो गए। चाय-मिठाई चली। बातें खत्म हो गईं। उसी दिन से बिहार माध्यमिक शिक्षक संघ का 34वाँ राज्य सम्मेलन छपरा में होना था। वहीं से छपरा जाने की तैयारी थी। बाहर निकले तो दिनेशचन्द्र सिंह ने व्यंग्य किया कि किधर डुबोए? भुवनेश्वर सिंह को पाठक जी के नेतृत्व वाले अगड़े खेमे ने अपनी ओर मिला लिया था। उनसे पिछले दिनों जो बातें हुई थीं उसके आधार पर

तथा मेरी संघनिष्ठा देखकर उन्होंने मन ही मन तय कर लिया था कि मुझे ही उम्मीदवार बनाएँगे। लेकिन मुझे इसकी भनक भी नहीं थी। यदि इसकी रंचमात्र भी भनक होती तो मैं मना कर देता।

छपरा राज्य सम्मेलन में मैंने जिला सचिव की हैसियत से भाग लिया। सम्मेलन की अध्यक्षता करने डॉ. गणेश प्रसाद सिंह, अध्यक्ष, समाज कल्याण विभाग, पटना विश्वविद्यालय आए थे। उनका भाषण तो मुद्रित था लेकिन उन्होंने सम्मेलन को सीधे-सीधे सम्बोधित किया था। उनका भाषण काफी प्रभावी था। मुझे उनके भाषण का एक प्रसंग अब भी याद है जो बड़ा ही सामयिक एवं शोध पर आधारित था। उन्होंने एक अमरीकी पत्रिका के शोध के हवाले से शिक्षक संगठनों के प्रति आम शिक्षकों के रवैये पर चोट करते हुए कहा था कि शिक्षक प्रायः अपने संगठनों की बैठकों में भाग ही नहीं लेते हैं। यदि भाग भी लेते हैं तो प्रायः बहसों अथवा निर्णयों में भागीदारी नहीं करते हैं और जब बैठकें समाप्त हो जाती हैं तो बाहर आकर जोर-जोर से निर्णयों के विरुद्ध प्रतिक्रियाएँ व्यक्त करते हैं। यही कारण है कि शिक्षक संगठन प्रायः टूट के शिकार होते हैं। उन्होंने बिहार माध्यमिक शिक्षक संघ की सराहना करते हुए कहा था कि यह एक जीवित संगठन है और अपने सदस्यों के कल्याण के लिए निरन्तर संघर्ष करता रहता है।

इस सम्मेलन से शिक्षक संघ के प्रति मेरी आस्था और दृढ़ हुई। पूर्व से हमारी जो धारणा थी कि शिक्षक संघ ही शिक्षकों के कल्याण के कुछ उपाय करेगा, उसे मजबूती मिली। यद्यपि सम्मेलन सांगठनिक दृष्टि से तो सफल रहा लेकिन व्यवस्था की दृष्टि से राज्य में छपरा जिले की बड़ी किरकिरी हुई। आयोजन समिति और इसके संयोजक विश्वेश्वर प्रसाद, जो उस समय सारण जिला के सचिव थे, तथा अन्य नेताओं ने प्रतिनिधियों के रहने-खाने आदि की समुचित व्यवस्था नहीं की। राज्य संघ की दृष्टि में छपरा ने अपनी तौहीन करा दी। इसके पूर्व के डाल्टेनगंज सम्मेलन और भागलपुर सम्मेलनों ने मुझे काफी उत्साहित किया था और मेरे मन में भी संघ के प्रति आकर्षण बढ़ा था। इस सम्मेलन ने मेरे राजनीतिक क्षितिज का विस्तार किया और कुछ आगे बढ़कर काम करने की प्रेरणा दी। यद्यपि राज्य नेतृत्व के पदाधिकारियों से मेरी कोई नजदीकी नहीं बन पाई लेकिन निकटता के दरवाजे जरूर खुल गए।

विद्यालय और जिले में भी मेरी पहचान और ताकत मजबूत होने लगी। जिला सम्मेलन में सचिव चुने जाने के बाद जिला संघ की बैठक आयोजित कर मैंने कुछ नया करने का संकेत दिया। सीवान के सांस्कृतिक जगत में भी मेरी पहचान कायम हो चुकी थी और सीवान में रात्रि मुख्यालय होने के कारण लगातार परिचय का दायरा विस्तृत और सम्भावनाओं का दरवाजा खुलता जा रहा था। विमलेश जी और उनकी भोजपुरी नाट्य मंडली से भी सम्पर्क प्रगाढ़ होता जा रहा था। उन्हीं दिनों

विमलेश जी ने निर्णय लिया कि एक भोजपुरी की पत्रिका निकाली जाएगी और फिर 'माटी के गमक' नामक पत्रिका निकालने का निश्चय हुआ। मैंने सम्पादन और लेखन का दायित्व सम्हाला। यहाँ से मेरे संघर्ष का एक नया अध्याय शुरू हुआ।

7

छपरा सम्मेलन से लौटा तो मन में काफी उत्साह था और कुछ नया करने की तमन्ना थी। हालाँकि सीवान का सचिव चुने जाने के बाद कोष शून्य था, फलत: सब कुछ स्वयं के बलबूते ही करना था। अध्यक्ष से विमर्श कर मैंने जिला और अनुमंडल कार्यकारिणी समिति की संयुक्त बैठक बुलाई तो मन में बड़ा डर लग रहा था कि क्या और कैसे बातें करूँगा? क्योंकि मैं बिलकुल नया था जबकि कार्यकारिणी के अधिकांश सदस्य मुझसे बुजुर्ग और अनुभवी थे। लेकिन बैठक शान्तिपूर्ण हुई और उसमें निर्धारित विचारणीय विषयों के अतिरिक्त कोष के प्रबन्धन और जिला संघ के भवन के लिए भूमि खरीदने के प्रश्न पर भी विचार हुआ। इसी बैठक के दौरान डी. ए. वी. उच्च विद्यालय, सीवान के शिक्षक जंग बहादुर प्रसाद से भी मुलाकात हुई। वे सीवान शहर के बगल वाले गाँव पकवलिया के रहने वाले थे और गणित में एम. एस-सी. थे। बड़ी बात यह थी कि गणित विषय में वे एक राष्ट्रीय स्तर की त्रै ासिक शोध पत्रिका 'दी मैथेमेटिक्स एजूकेशन' का प्रकाशन करते थे जो देश के विश्वविद्यालयों, महाविद्यालयों और गणित में शोध करने वालों के पास पहुँचती थी। इसी की छपाई के लिए वे झगरहवा पीपल (अब शान्ति बट वृक्ष) के पास मेहिया कुम्हार टोली में एक प्रिंटिंग प्रेस भी लगा रहे थे। जिस मकान में प्रेस लग रहा था वह उनके ससुर डॉ. शिवदयाल प्रसाद का पुराना मकान था जो अब स्टेशन रोड की मुख्य सड़क पर एक अच्छा मकान बनाकर शिफ्ट कर चुके थे। वे आँख के डॉक्टर थे और उनकी चश्मे की एक दुकान भी घर के अगले हिस्से में चलती थी। बाद में जंग बहादुर प्रसाद के प्रेस में ही जिले की अन्तर्विद्यालय परीक्षा समिति के पर्चे छपने लगे थे। इस काम में उन्होंने हमारी भरपूर मदद की थी और संघ के आर्थिक आधार को मजबूत बनाने में अपना योगदान दिया था।

मैं शनिवार को सीवान आता तो कभी-कभी अपने अध्यक्ष और डी. ए. वी. उच्च विद्यालय, सीवान के प्रधानाचार्य बाबू राम पाठक से भी मिलने जाता। वे छोटे कद-काठी के महान व्यक्ति थे और कुर्ता, धोती तथा सिर पर गांधी टोपी लगाते। चूँकि डी. ए. वी. उच्च विद्यालय सीवान जिले का सबसे बड़ा और मुख्यालय का प्रतिष्ठित स्कूल था इसलिए शिक्षा विभाग के अधिकारी भी वहीं आते और ठहरते। देहात के पुराने प्रधानाध्यापक भी किसी मसले पर पाठक जी से ही विमर्श करते।

संक्षेप में पाठक जी सीवान में शिक्षा के केन्द्र में थे। पाठक जी से निकटता के पूर्व मैं शिक्षक संघ में जिस गुट के सन्निकट था वह वीरेन्द्र कुमार, दिनेश चन्द्र सिंह आदि पिछड़ों का गुट था। वह पाठक जी को प्रतिक्रियावादी, जनसंघी और मनुवादी मानता था तथा निरन्तर उनकी शिकायतें करता रहता था। उसे पाठक जी से ईर्ष्या थी और वह डॉ. राम मनोहर लोहिया और कर्पूरी ठाकुर की विचारधारा का पोषक था। इसलिए शिक्षकों और शिक्षक संगठन में भी यह धारा विद्यमान थी। शिक्षक संगठन में अपनी राजनीतिक हैसियत स्थापित करने के लिए वे लोग इसी राजनीति का सहारा लेते थे। लेकिन पाठक जी से मिलने और लगातार उनके सम्पर्क में आने के बाद मैं इस निष्कर्ष पर पहुँचा कि पाठक जी सामान्य व्यक्तियों की तरह ही एक सामान्य शिक्षक थे। वे किसी वाद से प्रभावित नहीं थे। वे एक गरीब परिवार से निकलकर यहाँ तक आए थे और कठोर श्रम से उन्होंने स्वयं का निर्माण किया था। उनके विकास में दाढ़ी बाबा का विशेष योगदान था जिन्होंने सीवान में आर्य समाज और कई शिक्षण संस्थाएँ स्थापित की थीं। लोग पाठक जी के पास आते-जाते और उन्हें भाँति-भाँति समझाने की कोशिश करते, वे सुन लेते। लेकिन समग्रतः वह अपने को विद्यालय तथा शिक्षा तक ही सीमित रखते। मुख्यालय में होने तथा अधिकारियों के स्वागत-सत्कार करने के कारण उनके लिए विकास के अवसर अवश्य ज्यादा थे।

पाठक जी की सहजता, सरलता और आत्मीयता का एक प्रसंग मुझे अब भी स्मरण आता है। कभी-कभी मैं पाठक जी के यहाँ सुबह 8 बजे ही टहलते-घूमते पहुँच जाता। उस समय मैं उनके आवास के लगभग पास ही शुक्ल टोली में सच्चिदानन्द उपाध्याय, जो एम. एस. उच्च विद्यालय, हुसेनगंज में अध्यापक थे, के मकान में प्रथम मंजिल पर एक कमरा लेकर रहता था। बगल में आर्य कन्या उच्च विद्यालय की प्रधानाध्यापिका मनोरमा शुक्ला का आवास था। पाठक जी साढ़े आठ बजे तैयार होकर प्रायः अखबार पढ़ते या मेरे जैसे किसी आगन्तुक के साथ बरामदे या कमरे में कुछ बातचीत करते। एक दिन कुशल समाचार के बाद उन्होंने मुझसे अपने साथ जलपान करने का आग्रह किया। वे जानते थे कि मैं सीवान में अकेला ही रहता हूँ और होटल में ही जलपान या खाना खाता हूँ। मेरे हाँ कहने पर बोले, क्या जलपान लीजिएगा–सादी रोटी या मकई की रोटी? मैंने उस वक्त तक मकई की रोटी का स्वाद नहीं चखा था। बोला, मकई की रोटी ही खाऊँगा। थोड़ी देर में दो जगह थालियों में तोड़कर आधी-आधी मकई की रोटी, बंडा (यानी अलुवा) की सब्जी, ओल (सूरन) का अचार और एक-एक गिलास गाय की दही का मट्ठा आया। मैंने उनके साथ छककर नाश्ता किया। आधी रोटी के बाद फिर रोटी लेने की आवश्यकता नहीं पड़ी। नाश्ता अपने आप में पर्याप्त और अद्भुत था। मकई की रोटी के साथ बंडे की सब्जी, ओल के अचार तथा मट्ठे का बेजोड़

साम्य था। बातों-बातों में ही हमने संघ की जमीन खरीदने और कुछ विभागीय बातें भी कीं। उन्होंने कहीं कोई एतराज नहीं किया। हमारी हर बात पर प्रसन्नतापूर्वक अपनी स्वीकृति दे दी। मकई की रोटी का वह स्वाद मैं आज भी भूलता नहीं हूँ। साथ ही उनकी सहजता और सरलता मुझे बार-बार याद आती है।

बहतर के संघर्ष में सरकारीकरण की माँग तो पूरी नहीं हुई थी लेकिन सरकार ने घाटानुदान देना स्वीकार कर लिया था। अतः छपरा अधिवेशन में पुनः सरकारीकरण की माँग दुहराई गई थी और आम जनता तथा छात्रों को भी आगे के संघर्ष में शामिल करने का प्रस्ताव स्वीकृत हुआ था। इधर 73 के उत्तरार्द्ध में पटना में छात्र आन्दोलन शुरू हो चुका था। संयोग से 74 में जिस समय पटना में छात्रों का आन्दोलन उग्र हुआ उस दिन या एक दिन पूर्व पटना संघ भवन में एक बड़ी बैठक आयोजित थी। शायद राज्य परिषद् की बैठक थी जिसमें सचिव की हैसियत से हमने भी भाग लिया था। यह तो ठीक-ठीक याद नहीं है कि बैठक में क्या निर्णय हुए लेकिन इतना याद है कि बैठक से हम लोगों ने जल्दी-जल्दी निकल कर महेन्द्रू में स्टीमर पकड़ा था। ताकि शान्तिपूर्ण तरीके से सीवान पहुँच सकें क्योंकि विधि व्यवस्था को भारी खतरे की आशंका थी।

उन दिनों सीवान से पटना जाना उतना ही कठिन था जितना आम जन का बद्रीनाथ तीर्थ जाना। पटना में गंगा में महात्मा गांधी सेतु का निर्माण तब तक नहीं हुआ था। फलतः पटना जाने के लिए एक दिन पहले सीवान जंक्शन पर 12 बजे रात को टुवेल्भ डाउन ट्रेन पकड़नी पड़ती थी, जो उन दिनों लखनऊ से बरौनी के बीच चलती थी। उससे सुबह पाँच बजे सोनपुर जंक्शन पर उतरते और घंटा-दो घंटा के बाद दरभंगा या नरकटियागंज से आने वाली गाड़ी पकड़नी पड़ती, जो पहलेजा घाट जाती। टुवेल्भ डाउन और पहलेजा वाली गाड़ियाँ दोनों में भारी भीड़ होती। उस समय हमारे पास पैसे भी नहीं होते कि आरक्षण कराया जाए। आरक्षण की व्यवस्था भी कम ही थी। हम लोग किसी प्रकार गाड़ी का टिकट कटाकर सामान्य दर्जे में यात्राएँ करते थे। बिना टिकट कटाये यात्रा का प्रश्न ही नहीं था। हमें याद है कि रात को गाड़ी पकड़ने हेतु घंटे-दो घंटे सीवान स्टेशन पर लुंगी, गमछा या अखबार बिछाकर लेटते। यही काम सोनपुर में भी करना पड़ता। स्टेशन पर बेंचें भी कम ही होतीं और जो होतीं यात्रियों से ठसाठस भरी होतीं। पहलेजा घाट उतर कर महेन्द्रू (पटना) जाने वाले स्टीमर को पकड़ने हेतु तेज-कदमों से चलना पड़ता ताकि बेंच पर बैठने की जगह मिल जाए। बेंच पर जगह नहीं मिलती तो स्टीमर पर लुंगी या तौलिया बिछाकर बैठना पड़ता क्योंकि उसे पटना पहुँचने में एक घंटा से कुछ ज्यादा ही समय लगता।

बीच-बीच में शिक्षक संघ के कार्यों से फुरसत लेकर घर भी हो आता। अमूमन, दशहरा, होली, गर्मी की छुट्टी आदि में तो अवश्य ही घर जाता। 66 से ईंट का

घर बनने की जो प्रक्रिया शुरू हुई थी वह लगभग 74 तक चलती रही वैसे तो मकान आदि बनाने का काम ही ऐसा है जो शुरू होता है तो खत्म होने का नाम ही नहीं लेता है।

उन्नीस सौ सड़सठ में डॉ. लोहिया के गैर-कांग्रेसवाद के नारे का असर बिहार में संविद सरकार के रूप में सामने आया था। सामाजिक संरचना में पिछड़ावाद का उभार वृद्धि पर था। सामंतवाद की जकड़नें ढीली पड़ने लगी थीं। 57 से गाजीपुर में कम्युनिस्ट पार्टी के सांसद का. सरयू पांडेय की जीत का असर भी क्षेत्र में गहरा रहा था। इस समय तक नक्सलवादी आन्दोलन की हवा भी तेज हो चुकी थी। बलिया के नरही थाना क्षेत्र से गाजीपुर के मुहम्मदबाद थाना क्षेत्र तक भूमिहारों का वर्चस्व और दबंगई, उनकी सामंती प्रवृत्ति और अनुसूचित जातियों, पिछड़ों पर अत्याचार, उनकी पत्नियों को रखैल बनाकर रखने के कारण यह इलाका नक्सलवाद को खूब खाद-पानी मुहैया करा रहा था। चूँकि 70-71 से ही इस इलाके में नक्सली नेताओं के अन्डरग्राउंड काम शुरू हो गए थे। फलत: 72-73 में उसका प्रस्फुटन साफ-साफ दिखने लगा था और इस आन्दोलन में अराजक तत्त्व भी शामिल हो गए थे। उन्हें इस काम में काफी मजा आता था और आर्थिक लाभ भी हो जाता था। 73 से गाँव के बड़े-बड़े भूमिहारों के खेतों की फसलें उखाड़ने और खलिहानों को लूटने का सिलसिला चालू हो गया था। सबसे पहले परेत पट्टी के तारा राय के खेत की फसल उखाड़ ली गई। उसके बाद कोटि पर के तारा नाथ राय के खलिहान में रखी गई कई बोझे फसल लूट ली गई जो दवनी के लिए रखी गई थी। चूँकि बड़ी-बड़ी जोत वाले भूमिहारों के खलिहान में फसलें काट कर महीनों रखी जाती थीं। सब कुछ इकट्ठा हो जाने के बाद बैलों से दवनी होती थी। उस समय तक अनाज निकालने की मशीनें नहीं आ पाई थीं। नक्सलवाद के नाम पर स्थानीय अनुसूचित जातियों और पिछड़ों का यह आन्दोलन चौहत्तर में भी जोर-शोर से जारी रहा।

बिहार में चौहत्तर में छात्र आन्दोलन काफी तेज हो गया था और जयप्रकाश नारायण भी आन्दोलन में कूद पड़े थे। चौहत्तर में गांधी मैदान में जेपी के आह्वान पर कई सभाएँ हुईं और उनमें लाखों लोगों ने भाग लिया। जब जेपी की सभाएँ होतीं, पटना की सड़कों पर आबाल-वृद्ध वनिता के हुजूम उमड़ पड़ते। हम लोग पटना से दूर थे इसलिए अखबारों तथा रेडियो से ही जेपी की सभाओं की खबरें पढ़ते-सुनते।

गाँव में खेत-खलिहान लूटने की वारदातें तेजी से बढ़ रही थीं। तारानाथ राय के बाद बसनिया में महंथ राय के खेत की फसल उखाड़ ली गई। गाँव के पश्चिम इलाके में दीनानाथ राय के ट्यूबवेल पर हमला हुआ और खेत की सिंचाई करने जाते समय रात में शिवजी राय (परेत पट्टी) की हत्या कर दी गई। शिवजी राय

अभी जवानी की दहलीज पर थे। उन दिनों अमूमन सरकारी ट्यूबवेलों से रात को ही सिंचाई होती थी क्योंकि बिजली प्रायः रात को ही आती थी और किसानों का नम्बर रात को ही लगता था। शिवजी राय लाठी में लालटेन लटकाए जा रहे थे कि उसी समय पोखरी पर बगीचे में नक्सलियों की सभा चल रही थी। उनमें से किसी ने देखा और नेता को बता दिया। उन्हें शक हुआ कि शिवजी ने देख लिया है और सबेरे गाँव में हल्ला हो जाएगा। इसलिए नेता का आदेश हुआ मारो साले को और पलभर में शिवजी राय ढेर हो गए।

नक्सलियों की बैठकें प्रायः रात में किसी अनुसूचित जाति के व्यक्ति के घर में अथवा पश्चिम के बगीचे में एकान्त में होतीं। वहीं योजनाएँ बनतीं और उसी के अनुसार घटना को अंजाम दिया जाता। बाद में नक्सलियों के इस आन्दोलन से बक्सर (बिहार) जिले का देवमुनी भी जुड़ गया जो मूलतः डकैत था और बक्सर का आतंक था। लेकिन वह अनुसूचित जाति के लोगों का मान्य नेता भी बन गया था। वह रात के अँधेरे में इस पार आता और घटना को अंजाम देकर लौट जाता। कभी-कभी उनके घरों में छिपकर रहता। उसके अलावे और कई नक्सली नेता आते और उन्हें आन्दोलन का पाठ पढ़ाते। गाँव के सामान्य अनुसूचित जाति के लोग क्रान्ति क्या समझते? मगर इतना अवश्य उनके दिमाग में घुसा दिया जाता कि जमींदार अत्याचार करते हैं। तुम्हारी बहू-बेटियों के साथ बलात्कार करते हैं। उनसे बदला लेना चाहिए। हालाँकि उनके वर्गीय चरित्र में कोई भिन्नता नहीं थी। शराब के नशे में वे भी वही करते थे जो जमींदार करते थे। फिर भी खेत-खलिहान उखाड़ना, फसलों को लूटना, उन्हें अच्छा लगता। इसी बीच मई 74 में सूरनी में खलिहान में आग लगाकर नक्सलियों ने रामानन्द राय को उसी में फूँक दिया। सैकड़ों बोझे अनाज के ढेर में रामानन्द देखते-देखते राख हो गए। इस भीषण हृदय विदारक कांड के बाद क्षेत्र, जिले और लखनऊ तक आवाज पहुँची। उत्तर प्रदेश की विधान सभा में भी इसकी गूँज सुनाई दी। प्रतिपक्ष ने इस सवाल को जोरदार ढंग से उठाया क्योंकि बलिया, गाजीपुर के इस नक्सली आन्दोलन का समाचार बी. बी. सी. से भी प्रसारित हुआ और उस वक्त के समाचार-पत्रों, साप्ताहिक रविवार आदि में प्रमुखता से छपा। कई समाचारों के संवाददाता पहुँचे। अपने-अपने ढंग से घटना की रिपोर्टिंग की।

चौहतर का उत्तरार्द्ध आते-आते मुझे जिला इकाई का सम्मेलन करना था। मैं चाहता था कि जिला सम्मेलन के पहले जिला संघ के लिए कम से कम एक कट्ठा भूमि खरीद ली जाए। उस समय प्रतिवर्ष राज्य संघ के सम्मेलन हो जाते थे। हमने पहली बार अंचलों का सम्मेलन करवाया। फलतः शिक्षक संघ के प्रति आकृष्ट हुए। मैरवा, रघुनाथपुर, दरौली, सीवान, पचरुखी, सिसवन, बड़हरिया, महराजगंज आदि सभी पन्द्रह अंचलों में सम्मेलन हुए और मैं प्रायः सभी सम्मेलनों में भाग

लेने गया। शिक्षक काफी संख्या में आते, भाग लेते और मेरा भाषण सुनते, संघ की गतिविधियाँ जानते। चूँकि 22, 23, 24 नवम्बर 74 को मोकामा (पटना) में राज्य संघ का पैंतीसवाँ राज्य सम्मेलन आयोजित होने वाला था। इसलिए उसके पहले मुझे जिला संघ का सम्मेलन करा लेना था। मैंने कोशिश करके महाराजगंज के लोगों को तैयार किया। उन दिनों महाराजगंज में मुंशी सिंह सिहौता बँगरा उच्च विद्यालय के शिक्षक थे और रामा प्रसाद सिंह, जो मध्य विद्यालय सिहौता बँगरा के प्रधानाध्यापक थे, हमसे जुड़े थे। दोनों सुलझे कम्युनिस्ट थे। अतः सिहौता बँगरा में सीवान जिले का दूसरा सम्मेलन 28, 29 सितम्बर 74 को आयोजित हुआ। इस सम्मेलन के पूर्व दो उल्लेखनीय बातें हुईं। पहली कि पहली मई 74 से संघ ने संघर्ष की घोषणा की थी। मजदूर दिवस पर एक बड़ी रैली आयोजित हुई और शिक्षक भारी संख्या में भाग लेने आए। उसी दिन से अनिश्चितकालीन हड़ताल भी शुरू हुई और एक-दो दिन की हड़ताल में ही सरकार से समझौता हो गया। इस समझौते के फलस्वरूप सरकार ने एक स्वायत्तशासी माध्यमिक शिक्षा बोर्ड के गठन का फैसला लिया जिसमें बिहार माध्यमिक शिक्षक संघ के अध्यक्ष एवं महासचिव भी सदस्य बनाए गए। राज्य के माध्यमिक विद्यालयों की प्रबन्ध समितियाँ भंग हो गईं। अब शिक्षक प्रबन्ध समितियों की दासता से मुक्त हो गए और वे स्वायत्तशासी बोर्ड के कर्मचारी हो गए। शिक्षकों के वेतन भुगतान की सारी जवाबदेही बोर्ड के जिम्मे आ गई। पहली बार प्रबन्ध में श्रमिकों की भागीदारी कायम हुई। एतदर्थ 21 मई, 74 को सरकार ने एक अध्यादेश भी प्रख्यापित कर दिया। यह संघ की ऐतिहासिक जीत थी। दूसरी महत्त्वपूर्ण बात यह हुई कि मैंने जिला संघ के लिए वी. एम. हाई स्कूल के मैदान के पास 2900 रुपए में संघ के भवन हेतु एक कट्ठा जमीन रजिस्ट्री करा ली। यह आदर्श वी. एम. मध्य विद्यालय सीवान के शिक्षक परमानन्द पांडेय की जमीन थीं जो कम्युनिस्ट होने के कारण मुझसे जुड़ चुके थे। जिला संघ ने विद्यालयों की आन्तरिक परीक्षाओं के आयोजन द्वारा संघ के खाते में 5996 रुपए की शुद्ध बचत की। साल भर पहले हमने शून्य से काम शुरू किया था और अब लगभग 6000 रुपए हमारे बैंक खाते में जमा थे। इस बीच स्टूडेन्ट्स फ्रेन्ड्स, पटना के सीवान जिला के एजेंट रामयतन यादव से मेरी मुलाकात हुई। उनके प्रयास से जिला सचिव का प्रतिवेदन, जो महाराजगंज अधिवेशन में पढ़ा जाना था, पहली बार मुद्रित हुआ और वह भी मुफ्त में। हम महाराजगंज सम्मेलन में शानदार सफलता के साथ पहुँचे।

जिले में पहली बार जिला संघ के सम्मेलन के लिए निमंत्रण कार्ड छापे गए थे और प्रखंडों में चुने गए राज्य पार्षदों, जिला पार्षदों, अनुमंडल पार्षदों सहित प्रत्येक विद्यालय को भेजे गए थे। कार्ड पर स्वागत समिति के अध्यक्ष एवं सचिव के अलावे जिला अध्यक्ष एवं सचिव के भी हस्ताक्षर थे। एक उल्लेखनीय कार्य यह हुआ कि

28 सितम्बर को शिक्षा और शिक्षकों से सम्बन्धित विषय पर एक शिक्षा गोष्ठी का भी आयोजन किया गया।

उन दिनों यानी अस्सी के दशक तक जिला सम्मेलन अथवा राज्य सम्मेलन के अवसर पर शिक्षा-गोष्ठी आयोजित करने की परम्परा थी। चूँकि 74 के जयप्रकाश आन्दोलन के दौरान गोरखपुर विश्वविद्यालय के डॉ. लालबहादुर वर्मा से संवाद कायम हो चुका था जो एक अच्छे इतिहासकार और सामाजिक ऐक्टिविस्ट के रूप में ख्यात हो चुके थे। इसलिए तय हुआ था कि डॉ. वर्मा को गोष्ठी में आमंत्रित किया जाए। शशि प्रकाश, जो उन दिनों गोरखपुर विश्वविद्यालय में ही पढ़ता था, ने पहल की थी। उसी की पहल पर डॉ. वर्मा और डॉ. रामदेव शुक्ल हिन्दी विभाग, गोरखपुर विश्वविद्यालय का कार्यक्रम बना था। शशि प्रकाश कैलगढ़ में मेरा प्रिय शिष्य रह चुका था। पढ़ाई के दौरान ही उसके परिवार से मेरा आत्मीय सम्बन्ध भी बन चुका था।

डॉ. वर्मा उन दिनों 'भंगिमा' पत्रिका निकाल रहे थे। प्रगतिशील साहित्य की वाहिका के रूप में बुद्धिजीवी समाज में 'भंगिमा' अपनी पहचान बना चुकी थी।

सिहौता बँगरा में सम्मेलन आयोजित करने का निहितार्थ था-उमाशंकर उच्च विद्यालय, महाराजगंज के शिक्षकों की दयनीय दशा की ओर जिले का ध्यान आकृष्ट करना। उमाशंकर प्रसाद द्वारा स्थापित इस विद्यालय में कहने को तो जनतंत्र था लेकिन प्रबन्ध समिति के नाम पर भयंकर तानाशाही कायम थी और शिक्षक बुरी तरह शोषित-पीड़ित थे। उन्हें वेतन के नाम पर चावल, दाल, मसाला, सीमेंट, छड़ यानी दुकान पर मौजूद वस्तुएँ मिला करती थीं। रुपए का दर्शन नहीं होता था जबकि विद्यालय काफी लीडिंग था और बच्चों के शुल्क और सरकारी अनुदान से विद्यालय को इतनी आमदनी अवश्य होती थी कि शिक्षकों को वेतन दिया जा सके। लेकिन शिक्षकों के पास मुँह खोलने की हिम्मत नहीं थी। वे दबी जबान से अपनी पीड़ा का बयान करते थे।

जिला सचिव के अपने पहले कार्यकाल में महाराजगंज के उमाशंकर उच्च विद्यालय की समस्या के समाधान हेतु हमने लड़ाई छेड़ी थी लेकिन सचिव के खिलाफ संघर्ष की हिम्मत उमाशंकर उच्च विद्यालय, महाराजगंज के शिक्षकों में नहीं थी। वहाँ के शिक्षक बताते थे कि वे सचिव के निजी कार्यों यथा-उनके मुकदमों की देखभाल तथा अन्य घरेलू कार्यों आदि के लिए ही पूरे तौर पर नियुक्त हैं। शिक्षकीय कार्यों और दायित्वों से वे अलग-थलग रखे जाते हैं। खाली समय में वे स्कूल जाया करते हैं। शिक्षकों को डर था कि संघर्ष करेंगे तो नौकरी से निकाल दिए जाएँगे।

'शिक्षा और सामाजिक दायित्व' विषय पर डॉ. रामदेव शुक्ल की अध्यक्षता में प्रात: दस बजे गोष्ठी शुरू हुई तो पचास-साठ अध्यापक मौजूद थे। लोग धीरे-धीरे

आ रहे थे। उन्हें विश्वास नहीं था कि जिला संघ का सम्मेलन इतना खुलकर होगा क्योंकि पहले तो आधी-अधूरी मौखिक सूचनाओं पर ही सम्मेलन हुआ करते थे। लोग पूरी बात जानें तब तक सम्मेलन और चुनाव गुजर जाते थे। सम्मेलन का जनवादीकरण पहली बार हो रहा था।

गोष्ठी में शशि प्रकाश ने एक पर्चा पढ़ा था और वैज्ञानिक दृष्टिकोण से लैस शिक्षकों की परिकल्पना करते हुए शिक्षकों के सामाजिक दायित्वों को सामने रखा था। शिक्षकों से उम्मीद की गई थी कि सामाजिक-सांस्कृतिक चेतना के विस्तार की लड़ाई में वे हिस्सेदारी करेंगे। गोष्ठी में चन्द्रवदन उच्च विद्यालय, उसरी धनवती के प्रधानाध्यापक पंडित जगन्नाथ तिवारी, पब्लिक उच्च विद्यालय सहुली के प्रधानाध्यापक पंडित चन्द्रदीप पांडेय, उच्च विद्यालय ठेपहाँ के प्रधानाध्यापक वीरेन्द्र कुमार आदि शिक्षकों ने भी अपने विचार रखे थे। अन्त में मुख्य वक्ता के रूप में डॉ. लालबहादुर वर्मा को अपनी बातें रखनी थीं। डॉ. वर्मा ने जब अपनी बातें शुरू कीं तो सामाजिक रूढ़ियों, परम्पराओं, आडम्बरों पर प्रहार करते हुए वैज्ञानिक दृष्टिकोण के निर्माण में बाधक 'गीता' और 'रामायण' की भूमिका की भी चर्चा की। डॉ. वर्मा के प्रगतिशील भाषण से श्रोता काफी सन्तुष्ट दिख रहे थे कि अचानक पंडित चन्द्रदीप पांडेय उठ खड़े हुए और अपनी गम्भीर आवाज में पूछा कि आप 'गीता' और 'रामायण' को सामाजिक विकास की धारा में सहयोगी नहीं मानते? क्या एक हिन्दू के रूप में 'गीता' और 'रामायण' पर आपका विश्वास नहीं है?

गोष्ठी में सन्नाटा पसर गया। लगा कि रंग में भंग हो गया। कुछ लोगों को लगा कि डॉ. वर्मा और बाहर से आए अतिथियों का पंडित चन्द्रदीप पांडेय अपमान कर रहे हैं। लेकिन डॉ. वर्मा अविचल भाव से बोले–'गीता' और 'रामायण' में मेरा विश्वास वैसा नहीं है जैसा आपका है। सामाजिक विकास की प्रक्रिया और वैज्ञानिक चेतना के प्रसार में आज इन ग्रंथों की कोई उपयोगिता नहीं है।

'आप धर्म को नहीं मानते?' पंडित चन्द्रदीप पांडेय का दूसरा प्रश्न था। वे पुनः खड़े हो गए थे।

'नहीं।' इस बार डॉ. वर्मा का स्वर और गम्भीर था।

'अध्यक्ष महोदय, मैं इस गोष्ठी का बहिष्कार करता हूँ।' और पंडित चन्द्रदीप पांडेय कक्ष से बाहर निकल गए।

डॉ. वर्मा इत्मीनान से अपनी बात कहते रहे। उनके चेहरे पर अपमान, विषाद की कोई रेखा नहीं थी। शुक्ल जी ने भी अपनी बातें तार्किक ढंग से रखीं और देहाती क्षेत्र में जिला माध्यमिक शिक्षक संघ द्वारा आयोजित पहली गोष्ठी सफलतापूर्वक सम्पन्न हुईं।

जाते-जाते वर्मा जी ने कहा कि द्वन्द्व के बगैर गति नहीं आती। पांडेय जी ने काफी अच्छा प्रश्न पूछा। हमें लग रहा था कि वर्मा जी ने कहीं अन्यथा न लिया

हो। लेकिन वे काफी खुश थे। 'भंगिमा' ने इस गोष्ठी की रपट 'देहाती क्षेत्र में एक शिक्षा गोष्ठी' शीर्षक से छापी थी।

दूसरे दिन खुला अधिवेशन आयोजित हुआ। मैंने सचिव का मुद्रित प्रतिवेदन, आय-व्यय के साथ पेश किया। प्रतिवेदन में उपलब्धियाँ ही ज्यादा थीं। तालियों की गड़गड़ाहट के साथ प्रतिवेदन स्वीकृत हो गया। कुछ प्रस्ताव भी पारित हुए। जिला संघ के भवन निर्माण का संकल्प भी लिया गया। थोड़ी देर में चुनाव हुआ तो वही पुरानी टीम सर्व सम्मति से चुन ली गई। इस प्रकार सीवान जिले का दूसरा किन्तु हमारा पहला सम्मेलन शानदार तरीके से सम्पन्न हुआ। सम्मेलन में पं. चन्द्रदीप पांडेय भी शामिल हुए। उन पर गोष्ठी का कोई तनाव नहीं था। आज सोचता हूँ कि विरोध का यह स्वर इतना कमजोर क्यों हो गया है? क्या आर्थिक नीतियों ने शिक्षकों के दिल-दिमाग में उठने वाले विरोध को भी कुन्द कर दिया है? सामाजिक वैषम्य की पीड़ा उन्हें सालती क्यों नहीं? जिले में इस सम्मेलन का अच्छा प्रभाव हुआ। अब हम मोकामा (पटना) के राज्य सम्मेलन की तैयारी में जुट गए।

सचिव चुने जाने के बाद मेरा कुछ-कुछ लगाव पटना से शुरू हो गया था। मैं दो-चार महीने पर पटना जाता, महासचिव और कार्यालय सचिव से मिलता। इस प्रकार परिचय का दौर बढ़ा। तत्कालीन कार्यालय सचिव शत्रुघ्न प्रसाद सिंह के सौजन्य से 'प्राच्य प्रभा' में शिक्षा पर मेरे एक-दो आलेख भी छपे। पहला आलेख था 'स्वतंत्र भारत में शिक्षा का संकट'। शत्रुघ्न जी ने इसे पसन्द किया। यह आलेख 74 में दिल्ली में एक प्रदर्शन के दौरान मैंने उन्हें छापने को दिया था। प्राच्य प्रभा में मेरे आलेखों के छपने का असर यह हुआ कि मोकामा राज्य सम्मेलन में मैं शिक्षा गोष्ठी का संयोजक बना दिया गया। राज्य संघ की नजर में मैं शिक्षा में रुचि लेने वाला तथा एक समझदार अध्यापक था। मोकामा सम्मेलन में तीन विषयों पर गोष्ठी हुई जिसमें एक में मेरी मुख्य भागीदारी रही। इस प्रकार राज्य में मेरी पहचान शुरू हुई। शिक्षा गोष्ठियों के माध्यम से संघ ने राज्य की शिक्षा नीति, पाठ्यक्रम, परीक्षा और मूल्यांकन में भी हस्तक्षेपकारी भूमिका निभाने का संकल्प व्यक्त किया।

यह सम्मेलन इसलिए भी महत्त्वपूर्ण रहा कि 70 में डाल्टेनगंज सम्मेलन में संघ ने जो नारा दिया था कि हमें प्रबन्ध समितियों की निजी दासता से मुक्त करो और विद्यालयों को सरकारी करो तथा जिसके लिए 72 में ऐतिहासिक जेल भरो आन्दोलन चलाया था, उस दिशा में हमें महत्त्वपूर्ण कामयाबी बिहार माध्यमिक शिक्षा बोर्ड के गठन और प्रबन्ध समितियों की निरंकुश दासता से मुक्ति के रूप में मिल चुकी थी।

महाराजगंज की गोष्ठी के बाद डॉ. वर्मा के साथ मेरे सम्बन्ध सीधे जुड़ गए। अब भंगिमा की 10-15 प्रतियाँ मुझे आने लगी थीं और वामपंथी दृष्टिकोण वाले शिक्षकों तक मैं पहुँचाने लगा था। डॉ. वर्मा और डॉ. शुक्ल सिर्फ एक प्राध्यापक

ही नहीं बल्कि वाम चेतना से सम्पन्न सोशल, पोलिटिकल रिवोल्यूशन में विश्वास करने वाले ऐक्टिविस्ट भी थे। छात्रों की टीम बनाकर नुक्कड़ नाटक, क्रान्तिकारी गीत, जनसंवाद और गोष्ठियों द्वारा इस काम को अंजाम दे रहे थे। 'भंगिमा' और 'इतिहास बोध' पत्रिकाएँ इस रिवोल्यूशन की हथियार थीं। यद्यपि मैं भी इस रिवोल्यूशन में विश्वास करता था लेकिन परिवार के दायित्वों को छोड़कर इस हद तक उसमें उतरने का पक्षपाती नहीं था जिस तरह मेरा इंटर का सहपाठी राज बहादुर राय 60-70 के दशक में इस रिवोल्यूशन में शामिल हो चुका था। उसने तो घर-परिवार, पत्नी-बच्चे सबका त्याग कर दिया था।

बाद में डॉ. वर्मा के आग्रह पर 74 के जेपी आन्दोलन पर एक विस्तृत रिपोर्ताज 'जनशक्ति चौराहे पर' शीर्षक से मैंने लिखीं थीं जो 'भंगिमा' में प्रकाशित हुआ था। कई जनवादी कहानियाँ भी लिखी थीं जो भंगिमा के विविध अंकों में छपी थीं। इस प्रकार साहित्य के माध्यम से इस सोशल पोलिटिकल रिवोल्यूशन के प्रचार-प्रसार में हमने भी अपना योगदान दिया था। लेकिन इसके आगे बढ़ने की हमारी हिम्मत नहीं हुई थी। 75 में सुपौल के विद्यानन्द सिंह से परिचय होने के बाद हमने उन्हें भी भंगिमा और इस आन्दोलन से जोड़ा था।

गाँव में नक्सलवाद के नाम पर जो आन्दोलन सत्तर से शुरू हुआ था उसमे अराजक तत्त्व भी शामिल हो चुके थे क्योंकि लूटपाट में कुछ हिस्सा उन्हें भी मिल जाता था। उस आन्दोलन की झलक 73 आते-आते खेत-खलिहान में लगी फसलें लूट लेने, खेत-खलिहानों में आग लगा देने, शिवजी राय की हत्या और रामानन्द राय को खलिहान में फूँक देने के रूप में सामने आ गई थीं। उससे नारायणपुर सहित मुहम्मदाबाद थाना क्षेत्र के भूमिहार बहुल गाँव बुरी तरह प्रभावित थे। नारायणपुर के बाद इसका सर्वाधिक प्रभाव गाजीपुर के शेरपुर में दिखाई पड़ने लगा था। मीडिया में आई खबरों और विधान मंडलों में शोर-शराबे के बाद अर्द्ध सैनिक बलों (पी. ए. सी.) की दो कम्पनियाँ गाँव के डाकबँगले पर तैनात कर दी गई थीं और नारायणपुर सहित करइल के कई गाँवों—सुरनी, बसनिया, रामगढ़ आदि में खुफिया पुलिस के दस्ते अपने काम में जुट गए थे। पुलिस के जत्थे रात में सुरक्षा के लिए गाँवों में घूमते और नक्सलियों को पकड़ने की कोशिशें करते। नारायणपुर चूँकि इस आन्दोलन का मुख्य केन्द्र था इसलिए इस पर सबकी निगाह थीं। गाँव की गलियाँ शाम होते-होते सूनी हो जातीं और घरों के दरवाजे बन्द हो जाते। पुलिस के अलावे गाँव के नौजवानों ने भी सुरक्षा का जिम्मा सँभाल लिया था।

साठ के दशक में गाँव के नौजवानों ने नाटक, फुटबाल, बालीबाल आदि प्रतियोगिताओं के आयोजन के लिए जिस नवशक्ति संगठन नामक संस्था का गठन किया था, वह मिलिट्री से सेवानिवृत्त सैनिक रामनाथ पांडेय की अध्यक्षता में बन्दूक, राइफल चलाने जैसे हथियारों का प्रशिक्षण लेकर अच्छा काम करने लगी थी। उसकी

निगाह न सिर्फ रातों को सुरक्षा प्रदान करने पर थी वरन इस पूरे आन्दोलन में अपराधी तत्त्वों को पकड़वाने पर भी थी। इस आन्दोलन में गाजीपुर के देवचन्द्र और बक्सर के देवमुनी भी सक्रिय सहयोग कर रहे थे। रात के अँधेरे में छुप-छुप कर गाँव में आते, आन्दोलनकारियों को गोलबंन्द करते, उनका मनोबल बढ़ाते और उन्हें हथियारों की आपूर्ति करते। इस बात का खुलासा तब हुआ जब गाजीपुर में एक अधिशासी अधिकारी के घर से देवचन्द्र की गिरफ्तारी हुई। वह अधिकारी भी अनुसूचित जाति का ही था। उस समय गाजीपुर के कलक्टर देवी दयाल थे। दरअसल इस आन्दोलन को वैसे अधिकारियों द्वारा भी ताकत प्रदान की जा रही थी। इसी बीच शेरपुर में कुछ भूमिहारों की हत्या कर दी गई और इस हत्या के पीछे इसी आन्दोलन में संलग्न अपराधियों के हाथ थे। खुफिया पुलिस ने अपनी रिपोर्ट में बता दिया था कि बक्सर जिले का देवमुनी, जो मूलतः डकैत था, इस आन्दोलन में बड़ी भूमिका निभा रहा है। फलतः बलिया, गाजीपुर का प्रशासन उसे किसी प्रकार पकड़ना चाहता था। लेकिन जैसा कि सभी जानते हैं कि नौकरशाही के रवैये कैसे होते हैं? वह कितनी कारगर होती है? लेकिन नवशक्ति संगठन जैसे जुझारू नौजवानों के प्रयास से मई 75 में देवमुनी पकड़ा गया। यद्यपि देवमुनी जैसे कुख्यात डकैत को पकड़ने का श्रेय बलिया और गाजीपुर जिलों के पुलिस अधिकारियों को ही मिला लेकिन सम्पूर्ण प्रयास में संगठन की प्रभावी भूमिका थी। देवमुनी को पकड़ने और इनकाउंटर की घटना अपने आप में काफी दिलचस्प और फिल्मी पटकथा के समान है। वह रात को लालाचक गाँव (बक्सर) के एक अठारह साल के नौजवान रामाश्रय यादव के साथ बक्सर की ओर से गंगा में नाव पर आया था और गाँव के पश्चिम गाजीपुर जिले के हिस्से में गंगा के बीच रेता में नाव लगाकर दोपहर को विश्राम कर रहा था। वह आधुनिक हथियारों से लैस था। उस समय गंगा के बीच पड़े रेत के दियारे में मल्लाह प्रायः तरबूज की खेती करते थे और वह इलाका जन कोलाहल से बिलकुल अलग-थलग एकान्त में पड़ता था। किसी को विश्वास भी नहीं हो सकता था कि यहाँ पर कोई अपराधी भी हो सकता है। दोपहर में देवमुनी ने कोटवा से चिकेन मँगाकर खाया था और शराब के नशे में चूर नाव के भीतर लेटा था, और रात होने के इन्तजार में था। गाँव के ही एक राम विलास राजभर से देवमुनी के वहाँ होने की सूचना मिली। आनन-फानन में वृजमोहन पांडेय थानाध्यक्ष, नरही, पी. एन. सिंह थानाध्यक्ष, भाँवरकोल, दीनानाथ दूबे महम्मदाबाद (गाजीपुर) शाहिर खान, एस. आई. कोरंटाडीह (बलिया) तथा नवशक्ति संगठन के शारदानन्द राय, राणा प्रताप राय आदि नौजवानों के साथ पुलिस टीम बक्सर की ओर से एक नाव पर यात्री के वेश में देवमुनी के नाव तक पहुँची और घंटों मशक्कत के बाद वह पकड़ा गया। फिर गाजीपुर के हिस्से में किनारे लाकर पुलिस ने इन्काउटर दिखाकर उसे मार दिया। उस समय घनश्याम शुक्ल

गाजीपुर के और अहमद हसन बलिया के पुलिस अधीक्षक थे। थोड़ी देर में यह घटना आग की तरह चारों ओर फैल गई। वायरलेस की घंटियाँ घनघनाने लगीं। फिर पुलिस ने पहचान किया कि वह देवमुनी ही है। उस दिन रात को देवमुनी इलाके में कोई भयंकर घटना को अंजाम देने वाला था। देवमुनी के बाद जून 75 में रामगढ़ में रात में नक्सली नेता मोती साह भी पकड़ा गया। इस प्रकार पुलिस इस नक्सलवादी आन्दोलन पर काबू पाने में सफल हुई।

74 में जब बिहार में जयप्रकाश नारायण का सम्पूर्ण क्रान्ति का आन्दोलन उत्कर्ष पर था, और सीपीआई (एम) जनसंघ सहित सारे समाजवादी दल आन्दोलन के साथ थे, सीपीआई कांग्रेस के साथ मिलकर फासिस्ट विरोधी आन्दोलन चला रही थी। उस समय पटना के पोलो मैदान में फासिस्ट विरोधी सम्मेलन आयोजित था। वस्तुतः इस फासिस्ट विरोधी आन्दोलन का उत्स विश्व के कुछ देशों में घट रही घटनाओं में था। उस समय दुनिया के कई देशों में लोकतांत्रिक सरकारें खत्म कर दी गई थीं और उनके स्थान पर तानाशाही शासन स्थापित किए गए थे। भारतीय कम्युनिस्ट पार्टी के केन्द्रीय नेतृत्व की समझ थी कि जे. पी. आन्दोलन भी उसी तानाशाही की ओर बढ़ता कदम है और इसलिए उसने इसे फासिस्ट आन्दोलन माना था। किन्तु पार्टी इस बात को नहीं समझ सकी थी कि बौद्धिकों का एक बड़ा वर्ग सीपीआई के इस विचार से सहमत नहीं है। देश के ख्यातिप्राप्त लेखकों, साहित्यकारों, बुद्धिजीवियों ने सड़क पर उतर कर इस विचार और आन्दोलन की पुरजोर मुखालफत की। इस दौर में साहित्कारों, बौद्धिकों द्वारा लगातार नुक्कड़ सभाएँ आयोजित की गईं, गीत और कविताओं द्वारा विरोध प्रदर्शन किया गया।

जहाँ तक मुझे स्मरण है जे. पी. आन्दोलन के पहले सीपीआई ने पटना में महँगाई और भ्रष्टाचार के विरुद्ध एक बड़ी रैली आयोजित की थी। जे. पी. घंटों उस रैली की भीड़ में फँस गए थे। लेकिन पार्टी उस बड़ी रैली के बाद कोई बड़ा आन्दोलन नहीं कर सकी। इस रैली के दो-चार दिन बाद ही जे. पी. ने अपने आन्दोलन की घोषणा कर दी थी और सरकार ने गिरफ्तारियाँ भी शुरू कर दी थीं। कई जिलों में कम्युनिस्ट पार्टी के सैकड़ों कार्यकर्ता गिरफ्तार भी किए गए थे।

यद्यपि फासिस्ट विरोधी सम्मेलन के समय हम जमाल रोड संघ भवन में ही थे, लेकिन डेलीगेट नहीं थे। उस समय मुजफ्फरपुर के रामनाथ सुमन, शत्रुघ्न प्रसाद सिंह के साथ डेलीगेट थे। वे उनके ज्यादा नजदीक थे। हालाँकि सीपीआई का कांग्रेस के साथ मिलकर फासिस्ट-विरोधी आन्दोलन चलाना अन्य बौद्धिकों की तरह मुझे भी अन्तरतम से पसन्द नहीं था। लेकिन पार्टी के इस आचरण पर मैं प्रतिक्रिया व्यक्त करने की स्थिति में नहीं था।

21 जनवरी, 1925 में स्थापित बिहार माध्यमिक शिक्षक संघ 21 जनवरी, 75 को 91वें वर्ष में प्रवेश कर गया। मोकामा सम्मेलन में ही इसकी स्वर्ण जयंती आयोजित

करने की चर्चा हुई थी। शत्रुघ्न प्रसाद सिंह, रामनाथ सुमन, विद्यानन्द सिंह, वीरेन्द्र शर्मा, कृष्ण नन्दन शर्मा आदि कार्यक्रमों के मुख्य निर्धारक थे। इसी समय संघ के झंडे का रंग तय हुआ और उस पर 'उतिष्ठत जाग्रत' उपनिषुद् वाक्य अंकित किया गया। कल्पना थी कि नीले आसमान में हमें लहराना है और अपने कर्तव्यों, अधिकारों के प्रति जगे रहना है।

स्वर्ण जयंती के अवसर पर तीन-दिवसीय कार्यक्रम में खेलकूद, शिक्षा गोष्ठी आदि का आयोजन हुआ और 'अभिज्ञान' नामक एक स्मारिका भी छपी जिसके प्रधान सम्पादक उस समय विद्यानन्द सिंह थे, जो 'प्राच्य प्रभा' के प्रधान सम्पादक थे। शिक्षा गोष्ठी में मेरी भी प्रमुख भूमिका थी।

स्वर्ण जयंती के दौरान पुराने वाले खंड के सबसे ऊपरी मंजिल के कमरे में विद्यानन्द सिंह और हम साथ-साथ रहते थे। उस समय आगे वाला खंड निर्मित नहीं हो पाया था। उसके स्थान पर पुराना भवन ही था। हम दोनों साथ-साथ पान खाते और गपशप करते। कभी-कभी वीरेन्द्र शर्मा भी गपशप में हिस्सेदारी करते। एक दिन वीरेन्द्र शर्मा पान खाकर आए। हम लोग गपशप में व्यस्त थे। शर्मा जी बोले—यार मैं पान खाकर आया हूँ देखो कैसा लगता है? विद्या बाबू झट बोले, लगता है कि भैंस की गॉड में भाला मार दिया हो। तीनों हँसते-हँसते लोट-पोट हो गए। शर्मा जी साँवले थे, विद्या बाबू विनोदी स्वभाव के थे ही। उपमा सटीक बैठी।

स्वर्ण जयंती के समानान्तर संघ ने संघर्ष कार्यक्रम भी तय किया था। हमारी मुख्य माँग तो सरकारीकरण की थी लेकिन ज्यादा पीड़ा जिला स्कूलों के शिक्षकों के साथ हमारी वेतन विषमता की थी। समान काम के लिए असमान वेतन की विषमता असहय लग रही थी। फलतः प्रखंडों में प्रदर्शन, राज्य कार्यकारिणी के सदस्यों की क्रमिक भूख-हड़ताल, पहली मार्च से अनिश्चितकालीन हड़ताल और 4 मार्च से जेल भरो आन्दोलन चलाने की घोषणा हुई थी। इसके साथ 30 मार्च से माध्यमिक परीक्षाओं का बहिष्कार करना था। सरकार मूक दर्शक बनी रही। फलतः हड़ताल के सारे चरण चल निकले। अन्त में अड़तालीस दिनों की सफल हड़ताल के बाद सरकार की तन्द्रा टूटी और समझौता हुआ। इस समझौते के फलस्वरूप जिला स्कूल और हमारे स्कूलों के शिक्षकों के बीच वेतन विषमता का अन्त हुआ। यह संघ की एक दूसरी बड़ी जीत थी। अब वेतन माध्यमिक शिक्षा बोर्ड के माध्यम से जिला शिक्षा पदाधिकारियों के पी. एल. एकाउंट में जाता था और वे विद्यालयों को चेक देते थे। शिक्षकों, कर्मियों को 1-5-74 के प्रभाव से पूरा वेतन मिलने लगा था। प्रबन्ध समितियों की खानगी शासन व्यवस्था खत्म हो चुकी थी। शिक्षक खुली हवा में साँस ले रहे थे। जमीन, आसमान, हवा, पानी सबकुछ उनका था। भले ही वेतन भुगतान में कभी-कभी देर हो जाती थी।

बोर्ड के अधीन आने पर पाँच माह का वेतन मुझे एक बार मिला था। सबसे पहला काम हमने यह किया कि सीवान जाकर एक रैले साइकिल खरीदी। पुरानी हीरो साइकिल पर तो कलेजे की ताकत लगानी पड़ती थी। नई साइकिल आई तो मित्रों ने बधाई दी। मुझे भी लगा कि हवाई जहाज चला रहा हूँ। अब मैं दूने उत्साह के साथ शिक्षक संघ के कार्यों में लग गया था। प्रायः साइकिल से ही सीवान आ जाता। समय से स्कूल पहुँच जाता। विद्या भवन कॉलेज में आई. ए., आई. एस. सी. की कक्षाएँ लेता। अब वहाँ उतने पैसे नहीं मिलते थे। लेकिन भविष्य की सम्भावनाओं पर काम कर रहा था।

26 जून, 75 को देश में आपातकाल लगा और तब गाँव का तथाकथित नक्सलवादी आन्दोलन ठंडा पड़ गया। यह घटना मुझे इसलिए याद है कि 26 जून को मैं विंध्याचल राम को साथ लेकर अशोक को दिखाने वाराणसी गया था। हमने बी. एच. यू. में दिखा लिया था। शहर में कुछ सामान खरीद रहा था कि दोपहर में अचानक शोर हुआ कि देश में आपातकाल लागू हो गया है। पुलिस की गाड़ियाँ, जनसम्पर्क की गाड़ियाँ सड़कों पर दौड़ रही थीं। लोग फटाफट भाग रहे थे और शहर की दुकानें बन्द होने लगी थीं। हम लोगों ने भी जल्दी से बस पकड़ी और गाँव लौट आए।

8

74 की गर्मियों में मुझे तत्कालीन महामंत्री का एक पत्र मिला। जिसके साथ मैरवा के वासुदेव चौधरी का एक आवेदन पत्र संलग्न था। पत्र में निर्देश दिया गया था कि आवेदन पत्र में वर्णित तथ्यों की जाँच कर कार्यालय को प्रतिवेदन भेजा जाए। राज्य संघ का यह पहला पत्र था। फलतः मेरे लिए ब्रह्मवाक्य था। मैंने ईमानदारी से जाँच करने की योजना बनाई। पता किया तो पता चला कि मैरवा में एक नया विद्यालय टाउन उच्च विद्यालय खुला है जो आंशिक प्रस्वीकृत है। वासुदेव चौधरी उसी में शिक्षण कार्य करते हैं लेकिन प्रबन्ध समिति के सचिव ने उन्हें विद्यालय से निकाल दिया है।

शनिवार को स्कूल प्रातःकालीन होता था। इसलिए स्कूल से मैरवा जाने के लिए तैयार होकर सीवान आया। धूप इतनी कड़ी थी कि बस स्टैंड तक पहुँचते-पहुँचते उल्टी हो गई। मन चिन्तित हुआ मगर रुका नहीं। बस से मैरवा पहुँच गया। मैरवा मेरे लिए बिल्कुल नई जगह थी। पहली बार आया था। दूर-दूर तक किसी से जान-पहचान नहीं थी। पूछते-पूछते स्कूल पहुँचा तो विद्यालय बन्द हो चुका था। प्रधानाध्यापक का पता लगाया। वे शहर में ही रहते थे। एक-दो शिक्षक मिल गए।

उनके साथ प्रधानाध्यापक के आवास पर पहुँचा। सूरज ढल चुका था। प्रधानाध्यापक से बातें हुईं और उन्होंने स्टेशन ले जाकर चाय पिलाई फिर शाम को एक होटल में खाना भी खिलाया। किसी प्रकार उनके साथ रात काटी। सुबह स्कूल पर सचिव को बुलवाया। वे एक पत्रकार थे। नाम था इन्द्रमणि शंकर सिंह। प्रधानाध्यापक ने सम्बन्धित मामले में रात में ही सब कुछ बता दिया था। बातें शुरू हुईं लेकिन सचिव वासुदेव को रखने के लिए तैयार नहीं थे। उनका कहना था कि वे मौसमी शिक्षक हैं और मैकडोनल्ड सुगर फैक्ट्री, शाहपुर, देवरिया में काम करते हैं। स्कूल में पार्ट टाइम आते-जाते हैं। वासुदेव का कहना था कि मैं स्कूल का शिक्षक हूँ और नियमित पढ़ाता हूँ। फैक्ट्री में पहले काम करता था। चूँकि स्कूल की स्थायी पूर्ण प्रस्वीकृति के लिए स्पेशल बोर्ड का गठन हो गया है इसलिए सचिव मुझे हटाकर अपने किसी सम्बन्धी को रखना चाहते हैं। हेडमास्टर, सचिव से इतना भयभीत थे कि सामने कुछ भी बोलने से कतराते थे। स्कूल में चार-पाँच कमरे थे। कैम्पस भी ज्यादा बड़ा नहीं था लेकिन एक किनारे कोने में एक बड़ा पीपल का पेड़ था। उसी पीपल की छाया में बातें हो रही थीं। सचिव के साथ दो चक्र बातें हुईं लेकिन वे वासुदेव को शिक्षक पद पर रखने को तैयार नहीं थे। बातें करते-करते सुबह से शाम हो गई। मेरी भी कठिन परीक्षा थी। अन्त में मैंने साम, दाम, दंड, भेद का सहारा लिया और सचिव को धमकी देकर उठ गया कि शिक्षक संघ आपसे निबटेगा। देखे कैसे मंजूरी लेते हैं। हार-थककर सचिव राजी हो गए। फिर अपने ही टाइप राइटर पर एक समझौता टाइप किया। उस पर हमदोनों के हस्ताक्षर हुए और वासुदेव चौधरी की नौकरी बच गई। यह हमारे अब तक के कार्यकाल की एक बड़ी उपलब्धि थी। मेरा सीना छप्पन इंच का हो गया। हेडमास्टर और सभी शिक्षक काफी खुश हुए। उन्हें शिक्षक संघ की शक्ति का अहसास हुआ। बाद के दिनों में इन्द्रमणि शंकर सिंह के साथ सीवान संवाददाता संघ में मुलाकातें होने लगीं। मित्रता भी हुई। लेकिन पाँच-सात वर्षों के अन्तराल में ही उनका असामयिक निधन हो गया।

गौतम पांडेय से दोस्ती यहीं से शुरू हुई थी। वे सीवान आते तो मुझसे मिले बगैर नहीं जाते। उनके विद्यालय की पूर्ण प्रस्वीकृति के लिए गठित स्पेशल बोर्ड में राज्य संघ के तत्कालीन अध्यक्ष, पंडित विन्ध्येश्वर मिश्र सदस्य थे। दूसरे सदस्य सारण प्रमंडल के क्षेत्रीय शिक्षा उप-निदेशक थे। बोर्ड के सदस्य जाँच करने आए और बगैर अनुशंसा किए चले गए। गौतम पांडेय बेहद परेशान थे। मैं उस समय हिमाचल प्रदेश विश्वविद्यालय, शिमला से पत्राचार पाठ्यक्रम द्वारा एम. एड. कर रहा था। एक बार पन्द्रह दिनों का कान्टैक्ट प्रोग्राम दिल्ली में कर चुका था। सारी पाठ्य-सामग्री अंग्रेजी में आती थी। मुझे समझने में कुछ कठिनाई भी होती थी। कभी-कभी मन करता कि एम. एड. करना छोड़ दूँ। लेकिन पन्द्रह दिन का कोर्स कर चुका था और अब प्रथम सेमेस्टर की परीक्षा देनी थी। परीक्षा छोड़ना हार कबूल

करना था। जीवन में कभी हार नहीं मानी थी। इसलिए पहले सेमेस्टर की परीक्षा देने दिल्ली जा रहा था।

कान्टैक्ट प्रोग्राम की खट्टी-मिट्ठी यादें दिमाग में ताजा थीं। तब मैं पन्द्रह दिनों की छुट्टी लेकर पहली बार दिल्ली गया था और अपने पट्टीदारी के चचेरे भाई विपिन कुमार के साथ साउथ एवेन्यू में एक सांसद के आवास में ठहरा था। कान्टैक्ट प्रोग्राम लाला लाजपत राय, भवन में शाम 6 बजे से चलता था। साठ-पैंसठ लड़के और दस-पन्द्रह लड़कियाँ थीं। ज्यादातर दिल्ली अथवा पंजाब की। कुछ लड़के मिलिट्री विद्यालयों के भी थे। बिहार से मैं अकेला था। कुछ लड़के काफी चालू किस्म के थे तो कुछ पंजाबी लड़कियाँ भी काफी खुली हुई थीं। उनमें हमारे संस्कारों से भिन्नता थी। प्रोग्राम के पहले या बाद कुछ गुप-चुप भी होता दिखाई पड़ता। डॉ. के. पी. पांडेय, निदेशक, प्रतिदिन दो-तीन घंटे कक्षा लेते। वे बड़ी सरल अंग्रेजी में पढ़ाते लेकिन मैं पूरी तरह एकाग्र नहीं हो पाता। पूर्वांचल के छात्रों की अंग्रेजी वैसे भी अच्छी नहीं होती। साथ ही हमारी कुल पढ़ाई-लिखाई भी हिन्दी माध्यम से हुई थी। इसलिए अंग्रेजी में रुचि बन नहीं पाती थी। एक दिन पढ़ाई के दौरान बिजली कट गई और लगभग आधा घंटे तक अँधेरा छा गया। पांडेय जी की पढ़ाई बन्द हो गई। कक्षा में कुछ अश्लील हरकतें भी हुईं लेकिन किसी ने चर्चा नहीं की। बाद में पता चला कि बिजली जान-बूझ कर काटी गई थी।

उस दिन नई दिल्ली जाने हेतु सीवान स्टेशन पर पहुँच चुका था कि गौतम पांडेय खोजते-खोजते आए और अपने स्कूल की प्रस्वीकृति का सवाल सामने रखा। वे बड़ी देर तक मुझे समझाते रहे कि हम लोगों की जिन्दगी का सवाल है। विशेष पर्षद की रिपोर्ट पर दस्तखत नहीं होंगे तो मंजूरी लटक जाएगी। एम. एड. तो बाद में भी हो सकता है। यद्यपि एम. एड. की मेरी तैयारी काम लायक हो चुकी थी फिर भी अंग्रेजी में उत्तर लिखना मन में खटकता था। दुविधा पर संवेदना और आरजू की विजय हुई। मैंने पांडेय जी से कहा कि चलिए आपके लिए इम्तहान छोड़ता हूँ। फिर दिल्ली की यात्रा रद्द कर उसी रात गौतम पांडेय के साथ पटना चल दिया। सबेरे हम लोग संघ भवन पहुँचे तो मिश्र जी कार्यालय में बैठे मिल गए। परिचय दिया और गौतम पांडेय के विद्यालय के विशेष पर्षद का प्रतिवेदन सामने रख दिया। मिश्र जी ने तुरन्त कलम खोली और बिना कुछ कहे-सुने हस्ताक्षर कर दिए। फिर गौतम पांडेय को पास बैठाकर अच्छे प्रधानाध्यापक के गुणों पर आधा घंटा तक एक संक्षिप्त सलाहनुमा भाषण भी दिया। गौतम पांडेय अपार प्रसन्न हुए। यह उनकी जिन्दगी का एक बड़ा मसला था जो इतनी आसानी से हल हो चुका था। हम लोग प्रणाम कर बाहर आए। सड़क पर पंडित की ठेला वाली दुकान पर नाश्ता किया और शाम की गाड़ी से सीवान लौट आए। विद्यालय पहुँचा तो लोगों को आश्चर्य हुआ कि इतनी जल्दी दिल्ली से कैसे लौट आया। बाद में प्रधानाध्यापक को सारी बातें बताईं। इस

प्रकार एक विद्यालय के हित में एम. एड. की पढ़ाई छूटी तो फिर कभी पूरी नहीं हो सकी। अगर एम. एड. कर लिया होता तो शायद किसी प्रशिक्षण महाविद्यालय में व्याख्याता बन गया होता। लेकिन नियति को तो कुछ दूसरा ही मंजूर था।

गौतम पांडेय से दोस्ती दिनानुदिन प्रगाढ़ होती जा रही थी। अब वे सप्ताह में दो-तीन बार सीवान आते और मेरे कमरे में ठहरते। हम लोग खूब गप्पें लड़ाते और विभिन्न योजनाएँ बनाते। मैरवा, गुठनी, दरौली तीन प्रखंडों के वे हमारे परम विश्वस्त प्रतिनिधि बन गए। संघीय राजनीति के एक मजबूत प्रवक्ता भी। इसी बीच वे एक दिन चिताखाल विद्यालय के सचिव पंडित बूटीनाथ तिवारी और प्रधानाध्यापक ब्रह्मानन्द पांडेय को साथ लेकर आए। चिताखाल गुठनी प्रखंड में था और बाबा बालनाथ 'ब्रह्म' के नाम पर पंडित बूटीनाथ तिवारी ने उसे स्थापित किया था। तिवारी जी का गोरखपुर में बड़ा कारोबार था। पूरा भवन उन्होंने अकेले ही बनवाया था। किन्तु खर्च करने और भवन बन जाने के बाद भी विद्यालय की मंजूरी नहीं हो पा रही थी और अब प्रश्न उसकी प्रस्वीकृति का था। पांडेय जी और तिवारी जी, राजमंगल मिश्र, विधायक के पास पैरवी कर रहे थे लेकिन काम बन नहीं रहा था।

मुझे जिला के चौथे सम्मेलन के लिए दाता की तलाश थी। गौतम पांडेय ने सिफारिश की कि चिताखाल की मंजूरी हो जाए तो तिवारी जी अपने खर्च से सम्मेलन करवा देंगे। पांडेय जी बूटी नाथ तिवारी के घर आमंत्रित किए। मैं वहाँ गया। मैं और गौतम पांडेय रात में वहीं रुके। बातें हुईं और हमने उनकी शर्त मान ली। यही तय हुआ कि चिताखाल में चौथा सम्मेलन बूटीनाथ तिवारी अपने खर्च से कराएँगे। उसके पहले विद्यालय की मंजूरी हम करा देंगे। इस क्रम में मैंने तत्कालीन महामंत्री शत्रुघ्न प्रसाद सिंह को पकड़ा जो उस समय बिहार माध्यमिक शिक्षा बोर्ड के सदस्य भी थे। उनके प्रयास से चिताखाल की प्रस्वीकृति सम्मेलन से एक सप्ताह पहले हो गई। इस प्रकार सीवान जिले का चौथा सम्मेलन चिताखाल में आयोजित हुआ और शत्रुघ्न प्रसाद सिंह सम्मेलन का उद्घाटन करने आए। अब सीवान, गोपालगंज में मेरी धाक जम गई और इस क्षेत्र के विद्यालयों के लोग मेरे पास पैरवी लेकर पहुँचने लगे।

पचहत्तर से सीवान में मेरी बैठकी के दो अड्डे बन चुके थे। कैलगढ़ से वाया मीरगंज बस से आता अथवा सुन्दरी होते हुए सीधे सीवान आता तो सबसे पहले झगहरवा पीपल के निकट मेहिया कुम्हार टोली चौक पर जंगबहादुर प्रसाद के प्रेस में जाता। कभी-कभी कृष्णा सिनेमा के निकट विमल कुमार सिंह 'विमलेश' के कामर्शियल इन्स्टीच्यूट में जाता और देर तक गप्पें लड़ाता। अक्सर बस से आता और भूख लगी होती तो दरबार टाकीज स्थित सरदार की दुकान में घुस जाता। सरदार की दुकान मुख्य सड़क पर ही थी जिसका एक सिरा दरबार टाकीज के कैम्पस में खुलता। सरदार की वह दुकान सीवान में समोसे, चाय और काला जामुन के

लिए मशहूर थी। वैसा समोसा दूसरी जगह नहीं मिलता। दुकान के अन्दर बीस, पच्चीस कुर्सियाँ और टेबुल लगे होते। दरबार वाले हिस्से में लोग प्लेट में खड़े-खड़े खाते और चाय पीते। भीतर कैम्पस में चाय-मिठाई की कुछ और भी दुकानें थीं लेकिन भीड़ सरदार की दुकान पर ही लगती। कैम्पस के भीतर दुकानों तक शिक्षकों, कार्यालयों के कर्मचारियों, ट्रेड यूनियनों के नेताओं और पार्टियों के छुटभैये, नेता प्रायः शाम को चाय, समोसे पर राजनीतिक चर्चे करते। एक तरह से दरबार टाकीज कैम्पस सीवान के बुद्धिजीवियों का कॉफी हाउस था। जहाँ सात-आठ बजे तक जिसको खोजो मिल जाता। दुकान के बाहर सटे बनारसी पान की एक-दो दुकानें भी थीं जहाँ अक्सर इस्लामियाँ हाईस्कूल के संस्कृत शिक्षक पंडित कृष्ण कुमार पांडेय मिल जाते। पतली काया, मध्यम कद-काठी, धोती, कुर्ता और सिर पर चुटिया। शिक्षक संघ के चलते-फिरते प्रवक्ता। स्कूलों के अध्यापक उन्हें इस्लाम पंडी जी कहते। सीधे प्रेस जाता तो वहीं भुंजा का नाश्ता होता। वहाँ शहर के स्कूलों के एक-दो शिक्षक जरूर मिल जाते।

विमलेश जी के इंस्टीच्यूट में जाता तो चाय, पान पर साहित्य संगम की गोष्ठियों अथवा भोजपुरी आन्दोलन, नाटक आदि पर चर्चा होती। उसी बैठकी में सीवान से एक भोजपुरी पत्रिका के प्रकाशन की चर्चा हुई और बातों-बातों में 'माटी के गमक' मासिक निकालने का निर्णय हुआ। चूँकि विमलेश जी को अपना एक छोटा-मोटा प्रिन्टिंग प्रेस भी था। इसलिए दो, तीन फर्मा की पत्रिका निकालना ज्यादा कठिन नहीं था। इंस्टीच्यूट से आय भी थी। उनके पारिवारिक खर्चे भी लगभग न्यून थे। नाटक लिखने, खेलने का शौक भी था। साथ में ब्रजेश दीक्षित, रामानन्द पांडेय, मूँगालाल जैसे सहयोगी भी थे जो साहित्यानुरागी एवं संस्कृतिकर्मी थे। मंडली में मेरे शामिल हो जाने से एक की बढ़ोत्तरी हो गई थी। उस समय तक मैं भी पृथ्वीराज चौहान, कैकेयी, गुरुदक्षिणा, वीर शिवाजी आदि नाटकों को लिख चुका था। प्रतिवर्ष स्कूल में सरस्वती पूजा के अवसर पर नाटकों का मंचन कराता था। हम लोगों का मन-मिजाज एक हो गया।

अखिल भारतीय भोजपुरी साहित्य सम्मेलन की स्थापना आजादी की लड़ाई के साथ ही 1947 में हो चुकी थी। इसके दो अधिवेशन उसी समय सारण जिले के क्षेत्र में ही सम्पन्न हुए थे। पहले सम्मेलन की अध्यक्षता आचार्य बलदेव उपाध्याय और दूसरे की महापंडित राहुल सांकृत्यायन ने की थी। दोनों सम्मेलनों में भोजपुरी भाषाभाषी साहित्यकारों की बड़ी भीड़ जुटी थी। बाद के दिनों में यह आन्दोलन धीमा पड़ गया था। लेकिन चौहत्तर के दरम्यान बिहार के राजभाषा विभाग में उपनिदेशक पांडेय कपिल, जो सारण जिले के ही रहने वाले थे, ने अपने साथियों और कुछ साहित्यकारों के सहयोग से इसे फिर शुरू किया था। भोजपुरी लेखकों ने काफी उत्साह से इस आन्दोलन को समर्थन दिया था। बलिया, गाजीपुर, गोरखपुर

से लगायत बिहार के सारण, चम्पारण, जमशेदपुर आदि जिलों के कथाकार, कवि, लेखक, नाटककार, इस आन्दोलन से जुड़ गए थे। कपिल जी ने साहित्यकारों के सहयोग से भोजपुरी रचनाओं का प्रकाशन भी शुरू कर दिया था। सीवान में उस समय डी. ए. वी. उच्च विद्यालय के शिक्षक अक्षयवर दीक्षित, लेखक और वकील सन्त कुमार वर्मा, श्रीमती मैनावती देवी, जो बाद में गोरखपुर आकाशवाणी से जुड़ीं और विमलेश जी भोजपुरी की सेवा में लगे थे। सम्मेलन की बैठकें पटना में शुरू हुईं तो उसकी लहरें बिहार के छोटे-छोटे शहरों, गाँवों तक पहुँचीं। भोजपुरी लेखकों में उफान आया। सीवान में भी चर्चाएँ शुरू हुईं। अब विमलेश जी का इंस्टीच्यूट भोजपुरी का भी केन्द्र बन गया। इसी बीच अक्षयवर जी और सन्त कुमार वर्मा भोजपुरी सम्मेलन की पटना बैठक में शामिल हुए और लौटे तो इस आग की लपटों को, जो बीच में धीमी पड़ गई थीं, लेते आए। डॉ. प्रभुनाथ सिंह जो बिहार विश्वविद्यालय में अर्थशास्त्र के प्राध्यापक थे, इस आन्दोलन के अलम्बरदार बन गए। 76 आते-आते सीवान में भोजपुरी आन्दोलन ने जोर पकड़ लिया। अखिल भारतीय माध्यमिक शिक्षक महासंघ के अधिवेशन सम्बन्धी केरल यात्रा से लौटा तो 'दक्षिणांचल में लिपटाइल कन्याकुमारी' नाम से एक यात्रा वर्णन लिखा जो 'माटी के गमक' में प्रकाशित हुआ। मेरी भी रुचि भोजपुरी लेखन में हुई। फलतः 'माटी के गमक' पत्रिका का मैं अघोषित सम्पादक बन बैठा। पत्रिका का अंक सजाने-सँवारने लगा।

छिहत्तर में सीवान में भोजपुरी साहित्य का अखिल भारतीय सम्मेलन कराने का निर्णय हुआ। अक्षयवर दीक्षित जी से गहरा परिचय इसी दौरान हुआ। वे डी. ए. वी. हाईस्कूल में संस्कृत के अध्यापक थे और पढ़ने, पढ़ाने में काफी रुचि सम्पन्न, निष्ठावान थे। अब तक की राष्ट्रीय आजादी के बाद यह अखिल भारतीय स्तर का तीसरा अधिवेशन था। सम्मेलन के लिए सीवान, सारण और गोपालगंज जिलों को मिलाकर एक स्वागत समिति गठित की गई जिसके अध्यक्ष श्री राजमंगल मिश्र, विधायक बनाए गए। वे भोजपुरी के प्रति लगाव रखते थे और दीक्षित जी के जिला गोपालगंज से जुड़े थे। गाँव देहात से भी चंदा वसूलने की प्रक्रिया शुरू हुई। अक्षयवर जी स्वागत समिति के सचिव चुने गए और मैं संयुक्त सचिव। अब तक सीवान में मेरी भी साख जम चुकी थी। बिहार माध्यमिक शिक्षक संघ की जिला इकाई का सचिव तो था ही, साहित्य साधना में भी मेरी गहरी रुचि थी। प्रायः महीने में एक बैठक होती और मैं सोत्साह उसमें भाग लेता। मुझे स्मारिका प्रकाशन की जवाबदेही दी गई और सांस्कृतिक कार्यक्रमों के आयोजन की भी। इस सम्मेलन ने मेरे अन्दर भोजपुरी नाटक लिखने की प्रेरणा जगा दी और अपने गाँव की सामंती मानसिकता, नक्सलवादी आन्दोलन और अपने वामपंथी दृष्टिकोण के कारण मैंने 'शुरुआत' नामक एक नाटक की रचना की जो 'माटी के गमक' में धारावाहिक प्रकाशित हुआ।

सम्मेलन के तीसरे राष्ट्रीय अधिवेशन में मारिशस के प्रधानमंत्री शिव सागर राम गुलाम, जो बिहार के ही मूल निवासी थे, को आमंत्रित करने का निर्णय हुआ। लेकिन लोकसभा, विधान सभा चुनावों के कारण उनका कार्यक्रम खंडित हो गया तो मारिशस के उच्चायुक्त और उजियार (बलिया) के मेरे ग्रामीण और राष्ट्रीय ख्याति के साहित्य, संस्कृति, इतिहास के विद्वान डॉ. भागवत शरण उपाध्याय को आमंत्रित किया गया। बलिया, गाजीपुर, देवरिया, गोरखपुर, भोजपुर, बक्सर, चम्पारण, सिंहभूमि आदि जिलों के अनेकानेक कवि, लेखक, साहित्यकार आए। गाजीपुर के प्रो. विवेकी राय, बलिया के मुक्तेश्वर तिवारी बेसुध 'चतुरी चाचा', लक्ष्मी शंकर त्रिवेदी, नर्मदेश्वर चतुर्वेदी, विश्वनाथ गहमरी आदि। इलाहाबाद के खलील एंड पार्टी को सांस्कृतिक कार्यक्रम हेतु आमंत्रित किया गया।

29 एवं 30 अक्टूबर, 1977 को डी. ए. वी. महाविद्यालय, सीवान के प्रांगण में एक विशाल मंच पर दिन में सम्मेलन, विचारगोष्ठी और रात में खलील और आकाशवाणी के कलाकारों का शानदार सांस्कृतिक कार्यक्रम हुआ। गीत, गवनई, लोहा सिंह का नाटक, भोजपुरी कवि सम्मेलन सब कुछ अद्‌भुत और अद्वितीय। डॉ. भागवत शरण उपाध्याय का लगभग डेढ़ घंटे तक धाराप्रवाह भोजपुरी में उद्‌घाटन भाषण हुआ। श्रोता मंत्रमुग्ध बने रहे। कवि सम्मेलन के मंच पर बलिया के डॉ. रामविचार पांडेय की कविताएँ छाई रहीं। पहली बार डॉ. पांडेय के आशु कवित्व को देखने-सुनने का अवसर मिला। वे कविता रचते जाते, सुनाते जाते। न डायरी देखने की जरूरत, न चिट-पुर्जा की। हमारे हिस्से की उपलब्धि रही कि बड़कागाँव के चतुरी चाचा, नरही के लक्ष्मीशंकर त्रिवेदी, गाजीपुर के विवेकी राय, जिनको बचपन में अखबारों में पढ़ता था, उनसे सीधा संवाद और परिचय हुआ। बलिया के नर्मदेश्वर चतुर्वेदी से परिचय हुआ। मेरा नाटक शुरुआत इसी सम्मेलन के अवसर पर पुस्तकाकार प्रकाशित हुआ। सीवान के बाहर भोजपुरी लेखक के रूप में मेरी ख्याति फैली। भोजपुरी स्मारिका, जो भोजपुरी की 'इन्साइक्लोपीडिया' कही गई, के माध्यम से भी मेरी पहचान बनी और शिक्षकों की परिधि से बाहर लेखकों के संसार में मेरा पदार्पण हुआ। इससे आगे की सम्भावनाओं के द्वार खुले। लिखने की प्रेरणा बलवती हुई। शिक्षक संघ के अलावे लेखन, सांस्कृतिक कार्यक्रम एवं अन्य क्षेत्रों में भी मेरी हस्तक्षेपकारी भूमिका निर्मित हुई। अब सीवान में साहित्यिक गोष्ठियों, समारोहों में मेरी भागीदारी बढ़ गई। भोजपुरी साहित्य सम्मेलन की सीवान जिला इकाई का सचिव चुना गया और उसके कई सम्मेलन हुए। पश्चात् हिन्दी साहित्य सम्मेलन के भी कई आयोजन हुए। कुछ दिनों तक उसका भी अध्यक्ष/सचिव होने का सौभाग्य मिला। सीवान, गोपालगंज और छपरा के कवि सम्मेलनों में भाग लेने और उनके संचालन का अवसर मिला। सीवान के शायरों की जमात में भी जाने और 'वज्मे अनवर' संस्था में सम्मान प्राप्त करने का सुयोग मिला।

उन्नीस सौ सत्तहत्तर सीवान के शिक्षकों के लिए भी बेहद महत्त्वपूर्ण रहा। जंगबहादुर प्रसाद की इच्छा और दबाव के अनुसार डी. ए. वी. हाईस्कूल के पास ही संघ को डेढ़ कट्ठे जमीन मिल गई। जंगबहादुर प्रसाद और अक्षयवर दीक्षित ने भी उसी प्लाट में स्वयं भी जमीन खरीदी। चिताखाल के सम्मेलन में शिक्षकों ने भवन निर्माण हेतु चार हजार रुपए नगद दान दिए थे। उसी रुपए से तीस हजार ईंट खरीदी गईं। चूँकि गोरखपुर के एक आर्चिटेक्ट ने भवन का नक्शा बनाया था लेकिन वह सीवान के कारीगरों की समझ में नहीं आया। फलतः नक्शा पुनः स्थानीय स्तर पर बना। जमीन के पास झोपड़ी डालकर भुवनेश्वर सिंह ने कार्यारंभ कराया और एक साल में ही दो-तीन कमरे, लैट्रिन बनाकर तत्कालीन महासचिव शत्रुघ्न प्रसाद सिंह से उद्घाटन कराया गया। इस उद्घाटन समारोह की अध्यक्षता तत्कालीन अवर प्रमंडल शिक्षा पदाधिकारी सरयू ठाकुर ने किया। भवन का महँगा नक्शा देखकर कुछ शिक्षकों ने टिप्पणी भी की कि इतने पैलेशियल बिल्डिंग की संघ को क्या आवश्यकता है? लेकिन वह छोटे दिमाग की टिप्पणी थी जो आगे चलकर स्वतः खारिज हो गई। यह भवन स्टेशन, बसस्टैंड और शिक्षा विभाग के कार्यालयों से निकट था। फलतः ज्यादा लोगों द्वारा पसन्द किया गया। जंगबहादुर प्रसाद को तो इससे लाभ ही लाभ था। मुझे भी यह इलाका पसन्द था क्योंकि डी. ए. वी. हाईस्कूल, आर्य कन्या उच्च विद्यालय और कॉलेज शिक्षकों की जमात सब इसी इलाके में थे। भवन के निर्माण में भुवनेश्वर सिंह, दिनेशचन्द्र सिंह, जगन्नाथ तिवारी, वीरेन्द्र कुमार तथा जिले के प्रधानाचार्यों, शिक्षकों का भरपूर सहयोग मिला। उद्घाटन के दिन मुहल्ले का नामकरण पंडित सूर्यकान्त त्रिपाठी 'निराला' के नाम पर निराला नगर रखा गया, जो थोड़े ही दिनों में लोकप्रिय हो गया। पहले के कार्यकाल में वी. एम. स्कूल के पास जो जमीन खरीदी गई थी, कालक्रम से उसे बेच दिया गया।

कैलगढ़ में आचार्य विष्णुगुप्त नाटक के मंचन के बाद सत्तर के दशक से सरस्वती पूजा के अवसर पर विद्यालय में नाटकों का मंचन लगभग अनिवार्य सा बन गया था। दो-तीन वर्षों के बाद सतहत्तर में पूजा के नाम पर जो चंदा की राशि वसूली गई थी वह प्रधानाध्यापक के पास जमा थी। हड़ताल के कारण विद्यालय में लम्बी छुट्टी हो गई थी। स्कूल खुला तो लड़कों का दबाव नाटक के मंचन के लिए बढ़ गया। लेकिन प्रधानाध्यापक अन्यमनस्क थे। वेतन तो उन दिनों कम मिलता था और उनकी पारिवारिक जवाबदेहियाँ ज्यादा थीं। इसी सिलसिले में चन्दा के पैसे उनसे खर्च हो गए थे। किसी की जेब में जब किसी प्रकार का पैसा आता है तो यथास्थान नहीं पहुँचाने पर वह खर्च हो ही जाता है। बाद में ऐसे पैसों को जब जेब से निकालना पड़ता है तो अखरता है। मनुष्य से गलतियाँ प्रायः ऐसे ही होती हैं। विमल कुमार सिंह 'विमलेश', रामानन्द पांडेय और मूँगालाल से दोस्ती

गहरी हो चुकी थी। फलतः वे लोग स्कूल के नाट्योत्सव में भाग लेने कैलगढ़ पहुँच गए। नाटक शुरू हुआ तो प्रधानाध्यापक ने उद्घाटन के दौरान कुछ अनर्गल टिप्पणी कर दी। उनका गुस्सा था कि उनके नहीं चाहने के बाद नाटक क्यों हुआ? मुझे और प्रतिनिधियों को बुरा लगा। छात्र भी उनके इस अमर्यादित व्यवहार से खिन्न हो उठे। कुछ अप्रत्याशित घटने की स्थिति हो गई। किसी प्रकार विवाद टला। महीनों प्रधानाध्यापक से संवाद बन्द हो गया। विद्यालय में आगे के वर्षों में नाटकों का मंचन भी बन्द हो गया। क्षेत्र में भी प्रधानाध्यापक की किरकिरी हुई। लेकिन पैसा क्या नहीं कराता? इस मतवैभिन्य ने मुझे प्रेरित किया कि अब कैलगढ़ छोड़ देना चाहिए।

9

चौहत्तर में माध्यमिक शिक्षा के नियमन, नियंत्रण एवं योजनाबद्ध विकास के लिए बिहार माध्यमिक शिक्षा बोर्ड का गठन हुआ था और उसमें संघ के अध्यक्ष और महासचिव पदेन सदस्य थे। चौहत्तर से अस्सी तक बोर्ड ने विद्यालयों की स्थापना, शिक्षकों की नियुक्ति, सेवाशर्त आदि कई महत्त्वपूर्ण कार्य किए। इसके पहले अध्यक्ष पटना विश्वविद्यालय के भूगोल विभाग के अध्यक्ष डॉ. परमेश्वर दयाल थे, जो काफी ख्यातिप्राप्त विद्वान तो थे ही, सुलझे हुए व्यक्ति भी थे। फलतः माध्यमिक शिक्षा की अभ्युन्नति का यह स्वर्ण काल रहा।

78 आते-आते गौतम पांडेय, दिनेश चन्द्र सिंह और भुवनेश्वर सिंह जैसे मित्रों की राय बनी कि संघ के बढ़ते कार्याधिक्य के कारण कोई विद्यालय खोलकर प्रधानाध्यापक बन जाना चाहिए क्योंकि सहायक शिक्षक के रूप में संघीय कार्यों के लिए उतनी आजादी नहीं थी। तब तक स्थानान्तरण भी बड़ा कठिन था। गौतम पांडेय के सहयोग से विजयीपुर में प्रयास शुरू हुआ लेकिन सफलता नहीं मिली। इधर कम्युनिस्ट पार्टी भी चाहती थी कि मैं शहर के निकट आ जाऊँ। का० बच्चन प्रभाकर तत्कालीन जिला सचिव और का, रामाधार सिंह से चर्चा हुई और सम्मिलित प्रयास शुरू हुआ। मैं आश्वस्त था कि मुझे सिर्फ जमीन मिल जाए तो भवन बनवाकर प्रस्वीकृति मैं खुद करा लूँगा। अठत्तर में का० रामाधार सिंह के प्रयास से हम लोग रसीदचक मठिया के महंथ गया दास के पास पहुँचे। रसीदचक, सीवान शहर के पास आन्दर ढाला से दो किलोमीटर दूर था। महंथ जी दो साल से स्कूल खोलने के लिए प्रयास कर रहे थे। विपेन्द्र नाथ श्रीवास्तव 'अधिवक्ता' ने उनसे मदद करने का वादा किया था लेकिन बात आगे नहीं बढ़ पा रही थी। रसीदचक में विद्यानन्द पांडेय तथा एक-दो कम्युनिस्ट साथी भी थे जो महंथ जी के सलाहकार थे। पड़ोसी

गाँव के परशुराम सिंह भी कम्युनिस्ट पार्टी के सदस्य थे और महंथ जी के पास आते-जाते थे। वे नौकरी की तलाश में भी थे।

महंथ जी से बातें हुईं तो उन्होंने एक कट्ठा जमीन देने की बात कही। फिर एक बीघा जमीन देना स्वीकार किया। लेकिन उन्हें विश्वास नहीं था कि मैं विद्यालय बनवा लूँगा क्योंकि इससे पहले मुझसे मुलाकात नहीं थी। एक सप्ताह बाद फिर गए तो महंथ जी ने जमीन दिखाई और जमीन मुझे पसन्द आ गई। विद्यालय की प्रस्वीकृति के लिए उस समय पाँच एकड़ जमीन की शर्त थी लेकिन परशुराम और रामाधार की सलाह थी कि पहले महंथ जी को फँसाया जाए। उनके पास जमीन पन्द्रह-बीस एकड़ से ज्यादा नहीं थी। दो-तीन बार बातें हुईं। फिर एक कमिटी का गठन किया गया। विद्यालय का नामकरण महंथ जी और उनके पंथ के गुरु कबीर के नाम पर 'गया दास कबीर उच्च विद्यालय' रखा गया। फिर महंथ जी ने एक बीघा जमीन रजिस्ट्री कर दी। महामहिम राज्यपाल के नाम से जमीन की रजिस्ट्री हुई इसलिए पैसा भी नहीं लगा। तत्कालीन जिला शिक्षा पदाधिकारी, डॉ. ए. एम. एम. कमाल सबा और लेखापाल खूबलाल ने मेरी भरपूर मदद की। सारी पंजियाँ और अभिलेख तैयार किए गए। महंथ जी की सहमति से परशुराम लिपिक के पद पर नियुक्त हुए और मठ पर काम करने वाले उनके सेवक का बेटा आलम आदेशपाल नियुक्त हुआ। तय हुआ कि शेष शिक्षकों, कर्मियों की नियुक्ति डोनेशन पर की जाएगी और उसी पैसे से स्कूल की बिल्डिंग बनेगी। क्योंकि महंथ जी के पास धन-सम्पत्ति नहीं थी। मठ किसी प्रकार खाता-कमाता मठ था।

मैंने अपने भगिन दामाद द्वारिकानाथ पाठक को बक्सर से बुलवाया जिनको पिछले ही साल मैंने बी. एड. कराया था। उद्देश्य यह था कि पाठक जी 'मंजूरी तक' प्रधानाध्यापक का दायित्व सँभालेंगे और विद्यालय संचालित करेंगे। भुवनेश्वर सिंह के प्रयास से बलिया के परशुराम तिवारी की नियुक्ति हुई और उन्होंने सर्वप्रथम डोनेशन के पैसे दिए। डॉ. यतीन्द्र नाथ सिंह के प्रयास से राजकुमार श्रीवास्तव आए। स्थानीय पैरवी पर बगल के ही अभिमन्यु प्रसाद और कमलदेव मिश्र तथा बच्चन प्रभाकर के माध्यम से बालखिला चौधरी की नियुक्ति हुई। परशुराम सिंह ने अपने चचेरे भाई अरविन्द की नियुक्ति आदेशपाल पद पर करवाई। लगभग सभी लोगों ने कुछ-कुछ आर्थिक सहयोग किया ताकि भवन बन सके। महंथ जी खपरैल, बाँस, खरपतवार यही सामान दे सकते थे। इससे अधिक उनकी स्थिति कुछ देने की नहीं थी।

शिक्षकों-कर्मियों के चन्दे की राशि का मैंने महंथ जी को ही मालिक बना दिया। वे काफी उत्साहित हो गए। परशुराम उनकी मदद करने लगे। मैं प्रतिदिन एक बार जाकर विद्यालय देख लेता, बातें कर लेता और अगली योजना बना देता। विद्यालय का स्वरूप उभरने लगा। 79 से विद्यालय में कुछ नामांकन भी हुए और

मठिया पर कक्षाएँ चलने लगीं। जिला शिक्षा पदाधिकारी की अनुशंसा पर विद्यालय को स्थापना की अनुमति मिल गई। महंथ जी को अब विश्वास हो गया कि उनके नाम पर स्कूल हो जाएगा। परशुराम सिंह हमारे और महंथ जी के बीच सेतु का काम करने लगे। योजना थी कि चार पक्के कमरे और चार खपरैल वाले कमरे बनवाकर अप्रैल 80 तक प्रस्वीकृति प्राप्त कर ली जाएगी। किन्तु इसी बीच एक अध्यादेश जारी कर सरकार ने विद्यालयों की प्रस्वीकृति पर रोक लगा दी। सोची-समझी रणनीति पर विराम लग गया। योजना के अनुसार मई 80 तक विद्यालय भवन बनकर तैयार हो गया। लेकिन जमीन की शर्त कम पड़ रही थी। फिर महंथ जी से बातें हुई और उन्होंने चार एकड़ जमीन रजिस्ट्री करके भूमि की शर्त पूरी कर दी। छात्रों की पढ़ाई लगातार चल रही थी और महंथ जी प्रसन्न थे। इस बीच 11 अगस्त, 80 को सरकार ने अध्यादेश प्रख्यापित कर सारे अराजकीय उच्च विद्यालयों का 2 अक्टूबर, 80 से अधिग्रहण करने का फैसला कर लिया। अब तक गया दास कबीर उच्च विद्यालय, रसीदचक मठिया के विशेष पर्षद का प्रतिवेदन पूर्ण प्रस्वीकृति हेतु सरकार के पास जमा हो चुका था किन्तु प्रस्वीकृति लम्बित हो गई। इसी बीच पड़ोसी गाँव के एक-दो लोगों ने सीवान के तत्कालीन विधायक जनार्दन तिवारी से विद्यालय के विरोध में एक आवेदन डलवा दिया। फलतः सरकार से पृच्छा हो गई। विद्यालय के शिक्षकों, कर्मियों को भरोसा था कि मई-जून तक मंजूरी मिल जाएगी और वेतन शुरू हो जाएगा। लेकिन विलम्ब हो गया। इसलिए शिक्षक कुछ मायूस हुए।

मैंने शत्रुघ्न प्रसाद सिंह के प्रयास से कैलगढ़ से स्थानान्तरण कराकर डी. ए. वी. उच्च विद्यालय, सीवान में योगदान कर लिया। इसका एकमात्र उद्देश्य था कि मैं अपने नए विद्यालय को प्रतिदिन एक बार देख सकूँ और गाइड कर सकूँ। विद्यालय अब मेरी सतत निगरानी में चलने लगा था। सरकारीकरण के बाद श्री विजय शंकर दूबे माध्यमिक शिक्षा के निदेशक सह विशेष सचिव के पद पर पदस्थापित हुए। तब 16 मार्च, 81 को मेरे विद्यालय की प्रस्वीकृति एवं अधिग्रहण हुआ। महंथ जी, शिक्षक, कर्मी और क्षेत्र की जनता में खुशी की लहर दौड़ गई। प्रस्वीकृति के बाद विद्यालय में एक विशाल समारोह आयोजित हुआ। इस समारोह के साथ सीवान जिले का अखिल भारतीय भोजपुरी साहित्य सम्मेलन का अधिवेशन भी आयोजित हुआ जिसमें क्षेत्र के हजारों लोगों ने दो दिनों तक कवि सम्मेलन एवं मुशायरा का आनन्द उठाया।

मैं अपने दायित्वों के निर्वहन में और तेजी से लग गया। शिक्षक संघ लगातार प्रगति की ओर था। विद्यालयों में मेरी पहचान और प्रतिष्ठा भी वृद्धि पर थी। विद्यालय नए जोश-खरोश के साथ चलने लगा। पढ़ाई, लिखाई, सांस्कृतिक, साहित्यिक गोष्ठियाँ, अनुशासन सब कुछ। क्षेत्र में विद्यालय की चर्चा जोरों से होने लगी। शहर

के विद्यालय डी. ए. वी., आर्य कन्या आदि पीछे छूट गए। समारोह के बाद बच्चों को समारोह के सम्बन्ध में आलेख लिखने को दिया गया तो अजय कुमार ने कई त्रुटियाँ उजागर की। यह भी मेरा एक प्रयोग था। मैंने सहज भाव से स्वीकार किया और अजय को काफी सम्मान दिया।

इसी बीच एक दिन जब कैलगढ़ गया तो पता चला कि विद्यालय फेयरवेल की तैयारी कर रहा है। सोचा, यह एक सामान्य परिपाटी है। अभी तक तो सेवानिवृत्त होनेवाले अध्यापकों को ही विदाई देने की परम्परा थी क्योंकि गैरसरकारी विद्यालयों में स्थानान्तरण की परिकल्पना तो कभी थी ही नहीं।

तीन-चार घंटे रुका और इस दौरान अध्यापकों-छात्रों से मिला-जुला। चुपचाप जाने की शिकायतें मिलीं। बाजार में अभिभावकों ने भी शिकायतें कीं। कुछ ने अफसोस जाहिर किया तो कुछ ने इस स्थानान्तरण के पीछे प्रधानाध्यापक की साजिश समझा। विदाई की तिथि को आया तो मंजू के नेतृत्व में छात्राओं का हुजूम मिलने आया। उस समय तक विद्यालय में छात्राओं की संख्या साठ-सत्तर हो गईं थी। उन्हें मेरे स्थानान्तरण की पीड़ा बेहद सता रही थी। बड़ी देर तक शिकवा-शिकायत के बाद मंजू ने कहा कि छात्राएँ अलग से आपको फेयरवेल पार्टी देना चाहती हैं। हमारे लिए समय तय कर दीजिए।

कोई पार्टी देना चाहता है तो उसे ना कहना मेरे जैसे संवेदनशील व्यक्ति के लिए बहुत मुश्किल है। मैं तो खुद दूसरों से मिलकर उसका दुख-दर्द बाँटना चाहता हूँ। उनसे विमर्श कर तिथि तय कर दी लेकिन उन्होंने कहा कि पूरा दिन हमें देना होगा। विदाई की तारीख को आया तो पता चला कि लड़कियाँ आवास वाले भवन में स्वयं भोजन बना रही हैं और वहीं सभा का आयोजन भी है। मित्रों ने बताया कि उनका आयोजन विशुद्ध उन्हीं का है उसमें किसी की राय-मशविरा भी नहीं है।

भोजन के पहले शुरू हुई सभा। प्रधानाध्यापक, शिक्षक मित्र और सिर्फ छात्राएँ। छात्राओं ने अपने उद्‌गार व्यक्त करने शुरू किए। किन्तु जब वे बोलतीं तो बोलते-बोलते सुबकने लगतीं। घंटों उन्होंने बेटी की विदाई का दृश्य उपस्थित कर दिया। मैं भौचक था कि मैं क्या बोलूँगा और ऐसी घड़ी में कुछ भी कहना और समझाना आसान है क्या? खासतौर से मंजू तो देर तक सुबकती रही।

मुझे लगा कि साठ-सत्तर लड़कियाँ एक अध्यापक के सामान्य से स्थानान्तरण पर जब इतने भावावेश में हैं जिनसे सिर्फ अध्यापक-छात्र का सम्बन्ध रहा है तो गोपियों की क्या स्थिति होगी? उद्धव को यूँ ही गोपियों ने निरुत्तर नहीं किया होगा?

प्रधानाध्यापक और दूसरे मित्रों ने उन्हें काफी समझाने की कोशिश की लेकिन उनका सुबकना जारी रहा। किसी प्रकार मैंने उनकी तकलीफ को सहलाया और उन्हें सान्त्वना दी कि जब भी उन्हें हिन्दी की पढ़ाई में कोई कठिनाई होगी, मैं छुट्टी लेकर आ जाऊँगा। मुझे इस पीड़ा का अहसास होता तो शायद मैं बीच सत्र में उन्हें

छोड़कर स्थानान्तरण नहीं कराता। मैंने आश्वस्त किया कि हिन्दी का एक अध्यापक तुरन्त पदस्थापित करा दूँगा।

आज सोचता हूँ तो लगता है कि मनुष्य का स्वार्थ कितना निर्मम होता है। कभी-कभी तो बड़े उद्देश्यों की पूर्ति के लिए भी निर्ममता की खोल ओढ़नी पड़ती है। इस स्थानान्तरण में मेरा अपना स्वार्थ तो था ही, समाज का भी बहुत बड़ा स्वार्थ था। सीवान जैसे विकासशील जिले में संघीय विकास की यात्रा इसके बाद ही मुस्तैदी से शुरू हुई थी।

यह भी समझ में आता है कि विद्यालय कैसे समुदाय से जुड़ता है? अच्छे और कर्तव्यनिष्ठ अध्यापक किस प्रकार बच्चों के माध्यम से वृहत्तर समाज का हिस्सा बन जाते हैं और उसकी नेतृत्वकारी भूमिका उनके हाथों में आ जाती है। आज भी हमारे छात्र मिलते हैं तो उसी आत्मीयता से।

अब विद्यालय में प्रतिवर्ष 26 जनवरी को योजनाएँ बनाकर घोषित करता और सालभर में उन्हें पूरा करता। भगवानपुर से शत्रु सूदन पांडेय का स्थानान्तरण कराकर लाया तो विद्यालय की योजनाओं के कार्यान्वयन में और वृद्धि हुई। वे सभी शिक्षकों को मिलाकर काम करते। विद्यालय की चहारदीवारी, वृक्षारोपण योजना उन्हीं के नेतृत्व में पूरी हुई। विद्यालय को बाढ़ पीड़ित क्षेत्र के कारण जो रुपए मिले थे उन्हें माननीय विधायक उमा शंकर सिंह के सौजन्य से समाहरणालय से निकलवाया और उसी से प्रशासनिक भवन बनवाया। मुख्य सड़क से मठिया तक सड़क की सोलिंग भी करवाई।

यह दौर मेरी कठिन परीक्षा का दौर भी रहा क्योंकि भैया ने मेरी पत्नी और बच्चों को भी गुस्से में मेरे पास भेज दिया। अब तक मैं परिवार की चिन्ताओं से मुक्त था। अचानक एक दिन विंध्याचल मेरी पत्नी और बच्चों को लेकर सीवान पहुँच गए। पता चला कि पत्नी ने भैया से कुछ कड़ी बातें कह दीं और उनका गुस्सा सातवें आसमान पर चढ़ गया। भैया गुस्साते जल्दी हैं। अब तक मैं तीन बेटियों और एक बेटे का बाप बन चुका था लेकिन पुराने संस्कारों और सामुदायिक रीति-रिवाजों के कारण मैंने घर में पत्नी को साथ रखने की बात कभी नहीं की थी। पत्नी अचानक चली आई तो कुछ चिन्ता, कुछ गुस्सा भी हुआ। धीरे-धीरे सब कुछ शान्त हो गया। पत्नी और बच्चों के आने से मेरी सुख-सुविधा में काफी बढ़ोतरी हुई। पहली बार दाम्पत्य का सच्चा सुख मिला। पहले तीन-चार महीनों के अन्तराल पर कभी दो-चार दिन के लिए घर जाता तो दाम्पत्य के लिए रात की प्रतीक्षा रहती। अब वह सदा सर्वदा सुलभ था। पत्नी मेरे सुख-दुख की सच्ची भागीदार बन गई। समय पर नाश्ता, भोजन, देह दबाना, मेरी चिन्ता करना सब कुछ उसी के जिम्मे आ गया। इस काल में पत्नी और परिवार के सुख की चरम अनुभूति हुई और दाम्पत्य का एक नया अनुभव हुआ। ग्रामीण समाज की जड़ परम्पराओं,

रीति-रिवाजों तथा लोक-लाज के कारण जहाँ पत्नी से दिन के उजाले में सुख-दुख की बातें करना भी सम्भव नहीं था, अब वे दीवारें ढह गईं। वह भी मुक्त हवा में आजादी की साँस लेने लगी। मित्र आते, मेरे सामने चाय पिलाती, गप्पें लड़ाती, हँसी-ठिठोली करती। उसे भी आजादी का भरपूर अनुभव हो रहा था। बच्चे भी माता-पिता की साया में खुश रहने लगे। उनकी पढ़ाई-लिखाई की चिन्ता संयुक्त रूप से होने लगी। आखिर पारिवारिक सुख भी तो यही है।

शाम को स्कूल से लौटता तो जमकर नाश्ता करता। पत्नी प्रायः सत्तू-पराठा बनाती। यह मेरा प्रिय नाश्ता था और इसे बनाने में उसे काफी महारत हासिल थी। पत्नी का बनाया हुआ सत्तू-पराठा सिर्फ मुझे ही नहीं बल्कि मेरे कई मित्रों को भी बेहद पसन्द था। डॉ. यतीन्द्र नाथ सिंह तो प्रायः तगादा करके बनवाते और देर तक स्वाद ले-लेकर खाते। नाश्ता के बाद निश्चिंत होकर दरबार की ओर निकल जाता और देर तक गप्पें लड़ाता रहता। यह समय मेरी निश्चिंतता का होता।

एक दिन सात-आठ बजे शाम को घूम-फिर कर लौटा तो पता चला कि माधुरी पांडेय अपनी माँ के साथ आई हुई हैं। माधुरी से मैं पिछले कुछ वर्षों से परिचित था। सरकारीकरण के बाद विद्यालय सेवा बोर्ड के माध्यम से जीव विज्ञान शिक्षक के पद पर उनकी नियुक्ति महाराजगंज अनुमंडल के उमाशंकर उच्च विद्यालय में हुई थी। उस साल जीव विज्ञान के शिक्षकों की नियुक्ति बड़े पैमाने पर हुई थी और उनमें ज्यादातर उत्तर प्रदेश के देवरिया, गोरखपुर, बलिया, गोड्डा, बस्ती आदि पूर्वी जिलों के निवासी थे। उस समय तक बिहार में भूगोल और जीव विज्ञान के शिक्षक कम मिलते थे। अचानक भूगोल और जीव विज्ञान की पढ़ाई स्वतंत्र विषय के रूप में शुरू हो जाने के कारण शिक्षकों की आवश्यकता आ पड़ी थी।

माधुरी देवरिया के भाटपार रानी की रहने वाली थीं। भाटपार रानी सीवान से ज्यादा दूर नहीं था। मात्र चार-पाँच स्टेशन आगे पड़ता था और वहाँ प्रायः एक्सप्रेस गाड़ियाँ रुकती थीं। आने में मुश्किल से एक घंटे का समय लगता था। वहाँ से कई शिक्षक रोज सीवान आते और शाम को लौट जाते। वह देवरिया का एक छोटा सा कस्बा था लेकिन मदन मोहन मालवीय डिग्री कॉलेज के कारण काफी ख्याति प्राप्त था। माधुरी अविवाहित थीं। लम्बी, छरहरी, बेलौस और खूब बातें करने वालीं। लिहाजा अपने आकर्षक व्यक्तित्व के कारण एक वर्ष के भीतर ही सीवान जिले में चर्चा के केन्द्र में थीं। उमाशंकर उच्च विद्यालय में योगदान के कुछ ही दिनों बाद भुवनेश्वर सिंह, अनुमंडल शिक्षा पदाधिकारी, सीवान को मैनेज कर सीवान के आर्य कन्या उच्च विद्यालय में अपनी प्रतिनियुक्ति करवा ली थी और रोज सीवान से घर आती-जाती थीं। शिक्षकों के एक वर्ग में उनकी चर्चाएँ खूब होती थीं। जिला शिक्षा पदाधिकारी डॉ. कमाल सबा भी अक्सर उनके स्कूल में पहुँच जाया करते थे अथवा अपने कार्यालय में बुलवाकर खूब बातें करते थे।

सरकारीकरण के बाद श्री विजय शंकर दूबे, निदेशक (माध्यमिक शिक्षा) सह विशेष सचिव के कार्यकाल में शिक्षकों, कर्मियों की सेवाशर्त नियमावली बनने की प्रक्रिया शुरू हुई। उस समय तक कोई सेवाशर्त नियमावली नहीं थी। दूबे जी एक कर्मठ और त्वरित फैसला लेने वाले ईमानदार पदाधिकारी थे। इसलिए सैकड़ों शिक्षकों से प्रतिदिन मिलते और उनकी समस्या का त्वरित निष्पादन कर देते। सम्पूर्ण राज्य में थोड़े दिनों में ही एक कड़क, ईमानदार, निष्पक्ष और समस्या का तुरत समाधान करने वाले पदाधिकारी के रूप में वे चर्चित हो गए थे। चूँकि विशेष सचिव की शक्ति भी उन्हें प्राप्त थी। फलतः संचिकाएँ सचिवालय तक जाने की जरूरत नहीं थी। छोटी-मोटी समस्या जैसे ट्रांसफर, अनुमोदन, वेतन भुगतान आदि मसलों पर मिलते ही फैसला ले लेते और तुरत हाथ में पत्र भी पकड़ा देते। कई शिक्षिकाओं, शिक्षकों का स्थानान्तरण उन्होंने चुटकी बजाते कर दिया था। माधुरी भी महाराजगंज से सीवान आना चाहती थीं। संयोग से सीवान के राजवंशी बालिका उच्च विद्यालय में एक स्थान रिक्त हो गया था। माधुरी ने जिला शिक्षा पदाधिकारी से चर्चा की तो उन्होंने मेरा नाम बता दिया। वे जानते थे कि मैं पटना से जुड़ा हुआ हूँ और इस काम में उनकी मदद कर सकता हूँ।

उस दिन माधुरी का नाम सुनकर मुझे अच्छा लगा था। बहुत दिनों से उनको देखने और उनसे सीधे संवाद करने का मन तो था लेकिन महिलाओं से संवाद करने और जुड़ने की कला मुझे नहीं आती। इस मामले में मैं संकोची हूँ। मौके पर मर्यादा और अनुशासन की अर्गला मुझे जकड़ लेती है। घर में घुसते ही पत्नी ने उत्साहपूर्वक बताया कि माधुरी अपनी माँ के साथ आई हैं। उसके कहने में एक व्यंग्य भी निहित था और खुशी भी जैसे माधुरी उनकी अपनी सम्बन्धी हों। पत्नी की यही आदत अच्छी थी कि किसी को भी गैर नहीं समझती थी और सबके स्वागत में जुट जाती थी चाहे पहला ही परिचय क्यों न हो। माधुरी की भी आदत थी कि किसी भी घर में तुरत स्थान बना लेती थीं। एक-दो घंटे में ही माधुरी ने घर में अपना स्थान बना लिया था और सम्मानित दर्जा हासिल कर लिया था। अपने बेलौस व्यक्तित्व और उछल-कूद से बच्चों को भी अपना बना लिया था। घर में प्रवेश करते ही सब लोग पैरवी में जुट गए कि इनका ट्रांसफर करवा दीजिए। आप चाहिएगा तो हो जाएगा। मैंने इत्मीनान से माधुरी पर एक नजर डाली, उनकी माँ की पैरवी सुनी और चुप लगा गया। आखिर गारंटी कैसे दे सकता था? सब लोगों ने खाना खाया। आराम किया। सुबह चलते समय इतना ही कहा कि मदद करूँगा। कई दिनों तक माधुरी का प्रसंग दिमाग में अवांछित बादलों की तरह उमड़ता-घुमड़ता रहा। जितना ही टालने की कोशिश करता उतना ही घनीभूत हो जाता।

पन्द्रह-बीस दिनों के बाद एक दिन फिर अपनी माँ और छोटे भाई के साथ माधुरी आ पहुँची। पत्नी ने उसी उत्साह से फिर उनका स्वागत किया। विनोद मिश्रित

व्यंग्य के साथ पैरवी भी की। उलाहना भी दिया कि क्यों नहीं ट्रांसफर करवा देते? बेचारी कुँवारी लड़की है। बार-बार आती है। कितना बुलाइएगा। माधुरी के आने का समाचार जिले में भी फैला क्योंकि पत्नी के पेट में कोई बात पचती नहीं थी। वह सब कुछ उगल देती थी। उस दिन मेरे पास कोई आप्सन भी नहीं था। मैं स्वयं भी माधुरी के प्रति आकर्षण महसूस कर रहा था और खूब बातें करना चाहता था लेकिन संकोच और मर्यादा की दीवारें सामने खड़ी थीं। फिर भी मैंने उन्हें सामने बिठाया। उनकी माँ भी सकुचाई मुद्रा में बैठी थीं। बच्चे खेल रहे थे। विजय शंकर दूबे से काम करवाने की जो प्रक्रिया और शैली थी, समझाया। यह भी बताया कि पोलिटिकल पैरवी से काम बिगड़ सकता है। सीधे-सीधे अपनी पैरवी करनी है। अगर आप उन्हें कन्विंश कर देंगी तो तुरत काम बन जाएगा। माधुरी कुछ बोली नहीं, सुनती रहीं और मैं चाय के साथ उनके चेहरे को पत्नी की नजर बचाकर कभी-कभार देखता रहा। बातें खत्म हुईं तो मैंने एक आवेदन लिखवाया और कहा कि जिला शिक्षा पदाधिकारी से अग्रसारित करवा कर साथ में रख लेना है। इसके साथ राजवंशी देवी बालिका उच्च विद्यालय की प्रधानाध्यापिका द्वारा दी गई रिक्ति भी लगी होनी चाहिए। यह काम माधुरी के लिए बेहद आसान था क्योंकि यह सब आनन-फानन करने के लिए तो जिला शिक्षा पदाधिकारी ही बेचैन थे। फिर एक तारीख तय हुई जिस दिन पटना चलना था। मैं माधुरी के साथ पटना जाना भी नहीं चाहता था। न तो इस काम में राज्य संघ के पदाधिकारियों का सहयोग लेना चाहता था क्योंकि तब यह संदेश जाता कि मैं शिक्षिकाओं में दिलचस्पी लेने वाला नेता हूँ जैसा कि कई जिलों के नेताओं के सम्बन्ध में चर्चाएँ सुनता रहता था। मैंने तारीख बता दी कि उस दिन पटना पहुँचिए। निदेशक दफ्तर में मैं इन्तजार करूँगा। शेष बातें वहीं होंगी। बारह बजे तक पटना पहुँचने की हिदायत देकर उठ गया। वे दोनों भी खा-पीकर सोने चली गईं। सबेरे फिर चलते समय प्रणामापाती हुई। एक बार फिर उन्हें ऊपर से नीचे तक देखा और आकर्षण महसूस किया।

निर्धारित तारीख को माधुरी ग्यारह बजे बुद्धमार्ग स्थित निदेशक के कार्यालय में अपनी माँ के साथ पहुँच गईं। मैं वहाँ इन्तजार कर रहा था। फिर जाकर प्रभात रंजन जो निदेशक का पी. ए. था, उससे कहकर मिलने वाली पंजी में उनका नाम जुड़वाया। प्रतिदिन दो बजे तक निदेशक से मिलने वाले उनकी पंजी में हस्ताक्षर करते थे। शाम को जब वे आते क्रमशः सभी हस्ताक्षरकर्त्ताओं से मिलते। बातें सुनते। आवेदन लेते और काम होने वाला होता तो तुरत आदेश हाथ में दिला देते। आदेश टाइप भी सामने होता। पत्रांक चढ़ता और मिल जाता। कुछ जटिल काम होता तो दस-पन्द्रह दिन का समय देते। फाइलें चलाने और लम्बी प्रक्रिया में उलझाने की उनकी शैली नहीं थी। इसीलिए उनकी लोकप्रियता थी। बाबुओं की नहीं चलती थी। कोई खुश हुआ तो बाद में भले ही प्रभात रंजन को जाकर मिठाई खाने को

कुछ दे आता क्योंकि मिलवाने की कारवाई वही करता। हालाँकि वह रुपए पैसे का लोभी नहीं था। लेकिन शिक्षकों का आम स्वभाव है कि कुछ पैसा जब तक नहीं देते हैं, उन्हें चैन ही नहीं आता है।

रजिस्टर में नाम लिखवाकर हम लोग फिर अलग हो गए। मैं संघ भवन चला गया और माधुरी भी कहीं चली गईं। फिर शाम को छः बजे वहीं मिलने की बात तय हुई। मेरी हिम्मत नहीं हुई कि उन्हें साथ संघ भवन ले जाऊँ और एक साथ रिक्शे पर बैठकर जाऊँ। मैं अलग-अलग ही रहना और दिखना चाहता था। शाम छः बजे माधुरी कैम्पस में पहुँच गईं। मैं पहले से इन्तजार कर रहा था। निदेशक के दफ्तर के बगल में लॉन में मिलने वाले इन्तजार कर रहे थे। हम लोग भी वहीं बैठे। संयोग से सीवान का कोई शिक्षक नहीं था। लगभग सात बजे निदेशक आए और जरूरी फाइलें निबटाकर मिलना शुरू किया। माधुरी का नाम ऊपर ही था। मैंने उनका आवेदन चेक कर लिया और फिर एक बार समझाया कि कुमारी अवश्य कहना है और पारिवारिक कठिनाइयाँ बतानी है। डरना बिलकुल नहीं है। थोड़ी देर में ही माधुरी की बारी आ गई। बुलाहट हुई और वे भीतर गईं। मैं जितना समझता था माधुरी उससे ज्यादा चालाक थीं। सिर्फ मेरे सामने खुलती नहीं थीं। उन्होंने निदेशक को आवेदन दिया और ऐसा समझाया कि पन्द्रह मिनट में बाहर लौटीं तो हाथ में ट्रांसफर का लेटर भी था। माँ, बेटी काफी खुश हुईं। उनका वर्षों का मनोवांछित पूरा हो चुका था। मैं भी अपनी प्लानिंग पर प्रसन्न था। माँ, बेटी बार-बार मेरा धन्यवाद कर रही थीं। अब रात में ठहरने का प्रश्न था। सोचा था कि संघ भवन में उन्हें महिला कक्ष में ठहरा दूँगा। हालाँकि बार-बार आशंकाएँ घेर लेती थीं कि राज्य संघ का कोई पदाधिकारी देखेगा तो क्या कहेगा? संयोग से लॉन में बैठने के दौरान कटिहार की एक प्रधानाध्यापिका से उनकी नजदीकी बन गई। वे भी निदेशक से मिलने ही आई थीं। उनका घर पटना में था और पति अधिवक्ता थे। माधुरी जल्दी ही किसी को अपना बनाने की कला जानती हैं। इतनी ही देर में माधुरी ने उन्हें अपना बना लिया था। फिर जब रात ठहरने की बात सामने आई तो उन्होंने माधुरी को अपने घर ठहरने के लिए दावत दे डाली। माँ, बेटी तैयार हो गईं। मुझे लगा मेरा बोझ उतर गया है। मैंने भी स्वीकृति दे दी। उन्हीं की गाड़ी से वे उनके घर गई और मैं शिक्षक संघ। दूसरे दिन मैं सीवान लौट आया। माधुरी भी लौटीं और जाकर योगदान कर लिया। डॉ. कमाल सबा भी खूब प्रसन्न हुए। अब उनको माधुरी का दर्शन और उनसे संवाद ज्यादा होने की सम्भावना बन गई थी। माधुरी को भी अच्छा लगता था कि डी. ई. ओ. उन्हें भाव दे रहे हैं।

माधुरी ने इस एहसान को याद रखा और उसके बाद भी कई बार घर आईं। अब पत्नी से उन्होंने भाभी का रिश्ता जोड़ लिया था। पत्नी उनका खूब स्वागत करती लेकिन विनोद मिश्रित व्यंग्य भी करती और मुझसे उनका नाता जोड़ देती।

ननद, भाभी के इन्हीं संवादों के बीच किसी दिन पत्नी के गहरे व्यंग्य से माधुरी इतना तिलमिलाई कि फिर आना ही बन्द कर दिया।

सीवान प्रवास में पत्नी काफी प्रसन्न थी। अब उसके दिमाग में एक ही बात रहती कि बड़ा बेटा बीमार और विकलांग हो गया है और बेटियाँ ही ज्यादा हैं इसलिए एक बेटा और हो जाता। सोते-जागते, खाते-पीते इसी बात की चर्चा करती। मैं विद्यालय और संघ के कार्यों में दिन-रात उलझा रहता। इसी बीच 82 के 10 सितम्बर को मनोज कृष्ण का जन्म हुआ। उस दिन बिहार बन्द था। का. रामाधार सिंह ने बेटे का नाम 10 सितम्बर रख दिया। वे आते तो इसी नाम से पुकारते। मैं जल्दी से जल्दी नसबन्दी कराना चाहता था लेकिन पत्नी विरोध करती। इसी उधेड़बुन और व्यस्तता में इस कार्य में पाँच वर्ष लग गए। तब तक चौरासी के जून और सत्तासी के सितम्बर में अनीता और छोटू का जन्म हो गया। पत्नी अत्यंत प्रसन्न थी।

सीवान में आना, साथ रहना, स्कूल की हेडमास्टरी उसे अच्छी लग रही थी। वह ज्यादा पढ़ी-लिखी नहीं थी। इसलिए संतान वृद्धि उसे बुरी नहीं लगती थी। मैं शिक्षकों के कार्यो की व्यस्तता के चलते ऑपरेशन का भी वक्त नहीं निकाल पाता लेकिन जब छोटू का जन्म हुआ तो मैंने बिना पत्नी को बताए चुपचाप जाकर डॉ. राजेन्द्र प्रसाद सिंह से ऑपरेशन करा लिया। वे सीवान में अच्छे सर्जन थे। सिर्फ इस कार्य की सूचना जंग बहादुर प्रसाद को दे दी थी जो मेरे पड़ोसी और अत्यंत विश्वासी मित्र थे। उन्होंने इस कार्य में मेरी मदद भी की थी।

10

उन्नीस सौ इक्यासी की शुरुआत में चतुर्थ वेतन पुनरीक्षण समिति की अनुशंसायें सार्वजनिक हो चुकी थीं। राज्य के पदाधिकारियों, कर्मियों में सुगबुगाहटें भी शुरू हो गई थीं और विभिन्न संगठनों के बयान अखबारों में छपने लगे थे। उस समय तक अराजपत्रित कर्मियों का सबसे मजबूत संगठन योगेश्वर गोप के नेतृत्व वाला गोप गुट था। यद्यपि मुंशी प्रसाद सिंह एवं अनुग्रह नारायण शर्मा के अन्य गुट भी थे, जो कुछ संवर्गों पर अपना प्रभाव रखते थे। इधर कनीय अभियंताओं का भी एक मजबूत संगठन अवर अभियन्ता संघ के नाम से था। सचिवालय-कर्मियों का भी एक संगठन केदार अजेय के नेतृत्व में चल रहा था। चूँकि 71 में प्राथमिक शिक्षकों का सरकारीकरण हो चुका था और उनकी तादाद लगभग साढ़े तीन लाख थी। इसलिए सभी संगठनों की निगाह उधर भी थी। लेकिन उसके नेता ब्रजनन्दन शर्मा और जगदीश मिश्र का इतिहास संघर्ष का इतिहास नहीं था। मानसिक तौर पर भी वे सत्तारूढ़ दल कांग्रेस के समर्थक थे। बिहार के माध्यमिक शिक्षकों का

सरकारीकरण कुछ ही महीने पूर्व अक्टूबर 80 में हुआ था। संख्या तो कम थी लेकिन इसका इतिहास संघर्षों का इतिहास था। 72 और 75 की लड़ाई की स्मृतियाँ ताजा थीं जिसने सरकार को भी हिलाकर रख दिया था। राज्य के सारे संगठन चाहते थे कि मिलकर एक संयुक्त आन्दोलन छेड़ा जाए ताकि सरकार जल्दी ही मजबूर हो जाए लेकिन पहल कौन करे सवाल यही था। अराजपत्रित कर्मचारी संगठनों की अलगाववादी नीति और स्वयं को श्रेष्ठ मानने की भावना बाधक थी। इसी परिप्रेक्ष्य में एक सलाह उभरी कि राज्य के सभी राजपत्रित, अराजपत्रित कर्मियों के संगठनों और शिक्षक संगठनों की एक संयुक्त बैठक बिहार माध्यमिक शिक्षक संघ के द्वारा अपने ही भवन में आहूत की जाए।

सरकारीकरण की लड़ाई जीतने के साथ ही अस्सी में शत्रुघ्न प्रसाद सिंह को क्षय रोग हो गया था। उस समय वे परमेश्वर एम. एल. सी. के फ्लैट संख्या 60 में रहते थे। मैं उनसे 77 से ही जुड़ चुका था। इक्यासी के शुरू में जब धनबाद सम्मेलन आयोजित होने को था मैंने उनकी राय से महासचिव का उनका प्रतिवेदन लिखा था और उनके साथ एक सप्ताह पूर्व धनबाद में राज नारायण सिंह, शिक्षक, जो सीवान के रहने वाले थे, के आवास पर ठहरा था। सम्मेलन में उनका प्रतिवेदन भी मैंने ही पेश किया था। इस प्रकार सम्मेलन में यह सन्देश जा रहा था कि मैं ही महासचिव पद का उनका उत्तराधिकारी हूँ। वे चाहते भी थे कि मैं उनका उत्तराधिकारी बनूँ लेकिन उस समय तक राज्य संघ के पदाधिकारियों के निर्वाचन में पार्टी की बड़ी भूमिका होती थी। पार्टी की अन्दरूनी बैठक में प्रत्याशियों के नाम तय होते थे। राज्य कार्यकारिणी और जिलों के बड़े नामी पार्टी साथियों का एक सिंडीकेट था जो मुख्य भूमिका निभाता था। राज्य पार्टी के नेतृत्व का भी कोई बड़ा नेता उसमें भाग लेता था। फिर पार्टी साथियों की बड़ी बैठक में पैनल घोषित होता था और सबसे समर्थन में काम करने की अपील की जाती थी। धनबाद में शत्रुघ्न प्रसाद सिंह का महासचिव का संवैधानिक टर्म पूरा हो रहा था। पार्टी का सिंडीकेट उन्हें अध्यक्ष पद देना नहीं चाहता था। क्योंकि तब तक अध्यक्ष पद किसी गैर-कम्युनिस्ट को देने की परम्परा स्थापित थी। मुझे भी शत्रुघ्न गुट का मानकर सिंडीकेट महासचिव नहीं बनाना चाहता था। उसके महासचिव के उम्मीदवार चन्देश्वर प्रसाद सिंह थे। वीरेन्द्र शर्मा इसी ताक में थे। बहुत दिनों से वे महासचिव का ख्वाब पाले बैठे थे। शत्रुघ्न प्रसाद सिंह के बाद भूमिहारों के वे ही एकमात्र बड़े और विश्वसनीय नेता थे और गैर वाम राजनीति के प्रबल पैरोकार भी थे। सिंडीकेट ने शत्रुघ्न प्रसाद सिंह को उपाध्यक्ष का पद दिया जो उनकी रुचि का नहीं था लेकिन पार्टी लाइन के कारण उन्हें मानना पड़ा। फलतः ज्योंही चन्देश्वर प्रसाद सिंह का नाम आया वीरेन्द्र शर्मा ने मुझसे कहा–यार अब मैं जीत जाऊँगा। तुम रहते तो कठिनाई होती। शत्रुघ्न प्रसाद सिंह उपाध्यक्ष बनकर सफापुर चले गए और चन्देश्वर प्रसाद

सिंह, वीरेन्द्र शर्मा से पराजित होकर राजगीर। इसी परिप्रेक्ष्य में वीरेन्द्र शर्मा चौथे वेतन पुनरीक्षण आन्दोलन के संयोजक बने लेकिन अस्वस्थता के कारण बड़ी भूमिका निभाने का इतिहास ने उन्हें मौका नहीं दिया। हालाँकि वे एक संघनिष्ठ, लोकप्रिय और सर्व-सुलभ कार्यकर्ता और महासचिव थे।

वीरेन्द्र शर्मा ने स्वयं को संयोजक मानते हुए सभी संगठनों की एक बैठक आहूत की। उस समय तक संघ भवन का अगला खंड नहीं बन पाया था। पीछे का खंड भी इतना सुसज्जित नहीं था। बैठक काफी सफल रही। संयोग से मैं भी उस दिन पटना में ही था फलतः बैठक में भाग लिया। दो-तीन घंटे विमर्श के बाद एक समन्वय समिति बनाने का निर्णय हुआ। नाम रखा गया शिक्षक कर्मचारी पदाधिकारी संयुक्त समन्वय समिति और बड़े गुट के नेता होने के कारण ब्रजनन्दन शर्मा उसके अध्यक्ष चुने गए। मुंशी प्रसाद सिंह, अनुग्रह नारायण शर्मा और वीरेन्द्र शर्मा महामंत्री चुने गए। चूँकि दोनों अराजपत्रित कर्मचारियों के संगठन समन्वय समिति के हिस्सेदार थे इसलिए गोप गुट ने अपने को अलग रखने का निर्णय लिया लेकिन सी. पी. आई. के नेता चतुरानन मिश्र की पहल पर संघर्ष के कार्यक्रमों, और रणनीतिक हिस्सेदारी में समझौते तक साथ रहने को वचनबद्धता जाहिर किया। इस प्रकार दो ध्रुव तो बने रहे लेकिन दोनों की अन्तर्वर्ती राजनीतिक धारा चूँकि वाम की थी। फलतः राजनीतिक एकता बनने में कोई कठिनाई नहीं हुई। बिहार माध्यमिक शिक्षक संघ और अनुग्रह नारायण शर्मा के नेतृत्व वाले अराजपत्रित कर्मचारी महासंघ सी. पी. आई. के प्रभाव में थे तो योगेश्वर गोप के नेतृत्व वाला अराजपत्रित कर्मचारी महासंघ सी. पी. एम. के। इधर केदार अजेय के नेतृत्व वाला सचिवालय कर्मचारी संघ भी सी. पी. आई. के प्रभाव में ही था। एक-दो संगठन जो वाम प्रभावित नहीं थे, उनकी भी समझ थी कि शिक्षकों, कर्मियों के संगठन संघर्षशील हैं और इनके साथ संयुक्त संघर्ष में उतरा जा सकता है। यूँ तो अस्सी के दशक में सभी संगठनों में वाम चेतना के वाहक कुछ न कुछ साथी मौजूद थे। इस प्रकार संयुक्त समन्वय समिति और गोप गुट की संयुक्त बैठकें, संयुक्त कार्यक्रम शुरू हो गए। इसका सम्पूर्ण राज्य में अच्छा संदेश गया। शिक्षकों, कर्मियों में विश्वास गहराया और उनकी समझ बनी कि चतुर्थ वेतन का आन्दोलन अवश्य सफल होगा। संयुक्त माँगपत्र, संयुक्त कन्वेशन से शुरू हुआ। आन्दोलन जब अनिश्चितकालीन हड़ताल की ओर बढ़ा और पूर्व संध्या पर बेली रोड हड़ताली मोड़ पर शिक्षकों, कर्मियों की विशाल रैली आयोजित हुई तो सरकार की तन्द्रा टूटी और सरकार के अन्दर सुगबुगाहटें तेज हो गईं। इसी दौरान वीरेन्द्र शर्मा अस्वस्थ हो गए। प्रश्न उठा कि संघ का प्रतिनिधित्व कौन करे।

उन्नीस सौ उन्नासी से ही शत्रुघ्न प्रसाद सिंह अपने गाँव सफापुर, बेगूसराय में अवधेश उच्च विद्यालय की स्थापना कर प्रधानाध्यापक नियुक्त हो चुके थे।

वे गाँव में शिक्षा का अलख जगाने में लगे थे। चूँकि 72 और 75 के संघर्षों में उनकी प्रमुख भूमिका थी और 80 के सरकारीकरण की उपलब्धि भी उन्हीं के खाते में दर्ज थी, इसलिए राज्य कार्यकारिणी ने फैसला किया कि उन्हीं को संघ की ओर से संघर्ष की कमान सौंपी जाए। धनबाद अधिवेशन में वे संघ के उपाध्यक्ष निर्वाचित हो चुके थे। लेकिन उपाध्यक्ष की भूमिका तो मात्र राज्य कार्यकारिणी की बैठकों तक ही सीमित थी। वे बुलाए गए और संघर्ष की कमान उन्हें सौंप दी गई।

चतुर्थ वेतन के लिए शिक्षकों कर्मियों का जोश इतना प्रखर था कि अनिश्चितकालीन हड़ताल में सरकार के हाथ-पाँव फूलने लगे। सचिवालय से मुफस्सिल तक सरकारी कार्यालयों में ताले लटक गए और ग्रामीण शालाओं से राजधानी तक स्कूलों में सर्वत्र वीरानगी छा गई। बच्चों और अध्यापकों से गुलजार रहने वाली शालाएँ मुर्दा शान्ति से भर उठीं। सचिवालय के कमरे वीरान हो गए। फाइलें धूल फाँकने लगीं और कर्मियों और जनता से ठसाठस भरे रहने वाले कार्यालयों में श्मशानी सन्नाटा पसर गया। अफसरों की गाड़ियाँ बन्द हो गईं। उनके आवासों पर काम करने वाले चतुर्थ श्रेणी के कर्मी, माली सभी अपने घरों में सिमट गए। प्रतिदिन पटना के हड़ताली चौक पर और जिला मुख्यालयों में समाहरणालयों के सामने बड़ी-बड़ी सभाएँ होने लगीं। रेडियो, दूरदर्शन और प्रिन्ट मीडिया में खबरें प्रमुखता से आने लगीं। सरकार ने साम, दाम, दंड, भेद सबका सहारा लिया लेकिन हड़ताली अजेय और अभेद्य बनकर खड़े रहे। मुख्यमंत्री का निलंबन, बर्खास्तगी और शूट एट साइट का आदेश भी बेकार चला गया। तीस हजार कर्मियों ने जेलें भर दीं। अन्त में डॉ. जगन्नाथ मिश्र मुख्यमंत्री का तेवर ढीला हुआ और दिसम्बर 81 की दस दिनों की हड़ताल में सरकार ने झुक कर समझौता किया। चतुर्थ वेतन लागू करने की घोषणा हुई। दमनात्मक कार्रवाई नहीं करने का एलान हुआ। सम्पूर्ण राज्य के शिक्षकों, कर्मियों, पदाधिकारियों में उत्साह की लहर दौड़ गई। नया जोश भर गया। बिहार माध्यमिक शिक्षक संघ पहली बार आठ लाख शिक्षकों, कर्मियों की सीधी लड़ाई का हिस्सेदार बना और शत्रुघ्न प्रसाद सिंह शिक्षकों के नायक बनकर उभरे। योगेश्वर गोप, गोपाल प्रसाद त्रिपाठी, मुंशी प्रसाद सिंह, अनुग्रह नारायण शर्मा, केदार अजेय सभी इस संयुक्त आन्दोलन के अजेय नेता बनकर उभरे। इस आन्दोलन ने देश के अन्य राज्यों को संयुक्त समन्वय समिति बनाकर लड़ने का न केवल सन्देश दिया बल्कि दिशा भी तय कर दी कि अब संयुक्त आन्दोलन ही वक्त ही पुकार है।

सीवान में मैं भी इस लड़ाई का प्रमुख नायक बनकर उभरा क्योंकि जिला सचिव के नाते सभी अराजपत्रित कर्मी और प्राथमिक तथा माध्यमिक शिक्षक मुझे ही अपना केन्द्रीय नेता मानते थे। उनका विश्वास था कि केन्द्र की सीधी राजनीति और अन्दर

की खबरों, रणनीतियों की मुझे ही सच्ची जानकारी रहती है। सचमुच मैं केन्द्र से जुड़ा भी था। क्योंकि बिहार माध्यमिक शिक्षक संघ के राज्यस्तरीय नेतृत्व का प्रत्यक्ष एवं परोक्ष विश्वासपात्र था। भविष्य की राह यहीं से खुल रही थी।

11

जुलाई पचासी में साहेबगंज में बिहार माध्यमिक शिक्षक संघ का इकतालिसवाँ अधिवेशन आयोजित होना था। साहेबगंज उस समय संथाल परगना का एक जिला था जो भागलपुर के आगे पड़ता था। रेलवे का एक बड़ा केन्द्र भी था। संथाल परगना के जिलों में दुमका, देवघर, पाकुड़, गोड्डा और साहेबगंज आते थे। साहेबगंज के राजस्थान उच्च विद्यालय के विनोदानन्द झा तब अन्तर विद्यालय परीक्षा समिति के सचिव हुआ करते थे। वे बड़े लोकप्रिय प्रधानाध्यापक थे। अधिवेशन की सफलता के लिए तैयारी समिति की कई बैठकों में मैं शत्रुघ्न प्रसाद सिंह के साथ भाग लेने गया। विनोदा बाबू की लोकप्रियता और खातिरदारी देखी थी। तैयारी समिति की एक बैठक में शेरपुर (गाजीपुर) के भीम राय भी आए थे। उन्होंने अधिवेशन हेतु कई क्विंटल गेहूँ देना कबूल किया था। दरअसल बलिया, गाजीपुर के सम्पन्न भूमिहारों ने शुरू में ही संथाल परगना, भागलपुर, पूर्णिया आदि जिलों में जाकर सस्ती जमीन खरीद ली थी और न केवल वहाँ के निवासी बन बैठे थे बल्कि बड़े भूमिपति कृषक भी थे। वे कई पीढ़ियों से वहाँ रह रहे थे। उधर ही अब शादी-सम्बन्ध भी बना चुके थे। भूमिहारों को जमीन मिल जाए तो वे कहीं भी जाने में नहीं हिचकते। जमीन उनकी कमजोरी है। चाहे अपना माटी मानुष ही क्यों न छोड़ना पड़े। जिस समय भीम राय वगैरह ने जमीन खरीदी होगी, जमीन वहाँ कौड़ियों के भाव रही होगी। अब तो आबादी के विस्तार और नौकरियों के सिकुड़ते जाने के कारण प्रत्येक जाति के लोग कहीं भी बस जाते हैं। पहले कायस्थ ही सिर्फ काया में बसते थे अब सभी जातियों ने कायस्थ संस्कृति अपना ली है। जननी जन्मभूमि का सवाल अब पीछे छूट चुका है।

साहेबगंज अधिवेशन के पहले दिन आयोजित शिक्षा गोष्ठी में प्रो. परमानन्द सिंह मदन का जोरदार भाषण सुना था और बड़ा प्रभावित हुआ था। इतिहास के प्रसंगों की आधुनिक सन्दर्भों में उन्होंने जोरदार ढंग से व्याख्या की थी। मदन जी से यह हमारी पहली मुलाकात थी। बाद में जाना था कि वे बिहार के विश्वविद्यालयों के सम्बद्ध कॉलेजों के संगठन के महासचिव थे और इतिहास के बड़े अच्छे और सुलझे हुए प्राध्यापक थे। अधिवेशन का उद्घाटन करने डॉ. जगन्नाथ मिश्र पूर्व मुख्यमंत्री आए थे। शत्रुघ्न प्रसाद सिंह ने अपने सम्बोधन में उन्हें शिक्षकों का मुख्यमंत्री

कहा था। कुछ लोगों ने इसका बुरा भी माना था लेकिन शत्रुघ्न जी भावनात्मक भाषण की कला के विशेषज्ञ हैं। जनता की भावनाओं को उभारकर उसे उत्तेजना की सीमा तक पहुँचाना वे खूब जानते हैं। डॉ. जगन्नाथ मिश्र इस सम्बोधन से काफी प्रसन्न नजर आए थे। बाद में जब नए पदाधिकारियों का निर्वाचन हुआ तो मैं प्राच्य प्रभा का प्रधान सम्पादक निर्वाचित हुआ।

राज्य संघ की स्वर्ण जयंती यानी उन्नीस सौ पचहत्तर से ही विद्यानन्द सिंह को प्रधान सम्पादक के पद पर देखता आ रहा था। उनके साथ सम्पादक मंडल के सदस्य के रूप में काम करने, प्राच्य प्रभा में लिखने का अनुभव था। अब उसी प्राच्य प्रभा का दायित्व मुझे मिला था। प्रधान सम्पादक निर्वाचित होने के बाद मैंने प्राच्य प्रभा में शिल्प और कथ्य, भाषा एवं शैली में परिवर्तन की योजना तैयार की और नए जोश के साथ काम शुरू किया। अब प्रत्येक शनिवार को सीवान से पटना आ जाता। शनिवार, रविवार प्राच्य प्रभा को सजाता-सँवारता। एक-एक आलेख शुद्ध करता। प्रूफ देखता। सम्पादकीय लिखता और पूर्वापेक्षा पत्रिका को बदलने की कोशिश करता। चूँकि विद्यानन्द सिंह से मैं ज्यादा वक्त देता इसलिए इन्द्रशेखर मिश्र और वामेश्वर शर्मा का भरपूर सहयोग मुझे मिल रहा था। प्राच्य प्रभा का कलेवर बदलने लगा। दृष्टिकोण के अलावे 'सामाजिक आर्थिक स्थितियाँ और शिक्षक की भूमिका' तथा 'शिक्षकों का राष्ट्रीय पुरस्कार : कितना राष्ट्रीय' जैसे विषयों पर परिचर्चाएँ आयोजित कीं। डॉ. खगेन्द्र ठाकुर, डॉ. ब्रज कुमार पांडेय, मधुकर सिंह जैसे ख्याति प्राप्त समीक्षकों, लेखकों, कथाकारों ने मुझे खूब सहयोग दिया। विनय अश्म, ताराचरण कवि, सत्य नारायण कामत, अनिल पतंग, नूतन आनन्द, विजय कुमार सिंह जैसे नए लेखकों-कवियों की फौज खड़ी की। प्राच्य प्रभा विद्यालयों से बाहर बुक स्टालों पर भी पहुँची। शिक्षा, साहित्य, संस्कृति, विज्ञान यहाँ तक कि गणित जैसे शुष्क विषय पर भी आलेख छपने लगे।

अक्टूबर उन्नीस सौ बानबे में महासचिव निर्वाचित होने के पूर्व तक यानी लगभग सात वर्षों तक मुझे प्राच्य प्रभा का प्रधान सम्पादक रहने का अवसर मिला। इस अवधि में राष्ट्रीय, अन्तरराष्ट्रीय राजनीति के विभिन्न विषयों–शिक्षा, साहित्य, संस्कृति, शिक्षक आन्दोलन, ट्रेड यूनियन आन्दोलन, शिक्षक संगठनों के दायित्व, शहीद भगत सिंह, नेल्सन मंडेला जैसे विषयों पर मैंने लम्बे और छोटे विभिन्न प्रकार के एक सौ एक सम्पादकीय लिखे। उनमें निन्यानबे सम्पादकीयों का संकलन मेरी पुस्तक 'बीते दौर के भी गीत गाये जाएँगे' में प्रकाशित हुआ। इन सम्पादकीयों के अलावे भी लगभग सैकड़ों यात्रावर्णन, रिपोर्ताज, शिक्षा विषयक आलेख मेरे द्वारा लिखे गए जो मेरी पुस्तकों–शिक्षा के सामाजिक सरोकार, शिक्षा को आन्दोलन बनाना होगा, मैल धुल जाने के गीत, यादों के पन्ने, महाकाल की भष्म आरती आदि में प्रकाशित हो चुके हैं। प्राच्य प्रभा ने मेरी कलम को ताकत प्रदान की। विद्यालय

पत्रिका प्रतिमा और माटी के गमक से जिस लेखन की शुरुआत हुई, वह और मजबूत हुई और उसमें निखार आया। आज भी मेरी समझ है कि शिक्षक और शिक्षक नेता की आवाज ही नहीं कलम भी मजबूत होनी चाहिए। इस दौरान प्राच्य प्रभा के अलावे राज्य संघ के आन्दोलनों, दैनन्दिन कार्यों में भी बढ़-चढ़कर मैंने हिस्सेदारी की। इस अवधि में शिक्षकों और राज्यकर्मियों के दो मजबूत और जुझारू आन्दोलन हुए जिनका शिक्षकों, कर्मियों के भविष्य और उनके संगठनों पर व्यापक प्रभाव पड़ा। इक्यासी के संयुक्त आन्दोलन ने इन आन्दोलनों को दिशा दी थी और खाद, पानी मुहैया कराया था।

उन्नीस सौ छियासी में केन्द्र ने केन्द्रीय कर्मियों के लिए छठे वेतनमान की स्वीकृति प्रदान कर दी तो बिहार में भी सुगबुगाहटें शुरू हो गईं। संगठनों की अलग-अलग बैठकें होने लगीं और वक्तव्य आने लगे। अराजपत्रित कर्मियों के संगठन गोप गुट जो पिछले संयुक्त आन्दोलन में रणनीतिक तौर पर संयुक्त आन्दोलन के साथ था मगर सांगठनिक तौर पर अलग था, बिहार माध्यमिक शिक्षक संघ के साथ मोर्चा बनाकर लड़ने का पक्षपाती था। चूँकि उसकी अन्तरवर्ती धारा मार्क्सवादी कम्युनिस्ट पार्टी से जुड़ी थी और हमारी भारतीय कम्युनिस्ट पार्टी से इसलिए वैचारिक राजनीतिक साम्य भी था। अराजपत्रित कर्मचारी महासंघ की समझ थी कि हमें केन्द्रीय वेतनमान और केन्द्रीय सेवाशर्तों की लड़ाई लड़नी चाहिए ताकि राष्ट्रीय पैमाने पर शिक्षकों, राज्यकर्मियों की विशाल एकता कायम हो सके और केन्द्र जब-जब वेतन पुनरीक्षण करे हमें उसका लाभ स्वत: पाने का हक हासिल हो जाए, जबकि अन्य संगठन इस सैद्धान्तिक लड़ाई पर उतना दृढ़ नहीं थे। वे सिर्फ छठे वेतन पुनरीक्षण का लाभ चाहते थे जो केन्द्र के अनुरूप हो। बिहार माध्यमिक शिक्षक संघ की भी समझ बन चुकी थी कि केन्द्रीय वेतनमान और केन्द्रीय सेवाशर्तों का लाभ एक बार मिल जाने पर भविष्य की राह आसान हो जाएगी। हमें केन्द्रीय विद्यालयों के वेतनमान एवं सेवाशर्तें अच्छी लग रही थीं। इसलिए हम अराजपत्रित कर्मचारियों के संगठन गोप गुट के ज्यादा निकट अपने को पाते थे।

वार्त्ताओं के कई दौर के बाद हमारी एकता गोप गुट के साथ बन गई। फलत: एक नया संगठन 'राज्य कर्मचारी शिक्षक समन्वय समिति' का गठन हुआ। अन्य अराजपत्रित कर्मचारी संगठन मुंशी प्रसाद सिंह, अनुग्रह नारायण शर्मा आदि बिहार राज्य प्राथमिक शिक्षक संघ के साथ सम्बद्ध होकर पुरानी शिक्षक, कर्मचारी, पदाधिकारी संयुक्त समन्वय समिति के बैनर तले इकट्ठे हुए। दोनों समन्वय समितियों के माँगपत्र और राजनीतिक सोच में भिन्नता कायम रही। पहली समन्वय समिति के अध्यक्ष शत्रुघ्न प्रसाद सिंह बनाए गए जो उस समय तक बिहार विधान परिषद् के सदस्य निर्वाचित हो चुके थे तो दूसरी समन्वय समिति के अध्यक्ष ब्रजनन्दन शर्मा बनाए गए जो इक्यासी में भी अध्यक्ष थे। इस प्रकार अध्यक्ष/महासचिव के

पद पर निर्वाचित होने की बहुत से लोगों की महत्त्वाकांक्षाएँ पूरी हुईं। एक समन्वय समिति में यह सम्भव नहीं था।

इस महत्त्वपूर्ण लड़ाई की सबसे बड़ी कमजोरी थी कि इसके दो केन्द्र थे और दोनों में कोई रणनीतिक एकता नहीं थी। फलत: बयान भी अलग-अलग आते थे। राज्य कर्मी और पदाधिकारी अपने-अपने नजरिये से लड़ाई को देखते थे और अपनी हिस्सेदारी निभाते थे। समाचार-पत्रों में इन अलग-अलग आन्दोलनों की तोपों के मुँह सरकार की ओर कम एक-दूसरे की ओर ज्यादा होते थे। इसका सीधा लाभ सरकार को मिल रहा था। काफी प्रयास के बाद दोनों समन्वय समितियाँ एक तिथि से हड़ताल पर सहमत तो हुईं लेकिन न तो संयुक्त वक्तव्य जारी हो सके और न माँग पत्रों की समानता ही हो सकी। उधर शासक पार्टी का अपना अन्तरविरोध अलग था। पार्टी के भीतर मुख्यमंत्री का विरोधी खेमा हड़ताल को आधार बनाकर मुख्यमंत्री की बरखास्तगी चाहता था ताकि सत्ता का हस्तान्तरण हो सके। मुख्यमंत्री विन्देश्वरी प्रसाद दूबे एक वेट्रन ट्रेड यूनियन लीडर रह चुके थे और कर्मचारी संगठनों को तोड़ने-जोड़ने की कला के उस्ताद थे। 20 जनवरी, 87 को जब हड़ताल प्रारंभ हो गई और सचिवालय, मुफस्सिल कार्यालय, शिक्षण संस्थान सभी बन्द हो गए, सरकारी कार्यों में व्यवधान शुरू हो गया और बेली रोड, हड़ताली चौक पर बड़ी-बड़ी रैलियाँ शुरू हो गईं तो सरकार के कान खड़े हुए। मुख्यमंत्री ने पहले तो दमन का सहारा लिया किन्तु वह फेल हो गया तो अराजपत्रित कर्मियों के छोटे-छोटे गुटों को पकड़कर उनसे समझौता कर सन्देश देने की कोशिश की कि हड़ताल में दरार पड़ गई है और अब इसका अन्त निकट है। इन समझौतों की सूचनाएँ केन्द्र सरकार को भी दी गईं ताकि केन्द्र समझ सके कि हड़ताल का प्रभाव सत्तारूढ़ राजनीतिक दल के विरुद्ध नहीं जाने वाला है। लेकिन इससे हड़ताल और प्रखर हो गई। फलत: ट्रेड यूनियनों की राष्ट्रीय समन्वय समिति सामने आई। उसने हड़ताल के समर्थन में विशाल प्रदर्शन किया और सरकार को संदेश दिया कि हड़ताल तोड़ने का घातक असर सरकार पर पड़ सकता है।

मुख्यमंत्री के ऑफर आए कि हड़ताली केन्द्रीय वेतनमान की माँग छोड़ दें तो सरकार केन्द्र से भी अधिक ऊँचा वेतनमान देगी किन्तु हड़ताली केन्द्रीय वेतनमान एवं केन्द्रीय सेवाशर्तों पर अड़े रहे तो सरकार ने दमनचक्र तीखा कर दिया। शिक्षक, कर्मचारी, नेता रात में सोते में गिरफ्तार कर भागलपुर जेल भेज दिए गए। बिहार माध्यमिक शिक्षक संघ के जमाल रोड स्थित कार्यालय से प्रेम नारायण सिंह अध्यक्ष गिरफ्तार किए गए और अपने घर से योगेश्वर गोप। शत्रुघ्न प्रसाद सिंह चूँकि अपने घर पर नहीं रहते थे, इसलिए वे गिरफ्तारी से बच गए। हड़ताल और प्रखर हो गई। अन्तत: भारतीय कम्युनिस्ट पार्टी और मार्क्सवादी कम्युनिस्ट पार्टी की पहल पर सम्पूर्ण विपक्षी दल एकजुट हुए। फिर सर्वश्री कर्पूरी ठाकुर, शिवनन्दन पासवान, महावीर प्रसाद, कैलाशपति मिश्र, रमेन्द्र कुमार, जलालुद्दीन अंसारी, गणेश शंकर

विद्यार्थी, चंडी प्रसाद और रघुनाथ झा की संयुक्त पहल पर अठारह सूत्री समझौता तो सम्पन्न हुआ लेकिन ट्रेड यूनियन आन्दोलन के घुटे हुए नेता और मुख्यमंत्री ने हड़ताल अवधि के वेतन भुगतान का निर्णय सुरक्षित रख लिया। बिहार के अराजपत्रित कर्मियों, शिक्षकों की हड़तालों के बाद समझौते का पहला बिन्दु कोई दमनात्मक कारवाई नहीं होना और छुट्टियों का समंजन कर हड़ताल अवधि का वेतन भुगतान होता था। इस बार यही नहीं हुआ। सरकार की चाल कामयाब हो गई। फलत: कई सौ करोड़ का आर्थिक लाभ पाकर भी हड़ताली अपने नेताओं पर इतना क्रुद्ध हुए कि कई नेताओं के साथ धक्का-मुक्की की और उन्हें काफी जलील किया। राज्य-कर्मियों की सफल हड़ताल के बाद भी उन्हें विजय बोध नहीं हो सका। जिस बुलंद तेवर से हड़ताल शुरू हुई थी उसका अन्त उतना ही नाटकीय और अवसादपूर्ण हो गया। कर्मचारी जीत कर भी हार गए और सरकार हारकर भी जीत गई। दरअसल मध्यम वर्गी जमात के आन्दोलनों की यही नियति होती है। इस स्थिति का बेहद रोचक वर्णन प्रसिद्ध समीक्षक डॉ. खगेन्द्र ठाकुर ने 'बिहार में मध्यवर्ग और कम्युनिस्ट पार्टी' नामक अपने आलेख में किया है-''सामाजिक जीवन में विशेष स्थिति के कारण मध्य वर्ग अपनी चारित्रिक विशेषताएँ विकसित कर लेता है। एक ओर इस वर्ग में बेहतर जीवन के लिए काफी ललक होती है तो अपनी वर्तमान जीवन दशा के प्रति उतनी ही खीझ भी। इसीलिए वह वर्तमान दशा और उसे कायम रखनेवाली व्यवस्था और सरकार के प्रति आलोचना और प्रतिरोध का रुख अपनाता है। आलोचना और प्रतिरोध को वह जनतंत्र का बुनियादी तत्त्व मानता है। इसलिए हर हालत में अपने अधिकारों को सुरक्षित रखना चाहता है। थोड़ी सी जीत पर वह बाँसों उछलने लगता है और छोटी सी हार के धक्के से उसका दिल धड़कने लगता है। अपनी हार को जनतंत्र की हार मानता है। किसी के सहयोग या नेतृत्व से उसे जीत मिल जाती है तो ताबड़तोड़ उसका जिन्दाबाद बोलने लगता है और किसी के नेतृत्व समर्थन में हार मिल जाए तो उसका मुर्दाबाद करते भी उसे देर नहीं लगती।'' चूँकि शिक्षक और कर्मचारी इसी वर्ग के प्रतिनिधि हैं इसलिए अपने इस स्वभाव को छोड़ नहीं पाते। उनके नेतृत्व कर्ताओं को इन्हीं मुश्किलों के बीच जीना पड़ता है। यही इस आन्दोलन का भी हश्र हुआ। जिन साथियों की आवाजें कल तक नेतृत्व का जिन्दाबाद करती थीं समझौते के बाद मुर्दाबाद में तब्दील हो गईं। इस हड़ताल के संचालन में हमारी परोक्ष भूमिका रही। जमाल रोड दफ्तर में लगातार 32 दिनों तक बुलेटिन लिखना, जिलों में पहुँचाना, जिलों में नेताओं के कार्यक्रम तय करना, कहीं-कहीं खुद भी जाना, सारे सन्देश फोन पर इकट्‌ठे करना तथा समन्वय समिति से समन्वय स्थापित करना हमारी जवाबदेही थी। सभी काम गिरफ्तारी से बचते हुए करना था। इसी हड़ताल ने हमें राज्य के शिक्षकों तक पहुँचाया और सन्देश दिया कि मैं राज्य नेतृत्व का विश्वासपात्र हूँ।

इस हड़ताल का राजनीतिक प्रभाव यह हुआ कि अराजपत्रित कर्मचारी महासंघ के तत्कालीन महासचिव और मार्क्सवादी नेता योगेन्द्र प्रसाद सिंह हड़ताल की विफलता का आरोप बिहार माध्यमिक शिक्षक संघ और दूसरे गुटों पर मढ़कर समन्वय समिति से अलग हो गए। उन्होंने विरोध में बयान देना शुरू कर दिया और शिक्षक संगठनों को खासतौर पर निशाना बनाया।

87 के केन्द्रीय वेतनमान और केन्द्रीय सेवाशर्तों की लड़ाई का यह अन्तिम अध्याय नहीं था। फिटमेंट कमिटी के गठन के बाद उसकी रिपोर्ट का प्रकाशन, कार्यान्वयन, वेतनमानों की विसंगतियों के निराकरण का प्रश्न बड़ा प्रश्न था। बिहार सहित देश के अन्य राज्यों का दुर्भाग्य है कि तथाकथित लोकतंत्र में वेतन पुनरीक्षणों और सुविधाओं का लाभ देश की उच्च नौकरशाही को तो तुरत बिना संघर्ष के मिल जाता है लेकिन निचली नौकरशाही के अंगों और शिक्षकों को एक ही माँग के लिए बार-बार आन्दोलन करना पड़ता है। फलतः छठे वेतनमान एवं अन्य सुविधाओं के लिए उन्नीस सौ अट्ठासी में भी संघर्ष पर उतरना पड़ा। राज्य के राजनीतिक हालात में यह परिर्वतन हो गया था कि आई. पी. एफ. के नेतृत्व में एक नया वामपंथी गुट उभर आया था और योगेश्वर गोप के नेतृत्व में अराजपत्रित कर्मियों का नया गुट योगेन्द्र प्रसाद सिंह से अलग होकर बन गया था। इस बार भी दो समन्वय समितियाँ थीं लेकिन उनके सम्बन्ध उतने तीखे नहीं थे जितने योगेन्द्र प्रसाद सिंह के काल में थे। फलतः अक्टूबर 88 में कन्वेशन से एकताबद्ध आन्दोलन की जो शुरुआत हुई वह नवम्बर 88 में एकताबद्ध ढंग से समाप्त हुई। इसमें कटुता नहीं थी।

इन दोनों आन्दोलनों में मेरी परोक्ष भूमिका रही। प्रायः दोनों समन्वय समितियों को एक मंच पर लाने में भी। इन संयुक्त आन्दोलनों में मैंने निकट से महत्त्वाकांक्षाओं की टकराहटें और ज्यादा यश बटोर लेने की अदम्य इच्छाएँ देखी थीं। दुख भी हुआ और चिन्ता भी। दुनिया के मजदूरो एक हो के नारे के विपरीत आचरण भी देखा। बावजूद तब भी और अब भी मेरी मान्यता है आज की राजनीति के दौर में जब मर्यादायें, अनुशासनों का जनाजा निकल रहा है, कर्मियों, शिक्षकों के सामने संयुक्त आन्दोलनों के सिवा कोई विकल्प शेष नहीं है। इन दोनों आन्दोलनों को केन्द्रित कर मैंने प्राच्य प्रभा में चार सम्पादकीय 'बत्तीस दिवसीय हड़ताल : एक मूल्यांकन,' 'संयुक्त आन्दोलन ही सफलता का एकमात्र रास्ता', 'संयुक्त आन्दोलन एक सम्पूर्ण विजय' और 'वादा खिलाफी और बदहाली कब तक' लिखे। इन सम्पादकीयों का कलेवर भारी रहा क्योंकि आन्दोलन का दर्शन, आज के सन्दर्भ, आन्दोलनकर्ताओं और नेतृत्व की भूमिका पर विस्तृत रूप से प्रकाश डालना भविष्य के लिए मुझे आवश्यक लगा। यदि आने वाले दिनों का नेतृत्व इन्हें देख सकेगा तो उसे आन्दोलनों के लिए एक दिशा निर्देश मिल सकेगा। इस हड़ताल ने शिक्षक संगठनों खासकर

बिहार माध्यमिक शिक्षक संघ के खिलाफ मुख्यमंत्री को इतना गुस्से में ला दिया कि उन्होंने इसे तोड़ने की रणनीति पर काम करना शुरू कर दिया। फलतः प्रबन्ध समितियाँ, जिनके अध्यक्ष क्षेत्रीय विधायक हुआ करते हैं, उनको भारी शक्तियाँ देने सम्बन्धी अधिसूचना 436 निर्गत की गई। शिक्षकों को गृह जिला से बाहर स्थानान्तरित करने सम्बन्धी अधिसूचना 437 निर्गत हुई जिसके प्रभाव उन्नीस सौ तिरानबे और पंचानबे में देखने को मिले जब 90 में जनता दल की सरकार सत्तासीन हुई।

शिक्षा के क्षेत्र में 1986 का उल्लेखनीय स्थान है। कोठारी आयोग की अनुशंसा के आलोक में शिक्षा पर पहली समग्र राष्ट्रीय नीति 1968 में संसद द्वारा स्वीकृत हुई थी। 86 में राजीव गांधी ने शिक्षा की एक नई राष्ट्रीय नीति घोषित की। यह नीति अपने चाल-चरित्र में 68 की नीति से पूर्णतः भिन्न थी। 68 की नीति जहाँ देशी-विदेशी शिक्षाविदों की सलाह से निर्मित हुई थी वहीं 86 की नीति नौकरशाहों द्वारा तैयार की गई थी। इस नीति को लागू करने के पूर्व एक दस्तावेज 'शिक्षा की चुनौती' जारी किया गया और इस पर पूरे देश में बहस भी आयोजित हुई। लेकिन फलाफल की चिन्ता किए बगैर और विमर्श से उत्पन्न सुझावों पर गौर किए बिना ही नीति के मूल बिन्दु यथा–नवोदय विद्यालयों की स्थापना और शिक्षा में निजीकरण, व्यावसायीकरण की शुरुआत कर दी गई। दरअसल आगे के वर्षों में शुरू किए जाने वाले आर्थिक सुधारों को लागू करना और देशी-विदेशी पूँजी के लिए शिक्षा क्षेत्र के दरवाजों को पूरी तरह खोलना ही इस राष्ट्रीय नीति का मकसद था। इसके पीछे विश्व बैंक और अन्तरराष्ट्रीय मुद्रा कोष के भारी दबाव थे। बिहार के सभी विश्वविद्यालयों में इस दस्तावेज पर विमर्शों का नाटक भी हुआ। लम्बी-लम्बी बहसें हुईं। लेकिन उनके फलाफल से न नीति निर्माताओं को कोई जरूरत थी न उन पर ध्यान ही दिया गया। मूल उद्देश्य शिक्षा में सार्वजनिक क्षेत्र को घटाना और देशी-विदेशी पूँजी के प्रवाह को तेज करना था। बिहार माध्यमिक शिक्षक संघ ने योजना बनाकर सभी विश्वविद्यालयों में आयोजित गोष्ठियों में मजबूती से अपना पक्ष रखा। हालाँकि जनता को धोखा देने के इरादे से इस नीति वक्तव्य में समान स्कूल प्रणाली की पड़ोस पद्धति शिक्षा व्यवस्था और शिक्षा पर राष्ट्रीय बजट में जी. डी. पी. का छः फीसदी खर्च करने की बात दुहराई गई थी जो पहली नीति के मूल तत्त्वों में शामिल थी। लेकिन लक्ष्य कहीं और था। देश की शिक्षा व्यवस्था में 1986 इस कारण भी याद रखा जाएगा। बिहार में अस्सी के दशक में सरकारीकरण की जो लड़ाई शिक्षक संगठनों ने जीती थी, 86 की नीति उसके अराजकीयकरण की एक सुचिन्तित योजना थी। मैंने संघ की पत्रिका प्राच्य प्रभा में इसका सम्यक् विवेचन करते हुए एक बड़ा आलेख लिखा था जो बाद में मेरी पुस्तक 'शिक्षा को आन्दोलन बनाना होगा' में भी प्रकाशित हुआ।

1986 की एक दूसरी उल्लेखनीय घटना है–12 मार्च से 17 मार्च, 86 तक भारतीय कम्युनिस्ट पार्टी की तेरहवीं कांग्रेस जो पटना के राजवंशी नगर में विद्युत विभाग के मैदान में आयोजित हुई थी। चूँकि 70 के दशक के प्रारंभिक काल से ही मैं भी पार्टी का सदस्य बन चुका था और पार्टी के सहयोग से ही सीवान शहर में स्कूल स्थापित कर प्रधानाध्यापक भी बन चुका था इसलिए मेरे जीवन में पार्टी की काफी अहमियत थी। 80 के पूर्व पार्टी के दैनिक अखबार जनशक्ति का संवाददाता भी बन चुका था और का. गंगाधर दास के सौजन्य से समाचार, संवाद लिखने का प्रशिक्षण भी प्राप्त कर लिया था। जनशक्ति में मेरे आलेख, कहानियाँ छपने लगी थीं। संघ की राज्य कार्यकारिणी के सदस्य की हैसियत से संघ में नीति निर्धारित करने वाली बाडी का सदस्य भी था और पार्टी की गतिविधियों की मुझे भी जानकारी रहती थी। यद्यपि मैं कांग्रेस का डेलीगेट नहीं था लेकिन बच्चन प्रभाकर के कारण मुझे कांग्रेस में एक जवाबदेही दी गई थी। पार्टी के भेट्रन लीडर प्रो. हीरेन मुखर्जी, श्रीमती कल्पना जोशी और बाबा पृथ्वी सिंह आजाद की सारी जवाबदेही मेरे कंधों पर थी। पाँच दिनों तक इन वी. आई. पी. अतिथियों के साथ पार्टी कांग्रेस को देखने-सुनने, समझने का अवसर मिला था। आज भी कल्पना जोशी और प्रो. हीरेन मुखर्जी के साथ हुए अपने संवादों को मैं भूल नहीं पाता। सचमुच कभी-कभी इतिहास कुछ ऐसे ही अविस्मरणीय क्षण हमें दे जाता है जो आगे मार्गदर्शन करते हैं।

प्रधान सम्पादक चुने जाने के बाद पटना में अधिक समय देने के कारण विद्यालय थोड़ा कठोर शासन में ढीला पड़ गया। एक दिन विद्यालय पहुँचते ही पता चला कि नन्दकिशोर भारती ने कल वर्ग में अध्यापक के साथ बदतमीजी की है। उस समय वह नवम वर्ग का छात्र था और आम लड़कों की तुलना में शारीरिक रूप से काफी हृष्ट-पुष्ट था।

इस विद्यालय को मान्यता मिले चार-पाँच साल हो चुके थे और प्रधानाध्यापक के रूप में इसे सपनों का विद्यालय बनाने में मैं जुटा हुआ था। प्रति वर्ष 26 जनवरी, गणतंत्र दिवस के अवसर पर सभी अध्यापक-छात्र मिलकर कुछ संकल्प लेते और कोशिश करते कि अगली 26 जनवरी तक वह पूरा हो जाए।

बच्चे-बच्चियों की संख्या तो तीन सौ के ही करीब थी लेकिन अनुशासन बनाए रखने की मुकम्मिल कोशिश थी। प्रार्थना की घंटी बजते ही प्रार्थना शुरू हो जाती और समाचार वगैरह के बाद कक्षाएँ लग जातीं। अध्यापकों के समय पर पहुँचने की सख्त पाबन्दी थी और पाठ-टीका का लिखना भी अनिवार्य था। अध्यापकों और छात्रों में मिल्लत का भाव था। अगड़े-पिछड़े, धनी-गरीब का कोई बँटवारा बच्चों के बीच नहीं था। इसलिए सभी जाति-बिरादरी, धर्म-सम्प्रदाय के अभिभावकों का भरपूर सहयोग विद्यालय प्रशासन को मिल रहा था। अभिभावक विद्यालय में

अपने को सम्मानित महसूस करते थे। यद्यपि बगल के एक-दो गाँवों के बच्चे कुछ उत्पात करते थे लेकिन उनके अभिभावकों का सहयोग उनके उत्पातों पर भारी था, इसलिए डर-भय का कोई सवाल नहीं था।

विद्यालय जन-कोलाहल से दूर महंथ गया दास के सौजन्य से रसीदचक मठ के पास ही अवस्थित था। जरूरत पड़ने पर मठिया के महंथ जी ही मात्र उपलब्ध हो सकते थे। मेरे प्रयास से पक्की सड़क से विद्यालय तक बनी ईंटकरणवाली सड़क से इक्के-दुक्के ग्रामवासी शहर आते-जाते दिखाई पड़ते। कभी-कभार मजदूर किस्म का व्यक्ति विद्यालय के चापाकल पर पानी पीने रुक जाता। धूप प्रखर होती तो पानी पीकर बरगद की छाँव में सुस्ताता भी। तब तक विद्यालय की चहारदीवारी भी नहीं बन पाई थी और वह नंग-धड़ंग व्यक्ति की तरह खुला दिखाई पड़ता था। मेरा मानना है कि चहारदीवारियाँ विद्यालय की सुरक्षा ही नहीं करतीं उसे सौन्दर्य भी प्रदान करती हैं। सुन्दर से सुन्दर व्यक्ति भी जैसे कपड़ों के बगैर आकर्षक नहीं लगता, अच्छे भवन वाले विद्यालय भी चहारदीवारी के बिना आकर्षक नहीं लगते।

मैंने प्रभारी और कुछ अन्य शिक्षकों से नन्दकिशोर की हरकतों का पूरा ब्योरा लिया। प्रार्थना शुरू हुई और अन्य दिनों की भाँति सामान्य तरीके से चली। ऐसा कुछ नहीं लगा कि थोड़ी देर में कुछ घटनेवाला है। फिर नन्दकिशोर को प्रधानाध्यापक कक्ष में बुलाया और कल की हरकतों के बारे में पूछा। वह इन्कार कर गया। मैं सवाल-दर-सवाल पूछता रहा और वह इन्कार करता रहा। वह ज्यों-ज्यों झूठ बोलता मेरा गुस्सा चढ़ता रहा। गलतियों के लिए माफी माँगने की बजाय वह लगातार इन्कार करता रहा और अपने को निर्दोष साबित करने की कोशिश करता रहा। उसके लगातार झूठ बोलने से बात बर्दाश्त से बाहर हो गई और फिर मैंने ऑफिस में ही केनिंग शुरू कर दी। पीटते-पीटते बाहर लाया और सामने मैदान में पीटना आवश्यक समझा ताकि आम बच्चे भी देख लें। इसी बीच हाथ ढीला हुआ तो वह भाग निकला। दूर से अपशब्दों का भी प्रयोग किया। अब उसकी बदतमीजी पूरी तौर पर उजागर हो चुकी थी। इसलिए तुरन्त अध्यापक मंडल की बैठक की और उसके निष्कासन का फैसला लेकर जिला शिक्षा पदाधिकारी, सीवान को पत्र भेज दिया। गाँव-घरों में छात्रों ने नमक-मिर्च लगाकर बातों को पहुँचाया और आशंकित अध्यापकों ने राहत की साँस ली। महंथ जी को भी सारी बातों से अवगत करा दिया। उनके मठिया पर भी ग्रामीणों की बैठकें होती रहती थीं।

संयोग से दूसरे दिन मैं मुख्यालय से बाहर चला गया। यह पहले से निर्धारित सामान्य कार्यक्रम था। किन्तु दो दिनों बाद लौटा तो पता चला कि टेढ़ी घाट यानी नन्दकिशोर के गाँव के लोग लाठी-भाला लेकर विद्यालय पर मारपीट करने आए थे। लेकिन उसी गाँव के अगल-बगल के कुछ अभिभावकों के हस्तक्षेप के कारण उन्हें लौटना पड़ा।

टेढ़ी घाट के अगल-बगल के गाँवों के यादव लोग प्राय: सबेरे टेढ़ी घाट होकर ही दूध बेचने शहर आया करते थे। उनमें छट्ठू चौधरी सरपंच भी थे। उनके बच्चे हमारे विद्यालय में ही पढ़ते थे। पिछड़े वर्ग के ढेरों बच्चे यहाँ प्रेमपूर्वक पढ़ते थे और उनके अभिभावकों का पूरा सहयोग विद्यालय को मिलता था। उन्होंने टेढ़ी घाट पर चाय पीने के दौरान नन्दकिशोर के घरवालों की बातें सुनीं तो पूछा कि रसीदचक विद्यालय पर आप लोग क्यों गुस्सा कर रहे हैं? जब उनके घरवालों ने बताया कि हेडमास्टर ने हमारे बेटे को बुरी तरह पीटा है और हम लोग हेडमास्टर और मास्टरों को पीट कर बदला लेने जा रहे हैं तो उन अभिभावकों का गुस्सा फूट पड़ा। वे वहीं उलझ गए। बोले-"वही तो एक स्कूल है जहाँ पढ़ाई-लिखाई होती है और हेडमास्टर सभी बच्चों के साथ समान व्यवहार करता है। आप वहाँ मारपीट करेंगे? आपको पहले हमसे मारपीट करनी होगी।" और नन्दकिशोर के अभिभावकों के पहले यादवों का एक हुजूम छट्ठू चौधरी सरपंच के नेतृत्व में विद्यालय पर पहुँच गया और अध्यापकों से बोला कि डरने की कोई बात नहीं है। उन लोगों को पहले हमसे मार-पीट करनी होगी। थोड़ी देर बाद गिरि लोग आए और यादवों का उग्र रूप देखकर निराश लौट गए। वे यादवों की इस लामबन्दी से हतप्रभ थे।

दूसरे दिन विद्यालय लौटा तो घटना की जानकारी मिली। इस बार अध्यापक उतना भयभीत नहीं थे लेकिन हमको जरूर समझा रहे थे कि अकेले आना-जाना बन्द कर दीजिए। कहीं कोई घटना हो सकती है। छट्ठू चौधरी को बुलाकर मैंने सारी घटना की जानकारी ली और फिर जिला शिक्षा पदाधिकारी से नन्दकिशोर को रस्टीकेट करने के अनुरोध के साथ ही शहर के सभी प्रधानाध्यापकों को पत्र लिखकर अनुरोध कर दिया कि वे नन्दकिशोर का नामांकन धोखे में भी नहीं करें। चारों ओर प्रयास करके जब वे लोग थक गए तो मेरे एक मित्र के साथ माफी माँगने आए।

उस समय मैं सीवान के निराला नगर स्थित सीवान जिला माध्यमिक शिक्षक संघ के भवन में ही रहता था। सुबह-सुबह नीचे से खबर आई कि कुछ लोग मिलना चाहते हैं। नीचे उतरा तो देखा कि नन्दकिशोर के परिजन हैं। हाल-चाल पूछा तो उन्होंने नन्दकिशोर की गलती के लिए क्षमा याचना की और उसे पुन: विद्यालय में बने रहने देने का अनुरोध किया। मैं अपने स्टैंड पर दृढ़ था कि ऐसे लड़के को विद्यालय में नहीं रहने दूँगा। मेरे विद्यालय का अनुशासन इससे प्रभावित होगा। मैंने दृढ़तापूर्वक यह भी कहा कि जिले के किसी भी विद्यालय में नन्दकिशोर का नामांकन नहीं हो सकेगा और इस प्रकरण में मैं कोई समझौता नहीं करूँगा। वे निराश लौट गए। नन्दकिशोर की पढ़ाई की चिन्ता उन्हें सताने लगी।

दो दिनों के बाद वे फिर मेरे कुछ मित्रों को लेकर आए और जोरदार सिफारिश की। मैंने पूछा कि बुजुर्ग होकर विद्यालय में मारपीट करने क्यों गए? अगर मैंने गलती की थी तो मुझसे पूछा जा सकता था? मुझे वस्तुस्थिति से अवगत कराया

जा सकता था। लेकिन बच्चों के बहकावे में विद्यालय को अशान्त कर और शिक्षा के वातावरण को प्रदूषित कर क्षमा माँगने का औचित्य क्या है? आप लोगों ने तो नन्दकिशोर का उतना अहित कर दिया जितना उसने खुद अपना नहीं किया था। उनके पास कोई उत्तर नहीं था। वे फिर माफी माँगकर चले गए। अभिभावक अगर बच्चे का मन नहीं बिगाड़ें तो ज्यादातर बच्चे अपनी गलतियों से सबक सीख लेंगे। लेकिन बिडम्बना है कि अभिभावक किशोर बच्चों की उलटी-सीधी बातों को तो सही मान लेते हैं लेकिन सुधारात्मक प्रक्रिया में सम्मिलित शिक्षक की बातों को गलत मानकर उसे दंड देना जरूरी समझ लेते हैं।

यह सही है कि विद्यालय में बच्चे को शारीरिक दंड देने का कोई कानूनी प्रावधान नहीं है, लेकिन कभी-कभी यह बात बेहद आवश्यक हो जाती है।

नन्दकिशोर के परिजनों, पैरवीकारों को नकारकर मैं दैनंदिन कार्य में लग गया। विद्यालय फिर पुराने ढर्रे पर आ गया। एक दिन संध्या महंथ जी और छट्ठू चौधरी को लिए गिरि लोग फिर आए। पहले की अपेक्षा उनकी विनम्रता और बढ़ी हुई थी। शिष्टाचार भी कुछ अधिक था। शायद बेटे के जीवन का प्रश्न उन्हें सालने लगा था और अपनी गलती का अहसास हो रहा था। उनकी जबान बोलने में लड़खड़ा रही थी। महंथ जी ने ही शुरुआत की, कि अब इन लोगों को माफ कर दीजिए। इन लोगों को अपनी गलती का अहसास हो गया है। मैंने कहा कि सरपंच साहब साथ में हैं। मैं इनका अहसानमन्द हूँ कि विद्यालय को इन्होंने अशान्त होने से बचा लिया। ये चाहें तो माफ कर सकते हैं। मुझे कोई एतराज नहीं होगा।

छट्ठू जी सकते में आ गए। आदमी वे काफी मुखर और स्पष्ट वक्ता थे। तुरन्त बोले-''इन लोगों ने जो गलती की है, उसकी सजा तो कम ही मिली है, लेकिन सवाल लड़के की जिन्दगी का है। इसलिए हमको भी आना पड़ा है। इन्हें अब माफ कर दीजिए।''

''अपने विद्यालय में किसी कीमत पर मैं नामांकन नहीं करूँगा लेकिन सम्पूर्ण जिले में नामांकन पर जो रोक लगी है उसे हटवा दूँगा।'' मैंने कहा।

छट्ठू जी ने कहा-''इतना ही कर दीजिए।'' फिर वे उनकी ओर मुखातिब होकर बोले-''क्या गिरि बाबा, ठीक है न?''

गिरि लोग चुप थे। दबी जबान से बोले-''जैसी सर की मर्जी, लेकिन इस्लामिया में एडमीशन करवा दीजिए।''

''सरपंच साहब और महंथ जी आए हैं तो करवा दूँगा।'' फिर फोन उठाया और इस्लामिया के प्रधानाध्यापक को कहा कि नन्दकिशोर का नामांकन कर लीजिए, मुझे कोई आपत्ति नहीं है।

पता चला कि नन्दकिशोर का नामांकन हो गया। मेरा मकसद उसकी जिन्दगी बिगाड़ना भी नहीं था। लेकिन यह सच है कि शिक्षा के सामाजिक सरोकार हैं और

शिक्षा के केन्द्र विद्यालय, अभिभावकों और अपने पड़ोस से कटकर सुव्यवस्थित एवं अनुशासित नहीं चल सकते। लगता है कि शिक्षकों और अभिभावकों के संघ की परिकल्पना इन्हीं उद्देश्यों के मद्देनजर की गई थी।

12

अक्टूबर 1992 में मुजफ्फरपुर में राज्य संघ का तैंतालिसवाँ वार्षिक अधिवेशन आयोजित हुआ। इस अधिवेशन में मैं पार्टी की ओर से महासचिव पद का अधिकृत प्रत्याशी घोषित हुआ और शत्रुघ्न प्रसाद सिंह, अध्यक्ष के उम्मीदवार घोषित हुए। मुझे छोड़कर कोई विकल्प भी नहीं था। हालाँकि कुछ लोग किसी पिछड़े गैर-कम्युनिस्ट को महासचिव का उम्मीदवार बनाना चाहते थे। उनका एक मजबूत तर्क था कि अध्यक्ष और महासचिव दोनों पद कम्युनिस्ट पार्टी के उम्मीदवारों को नहीं मिलने चाहिए। इससे गलत संदेश जाएगा। इस प्रकार अस्सी से लगभग बारह वर्षों बाद मुझे महासचिव पद की उम्मीदवारी मिली थी। हमारे पक्ष में मजबूत स्थिति यह थी कि वीरेन्द्र शर्मा को साल भर पहले पैरालाइसिस का अटैक हो गया था। डॉ. शारदा प्रसाद सिंह, परमेश्वर, शिवनन्दन सिंह आदि सभी एम. एल. सी. भी मेरे पक्ष में थे और वे दोनों पदों पर एक जाति का उम्मीदवार नहीं चाहते थे। इस दृष्टि से मेरी उम्मीदवारी उन्हें उपयुक्त लग रही थी। हालाँकि वीरेन्द्र शर्मा गैर-कम्युनिस्ट मतदाताओं के एकमात्र नेता थे और एक बार महासचिव रह भी चुके थे। राज्य में उनकी एक मजबूत लाबी भी थी।

पहली बार पिछड़ों की ओर से भी एक तीसरा पैनल आया था जिसमें महासचिव पद का उम्मीदवार खगड़िया का अरविन्द हिमांशु था। उसने भी अपनी मजबूत दावेदारी पेश की। वोटिंग शुरू हुई तो मगध, तिरहुत, पटना के एक जाति विशेष के मतदाता वीरेन्द्र शर्मा के पक्ष में गोलबन्द होने लगे। कम्युनिस्ट, गैर-कम्युनिस्ट के भी नारे उछले। शेष लोग मेरी ओर गोलबन्द हो गए और संघर्ष काफी मजबूत हो गया। सभी शत्रुघ्न प्रसाद सिंह की ओर देखने लगे। उन्होंने अपने प्रिय पात्रों को बुलाकर साफ-साफ कह दिया कि अगर पांडेय जी चुनाव हार गए तो मैं यहीं इस्तीफा देकर चला जाऊँगा। मगध, पटना के लोग कुछ सम्हले और भारी मजबूत लड़ाई के बीच मैं मात्र चौतीस मतों से निर्वाचित हुआ। वीरेन्द्र शर्मा जी ने यहीं मंच पर घोषणा कर दी कि वे अब कोई चुनाव नहीं लड़ेंगे। अपनी इस ऐतिहासिक घोषणा पर वे आजीवन डटे रहे और अपनी महानता का परिचय दिया।

महासचिव के पद पर निर्वाचित होने के बाद मेरे समक्ष चुनौतियाँ ही चुनौतियाँ थीं। चूँकि शत्रुघ्न प्रसाद सिंह सरकारीकरण कराकर और चतुर्थ वेतन एवं छठे वेतन

आयोग की अनुशंसाएँ लागू कराकर एक बड़ी लकीर खींच चुके थे। शायद उससे बड़ी लकीर खींचना किसी महासचिव के लिए सम्भव नहीं था। मैं अपने आप में वैसी ऊर्जा और वैसी दृढ़ता पाता भी नहीं हूँ। लेकिन अपने संकल्पों पर दृढ़ रहना और कठोर श्रम करना मेरे स्वभाव का हिस्सा है। रचनात्मक कार्य मुझे ज्यादा पसन्द आते हैं और मेरे स्वभाव के ज्यादा अनुकूल हैं। संघ में मुझे जो चीज सबसे ज्यादा खटकती थी वह नब्बे के दशक में भी शिक्षकों का दरी पर सोकर रात गुजारना। जिला सचिव के अपने सम्पूर्ण कार्यकाल में तो मैं दरी पर सोता ही रहा था। उस समय संघ भवन का निर्माण हो रहा था लेकिन अब तो निर्माण लगभग पूरा हो चुका था। यूँ भी भवनों का निर्माण कभी पूरा नहीं होता। मैंने इन्द्रशेखर मिश्र और वामेश्वर शर्मा जी से विमर्श किया कि क्या हम लोग शिक्षकों के सोने की व्यवस्था में बदलाव नहीं कर सकते। सीवान के अपने कार्यकाल में चौकियाँ लगाकर उन पर गद्दे डाल दिए थे और एक बड़ी सी मच्छरदानी भी लगा दी थी। शिक्षक आते और आराम से रातें गुजारते। कुछ लोगों ने सफलता में सन्देह जताया लेकिन जिला स्तर पर यह प्रयोग सफल हो चुका था। मिश्र जी और शर्मा जी ने इस पर सकारात्मक दृष्टिकोण अपनाया और कहा कि यह सम्भव है बशर्ते थोड़ी मिहनत की जाए। तय हुआ कि पलंग बनवाए जाएँ और उन पर गद्दे डाले जाएँ। सीट बुकिंग की दर जो पचास पैसे थी, थोड़ी बढ़ा दी जाए। अध्यक्ष से बातें हुईं तो उन्होंने भी योजना पर सहमति दे दी, तैयारियाँ पूरी हो गईं और प्रति व्यक्ति पचास पैसे के स्थान पर पाँच रुपए सहयोग राशि लेने की बात तय हुई। रसीदें छप गईं। घनश्याम तिवारी को आदेश दे दिया गया। मिश्र जी का सुझाव था कि पहले दिन आप जरूर रहिए। सहूलियत होगी। मैं उस दिन रुका। जहानाबाद के एक शिक्षक आए और पाँच रुपए शुल्क पर एतराज जताया। घनश्याम तिवारी मेरे पास लाये। उन्हें समझाया लेकिन वे मानने को तैयार नहीं थे। बोले, हम आठ आना ही देंगे और जमीन पर ही सोएँगे। मैंने कहा कि यदि आपके पास पैसे नहीं हैं तो हम दे देते हैं आप आराम से गद्दे पर सोइये। लेकिन वे अड़ गए कि मैं आपसे पैसा भी नहीं लूँगा और यहीं जमीन पर रात गुजारूँगा। मैंने कहा कि संघ ने संघर्ष करके आपको सम्मानजनक वेतन दिलवा दिया है। हमारी चिन्ता आपका स्वास्थ्य देखना भी है। इसलिए जमीन पर सोने की इजाजत नहीं दी जा सकती। गद्दे पर ही सोना पड़ेगा। वे गुस्से में अश्लील बातें करते चले गए। बाद में पता चला कि वे संस्कृत के अध्यापक थे। उन्होंने जहानाबाद में मेरी खूब शिकायत की। लेकिन उनके बाद जो दस-पन्द्रह शिक्षक उस दिन आए उन्होंने प्रेम से व्यवस्था में सहयोग किया और बाद में इस योजना की सराहना की।

दूसरा सवाल जो मेरे सामने था वह भोजन और जलपान का था। कैंटीन तो किसी तरह नीचे चल रही थी लेकिन उसके स्तर में कोई सुधार नहीं हो रहा था।

मुझे जिस दिन रहना पड़ता भोजन-जलपान की चिन्ता घेर लेती। कैंटीन के भोजन-जलपान से काम चलने वाला नहीं था। उसमें बदलाव किया गया। सब्सिडी में मुफ्त पानी, बिजली, फर्नीचर, बर्तन की व्यवस्था की गई और स्तर सुधारने का प्रयास हुआ। बाद में व्यवस्थापक भी बदल दिया गया। चूँकि शुरुआती दिनों में मैं शिक्षक संघ में ही रहता था और ज्यादा से ज्यादा शिक्षकों से संवाद बनाने और उनकी समस्याओं के समाधान में मेरी रुचि थी मगर परिवार सीवान में था, जिसकी चिन्ता सताती रहती थी। विद्यालय की चिन्ता अलग थी। उसे अनुशासित बनाए रखना दूर रहकर कठिन था क्योंकि मेरी अनुपस्थिति में शिक्षक प्रभारी के नियंत्रण में नहीं रह पाते थे। नन्दकिशोर भारती की घटना सामने थी। शिक्षक संघ के कार्य भी बढ़ते जा रहे थे और भोजन, जलपान भी समुचित नहीं मिल पा रहा था। मनोज, आनन्द, रीति और अनीता की पढ़ाई-लिखाई के प्रश्न भी दिमाग में तैरते रहते थे। फिर परिवार के साथ एक बार रह जाने पर उससे कई-कई दिनों तक अलग रहना भी कठिन लगता है क्योंकि उसके सुख अलग हैं।

शिक्षक आते तो रात-बिरात समय-असमय कभी भी दरवाजा खट-खटाकर समस्याएँ सुनाने लगते। प्रधानाध्यापकों के स्थानान्तरण से उपजी समस्या ने मन की शान्ति छीन ली थी। उनका समंजन और वेतन भुगतान बड़ा प्रश्न था। इसलिए परिवार को पटना लाना आवश्यक था ताकि बच्चों की समुचित पढ़ाई और देखभाल हो सके। पत्नी का भी दबाव बढ़ रहा था लेकिन शिक्षक संघ में परिवार रखने का अनुभव सीवान में सुखद नहीं था। सीवान की अन्दरूनी राजनीति भी दूसरे ढर्रे पर चलने लगी थी। कई मित्रों से भाड़े पर आवास खोजने के सम्बन्ध में विमर्श किया तो बिहार विद्यालय परीक्षा समिति में मचकना (सीवान) के तेज नारायण तिवारी ने, जो उपसचिव थे, मुझे अपने नेहरू नगर आवास के पास एक मकान बताया। मैं उसे देखने गया तो मकान पसन्द आ गया। मकान मालिक के. एन. सिंह भी अच्छे आदमी थे। बातें तय हो गईं। अग्रिम का भुगतान किया और परिवार सीवान से पटना शिफ्ट हो गया।

महासचिव के पद पर हमारी कठिन परीक्षा का दौर तो चुनाव से ही शुरू हो गया था। इतिहास ने मुझे ऐसी गहरी सुरंग में ढकेला था जहाँ से निकलना काफी कठिन था। चूँकि उन्नीस सौ अट्ठासी में ही तत्कालीन मुख्यमंत्री विन्देश्वरी दूबे ने एक अधिसूचना निकालकर शिक्षकों और प्रधानाध्यापकों को गृह जिला से बाहर स्थानान्तरित करने का कानून बना दिया था। फलतः 93 आते-आते बक्सर और मुजफ्फरपुर के कुछ साथियों ने आपसी मतवैभिन्य और लड़ाई में अपने प्रधानाध्यापक को अपने विद्यालय से बाहर स्थानान्तरित कराने हेतु माननीय उच्च न्यायालय में याचिकाएँ दाखिल कर दीं। यह लड़ाई न केवल विद्यालयी लड़ाई रही बल्कि बिहार की राजनीति में जातीय लड़ाई बनकर उभरी। बक्सर के एम. पी. स्कूल से शुरू

हुई इस लड़ाई में दो जातियों के आपसी स्वार्थ बुरी तरह टकराए। मैंने सुलह के इरादे से बक्सर के तत्कालीन जिला अध्यक्ष सुखदेव राय के आवास पर दोनों पक्षों की एक बैठक बुलवाई और बड़ी देर तक संघ एवं शिक्षकों पर पड़ने वाले दूरगामी प्रभावों की चर्चा करते हुए समझौते के प्रयास किए लेकिन एम. पी. स्कूल के प्रधानाध्यापक विश्वनाथ यादव ने कहा कि यह तो मूँछ की लड़ाई है। अन्जाम चाहे जो हो। मेरे प्रयास सफल नहीं हुए। उधर मुजफ्फरपुर के डी. एन. उच्च विद्यालय के प्रधानाध्यापक त्रिपुरारी मिश्र माननीय उच्च न्यायालय से होते हुए माननीय उच्चतम न्यायालय जा पहुँचे और वहाँ से न्याय निर्णय लेकर आ गए कि सरकार सभी प्रधानाध्यापकों को गृह जिला से बाहर स्थानान्तरित कर दे।

नब्बे में श्री लालू प्रसाद यादव के नेतृत्व में जनता दल की सरकार बन चुकी थी और भारतीय कम्युनिस्ट पार्टी और मार्क्सवादी कम्युनिस्ट पार्टियाँ बाहर से सरकार का समर्थन कर रही थीं। वामदलों की नजर में लालू प्रसाद सामाजिक न्याय के मसीहा बनकर उभरे थे। पिछड़े वर्गों और जातियों में भारी उत्साह और गोलबन्दी शुरू थी। वामदलों को यह राजनीति शूट कर रही थी। सरकार की नजर में बिहार माध्यमिक शिक्षक संघ, बिहार प्राथमिक शिक्षक संघ और विश्वविद्यालय, महाविद्यालय शिक्षक संघ पर सवर्णों का कब्जा था, जो सामाजिक न्याय की शक्तियों को अखर रहा था। यह न्याय निर्णय सामाजिक न्याय को अच्छा मौका दे रहा था। सरकार के सलाहकार सरकार पर दबाव बना रहे थे कि यही मौका है और सरकार मत चूको चौहान की मानसिकता में आ रही थी।

राज्य कार्यकारिणी समिति ने इस न्याय निर्णय की समीक्षा करते हुए महसूस किया कि संघ पर भारी खतरे हैं। फलतः माननीय उच्चतम न्यायालय तक लड़ने का मन बनाया। लेकिन वहाँ जाने के पूर्व उच्च न्यायालय में याचिका दायर करना आवश्यक था। डॉ. शारदा प्रसाद सिंह और अध्यक्ष के सुझाव पर पंडित ताराकान्त झा जी के माध्यम से उच्च न्यायालय में याचिका दायर की गई ताकि दिल्ली की राह खुल सके।

पटना उच्च न्यायालय में असफलता के बाद अब उच्चतम न्यायालय की तैयारी हुई। पूर्व अटार्नी जनरल लाल नारायण सिंह से मुकदमे का ड्राफ्ट बनवाया गया। प्रसिद्ध अधिवक्ता कपिल सिब्बल को संघ ने अपना वकील रखा। इसके लिए उन्हें ऊँची फीस दी गई लेकिन उच्चतम न्यायालय में संघ मुकदमा हार गया। शिक्षा विभाग इसी बात की प्रतीक्षा कर रहा था। उसके हाथ मजबूत हो गए। समस्तीपुर के डी. एम. के. पी. सिन्हा को सरकार ने माध्यमिक शिक्षा का निदेशक नियुक्त किया और न्यायालय के न्याय निर्णय के कार्यान्वयन की जवाबदेही सौंपी। सरकार के इरादे बिलकुल साफ थे। वह इसका लाभ उठाना चाहती थी और शिक्षकों ने आपसी लड़ाई में उसे यह मौका दे दिया था। फलतः राजनीतिक पैरवी भी काम

नहीं आई। इधर शिक्षकों में यह संदेश जा रहा था कि संघ ही यह स्थानान्तरण करवा रहा है। वे कोई बात समझने को तैयार नहीं थे। न्याय निर्णय और अपनी गलती नहीं मानना चाहते थे। फलतः तिरानबे के अन्त तक प्रधानाध्यापकों का स्थानान्तरण कर दिया गया। 95 आते-आते राज्य के सारे शिक्षक भी गृह जिला से स्थानान्तरित कर दिए गए। अधिकारियों ने इस स्थानान्तरण में सारे मानदंड तोड़ डाले। शिक्षक संघ लाचार और बेबश नजर आया। भारी राशि खर्च करके भी शिक्षकों को कोई राहत नहीं दिला सका। विरोधियों ने इसे खूब भुनाया। अनेक प्रकार के आरोप लगे और लगाए गए। पहली बार बिहार में स्थानान्तरण को उद्योग का दर्जा प्राप्त हुआ। संघ में एक नई धारा मजबूत होकर उभरी। वर्षों बाद बिहार विधान परिषद् में जब स्थानान्तरण पर चर्चा हुई तो मुख्यमंत्री ने स्वीकार किया कि इसमें बदबू आ रही है लेकिन तीर तो छूट चुका था।

बिहार में शिक्षक सरकार से बेहद खफा हुए और स्कूलों के प्रति उनका जो लगाव था, आत्मीयता थी वह एक झटके में खत्म हो गई। पहली बार वे समझे कि उनकी हैसियत एक सरकारी नौकर से ज्यादा नहीं है। स्थानान्तरण की यही नीति राज्य के प्राथमिक एवं मध्य विद्यालयों में भी दुहराई गई और शिक्षा विभाग के पदाधिकारियों ने करोड़ों का वारा-न्यारा किया। शिक्षक स्थानान्तरण के नाम पर आर्थिक भ्रष्टाचार के लिए विवश हुए। इस पूरी राजनीतिक, सामाजिक प्रक्रिया में सामाजिक न्याय की जातियाँ, जो शिक्षा व्यवस्था में प्रायः हाशिए पर थीं, वहाँ से उठकर केन्द्र में आ गईं। केन्द्र में बैठी उच्च जातियाँ, जिन्होंने चल-अचल सम्पत्ति का दान कर राज्य में शिक्षा तंत्र को खड़ा किया था, हाशिये पर फेंक दी गईं। सन् 1888 में इंग्लैंड के विद्वान प्रो. सर जान स्ट्रेची की वह बात सही साबित हुई कि हिन्दुस्तान की पहली समस्या जातिवाद है। भाषा, धर्म, सम्प्रदाय की समस्याएँ दूसरे-तीसरे स्थान पर हैं।

इसी दौर में राज्य की उच्च शिक्षा के क्षेत्र में भी एक अघोषित सत्ता का केन्द्र स्थापित हो गया। विश्वविद्यालयों के कुलपति जिसके इशारे पर नाचने लगे। सत्ता के इस केन्द्र ने मर्यादा और नैतिकता की नई-नई परिभाषाएँ गढ़नी शुरू कीं जिसमें लोक-लाज, नैतिक, अनैतिक और सामाजिक शिष्टता कुछ भी नहीं थी। विश्वविद्यालय शिक्षकों की सेवानिवृत्ति आयु दो वर्ष घटा दी गई। राज्य की कम्युनिस्ट पार्टियाँ बेवश और लाचार बनी रहीं क्योंकि उनका शीर्ष नेतृत्व भी सत्ता की चाकरी करने में ही अपना हित देख रहा था। पहली बार मैंने कम्युनिस्ट पार्टी के हजारीबाग राज्य अधिवेशन में इस थीसिस को सुना कि पिछड़ों का जातिवाद, जातिवाद नहीं है। जिस जातिवाद सम्प्रदायवाद के विरोध में मैंने साम्यवाद का दर्शन चुना था, उसकी फिलासफी को बदलते देखा। लेकिन बहुमत उसी राजनीति, समाजनीति के पक्ष में था।

लेकिन एक प्रश्न उलझा रह गया कि नौकरी सीवान में थी। मुझे स्कूल भी जाने की जरूरत थी क्योंकि प्रधानाध्यापक का पद जवाबदेहियों का पद होता है। अनुपस्थित रहकर उपस्थिति बनाना अनैतिक लगता था। पता चला कि वीरेन्द्र शर्मा जी माडर्न नाइट स्कूल से सेवानिवृत्त हो रहे हैं। वे वहाँ प्रभारी थे लेकिन उन्हें डिस्टर्ब करना उचित नहीं था। इसी बीच श्री सी. के. मिश्र, जो छपरा के जिलाधिकारी थे, माध्यमिक शिक्षा के निदेशक पद पर पदस्थापित हो गए। वे एक ईमानदार और स्वच्छ छवि के सकारात्मक दृष्टिकोण वाले पदाधिकारी थे। उनसे चर्चा की तो मेरा स्थानान्तरण माडर्न नाइट स्कूल, दरियापुर में करने को राजी हो गए। यह स्कूल शाम 5 बजे से 9 बजे तक पी. एन. एंग्लो संस्कृत स्कूल में चलता था। इसका अपना कोई भवन नहीं था। सुविधा यह थी कि दिन भर सचिवालय, बोर्ड का काम किया जा सकता था। शाम को स्कूल भी देखा जा सकता था। का. बच्चन प्रभाकर भी सीवान से पटना राज्य पार्टी कार्यालय आ गए थे और 96 के बिहार विधान परिषद् चुनाव में सारण शिक्षक निर्वाचन क्षेत्र से मुझे जयमंगल सिंह के स्थान पर उम्मीदवार बनाने हेतु प्रयत्नशील थे। पार्टी में जलालुद्दीन अन्सारी उनको मदद कर रहे थे। चूँकि शत्रुघ्न प्रसाद सिंह की निगाह 96 के लोकसभा चुनाव पर थी और वे उसके लिए बलिया संसदीय सीट से मन ही मन उम्मीदवार बन चुके थे। इसलिए डॉ. शारदा प्रसाद सिंह की सलाह थी कि मैं विधान परिषद् में रहूँ। 96 का चुनाव इसी परिप्रेक्ष्य में सोचा जा रहा था और अन्दरूनी तैयारियाँ चल रही थीं। सी. के. मिश्र जी ने माडर्न नाइट स्कूल, दरियापुर में प्रधानाध्यापक पद पर मेरा स्थानान्तरण कर दिया और मैंने योगदान भी कर लिया। महंथ जी और शिक्षक मित्र स्थानान्तरण नहीं चाहते थे। चुनाव नजदीक आता जा रहा था। पार्टी ने उम्मीदवार तय कर दिया तो मैंने स्वैच्छिक सेवानिवृत्ति की अर्जी लगा दी। अजय कुमार मुखर्जी जो माध्यमिक शिक्षा कार्यालय में उपनिदेशक थे और सीवान में पदस्थापन के दौरान ही मुझसे पारिवारिक रूप से जुड़े थे, इससे सहमत नहीं थे क्योंकि सात वर्षों की प्रधानाध्यापक पद की सेवा त्यागना था। शिक्षक स्थानान्तरण से खफा थे और लाख समझाने पर भी समझने को तैयार नहीं थे। पत्नी भी सहमत नहीं थी लेकिन पार्टी का निर्णय सर्वोपरि मानकर मैं रिस्क लेने पर तैयार हो गया था। डॉ. शारदा प्रसाद सिंह और हमारी धारणा थी कि अन्त में शिक्षक सही बात समझेंगे और हमें वोट देंगे। पंचानबे के अक्टूबर से ही मतदाता बनाने का काम चल रहा था। सारण में चुल्हन प्रसाद सिंह और वीर बहादुर सिंह, मोतिहारी में जगदीश मिश्र, गोपालगंज में, सोमेश्वर मिश्र हमारे साथ ईमानदारी से लगे थे। लेकिन बेतिया के सेतुबंध पाठक अलग ताल ठोक रहे थे। उनको लग रहा था कि हवा का रुख उन्हीं के पक्ष में है। वे शिक्षक संघ को स्थानान्तरण का दोषी मानकर अपना प्रचार कर रहे थे। मैंने और तत्कालीन अध्यक्ष प्रेम नारायण सिंह ने बेतिया जाकर उन्हें समझाने की कोशिश

की लेकिन वे जिद पर अड़े थे। छपरा के पार्टी और संघ के नेता केदार नाथ सिंह की भूमिका साफ नहीं थी क्योंकि मन ही मन वे भी विधान परिषद् के उम्मीदवार थे। इसलिए अगले चुनाव के लिए सीट खाली रखना चाहते थे। मेरे उम्मीदवार घोषित हो जाने पर जयमंगल सिंह भी भीतर-भीतर खफा थे। यद्यपि वे स्वयं इस बार चुनाव नहीं लड़ने का संकेत पार्टी को दे चुके थे लेकिन मेरी घोषणा से पार्टी से नाराज हो गए थे और फिर उम्मीदवार बनना चाहते थे। लेकिन पार्टी अपने फैसले पर अडिग थी। इन्हीं विपरीत स्थितियों में अप्रैल 96 में सारण शिक्षक निर्वाचन क्षेत्र के चुनाव सम्पन्न हुए। जिस जयमंगल सिंह के लिए मैं तीन बार पार्टी और संघ के निर्देश पर तन-मन-धन से लगता रहा था वे मेरी बारी आने पर मुझे पराजित करने के षड्यंत्र में शामिल हो गए।

सीवान में पत्नी जितना प्रसन्न रहती थी पटना में उसकी प्रसन्नता में कमी आती जा रही थी। उसकी आवश्यकताएँ भी बढ़ती जा रही थीं। बिहार विद्यालय परीक्षा समिति के विधि पदाधिकारी रामेश्वर गिरि, जो मेरे महल्ले में ही रहते थे, कभी-कभी आवास पर आते तो उसे खूब चढ़ा देते। उनकी पत्नी भी खूब गहने पहन कर आती। पत्नी के मन में भी आकांक्षाएँ जोर मारतीं और गहने-साड़ी की फरमाइश करती। रामेश्वर गिरि कहते कि साधु यदि दस्तखत कर दें तो मैं सोने की लर बनवा दूँगा। वे मुझे साधु कहते क्योंकि अन्य शिक्षक नेताओं की तरह मैं परीक्षा समिति से यात्रा भत्ता नहीं लेता। पत्नी सीधी महिला थी, इसलिए लोगों की बातों में आ जाती थी। कभी-कभी कहती आप ही नहीं चाहते हैं। देख लीजिएगा मैं ज्यादा दिन जिन्दा नहीं रहूँगी। आपके सामने ही चली जाऊँगी। मैं समझाता लेकिन समझ नहीं पाती और अक्सर उससे लड़ाइयाँ हो जातीं। लेकिन एक बात जो उसमें बेहद अच्छी थी कि सुबह की लड़ाई शाम को भूल जाती। मेरे सेवा-सत्कार में कोई कमी नहीं होने देती। शायद जिस दिन ज्यादा गुस्साती रात में उस दिन उतना ही प्यार भी करती। आज सोचता हूँ तो लगता है भारतीय समाज का यह दाम्पत्य कितना मजबूत है। पति-पत्नी के लड़ाई-झगड़े दाम्पत्य को और मजबूत और प्रेममय बना देते हैं।

चुनाव में शिक्षक किसी भी कीमत पर संघ का नाम सुनने को तैयार नहीं थे। उनकी सोच थी कि अध्यक्ष और महासचिव ने लोकसभा और विधान परिषद् की सदस्यता के लिए उन्हें सरकार के हाथों बेच दिया है। विरोधियों की ये बातें उन्हें खूब रास आतीं कि शिक्षक संघ ने उनके साथ दगा किया है। वासुदेव सिंह जो राज्य के उपाध्यक्ष थे, दरभंगा शिक्षक निर्वाचन क्षेत्र से पार्टी लाइन के खिलाफ उम्मीदवार बन गए। उन्होंने संघ के खिलाफ खूब विषवमन किया। परिणाम हुआ कि तिरहुत से प्रो. परमानन्द सिंह मदन और सारण से मैं विधान परिषद् चुनाव में असफल हो गए। वासुदेव सिंह चूँकि शिक्षक संघ के विरोध में उठ खड़े हुए थें इसलिए वे चुनाव जीत गए। शत्रुघ्न प्रसाद सिंह ने लोक सभा सदस्य निर्वाचित होने

के बाद पद से त्यागपत्र दे दिया। मैंने स्वयं को पहली बार अकेला महसूस किया। फलतः वासुदेव सिंह के साथ मिलकर शिक्षकों को राहत दिलाने के काम में जुट गया। छोटी-मोटी राहत हम लोग दिलवाने लगे। राज्य कार्यकारिणी में लगातार दबाव बनता रहा कि शत्रुघ्न प्रसाद सिंह का इस्तीफा मंजूर किया जाए। कुछ लोग राज्य का दौरा करने लगे ताकि अगले राज्य निर्वाचन में उन्हें लाभ मिल सके। चूँकि पटना जिला ने मुजफ्फरपुर में आगामी वार्षिक अधिवेशन की दावत दी थी और वह मंजूर कर ली गई थी इसलिए स्थानीय एम. एल. सी. के नेतृत्व में पटना में राज्य अधिवेशन आयोजित कराकर जबरिया चुनाव जीतने की रणनीति बनने लगी थी। मैंने वीरेन्द्र शर्मा जी से आग्रह किया और उन्होंने फिर महानता का परिचय दिया। वे राज्य संघ में रहकर हमारी मदद करने लगे। हम लोगों ने अधिवेशन पटना से बाहर कराने का मन बनाया। इस कार्य में डॉ. शारदा प्रसाद सिंह ने हमारी मदद की और अधिवेशन सहरसा में तय हो गया।

इसी बीच एक दिन मुंगेर प्रमंडल के सचिव रामनरेश पांडेय और लखीसराय के सचिव श्यामनन्दन सिंह आए और उन्होंने सुझाव दिया कि शिक्षकों के बीच जाना चाहिए। पांडेय जी एक सुलझे हुए संघनिष्ठ नेता हैं। देर तक उनसे विमर्श हुआ और तय हुआ कि मुंगेर में एक सभा आयोजित की जाए। मुंगेर प्रमंडल के अध्यक्ष गोकुल नन्दन सिंह की भी यही राय थी। फलतः एक तारीख तय हुई। कुछ लोगों ने कहा कि ऐसे में सभा करना पागलपन है। लेकिन मेरा निश्चय दृढ़ था। मेरा मानना था कि नेता को विपत्ति में धैर्य और सहनशीलता का परिचय देना चाहिए। मुंगेर के मॉडल स्कूल के सभागार में सभा आयोजित हुई। मैं पहुँचा तो सभागार भर चुका था। मंच पर पहुँचते ही कुछ शिक्षकों ने 'वापस जाओ' के नारे भी लगाए लेकिन मैंने हिम्मत का परिचय दिया। थोड़ी देर में सब कुछ शान्त हो गया। सभा शुरू हुई तो लगभग सभी वक्ताओं ने संघ की कटु आलोचना की और आरोप-प्रत्यारोप लगाए। मैं धैर्यपूर्वक सुनता रहा। मेरी भी अग्नि-परीक्षा थी। जब मेरी बारी आई तो मैंने विस्तार से डेढ़ घंटे तक शिक्षकों की आपसी जातिगत लड़ाइयों, सरकार की मंशा और राज्य संघ के प्रयासों की चर्चा की। मैंने बताया कि संगठनों के जीवन में ऐसे क्षण आते रहते हैं। उनका सामना करना वक्त की जरूरत होती है। सभा में सभी लोगों ने मेरी बातें ध्यानपूर्वक सुनीं। शिक्षकों ने गलती को महसूस किया और संघ पर भरोसा जताया तथा भविष्य की एकजुटता को आवश्यक समझा। सभा में जो लोग ज्यादा अक्रामक थे उन्होंने मेरे प्रति ज्यादा प्रेम प्रदर्शन किया और शाबासी भी दी। स्वागत-सत्कार भी किया। साथ-साथ जलपान और भोजन भी किया। उनके दिल का मैल धुल गया।

कुछ दिनों बाद ऐसी ही एक सभा लखीसराय के शिक्षक संघ में श्याम नन्दन बाबू ने आयोजित की और मैं वहाँ भी पहुँचा। स्टेशन पर कुछ मित्रों ने अगवानी

भी की। लखीसराय की सभा में भी वक्ताओं ने तीखी आलोचनाएँ कीं लेकिन मेरा धैर्य यहाँ भी बना रहा। मुझे विश्वास था कि शिक्षक संघ से अलग नहीं हो सकते। जीवन में पहली बार घर छोड़ने की पीड़ा उन्हें साल रही है। जब मेरी बारी आई, मैंने एक घंटे तक जमकर सारी सच्चाइयों को सामने रखा। फिर संशय के बादल छँट गए। जलपान, भोजन के बाद देखा कि शिक्षक सन्तुष्ट नजर आए। उनसे आत्मीयतापूर्ण बातें भी हुईं।

उस समय पटना प्रमंडल के सचिव सुरेश प्रसाद थे जो बिहारशरीफ के ही रहने वाले थे। एक दिन उन्होंने भी आग्रह किया कि एक सभा बिहारशरीफ में भी होनी चाहिए। उन्हें मुंगेर और लखीसराय सभाओं की जानकारी मिल चुकी थी। मैंने उनकी बातें स्वीकार कर तिथि तय कर दी। बड़ी पहाड़ी विद्यालय के सभागार में उन्होंने भी अच्छी सभा आयोजित की। बिहारशरीफ की सभा में भी सुरेश प्रसाद सहित वक्ताओं ने काफी तीखी आलोचना की। सामूहिक स्थानान्तरण के इस एपीसोड में संघ को ही आरोपित किया। अन्त में जब मेरी बारी आई तो मैंने सिल-सिलेवार बक्सर से मुजफ्फरपुर तक के शिक्षकों की आपसी गुटबन्दी, गन्दी जातीय गोलबन्दी और पटना प्रमंडल की गन्दी राजनीति तथा संघ को इस आग में झोंकने के प्रयासों के साथ राज्य संघ द्वारा किए गए सारे प्रयासों की विस्तार से चर्चा की। राष्ट्रीय शिक्षा अभियान में बिहार माध्यमिक शिक्षक संघ की भूमिका को रेखांकित किया। सभा में पिनड्राप साइलेंस रहा। शिक्षकों ने गौर से मेरी बातें सुनीं। सभा समाप्त हुई तो रामखेलावन शर्मा जी ने मेरी पीठ थपथपाई और साहसिक कार्य के लिए बधाई दी। फिर सभी लोग एक साथ भोजन में शामिल हुए। थोड़ी देर पहले की कटुता और असहज स्थिति का अन्त हो चुका था और शिक्षकों के बीच फैलाई जा रही झूठ की धुंध छँट चुकी थी।

इन तीनों सभाओं के बाद मैं इस निष्कर्ष पर पहुँचा कि आम शिक्षक संघ से नाराज नहीं हैं। उन्हें अब भी एकमात्र संघ पर ही भरोसा है। क्योंकि वे संघ के सरकारीकरण के संघर्षों और उपलब्धियों से परिचित हैं। उनको वेतन, पेंशन, प्रोन्नति और शिक्षा में विकास की योजनाओं में संघ की भूमिका पर गहरा विश्वास है, गहरी आस्था है। कुछ वैयक्तिक स्वार्थ में अंधे लोगों ने यह भूमिका निभाई है जिसके कारण उन्हें असहनीय पीड़ा झेलनी पड़ी है।

वीरेन्द्र शर्मा जी के पटना आ जाने से मुझे एक विश्वस्त सहयोगी मिल गया था। वे प्रतिदिन दस बजे तक तैयार होकर कार्यालय आ जाते और आने वाले शिक्षकों की समस्याएँ सुनते, सुझाव देते। जरूरी होता तो पंजी पर नाम पता समस्या नोट कर लेते और मैं पहुँचता तो मुझे बता देते। विभाग में काम होता, सिफारिश करते। बाहर से दूरभाष सम्पर्क उनका रुटीन कार्य बन गया। कभी-कभी राजनीतिक मसले पर भी हम लोग विमर्श करते।

चुनाव के बाद मैंने सोचा कि जीविकोपार्जन का कुछ आर्थिक उपाय सोचना चाहिए क्योंकि सारी जवाबदेहियाँ अभी सिर पर थीं। शिक्षक संघ की सेवा से इनका समाधान सम्भव नहीं था लेकिन शिक्षक आ जाते और उन्हीं के पीछे लग जाता। काफी सोच-विचार के बाद एक स्कूल खोलने का निर्णय हुआ। लगा कि यह फायदे का व्यापार है। स्थान तलाशते हनुमान नगर पहुँचा। विजय नगर में एक मकान लेकर स्कूल शुरू किया। वहीं भाड़े पर आवास भी ले लिया। लेकिन समय कम मिलता। अपने भगिना उदय नारायण को असम से बुलवाया। राणा प्रताप सिंह ने साथ देने का वादा किया तो उनका स्थानान्तरण कराकर पटना लाया। स्कूल शुरू हुआ। कुछ बच्चे भी आए। दो-तीन वर्षों तक स्कूल घाटे में ही चलता रहा। सेवानिवृत्ति के दो वर्षों बाद सेवोत्तर लाभ मिले तो कुछ आर्थिक बाधा दूर हुई। लेकिन भाड़े के मकान में रहना काफी कठिन था। क्योंकि मकान मालकिन पचास तरह के बखेड़े करती रहती थी। मैं दूसरे मकान की खोज में था कि प्रातः भ्रमण में आर. के. श्रीवास्तव ने बगल में ही एक खाली मकान बतलाया। पता चला कि मकान बिकने वाला है। वे भाड़ा पर नहीं देना चाहते। यह भी मालूम हुआ कि कन्हैया जी चौबे के सम्बन्धी हैं। उन्हीं की अनुशंसा पर काम हो सकता है। पता लगाया तो कन्हैया जी चौबे सिकरौल (बक्सर) के निवासी निकले। उसी गाँव में मेरे साले की ससुराल थी। सम्बन्ध जोड़कर और बलिया के ही ज्योति शंकर चौबे को साथ लेकर कन्हैया जी के पास पहुँचे' बातें हुईं तो उन्होंने मकान मालिक डॉ. अजीत कुमार पांडेय से बातें कीं और मुझे उनका पता दिया। मैं डॉक्टर साहब के पास पहुँचा तो वे बड़े प्रेम से मिले लेकिन शर्त मकान बेचने की थी। मैंने वादा किया कि एक साल के अन्दर मैं मकान खरीद लूँगा तब तक भाड़े पर रहूँगा। वे मान गए। सात लाख रुपए मूल्य तय हुआ। सेवोत्तर लाभों के कुछ पैसे मिले थे और कुछ सीवान के मकान को बेचकर जुटाना था। सोचा किसी प्रकार सात लाख का प्रबन्ध हो जाएगा।

सीवान प्रवास के दौरान पत्नी के दवाब में जमीन खरीदने और मकान बनाने की योजना बनी थी। संयोग से निराला नगर के पास ही आठ-दस कठ्ठे का एक प्लाट मिल गया था। दर भी ज्यादा नहीं थी क्योंकि आबादी वहाँ पहुँची नहीं थी। कई शिक्षक मित्रों से बात की और आठ-दस लोगों ने मिलकर आठ-आठ हजार रुपए में डेढ़ कठ्ठा जमीन खरीदी। मकान बनाना तो सोचा भी नहीं था लेकिन सामने के मकान में जीवन बीमा निगम सीवान के शाखा प्रबन्धक मैनेजर सिंह रहते थे। उनसे घरेलू रिश्ता बन गया था। पत्नी को और मुझे बड़ा सम्मान देते थे। एक दिन प्रातः भ्रमण में उन्होंने हाउस लोन की चर्चा की। उस वक्त हाउस लोन की नई स्कीम आई थी। मुझे अच्छा लगा। घर में सलाह की तो सभी की राय हुई कि सीवान में रहना है तो मकान बनाना चाहिए। मैनेजर साहब के सौजन्य से दो-तीन लाख रुपए मिल गए और पत्नी ने श्रम करके खूब मजबूत मकान बनवाया। किराये

से जीवन बीमा निगम के ब्याज का भुगतान होता रहा। जब पटना शिफ्ट हुआ तब तक सीवान की स्थिति राजनीतिक तौर पर काफी बिगड़ चुकी थी। इसलिए जब पांडेय जी का मकान मिला तो सीवान के मकान को बेचना ही मुनासिब समझा। यूँ भी अब तय हो चुका था कि लौटकर सीवान नहीं जाना है। पटना से घर की दूरी भी कम थी। इसलिए सीवान के मकान को बेचकर पटना में मकान खरीदना ही उचित कदम लगा क्योंकि बिन बेचे सात लाख रुपयों की व्यवस्था भी सम्भव नहीं थी। इसलिए सुशील कुमार श्रीवास्तव को ग्राहक तलाश करने की जिम्मेदारी सौंपी। पाँच लाख रुपए में सीवान का मकान बिकना तय हो गया। बेचने के दिन पत्नी अड़ गई कि नहीं बेचूँगी। जमीन उसी के नाम थी। जीवन बीमा निगम के कर्ज की कुछ किश्तें देनी थी। किसी प्रकार रो-रोकर पत्नी सहमत हुई। वादा किया कि मकान तुम्हारे ही नाम से खरीदा जाएगा। खैर, किसी प्रकार निन्यानबे के अन्त में पावर ऑफ अटार्नी पर मकान खरीदा क्योंकि मकान आवास बोर्ड का था। सीधे खरीद-बिक्री नहीं हो सकती थी। लेकिन मकान के बाद आर्थिक संकट पुन: गहरा गया। स्कूल से कोई आमदनी नहीं थी। जो आय होती, उसी के विकास और मेन्टेनेन्स में व्यय हो जाती। एक सुख यही हुआ कि पटना में अपना एक मकान हो गया। दिन रात की किच-किच से छुटकारा मिल गया।

राज्य कार्यकारिणी में सहरसा में अधिवेशन आयोजित करने के फैसले के बाद मैंने कोशी प्रमंडल के साथियों की बैठक बुलाई और डॉ. शारदा प्रसाद सिंह के साथ कार्यकारिणी के फैसले पर मुहर लगवाई। तैयारियाँ शुरू हो गईं। उस समय सहरसा जाने वाली रेल बड़ी लाइन में तब्दील नहीं हुई थी। फलत: समस्तीपुर अथवा खगड़िया जाना पड़ता था और वहाँ से सहरसा की पैसेंजर ट्रेन मिलती। कभी-कभी खगड़िया में रातें गुजारनी पड़तीं। पैसेंजर ट्रेनें इतनी पैक्ड होतीं कि चढ़ना मुश्किल होता। खगड़िया के साथी इस काम में हमारी मदद करते। सहरसा अधिवेशन सफल बनाने के लिए मुझे दर्जनों बार सहरसा, सुपौल, मधेपुरा की यात्राएँ करनी पड़ीं। कोशी के प्रत्येक जिले के एक-एक विद्यालय की यात्रा करनी पड़ी। इस काम में मुझे दो वर्षों तक अथक श्रम करना पड़ा। सबकुछ के बावजूद शिक्षक काफी प्रतिष्ठा देते, बातें सुनते और चन्दे की राशि भी देते।

मकान से थोड़ा निश्चिन्त हुआ तो रीति की शादी की चिन्ता शुरू हो गई। वह मेरी तीसरी बेटी थी। उसने पटना विश्वविद्यालय से हिन्दी में एम. ए. कर लिया था। उसके पहले बड़ी बेटी कृष्णा की शादी छियासी में ही मुहम्मदाबाद के डॉ. दामोदर पांडेय के बेटे अनिल कुमार पांडेय से हो चुकी थी। यूसुफपुर में उनका दवा का करोबार था और बनारस में भी अपना मकान था। सबकुछ व्यवस्थित और स्तरीय था। वह सुखी सम्पन्न परिवार में ब्याही थी। दूसरी बेटी उषा की शादी तिवारीपुर (दलसागर के पास) बक्सर में राम प्रवेश तिवारी के बेटे विनोद कुमार के साथ

91 में हो चुकी थी। वे सिंचाई विभाग में थे और लड़का एयरफोर्स में। इस शादी में बक्सर के मेरे मित्र ब्रह्मेश्वर मिश्र ने बड़ी मदद की थी। वे उस समय तिवारीपुर में ही प्रधानाध्यापक थे और मेरे सौजन्य से बक्सर जिला माध्यमिक शिक्षक संघ के अध्यक्ष भी निर्वाचित हो चुके थे। उषा की शादी के साल भर पहले ही घर में चोरी हुई थी और चोरों ने भाभी की हत्या कर दी थी। फलत: घर में अब कोई स्त्री भी नहीं थी। भैया गाँव पर अकेले हो गए थे और कोई खाना बनाने वाला भी नहीं था। इसलिए उषा की शादी के साथ ही अशोक की भी शादी खरडीहा में तय कर दी थी और उषा की शादी के 15-20 दिनों के भीतर ही अशोक की भी शादी सम्पन्न हो गई। घर में एक स्त्री के आ जाने से भैया की भोजन की समस्या का हल हो गया। पत्नी अब गाँव पर रहना भी नहीं चाहती थी और पत्नी को छोड़कर अकेले रहने में अब मुश्किलें भी थीं। एक बार मनुष्य को जो सुख-सुविधा मिल जाती है उसका अभाव जिन्दगी को नीरस और बे-पटरी कर देता है। अस्सी से ही पत्नी के साथ रहने का जो शारीरिक और मानसिक आनन्द था वह छोड़ना भी मुश्किल था। इधर बच्चों की पढ़ाई की व्यवस्था अनिवार्य आवश्यकता बन गई थी। पटना प्रवास के बाद ये सारी बातें कठिनाइयों के बावजूद पटरी पर चल रही थीं। मनोज बी. डी. पब्लिक स्कूल के छात्रावास से घर आ गए थे। घर से अपने विद्यालय आते-जाते थे। रीति की पढ़ाई पूरी हो चुकी थी और पत्नी का दबाव था कि रीति की शादी होनी चाहिए। संयोग से पूर्वी सिंहभूमि के प्रमंडल सचिव और सीवान निवासी योगेन्द्र प्रसाद सिंह ने टाटा में एक लड़का बताया। उसके चाचा प्रह्लाद दूबे जी टाटा में शिक्षक थे और वहाँ जगह, जमीन, दुकान, प्रेस बना चुके थे। लेकिन उनका निधन हो चुका था। उन्हीं के स्थान पर अनुकम्पा के आधार पर लड़के की नौकरी शिक्षक पद पर लग चुकी थी। झारखंड उन दिनों बिहार का हिस्सा था। टाटा पहुँचकर लड़का देखा तो पसन्द आ गया। पता चला कि गाजीपुर के रहने वाले हैं। बातें करने गाजीपुर जाना होगा। एक दिन योगेन्द्र जी आए और हम लोग गाजीपुर उनके घर विष्णुपुरा गए। शादी सुगमतापूर्वक तय हो गई। प्रश्न था रुपए की व्यवस्था का। मित्रों के सहयोग से वह भी हो गया। आसानी के साथ रीति की शादी भी सन् दो हजार में अच्छे घर में हो गई। शहरी व्यवस्था भी मिल गई क्योंकि लम्बे समय से वह शहरी व्यवस्था में सुविधाजनक तरीके से रहने की अभ्यस्त थी। दामाद शशिभूषण भी अत्यंत व्यावहारिक और कुशल मिल गए। रीति की शादी के बाद बड़ी मानसिक शान्ति मिली। अब शिक्षक संघ का काम और विधान परिषद् के आगामी निर्वाचन की बातें सामने थीं। शिक्षकों के स्थानान्तरण से उत्पन्न समस्याओं का काफी हद तक निदान हो चुका था। शिक्षक दुख के उन दिनों को भूल गए थे। मेरा अधिकांश समय सारण शिक्षक निर्वाचन क्षेत्र में लग रहा था और लगातार शिक्षकों को सहूलियतें दिलाने में हम लगे थे।

इसी बीच भैया प्रोस्टेट के ऑपरेशन हेतु पटना आए। उनका ऑपरेशन हो चुका था और वे घर पर ही स्वास्थ्य लाभ कर रहे थे। बहन भी उन्हें देखने आई थी। घर में काफी भीड़-भाड़ थी। पत्नी रात को सोई तो उसे ब्रेन हेमरेज हो गया। उसे उच्च रक्तचाप और मधुमेह की बीमारी पहले से थी। दवा में आलस्य कर देती थी। सुबह पता चला तो कुर्जी होली फेमिली अस्पताल में भर्ती कराया गया लेकिन एक सप्ताह के अन्तर्गत ही उसका निधन हो गया। अगस्त की आठ तारीख थी। इस वज्रपात ने मुझे बेहद परेशान कर दिया। कुर्जी की सीढ़ियों पर मैं बेटों के साथ फूट-फूट रोने लगा। वामेश्वर शर्मा ने मुझे सम्हाला। फिर पटना में दाह-संस्कार और श्राद्ध सम्पन्न हुआ। उसने अपना कहना कि आपके सामने ही मरूँगी सच कर दिखाया। बुरे दिनों में उसने मेरा साथ निभाया लेकिन अच्छे दिनों की भागीदार नहीं बन सकी। मुझे लगा कि रामेश्वर गिरि का कथन सही हुआ। वे मुझे साधु कहते थे लेकिन साधु वही निकली। जो कहा उसे किया। अब बच्चों की सारी जवाबदेही मुझ पर ही आ पड़ी। विधान परिषद् का चुनाव सामने था।

इसी बीच 1999 में मुंशी प्रसाद सिंह, अनुग्रह नारायण शर्मा, शत्रुघ्न प्रसाद सिंह एक दिन संघ भवन आए और केन्द्रीय वेतनमान की प्रोन्नतियों तथा देय अन्य सुविधाओं जो अभी तक लागू नहीं हुई थीं, प्राप्त करने के मसले पर विमर्श किया। बिहार राज्य प्राथमिक शिक्षक संघ भी सहमत हो गया और फिर पुरानी समन्वय समिति के नेतृत्व में आन्दोलन छेड़ने की बातें तय हुईं। पहली बार मैंने स्वविवेक से इतने बड़े आन्दोलन की रणनीति को स्वीकार किया। आन्दोलन शुरू हो गया।

छियानबे में गठित लोकसभा अनठानबे में भंग हो गई। शत्रुघ्न प्रसाद सिंह एक दिन संघर्ष समिति की बैठक में बेगूसराय के प्रताप नारायण सिंह के साथ आए। चूँकि उनका इस्तीफा स्वीकृत नहीं हुआ था इसलिए बेगूसराय के साथी उन पर दबाव बना रहे थे कि शिक्षक संघ छोड़ना नहीं चाहिए। शिक्षक संघ को खड़ा करने और मजबूती प्रदान करने में उनका खून-पसीना लगा था इसलिए आत्मीयता उमड़ आई। कुछ लोगों ने टिप्पणियाँ भी कीं लेकिन ज्यादातर लोगों ने उनके आगमन पर प्रसन्नता ही व्यक्त की। लम्बी हड़ताल के बाद समझौता हुआ। इस हड़ताल ने शिक्षक संघ की सामूहिक स्थानान्तरण से गिरती साख और एकता को मजबूती प्रदान की। हमने भी शक्ति का एहसास किया।

दिसम्बर के आखिरी सप्ताह में सहरसा अधिवेशन आयोजित हुआ। विधान परिषद् की एक लाबी चाहती थी कि शत्रुघ्न प्रसाद सिंह को अलग-थलग कर दिया जाए। इसके बाद मुझे भी अलग कर अपना मजबूत तंत्र बनाया जाए। सरकार की भी मंशा थी कि बिहार माध्यमिक शिक्षक संघ को कमजोर किया जाए। अन्दरूनी तौर पर एक लाबी लगी हुई थी लेकिन कोई खुलकर सामने नहीं आना चाहता था। वीरेन्द्र शर्मा को अलग करने के भी प्रयास हुए लेकिन शर्मा जी ने स्पष्ट

कर दिया कि संघ विधान परिषद् सदस्यों की जेब का संगठन नहीं रहेगा। इसका अपना अस्तित्व, चिन्तन, कार्ययोजना होगी। यह डिक्टेशन पर चलने वाला संगठन नहीं होगा। सरकारी साजिशों और प्रयासों के बावजूद सहरसा में हम भारी मतों से विजयी हुए।

चूँकि 2000 में संघ अपनी स्थापना के पचहत्तर वर्ष पूरे कर रहा था इसलिए वर्ष 2000 को हीरक जयंती वर्ष के रूप में मनाने और बौद्धिक कार्यक्रम आयोजित करने की योजना बनाई थी और इसे अधिवेशन ने सर्व-सम्मति से स्वीकृत भी कर लिया था। हमारी सोच थी कि संगठन वैचारिक गोष्ठियों और निरन्तर संवाद से ही जीवंत बनाया जा सकता है अन्यथा वैश्वीकरण की विकृतियाँ इसे ग्रस लेंगी।

21 जनवरी, 2000 से 21 जनवरी, 2001 तक के वार्षिक कार्यक्रम घोषित हुए। संघ के निर्माता नेताओं को समर्पित इन कार्यक्रमों में स्व. जगदीश शर्मा, विंध्येश्वर मिश्र, नागेश्वर प्रसाद सिंह, महेन्द्र प्रसाद, जनार्दन प्रसाद सिंह, परमेश्वर, राघवेन्द्र नारायण ओझा तथा 2 अक्टूबर मुक्ति दिवस के नाम पर गोष्ठियों को समर्पित किया गया। इन गोष्ठियों में 11 सूत्री कार्यक्रम, शिक्षा के निजीकरण और शिक्षक संगठनों की भूमिका, बिहार का पाठ्यक्रम, इतिहास का अध्ययन, शिक्षा बच्चों का अधिकार, मौजूदा सामाजिक सांस्कृतिक चुनौतियाँ और हमारा दायित्व, सबों के लिए शिक्षा, 21वीं सदी की चुनौतियाँ और हमारा पाठ्यक्रम, प्राच्य प्रभा के लेखक, परीक्षा और मूल्यांकन, आर्थिक नीतियों का उदारीकरण और शिक्षा आदि विषयों पर व्यापक विमर्श हुआ जिनमें विख्यात शिक्षाविदों, साहित्यकारों के व्याख्यान हुए। समापन में राज्यस्तरीय छात्रों की खेल-कूद प्रतियोगिता, कवि सम्मेलन एवं मुशायरा तथा जीवित पुराने नेताओं का अभिनन्दन और एक स्मारिका का भी प्रकाशन किया गया।

इस क्रम में दक्षिण बिहार के जहानाबाद, गया, औरंगाबाद, अरवल, नवादा आदि जिलों में उग्रवाद में हुए नरसंहारों के विरोध में इप्टा के साथ शान्ति सद्भाव मार्च का चार दिवसीय आयोजन भी हुआ जिसे व्यापक जन समर्थन प्राप्त हुआ।

इन कार्यक्रमों ने सम्पूर्ण राज्य में शिक्षक संघ की खोई प्रतिष्ठा और विश्वास लौटाने में भरपूर मदद की। शिक्षकों और जनता ने स्वीकार किया कि शिक्षा के सामाजिक सरोकारों का कितना महत्त्व है।

13

अपसढ़ से चले तो रात के 9.30 बज चुके थे। यह हमारी यात्रा का अन्तिम पड़ाव था। उसके बाद तो बी. के. साहू उच्च विद्यालय, वारसलीगंज में सिर्फ औपचारिक

समापन करना था। इसीलिए अपसढ़ से रवाना होने के बाद कोई हड़बड़ी, कुछ छूट जाने की चिन्ता नहीं थी। अगर कुछ था तो इस शान्ति मार्च से उभरने वाले सवाल थे जो मियाँपुर, राजेबिगहा, अपसढ़ गाँवों से ग्रामीणों के चेहरों पर पढ़े जा रहे थे। और इन्हीं सवालों ने हमें प्रेरित किया था शान्ति-सद्भाव मार्च के आयोजन के लिए।

2 जुलाई को जिला माध्यमिक शिक्षक संघ, जहानाबाद के सभागार में राज्य कार्यकारिणी समिति की बैठक में शान्ति सद्भाव मार्च निकालने के प्रस्ताव का जोरदार स्वागत हुआ था। इस कार्यक्रम में भारतीय जन नाट्य संघ (इप्टा) बिहार, बिहार राज्य प्राथमिक शिक्षक संघ और बिहार अराजपत्रित प्रारंभिक शिक्षक संघ का सहयोग लेने और उन्हें भागीदार बनाने का भी निर्णय हुआ था। शिक्षक, बुद्धिजीवी, अधिकारी, पत्रकार, जिसे इस योजना की जानकारी मिली, सभी ने इसका स्वागत किया। कम समय में हमने अपनी तैयारियाँ पूरी कीं। महामहिम राज्यपाल, मुख्यमंत्री, मुख्य सचिव और मगध प्रमंडल के सभी जिलों के प्रशासन को हमने सारी सूचनाएँ और अपना कार्यक्रम भेजा।

16 जुलाई को हीरक जयंती वर्ष में आयोजित होने वाली विचारगोष्ठियों की शृंखला में 'मौजूदा सामाजिक-सांस्कृतिक चुनौतियाँ और हमारा दायित्व' विषय पर प्रसिद्ध समीक्षक एवं विचारक डॉ. खगेन्द्र ठाकुर के व्याख्यान के बाद हमें मार्च पर रवाना होना था। अपराह्न 12 बजे गोष्ठी के समापन के बाद जमाल रोड में शान्ति मार्च की कतार खुद बन गई थी।

'शिक्षक छात्र संस्कृतिकर्मी करे पुकार-बंद करो ये नरसंहार' नारे के साथ मार्च आगे बढ़ा तो सड़कों पर, छतों पर आबाल-वृद्ध-वनिता की कतारें सज गईं। उनके चेहरे पर कौतूहल के भाव थे।

इसी जमाल रोड से 'हाई स्कूल करो सरकारी' और वेतन भत्ते, सुविधाओं के नारे लगाते जुलूस निकला करते थे। आज क्या हो गया शिक्षकों को? नरसंहारों के प्रति इतनी चिन्ता क्यों? स्टेशन गोलम्बर से फ्रेजर रोड होते मार्च आगे बढ़ा तो डॉकबंगला चौराहे पर छायाकारों ने घेरा। पटना के जिलाधिकारी अमित खरे मुस्कुराहटों से अभिवादन करते निकल गए। आगे आकाशवाणी, दूरदर्शन पर भीड़ थी। छुट्टी का दिन होने के बावजूद गांधी मैदान के किनारे भी कतारें थीं। कारगिल चौक पहुँचे तो दिन का एक बजा था। सूरज पूरी ताकत के साथ उस कठिनाई का अहसास करा रहा था जो आगे आने वाली थी। बावजूद इसके मार्च के साथियों के चेहरों पर एक नया उत्साह और जोश था। वे जल्दी निकल पड़ना चाहते थे।

इप्टा के साथी शहीदे आजम भगत सिंह की प्रतिमा के समक्ष 'तू जिन्दा है तो जिन्दगी की जीत में यकीन कर-' की प्रस्तुति द्वारा जीवन की उस जिजीविषा

को जगा रहे थे जो मानव की सर्वाधिक खूबसूरती है और हजारों-लाखों कष्टों के बीच आदमी को जिन्दगी से प्रेम करना सिखाती है।

एक्जीविशन रोड से ब्रजनन्दन शर्मा जी के नेतृत्व में प्राथमिक शिक्षकों का एक जत्था पहुँच गया था। किन्तु हमें बिहार विधान परिषद् के माननीय सभापति प्रो. जाबिर हुसेन जी का इन्तजार था। घड़ी का काँटा दो पर पहुँचा। इन्तजार की घड़ियाँ खत्म हुईं। जाबिर साहब नहीं आए। अध्यक्ष एवं हमने शहीदे आजम भगत सिंह की प्रतिमा पर माल्यार्पण किया और संघ के बुजुर्ग नेता एवं विधान परिषद् के सदस्य माननीय वासुदेव सिंह ने शान्ति-सद्भाव की झंडी दिखाकर मार्च को रवाना किया। 'बिहार की जनता करे पुकार-बन्द करो ये नरसंहार' नारों के साथ शान्ति सद्भाव मार्च का रथ आगे बढ़ा। इप्टा के साथियों की सुरीली आवाजें अमन, भाईचारा और शान्ति का संदेश देने वाले गीतों के रूप में फूट पड़ीं।

''ऐ सितारो आवो गाएँ अमन छा जाने के गीत
बादलो बरसो झमाझम मैल धुल जाने के गीत''

सरकने लगा शान्ति मार्च का रथ पटना की सड़कों पर। गाड़ियों पर लहराते सफेद झंडे, नारे लगाता जुलूस और आगे-आगे रास्ते की भीड़ हटाती पुलिस गाड़ी। उसके पीछे पटना जिला माध्यमिक शिक्षक संघ की पायलट गाड़ी राणा प्रताप सिंह, सदन कुमार सिंह, देवनन्दन प्रसाद आदि के नेतृत्व में झंडा लहराते जोशो-खरोश के साथ।

''शहीदे आजम भगत सिंह की प्रतिमा के समक्ष संकल्प लेकर शिक्षकों-संस्कृतिकर्मियों का यह शान्ति मार्च मध्य बिहार के उग्रवादी क्षेत्रों में शान्ति-सद्भाव और भाईचारे का संदेश लेकर जा रहा है। हम आदमी द्वारा आदमी की हत्या से दुखी हैं और इसकी निन्दा करते हैं। हम आप से अपील करते हैं कि हत्या के विरोध में उठ खड़े हों। शान्ति-सद्भाव कायम करने में सहयोग करें।'' यह बिहार इप्टा के सचिव फिरोज की आवाज थी जो एक बार सड़क पर लोगों को खड़ा होने और कुछ सुनने-समझने के लिए विवश कर देती थी।

यह मनेर है। हमारा पहला पड़ाव। सामने शान्ति सद्भाव का द्वार खड़ा है। दिन के 3.30 बजे हैं। मनेर इंटर स्तरीय विद्यालय के कुछ पहले ही सड़क पर पटना जिला माध्यमिक शिक्षक संघ के अध्यक्ष निरंजन प्रसाद सिन्हा, सेवानिवृत्त प्रधानाध्यापक एवं प्रतिष्ठित ग्रामीण रामदास जी के नेतृत्व में खड़े छात्र, शिक्षक नारे लगाकर, तख्तियाँ लहराकर शान्ति मार्च का स्वागत करते हैं। एन. सी. सी. के बच्चे सलामी देते हैं। उच्च विद्यालय रामपुर दियारा एवं प्रखंड के अन्य विद्यालयों की ओर से हल्का जलपान और चाय की व्यवस्था है। सब कुछ श्रद्धापूर्वक। स्वागत करने वालों में ग्रामीण भी शामिल हैं। उनके अनुरोध पर मैंने शान्ति-सद्भाव का

संदेश दिया और छात्रों, शिक्षकों, अभिभावकों का हुजूम मनेर की सड़कों पर नारे लगाता पैदल मार्च कर गया।

मनेर विद्यालय के निकट शहीद भगत सिंह की प्रतिमा पर माल्यार्पण कर हम आगे बढ़ते हैं तो बाएँ मनेर के मशहूर लड्डू की दुकान छूट जाती है। नरसंहारों के विरोध में वातावरण का सृजन करता शान्ति मार्च का काफिला बिहटा-विक्रम की ओर प्रस्थान कर जाता है। बिहटा पहुँचते-पहुँचते वर्षा की रिमझिम फुहार शुरू हो जाती है। बन्द है रेलवे गुमटी। रुकना पड़ता है मार्च को। शान्ति-सद्भाव का संदेश, अमन छा जाने का गीत फूटता जाता है।

सामने दिखाई पड़ता है शान्ति सद्भाव का ऊँचा द्वार। विक्रम के साथियों के प्यार और निष्ठा का प्रतीक है यह। सड़क पर खड़े साथी देर से इन्तजार कर रहे हैं मार्च का। विक्रम के प्रधानाध्यापक श्याम नन्दन शर्मा, अवकाश प्राप्त शिक्षक महेश्वर शर्मा, खोरेन निवासी सुरेश सिंह, दिनारा निवासी जय सिंह के नेतृत्व में सभी चबूतरे पर माल्यार्पण करते हैं अध्यक्ष और मुझे। सारा विक्रम ठहर जाता है थोड़ी देर के लिए। मेरा संदेश गूँजता है। शान्ति सद्भाव की अपील और दुष्यंत की गजल 'हो कहीं भी आग लेकिन आग जलनी चाहिए' के साथ बढ़ जाता है मार्च। स्त्री-पुरुष-बच्चे सड़कों पर कौतूहल से देखते हैं मार्च को। आवाज आती है–'शिक्षकों का अच्छा कदम है यह।' घड़ी साढ़े चार बजाती है। शिक्षक-छात्र-ग्रामीण हाथ हिलाकर विदा करते हैं हमें।

सामने खड़ा है पालीगंज के छात्रों-शिक्षकों, अभिभावकों का हुजूम रास्ता रोके। हमारा अभिनन्दन स्वीकार करके ही आगे बढ़ना होगा। गूँजने लगा है अमन छा जाने का गीत और संगीत की स्वर लहरी में नाचने लगता है एक ग्रामीण। फिरोज शान्ति सद्भाव की अपील दुहराते हैं। मैं आभार प्रदर्शन करता हूँ। खड़े-खड़े चाय के चुक्कड़ पहुँच जाते हैं सबके हाथों में। सब कुछ साथ-साथ। शिक्षकों-संस्कृतिकर्मियों का ऐसा हुजूम नहीं देखा पालीगंज की जनता ने जनता के जायज सवालों को लेकर। अद्भुत है यह मार्च।

हमारा अगला पड़ाव अरवल है। सूरज डूबने की तैयारी कर रहा है? खेतों में धान रोपती रंग-बिरंगी साड़ियों में लिपटी मजदूर बालाएँ काम रोक देती हैं। शान्ति-संदेश की आवाज उनके कानों में पहुँचती है लेकिन समझें, तब तक मार्च आगे बढ़ जाता है।

सीमा पर जहानाबाद जिला के अध्यक्ष, सुदर्शन शर्मा, सचिव, बैजनाथ प्रसाद शर्मा, के नेतृत्व में खड़े हैं जिले के सैकड़ों प्राथमिक/माध्यमिक विद्यालयों के शिक्षक हाथों में मालाएँ लिए। उनका स्वागत स्वीकार करने के लिए रुकना पड़ता है। गाड़ियों में शान्ति-सद्भाव के रंग-बिरंगे बैनर टँगे हैं। पुराने योद्धा रामेश्वर प्रसाद सिंह, उच्च विद्यालय ओकरी और रमेन्द्र प्रसाद सिंह, उच्च विद्यालय सागरपुर वर्षों पूर्व सेवानिवृत्त होने के बावजूद आए हैं मार्च का स्वागत करने। उनकी निष्ठा देखकर लगता है

कि शान्ति-सद्भाव के हमारे प्रयास अवश्य सफल होंगे। अजीब उल्लास का वातावरण है। पुराने सरोकार अचानक जग जाते हैं।

आगे बाजार है। मार्च रुकता है। शान्ति-सद्भाव का सन्देश गूँजता है और अँधेरे में झिल-मिलाहट के बीच सरकने लगता है शान्ति मार्च का काफिला।

यही अरवल है। इसी चबूतरे पर उग्रवादियों और पुलिस के बीच गोलियाँ चली थीं। मारे गए थे उग्रवादी। बीच बाजार में इतनी ढिठाई। जहानाबाद की पुलिस सजग एवं सतर्क है। उच्च विद्यालय अरवल में भवन निर्माण की प्रक्रिया के कारण काफी कठिनाई है। फिर भी शान्ति यात्री सारे दुखों को भूलकर मगन हैं। श्री शाह उमैर यहाँ के स्वतंत्रता सेनानी हैं। इस घर से सांसद, विधायक लगातार जनता की सेवा करते रहे हैं। आज पूरा घर शान्ति मार्च वालों के काफिले से अँटा पड़ा है। प्रसन्न हैं उमैर साहब शिक्षकों-संस्कृतिकर्मियों के इस सार्थक प्रयास से। कहते हैं, यही उपयुक्त कदम है।

दुर्गा चबूतरे से इप्टा कलाकारों के गीत झर रहे हैं। बच्चों, मर्दों, औरतों की भीड़ रात की अँधियारी के बावजूद खड़ी है सड़क पर। अमन का गीत सुनते हुए, नरसंहारों के विरोध में नारे लगाते हुए। 10 बजे कार्यक्रम का समापन करता हूँ मैं। शुरू हो जाता है 'हम होंगे कामयाब' का गीत और बज उठती हैं सबकी तालियाँ इस विश्वास के साथ कि एक दिन शान्ति अवश्य कायम होगी।

17 जुलाई की सुबह और साफ होकर आती है। खबर मिलती है कि भोजपुर के दीनानाथ सिंह की तबीयत खराब हो गई है। उनकी अनिच्छा के बावजूद हम उन्हें घर भेजने की व्यवस्था करते हैं, तब तक आज के रूट की पूरी पड़ताल करके लौट आते हैं इन्द्रशेखर मिश्र और वामेश्वर शर्मा। एक घंटे विलम्ब के साथ नौ बजे प्रस्थान करता है मार्च।

'यह किसका लहू है कौन मरा' और 'बादलो बरसो झमाझम' के बीच फिरोज की गूँजती आवाज और बढ़ता मार्च। यह इमामगंज है। मार्च को देखकर दौड़ते हैं उच्च विद्यालय के छात्र-अध्यापक। विकलांग प्रधानाध्यापक दौड़ते पहुँचते हैं स्वागत करने। बाजार तक बच्चे-बच्चियों की कतारें बन जाती हैं।

छोटा बाजार घिर जाता है गाड़ियों से। जाम हो जाती हैं सड़कें। नीम के पेड़ के नीचे शुरू हो जाता है नुक्कड़ नाट्क-'समरथ को नहिं दोष गुसाईं'। नीचे-ऊपर, सड़क-छत सर्वत्र भर जाते हैं लोग। नाटक अपने उत्कर्ष पर है। अचानक बस वाला चिल्लाता है उधर गोली चल गई। दत्त-चित्त भीड़ गोली का नाम सुनते ही फूटने लगती है। गोलियाँ तो रोज चलती हैं। यही नियति है यहाँ की। इस क्षेत्र के साथी बतलाते हैं कि सर्वाधिक प्रभावित क्षेत्र यहीं से शुरू होता है।

''गोलियों के विरोध में ही हम शान्ति का सन्देश लेकर आए हैं। हमारी एकजुट ताकत ही गोलियों का मुँह बन्द करेगी''। अध्यक्ष का गम्भीर उद्घोष

होता है और रुक जाती है भीड़। चेहरों पर आए दशहत और हिकारत के भाव लुप्त हो जाते हैं।

आगे करपी है। सड़क पर ही खड़े छात्र-छात्रा, अध्यापक, प्रधानाध्यापक आदि। फूल-मालाएँ लिए, तख्तियाँ लिए। पर्चे के रूप में सन्देश को झपटने को तैयार! आभार प्रदर्शन करके हम आगे बढ़ जाते हैं। सड़क अच्छी है। दोनों ओर छायादार पेड़ों की कतारें वातावरण को मोहक बना रही हैं। अरवल और इमामगंज की उमस और गर्मी यहाँ कष्ट नहीं देती। सड़क किनारे ग्रामीण से गाड़ी रोककर पूछते हैं कि मजदूरी कितनी मिलती है। 'तीन किलो चावल' संक्षिप्त उत्तर आता है। नास्ते में रोटियाँ आदि। बाईं बगल संघर्षों में मारे गए माले के शहीदों के स्मारक हैं। दूर-दूर तक फैले वीरान खेत। ऊँची-नीची ऊबड़-खाबड़ जमीन उग्रवाद की फसल के लिए घनघोर उर्वर दिखाई पड़ती है।

मार्च मोड़ लेता है। यह शहर तेलपा है। इप्टा के साथी अमन छा जाने के गीत गाते हैं। गीत सुनकर भीड़ इकट्ठी हो जाती है। पूर्णिया की जिला सचिव नूतन आनन्द भीड़ को सम्बोधित करती हैं। यहाँ का हाई स्कूल दस वर्षों से पुलिस की छावनी बना हुआ है। उग्रवाद के खात्मे के लिए प्रशासन ने यहाँ व्यवस्था कर रखी है। पुलिस व्यवस्था ने सामाजिक न्याय और इस पिछड़े इलाके में पिछड़े बच्चों की शिक्षा को दस वर्षों से कैद कर रखा है। कैसे फैलेगी शिक्षा की रोशनी? शिक्षक संघ का नाम सुनकर कुछ ग्रामीण पूछते हैं–कब तक खुलेगा हमारा स्कूल? वे स्कूल खुलवाने की पैरवी करते हैं, 'शिक्षे तुम्हारा नाश हो',–सामाजिक न्याय की सरकार में। 'पढ़ो या मरो' का नारा देने वाली सरकार में। लेकिन कौन सुनता है इस गम्भीर सवाल को? यहाँ भी शिक्षक, छात्र, ग्रामीण विदा करते हैं शान्ति मार्च को। शान्ति कमिटी गठित कर इस असाध्य रोग से छुटकारा हेतु प्रयास करने का आश्वासन देते हैं। बढ़ जाता है मार्च आगे।

औरंगाबाद की सीमा में देवकुंड के बाजार में औरंगाबाद के जिला सचिव हजारी सिंह, राज्यकार्य समिति के सदस्य, हरिवंश सिंह, अराजपत्रित प्रारंभिक शिक्षक संघ के अध्यक्ष, नवल किशोर सिंह के नेतृत्व में खड़े हैं सैकड़ों साथी। उनका अभिवादन स्वीकार कर हम आगे बढ़ते हैं। बाजार में पहली सोमवारी की भीड़ है।

यह हसपुरा है। औरंगाबाद जिले का एक अच्छा विद्यालय, अच्छा बाजार। विद्यालय वर्षों से पुलिस की छावनी बना हुआ है। सबको जाने की इजाजत नहीं है।

विशाल मैदान में शुरू होता है नुक्कड़ नाटक 'जुलूस'। चारों ओर से छात्र, छात्राओं, शिक्षकों, ग्रामीणों की अच्छी-खासी भीड़। प्रखंड विकास पदाधिकारी के नेतृत्व में मार्च के सुरक्षा की पूरी व्यवस्था है पुलिस फोर्स के साथ।

मैदान में ही सज जाती हैं मार्च की गाड़ियाँ–दरभंगा, सीवान, सारण, मधुबनी,

गुमला, धनबाद, पूर्णिया, देवघर, भागलपुर, बेगूसराय, जमुई, लखीसराय, रोहतास, भभुआ, भोजपुर आदि आदि। तीस-पैंतीस की संख्या में। जाति, धर्म, सम्प्रदाय की सीमाओं को तोड़ने वाले कबीर के गीत और नुक्कड़ नाट्क के क्लाइमेक्स के बीच ही फूट पड़ती हैं वर्षा की बूँदें। सचमुच–'बादलो बरसो झमाझम मैल धुल जाने के गीत।' क्या धुल गया मैल? नफरत और खौफ का मैल, पीड़ा और त्रासदी का मैल, ब्राह्मण, भूमिहार, राजपूत, यादव, अगड़ी-पिछड़ी जातियों के बीच खड़ी दीवारों का मैल? धुलेगा, सार्थक प्रयासों की आवश्यकता है। जो राजनीति की कतारबन्दी और गोलबन्दी से ऊपर हो। ऐसे ही प्रयास।

वर्षा के बीच ही पहुँचते हैं उच्च विद्यालय हसपुरा में। थोड़े विश्राम के बाद बढ़ जाता है कारवाँ।

आगे पचरुखिया है। यहाँ से दाउदनगर का रास्ता मुड़ता है। अब तक के मार्ग में सबसे खराब सड़क है यह। बगल का एक लड़का सुनाता है–'पैदल चलने पर पता चलेगा?'

दाउदनगर पहुँचते-पहुँचते पाँच बज जाते हैं। गाड़ियाँ आगे की ओर बढ़ जाती हैं।

ओबरा बालिका विद्यालय की छात्राएँ 5.30 होने के बावजूद सड़क पर खड़ी हैं। बालिका विद्यालय में सभा जुड़ती है। स्वागत गान, इप्टा के गीत, मधुर जलपान साथ-साथ। ब्लाक प्रमुख शान्ति मार्च का स्वागत करते हैं और इस प्रयास के लिए संघ को धन्यवाद देते हैं। मेरे आभार प्रदर्शन के बाद हम बढ़ जाते हैं औरंगाबाद की ओर।

संध्या के 7 बजे हैं। शहर की सीमा पर खड़े हैं औरंगाबाद के अध्यापक एवं छात्र। गेट स्कूल के प्राचार्य महेन्द्र प्रसाद यादव जी के नेतृत्व में गर्मजोशी से मिलते हैं वो। वहाँ से रमेश चौक तक पैदल मार्च।

'छात्र शिक्षक संस्कृतिकर्मी करे पुकार-बन्द करो ये नरसंहार' नारे के साथ रमेश चौक तक की यात्रा। सड़कों पर ठहर जाती हैं गाड़ियों और ग्रामीणों की कतारें। कौतूहल से भर जाते हैं वे।

रमेश चौक सराबोर हो जाता है इप्टा के गीतों से। एक से बढ़ कर एक गीत, अमन के, भाईचारे के, प्रेम और मिल्लत के, हत्या के विरुद्ध होने के, मिलकर मशाल जलाने के। बन्द होने की प्रतीक्षा करती दुकानों के दरवाजे खुले रह जाते हैं। भय और दहशत का वातारण ठहर जाता है।

'हम होंगे कामयाब' के साथ समापन होता है तो रात के आठ बज चुके होते हैं। मार्च अनुग्रह उच्च विद्यालय में पहुँचता है। हल्के जलपान की व्यवस्था है। इस विद्यालय में भी बीस वर्षों से पुलिस फोर्स भरी हुई है। गाड़ियों की आवाज से सतर्क हो जाती है पुलिस।

जिला सचिव हजारी बाबू, हरवंश जी, शिक्षक संघ जाने का आग्रह करते हैं।

वहाँ ठहरने की व्यवस्था है। कुछ जिलों के साथी जाते हैं कुछ थकान की वजह से यहीं ठहर जाते हैं। यहाँ भी पूरी व्यवस्था है।

लेकिन एक सवाल उभरता है शिक्षा मन्दिर में पुलिस क्यों? कब तक सरस्वती मन्दिरों में रहेगी बारूदी गंध? क्या उग्रवाद और इससे उपजे सवालों का हल तलाश सकती है पुलिस? क्या जातीय हिंसा इन बन्दूकों से रुक सकेगी?

आज के समाचार-पत्र में भी एम. सी. सी. के एक हमले की खबर है। पटना में अभिशप्त विमान के गिरने और पाँच दर्जन से अधिक यात्रियों के मरने की खबर से मन तिक्त हो जाता है। अच्छा है रात आ पहुँची है। कुछ तो भुलाएगी।

आज 18 जुलाई को एक विकट चढ़ाई पूरी करनी है। इसलिए जल्दी-जल्दी औरंगाबाद छोड़ने का प्रयास होता है। तैयार होते ही 'सन्मार्ग' के उपाध्याय जी आ जाते हैं। एक लम्बी बातचीत होती है उनसे। सवाल दर सवाल। जब हम उन्हें बतलाते हैं कि इन उग्रवादी क्षेत्रों में तीस से अधिक विद्यालयों में पुलिस कैम्प होने के कारण वर्षों से पढ़ाई-लिखाई बाधित है या बन्द है तो वे चौंक उठते हैं। पुलिस प्रशासन ने भवनों के फर्नीचर का बुरी तरह दुरुपयोग किया है। कम उम्र के अबोध बच्चे पुस्तकों, कापियों, शिक्षकों की जगह पुलिस, प्रशासन की गाड़ियों और बन्दूकों की आवाजें सुनते हैं और सहम जाते हैं। जिन्दगी के सवालों को जानने और देश के इतिहास-भूगोल को समझने के स्थान पर इनका साक्षात्कार होता है पुलिस के रोबीले-डरावने चेहरे और उनकी कड़कदार भाषा से। एक अज्ञात भय और आतंक उनके कोमल मस्तिष्क को आक्रान्त कर जाता है। उपाध्याय जी महसूस करते हैं। सचमुच उग्रवाद और नरसंहारों ने कितना विनाश किया है बिहार का। बुद्ध और महावीर के शान्ति-अहिंसा के सारे संदेश, संघवाद का नारा दफन हो गया है यहाँ। जल्दी-जल्दी हम प्रस्थान करते हैं यहाँ से।

अनुग्रह उच्च विद्यालय (गेट स्कूल) औरंगाबाद के मुख्य द्वार से ही बच्चे-बच्चियों की मानव शृंखला बनी हुई है समूचे शहर में। राजर्षि विद्यामन्दिर, किशोरी कन्या उच्च विद्यालय, अनुग्रह उच्च विद्यालय, टाउन इंटर कॉलेज, औरंगाबाद के बच्चे-बच्चियाँ नारों वाली तख्तियाँ लिए मार्च का अभिवादन करते हैं। हवा में हाथ लहराते नारा लगाते हैं।

शान्ति मार्च पैदल औरंगाबाद की मुख्य सड़क से गुजरता है। अमन का गीत गाते इप्टा के कलाकार। भाईचारा और जातीय हिंसा के विरोध में एकजुटता की अपील करती फिरोज की आवाज। पूरा शहर कौतूहल से भर गया है। बूढ़े, नौजवान कहते हैं-'और पहले होना चाहिए था'।

चौक पर अध्यक्ष जनता की भीड़ को सम्बोधित करते हैं और मार्च शिवगंज रफीगंज की ओर बढ़ जाता है। यहाँ रुकना ही पड़ेगा लेकिन उन्हें सम्बोधित कर हम आगे बढ़ जाते हैं।

रफीगंज की सड़क इकहरी है। पूरी सड़क पर प्राथमिक/माध्यमिक विद्यालयों

के अध्यापक, अध्यापिकाएँ, छात्र-छात्राएँ हाथ हिलाकर नारा लगाते स्वागत करते हैं। दो घंटे विलम्ब से मार्च पहुँचता है रफीगंज में।

सीमा पर ही खड़ी हैं छात्राएँ। प्रचंड धूप की पीड़ा को भुलाकर। रुक जाता है काफिला। एक किलोमीटर की पदयात्रा के बाद पहुँचते हैं उच्च विद्यालय रफीगंज के प्रांगण में। अर्द्धसैनिक बल के जवान छतों पर चढ़कर देखते हैं। जनता आश्चर्य में डूबी है। छात्र-छात्राओं की विशाल सभा होती है यहाँ। पूर्णिया से आई नूतन आनन्द और बेगूसराय की कल्याणी शर्मा छात्राओं को मार्च का उद्देश्य समझाती हैं। अध्यक्ष बच्चियों को आशीर्वाद देते हैं। अलका नाम की एक छात्रा भी उद्गार व्यक्त करने आ जाती है। रफीगंज उच्च विद्यालय के प्रधानाध्यापक, बालिका उच्च विद्यालय की प्रधानाध्यापिका शीला वर्मा, प्रखंड विकास पदाधिकारी, शिक्षक, सभी विदा करते हैं मार्च को।

रफीगंज से गोह तक उन्नीस किलोमीटर की सड़क दो घंटे में पार हो जाती है। कुछ छात्र-छात्राओं की भीड़ और कुछ सड़क की खराबी। पता नहीं चलता कि सड़क में गड्ढे हैं या गड्ढे में सड़क है। उच्च विद्यालय, करमा मसूद के बच्चे-बच्चियाँ, अध्यापक गोह प्रखंड के सचिव के नेतृत्व में सड़क पर नारे लगाते हैं। उनका आग्रह है कि विद्यालय में जलपान कराएँ, लेकिन वक्त नहीं है हमारे पास। हम माफी माँगते हुए गाड़ियाँ आगे बढ़ाते हैं। लेकिन हमें उतर कर उनका अभिवादन स्वीकार करना पड़ता है।

उच्च विद्यालय, गोह पुलिस फोर्स से भरा पड़ा है। प्रोजेक्ट बालिका विद्यालय की बच्चियाँ सड़क पर अपने अध्यापकों के साथ खड़ी हैं। सड़क पर ही जलपान का पैकेट गाड़ियों में पकड़ाये जाते हैं। हमें किसी प्रकार मियाँपुर पहुँचना है। आज की मंजिल वहीं है।

गोह से 6 किलोमीटर दूर है वह जगह जहाँ से उतर कर मियाँपुर जाना है। अरंडा कहते हैं उसे।

अरंडा में रुकते ही मगध प्रमंडल के क्षेत्रीय शिक्षा उपनिदेशक श्री कैलाश चौधरी अध्यक्ष को माला पहनाकर स्वागत करते हैं। उच्च विद्यालय, बैजलपुर के छात्र बैनर लिए तीन किलोमीटर से आए हैं मियाँपुर ले जाने। जरा भी विश्राम नहीं। सिर्फ ठंडा पानी पीने के लिए रुकता है कारवाँ। फिर शुरू हो जाता है मार्च का क्रम। न सड़क, न पगडंडी। खेतों, नालों-नालियों को पार करके हम एक घंटा में तय करते है पाँच किलोमीटर की यात्रा। बेतरतीब हैं हमारी कतारें।

यही मियाँपुर है। 16 जून को यहाँ 34 बेगुनाहों के खून से धरती लाल हुई थी। मिट्टी, खपरैल और घास-फूस के बने मकान। गाँव में घुसने का कोई रास्ता नहीं। चारों ओर कीचड़, गंदगी, पानी, सबके चेहरे पर अज्ञात भय और आशंका की छाया। ये लोग सफेद धोती, कुर्ता वालों को देखकर न केवल डरते हैं अपितु नफरत से भर जाते हैं।

हमें देख दहशत में डूबा गाँव और दशहत में डूब जाता है। अड़ोस-पड़ोस के गाँवों से दौड़ते पहुँचते हैं बच्चे, जवान, बूढ़े। हम उन्हें दिलासा दिलाते हैं। हम राजनेता नहीं, कुर्सी और वोट की राजनीति करने वाले नहीं। हम सिर्फ भाईचारा और अमन का संदेश लेकर बिहार के कोने-कोने से आए शिक्षक हैं, कलाकार हैं, गीतकार हैं।

हमारी बातें सुन लोग आश्वस्त होते हैं। उसी खेत में सभा जुड़ती है जहाँ मुख्यमंत्री और रामविलास पासवान जी की सभाएँ हुई थीं। कुछ साथी गाँव में बिखर जाते हैं। ग्रामीणों से बातें करते हैं। उनका दुख-दर्द बाँटते हैं। उन्हें पढ़ाते और समझाते हैं। नूतन महिलाओं को हत्याओं की राजनीति समझाती हैं। हमारे आग्रह पर सभी बैठ जाते हैं। गाँव की मगही भाषा में पहली बार अध्यक्ष का संबोधन होता है। इप्टा के साथी गीत गाते हैं। हम चल पड़ते हैं।

गाँव वाले क्षेत्रीय शिक्षा उप निदेशक और मुझको घेर लेते हैं। पड़ोसी विद्यालय की दुर्दशा सुनाते हैं और शिक्षकों की व्यवस्था करने का आग्रह करते हैं। उनकी तकलीफ है कि पढ़ाई के बगैर बच्चों का संस्कार कैसे बदलेगा? सामाजिक सरोकार कैसे स्थापित होगा? जातीय दीवारें कैसे ढहेंगीं।

वाजिब है उनका कहना। हम शिक्षकों की व्यवस्था करने का वादा करते हैं। क्षेत्रीय शिक्षा उप निदेशक कैलाश चौधरी से विद्यालय देखने और पड़ोसी गाँवों के शिक्षकों के प्रतिनियोजन हेतु आग्रह करते हैं।

सड़क पर आते-आते घड़ी की सूइयाँ 6.30 बजाती हैं। थकावट के बावजूद उत्साह बरकरार है। मार्च के प्रस्थान करते ही झमाझम वर्षा शुरू हो जाती है। लगता है नफरत और जातीय हिंसा का मैल धोकर रहेगी।

कोच की ओर बढ़ जाता है हमारा काफिला। गाड़ियों की रोशनी देख ग्रामीण लाठी-डंडा के साथ सड़क पर आ जाते हैं। भय, आतंक और अविश्वास की छाया मौजूद है उनके चेहरों पर। फिरोज का उद्‌घोष, गाड़ियों का बैनर उन्हें राहत पहुँचाता है। वे आश्वस्त होते हैं।

लेकिन उनकी यह आश्वस्ति कब तक बरकरार रहेगी? पुलिस की पेट्रोलिंग करती गाड़ियाँ उन्हें कब तक भयमुक्त करेंगी? इन पिछड़े क्षेत्रों में जहाँ उग्रवाद ने रोटी की लड़ाई को पीछे धकेल दिया है, शिक्षा और संस्कृति के सवाल को हाशिये पर ला दिया है, कब आजादी के फूल खिलेंगे? सामाजिक न्याय की सरकार उनके जीवन में कब तक खुशहाली ला पाएगी?

कोच पहुँचते रात के 9.30 बज जाते हैं। सड़क पर खड़े हैं, शिवराजधारी शर्मा, जिला अध्यक्ष, ब्रजभूषण सिंह चौहान, जिला सचिव, प्रमंडल सचिव, नर्मदेश्वर शर्मा पन्ना आदि के साथ सैकड़ों अध्यापक।

शीघ्रतापूर्वक भोजनादि से निवृत्त होकर हम गया के लिए प्रस्थान करते हैं।

ज्यादा रात गुजरने के कारण टेकारी राज का कार्यक्रम स्थगित कर देते हैं। गया पहुँचते-पहुँचते 12 बज जाते हैं।

महावीर उच्च विद्यालय, गया के प्रधानाध्यापक श्री राम प्रसाद यादव, टी. मॉडल उच्च विद्यालय के प्रधानाध्यापक, शिक्षक आदि जी, जान लगाकर सबके ठहरने की व्यवस्था करते हैं।

देर तक नींद नहीं आती। कल की चिन्ता के साथ दिमाग में 'अमन छा जाने के गीत' की पक्तियाँ गूँजती रहती हैं।

आज 19 जुलाई है, मार्च का अन्तिम दिन। नरसंहार के दो गवाह राजे बिगहा और अपसढ़ की यात्रा आज पूरी करनी है। इसके बगैर सर्म्पूणता नहीं हो पाएगी। वर्षा की फुहारों के बीच 8.30 बजते-बजते मार्च शुरू हो जाता है। महावीर उच्च विद्यालय के छात्र-छात्रा सड़कों पर मानव शृंखला बनाए खड़े हैं। आगे शहीद उच्च विद्यालय, रामरुचि कन्या उच्च विद्यालय, अनुग्रह कन्या उच्च विद्यालय, टी. मॉडल उच्च विद्यालय के छात्र-छात्रा सड़कों पर नारे लगाते अभिवादन कर रहे हैं। चौराहों पर एन. सी. सी. के छात्र-ट्राफिक के सिंग्नल दे रहे हैं। अमन और भाई चारा का गीत गाते कारवाँ आगे बढ़ता है।

पुल के पास छात्राओं, शिक्षिकाओं की लम्बी कतारें हाथ में फूल मालाएँ लिए। गया के साथी यहीं से विदा करने आए हैं। पुल को ही उन्होंने अपनी सीमा रेखा मान रखा है। हम भी मानव-मानव के बीच ऐसा ही पुल बनाना चाहते हैं।

पुल पार करते ही घड़ी की सूइयाँ दस बजाती हैं। मार्च वजीरगंज के लिए प्रस्थान कर जाता है। रास्ते में प्राथमिक एवं मध्य विद्यालयों के छात्र सड़क पर खड़े हैं। अध्यापक-अध्यापिकाएँ भी। वजीरगंज गया का आखिरी पड़ाव है। सड़क पर ही स्वागत के लिए खड़े हैं स्वतंत्रता सेनानी एवं सेवानिवृत प्रधानाध्याक श्री खगेन्द्र प्रसाद सिंह, प्रखंड के शिक्षक-छात्र एवं ग्रामीण आदि। प्रखंड स्तरीय शान्ति कमिटी के लोग भी हैं। सड़क से विद्यालय तक दोनों ओर छात्र-छात्राओं की कतारें नारे लगाती हाथों में तख्तियाँ लिए खड़ी हैं। प्रखंड विकास पदाधिकारी आगे बढ़कर अपना परिचय देते हैं।

वजीरगंज उच्च विद्यालय का प्रांगण शिक्षकों, छात्रों, अभिभावकों की भीड़ से भर जाता है। जलपान, अमन चैन का गीत साथ-साथ चलता है, अभिभूत हैं राजेन्द्र बाबू इस अपार हुजूम को देखकर। ग्रामीणों की भी प्रतिक्रियाएँ अच्छी हैं।

अध्यक्ष का सारगर्भित एवं संक्षिप्त संबोधन होता है। राजेन्द्र बाबू बाँह पकड़ मुझे भी मंच पर ले जाते हैं। मेरे आभार प्रदर्शन के साथ मार्च आगे बढ़ जाता है।

वजीरगंज से तुंगी तक की सड़क बेहद खराब है। आश्चर्य होता है कि बुद्ध सर्किट की सड़क होकर भी यह इतनी खराब क्यों है? क्या जापान के सहयोग के बावजूद हम एक अच्छी सड़क भी नहीं बना सकते? आखिर कब तक खत्म होगी लूट की संस्कृति?

तुंगी वह जगह है, जहाँ से नवादा की सीमा शुरू होती है। दिन के 12 बज रहे हैं। हम रास्ते में पलक बिछाए बच्चे-बच्चियों, मर्दों, औरतों के अभिवादन को स्वीकारते तुंगी पहुँचते हैं। ढाढर नदी और उस पर बना पुल ही यहाँ गया और नवादा की सीमा का निर्धारण करता है। पुल पार करते ही उछल पड़ते हैं नवादा के साथी। औरतों, मर्दों, बच्चों से भरी पड़ी है तुंगी की यह सँकरी जगह, जिलाध्यक्ष किशोरी बाबू, जिला सचिव मिथिलेश जी सैकड़ों शिक्षकों के साथ घेर लेते हैं हमें। गाड़ी से उतरकर बड़ी मुश्किल से हम मंच तक पहुँच पाते हैं। फूल-मालाओं से ढँक जाती हैं गर्दनें।

नवादा के साथियों ने शान्ति दीप जलाने की व्यवस्था की है यहाँ। अध्यक्ष शान्ति-सद्भाव का दीप प्रज्वलित करते हैं और जिलाधिकारी की ओर से उप-विकास आयुक्त श्री जुनू किस्की उन्हें शान्ति-सद्भाव का ध्वज प्रदान करते हैं। जिलाध्यक्ष किशोरी बाबू मुझे शान्ति ध्वज प्रदान करते हैं। मैं माइक सँभालता हूँ और शान्ति-सद्भाव मार्च के उद्देश्यों पर प्रकाश डाल नवादा के साथियों के प्रति स्वागत के लिए आभार व्यक्त करता हूँ।

इस बीच पहुँच जाते हैं फिरोज और उद्घोषणाएँ शुरू हो जाती हैं। फिर दिलीप के स्वर में कबीर का वह पद फूट उठता है जो जातियों के बंधनों को तोड़ता हुआ देश की अमरता का बयान करता है।

जहवाँ से आयो वह अमर है देसवा।
पानी से पान धरती अकसवा,
चाँद न सूर न रैन दिवसवा,
ब्राह्मण छत्री न सूद वैसवा,
मुगल पठान न सैयद न सेखवा।
दास कबीर के आए संदेसवा।
सार सबद गहि चलौ वहि देसवा

फिर तो अमन छा जाने का गीत उपस्थित जन समुदाय के दिलों के मैल को धो डालता है। ढेर सारी आँखें अश्रुपूरित हो उठती हैं।

बगल से एक लड़का आरक्षी उप महानिरीक्षक, पटना के नाम वजीरगंज के थाना प्रभारी के विरुद्ध सी. बी. आई. से जाँच कराने सम्बन्धी पोस्टकार्ड पकड़ा जाता है।

अध्यक्ष कहते हैं–"शान्ति-सद्भाव को अब नरसंहारों द्वारा रोका नहीं जा सकता। अब कोई बेगुनाह नहीं मारा जाएगा। कोई बहन विधवा नहीं होगी।" कहकर चल पड़ा है शान्ति सद्भाव का रथ।

वे नवादा के साथियों को बधाई देते हैं और कारवाँ आगे बढ़ जाता है।

अपराह्न एक बजे हम रेपुरा पहुँचते हैं। सड़क पर ही छोटा सा गाँव है यह।

आबाल, वृद्ध–वनिता सड़क पर खड़े होकर अभिवादन करते हैं। उन्होंने एक गेट भी बना रखा है। ये सभी आमजन हैं।

आगे बढ़ने पर साइकिल पर छात्रों की लम्बी कतारें हैं दोनों ओर। ये उच्च विद्यालय हिसुआ के छात्र हैं। हाथों में तख्तियाँ लिए तीन–चार किलामीटर पहले अगवानी करने आए हैं पूरे अनुशासन के साथ। दो किलोमीटर लम्बा है इनका काफिला।

'हम बेगुनाह हैं।' 'बच्चों का खून नहीं बहाएँ।' 'अहिंसा परमोधर्मः।' आदि नारे लिखे हैं तख्तियों पर। हिसुआ नगर के बाहर ही घंटों से एन. सी. सी. के बच्चे स्वागतार्थ खड़े हैं। काफिला रुक जाता है। तन जाता है बैनर। गोपाल झा एन. सी. सी. के बच्चों से हाथ मिलाने लगते हैं। एन. सी. सी. आफिसर की कमांड और चल पड़ता है मार्च।

आगे सड़क की जगह गड्ढे हैं। दाएँ–बाएँ करते कारवाँ चौक पहुँचता है। जनसम्पर्क की गाड़ी पर माइक सँभालता हूँ मैं। एक संक्षिप्त परिचयात्मक भाषण। मार्च का उद्देश्य। नरसंहारों से शिक्षा और रोटी की लड़ाई कुंद।

फिर दिलीप राय और साथियों का अमन छा जाने का गीत।

जितनी बार सुनते हैं उतना ही नया लगता है यह गीत। कालिदास ने सौन्दर्य को परिभाषित करते हुए ठीक ही कहा था–

क्षणे-क्षणे यन्नवतामुपैति
तदेव रूपं रमणीयतायाः –मेघदूत

फिर अध्यक्ष का मार्मिक और हत्या के खिलाफ एकजुट होकर विरोध करने का आह्वान।

घड़ी का काँटा दो के ऊपर चढ़ जाता है। फिर पैदल मार्च। आगे। हिसुआ प्रोजेक्ट बालिका विद्यालय की छात्राएँ हैं अध्यापिकाओं के साथ। गेट पर हिसुआ उच्च विद्यालय के बच्चे और अध्यापक कतारबद्ध होकर हाथों में फूलमालाएँ लिए। मार्च आगे बढ़ता है तो इन्दुमती के स्वयंबर का दृश्य उभर आता है।

संचारिणी दीप शिखेव रात्रौ
यं यं व्यतीताय पतिम्बरा सा।
नरेन्द्र मार्गाट्ट इवं प्रपेदे,
विवर्ण भावः स स भूमिपालः।

अर्थात् दीपशिखा के समान इन्दुमती अपनी सखियों के साथ स्वयंवर सभा में आगे बढ़ती है तो पीछे छूटने वाले राजाओं का मुख विद्युत के समान प्रकाश हटने से अंधेरा छा जाने वाली गलियों के समान कांतिहीन हो जाता है।

उच्च विद्यालय हिसुआ का विशाल प्रांगण गाड़ियों की कतारों से भर जाता है। पचासों गाड़ियाँ हैं। जमीन सौभाग्यवती हो उठती है। कमरे में, बरामदे में आनन–फानन बिछती दरियों पर भोजनादि के लिए टूट पड़ते हैं शान्ति–सद्भाव

यात्री। लेकिन यह क्या, बाराती से घराती ही ज्यादा। फिर भी आयोजकों के चेहरे पर कोई शिकन नहीं। व्यवस्था उम्दा है। काफी सन्तोष होता है। प्रधानाध्यापक सच्चिदानन्द प्रेमीजी और अध्यापकगण मिल-मिल कर खुशी जाहिर करते हैं।

"मुझे कहाँ विश्राम, अभी तो मीलों मुझको चलना है।"

साढ़े तीन-होते-होते फिर चल पड़ता है शान्ति-सद्भाव का रथ, अमन का गीत, नरसंहार बन्द करो के नारों के साथ।

सड़क पर डॉक्टरों का जत्था है। मालाएँ पहनाने के लिए व्याकुल। अध्यक्ष को माला पहनाते हैं। मिशन स्कूल वाले पछताते हैं कि चार बजने के कारण बच्चों को छोड़ना पड़ा।

नवादा का प्रतिष्ठित गांधी विद्यालय है यह। सत्य और अहिंसा का सन्देश देने वाले गांधी के चारों ओर आज हिंसक हथियारों का गोदाम बना हुआ है यह विद्यालय। सामने ही खड़े हैं अर्द्धसैनिक बल के जवान। पूरी सजगता के साथ। लेकिन उससे क्या? हम गांधी की मूर्ति पर माल्यार्पण करने आगे बढ़ते हैं। विद्यालय के प्राचार्य नारायण यादव आगे बढ़कर मालाएँ पहनाते हैं।

गांधी को प्रणाम कर काफिला आगे बढ़ता है। कोने पर ही खड़े हैं शहीदे आजम। दौड़कर गेटकीपर ताला खोलता है। हम माल्यार्पण करके आगे बढ़ जाते हैं।

प्रजातंत्र द्वार है यह। 'यहीं उगी थी सबसे पहले प्रजातंत्र की लाली'–दिनकर। बिहार की इसी भूमि में। लेकिन आज प्रजातंत्र पर आस्था का संकट है। फिर भी मानवीय पीड़ा में, राष्ट्रीय आपदा में टूट जाती हैं जातीय एवं साम्प्रदायिक दीवारें। ढह जाते हैं पहाड़, भर जाती हैं खाइयाँ। लगता है 100 करोड़ का भारत एक है। 10 करोड़ के बिहार की क्या बिसात? क्या कारगिल युद्ध के समय, चीनी आक्रमण के समय देश और राज्य में नफरत और जातीय उन्माद की सीमाएँ नहीं ढह गई थीं। तो फिर ये नरसंहार क्यों? जातीय हिंसा-प्रतिहिंसा की राजनीति क्यों? कौन जिम्मेदार है इनके लिए? यक्ष प्रश्न है यह।

इसी प्रजातंत्र के द्वार पर खड़े हैं लोकनायक जय प्रकाश। पूर्व अध्यक्ष रामवृक्ष सिंह, पूर्व सचिव मधुसूदन शर्मा आदि मालाएँ लेकर बढ़ते हैं। लोकनायक को प्रणाम कर 55 जिलों के नेतृत्वकारी साथियों की ओर से नवादा के जनगण का अभिवादन करता हूँ मैं। साढ़े तीन लाख शिक्षकों-संस्कृतिकर्मियों का सन्देश सुनाता हूँ कि अमन चैन ही विकास का मार्ग है। शिक्षा, संस्कृति का मार्ग है। भाईचारा और सामाजिक सरोकार का मार्ग है। आओ, नरसंहारों के विरुद्ध जनता को गोलबंद करें। जातीय हिंसा के विरुद्ध उठ खड़े होने का आह्वान करें।

दिलीप राय और साथी आगे बढ़ते हैं। 'यह किसका लहू है कौन मरा' गीत के बोल फूल उठते हैं। जातियों की लक्ष्मण रेखाओं को तोड़ती कबीर की वाणी गूँज उठती है।

अध्यक्ष ललकारते हैं नवादा की जनता को। शान्ति-सद्भाव को अब कोई रोक नहीं सकता। चल पड़ा है उसका रथ।

हमारा भी रथ राजे बिगहा के लिए प्रस्थान कर जाता है। गुमटी पार होते ही कन्हाई उच्च विद्यालय नवादा के छात्र, अध्यापक स्वागत के लिए टूट पड़ते हैं। कतारें बिखर जाती हैं। क्या जाति की राजनीतिक कतारें ऐसे नहीं बिखर सकतीं? बच्चे लपक-लपककर पाँव छूते हैं जैसे शान्ति का संदेश देने बुद्ध आए हों।

कादिरगंज, एक छोटा सा बाजार है। ओंकार निराला के साथ उनके विद्यालय के अध्यापक-छात्र देर होने के बावजूद सड़क पर डटे हैं स्वागत का दृढ़ संकल्प लेकर। सचमुच दृढ़ संकल्प से दुविधा की बेड़ियाँ टूट जाती हैं।

राजे बिगहा छोटा सा गाँव। खपरैल के बने हुए घर। आगे जानवर बँधे हैं। कुछ जमीन पर, कुछ चारपाई पर बैठे हैं लोग। राजे बिगहा गाँव में घुसते-घुसते सूरज अस्ताचलगामी होने लगता है। घड़ी साढ़े चार बजाती है। गाड़ी गाँव में अटक जाती हैं? प्रखंड विकास पदाधिकारी सभा स्थल पर ले जाते हैं। चौकी पर दरी बिछाकर, बगल में दो कुर्सियाँ लगाकर बनाया गया है मंच। घेर लेते हैं ग्रामीण। उनकी उत्सुकता बढ़ जाती है।

मैं बताता हूँ कि हम दूर-दूर से आए शिक्षक हैं। कोई सरकार के नुमाइंदे नहीं। कुछ देंगे नहीं सिर्फ मिल्लत और भाई-चारा, प्यार और सौहार्द बाँटने आए हैं।

'बादलो बरसो झमाझम'-गीत दिल के मैल धोने लगता है। बगल से नफरत और बँटवारे, अविश्वास की आवाजें उठती हैं। ग्रामीण मर्द, औरतें बात करने वालों के साथ सवाल दागते हैं। कैसे विश्वास करें? कैसे भाईचारा बनाएँ? दिलों के घाव गहरे हैं। राजनीति ने उन्हें पारंगत बना दिया है।

"मैं राजद छात्र यूनियन का महामंत्री हूँ," एक छात्र आगे बढ़ता है। लेकिन कारवाँ देखकर अपनी प्रतिक्रिया रोक लेता है।

पीड़ा और बेबसी, भय और आतंक की छाया, लाचारी का भाव अभी भी बरकरार है ग्रामवासियों के चेहरों पर। रात में अचानक जलती टार्च की रोशनियाँ उन्हें अज्ञात भय से भर देती हैं।

हम समझाते हैं। विश्वास करना होगा। आगे बढ़ती गाड़ियाँ रास्ते में ही रह जाएँगी? बेहद टूटी हैं सड़कें। बावन वर्षों में सड़कें भी नहीं बना सका राज्य।

रात के आठ बजे हैं। वारसलीगंज के छात्र-अध्यापक मालाएँ लिए इन्तजार कर रहे हैं। सुनते हैं यहाँ से 6 किलोमीटर है अपसढ़। लेकिन चलते-चलते 18 किलोमीटर हो जाता है शायद रास्ता बदल दिया है जिला के साथियों ने।

अपसढ़ पाँच हजार की आबादी वाला एक अच्छा गाँव है। यहाँ पुरातात्विक खुदाई भी हो रही है। पुलिस की वर्दी में आए अपराधियों ने छत पर चढ़कर सोते हुओं की हत्या की थी।

रात में गाड़ियों की रोशनियाँ परेशान करती हैं अपसढ़ वालों को। ऐसे ही आए थे कातिल। रात के अँधेरे में रोशनी बिखेरते।

लखीसराय के महेन्द्र कुमार बताते हैं कि दिनभर हमने गाँव वालों से संवाद कायम किया है। बताया है कि आ रहे हैं बिहार माध्यमिक शिक्षक संघ के लोग, हमारे अध्यक्ष शत्रुघ्न बाबू आपसे मिलने, बात करेंगे। उनका कोई राजनीतिक मकसद नहीं है। वे शान्ति-सद्भाव का पैगाम देना चाहते हैं।

हम गाड़ियों से उतरकर स्वतंत्रता सेनानी की मूर्ति तक पहुँचते हैं। अध्यक्ष माल्यार्पण कर संक्षिप्त संबोधन करते हैं। अविश्वास और संशय का महौल खत्म हो जाता है। आवाज आती है। घटनास्थल देख लीजिए। अमन और भाई-चारे का गीत शुरू हो जाता है।

घटनास्थल देख रोंगटे खड़े हो जाते हैं। लालमोहर सिंह प्राथमिक विद्यालय के सेवानिवृत्त अध्यापक हैं। अपराधियों ने छोड़ दिया था उन्हें।

आश्चर्यित हैं कि शिक्षक संघ शान्ति मार्च के साथ उनके गाँव आया। इसकी कल्पना उन्हें नहीं थी। वे घटना का आँखों देखा हाल सुनाते हैं।

कितना हैवान है इन्सान। रक्षक पुलिस खुद भक्षक बन गई है।

घड़ी साढ़े नौ बजाती है। कारवाँ कूच कर जाता है। इस रास्ते सचमुच 6 किलोमीटर है अपसढ़ वारसलीगंज से।

वारसलीगंज उच्च विद्यालय का प्रांगण काफी विशाल है। मंच पर माइक लगा है उद्बोधन हेतु। फिर भी सभी ऊपर चले जाते हैं। पाँच सौ लोगों का लम्बा काफिला। विद्यालय के प्रधानाध्यापक वीरेन्द्र कुमार सिंह और शिक्षक सभी को जलपान कराते हैं।

जलपान के बाद समापन हेतु नीचे मंच के पास आने का आग्रह करता हूँ। दिलीप राय आज दुष्यंत की चर्चित गजल 'हो गई है पीरपर्वत सी पिघलनी चाहिए' शुरू करते हैं। अन्तिम पंक्तियों–

''मेरे सीने में नहीं तो तेरे सीने में सही–
हो कहीं भी आग लेकिन आग जलनी चाहिए''

तक आते-आते सभी झूम जाते हैं। यही आग जलाने तो आए हैं हम।

लेकिन उपभोक्तावादी संस्कृति ने इसी आग को जलने से रोक रखा है। आदमी अपने आप में इतना सीमित हो चुका है कि पड़ोसी के बारे में सोचने के लिए भी उसे अवकाश नहीं है। बची-खुची सम्वेदनाओं को राजनीति ने मार दिया है। अन्यथा दस-दस वर्षों से पुलिस की छावनी बने इस क्षेत्र के विद्यालय खोले नहीं जाते? सरस्वती मन्दिरों में किताबों-कापियों के बीच पढ़ने वाले बच्चे बारूदी गंध के बीच पढ़ने को विवश किए जाते? सामाजिक न्याय की सरकार सामाजिक न्याय के बच्चों को पढ़ने से महरूम रखती? बावन वर्षों में भी गाँव कम से कम कच्ची

सड़कों से भी जोड़े नहीं गए होते? रुलाई आती है इस क्षेत्र को देखकर। विधायकों, सांसदों के कोष से भी नहीं हुआ है होने वाला विकास।

घड़ी साढ़े ग्यारह बजाने लगती है। लोग जाने की प्रतीक्षा में हैं। हम शान्ति मार्च में शामिल मित्रों को धन्यवाद देते हैं। जहानाबाद, औरंगाबाद, गया और नवादा के जिला संघ के पदाधिकारियों, प्रधानाध्यापकों, शिक्षकों के प्रति आभार व्यक्त करते हैं। भारतीय जननाट्य संघ (इप्टा) के कलाकार साथियों, सचिव फिरोज एवं अनिल, दिलीप राय तथा प्राथमिक शिक्षक संघ के अध्यक्ष, महासचिव और साथियों को उनकी व्यापक भागीदारी के लिए धन्यवाद देते हैं।

जनता की व्यापक भागीदारी ने साबित कर दिया है कि शान्ति-सद्भाव मार्च एक अच्छा कदम है। अध्यापक को अपने सामाजिक सरोकारों को जीवित रखना होगा।

हमारी समझ है कि इन क्षेत्रों में और कार्यक्रम चलाने की आवश्यकता है। सामाजिक शैक्षिक संगठन जब इस प्रकार के कार्यक्रम चलाएँगे और आम जनता से जुड़ेंगे तभी जातीय हिंसा, प्रतिहिंसा की राजनीति का खात्मा हो पाएगा। इसके लिए यह भी आवश्यक है कि पुलिस छावनियों को विद्यालयों से हटाया जाए। गाँवों को शीघ्र सड़कों से जोड़ा जाए और बन्द पड़े विद्यालयों में स्थानीय शिक्षकों को पदस्थापित कर उन्हें संचालित किया जाए।

अध्यक्ष द्वारा औपचारिक समापन की घोषणा के बाद सभी 'हम होंगे कामयाब एक दिन' गाने लगते हैं। तालियाँ बजने लगती हैं। बिहार के कोने-कोने से आया गाड़ियों का काफिला अपनी-अपनी मंजिल पर रवाना हो जाता है। 'होगी शान्ति चारों ओर एक दिन' का संदेश लेकर।

14

विधान परिषद् के शिक्षक एवं स्नातक क्षेत्रों से द्विवार्षिक चुनावों का आगाज हो चुका था। शिक्षकों, कर्मचारियों के संगठनों की संयुक्त समन्वय समिति ने अगले महीने की किसी तारीख से आन्दोलन पर जाने की घोषणा कर दी थी। सिर्फ तारीख तय करनी थी। जिलों में हड़ताल की पूर्वपीठिका के निर्माण के लिए कन्वेंशन आयोजित हो रहे थे। ऐसे ही एक कन्वेंशन में भाग लेने मैं सीवान पहुँचा था।

दिन बेहद गर्म था। सूरज खुलकर गर्मी बिखेर रहा था और सितम्बर का महीना होते हुए भी दिन के दो-तीन बजे चलना काफी कठिन लग रहा था। मेरे साथ पड़ोसी जिले के तीन-चार राज्य स्तरीय नेता थे। आदर्श वी. एम. मध्य विद्यालय के प्रांगण में सभा आयोजित थी। ऐसी सभाएँ सीवान में प्राय: आदर्श मध्य विद्यालय के प्रांगण

में ही हुआ करती हैं, क्योंकि वही शहर की नाभि में पड़ता है। दूसरे, चौराहा पर होने के कारण भी कुछ लोग आ जाया करते हैं और संख्या बढ़ जाती है।

मीटिंग दो घंटे चली थी। जिलास्तरीय नेताओं के बाद अन्त में मेरी बारी आई थी और मैंने विस्तार से पैंतालिस मिनट तक वस्तुस्थिति को सामने रखा था और आन्दोलन का औचित्य स्पष्ट किया था।

सभा में कोई ज्यादा लोग नहीं आए थे। ऐसी सभाओं में ज्यादा लोग आते भी नहीं हैं। वह भी जब शिक्षकों, कर्मचारियों का संयुक्त आन्दोलन होता है तो भीड़ स्वत: घट जाती है। शिक्षकों की संख्या तो कुछ थी लेकिन कर्मचारियों की संख्या और कम थी। लेकिन माधुरी अपनी प्रधानाध्यापिका के साथ आई थीं। पहली बार किसी आन्दोलन वाली सभा में उन्हें भाग लेते हुए मैंने देखा था। यह बात मैंने मंच से ही मार्क कर ली थी। उनके चेहरे पर सदा-सर्वदा खेलने वाला विंदासपन गायब था और कुछ चिन्ता तथा परेशानी की लकीरें थीं फिर भी उनका आना अच्छा लगा। संघर्ष की सभाओं में अध्यापिकाएँ और महिला कर्मी आती हैं तो एक नई ऊर्जा और सम्मिलित शक्ति का अहसास होता है।

माधुरी शहर के राजवंशी देवी बालिका विद्यालय में शिक्षिका हैं। बार्डर जिला होने के कारण घर से रोज आना-जाना होता है। अभी तक उन्होंने शादी के बंधन को स्वीकार नहीं किया है। इसलिए शिक्षकों और शहर में वे चर्चा के केन्द्र में रहती हैं।

स्थानीय वक्ताओं के बाद जब अपना वक्तव्य देकर मैं मंच से नीचे उतरा तो माधुरी और उनकी प्रधानाध्यापिका सुशीला दोनों आगे आ गईं। सूरज डूबने लगा था और मुझे छपरा लौटना था। लेकिन उन्हें कुछ बातें करनी थीं सो भीड़ से अलग एक ओर खड़ा हो गया। अगस्त में ही पत्नी का श्राद्ध किया था। इसलिए सिर मुड़ा हुआ था। चेहरा भी उदास था। मन की शान्ति और उत्साह दोनों गायब थे।

संवेदना व्यक्त करते हुए माधुरी ने कहा था कि सुनकर बड़ी पीड़ा हुई है। उन्होंने पत्नी के साथ बिताए गए क्षणों की याद करते हुए मुझे भरोसा दिलाने की कोशिश की। सुशीला पांडेय भी काफी दुखी थीं और मेरी पीड़ा को बाँटने की कोशिश कर रही थीं। दुख की घड़ियों में पीड़ा बाँटना और सहानुभूति-संवेदना व्यक्त करना अच्छा लगता है। मेरे जैसे आदमी जिसके लिए 'दुख: ही जीवन की कथा रही' किसी की सहानुभूति का पात्र बनना और उससे कष्ट को दूर करने वाली बातें सुनना कुछ क्षणों की सार्थकता है। मैं उनकी सहानुभूति को झोली में भरकर शीघ्र ही निकलना चाहता था लेकिन दोनों आगे ही खड़ी थीं। सुशीला पांडेय ने कहा कि "मैंने माधुरी से कहा था कि पांडेय जी आ रहे हैं, चलो। हम स्कूल छोड़कर मिलने आए हैं।" मैंने आभार के शब्दों का प्रयोग करते हुए उन पर फिर एक दृष्टि डाली, लगा कि भीतर कुछ टूट रहा है। माधुरी ने रुककर एक लम्बी

साँस ली और अफसोस जाहिर करते हुए कहा–"काश, हम आपकी पीड़ा बाँट पाते। आपकी वेदना देखकर हमें काफी दु:ख हो रहा है।" मैं कुछ कह नहीं पाया।

ऐसी आत्मीय मुलाकात माधुरी से लगभग बीस वर्षों बाद हो रही थी। अस्सी के दशक में जब वे उमाशंकर उच्च विद्यालय, महाराजगंज में अध्यापिका नियुक्त हुई थीं, उनसे एक–दो मुलाकातें हुई थीं। उस समय प्राय: शनिवार को कुछ शिक्षक उनकी एक झलक पाने के लिए जिला शिक्षा पदाधिकारी के कार्यालय में बहाने से आया करते थे। उनके चेहरे में एक अजीब आकर्षण था जो चुम्बक की तरह खींचता था। कुछ दिनों के बाद जिला शिक्षा पदाधिकारी के इशारे पर अपनी माँ के साथ वे मेरे आवास पर कई बार आई थीं और कई–कई दिनों तक घर पर रही थीं। उनकी एक ही गरज थी कि शहर में स्थानान्तरण हो जाए। जिला शिक्षा पदाधिकारी ने उन्हें समझा दिया था कि यह काम मैं ही करा सकता हूँ। क्योंकि शिक्षक संगठन में मेरी पहुँच है। शिक्षक संगठन उन दिनों बड़ा प्रभावी संगठन था, शक्ति और एकता का मजबूत केन्द्र।

कुछ दिनों के बाद उन्होंने आना–जाना बन्द कर दिया था। कभी–कभार अधिकारी की बैठकों, गोष्ठियों में भेंट हो जाती। सलाम–बन्दगी हो जाती। लेकिन इससे आगे कोई सम्बन्ध नहीं बन पाया। संवाद भी कुछ दिनों के बाद टूट ही गया। उनके बारे में कभी–कभी कुछ लोग बताते, सुन लेता। फिर अपने कामकाज में व्यस्त हो जाता। महिलाओं के साथ पहल करके संवाद बनाने का स्वभाव नहीं है मेरा। इसलिए समझ नहीं पाया कि वे मेरी पीड़ा कैसे बाँट पाएँगी? पीड़ा बाँटने का निहितार्थ व्यक्तिगत जीवन से जुड़ना है और यह रूढ़ियों वाले समाज में सम्भव नहीं है। रास्ता काँटों से भरा है। फिर भी दिमाग को एक खुराक मिल गई थी। मैंने उनके प्रति कृतज्ञता जताई और गाड़ी की ओर बढ़ गया। गाड़ी खुली तो उनका चेहरा फिर दिखाई पड़ा। दोनों लौटने लगी थीं लेकिन एक सवाल अपना जवाब तलाश रहा था।

सम्भवत: दो हजार दो की फरवरी थी। दिन और तारीख तो ठीक से याद नहीं है लेकिन इतना याद है कि बिहार बोर्ड की माध्यमिक वार्षिक परीक्षाएँ एक–दो दिनों में शुरू होने वाली थीं। बिहार के शहरों की आबादी बढ़ती जा रही थी। विधान परिषद् के लिए शिक्षक स्नातक निर्वाचन क्षेत्रों से सदस्य का चुनाव मई में होने वाला था। इसलिए दिन–रात प्रचार कार्य चल रहा था। 'मोहि कहाँ विश्राम' की मुद्रा में।

उस दिन सीवान के दरौली और गुठनी प्रखंडों की यात्रा कर लौट रहा था। लगभग पाँच बजे रजिस्ट्री कचहरी के पास दुर्गा देवी के मन्दिर से गाड़ी ज्योंही आवास के लिए मुड़ी माधुरी दिखाई पड़ीं। मैंने गाड़ी रोकी और उनसे बैठने का आग्रह किया। वे पहले तो इनकार करती रहीं फिर बोलीं, स्टेशन जाकर ट्रेन

पकड़नी है। हमने वादा किया कि स्टेशन चलकर ट्रेन पकड़वा देंगे। वो राजी हो गईं और गाड़ी में बैठ गईं। चुनावों के समय मतदाताओं को इतना लिफ्ट देना ही पड़ता है और वह भी माधुरी की बात थी। वीर बहादुर बाबू ने पीछे का दरवाजा खोल दिया था। रास्ते में उनसे चुनाव में शिक्षिकाओं की हिस्सेदारी पर बातें शुरू हुईं। खासकर शहर के दोनों बालिका विद्यालयों की शिक्षिकाओं के मन-मिजाज की चर्चा हुई। यूँ दोनों विद्यालयों की प्रधानाध्यापिका हमारी शुभचिन्तक और हमारे पक्ष की मानी जाती थीं और यह सच भी था, फिर भी एक जायजा लिया। गाड़ी तब तक संघ भवन में लग चुकी थी। हम उतर कर ऊपर कमरे में आए। चन्द्रभान और एक-दो शिक्षक भी साथ आए। वीर बहादुर सिंह फ्रेश होने चले गए। उनकी आदत है कि जब कहीं से लौटते हैं तो धोती-कुर्ता उतारकर धोने के लिए सर्फ में डाल देते हैं। हाथ-पाँव धोते हैं। जाड़ा न हो तो प्राय: स्नान भी करते हैं तब कोई दूसरा काम करते हैं। हालाँकि यह भी एक मानसिक बीमारी है, जिसे लोग माइनिया कहते हैं। वरना तुरत कपड़ा साफ करना कोई जरूरी आवश्यकता नहीं है।

चन्द्रभान और पीछे-पीछे आए साथियों से चुनाव और वोट की स्थिति पर विमर्श हुआ। वे कुछ काम-काज भी बताए। तब तक माधुरी चुप बैठी रहीं। शायद अपनी बारी की प्रतीक्षा में थीं।

कमरा खाली हुआ तो सिर्फ हम दोनों रह गए। मैंने पूछा–'क्यों गुस्से में हैं?' बोली–"मैं कहाँ गुस्से में हूँ।" मैंने कहा–"तो फिर गाड़ी में क्यों नहीं बैठ रही थीं?" वह कुछ आश्वस्त हुईं परन्तु कुछ बोलीं नहीं।

मैंने फिर पूछा कि दोनों बालिका विद्यालयों की शिक्षिकाओं की क्या स्थिति रहेगी? "वो आपको ही वोट देंगी। पिछली बार की हार शिक्षकों को साल रही है।" उन्होंने कहा। बात कन्विंसिंग थी। सचमुच शिक्षक इस बार वोट देने के लिए आमादा थे। मैं कुछ सोचने लगा था। समूह में अथवा आदमियों की भीड़ में भी मैं कभी-कभी सोच में खो जाता हूँ। मुझे चिन्तामग्न देख माधुरी का धैर्य टूटने लगा। बोली–"मैं कुछ कहना चाहती हूँ।" मेरी तन्द्रा टूटी, लगा मैं कहीं और था। कहा–"जरूर कहिए। मुझसे संकोच क्या है?" वे कुछ झिझकते हुए बोलीं–"आप मुझे कुछ कहने का समय दीजिए।" मैंने कहा कि आप अभी कह सकती हैं। वे बोलीं–"इतनी जल्दी मैं क्या बोलूँ? मेरी परेशानियाँ हैं और मुझे घंटा-दो घंटा का समय चाहिए।" मैंने कहा–"तब तो सोचना पड़ेगा कि चुनावी व्यस्तता में इतना समय कब निकल पाता है। क्योंकि मैं रात को ही फुरसत में आ पाता हूँ।" फिर मैंने उनके चेहरे पर प्रतिक्रिया जानने के लिए नजरें गड़ाईं। वे चुप रहीं। कुछ बोली नहीं। कुछ रुककर मैंने फिर पूछा–"क्या, पटना आ सकती हैं?" उनके चेहरे पर प्रसन्नता की रेखा खिंची, बोलीं–"आ सकती हूँ।" चेहरे पर दृढ़ता थी। "तब कोई

परेशानी नहीं है," मैंने कहा। कुछ सोचकर मैंने कहा–"मैं शनिवार को पटना पहुँचूँगा और रविवार, सोमवार रहूँगा।" मैंने डायरी उलटकर देखी। यही तिथियाँ पटना रहने की थीं। उन्होंने कहा–"ठीक है।" इस बीच रमाकांत चाय दे गया था। कुछ बिस्कुट भी थे। उन्होंने चाय तो ली लेकिन बिस्कुट छुआ तक नहीं। मैं सोच में पड़ गया। क्या हो गया है माधुरी को? पहले तो इसकी हँसी और आकर्षण देखने लोग पीछे-पीछे चलते थे। अचानक हँसी गायब हो गई है। इसी बीच कुछ लोग कमरे में दाखिल हो गए थे और बातों का सिलसिला दूसरी ओर मुड़ गया था।

वे बाहर हुए तो फिर कहा–"लेकिन आप बहुत चिन्तित एवं उदास क्यों हैं? मैंने तो पहले आपको सदा प्रसन्न और हँसमुख देखा है। जनवरी वाले युवा महोत्सव में भी आप काफी प्रसन्न दिखी थीं। पुरस्कार ग्रहण के समय की तस्वीरें भी काफी अच्छी आई हैं। फिर क्या बात हो गई है कि अब इतना उदास और दुखी लग रही हैं।" नहीं, कुछ खास नहीं है। उन्होंने कहा लेकिन वे गहरे समुद्र में डूबने लगी थीं। "कुछ तो है जो आप छिपाना चाहती हैं," मैंने कहा। "पिछले दिनों मेरी लम्बी बीमारी और घर की स्थितियों ने मुझे बेहद सताया है। शायद ईश्वर की कृपा से मैं बच निकली हूँ। उतनी सारी बातों को इतनी जल्दी कैसे कह सकती हूँ? इसीलिए तो मैंने घंटे-दो घंटे का समय माँगा है।" उन्होंने बड़ी मुश्किल और पीड़ा भरे स्वर में कहा। मैं उनकी पीड़ा समझ गया था। सो चाय फिर पिलाई और कहा कि स्टेशन छोड़वा देता हूँ। अनिल को बुलवाया और स्टेशन छोड़ने को कह दिया। नीचे गाड़ी का हार्न बजा। किसी तरह उन्होंने चाय ली और वे खड़ी हो गईं। चलते-चलते मैंने कहा–"शनिवार को इन्तजार करूँगा।"

"कल सुबह आऊँगी।" उनकी आवाज में उत्साह दिखाई पड़ा। मैंने पूछा कि पक्का है, वादा। बोली, पक्का। मैंने विश्वास का हाथ बढ़ाया। उन्होंने हाथ मिलाकर विश्वास दिलाया। कमरे से निकलते-निकलते फिर हाथ जोड़कर अभिवादन किया। उनके जाने के बाद देर तक पुरानी स्मृतियों में खोया रहा।

मैट्रिक की बोर्ड परीक्षाएँ शुरू थीं। शहर की जनसंख्या काफी बढ़ी हुई थी। शिक्षक संघ में भी कुछ बच्चे ठहरे थे। अजीब है देश की परीक्षा प्रणाली भी। एक महीने तक सारे शहरों में इतनी भीड़ बढ़ जाती है कि सामान्य जन तंग-तबाह हो जाते हैं। बिडम्बना यह है कि आजादी के छः दशकों बाद भी ऐसी परीक्षाओं का कोई विकल्प नहीं निकल पाया है?

मैं आज फिर दौरे पर जाने के लिए तैयार हो रहा था। सारे लोग अपने-अपने केन्द्रों पर जा चुके थे। सुबह के लगभग आठ बज रहे थे कि माधुरी आईं और वे सीधे मेरे कमरे में दाखिल हो गईं तथा हाथ जोड़कर अभिवादन किया।

आज उनका रूप-लावण्य देखकर मैं दंग रह गया। कल जब वे आई थीं, उदास और कुंठित लग रही थीं। उनकी उम्र अचानक दस वर्ष आगे खिसक गई थी। चेहरे

का बिंदासपन और अल्हड़ता का कहीं अता-पता नहीं था। किन्तु आज सुर्ख लाल रंग की बूटेदार साड़ी और मैचिंग ब्लाउज में वे काफी खूबसूरत लग रही थीं। ऐसे परिधान में उन्हें पहली बार देखा था। बाल बेहद करीने से सजे थे और चेहरे पर छलकती प्रसन्नता उनके उत्साह को प्रकट कर रही थी। उनकी उम्र बीस वर्ष नीचे खिसक गई थी और मेरे सामने कल वाली माधुरी से भिन्न अस्सी के दशक वाली माधुरी खड़ी थी। मैंने स्वागत में हाथ बढ़ाये। उन्होंने हाथ मिलाकर गर्मजोशी से जवाब दिया।

उन्होंने कल वाला वादा पूरा किया था। इसलिए मुझे भी काफी प्रसन्नता थी। मैंने उन्हें धन्यवाद दिया और बैठने का इशारा किया। मुस्कुराते हुए वे सोफे पर आसीन हो गईं।

"सीधे घर से आ रही हो क्या?" मैंने पूछा।

"नहीं, स्कूल में हाजिरी बनाकर प्रधानाध्यापिका से एक घंटे की छुट्टी लेकर आई हूँ।"

"इंम्तिहान में छुट्टी मिल गई?" मेरा सवाल था।

"हाँ, पहली पारी में मेरी ड्यूटी नहीं थी। रिलिविंग में थी।" उन्होंने कहा।

मैंने मुस्कुराते हुए पूछा कि "आज आपके ड्रेस पर किसी ने कमेंट नहीं किया?"

बोलीं-"काफी कमेंट हुआ है। आपसे मिलने की बात सुनकर तो प्रधानाध्यापिका ने भी चुटकी ली।"

मैंने भी चुटकी लेते हुए पूछा-"क्या कह रही थीं?"

बोली-"इतनी सजधज कर जा रही हो, अभिसार है क्या?"

"तुमने क्या कहा?" मैंने चुटकी ली।

सहज होते हुए बोली कि "पांडेय जी बुलाए हैं।"

फिर हमने उनके घर से स्कूल तक की बातें पूछीं और उन्होंने घर से स्कूल तक की समस्याओं की चर्चा की। एक लम्बी साँस लेते हुए, उन्होंने बतलाया कि पिता की मृत्यु के बाद चार-चार बहनों की शादी, भाइयों को पढ़ाना, लिखाना, उनके रोजी-रोजगार की व्यवस्था और सबके ऊपर माताजी की सेवा, उनको खुश रखना, उनकी कठोर बातों को झेलते स्कूली नौकरी मैंने निभाई है। किन्तु माता जी को मदन मोहन मालवीय महाविद्यालय, भाटपाररानी की किरण, जिसने पूरी जिन्दगी कुमारी रहकर पचास की उम्र में अपने ही एक प्राध्यापक सहयोगी से शादी की है, के समाचार से फोबिया हो गया है। हरदम असहनीय बातें करती रहती हैं। मन खंड-खंड हो गया है और लाख कोशिशों के बावजूद टूटी हुई माला की तरह जुड़ नहीं पा रहा है। उन्होंने एक लम्बी साँस लेकर कहा कि इन्हीं परेशानियों और कुंठाओं में घिरकर मैंने एक दिन आत्महत्या की कोशिश की थी, लेकिन अफसोस...मैं बच गई। लोगों ने मुझे पटरी से बाहर कर दिया। आप ही बताएँ कि क्या रास्ता है

मेरे लिए? मैंने अपने चेहरे पर उनके तीखे प्रश्नों की चुभन महसूस की। इस बीच मैंने कपड़े पहन लिए थे और रमाकांत नाश्ता रख गया था।

नाश्ते के लिए उनसे पूछा तो इन्कार कर गई। बोली—घर से करके आई हूँ। रोटी का टुकड़ा तोड़ते हुए समझाया कि आत्महत्या कायरता है। कानून भी इसकी इजाजत नहीं देता। यदि समस्याएँ हैं तो शेयर करना चाहिए। दोस्त-मित्र इसीलिए तो होते हैं। हम पीड़ा को बाँटकर जीवन को सहज बनाएँगे।

वो आश्वस्त हुई। चेहरे पर मौजूद घबराहट और चिन्ता के भाव कुछ-कुछ दूर लगे। धीरे-धीरे चेहरे की लालिमा लौट आई। समझाने के क्रम में मेरा मन बार-बार उनके दिलकश सौन्दर्य में अटकता रहा किन्तु मैं काफी सजग था कि कोई अवांछनीय हरकत नहीं हो जाए।

उन्होंने पिछली जनवरी के युवा महोत्सव की याद दिलाई जब मेरे हाथों से उन्होंने प्रशस्ति पत्र और पुरस्कार प्राप्त किया था। उस समय की तस्वीरें मैं देख चुका था। उन तस्वीरों में कई तरह के भाव भी दिखे थे। कई लोगों के खिलखिलाते चेहरे भी कुछ कह रहे थे। मेरे लिए भी वे क्षण आत्ममुग्ध होने के थे।

'एक घंटा का समय कैसे बीता, पता नहीं चला'। रमाकान्त चाय दे गया और नाश्ते के साथ हम बातों में मशगूल रहे। मैंने आज नए सिरे से उन्हें समझाने की कोशिश की और मेरी कोशिशें जितनी तेज हुईं, मैं उनमें उतना ही डूबता चला गया।

चाय पीकर वे उठ खड़ी हुईं। मैं भी खड़ा हो गया। बोलीं—"अब चलती हूँ। प्रधानाध्यापिका खोजेंगी।"

वे हाथ जोड़ने लगीं तो मैंने गर्मजोशी से उनका हाथ दबा दिया। उनके चेहरे पर प्रसन्नता की लालिमा खिंच आई। मुस्कुराकर बाहर निकलीं और फिर हम भी अपनी मंजिल की ओर बढ़ चले।

उस दिन मुझे माधुरी का इन्तजार तो था लेकिन उनके आने का कोई वक्त मालूम नहीं था। मैं पूर्व निर्धारित कार्यक्रमों के अनुसार विभागीय कार्यों को अंजाम दे रहा था। इधर माधुरी दो-तीन बजे ही पटना पहुँच गई थीं। मेरा पता किया तो बताया गया कि आएँगे। कब तक, यह किसी ने नहीं बताया। कोई पूर्व परिचित नहीं होने के कारण वे काफी बोरियत महसूस कर रही थीं। बार-बार उनके मन में आता कि लौट जाना चाहिए। शायद भेंट न हो लेकिन फिर कुछ सोचकर रुक जातीं।

मैं चार बजे कार्यालय पहुँचा तो वे मिलने आईं। पूछा—"कब आईं?"

बोली—"कई घंटों से इन्तजार कर रही हूँ। मैं तो निराश हो रही थी। सोचती थी कि शायद आपको तारीख याद नहीं रही।"

उस दिन काफी लोग मिलने आए थे और कुछ लंबित काम भी निबटाने थे। मैंने उनको अपने कमरे में भिजवाया और काम खत्म करके लगभग साढ़े पाँच बजे उनके पास पहुँचा। अकेले होने के कारण वे वहाँ भी बोरियत महसूस कर

रही थीं। मैं पहुँचा तो बोलीं–"आज आपने बहुत इन्तजार करवाया।" लम्बे समय से इन्तजार करने के कारण चेहरे पर चिन्ता की लकीरें खिंच आई थीं और परेशान लग रही थीं। मैंने उनके हाथों को हल्के से दबाया। कुछ आश्वस्त हुईं। एक लम्बी साँस लेकर बोलीं–"ईश्वर का शुक्र है कि प्रतीक्षा की घड़ियाँ खत्म हुईं।"

मैंने चाय मँगवाई। चाय पीकर वे कुछ आश्वस्त हुईं तो मैंने पूछा कि "कब आईं?" बोलीं–"दो बजे ही पहुँच गई थी। तब से इन्तजार कर रही हूँ। इतना लम्बा इन्तजार कभी नहीं करना पड़ा। इन्तजार तो मेरा लोग किया करते थे।"

"समय-समय की बात है। इन्तजार की घड़ियाँ खराब जरूर लगती हैं लेकिन फल अच्छा देती हैं।" मैंने उनके आहत मन को सहलाने की कोशिश की। फिर दूसरा सवाल जोड़ा–"कुछ खाया कि नहीं।" वैसे मेरा अनुमान था कि वे घर से चलते समय ही जो कुछ खाती हैं फिर घर लौटकर ही खा पाती हैं। बीच में दुकान वगैरह का कुछ नहीं खातीं। उन्होंने कहा कि घर से खाना खाकर ही निकली थी। अभी कुछ खाने का मन नहीं है। यूँ ही गपशप में आधा घंटा गुजर गया। काम का भूत जो मेरे मन-मस्तिष्क पर सुबह से सवार था, उतर चुका था। अब सामने बीसों वर्षों से माधुरी के साथ होने की दबी हुई इच्छा थी और सामने वे थीं। भावावेश में बातें चुक गईं तो मैं उठ खड़ा हुआ। बोला–"चलिए।" वह भी कमरे से बाहर आईं और उन्हें लेकर आवास लौट आया। पत्नी के जमाने में आवास पर उनका आना-जाना था। बेटी उनको पहचानती थी और किसी परिवार के साथ अपने को समंजित कर लेने में उन्हें कठिनाई नहीं होती। थोड़ी देर में ही वे सहज भाव से परिवार का अंग बन गईं।

सोफा पर अगल-बगल बैठकर हमने साथ-साथ चाय पी। फिर वे घर के सदस्यों से मिलने चली गईं। लौटीं तो उनके स्कूल पर चर्चा छिड़ गई। बोलीं कि अब पहले वाली बात नहीं है लेकिन प्रधानाध्यापिका कड़ी हैं। अपने ईमानदार तो नहीं हैं लेकिन अध्यापिकाओं की ईमानदारी खोजती रहती हैं। फिर बताने लगीं कि कैसे शीला का मैटरनिटी लीव काट दिया। सारी अध्यापिकाएँ बेहद खफा हैं।

माधुरी की एक खूबी है कि बातें खूब करती हैं। एक में एक प्रसंग निकालती रहती हैं। बातों में बोर नहीं होतीं और न होने देती हैं। इस बीच नाश्ता की प्लेट आ गई थी और हमने उनसे लेने का आग्रह किया था। बातें स्कूल में पढ़ाये जाने वाले विषयों पर आ गई थीं। मैंने पूछा था कि वे क्या पढ़ाती हैं? तो बोली कि शिक्षक तो जीव विज्ञान की हूँ। किन्तु भूगोल पढ़ाती हूँ। जीव विज्ञान के तीन-तीन शिक्षक हैं लेकिन भूगोल का एक भी नहीं है। "किन्तु भूगोल कैसे पढ़ा पाती हो?" मैंने पूछा। बोली–"पढ़कर आना पड़ता है।" आखिर स्कूल से घर और घर से स्कूल आने-जाने में ही तुम्हारा सारा समय जाया हो जाता है तो पढ़ती कब हो? "उसी में किताबें उलट लेती हूँ," सहज भाव से बोलीं। गरीब और कमजोर पिछड़े बच्चों

के सरकारी स्कूलों की दुर्दशा का चित्र सामने आ गया। लगा कि कितनी विडम्बना है। जबसे पिछड़ों और वंचितों ने स्कूल जाना शुरू किया, अगड़ों ने अपने बच्चों के लिए अलग संभ्रांत स्कूल खोल लिया। उन्हें अपने बच्चों के संस्कार बिगड़ने का खतरा है। तभी तो इक्कीसवीं सदी में भी हर स्कूल के पास विषयवार शिक्षक तक नहीं हैं, कैसे होगी गुणवत्तापूर्ण शिक्षा?

मुझे याद है कि उन्होंने अपनी समस्याओं पर एक-दो घंटे का समय माँगा था और वह भी अकेले में। मैंने नौकर से कहकर बगल के कमरे में उनका बिस्तर लगवाया। खाना खाकर वे आराम करने गईं तो मैंने भी खाना खाया। वैसे खाना की बजाय मन उनकी समस्याओं में उलझा हुआ था और बार-बार सवाल उठता था कि एकान्त में क्या बातें करूँगा।

लगभग दस बजे मैं उनके कमरे में आया। वे थककर सोई थीं। लेकिन आँखों में नींद नहीं थी। हड़बड़ाकर उठ बैठीं। मैंने आराम से बैठने का इशारा किया और उनके बिस्तर पर एक ओर बैठ गया। बोला–"क्या कहना चाहती हैं?"

रुक-रुककर पिछले वर्ष की बीमारी और उससे निजात पाने की स्थितियों की चर्चा की उन्होंने। बातों से घर के आन्तरिक सम्बन्धों में आई खटास स्वत: झलक आई। मुझे लगा कि घर की पीड़ा उन्हें बहुत साल रही है लेकिन शुरू से ही घर से ही लगाव रखा, बहनों और भाइयों को सम्हाला, पढ़ाया, लिखाया, नौकरियाँ लगवाईं इसलिए घर छोड़ने में भी एक सामाजिक नैतिक संकट है। एक लम्बी साँस लेकर बोलीं कि रिटायरमेंट के बाद पैरालाइसिस के शिकार उनके पिताजी ने कैसे उन्हें चरित्रबल की शिक्षा दी? कैसे रोज पिता की सेवा कर स्कूल जाती और फिर लौटती तो बिना खाये-पिये देखभाल करती। लेकिन उन्हें देखने वाला कोई नहीं है। बीमार पड़ी तो गोरखपुर में जीजा के यहाँ रही। उन्होंने ही तीमारदारी की और संयोग से बच गई तो वे ही कुछ सहारा भी देते हैं। बाकी तो सभी स्वार्थी हैं। अपने जीजा प्रो. त्रिपाठी की बातों को भी बताया कि वे कहते हैं कि यदि कुछ दिन जिन्दा रहना है तो घर की चिन्ता छोड़ो। जहाँ नौकरी है वहीं आवास लेकर चैन से रहो। मन जैसे प्रसन्न रह सके वैसा ही सोचो और करो। लगभग घंटे भर तक उनकी बातें सुनता रहा। वे काफी हल्की हुईं। बीच-बीच में उनकी आँखें डबडबाईं भी लेकिन आँसुओं को गिरने नहीं दिया।

मैंने ढाढ़स बँधाया और समझाने की कोशिश की कि समय का फेर हुआ करता है। आपने परिवार के लिए त्याग किया है तो अब पछताने की आवश्यकता नहीं है। सब कुछ धीरे-धीरे ठीक हो जाएगा। लेकिन त्रिपाठी जी की बातें सही हैं। यदि आप वैसा कर सकती हैं तो अनुचित नहीं है। घर से कुछ लगाव घटाने से प्रेम सम्बन्ध अच्छे बने रह सकते हैं। लेकिन बहुत सोचने पर भी इसका अर्थ नहीं समझ सका कि जो सोचो वह करो, का क्या अभिप्राय है?

वे चुप रहीं।

मैंने बात आगे बढ़ाई। कुछ दिनों के लिए शहर में आवास ले लीजिए और रोज-रोज की भाग-दौड़ से बचिए, फिर पूरी तरह स्वस्थ हो जाने पर देखा जाएगा। बोलीं–ऐसा भी करके देख लिया है। जिन्होंने मेरे कतरे-कतरे को निचोड़ा है वे मुझे अकेले भी नहीं रहने देते। दो-चार दिन के अन्तराल पर दौड़कर आ जाते हैं और घर चलने की जिद करने लगते हैं। उनकी बेचैनी और प्रेम देखकर मैं सरेंडर कर जाती हूँ। क्या करूँ समझ में नहीं आता। वे सिसकियाँ लेने लगी थीं। मैंने उनके कंधे को सहलाया और ढाढ़स बँधाने की कोशिश की। मन उनकी पीड़ा से भरने लगा था लेकिन उनके आहत मन को सहलाने के अलावे विकल्प नहीं था। उन्होंने मेरे कंधे पर सिर रख दिया और रुक-रुक कर बोलीं–"आप ही कुछ रास्ता बताइए। सबकी कठिनाइयाँ दूर करते हैं। मेरी भी पीड़ा का समाधान करिए। मैंने आज तक आपसे कुछ नहीं कहा है। अब बरदाश्त नहीं हो रहा है।"

मैं समझ गया कि माधुरी के जीवन की यही विडम्बना है कि उन्होंने जीवन कैसे जीया जाता है, इसे कभी समझने की कोशिश नहीं की। पिता के उपदेशों से जोश में आकर जीवन के प्राकृतिक सम्बन्धों को उन्होंने नकार दिया। जीवन सिर्फ आदर्शों से शासित नहीं होता, उसकी अपनी जरूरतें भी होती हैं लेकिन आधी जिन्दगी गँवा देने के बाद उसे रास्ते पर भी नहीं लाया जा सकता। जीवन के संवेगों, भावनाओं, तरंगों को छोड़कर चलने पर यही होता है जो उनके जीवन में आज घटित हो रहा है।

मैंने उनके कंधे को अलग किया। वे कुछ आश्वस्त हुईं। उनके भीतर पीड़ा की जमी बर्फ कुछ पिघलने लगी थी। मैंने कहा कि भाइयों, बहनों को समझाना होगा। माताजी को तो इस जन्म में नहीं समझाया जा सकता। उन्हें प्रेम से समझाया कि हिम्मत से काम लीजिए। जीवन बड़ा अमूल्य है। इसे व्यर्थ नहीं गँवाया जा सकता। चिन्ताओं की भेंट नहीं चढ़ाया जा सकता।

वे चुप रहीं। मैंने उनके कंधे को सहलाया और कहा कि प्रो. त्रिपाठी सच कहते हैं लेकिन आप मन की कर सकें तब तो?

घड़ी पर नजर गई तो बारह बज रहे थे। नींद दूर जा चुकी थी। धीरे से उन्हें बिस्तर पर लिटाया और सुबह मिलने का वादा कर कमरे से बाहर निकल गया।

पटना से लौटने के बाद माधुरी की पीड़ा कम होने लगी थी और वह बीमारी के पूर्व की स्थिति में आने लगी थीं। अब उनसे फोन पर बातें प्रायः रोज होतीं। सुबह मुझे उनके फोन का बेसब्री से इन्तजार रहता। प्राणायाम, व्यायाम, स्नान हर घड़ी फोन की प्रतीक्षा करता लेकिन उसके आने का लगभग एक निश्चित समय था। वे घर से स्टेशन आतीं तो कभी-कभी अपने स्टेशन से अथवा स्कूल के लिए उतरने पर स्टेशन के किसी बूथ से फोन करतीं। यह काम बिना नागा होता। उस

समय तक उनके पास मोबाइल की सुविधा नहीं थी। इसलिए जब चाहे तब बातें करना सम्भव नहीं था। लेकिन सुबह-शाम उनके फोन की प्रतीक्षा रहती और मन उनका हेलो सुनने के लिए आकुल रहता। सोचता एक मोबाइल वे क्यों नहीं रखतीं? अथवा मैं ही एक मोबाइल खरीदकर क्यों नहीं दे देता। लेकिन यही बिडम्बना थी कि जो सोचता, वह हो नहीं पाता।

बीसवीं सदी के अन्तिम दशक की दो उपलधियाँ रही हैं। 86 की नई राष्ट्रीय शिक्षा नीति और नई राष्ट्रीय संचार नीति। राजीव गांधी चूँकि नई संचार व्यवस्था से जन्मे थे और उन्होंने अपना कैरियर पायलट से शुरू किया था, इसलिए देश के अवाम को नई तकनीक से जोड़ने का उनका सपना था। वे चाहते थे कि संवाद के पुराने साधनों की जगह संवाद के नए साधन हों। चूँकि दुनिया ग्लोबल बन रही थी इसलिए भारत जैसे विशाल आबादी वाले देश के लिए जरूरी था कि संचार के साधन तेजी से गाँव की गलियों तक पहुँचें और उनका धड़ल्ले से उपयोग सम्भव हो। संचार क्रान्ति जितनी तेजी से बढ़ रही थी शिक्षा उतनी नहीं। इन दोनों में व्यावसायिक घरानों, पूँजीपतियों के बड़े-बड़े प्रतिष्ठानों को पूरी आजादी और छूट दी जा रही थी। फिर भी ग्लोबल होती दुनिया में कारपोरेट घरानों और देशी-विदेशी पूँजी कम्पनियों ने संचार के साधनों में ही पूँजी लगाना फायदे का कारोबार समझा था। चूँकि शिक्षा की बजाय इसमें ज्यादा और जल्दी फायदे के अवसर दिखाई पड़ रहे थे। इक्कीसवीं सदी की शुरुआत यानी 2001-02 तक लगभग मोबाइल बाजारों में अपना स्थान बना चुके थे। आम आदमी की पहुँच तो इन तक नहीं थी लेकिन देश का मध्य वर्ग, बड़े-बड़े शहरों से छोटी-मोटी कम्पनियों में काम करने वाले लोगों की जेब तक मोबाइल पहुँचने लगा था। भारत संचार क्रान्ति के मामले में विश्व में दूसरे पायदान पर पहुँच गया था और यह देश की अपरिहार्य आवश्यकता थी। टेक्नोलॉजी और एडवांस सोच के मामले में शिक्षक पिछलग्गू जमात है। इसलिए उसके घरों में अभी मोबाइल का प्रवेश नहीं हुआ था। वह हैंडसेटों तक ही उपलब्धि मानता था। माधुरी का घर शिक्षा में एडवांस होते हुए भी अभी हैंडसेट से भी पीछे था। उन्हें लगता था कि यह एक फालतू खर्च है। लेकिन उनके छोटे कस्बेनुमा गाँव में फोन बूथ खुल गए थे। मन नहीं मानता था। छुट्टियाँ हो जातीं और बातें नहीं हो पातीं तो उन बूथों और पड़ोस के फोनों का इस्तेमाल करना पड़ता लेकिन एक हिचकिचाहट के साथ। एक बूथ उनके पड़ोसी का भी था इसलिए बातें तो हो जातीं लेकिन संकोच भी होता कि लोग क्या कहेंगे?

हमारे पास मोबाइल की सुविधा थी इसलिए हमें तो कोई दिक्कत नहीं थी। चाहे जब उनका फोन आए लेकिन उनके पास फोन नहीं होने से हमें परेशानी थी। मैं सोचा करता कि उनके पास मोबाइल होता तो इतना लम्बा इन्तजार नहीं करना पड़ता। रोज की तरह एक दिन उनका फोन आया तो आवाज में खनखनाहट ज्यादा

थी। सामान्य कुशल समाचार के बाद पूछा कि आज कुछ अतिरिक्त खुश नजर आती हो, क्या बात है?

शनिवार को महाशिवरात्रि की छुट्टी है। दो दिन घर रहने की बजाय पटना में इसका सदुपयोग करना चाहती हूँ। भूगोल की किताबों के सम्बन्ध में पिछली मुलाकातों में जो चर्चा हुई थी उसे आगे बढ़ाने की इच्छा है।

मैंने अभी तक कोई प्रतिक्रिया व्यक्त नहीं की थी। बोलीं–क्या उन तिथियों को आप पटना में रहेंगे? क्या हम इन छुट्टियों का उपयोग साथ-साथ कर सकते हैं?

मैंने खुशी को छुपाते हुए कहा–आपकी व्यथा दूर करने के हर प्रयास में मुझे प्रसन्नता होगी। वैसे तो मेरी योजना बाहर रहने की थी लेकिन मैं एक दिन पहले आपके शहर में आ जाऊँगा। चार-पाँच बजे के बीच बस स्टैंड पर मिलूँगा। बेहतर हो आप स्कूल से सीधे वहीं आ जाएँ। फिर उस दिन भी हम बातें कर लेंगे। अभी तो एक हफ्ते का समय है।

लगा कि एक सार्थक दिन आज गुजरा है। अगले शनिवार और रविवार की यादें दिल दिमाग पर अभी से छाने लगी थीं। बार-बार लगता कि शनिवार लम्बा क्यों हो रहा है?

बस स्टैंड पर पहुँचे तो शाम के चार बजे थे। हाई स्कूल की परीक्षाएँ अभी-अभी गुजरी थीं और इंटर की परीक्षाएँ शुरू थीं। शहर में भीड़ पहले जैसी नहीं थी। एक तो इंटर में छात्र यूँ ही कम होते हैं दूसरे वैकल्पिक विषयों के कारण एक साथ कम ही परीक्षार्थी परीक्षा देते हैं। बसें और टैक्सियाँ यात्रियों को बिठाने के लिए आगे-पीछे कर रही थीं। यात्री दौड़ते हुए पहुँच रहे थे क्योंकि उनके गाँव के लिए ये बसें आखिरी थीं।

गाड़ी रुकी तो बाहर निकल कर देखा कहीं उनका अता-पता नहीं था। मैं सोच ही रहा था कि कब तक इन्तजार करना पड़ेगा कि माधुरी रिक्शा से आती दिखीं। वे गाड़ी में आईं तो मैं भी पीछे की सीट पर आ गया। उनके अभिवादन का जवाब देकर बैठा तो लगा कि कई दिनों की यात्रा की थकान अचानक खत्म हो गई है और मैं तरोताजा हो गया हूँ।

ड्राइवर ने शीशे उठा दिए थे और सूरज डूबने की ओर तेजी से बढ़ रहा था। बस पड़ाव से रास्ते के लिए कुछ सेब खरीदे थे। वहीं से कटवा भी लिए थे। सेब उनकी ओर बढ़ाए। नानुकुर करते हुए कुछ टुकड़े लिए उन्होंने। बोलीं–"मुश्किल से आई हूँ। परीक्षाएँ चल रही हैं और वो पाँच बजे खत्म होने वाली थीं।"

"फिर ड्यूटी छोड़ कर आईं कैसे?" मैंने जिज्ञासा की।

"शुभ्रा मेरे साथ थी और प्रधानाध्यापिका छोड़ने को राजी हो गईं। कापियाँ बटोरने और जमा करने का काम वह कर लेगी।" माधुरी ने एक लम्बी साँस ली। लगा कि उनके ऊपर से एक बड़ा बोझ उतर गया है।

"शुभ्रा कैसी है?" मैंने जिज्ञासा की।

"अच्छी है। उसका हमेशा चकचक ही रहता है।" उनकी बातों में उसके प्रति व्यंग्य और तिरस्कार का भाव दिखा।

याद आया कि शुभ्रा उस स्कूल ही नहीं शहर की चर्चित अध्यापिका है। उसकी चर्चा उस जमाने से है जब यह शहर अनुमंडल हुआ करता था और दीपेन्द्र यहाँ का एस. डी. ओ. होता था। तब नए आई. ए. एस. ही एस. डी. ओ. होते थे। एक तरह से उनका ट्रेनिंग पीरियड होता था। लॉ-एंड आर्डर, रेवेन्यू सारे प्रशासनिक कार्यों को वे न केवल सीखते थे बल्कि पूरे अनुमंडल की विधि व्यवस्था, राजस्व, सामाजिकता की सारी जवाबदेही उनकी थी। दीपेन्द्र की पहली पोस्टिंग थी और वह जितना खूबसूरत और स्मार्ट था उतना ही रंगीन भी। एस. डी. ओ. की अनुकंपा चाहने वाले लोग उसकी कमजोरी का लाभ उठाते। काम चुटकियों में होता। शुभ्रा भी दीपेन्द्र के आवास तक पहुँचा दी गई थी और दोनों के रिश्ते शहर में चर्चा के विषय बन गए थे।

उस समय शुभ्रा यही कोई पचीस-तीस की होगी। पतली, छरहरी, गोरी, सुग्गे के ठोर की तरह पतली नाक, बिम्बाफल के समान लाल होंठ, कसे उन्नत उरोज और मस्तानी चाल। सड़क से गुजरती तो सेंट की खुशबू दूर तक फैल जाती। घर में सिर्फ माँ, एक भाई और सारे बंधनों से मुक्ति। एस. डी. ओ. ने स्कूल की नौकरी दिला दी थी तब वही स्कूल का अध्यक्ष होता था। इसलिए उसकी कृपा का पात्र थी।

"क्या सोच रहे हैं? शुभ्रा याद आ रही है क्या?" माधुरी ने बीच में ही चिन्तन को ब्रेक लगा दिया।

"तुम लोग स्कूलों में अपनी ही सहकर्मियों के साथ ऐसा भाव रखती हो?" पूछा मैंने।

"वहाँ सब एक से एक हैं। घाट-घाट का पानी पीए हुए हैं। उनमें अध्यापक का एक भी गुण है क्या? आप तो जानते ही हैं कि आठ महिलाएँ और दो पुरुष हैं। लेकिन पुरुष प्राय: महिलानुमा ही हैं। वे आपस में कितनी अश्लील बातें करते हैं। आपको क्या बताऊँ।" माधुरी पूरी रौ में थीं।

"गर्ल्स स्कूलों में अब यही सब होता है क्या?" मैंने आश्चर्य से पूछा।

"आप जितना सोचते हैं उससे भी आगे।"

"एक दिन पांचाली अनिल से कह रही थी कि देखते हैं अनिल बाबू इस विनीता को। इसके पाँच यार हैं। कितना कस के आती है। मुझे तो सुनकर घृणा हो गई। अपनी ही छात्राओं पर ऐसा कमेंट। हे भगवान! और सुनीता वह भी पांचाली से कम नहीं? रोज उससे सभी हालचाल पूछते हैं। स्टाफरूम में घर की कहानियाँ सुनाती हैं। कैसे वकील साहब कचहरी जाने के पहले.......और स्कूल से आने के बाद

उतावले हो जाते हैं।'' भीतर कुछ मथने लगा था। स्कूलों में यह कौन सा पाठ्यक्रम चलने लगा है।

माधुरी ने एक घंटे में जो कुछ कहा, कलेजा काँप गया। लगा भीतर कुछ आक्सीजन की कमी हो गई है और साँस घुट रही है। अंधेरा पूरी तरह घिर आया था और हम एक दूसरे शहर से गुजर रहे थे। मन प्रकृतिस्थ हुआ तो कहा, ''छोड़ो इन बातों को। अब अध्यापक नौकरी कर रहे हैं। राष्ट्र के लिए बच्चे-बच्चियों की तैयारी का सपना सरकारीकरण के भूत ने लील लिया है। कभी स्कूलों की कक्षाएँ और स्टाफ रूम नए-नए ज्ञान, नई-नई सूचनाओं के केन्द्र होते थे और इसलिए कोठारी ने अपने 64-66 के आयोग की रपट का नाम 'शिक्षा : राष्ट्रीय विकास के लिए' रखा था और स्कूलों की कक्षाओं में देश का भविष्य पलने की बात कही थी। लेकिन देश की नई आर्थिक नीतियों ने सब कुछ बदल कर रख दिया है। देश और समाज का पूरा पिरामिड ही उलट गया है।''

गंडक पुल के पहले गाड़ी रुकवाई और पानी पीकर प्रकृतिस्थ हुआ तो ड्राइवर से दो कप चाय मँगवाई। चाय पीकर आगे बढ़े तो हमारे बीच एक घोर चुप्पी पसर गई। दिमाग में उठे हुए सवाल उमड़-घुमड़ रहे थे और बार-बार तक्षक प्रश्न डँस रहा था। क्या इसलिए शिक्षक संगठन ने इतनी लड़ाइयाँ लड़ी थीं? हाजीपुर का जाम रहने वाला गांधी सेतु कब पार हुआ, पता नहीं चला? लगभग नौ बजे हम घर पहुँचे तो फ्रेश होने चले गए। चाय आई तो भूगोल पर चर्चा शुरू हो गई। ''इतनी व्यस्तता में आप लिखने का वक्त कैसे निकाल पाते हैं?'' पूछा माधुरी ने।

''वही तो जीवन का सच है। जानती हो एक बार एक जिला शिक्षा पदाधिकारी ने क्या टिप्पणी की थी मुझ पर?'' मैंने उनके चेहरे पर नजर गड़ा दी!

''कहा था कि आप छपते-छपते रह गए। मतलब? तब मैंने भी यही सवाल पूछा था उससे? बोला—अखबारों में कुछ समाचार छपते-छपते में छपते हैं। यदि आप इस राजनीति में नहीं आते तो अच्छे लेखक बन सकते थे। लेकिन...

''मुझे भी लगा कि यह सच कह रहा है। सचमुच मैं छपते-छपते रह गया। खैर छोड़ो इन बातों को। सोने से पहले कुछ चुनावी काम कर सकती हो?''

''जरूर कर दूँगी।''

''तब फिर खाने के बाद मेरे कमरे में आओ। देर तक लिखना होगा।''

माधुरी आई और उसने देर तक हमारे कई दिनों के लिखने के कामों को निबटाया। बीच-बीच में धृष्टता कर जब उनके हाथों को सहलाता तो उनके चेहरे पर प्रसन्नता की लकीरें खिंच जातीं।

सुबह छत पर टहल ही रहा था कि माधुरी तैयार होकर आईं।

''अरे आप अभी तक तैयार नहीं हुए। हम तो मन्दिर से लौट आए।''

''बहुत खूब,'' मैंने प्रसन्नता को उजागर करते हुए कहा।

''आज महाशिवरात्रि है और मैं यह व्रत बचपन से ही करती आ रही हूँ।''

''इसलिए तो शिव ने तुमको अकेली रहने का वरदान दिया है।''

''अब यही अच्छा लगता है। कहाँ बाल-बच्चों के पचड़े में पड़ती?''

''पचड़े में तो तुम हो ही। जब बाप के सारे दायित्वों को ढो रही हो तो इससे बड़ा पचड़ा क्या होगा? ....लेकिन आज जो पचड़ा लगता है कल वही जरूरी लगेगा। जब अपना कोई नहीं होगा'।' वह चुप लगा गईं! ज्यादा बोलने वाली उनकी जबान अचानक बन्द हो गई। लगा कुछ सोच रही हैं।

''मैं निकलना चाहती हूँ।''

''अरे तुमने तो दो दिन का कार्यक्रम बनाया था।''

''महाशिवरात्रि के दिन आपको प्रणाम कर लिया, काफी है यह, घर बोलकर नहीं आई थी।''

''तब मैं भी निकल जाऊँगा। चलो तुम्हें रास्ते में ही छोड़ दूँगा।''

जल्दी-जल्दी तैयार होकर निकले तो फिर शिवरात्रि पर उनके प्रवचन शुरू हो गए। हाजीपुर स्टेशन पहुँचे तो पता चला गाड़ी जा चुकी है। चलो मुजफ्फरपुर में गाड़ी पकड़वा देंगे। दो घंटे और तुम्हारा सान्निध्य मिल जाएगा। दो घंटे कब बीते, पता ही नहीं चला। ड्राइवर को टिकट लाने को कहा तो गाड़ी में हम दोनों अकेले रह गए।

''फिर कब मिलोगी?''

''जब आप कहेंगे। वैसे कुछ पहिले कहिएगा।'' उनका चेहरा सुर्ख लाल हो गया था।

ड्राइवर टिकट लेकर आता दिखा तो मैंने उनके हाथों को चूम लिया। कहा-''इसे ही विदा समझना।'' वह प्लेटफार्म की ओर बढ़ने लगीं तो मेरी गाड़ी सरकने लगी थी और दिमाग में महाशिवरात्रि का संगीत गूँजने लगा था।

अप्रैल 2002 के चुनावों में माधुरी ने भरपूर सहयोग किया। इस चुनाव में जिले में शिक्षकों और शिक्षिकाओं की अभूतपूर्व भीड़ उमड़ी जबकि कुछ राजनीतिक शक्तियाँ विशेषकर सीवान अनुमंडल के बूथों पर बेहद आक्रामक विरोध कर रही थीं और मतदाताओं को अपना मत देने से रोक रही थीं।

15

सन् उन्नीस सौ नब्बे में हीरक जयंती के दौरान तय हुआ था कि शिक्षा में निजीकरण और बाजारीकरण के बढ़ते खतरे से शिक्षकों, छात्रों एवं जनगण को जगाने के उद्देश्य से 'शिक्षा बचाओ : देश बचाओ' नारे के तहत राज्य में अभियान चलाया जाएगा किन्तु यह अभियान पूर्णिया प्रमंडल तक ही सिमट कर रह गया। उसी क्रम में हम

प्रसिद्ध कथाकार फणीश्वर नाथ रेणु के गाँव पहुँचे थे। इस अभियान में बिहार प्रगतिशील लेखक संघ भी हमारे साथ था।

कैपिटल एक्सप्रेस उस दिन साढ़े सात बजे ही कटिहार पहुँच गई। साथियों को विश्वास नहीं था कि सही समय पर पहुँचेगी। इसलिए जीवन बाबू पिछड़ गए। कोच के सामने देवानंद, डॉ. ओम प्रकाश जायसवाल, जिला सचिव और अशोक कुमार पाठक, सदस्य, राज्य कार्यकारिणी के नेतृत्व में सच्चिदानन्द, रहमान सहित दर्जनों शिक्षक साथी मौजूद थे। उन्होंने हमें मालाएँ पहनाईं और संघ जिन्दाबाद के नारे लगाए। स्टेशन की भीड़ अकचका गई।

देवानन्द की गाड़ी में शत्रुघ्न प्रसाद सिंह, अध्यक्ष एवं डॉ. ब्रज कुमार पांडेय के साथ अन्य साथी सवार हुए। दूसरी गाड़ी में हमारे साथ महादेव मिश्र, संयुक्त सचिव, राजेन्द्र प्रसाद, परीक्षा सचिव और जिला सचिव आदि सवार हुए। अन्य स्थानीय साथी तीसरी गाड़ी पर सवार हुए।

गांधी विद्यालय पहुँचें तो भारती कुमारी, प्रधानाध्यापिका भी आ पहुँचीं। उन लोगों ने इसी विद्यालय में फ्रेश होने और जलपान का इंतजाम कर रखा था लेकिन हमारी तो अपनी आदतें हैं। उस समय न तो फ्रेश होने की मानसिकता थी और न वहाँ विलम्ब करने की इच्छा। चाय पीकर किसी प्रकार माफी माँगी तो संघ भवन देखने का प्रस्ताव सामने आ गया। इनकार नहीं कर सके। यही तो मक्का मदीना है हम लोगों का।

वहाँ पहुँचे तो साढ़े आठ बज चुके थे। यद्यपि अभी तक दो कमरे और बरामदा ही बन पाया है। काफी साफ-सुथरा और आकर्षक लगा। जमीन काफी है और मुहल्ला भी काफी अच्छा है रहने लायक। पत्नी का पटना स्थानान्तरण करवाकर सच्चिदानन्द जी जान से संघ भवन बनवाने में जुटे रहे हैं और उन्हें काफी हद तक सफलता भी मिली है।

कुछ किलोमीटर आगे बढ़े तो रास्ते में 'शिक्षा बचाओ : देश बचाओ' का गेट और बैनर दिखाई पडा़। सामने चाँदी रजीगंज का उच्च विद्यालय। अध्यापक, छात्र सभी मालाएँ लेकर रास्ते में खड़े थे। गेट के अन्दर गए तो तुरन्त चाय-बिस्किट हाजिर। पंडित चन्द्रकांत झा मोटरसाइकिल से जल्दी-जल्दी बुलाए गए। उनकी गाड़ी रास्ते में ही खराब हो गई थी। आते ही मंगल पाठ में भिड़ गए। पूरी तन्मयता और मनोयोग के साथ उन्होने मंगल कामना की। प्रफुल्ल कुमार सिन्हा, संजय मिश्र आदि उत्साह के साथ नाश्ता कराने में मगन थे और बच्चे फोटो खींचने में।

साढ़े नौ बजे बेलौरी पहुँचे तो बच्चे सड़क पर ही अनचित साह उच्च विद्यालय के प्रभारी प्रधानाध्यापक भुवनेश्वर सिंह के नेतृत्व में दोनों ओर लम्बी कतार बनाए खड़े थे। सामने गेट पर शिक्षा बचाओ: देश बचाओ का बैनर लहरा रहा था। उतरते ही भुवनेश्वर सिंह, अब्दुल लतीफ, रामवृक्ष, नरेन्द्र मोहन झा, फसाहत हुसैन,

मो. मोहसिन, रेणु कुमारी आदि शिक्षकों ने आगे बढ़कर हमारा स्वागत किया। सुधीर, जनार्दन और प्रेम लाल भी उनके साथ पूरे उत्साह में रहे। छात्र-छात्राओं की कतारों के बीच गुजरना और उनका अभिवादन अच्छा लगा। पूर्णिया का सर्किट हाउस साफ-सुथरा और व्यवस्थित लगा। जल्दी-जल्दी तैयार होकर नाश्ता किए तब तक 11.30 बज गए। प्रथम सत्र शुरू होने का वक्त हो आया। जिला स्कूल में डॉ. शारदा प्रसाद सिंह, एम. एल. सी. हमारा इन्तजार कर रहे थे। कार्यक्रम शुरू होने में कुछ देर थी। पिछले राज्य सम्मेलन के दो वर्ष बाद आज यहाँ आने का मौका मिला था।

यूँ तो पूर्णिया का जिला स्कूल काफी पुराना है और अन्य जिला स्कूलों की तुलना में इसका आकर्षक भवन जैसे-तैसे कुछ मेन्टेन्ड भी है। सामने पसरे विशाल प्रांगण में यत्र-तत्र कुछ पेड़-पौधे भी हैं। लेकिन अवांछित पौधों का जंगल पसरा पड़ा है। शायद इतने विशाल प्रांगण की सफाई और मेन्टेनेन्स भी आसान और सम्भव नहीं है। अब कितनी बड़ी विडम्बना है कि बिहार में जिला स्कूल कभी आदर्श स्कूल हुआ करते थे और उनमें नाम लिखाना गौरव की बात मानी जाती थी। एक जमाने में प्रथम राष्ट्रपति डॉ. राजेन्द्र प्रसाद, छपरा के जिला स्कूल के ही छात्र थे। लेकिन आज सरकार ने इसकी सर्वाधिक दुर्गति कर रखी है। निजीकरण और व्यावसायीकरण की मार के शिकार ये भी हैं। इसलिए लगभग 1500 छात्रों वाले इस विद्यालय में शिक्षकों की सृजित 32 इकाइयों में मात्र 15 पर ही अध्यापक कार्यरत हैं। शेष इकाइयों को भरने की चिन्ता से सरकार बेखबर है। सेवानिवृत्ति की रफ्तार तेज होने से उनकी भी संख्या लगातार घटती जा रही है। प्राचार्य इन सब बातों से काफी क्षुब्ध और कुंठित नजर आए। बेबश और लाचार भी दिखे।

सभा भवन में पहुँचे तो सारी तैयारी पूरी हो चुकी थी। टी. वी. वाले कार्यक्रम के शुरुआती दौर का फोटो लेने के लिए बेचैन थे। दीप प्रज्वलित हुआ। मंगलगान और स्वागतगान के बाद जयकृष्ण मेहता ने स्वागत भाषण की औपचारिकता पूरी की। समारोह का उद्घाटन करते हुए हमने शिक्षा का अधिकार विधेयक 2005 और राष्ट्रीय पाठ्यचर्या की विसंगतियों की पूरी चर्चा की और आम जन की शिक्षा के धर्मयुद्ध में अभिभावकों, शिक्षकों, छात्रों, राजनेताओं और मीडिया को शामिल होने का आह्वान किया। डॉ. शारदा प्रसाद सिंह तथा अन्य अतिथियों के बाद श्री शत्रुघ्न प्रसाद सिंह, अध्यक्ष ने मुख्य अतिथि के रूप में एक प्रभावी भाषण दिया। चन्द्रभूषण के स्वर में दुष्यंत की प्रसिद्ध गजल 'यहाँ दरख्तों के साये में धूप लगती है', 'चलो यहाँ से चलें और उम्र भर के लिए' के साथ प्रथम सत्र के कार्यक्रम का समापन हुआ तो घड़ी तीन बजा चुकी थी और डॉ. बहरदार बी. बी. एम. उच्च विद्यालय में भोजन के लिए आमंत्रण दे चुके थे।

बी. बी. एम. उच्च विद्यालय के द्वार पर हाथों में मालाएँ लिए छात्र कतारबद्ध खड़े थे। एन. सी. सी. के छात्र भी सैल्यूट करने की मुद्रा में थे। उतरते ही अध्यापकों

के नेतृत्व में छात्रों ने सोत्साह स्वागत किया। अन्दर बहरदार ने एक कक्ष में संक्षिप्त सभा का आयोजन कर रखा था। स्वागत करने के उपरान्त उन्होंने भोजन हेतु आमंत्रित किया और पलभर में पूरे बरामदे में भोजनार्थियों की कतारें सज गईं। सादा भोजन काफी सुस्वादु और रुचिकर था।

डॉ. ब्रजकुमार पांडेय के साथ परिसदन में दो घंटे विश्राम कर पुनः जिला स्कूल आए तो दूसरे सत्र में काफी विलम्ब था। सभी चारों ओर बिखरे थे और शहर के लोग अभी घरों और दफ्तरों से छूटे नहीं थे। इसलिए पाँच बजे से शुरू होने वाला सत्र छः बजे तक मुल्तवी हो गया। लगभग साढ़े छः बजे सत्र जुड़ा तो बिहार प्रगतिशील लेखक संघ के अध्यक्ष डॉ. ब्रज कुमार पांडेय ने दीप प्रज्वलित कर सज्जाद जहीर की शतवार्षिकी एवं प्रेमचन्द की एक सौ पच्चीसवीं जयन्ती का शुभारंभ किया। पूर्णिया जिला प्रगतिशील लेखक संघ के महासचिव देवानन्द ने अतिथियों का स्वागत किया और शत्रुघ्न प्रसाद सिंह ने सज्जाद जहीर और प्रगतिशील लेखन के इतिहास में सज्जाद जहीर की भूमिका को रेखांकित किया। फिर हमने आज के सन्दर्भ में प्रेमचन्द की प्रासंगिकता पर विस्तार से चर्चा की और सामंतवाद, साम्राज्यवाद और पूँजीवाद के खिलाफ उनके तिहरे संघर्ष को रेखांकित किया। डॉ. नामवर सिंह के इस कथन कि–वास्तविकता का स्तर उद्‌घाटन करने में प्रेमचन्द का जवाब नहीं? को उनकी रचनाओं के उद्धरणों से प्रतिपादित किया। लगभग साढ़े आठ बजे शुरू हुआ कवि सम्मेलन। नए–पुराने कई प्रकार के कवि सोत्साह कविताएँ सुनाते रहे। कई कवयित्रियाँ भी कविता पाठ करने आईं। मंजुला उपाध्याय की ये पंक्तियाँ काफी सराही गईं :

''जुल्मो सितम से हम कभी घबरा नहीं सकते,
झुककर तेरे कदमों में कभी आ नहीं सकतें।''

रात जैसे–जैसे भीगती रही, कवि सम्मेलन जवान होता रहा। देवानन्द का संचालन कवि सम्मेलन को प्राणवन्त बनाता रहा कि घड़ी की सूई ग्यारह पर पहुँच गई। उग्रवाद के कारण बिहार के शहर आजकल जल्द ही आँखे बन्द कर लेते हैं। रात की बढ़त के साथ ही सबके दिल–दिमाग पर बेवजह एक बोझ महसूस होने लगा कि कलम इस दौर के हालात का बयान करने में थकने लगी है। इसलिए उर्मिलेश की इन पंक्तियों के साथ कवि सम्मेलन के समापन की घोषणा करनी पड़ी–

'बेवजह दिल पे कोई बोझ न भारी रखिए,
जिन्दगी जंग है, इस जंग को जारी रखिए।
अब कलम से ना लिखा जाएगा इस दौर का हाल,
अब तो हाथों में तेज कटारी रखिए।'

पाँच अगस्त की तारीख धीरे–धीरे गुजर रही थी। आज अगस्त की छठी तारीख थी। सुबह नौ बजे हम जिला स्कूल पहुँचे तो गाड़ियाँ जैसे–तैसे खड़ी थीं और यात्रा

दल के साथी इधर-उधर चर्चा में व्यस्त थे। सवा नौ बजे ही जिलाधिकारी को पहुँचना था। समय कम था। नूतन को निर्देश देकर जल्दी-जल्दी गाड़ियों को सिलसिलेवार पंक्तिबद्ध कराया, बैनर लगवाया और जयकृष्ण मेहता जी को जिलाधिकारी से सम्पर्क करने को कहा ताकि समय पर यात्री दल रवाना हो सके।

नूतन देवानन्द का प्रस्ताव था कि जिला स्कूल के प्रांगण से हम पैदल ही चौक तक मार्च करें और वहाँ से गाड़ियों पर रवाना हों। उनकी समझ थी कि इससे मीडिया में कवरेज ज्यादा होगा। लेकिन उस समय यह निर्णय व्यावहारिक नहीं लगा। इसे खारिज कर हम अपनी तैयारी कर ही रहे थे कि जिलाधिकारी आ पहुँचे। सुन्दर, युवा एवं आकर्षक व्यक्तित्व के धनी हैं पूर्णिया के जिलाधिकारी श्री अरविन्द कुमार चौधरी। पहली मुलाकात थी। मेहता जी से यह जानकर कि हमारी शिक्षा यात्रा को रवाना करने का प्रस्ताव उन्होंने सहर्ष स्वीकार कर लिया था, काफी अच्छा लगा। औपचारिक बातचीत के बाद जिलाधिकारी ने झंडी दिखाई और हम कुछ पैदल चलकर अपनी-अपनी गाड़ियों में आ बैठे। सबसे आगे आह्वान सांस्कृतिक दल के कलाकार चन्द्रभूषण और सोनाली चक्रवर्ती के साथ थे। नूतन और कुछ अन्य कलाकार भी उसी गाड़ी में सवार हो गए। उनके पीछे हमारी गाड़ी थी, जिस पर बिहार माध्यमिक शिक्षक संघ के अध्यक्ष शत्रुघ्न प्रसाद सिंह, महासचिव केदार नाथ पांडेय, संयुक्त सचिव महादेव मिश्र, परीक्षा सचिव, राजेन्द्र प्रसाद आदि और इसके बाद अररिया, कटिहार, किशनगंज एवं पूर्णिया जिला संघों की कई गाड़ियाँ थीं जिन पर जिला माध्यमिक शिक्षक संघ के अध्यक्ष, सचिव तथा अन्य साथी सवार थे। फिर प्रगतिशील लेखक संघ, पूर्णिया की गाड़ी और आह्वान सांस्कृतिक दल की दूसरी गाड़ी थी।

घड़ी साढ़े नौ बजा रही थी। सूरज निकलना चाहते हुए भी मुँह छिपाए जा रहा था, लेकिन मौसम में उमस भरी हुई थी।

''ले मशालें चल पड़े हैं लोग मेरे गाँव के।
अब लड़ाई लड़ रहे हैं, लोग मेरे गाँव के।
अब अँधेरा जीत लेंगे, लोग मेरे गाँव के।।''

चन्द्रभूषण और सोनाली के कोरस के साथ रवाना हुआ यात्री दल। सड़क पर पहुँचते-पहुँचते शान्ति गीत शुरू हो गया।

''ऐ सितारो आओ गायें अमन छा जाने के गीत।
बादलो बरसो झमाझम मैल धुल जाने के गीत।।''

यह महल्ला पूर्णिया नगर का व्यस्ततम हिस्सा है। सड़क के दोनों ओर दुकानों में पसरी स्त्री-पुरुषों की भीड़ गाड़ियों के काफिले देख और गीतों की आवाज सुन एकाग्रचित हो गई। छत पर स्त्री-पुरुष एवं बच्चों की निगाहें हम पर केन्द्रित हो गईं। हम धीरे-धीरे आगे बढ़ ही रहे थे कि नूतन ने गाड़ियों को रोकने की झंडी

दिखा दी। शायद पत्रकार हमें रोककर फोटो खींचना चाहते थे। बुरा लगा। ये पत्रकार और मीडिया वाले भी अजीब हैं। फोटो खींचने के नाम पर सारा सिस्टम गड़बड़ा देने का इनको अधिकार प्राप्त हो जाता है। खैर, गाड़ियों को पंक्तिबद्ध कर चौक से आगे बढ़े तो फिर पत्रकारों ने रोका। शायद इस बार पत्रकारों का बड़ा दल कैमरा के साथ आ पहुँचा था। किनारे रोककर उतरे ही थे कि उनके कैमरे क्लिक कर गए।

थोड़ा टेढा फिर सीधा रास्ता पार करते आगे बढ़े तो गुलाबबाग, पूर्णिया के जवाहर लाल नेहरू स्मारक उच्च विद्यालय के द्वार पर प्रधानाध्यापक भरत लाल मांझी, शिक्षक, शिक्षिकाएँ, छात्र-छात्राएँ हाथों में मालाएँ लिए खड़े मिले। गेट से स्कूल के सभा स्थल तक छात्र-छात्राओं ने कतारें बना रखी थीं। उन्होंने फूल-मालाओं से यात्री दल का स्वागत किया। यह हमारी यात्रा का पहला पड़ाव था। धूप निकल आई थी और उसी धूप में बच्चों ने हमारे स्वागत में एक पिरामिड भी बना रखा था। दूर से वह किसी स्मारक जैसा प्रतीत होता था। लड़कियों के हाथों में तख्तियाँ लहरा रही थीं, जिनपर रंगबिरंगे नारे लिखे हुए थे।

'शिक्षा के बदलाव की लड़ाई में हम आपके साथ हैं। हमें संविधान प्रदत्त शिक्षा का अधिकार चाहिए। लगा कि यहाँ के अध्यापकों में शिक्षा के प्रति राजनीतिक चेतना है क्योंकि अध्यापक की चेतना के बगैर छात्रों के हाथों में ये नारे नहीं हो सकते थे। काश! इतनी ही चेतना देश के सभी शिक्षकों में होती तो बदलाव की लड़ाई निश्चित रूप से आसान होती। विद्यालय के बरामदे में तुरन्त सभा जुड़ गई और छात्राओं के स्वागत गान और प्रधानाध्यापक के स्वागत भाषण के बाद हमें इस शिक्षा यात्रा के उद्देश्य पर प्रकाश डालना पड़ा। बच्चे तब तक यात्री दल के साथियों को कोल्ड ड्रिंक परोस चुके थे।

यहाँ से निकले तो पता चला कि फिर पीछे की ओर जाना है। कुछ दूर चलकर कसबा की ओर बढ़े। रास्ते में नीतीश कुमार की न्याय यात्रा के कई गेट और बैनर नजर आए। राजग इस बार विधान सभा चुनावों में पूरी तैयारी के साथ उतरना चाहता है। इसलिए कहीं कोई कोर-कसर नहीं दिखाई पड़ती। चन्द्रभूषण और सोनाली लगातार गाये जा रहे थे। थकान के कोई चिह्न उनके चेहरे पर नहीं थे। यद्यपि मध्य बिहार की यात्रा के समान गाने वालों की अच्छी टीम उनके साथ नहीं थी और वाद्य यंत्रों की भी कोई व्यवस्था नहीं थी। फिर भी चन्द्रभूषण और सोनाली की आवाज का जादू लोगों को बाँधे जा रहा था। कसबा में सड़क पर ही अध्यापक और बच्चे फूल-मालाएँ लिए खड़े थे। सड़क से विद्यालय भीतर था। गाड़ियाँ पहुँचीं तो बच्चों की कतारें टूट गईं और माला पहनाने और फोटो खिंचाने के लिए धक्का-मुक्की शुरू हो गई। किसी तरह वहाँ से निकले और गढ़बनैली की राह पकड़ी तो धूप और चढ़ आई थी। पूर्णिया में यात्री दल ने नाश्ता नहीं किया था। इसलिए कुछ लोग परेशान भी लग रहे थे। नाश्ता करने की व्यवस्था पूर्णिया वालों ने गढ़बनैली

में कर रखी थी। लेकिन उन्हें पता नहीं था कि गढ़बनैली पहुँचते-पहुँचते 11.30 बज जाएँगे।

कुमार कलानन्द सिंह के नाम पर स्थापित गढ़बनैली का यह कलानन्द उच्च विद्यालय, चालीस एकड़ जमीन में अपने कई छात्रावासों के साथ मुख्य राजमार्ग पर अवस्थित है। हिन्दू-मुस्लिम नेताओं के नाम पर स्थापित इसके छात्रावास गंगा-जमुनी संस्कृति के उदाहरण हैं। यहाँ कभी हजारों छात्र छात्रावासों में लालटेन जलाया करते थे। आज उनकी संख्या अवश्य कम हो गई है। लेकिन पढ़ाई-लिखाई का अच्छा माहौल वर्तमान प्रधानाध्यापक अशोक कुमार ने भी बनाकर रखा है। आज भी यहाँ लगभग सात सौ छात्र और दो सौ छात्राएँ अध्ययनरत हैं। गाड़ी से उतरकर हमने कुमार सतानन्द की मूर्ति पर माल्यार्पण किया और प्रांगण में वृक्षों की छाया में बने सभा स्थल पर पहुँचे। थोड़ी ही देर गें एक छोटी किन्तु प्रभावी सभा जुड़ गई और बच्चियाँ स्वागत गान लेकर आ पहुँचीं। 'हर दिल में ऐसा उमड़ रहा है प्यार आपके आने से। ये बाग हमारा कैसा है, गुलजार आपके आने से।'

वाद्य यंत्रों की मधुर झनकार और दिल को मोहने वाला स्वागत गान। आम्र वृक्षों की शीतल छाया और थकान मिटाने वाली ठंडी हवा। नाश्ते के पैकेट और प्रधानाध्यापक अशोक कुमार का स्वागत भाषण साथ-साथ। हमने शिक्षा यात्रा के उद्देश्य पर प्रकाश डाला और जनता, शिक्षक, छात्र-छात्राओं का आह्वान किया कि शिक्षा के अधिकार विधेयक को सही ढंग से लागू कराने हेतु आगे आएँ।

कम्युनिस्ट पार्टी के दारोगा लाल विश्वास, मुखिया ने अपनी पीड़ा का इजहार करते हुए कहा कि आज अध्यापक ईमानदारी से काम नहीं करते। आज छात्र उनकी पढ़ाई के केन्द्र में नहीं हैं। अध्यक्ष के संबोधन के बाद हम वृक्षारोपण करने पहुँचे। सभी पदाधिकारियों ने एक-एक वृक्ष लगाए और अशोक कुमार ने अपना नया उद्यान दिखाया। सचमुच उन्होंने यहाँ काफी मेहनत की है। जयकृष्ण मेहता की गढ़बनैली को बरकरार रखने की कोशिश में जुटे हैं अशोक। इसीलिए वे जनता में लोकप्रिय हैं और उनके साथ अभिभावकों, स्थानीय बुद्धिजीवियों की गोलबन्दी है। जलालगढ़ पहुँचने में ज्यादा वक्त नहीं लगा। गढ़बनैली से कुछ ही दूर है जलालगढ़ और सड़क भी लगभग अच्छी है। जलालगढ़ बाजार से दाहिने एक सड़क मुड़ती है जो विद्यालय होते हुए आगे निकल जाती है। मुड़ते ही गेट और उस पर 'शिक्षा बचाओ : देश बचाओ' बैनर दिखाई पड़ा। छात्र-छात्राएँ सड़क से विद्यालय तक हाथों में फूल-मालाएँ लिए कतारबद्ध खड़ी थीं। बिलकुल अनुशासित, आह्लादित और उत्सुकता से भरे हुए। सूरज माथे पर समकोण बना रहा था लेकिन छात्रों के उत्साह में गर्मी का कहीं असर नहीं था। पहली बार जलालगढ़ का नाम बिहार विधान परिषद् की आश्वासन समिति की बैठक में जमीन के एक विवाद के मामले में सामने

आया था। भूमिहीनों ने जमीन पर झंडे गाड़े थे और भूस्वामियों से उनकी लड़ाई चल रही थी।

आज उसी जलालगढ़ के इस एन. डी. रूँगटा उच्च विद्यालय में आने का मौका मिला था। प्रांगण में घुसते ही प्रधानाध्यापक ने गांधी की मूर्ति पर माल्यार्पण करने का अनुरोध किया। माल्यार्पण करके बरामदे में बने मंच पर हम आए तो प्रधानाध्यापक ने सभा की कार्यवाही शुरू कर दी। छात्राओं के स्वागत गान के बाद प्रधानाध्यापक ने हमारा स्वागत किया। शिक्षा को बचाना क्यों आवश्यक है? और हमारी यात्रा का उद्देश्य क्या है, इस पर हमने संक्षिप्त प्रकाश डाला और इस आन्दोलन को आगे बढ़ाने की अपील की। विद्यालय के सेवानिवृत्त अध्यापक वासुदेव मंडल, जो संघ के आन्दोलनों में अनेक बार जेल गए थे, इस आन्दोलन से काफी खुश थे। प्रखंड के उपप्रमुख भी आए थे और शासन द्वारा विद्यालय की उपेक्षा से काफी मर्माहत एवं क्षुब्ध थे। उनकी चिन्ता थी कि लगभग सात सौ छात्रों वाले इस विद्यालय में जिनमें लगभग दो सौ छात्राएँ हैं, सिर्फ पाँच शिक्षक कैसे पढ़ा सकते हैं? रिक्त पदों को भरने हेतु उन्होंने बार-बार अनुरोध किया। उन्हें क्या पता कि भारत की शिक्षा विश्वबैंक के इशारे पर चल रही है और विश्वबैंक स्थायी शिक्षकों की नियुक्ति का प्रबल विरोधी है। वे इस बात को भी नहीं जानते कि सरकारी विद्यालय शासन की निजीकरण की नीति के कारण लगातार बदहाल बनते जा रहे हैं।

अररिया पहुँचे तो घड़ी डेढ़ बजा चुकी थी। चौक से विद्यालय तक कई गेट बने थे। हमारे पहुँचने के पूर्व यहाँ बारिस का एक झोंका गुजर चुका था और पूरा कैम्पस गीला हो गया था। गेट पर ही एन. सी. सी. के छात्रों ने सलामी दी। गेट के भीतर गाड़ियों से उतरते ही अररिया जिला माध्यमिक शिक्षक संघ के अध्यक्ष, अनूप लाल मेहता, सचिव नवकान्त झा और राज्य कार्यसमिति के सदस्य नेमतुल्लाह आदि माला लेकर दौड़े। हम मंच पर पहुँचे और नेमतुल्लाह ने माइक सँभाला। यहाँ विद्यालय का स्थायी मंच है जिस पर कुर्सियाँ सजी थीं और सामने शामियाना लगा था।

'स्वागत है श्रीमान् आपका, स्वागत है श्रीमान्' छात्राएँ स्वागत गान के साथ माल्यार्पण कर वापस हुईं तो विद्यालय के प्रधानाध्यापक अनूप लाल मेहता, जो जिला के अध्यक्ष भी हैं, स्वागत के लिए खड़े हुए। बालिका विद्यालय की प्रधानाध्यापिका अख्तरी खातून, आजाद एकेडमी के शिक्षक, सेवानिवृत्त शिक्षक सम्प्रति पत्रकार नवल किशोर दास सभी काफी उत्साहित थे।

'आह्वान' सांस्कृतिक दल के कलाकारों ने नूतन-देवानन्द के निर्देशन में 'मगर आदमी के लहू से न खेलो' नुक्कड़ नाटक प्रस्तुत किया। बिहार के चुनावों के सन्दर्भ में हिन्दू एवं मुस्लिम साम्प्रदायिकता की परतें उघाड़कर रख देने वाला यह नाटक आम आदमी की चेतना और संवेदना को झकझोर कर रख देता है लेकिन

दुर्भाग्य है कि फिर भी हम जाति धर्म की राजनीति के बियावानों में भटक जाते हैं। इस प्रसंग में अनवरी खातून ने जो शेर पढ़ा, वह काफी प्रासंगिक लगा–

"गर हो सके तो कोई शम्मा जलाइये
इस दौरे-सियासत का अंधेरा मिटाइये।"

अनवरी खातून एक तेज-तर्रार महिला हैं। कुशल एवं संघ के प्रति समर्पित प्रधानाध्यापिका भी। नवल किशोर दास और जिला सचिव के बाद हमने संक्षेप में यात्रा के उद्देश्यों पर प्रकाश डाला और शिक्षा की इस लड़ाई को आम आदमी की लड़ाई में तब्दील करने की अपील की। अध्यक्ष के संबोधन के बाद सभा विसर्जित हुई और सभी भोजन में पिल पड़े।

भोजन सचमुच काफी अच्छा था। पूरे मनोयोग से अररिया के साथियों ने भोजन बनवाया था। अररिया की हंमारी यह पहली यात्रा थी। इसलिए वे इसे ऐतिहासिक बनाने पर आमादा थे। धन्यवाद देकर हम गाड़ियों पर बैठे तो अपराह्न के पौने तीन बज चुके थे और हमारा अगला पड़ाव रेणुग्राम था।

लगभग सवा चार बजे हम मानिकपुर पहुँचे। सड़क पर ही एक छोटा सा गाँव है यह। इसी गाँव में नूतन की मौसी रहती हैं। उनके बच्चों ने गाँव के प्राथमिक विद्यालय में हमारे स्वागत की तैयारी कर रखी थी। गाड़ियाँ जहाँ रुकीं, वह एक ऐतिहासिक स्थान था। कहते हैं कि मानिकपुर के इस बुर्ज से 1928 में हिमालय की माउण्ट एवरेस्ट चोटी मापी गई थी। माननीय शुकदेव पासवान, सांसद की निधि से इस ऐतिहासिक टीले का जीर्णोद्धार दिनांक 31.03.2002 को किया गया है और इसका सौन्दर्यीकरण करते हुए इसे पर्यटन स्थल के रूप में विकसित किया गया है। तैंतीस सीढ़ियों वाले इस ऐतिहासिक बुर्ज को देखकर न तो कोई आश्चर्य होता है और न विश्वास। वैसे अररिया के साथी बताते रहे कि यहाँ से हिमालय दिखाई पड़ता है। सूर्योदय और सूर्यास्त के मनोहारी दृश्य दिखाई पड़ते हैं। चूँकि यहाँ से हिमालय निकट है इसलिए अविश्वसनीयता में भी विश्वास करना लाजिमी हो जाता है। आधे घंटे तक इस बुर्ज को देखने–सुनने के बाद विद्यालय में आए, जहाँ ग्रामीणों ने स्वागत का इंतजाम कर रखा था। ठंडा शरबत पीया और रेणुग्राम रवाना हो गए। सड़क पर बाएँ रेणुग्राम का गेट बना हुआ दिखाई पड़ता है। हालाँकि यहाँ से रेणुग्राम कई किलोमीटर दूर है। टेढ़ी–मेढ़ी सड़क पर चार–पाँच किलोमीटर के बाद आया सिमराहा। चौक पार कर आगे बढ़े ही थे कि छात्रों की कतार दिखाई पड़ी।

वे 'शिक्षा बचाओ : देश बचाओ' नारे लगा रहे थे। मुझे लगा कि यही रेणुग्राम है लेकिन टेढ़े–मेढ़े कच्चे रास्तों पर जिलेबिया मोड़ पार करते हम गुजरते रहे और रेणुग्राम जादू की छड़ी की तरह हमसे दूर भागता रहा। वहाँ पहुँचते–पहुँचते संध्या के पाँच बज गए। लेकिन यह देखकर खुशी हुई कि औराही हिंगना (रेणुग्राम) के इस प्राथमिक विद्यालय में रेणु जी के बड़े पुत्र श्री पद्म पराग राय 'वेणु' के

नेतृत्व में सैकड़ों स्त्री-पुरुष, बच्चे, बूढ़े बड़ी बेसब्री से हमारा इन्तजार कर रहे थे। पद्म पराग जी इस पंचायत के मुखिया हैं। नूतन के अनुरोध पर वे अपनी माँ के साथ दिल्ली का कार्यक्रम छोड़कर हमारे स्वागत में तत्पर थे।

यहाँ का प्राथमिक विद्यालय हाल ही में नया बना है। इसके नए भवन का उद्घाटन बिहार सरकार के तत्कालीन मंत्री, माननीय अशोक कुमार सिंह जी ने किया है। इसी प्रांगण में फणीश्वर नाथ 'रेणु' जी की एक छोटी सी प्रतिमा भी लगी है। वह रेणुग्राम की प्रतिष्ठा के लायक तो कदापि नहीं हैं। उतरते ही पद्म पराग जी ने हाथ जोड़कर अभिवादन किया और अपनी हार्दिक प्रसन्नता का इजहार किया। रेणुजी को माल्यार्पण कर हम पंडाल में आए और शुरू हो गया कार्यक्रम। देवानन्द ने संचालन का जिम्मा सम्हाला और 'परदेशी ये बात न पूछो' कोरस गाया गया।

हमारे भाग्य के ये दिन यहाँ श्रीमान् आए हैं।
अनेकों कष्ट को सहकर दया के नाथ आए हैं।
"नहीं अब सोना चाँदी हैं, नहीं हीरा जवाहर हैं।
नहीं अब लाल माटी है, यहाँ श्रीमान् आए हैं।"

सामने एक सामान्य सा देहाती आदमी सुरीले कंठ से स्वागत गान गाये जा रहा था और पूरी भीड़ निस्तब्ध बनी सराबोर हो रही थी। सचमुच अब रेणुग्राम में न सोना चाँदी है, न हीरा-जवाहरात और न वह माटी का लाल है जिसने हमें खींचकर यहाँ पहुँचाया है। मन बार-बार 'मैला आँचल' और 'तीसरी कसम' में डूब-डूब जाता था। नूतन ने बताया कि प्रसिद्ध फिल्म निर्देशक प्रकाश झा ने दो-तीन वर्ष पहले यहीं अभिनय सिखाने हेतु कार्यशाला का आयोजन किया था।

स्वागतगान के बाद पद्मपराग जी ने स्वागत भाषण किया और हमने रेणु जी के प्रति आभार व्यक्त करते हुए शिक्षा बचाओ यात्रा के उद्देश्य पर संक्षिप्त टिप्पणी की। अध्यक्ष का संबोधन यहाँ की देहाती भाषा में हुआ? इसलिए उसमें स्थानीयता का सहज आर्कषण था। लोग काफी खुश हुए।

समारोह के बाद रेणुजी के घर पहुँचे। विद्यालय से थोड़ी दूर पर है उनका घर। झोपड़ियों के बने हुए घर, कच्ची सड़क वही मैला आँचल का परिदृश्य। बाहर की झोपड़ी के बाद पद्मपराग जी पक्का घर बना रहे हैं। लेकिन अभी तक अधूरा है। भीतर उन्होंने रेणुजी का वह कमरा दिखाया जहाँ बैठकर वे लिखा करते थे। एक मटमैला फोटो टँगा हैं वहाँ। हमने सुझाव दिया कि इसे थोड़ा दर्शनीय बनावें ताकि साहित्यकार अपनी श्रद्धांजलि अर्पित कर सकें।

रेणुजी की बहन अभी जिन्दा हैं। उनसे मिलने का मौका मिला। दूसरा पुत्र अपराजित राय पप्पू माँ के साथ दिल्ली गया था और तीसरा दक्षिणेश्वर राय पप्पू और पद्मपराग के बेटे मौजूद थे। उन्होंने दही का शरबत पिलाया और अभिवादन

कर हम फारबिसगंज के लिए रवाना हुए। गाँव से निकले तो धुँधलका घिर आया था। अब हमारा आखिरी पड़ाव फारबिसगंज था।

फारबिसगंज में हमारा कार्यक्रम अनिरुद्ध सदन में था। कोशी कॉलोनी का यह सदन सामाजिक कार्यक्रमों के लिए फारबिसगंज का एक महत्त्वपूर्ण स्थान है, जिसे अमेरिका में रहने वाले स्व. अनिरुद्ध ने बनवाया था। फारबिसगंज में घुसते ही जोरदार बारिश शुरू हो गई थी। इसलिए गाड़ी से उतर कर छाता के सहारे हम भीतर आए। वहाँ पहले से स्थानीय कवि, साहित्यकार हमारा इन्तजार कर रहे थे। बिहार प्रगतिशील लेखक संघ की फारबिसगंज इकाई के तत्त्वावधान में देवानन्द ने यहाँ कार्यक्रम आयोजित किया था लेकिन यहाँ पहुँचते ही कटिहार, किशनगंज, अररिया, के साथी लौटने की अर्जी देने लगे। दो दिनों से साथ होने के कारण वे घर लौटने की मानसिकता में आ गए थे। उन्हें चाय नाश्ता कराकर विदा किया।

फिर शुरू हुई कविगोष्ठी। चन्द्रभूषण ने दुष्यंत की प्रसिद्ध गजल से शुरुआत की–'कहाँ तो तय था चिरागाँ हरेक घर के लिए, कहाँ चिराग मयस्सर नहीं शहर के लिए।' चन्द्रभूषण इस गजल को तरन्नुम में गाते हैं तो आँखों के सामने एक बिंब बन जाता है। देवानन्द ने सोनाली को पीछे नहीं रहने दिया। उनसे अनुरोध किया तो बादलों की झमाझम बारिश में वे भी फूट पड़ीं–

'रिमझिम बरसन लागे बुनिया पिय बिन सूनी नगरिया ना।'

देवानन्द के अनुरोध पर हमने शिक्षा-यात्रा के उद्देश्यों पर संक्षिप्त टिप्पणी करते हुए कवियों, शायरों के प्रति सम्मान प्रकट किया और सामाजिक भेदभाव, विद्रूपता और रूढ़ियों के खिलाफ कलम को हथियार बनाने की अपील की। लेकिन थोड़ी देर के बाद ही हमारे साथी बिखरने लगे। लगा कि थकावट उन्हें परेशान कर रही है। एक बार नूतन कहने भी आईं कि उन्हें हमारी अनुपस्थिति अखर रही है। लेकिन शायद हमारी लाचारी हम पर हावी हो चुकी थी।

आतिथ्य का सारा दायित्व यहाँ नूतन की छोटी बहन ने उठाया था। इसलिए उनको धन्यवाद दिए बगैर हमारे कार्यक्रम का समापन सम्भव नहीं था।

सुबह निकले तो उन्होंने चाय के साथ हमें विदा किया और फिर आने का आग्रह भी। 'शिक्षा बचाओ : देश बचाओ' आन्दोलन के तहत पूर्णिया प्रमंडल में शिक्षा यात्रा की यह पहली किशत हमें रास्ते भर उद्वेलित-उत्साहित करती रही।

16

सुबह झमाझम बारिश देखकर लगा कि आज का यात्रा कार्यक्रम रद्द करना पड़ेगा। लेकिन साढ़े सात-आठ बजते-बजते बादल बरसकर लौट गए। तीन दिनों से देख

रहे हैं कि केरल में बादल आते हैं और भगोड़े छात्रों की तरह हाजिरी देकर खिसक जाते हैं। कालिदास ने बादलों के बारे में ठीक ही लिखा था–'धूम ज्योतिः सलिल मरुतां सन्निपात क्व मेघः।'

गाड़ी साढ़े आठ बजे आई। समय गुजरता देखकर चिन्ता हो रही थी कि शायद न आए। लेकिन बीनू गाड़ी लेकर आएगा ही, यह विश्वास था। गाड़ी में बैठे तो फिर झिस-फुस बारिश शुरू हो गई।

अध्यक्ष ने घड़ी देखी तो उन्हें नाश्ता की याद हो आई। कहा, पहले कहीं नाश्ता कर लिया जाए। ड्राइवर कई सड़कों पर मुड़ता, होटल खोजता अन्ततः एक अच्छे से साफ-सुथरे होटल में पहुँचा और सबने जमकर नाश्ता किया। वही इडली, बड़ा, साँभर और चटनी। केरल, तमिलनाडु और आन्ध्र में ये चीजें बनती बड़ी लाजवाब हैं। यूँ बिहार में भी आजकल अनेक रेस्टोरेंट यह नाश्ता बनाने लगे हैं लेकिन वे दक्षिण भारत का मुकाबला नहीं कर पाते।

होटल से निकले तो नौ बज चुके थे। साफ-सुथरी और चिकनी सड़कों पर गाड़ी फिसलती रही और दोनों ओर पसरी हरियाली और आशिकाना मौसम में मन डूबता-उतराता रहा।

कपाड बीच से आधा किलोमीटर पहले ही सड़क समुद्र के समानान्तर हो जाती है। मुड़ते ही समुद्र का अनन्त विस्तार और उसमें उठती लहरें मन को बाँधने लगती हैं। उतावलापन बढ़ जाता है कि गाड़ी कब रुकेगी?

गाड़ी एक बेहद खूबसूरत और आकर्षक भवन के सामने रुकी। कल्पना नहीं थी कि समुद्र के किनारे ऐसा आकर्षक भवन भी होगा। अनुमान लगाया कि कोई होटल होगा। आगे बढ़े तो देखा कि द्वार पर लिखा है–'दी रिनैशैन्स कोचीन।' समझ में आया कि पक्की सड़क यहीं तक क्यों आती है? और वास्कोडिगामा के समुद्र को दिखाने की व्यवस्था यहीं पर क्यों है? वैश्वीकरण के दौर में निजी पूँजी ने अश्वमेध के जिस घोड़े को छोड़ा है, उसी का परिणाम इस निर्जन में यह होटल और इसी स्थान पर गाड़ियों का रुकना है।

उतरते ही हम समुद्र की ओर बढ़ चले। समुद्र की निर्जनता का भी अपना एक सौन्दर्य होता है। फेनिल लहरें किनारे से टकराकर राशि-राशि चाँदनी बिखेर रही थीं और किनारे की बालुका राशि हमें बार-बार आमंत्रित कर रही थी। 'पुरी' और चन्द्रभागा' के समुद्र के बाद कपाड का यह समुद्र ही इतना खुला हुआ है। इसीलिए लहरें ऊँची उठती हैं और मन को बाँध लेती हैं। लेकिन हमारी जिज्ञासा थी कि वास्कोडिगामा किस स्थान पर उतरा होगा? क्योंकि यहाँ किनारे कोई शिलालेख दिखाई नहीं पड़ रहा था। इस विचार को झटककर दौड़ते हुए हम किनारे पहुँचे। सुरेश फोटो खींचने के लिए बेताब था। हम समुद्र के किनारे खड़े हुए और उसका कैमरा क्लिक कर गया।

आसमान साफ था लेकिन सूरज का दूर-दूर तक अता-पता नहीं था। बादलों के दो-चार टुकड़े जहाँ-तहाँ आसमान में चिपके थे और अपनी बारी का इन्तजार कर रहे थे।

समुद्र के सौन्दर्य पर चर्चा चल रही थी कि मुरली और विनोद किनारे हाथी की तरह पसरी चट्टान पर चढ़कर समुद्र का नजारा लेने लगे और लहरों के थपेड़ों से बचने के लिए वहाँ इत्मीनान से पसरे केकड़ों से छेड़-छाड़ करने लगे। इधर किनारे खड़े आजाद, भूषण, उषा वगैरह को लगा कि मुरली और विनोद शेरसिंह तेनपा की तरह एवरेस्ट पर झंडा गाड़ने में कामयाब हो रहे हैं तो लपककर वे भी चट्टान की ओर बढ़ चले।

चट्टान जमीन से पानी तक पसरी थी। हाथी की पीठ की तरह ऊबड़-खाबड़ और काली। लेकिन उस पर चढ़ने का एक अपना आनन्द था। यद्यपि चढ़ने का कोई सीधा रास्ता तो नहीं था लेकिन वह इतनी ऊँची और टेढ़ी-मेढ़ी भी नहीं थी कि चढ़ने में कोई कठनाई हो। चढ़ते समय ही आजाद ने टिप्पणी की थी कि वास्कोडिगामा का जहाज यहीं टकराया होगा और वह धरती पर उतर आया होगा। किसी दूसरे ने तुरन्त खंडन किया कि इस ऊँची चट्टान को देखकर ही उसने अपने जहाज को किनारे से लगाया होगा। लेकिन लगभग पाँच सौ वर्षों के बाद इस बात की सच्चाई को जानना कितना कठिन है? सम्भव है समुद्र कुछ पीछे रहा हो या आगे रहा हो। क्योंकि वास्कोडिगामा के इस समुद्र तट पर उतरने के सम्बन्ध में जो शिलाखेल लगाया गया है, वह इस स्थान से लगभग डेढ़ किलोमीटर भीतर है। उसी रास्ते से हमारी गाड़ी यहाँ तक आई थी किन्तु आते समय हमने ध्यान नहीं दिया था। जो भी हो इतना सच है कि कपाड के इस समुद्र पर ही वास्कोडिगामा कहीं उतरा होगा।

चट्टान से समुद्र और सुन्दर दिखाई पड़ रहा था। पीछे पेड़ों की हरियाली में बच्चों की तरह झाँकते सफेद मकान, भाँति-भाँति की डिजाइनों के। गपशप के बीच ही सुरेश ने कई फोटो खींचे और हम नीचे उतर आए। होटल की ओर बढ़े तो किनारे पेड़ों के नीचे हरे परिधान में बैठी पाँच-छः लड़कियाँ नजर आईं। उन पर दृष्टि जाते ही किसी ने व्यंग्य किया कि 'यहाँ भी लालू प्रसाद की पार्टी मौजूद है।' बाद में पता चला कि वे सफाईकर्मी हैं और उनका यही गणवेश है।

'दी रिनैशैन्स कोचीन' कालीकट का काफी महँगा और सुन्दर होटल है। भीतर काफी साफ-सुथरा और आकर्षक। स्वीमिंग पूल, हरे-भरे वृक्ष और फूल-पत्तियों से सुसज्जित। डीलक्स कमरों के किराये कम से कम दो हजार रुपए हैं। सफाई, सुव्यवस्था के अतिरिक्त इसे आयुर्वेद की दृष्टि से भी स्वास्थ्यवर्द्धक बनाने की कोशिश की गई है। कम से कम बोर्ड ऐसा ही टँगा है। सामने स्वागत कक्ष में वास्कोडिगामा और स्थानीय समुद्री राजा की तस्वीरें लगी हैं जिसमें वास्कोडिगामा

राजा की अभ्यर्थना करता दिखाया गया है। स्वागत कक्ष में प्रभारी ने बताया कि राजा ने वास्कोडिगामा को यहाँ ठहरने और इधर-उधर घूमने की इजाजत दी थी।

कपाड से चले तो लगभग सवा दस बज चुके थे। सूरज अब भी बादलों में मुँह छुपाए पड़ा था, मानो रात के कृत्य के लिए शर्मिन्दा हो। कुछ क्षणों के लिए गाड़ी उस शिलालेख के पास रुकी जिसपर 1498 ई. में वास्कोडिगामा के यहाँ उतरने के सम्बन्ध में विवरण दर्ज़ है। गाड़ी में बैठे-बैठे ही शिलालेख पढ़ा और आगे बढ़ चले। थोड़ी दूर तक वही चिर-परिचित रास्ता और नारियल वृक्षों की हरियाली में बिखरे नई-नई डिजाइन के छोटे किन्तु साफ-सुथरे घरों के सामने बैठे स्त्री-पुरुष, खेलते बच्चे, आँखों से चुम्बक की तरह चिपकते रहे और आँखें खिड़की से बाहर हरियाली और सड़क पर फिसलती रहीं।

गाड़ी बन्दरगाह पर रुकी तो गार्ड आगे आ गया। वहाँ बिना अनुमति गाड़ियों को अन्दर जाने की इजाजत नहीं है। बीनू ने बताया कि एम. पी./एम. एल. ए. हैं तो बैरियर उठा और हम अन्दर दाखिल हुए।

अन्दर दाखिल होते ही मछली की बदबू नाक में भर आई। कुछ लोग रूमाल से नाक दबाने लगे। अध्यक्ष को तो यहाँ आना ही अच्छा नहीं लग रहा था। वे गाड़ी में ही बैठे रहे।

हम लोग गाड़ी से उतरकर आगे बढ़े तो सामने मछली पकड़नेवाले हजारों स्टीमरों की कतारें दिखाई पड़ीं। पता चला कि यह कालीकट का पुड़ियापा बन्दरगाह है जहाँ से हजारों टन मछलियाँ निर्यात होती हैं। समुद्र के किनारे समूचे बन्दरगाह पर पत्थर का चबूतरा बना हुआ है जिसके किनारे रंग-बिरंगे स्टीमर जानवरों की तरह खूँटे से बँधे पड़े थे। कुछ समुद्र में दूर मछली पकड़ने में मशगूल थे। कई किलोमीटर तक फैले इस तट पर मछुआरे अपनी जालें सुलझाते, मरम्मत करते अपनी धुन में बेखबर थे कि हम अपरिचितों के आगमन से उनका ध्यान भंग हो गया। वे मुखातिब होते इससे पहले ही हम लोगों ने घूमते-फिरते उनसे कई सवाल पूछ डाले। बीनू ने बताया कि यहाँ मछुआरों की आबादी काफी है। हमने उषा से कहा कि यहाँ उसकी आबादी ज्यादा है इसलिए उसे यहीं से लोकसभा का चुनाव लड़ना चाहिए। सभी ने ठहाका लगा दिया। मछुआरों ने धूप से बचने के लिए जो टोपियाँ पहन रखी थीं, सुरेश ने एक टोपी लेकर हमें पहना दी और फिर हमारे और उषा के फोटो खींच डाले। बीनू हमें मछुआरों की समस्याएँ बता रहा था और धीरे-धीरे इस मछली बन्दरगाह की वास्तविकता हमारे भीतर उतरने लगी थी। सूरज ऊपर की ओर चढ़ने लगा था। धूप और मछली की बदबू दोनों के हमले साथ-साथ हो रहे थे।

तुरन्त यहाँ से निकले तो समुद्र के किनारे की सड़क राष्ट्रीय राजमार्ग जैसी चौड़ी और साफ-सुथरी लगी। मछली उद्योग के केन्द्र दूर तक फैले हुए दिखाई पड़े। केरल के मछली उद्योग का कालीकट सचमुच एक बड़ा केन्द्र है।

गाड़ी पकड़ने का समय नजदीक आता जा रहा था और मन में किसी स्कूल को देखने की जिज्ञासा प्रबल हो रही थी। बीनू से कहा कि किसी स्कूल में चलो। थोड़ी देर में हमारी गाड़ी जिस परिसर में रुकी वह कालीकट का राजकीय मॉडल सीनियर सेकेन्ड्री बालिका विद्यालय था। विद्यालय का भवन और परिसर बिहार से जरा भी भिन्न नहीं था। जीर्ण-शीर्ण आकर्षण रहित। शायद केरल में भी सरकारी विद्यालयों की यही नियति है।

प्राचार्य के कक्ष में पहुँचे तो वे एक तंग कमरे में एक-दो सहकर्मियों के साथ बैठी विमर्श कर रही थीं। बीनू ने परिचय कराया तो उन्हें काफी आश्चर्य हुआ। बातचीत से स्वागत की औपचारिता भी उन्होंने निभाई।

विद्यालय की प्राचार्या सरली चाँदनी एक प्रौढ़ महिला थीं और नाम के अनुरूप ही सरल भी दिखीं। उन्होंने बताया कि यहाँ 32 अध्यापिकाएँ और लगभग 1000 छात्राएँ हैं।

स्टाफ रूम में पहुँचे तो चार-पाँच अध्यापिकाएँ बैठी मिलीं। परिचय जानकर खड़ी हो गईं। चलते-चलते कुछ बातें हुईं क्योंकि हमारे पास समय का घोर अभाव था।

विद्यालय से निकले तो कालीकट के खादी ग्रामोद्योग आश्रम में पहुँचे लेकिन कपड़े तथा अन्य वस्तुएँ बिहार से भी काफी महँगी थीं। आगे बढ़े तो नजर कालीकट के मशहूर हलवे पर पड़ी। कालीकट का यह उपहार बिहार ले जाना जरूरी लगा। हम हलवा पैक करवा ही रहे थे कि उषा और भूषण कपड़ों की खरीदारी में लग गए। देर तक खोजना पड़ा। उनको खोजने लगे तब तक आजाद खो गए। किसी प्रकार उनको खोजकर जल्दी-जल्दी होटल पहुँचे और सामान लेकर स्टेशन दौड़े तो गाड़ी आने में मात्र कुछ मिनटों की देर थी। भूख काफी लग आई थी।

कालीकट स्टेशन काफी साफ-सुथरा और भव्य लगा। रेलवे कैंटीन का खाना भी काफी स्वादिष्ट था। कैंटीन से निकलते ही गाड़ी आ पहुँची लेकिन काफी भीड़-भाड़ थी। जगह आासनी से मिल गई किन्तु अलग-अलग। बातों के सिलसिले शुरू हुए तो पता ही नहीं चला कि कैसे बीता एक सप्ताह का समय।

याद आया कि नेशनल एजूकेशन कान्फ्रेंस की चर्चा उषा ने की थी। उसी ने दूरभाष पर आजाद से बातें कराई थीं और आजाद ने एसेम्बली में चलने का आग्रह किया था। उस दिन हम कौंसिल में बैठे गप-शप कर रहे थे। अध्यक्ष के उत्साह में कालीकट के टिकट तुरन्त कट गए।

एस. एन. आजाद वर्षों से ए. आई. एस. एफ. के अध्यक्ष/महासचिव रहे हैं और जब से साक्षरता से जुड़े हैं, शिक्षा के प्रति जवाबदेही से काम करते हैं। भारत ज्ञान विज्ञान समिति के बिहार के अध्यक्ष भी रहने का सौभाग्य उन्हें मिला है। आजकल उस पद पर उषा सहनी हैं।

शैक्षिक सभा हमारे लिए काफी आकर्षण का केन्द्र थी। इसलिए 5 जुलाई को हम शत्रुघ्न प्रसाद सिंह, अध्यक्ष, उषा सहनी, एम. एल. सी. और एस. एन. आजाद के साथ एर्णाकुलम एक्सप्रेस से पटना से रवाना हुए तो उत्साह बुलन्दियों पर था। दूसरे डब्बे में प्रो. सच्चिदानन्द, भूषण, नरेश चन्द्र शर्मा, मुरलीधर, विनोद कुमार और सुधीर आदि के साथ थे। मुगलसराय तक पहुँचते-पहुँचते खाना हो गया और लेटे तो बनारस जाते-जाते नींद आ गई।

दूसरे दिन प्रात: नींद खुली तो मध्य प्रदेश का सतना स्टेशन था। जगते ही कॉफी की तलब हो आई। कटनी जंक्शन पर गाड़ी रुकी तो नाश्ता का समय हो आया था। जलेबी, कचरी, आलू-चाप, पकौड़ी आदि थैलियों में भरकर आजाद ले आए। कुछ नाश्ता पास में भी था। मिला-जुलाकर कर एक दौर चला। अखबारों में बिहार का कहीं नामोनिशान नहीं था। इसलिए उनमें कोई आकर्षण नहीं था।

लगभग एक-डेढ़ बजे इटारसी जंक्शन पहुँचे तो फाइवर की अच्छी थालियों में बेयरा रेलवे का भोजन ले आया। फिर तो शुरू हुआ जंगल-पहाड़ों का सिलसिला। दूर-दूर तक कहीं कुछ दूसरा नहीं। बीच-बीच में द्वीप की तरह उभरती परती जमीन। खेती-बाड़ी से दूर का कोई रिश्ता नहीं। नागपुर तक आते-आते काफी बारिश हुई। आठ बजते-बजते बेयरा रात का खाना लाया तो राष्ट्रीय स्वयं सेवक संघ की याद हो आई। राजनीतिक आवरणवाले इस सांस्कृतिक संगठन का मुख्यालय नागपुर ही है।

दूसरे दिन नींद टूटी तो विजयवाड़ा था। विजयवाड़ा कई बार आने का मौका मिला है। इसलिए इस स्टेशन से काफी लगाव महसूस होता है। यूँ भी कृष्णा के तट पर अवस्थित विजयवाड़ा का यह प्राचीन ऐतिहासिक शहर कभी आंध्र की राजधानी हुआ करता था। यहाँ कॉफी, बड़ा आदि के साथ मोटे-मोटे केले भी मिले। यहाँ के केले उतने मीठे तो नहीं लगते लेकिन पेट भरने के लिए दो काफी हैं।

लगभग एक-डेढ़ बजते-बजते तिरुपति पहुँचे तो गाड़ी खाली हो गई। यहाँ काफी यात्री उतरे। पूर्व परिचित स्टेशन का एक चक्कर लगाया लेकिन यहाँ कोई परिचित थोड़े ही था। रेलवेवाला प्लास्टिक की कई थैलियों में पैक भोजन दे गया। अलग-अलग क्षेत्रों में भोजन की पैकिंग और प्रकार में भी काफी भिन्नता है। यहाँ का भोजन काफी स्वादिष्ट लगा। ढाई बजे गाड़ी रवाना हुई तो आम-केलों के बागानों के बीच गुजरती रही। हरियाली के बीच कहीं-कहीं रेगिस्तान जैसी परती जमीन। खेती-बागान आदि के सिलसिले काफी कम।

6 बजे मोलार पेट्टै जंक्शन पहुँचे तो सूरज दाहिनी ओर डूबने की तैयारी कर रहा था। यह जंक्शन पहाड़ के नीचे है, इसलिए आकर्षक लगता है। दूर-दूर तक सघन हरियाली यहाँ की विशेषता है। घने बागीचों के बीच सफेद बँगले अँधेरी रात में चमकते जुगनुओं की तरह आकर्षित करते हैं।

12 बजे रात को पालघाट स्टेशन उतरे तो स्टेशन काफी भव्य लगा। पालघाट दर्रे के नाम से इसके भूगोल को पढ़ने का मौका बचपन में मिला था। आज पालघाट प्रत्यक्ष था। स्टेशन पर उच्च श्रेणी एवं शयनयान श्रेणीवाला यहाँ का संयुक्त प्रतीक्षालय काफी प्रशस्त और साफ-सुथरा है। मोबाइल की बैटरी डाउन हो गई थी। भूषण का चार्जर लेकर चार्ज किया।

चार-पाँच घंटे गुजारने थे और उतनी देर तक बैठना भी कष्टकर लग रहा था। इसलिए खोजते-खोजते रेलवे विश्राम गृह पहुँचे। लेकिन प्रहरी बिना बुक कराए कमरे खोलने को राजी नहीं था। अध्यक्ष के काफी आग्रह और एम. पी. बताने पर उसने दूरभाष पर इजाजत लेकर कमरा खोला और दो-ढाई घंटे तक लेटकर हमने न सिर्फ थकावट मिटाई अपितु समय भी काटा।

गाड़ी आई तो ए. सी. कोच पूरी तरह भरा हुआ था। परिचय जानकर कंडक्टर प्रथम श्रेणी कोच में ले गया। वह बिलकुल खाली था। खिड़की खोलने पर केरल की शीतल बयार तन-मन की थकान को दूर करने लगी। झमाझम बारिश हुई तो मन और आनन्द से भर गया। गर्मी झेलते-झेलते हम काफी परेशान थे। बाहर केरल की हरियाली अपने पूरे शबाब पर थी। केरल को देखकर लगता है कि पूरे देश की हरियाली यहीं आकर बस गई है। नदियों, बागानों और हरे-भरे नारियल, केले के वृक्षों के बीच बसा केरल देश का अद्‌भुत सुन्दर राज्य है। बागानों के बीच बने छोटे-छोटे बँगले नारी के ललाट पर चिपकी बिन्दी की तरह सौन्दर्य को द्विगुणित कर देते हैं।

कालीकट पहुँचे तो सुबह के आठ बज चुके थे। एसेम्बली में रजिस्ट्रेशन का वक्त हो आया था। लेकिन हमें तो तैयार भी होना था। जल्दी-जल्दी अपने साथ की दूसरी टीम को छोड़कर कालीकट के सरकारी डाकबँगले में पहुँचे। बिहार विधान परिषद् की ओर से केरल विधान सभा को हमारे आवास की व्यवस्था हेतु अनुरोध पत्र भेजा गया था।

पर्यटन विभाग का यात्री निवास और पी. डब्लू. डी. का डाकबँगला एक ही परिसर में आसपास ही हैं लेकिन जल्दीबाजी में अपने आरक्षण को जाने बगैर हम पर्यटन के डाकबँगले में ही पहुँच गए। एम. एल. ए. के नाम पर तुरन्त ए. सी. कमरे भी मिल गए। जल्दी-जल्दी तैयार हुए और वहीं उपमा के साथ उबाले गए पके केले का नाश्ता किया। अच्छा लगा। यूँ तो डाकबँगला काफी खूबसूरत जगह पर है, लेकिन इस डाकबँगला से एजूकेशन एसेम्बली की जगह यानी जुबली हॉल काफी दूर था। पहुँचे तो उद्‌घाटन सत्र शुरू हो चुका था। कालीकट के माननीय मेयर का स्वागत भाषण चल रहा था।

फिर प्रो. यशपाल, विनोद रैना आदि ने अपने विचार व्यक्त किए। डेढ़ घंटे का यह सत्र जल्दी ही समाप्त हो गया लेकिन पहला ही सत्र प्रभावकारी नहीं लगा।

बिहार, उत्तर प्रदेश आदि के लोगों को राष्ट्रीय कार्यक्रमों में अंग्रेजी की गुलामी अखर जाती है। इसके बाद के तीन सत्रों में 'बदलते हुए वैश्विक परिवेश में शिक्षा', 'सर्वशिक्षा अभियान और शैक्षिक योजनाएँ', शिक्षा में राज्य और प्राइवेट क्षेत्र की भागीदारी आदि विषयों पर पर्चे पढ़े गए लेकिन कहीं भी उन पर विमर्श आयोजित नहीं हुआ। सिर्फ सूचनात्मक या ज्ञानात्मक प्रक्रिया चलती रही। इसलिए प्रतिभागी बहुत हद तक निष्क्रिय बने रहे।

डाकबँगले से एसेम्बली स्थल दूर होने का असर तनाव बनकर दिमाग में छाया था। आजाद और उषा बार-बार आवास बदलने की चर्चा कर रहे थे। उन्हें अनावश्यक पैसे खर्च होने की चिन्ता थी। फिर स्वागत समिति की ओर से की गई व्यवस्था देखी नहीं थी। देखा तो व्यवस्था अच्छी लगी। प्रतिभागी सम्मेलन स्थल के अगल-बगल होटलों में ठहराए गए थे। हमारे लिए भी बगल के एक अच्छे होटल में ही व्यवस्था थी। हिसाब किया तो पाँच सौ रुपए प्रति कमरा चार्ज आया। उषा इस अनावश्यक खर्च से व्यथित थी। आजाद उसे बार-बार चिढ़ा रहे थे। खैर, सामान लेकर होटल आए। जान बची लाखों पाए।

दूसरे दिन प्रो. यशपाल ने राष्ट्रीय पाठ्यचर्या कार्यक्रम 2005 पर एक संक्षिप्त परिचयात्मक टिप्पणी पेश की। प्रो. यशपाल इस राष्ट्रीय पाठ्यचर्या समूह के अध्यक्ष भी हैं और देश के जाने-माने शिक्षाविद् भी हैं। इसलिए उनकी टिप्पणी काफी सन्तोषजनक रही लेकिन पाठ्यचर्या पर जो शंकाएँ आज देश के मानस में उभर रही हैं, उन पर कोई समीक्षात्मक टिप्पणी उन्होंने नहीं की। राष्ट्रीय शैक्षिक अनुसंधान एवं प्रशिक्षण परिषद् के पाठ्यचर्या समूह के संयोजक प्रो. खादर ने जो टिप्पणी पेश की, वह प्रभावोत्पादक नहीं थी और न तो आमजन की समझदारी के लायक ही थी। उच्च शिक्षा, परीक्षा सुधार और शिक्षा में समुदाय की भागीदारी जैसे विषयों पर अलग-अलग परिचर्चाएँ आयोजित हुईं।

आजाद ने चाय के दौरान बीनू से मुलाकात कराई और फिर कई साथियों के साथ मुलाकात के सिलसिले चले। भाईचारा कायम हुआ और उसी दिन रात में बीनू तीन-चार साथियों के साथ कालीकट के हलवे का उपहार लिए होटल पहुँचा। देर तक कालीकट की पार्टी और कई दूसरे मुद्दों पर बातें होती रहीं।

तीसरे दिन पद्मश्री सभा भवन में शिक्षा का अधिकार विधेयक 2005 पर विनोद रैना की परिचयात्मक टिप्पणी काफी प्रभावी थी और समग्र रूप से सूचनात्मक भी। इस सत्र की अध्यक्षता शत्रुघ्न प्रसाद सिंह ने की। उत्तर प्रदेश माध्यमिक शिक्षक संघ के ठकुराई गुट के अध्यक्ष जगदीश पांडेय ने भी अच्छी भागीदारी की। लेकिन भावी कार्य-योजना पर अलग-अलग समूहों में आयोजित विमर्श लक्ष्य तक पहुँचते नहीं दिखाई दिए। वे औपचारिक ज्यादा लगे। कुल मिलाकर शैक्षिक सम्मेलन सरकारी नीतियों एवं निर्णयों को उजागर करने और उन्हें कार्यान्वित कराने की दिशा में प्रयास

करने की सीमा से आगे नहीं बढ़ सका। चूँकि पूरा कार्यक्रम राष्ट्रीय शैक्षिक अनुसंधान एवं प्रशिक्षण परिषद्, नई दिल्ली के सहयोग से आयोजित था, इसलिए कार्यक्रमों पर सरकारी असर साफ-साफ दिखाई पड़ रहा था। प्रस्तुत टिप्पणियों, आधार-पत्रों पर बहस करने और समीक्षात्मक टिप्पणी दर्ज करने के अवसर नहीं दिए गए। लगा कि सम्पूर्ण कार्यक्रम सूचनाओं को पहुँचाने और सभा का अनुमोदन प्राप्त करने के लिए आयोजित है। इतना जरूर हुआ कि देश के बुद्धिजीवियों तक सूचनाएँ पहुँचीं।

भोजनावकाश के साथ ही सभा की कार्यवाही समाप्त हो गई। थोड़ी देर विश्राम कर हम पैदल ही पार्टी कार्यालय पहुँच गए। होटल से पार्टी दफ्तर कोई दूर नहीं है लेकिन रास्ता कुछ घुमावदार है। पार्टी का दफ्तर अपने भवन में संचालित है। भवन छोटा तो है किन्तु गुलदस्ते जैसा काफी खूबसूरत और आकर्षक है। यहाँ पहले से जिला सचिव ई. के. विजयन, केरल संगम की कल्पना, जिला फोटोग्राफर यूनियन के पी. टी. सुरेश और बीनू आदि हमारी प्रतीक्षा कर रहे थे। हलवा के साथ नमकीन और चाय चली। एक घंटे तक कालीकट की पार्टी, राष्ट्रीय शिक्षा सभा, महिला संगठन तथा कई विषयों पर बातें हुईं। उन्होंने बताया कि कालीकट में ढाई हजार पार्टी सदस्य हैं। महिला संगठन से चार हजार महिलाएँ जुड़ी हुई हैं। कल्पना जी की कोई बैठक थी इसलिए वे इजाजत लेकर चली गईं। कल के अखबारों में उषा का अच्छा इंटरव्यू छपा था। बीनू ने उसे पढ़कर सुनाया और समझाया क्योंकि हम तो सिर्फ तस्वीरें देख सकते थे।

वहाँ से निकले तो समुद्र तट पर जाने की योजना बन गई क्योंकि समय अभी काफी था। कालीकट का समुद्री तट काफी लम्बा है। दूर तक फैला हुआ। लेकिन लहरें उतना नहीं उठती हैं जितना 'कपाड' में उठती हैं। सुरक्षा के लिहाज से किनारे पत्थर का बाँध बना हुआ है। लेकिन पास जाने पर पता चलता है कि ये जहाजों के लगने के जेटी हुआ करते थे। जिन पर माल-असबाब और लोग उतरा करते थे। किनारे पर चाय, पकौड़े के ठेले लगे हुए थे। बच्चे, जवान, स्त्री-पुरुष खाने का लुत्फ उठा रहे थे।। इस्लामी संस्कृति के कारण बुर्काधारी औरतें भी घूमती दिखाई पड़ीं।

बालू में टहलना बहुत आसान नहीं होता। पाँव पीछे की ओर सरकता जाता है। टहल ही रहे थे कि मध्य प्रदेश के कुछ साथी मिल गए। देर तक बातें होती रहीं लेकिन आसमान बादलों से भरने लगा। लगा अभी फूट पड़ेंगे बादल। इसलिए जल्दी-जल्दी ऊपर आए। सामने ही 'सी बीच हॉस्पीटल' और 'पोर्ट गेस्ट हाउस' है। जहाज से उतरनेवाले बीमार अंग्रेजों के इलाज और ठहरने की व्यवस्था यहीं होती थी।

बीनू और सुरेश सीधे एटक कार्यालय ले गए जहाँ अखिल भारतीय छात्र संघ की स्वागत समिति का कार्यालय है। वे अखिल भारतीय छात्र संघ के राज्य

अधिवेशन की तैयारी दिखाना चाहते थे। इस बार अखिल भारतीय छात्र संघ का केरल राज्य सम्मेलन 23-27 जुलाई तक कालीकट में ही होनेवाला था। निस्सन्देह तैयारी अच्छी थी।

बड़े-बड़े पोस्टरों पर अखिल भारतीय छात्र संघ के 70 वर्षों के शानदार संघर्ष को दिखाया गया था। केरल के शहीदों के कई बड़े-बड़े पोर्टेट बनाए गए थे और साथी बड़े मनोयोग से अधिवेशन को सफल बनाने में लगे थे। उन्होंने बताया कि केरल में 36 राज्य सम्मेलन इसके पहले हो चुके हैं और इस सम्मेलन को हम यादगार सम्मेलन बनाने में लगे हैं। यहाँ पहले से मौजूद जिला के संयुक्त सचिव लेविन्स, जिला अध्यक्ष विनय अगस्टीन ने हमारा गर्मजोशी से स्वागत किया। उनके आग्रह पर हमने चाय भी पी।

शाम का धुँधलका घिरने लगा था और चलते-चलते थकान भी हो आई थी। ऑफिस से निकले तो पैदल चलना कठिन लगने लगा। लेकिन मुश्किल थी कि एक ऑटो पर चार व्यक्ति बैठ नहीं सकते थे। यहाँ ऑटो के नियम सख्त हैं। आजाद खुद भी अलग होना चाहते थे। इसलिए अध्यक्ष और उषा के साथ जल्दी ही हम होटल लौट आए।

आज की रात कालीकट की आखिरी रात थी। कल बीनू और सुरेश के साथ कालीकट दर्शन करना था। अभी तक उन्होंने होटल में और समुद्र के किनारे जो फोटो खींचे थे, वह उन्हीं के पास थे। लेकिन उनकी आत्मीयता, स्नेह और भाईचारा हमें बार-बार भावना में डुबोए जा रहा था।

कालीकट का असल नाम कोजीकोड है। लेकिन हमने भूगोल की किताबों में कालीकट ही पढ़ा था। इसलिए दिमाग में और जबान पर वही आता है। आज कई राज्यों में शहरों के नाम राजनीतिक दृष्टि से बदल गए हैं। जैसे बम्बई मुम्बई हो गया है, कलकत्ता कोलकाता और मद्रास चेन्नई। कालीकट कब कोजीकोड बना नहीं मालूम, लेकिन इस राष्ट्रीय शिक्षा सभा में पहुँचने के वक्त तक कालीकट ही दिमाग में आता रहा है।

अरब सागर के पश्चिमी तट पर अवस्थित कोजीकोड एक ऐतिहासिक स्थान है और इसका अतीत काफी शानदार। इसकी खूबसूरती और भौगोलिक स्थिति के कारण शुरू से ही यहाँ पर्यटक और व्यापारी आते रहे हैं। 1498 ई. में पुर्तगाली यात्री वास्कोडिगामा के आने के बाद तो कोजीकोड और महत्त्वपूर्ण बन गया। चूँकि यहाँ व्यापारियों को पूरी सुरक्षा और स्वतंत्रता मिलती थी। इसलिए अरब और चीन के व्यापारी इसे काफी महत्त्व देते थे। इब्न बतूता, चीनी यात्री थानेसस निकेतन ने इसे यह संज्ञा दी। कोजीकोड शताब्दियों तक जोमेरिन शासकों की राजधानी था। मानचीरा घाट शाही परिवार का स्नान घाट था। आज भी यहाँ जोमेरिन सीनियर सेकेन्ड्री विद्यालय है जहाँ शैक्षिक सभा के कई कार्यक्रम आयोजित हुए। वस्तुत:

कोजीकोड सम्पूर्ण मालावार का प्रमुख सांस्कृतिक केन्द्र है। सवा चार लाख आबादीवाला कोजीकोड देश का तीव्र गति से विकसित होनेवाला शहर है। उल्लेखनीय यह है कि इस जिला मुख्यालय में चौदह बड़े-बड़े सभा भवन हैं जो इसकी सांस्कृतिक, शैक्षिक, राजनीतिक पहचान को उजागर करते हैं।

वही कोजीकोड कल छूटने जा रहा था। 8 से 10 जुलाई के तीन दिनों के प्रवास में सिर्फ एक रात बाकी थी। फिर तो कालीकट, हलवा, बीनू और सुरेश की स्मृतियाँ होंगी और यहाँ की राष्ट्रीय शिक्षा सभा के धुँधले संस्मरण।

17

अखिल भारतीय माध्यमिक शिक्षक महासंघ के सौजन्य से जकार्ता के अन्तर्राष्ट्रीय सम्मेलन में जाने का मौका मिला था। किसी अन्तर्राष्ट्रीय सम्मेलन में भाग लेने का यह मेरा पहला अवसर था। हवाई अड्डे पर आठ बजे ही पहुँच गया जबकि चेकिंग समय साढ़े आठ बजे था। एक तो आदतवश निर्धारित समय से पहले पहुँचने की इच्छा रहती है। दूसरे, पहली विदेश यात्रा होने के कारण उत्साह उफान पर था। ऊपर से रणधीर एक घंटा पहले ही गाड़ी लेकर आ पहुँचे थे। मनोज कृष्ण अपने साथियों के साथ बिहार निवास से विदा करने आए थे। सोचा था कि हवाई अड्डे के प्रतीक्षालय में बैठकर गप-शप करूँगा, तब तक समय हो जाएगा। लेकिन यहाँ पटना से स्थिति भिन्न है। यहाँ नई दिल्ली के अन्तर्राष्ट्रीय हवाई अड्डे पर सगे-सम्बन्धियों को प्रवेश द्वार के भीतर जाने की अनुमति नहीं है। मनोज और रणधीर को द्वार से ही विदा करना पड़ा। बलि के बकरा की तरह मैं अकेले ही ठेलागाड़ी लिए भीतर घुसा। हवाई अड्डों पर भीतर कुलियों की व्यवस्था नहीं है। शायद बढ़ते आतंकी हमलों के कारण सुरक्षा की दृष्टि से ऐसा किया गया है। लेकिन यात्री ठेलों की उम्दा व्यवस्था से कुलियों की जरूरत महसूस भी नहीं होती।

एक जगह सामान की जाँच हो रही थी। अटैची मशीन से गुजरी और फीते से बँधकर बाहर आ गई। एक काम पूरा हो गया।

सामने विभिन्न उड़ानों के काउंटर खुलने लगे थे। एक काउंटर की लड़की से पूछा तो पता चला कि थाई काउंटर यही है लेकिन 8.30 बजे खुलेगा। ईश्वरन का अभी तक पता नहीं था। असहज भाव से इधर-उधर टहलता रहा। कुछ देर खाली कुर्सियों पर बैठकर नजारा देखता रहा। कहीं सामान की पैकिंग हो रही थी, कहीं जाँच। यात्री सामानों के साथ बेचैनी से इधर-उधर घूम-टहल रहे थे। बच्चे माता-पिता के साथ प्रसन्नतापूर्वक उछलते-कूदते चल रहे थे।

थाई काउंटर खुल गया और स्क्रीन पर टी. जी. 415 अंकित हो गया। थाई लड़कियाँ कतार बनाने और कतार में खड़े यात्रियों को वोर्डिंग टिकट देने में व्यस्त हो गईं। मैं भी कतार में आया और थोड़ी देर में वोर्डिंग टिकट मिल गया। पता चला कि गेट संख्या 4 से जाना है। सामान बुक होकर चला गया। एक झंझट से मुक्ति मिली। लेकिन ईश्वरन अभी तक नहीं आए तो बेचैन होकर AIPTF दफ्तर को फोन मिलाया। पता चला कि ईश्वरन एक घंटा पहले ही जा चुके हैं। असहज भाव से कुछ देर टहलता रहा।

पूछने पर पता चला कि इमीग्रेशन काउंटर के आगे गेट संख्या 4 है। वहाँ जाने के पहले इमीग्रेशन कराना पड़ेगा। काउंटर से आवेदन लेकर इमीग्रेशन फार्म भरा और इमीग्रेशन काउंटर पर पहुँचा तो लड़की ने पूछा कि जकार्त्ता क्यों जा रहे हैं? वेशभूषा देखकर इतना तो समझ ही रही थी कि अध्यापक हो सकता हूँ। बताया, और पाँच मिनट में मुहर लग गई। अन्दर जाने की इजाजत मिल गई। देखा तो इमीग्रेशन काउंटर के आगे ईश्वरन बैठे इन्तजार कर रहे हैं। वहाँ हाथों में लिए बैग वगैरह तथा यात्री की जाँच हो रही थी। बैग तो मशीन से भीतर चला गया लेकिन मेरी सघन जाँच हुई। भीतर पहुँचा तो बैग खोलकर दिखाना पड़ा। जाँच अधिकारी ने बोरोप्लस, शेविंग क्रीम और पेस्ट निकाल कर रख दिए, बोला, इन्हें ले जाने की इजाजत नहीं है। सोचा, कौन तकरार करे। तकरार से बात बनती भी तो नहीं। कहा–रख लीजिए। प्रतीक्षा कक्ष में पहुँचे तो ईश्वरन पुस्तक पढ़ने में मशगूल थे। घड़ी देखी तो अभी दस ही बज रहे थे। कम से कम डेढ़ घंटे गुजारने थे।

प्रतीक्षालय काफी लम्बा और प्रशस्त था। आधुनिक सुविधाओं से युक्त। हजारों यात्रियों के बैठने की उम्दा व्यवस्था। घूम-फिर कर आश्चर्य के साथ एक-एक चीज देखता रहा। फिर कुछ पढ़ने की कोशिश की लेकिन मन नहीं लगा। सी. एम. कॉलेज दरभंगा के एक प्राध्यापक मिल गए। उसी उड़ान से बैंकाक जा रहे थे। बातें कीं तो व्यग्र दिखे। उनका नया पेस्ट सुरक्षा अधिकारियों ने लेकर नष्ट कर दिया था। पचीस-तीस रुपए की पेस्ट सता रही थी। बोले–मूड ऑफ कर दिया है। जाते ही खरीदना पड़ेगा। फिर कितने पैसे बरबाद हो जाएँगे। प्रो. साहब से मिलकर मेरा दुख दूर हो गया। दूसरे का दुख देखकर सचमुच दुख चला जाता है। उड़ान में देर थी। बैठकर कुछ पढ़ने की कोशिश की लेकिन मन कहीं और था। पीछे की बातें दिमाग में रील की तरह चल रही थीं।

छह सितम्बर को नई दिल्ली आया था तो सबसे पहले अखिल भारतीय प्राथमिक शिक्षक महासंघ के जनकपुरी स्थित कार्यालय गया था। मेरा पासपोर्ट और वीसा वहीं रखा था। पहुँचते ही सीढ़ियों पर रामपाल जी मिल गए। वे महासंघ के राष्ट्रीय अध्यक्ष हैं, ईश्वरन भी मौजूद थे। देर तक जकार्त्ता कान्फ्रेंस की बातें होती रहीं। फिर शिक्षा का अधिकार विधेयक और समान विद्यालय व्यवस्था लागू कराने और

पारा टीचर तथा राष्ट्रीय स्तर पर उभरने वाली शिक्षा की समस्याओं पर बातें हुईं और प्राथमिक, माध्यमिक शिक्षकों के संयुक्त आन्दोलन को विकसित करने पर अनौपचारिक राय बनी। गुलशन से अपना पासपोर्ट, वीसा, जकार्त्ता का टिकट लिया और रामपाल जी के सौजन्य से वहीं दो सौ डालर भी ले लिया। तय हुआ कि कल ऐक्शन एड द्वारा आयोजित पाकिस्तान, बांग्लादेश और भारत के सांसदों के साथ शिक्षा पर होनेवाली बैठक में भाग लिया जाएगा।

सात सितम्बर को ईश्वरन और रामपाल जी ठीक दस बजे बिहार निवास आ पहुँचे। मैं तैयार था। हम लोग चले तो ठीक समय पर लेकिन रास्ता भटकने के कारण पहुँचने में कुछ विलम्ब हुआ। रवि प्रकाश वर्मा जी सांसद की अध्यक्षता में गोष्ठी शुरू हो चुकी थी और तीनों देशों के कई सांसद भाग ले रहे थे। सपा की सांसद जयाप्रदा भी आई थीं। अम्बरीष राय भी वहीं मिल गए। फिर तो तीन घंटे तक तीनों देशों में खासकर प्राथमिक शिक्षा की स्थिति पर काफी चर्चा हुई। चूँकि बंगलोर के निरंजन और अम्बरीष राय ने विस्तार से चर्चा कर दी थी इसलिए हमें थोड़ा ही सप्लीमेंट करना पड़ा। लौटे तो शाम की तैयारी शुरू हो गई।

इसी सोच-विचार में डूबा था कि गेट संख्या-4 के स्क्रीन पर टी. जी. 415 अंकित हो गया। थाई लड़कियाँ गेट में प्रवेश के लिए रास्ते बनाने लगीं और लोग बेचैनी में कतारबद्ध होने लगे। ईश्वरन अब भी किताब पढ़ने में मशगूल थे। अन्तर्राष्ट्रीय यात्राएँ करते रहने के कारण उन्हें इत्मीनान था। उनमें हमारे जैसा उतावलापन नहीं था। गेट खुला और प्रवेश शुरू हो गया। यहाँ भी चेकिंग शुरू हो गई। कितनी विचित्र है हवाई यात्रा भी। सिर्फ हवाई अड्डे में तीन-तीन बार सघन जाँच। खैर, भीड़ छँटी तो हम भी खड़े हुए। जाँच से गुजरे और गलियारों को पारकर जहाज पर पहुँचे।

प्रतीक्षालय से हवाई जहाज तक का रास्ता पानी जहाज के जेटी की तरह था। जहाज आया और उसे लगा दिया। फिर समेट लिया। आवश्यकतानुसार उसे फिट कर लिया जाता है। लेकिन उस समय देखने में लगा कि यह स्थायी व्यवस्था है।

हवाई जहाज के गेट पर दोनों ओर थाई लड़कियाँ ओठों पर मुस्कान लिए स्वागत की मुद्रा में खड़ी थीं। लगा कोई फिल्म देख रहे हैं। भीतर परिचारिकाएँ यात्रियों के टिकट देखकर उनकी सीट बता रही थीं और जहाज के टी. वी. पर कोई कार्यक्रम चल रहा था। हवाई जहाज अड्डे से आधा घंटा विलम्ब से उड़ा। उस समय घड़ी बारह बजा रही थी। हवाई अड्डे की जगमगाहट देर तक दिखाई देती रही। धीरे-धीरे जगमग और दिल्ली दोनों दूर छूटते गए और कानों में लगनेवाली सरसराहट से पता चला कि जहाज ऊँचाई पर पहुँच गया है। हवाई जहाज उड़ान भरता है तो हमारे जैसे नए यात्री के मन में आशंकाओं के बादल उमड़ने-घुमड़ने लगते हैं।

जहाज सामान्य हुआ तो परिचारिकाएँ पेय लेकर पहुँचीं। भोजन का आर्डर लिया और आधे घंटे में भोजन हाजिर। नॉन वेज की दुनिया में जो कुछ वेज मिला सन्तोष

किया। कुर्सी ढीली की, शरीर पर कम्बल डाला और आराम की स्थिति में आ गया। रात गहराने लगी थी और जहाज सघन अन्धकार को चीरता हुआ भारत की सीमा को पार करने लगा था। लगभग तीन-चार घंटे में हम उन्तीस सौ किलोमीटर की यात्रा पूरी करनेवाले थे।

बैंकाक पहुँचे तो हमारी घड़ी साढ़े तीन बजा रही थी। मुझे लगा कि हवाई जहाज समय से पहले आ पहुँचा है लेकिन हवाई अड्डे की घड़ी पर नजर गई तो पाँच पच्चीस बज रहे थे। यह भ्रम यहाँ की घड़ी से अपनी घड़ी नहीं मिलाने के कारण हुआ।

यहाँ भी हवाई जहाज प्लेटफार्म से सटकर खड़ा था। इसलिए जहाज के द्वार से सीधे हवाई अड्डे के द्वार में घुसे। एक-दो चक्कर के बाद ऊपर आए तो बिलकुल एक नई दुनिया दिखाई पड़ी। कल्पना लोक से भी रंगीन, स्वप्न से भी सुन्दर और परीलोक से भी हसीन। लगभग एक किलोमीटर की लम्बाई में फैला है बैंकाक हवाई अड्डे का यह भीतरी भाग जहाँ एक निहायत हसीन अन्तर्राष्ट्रीय बाजार है। भाँति-भाँति की देशी-विदेशी वस्तुएँ। ढेर सारी दुकानों पर बोल्ड अक्षरों में लिखा है ड्यूटी फ्री। प्रत्येक दुकान पर कई-कई लड़कियाँ। उम्र अठारह के आस-पास। लगता था कि बैंकाक की सारी टीन एजर लड़कियाँ हवाई अड्डे में ही समा गई हैं। कुछ पल तो हकीकत को समझने में लग गए। आकर्षक वस्तुओं को देखकर बार-बार मन में पाने की ललक उमड़ती लेकिन उन्हें दबाना पड़ता था। अभी तो हम यात्रा की उठान पर थे। ईश्वरन और मैं बाजार को पार करते आगे बढ़ते रहे। दुकानों पर खड़ी लड़कियाँ मुस्कुराकर हमारा स्वागत करती रहीं मानो हम किसी स्वयंवर में पहुँच गए हों और जयमाल हमें ही मिलनेवाली हो। ईश्वरन टायलेट के पास रुके। लाचारन हम भी आगे बढ़े लेकिन भीतर घुसे तो देखा कि पानी की कोई व्यवस्था नहीं थी। इस्तेमाल के लिए कागज का पुलिन्दा रखा था। चुपचाप बाहर आ गए। सुना था कि यूरोप में टायलेट में पानी का इस्तेमाल नहीं होता। आज प्रत्यक्ष अनुभव हो गया।

जहाज से उतरने के बाद ही पता चल गया कि गेट संख्या-6 से जहाज पकड़ना है। ईश्वरन इधर से परिचित हैं। कई बार इन हवाई अड्डों से गुजरे हैं। इसलिए कोई परेशानी नहीं हुई और हम हवाई अड्डे के प्रतीक्षा कक्ष में आ गए। यहाँ भी प्रतीक्षा कक्ष में घुसते ही गहरी चेकिंग का सामना करना पड़ा। कुछ भारतीय क्यू से इधर-उधर खड़े हो गए तो उन्हें महिला सुरक्षाधिकारी की कड़ी डाँट सुननी पड़ी। दरअसल भारतीयों में अनुशासन भी फटकार से ही आता है। एक महिला अधिकारी ने हमारी चेकिंग की। सामान की चेकिंग एक्सरे मशीन से की गई। चेकिंग प्वाइंट के बाद शुरू हो जाता है बैंकाक हवाई अड्डे का प्रतीक्षालय। नई दिल्ली से कई गुना खूबसूरत और काफी बड़ा एवं प्रशस्त। कुर्सियाँ बिना

बाँहवाली हैं इसलिए तीन-चार कुर्सियों पर आराम से लोग पलँग जैसा पसरकर थकान मिटाते हैं।

सुबह की रोशनी प्रतीक्षालय में पहुँचने लगी थी और कक्ष के बाहर हवाई अड्डे की दौड़ती गाड़ियाँ भी दिखाई पड़ने लगी थीं। ईश्वरन खाली जगह देखकर तुरन्त पसर गए। मैं सोच ही रहा था कि निगाहें सामने पड़ीं। एक अंग्रेज जोड़ा बेफिक्र एक-दूसरे पर लेटा हुआ था। मर्द की छाती पर विपरीत दिशा से लेटी उसकी महिला मित्र का सिर पड़ा था। उनके सफेद कपड़े श्वेत संगमरमर के स्टैच्यू का भ्रम पैदा कर रहे थे क्योंकि दूर से कोई स्पंदन नहीं दीख रहा था। कुछ पल के लिए अच्छा लगा। सचमुच संकोच और लज्जा प्यार के बीच बड़ी दीवारें हैं। लेकिन भारत उन्हें अभी ढहा नहीं पाया है।

दो आदमियों ने नमस्कार किया तो लगा कि पहचानते हैं। बाद में पता चला कि गुजरात और महाराष्ट्र के हैं और इसी सम्मेलन में जा रहे हैं। कोशिश के बावजूद भी नींद नहीं आ रही थी। आराम के ख्याल से कुछ लेटा लेकिन जल्दी ही उठ गया। लगा घड़ी बड़ी धीमी गति से चल रही है। यात्रियों की भीड़ बढ़ती जा रही थी और गेट संख्या-6 पर टी. जी. 433 अंकित हो गया था। दिल्ली से ही उड़ान को सूचित करनेवाली इस प्रक्रिया से अवगत हो गया था। इसलिए मन आश्वस्त था।

ठीक सात बजे गेट खुला और यात्री कतारबद्ध हो गए। हम लोग इत्मीनान से कुछ भीड़ कम होने की प्रतीक्षा कर रहे थे। इस बीच ईश्वरन ने काउंटर की लड़की को सामान की रसीद दिखाकर पता कर लिया कि हमारे सामान पिछले जहाज से इस जहाज पर आ गए हैं। हम इत्मीनान में आ गए। प्रतीक्षालय से बाहर बस पर सवार होकर जहाज तक पहुँचना था क्योंकि वह रनवे पर दूर खड़ा था।

जहाज में अपनी सीट पर आए तो बगल में धोती, कुर्ता, बंडी वाले एक महाशय मिल गए। इत्मीनान हो गया कि ये भारतीय हैं। संयोग से यहाँ भी सीट खिड़की के पास ही थी। बाते अंग्रेजी में शुरू हुईं लेकिन जल्दी ही हिन्दी पर आ गईं। सहयात्री नव कुमार कर्मकार कोलकाता से थे जो अखिल भारतीय शैक्षणिक महासंघ के प्रतिनिधि के रूप में भाग लेने जा रहे थे।

टी.जी. 433 की एयर होस्टेस ज्यादा स्मार्ट और लगनशील दिखाई पड़ीं। उम्र लगभग सबकी एक समान और ड्रेस राजकुमारियों जैसा। छाती पर टँगा हुआ एक जीवित फूल और अंग-प्रत्यंग पूरी तरह सजा हुआ। शायद जीवन को हथेली पर लेकर आसमान में उड़नेवाले यात्रियों को साहस और ऊर्जा देने के लिए ही हवाई जहाजों में एयर होस्टेस की परिकल्पना की गई है। आखिर नारी ही शक्ति-स्वरूपा भी तो है।

नाश्ते की प्लेट में शाकाहारी के नाम पर चावल और आलू की सब्जी। एक-दो टोस्ट और मक्खन। फिर एक कॉफी और सन्तरे का जूस। बातें कोलकाता से

नई दिल्ली और एजूकेशन इंटरनेशनल तक। जूस का एक दौर और। फिर कैसे बीता तीन घंटे पचीस मिनट का समय पता नहीं चला। बीच में एक-दो बार खिड़की खोलकर झाँका तो नीचे फैले समुद्र को देखकर अज्ञात भय से सिहर उठा। खिड़की बन्द कर ली। बगल का व्यक्ति गांधारी की तरह आँखों पर पट्टी बाँध चुका था।

ठीक 11.25 पर जकार्त्ता के हवाई अड्डे पर हम उतर चुके थे। जहाज यहाँ भी अड्डे से सटकर ही लगा। भीतर आए तो इमीग्रेशन फार्म जमा करने के लिए क्यू में लगना पड़ा। जल्दी ही छुट्टी मिल गई। आगे बढ़े तो इस छोटे से द्वीप में इस विशाल अन्तर्राष्ट्रीय हवाई अड्डे को देखकर बेहद आश्चर्य हुआ। इंडोनेशिया की परम्परागत शैली को सँजोए और प्राकृतिक सुषमा को समेटे यह अड्डा भी नई दिल्ली से काफी मोहक लगा। अड्डे के कर्मी भी काफी शालीन और अतिथियों के प्रति सम्मान प्रदर्शित करनेवाले। भारत में यह आज भी दुर्लभ है।

अपना सामान लिया और हवाई अड्डे की ट्राली लेकर बाहर जाने की सोची तो ख्याल आया कि डॉलर को स्थानीय करेंसी में बदलना होगा। हम तीनों बैंक गए और लगभग पचास डॉलर के साढ़े चार लाख इंडोनेशियाई रुपए लेकर बाहर आए। पंडित और जोशी गेट के बाहर इन्तजार कर रहे थे। काफी मशक्कत के बाद जोशी ने पाँच सीटोंवाली एक कार ठीक की जिसका किराया दो लाख रुपए। लगभग एक घंटे की यात्रा पूरी कर हम होटल वोरोबुदुर पहुँचे।

तैंतीस एकड़ क्षेत्रफल में अवस्थित यह होटल जकार्त्ता का अत्याधुनिक सुविधाओं से युक्त विशाल भव्य होटल है। कभी जकार्त्ता में नम्बर एक होता था किन्तु आज यह नम्बर तीन है। सैकड़ों कमरे, कई सभा भवन, स्वीमिंग पूल और आठ-आठ लिफ्ट। स्वागत कक्ष और धरातल पर अवस्थित प्रतीक्षालय भी उतना बड़ा है जितने में कई होटल समा जाएँ।

होटल के प्रवेश द्वार से स्वागत कक्ष तक चार बार जाँच से गुजरना पड़ा। प्रवेश द्वार पर खड़ी लड़की प्रत्येक व्यक्ति का मुस्कुराकर स्वागत कर रही थी और स्वागतकक्ष में कई लड़कियाँ अतिथियों के कार्यों का निपटारा कर रही थीं। हमारी बारी पैंतालिस मिनट बाद आई। एक-एक अतिथि को प्रेमपूर्वक निबटाने में अद्भुत धैर्य का परिचय दे रही थी। भारतीय तो शायद ऊब जाते और कुछ तूफान खड़ा कर देते। ईश्वरन ने अपने बाद हमारा काम निबटाने में मदद की। हमें कमरे की चाबी, चार दिनों के ठहरने एवं नाश्ता-भोजन का कूपन और कुछ कागजात मिल गए। यहाँ कमरे तक सामान पहुँचाने की परम्परा नहीं है। मुझे नौवीं मंजिल पर कमरा संख्या 908 मिला और ईश्वरन को पन्द्रहवीं मंजिल पर कमरा संख्या 15461।

अच्छा हुआ कि ईश्वरन मुझे कमरा तक छोड़ गए। वरना इलेक्ट्रॉनिक चाबी लेकर मैं कमरा खोलने की विधि ही सीखता रह जाता। कमरे के पलँग तो सिंगल

थे लेकिन उन पर लगे दो गद्दे लगभग दस इंच मोटे थे। ऊपर से रज़ाई जो वातानुकूलित कमरे में ओढ़ने के काम आती है। टी. वी., चार-पाँच बड़े-बड़े लैम्प, चाय बनाकर पीने के बर्तन एवं सामग्री, लिखने का टेबुल एवं कुर्सी, कपड़े टाँगने की आलमारी, हैंगर और स्वीमिंग ड्रेस सब कुछ यथास्थान एवं व्यवस्थित रखा हुआ। बाथरूम में नहाने का टब, बाल्टी-मग कहीं नहीं। शौचालय के साथ यहाँ भी कागज के पुलिन्दे। पानी तथा मग की कोई व्यवस्था नहीं। सब कुछ हमारे सिस्टम एवं आदत से भिन्न। कुछ देर तक तो मानसिक तौर पर समायोजन में लगा क्योंकि रामेश्वरम् के लम्बे गलियारे की तरह होटल का साँय-साँय करता लम्बा गलियारा और कमरे का मौत जैसा खामोश सन्नाटा न केवल दुष्कर लग रहा था बल्कि भय भी पैदा कर रहा था।

ईश्वरन ने चलते-चलते कहा कि यहाँ दोपहर के भोजन की व्यवस्था नहीं है। स्नान करके मेरे ही कमरे में आ जाइए। मेरे पास कुछ भोजन है। तैयार होकर फोन किया तो वे पूजा कर रहे थे। लिफ्ट से जाना चाहा, तो वह आई नहीं। यूँ भी अकेले लिफ्ट में काफी भय लगता है। सीढ़ियों से चले तो लगा कि मौत के कुएँ में जा रहे हैं। उन पर इतनी खामोशी पसरी थी जैसे भूत बँगले में होती है। दरअसल सीढ़ियों का इस्तेमाल यहाँ कोई करता भी नहीं। इसलिए खामोशी से उनका गहरा रिश्ता कायम हो गया है।

हम दोनों ने जमकर पूड़ियाँ, करेले की सब्जी और आम का अचार खाया। दक्षिण भारत के लोग खट्टे से ज्यादा प्रेम रखते हैं। घड़ी देखी तो साढ़े तीन बज चुके थे और रजिस्ट्रेशन शुरू हो चुका था। यहीं से रजिस्ट्रेशन कक्ष पहुँचे तो मलेशिया की सरस्वती और फिजी के गोविन्दजी से भेंट हो गई। सरस्वती ई. आई. में काम करती हैं। तीन-चार पीढ़ी पहले मलेशिया आईं है। इसलिए हिन्दी भी बोल लेती हैं। हँसमुख, तेज और चंचल। उन्होंने सारे कागजात एक बैग में रखकर दे दिए और बताया कि ममता चौधरी वोटिंग के कागजात ले चुकी हैं। ममता हिमाचल प्रदेश से अखिल भारतीय माध्यमिक शिक्षक महासंघ की दूसरी डेलीगेट हैं। गोविन्दजी पाँच पीढ़ी पहले फीजी आए हैं। एक बार उनकी बहन हिन्दुस्तान गई थीं। कहीं देवरिया (उत्तर प्रदेश) के रहनेवाले थे। लेकिन अब घर का पता नहीं है। एक-दो घंटे घूम-टहलकर कमरे में आया। रात के खाने की कोई व्यवस्था नहीं थी और इस बार की यात्रा में गलती ऐसी हुई थी कि कोई सामान भी साथ नहीं लिया था। चूँकि ढाई-तीन बजे खाना खाया था। इसलिए भूख भी नहीं थी। बिस्तर पर पड़े तो नींद आ गई।

सुबह उठे तो कान्फ्रेंस का उत्साह जोरों पर था। पहली बार किसी अन्तर्राष्ट्रीय कान्फ्रेंस में भाग लेने का अवसर मिला था। व्यायाम वगैरह करने की अच्छी स्थिति नहीं थी इसलिए किसी प्रकार कुछ कोरम पूरा किया और जल्दी-जल्दी तैयार हुआ।

वादा के अनुसार आठ बजे ममता आ पहुँचीं। साथ-साथ नाश्ता कक्ष में पहुँचे तो बगैर पूछे कार्नफ्लेक, दूध, टोस्ट और कुछ फल तथा जूस ले आईं। अच्छा लगा क्योंकि सारी चीजें मेरी मनपसन्द थीं और यहाँ नॉनवेज में मनपसन्द 'वेज' खोज लेना भी कम दुष्कर कार्य नहीं था। साथ-साथ नाश्ता किए। कान्फ्रेंस हॉल में पहुँचे तो देर तक भारत को खोजते रहे क्योंकि सभी देशों और वहाँ के संगठनों की तख्तियाँ लगी हुई थीं। भारत सबसे पीछे था। पहले तो गुस्सा आया कि छोटे-छोटे देशों को आगे स्थान मिला है और भारत जैसे बड़े देश को पीछे लेकिन जब पता चला कि अंग्रेजी के वर्णमाला के अनुसार स्थान आबंटित किया गया है तो गुस्सा शान्त हो गया।

लगभग आधे घंटे विलम्ब से शुरू हुई कान्फ्रेंस। अध्यक्षता कर रहे थे एजूकेशन इंटरनेशनल के एशिया पैसिफिक रीजनल कमिटी के अध्यक्ष मि. यूजुरू नामामुरा और मुख्य अतिथि थे इंडोनेशिया के महामहिम राज्यपाल मि. सूतियोसो। डॉ. मा. सूर्या, अध्यक्ष, इंडोनेशिया शिक्षक संगठन ने स्वागत भाषण किया। अधिवेशन की शुरुआत हुई इंडोनेशिया के एक पारम्परिक नृत्य-गीत से। इंडोनेशियाई वेशभूषा में तीन-चार छोटी-छोटी लड़कियों ने गीत पेश किया। सदस्य देशों की रपटें, विभिन्न विषयों पर आधार पत्र तो पहले ही प्राप्त हो चुके थे। उद्‌घाटन सत्र में वे टेबुल पर रख दिए गए। महासचिव ने अपने संक्षिप्त भाषण में मुख्य रूप से 'सबों के लिए गुणवत्तापूर्ण शिक्षा' पर बल दिया। अन्तर्राष्ट्रीय स्तर पर कान्फ्रेंस किसी विषय पर आधारित होती है। भारत जैसी फ्री स्टाइल नहीं होती। कान्फ्रेंस का पूर्व घोषित विषय था-"Strengthening Teacher Unions to defend and promote Trade Union Rights and Quality Education for all."

टी ब्रेक हुआ तो सारी भीड़ बरामदे में पहुँच गई। अलग-अलग देश, अलग-अलग समूह, कई देशों की सीमाओं के बाहर तक। भाँति-भाँति की बातें। लगा दूरियाँ मिट गई हैं और देशों के बीच फैला समुन्दर पट गया है। भीतर आए तो फिर क्वालिटी एजूकेशन पर बहस जारी हो गई।

कई देशों के प्रतिनिधियों ने अपनी बातें रखीं। यहाँ यह परम्परा काफी अच्छी है कि वक्ता घंटों नहीं बोलते और घंटियाँ दबाकर उन्हें रोकने की आवश्यकता नहीं पड़ती। प्राय: अपना लिखित भाषण पढ़ते हैं जो बिन्दुवार तथ्याधारित होता है। कक्षा के समान बनाई गई बैठक व्यवस्था में कतारों के बीच की खाली जगह में माइक रखे थे और सम्बन्धित कतारों के साथियों को वहीं से बोलना था। मंच तक जाने की आवश्यकता नहीं थी। मैंने भी अपना लिखित भाषण सामने के माइक से पढ़ा। फिर इस घोषणा के साथ लंच ब्रेक हुआ कि लंच के बाद तीन समूहों में बहस चलेगी और समूहों का विवरण सूचना-पट पर चस्पाँ कर दिया जाएगा।

आज का लंच स्वीमिंग पूल के पास बने हॉल में था। हॉल आकर्षक ढंग से

सजाया गया था और बेहतरीन तरीके से कुर्सी-टेबुल लगे हुए थे। इंडोनेशिया नॉनवेज है इसलिए वेजवालों को वेज खोजने में कठिनाई होती है। यहाँ वेजवाले प्रायः भारतीय थे। चालीस-पचास के डेलीगेशन में वेजवालों की संख्या ही ज्यादा थी। इसलिए वेज खोजते-खोजते वे प्रायः एक टेबुल पर सिमट आते थे। काफी देर तक हम जूस और तरह-तरह के भोजन का आनन्द लेते रहे। बीच-बीच में नेपाल, श्रीलंका आदि देशों के प्रतिनिधियों के साथ संवाद भी चलता रहा।

एक अच्छी परम्परा यहाँ और है कि जब-जब ब्रेक होता है, प्रतिनिधियों के टेबुल पर रखे गिलासों में पानी भर जाता है। कुछ नए-नए कागजात और दूसरे-दूसरे देशों से गिफ्ट पैकेट अथवा सामान टेबुल पर रख दिए जाते हैं। रजिस्ट्रेशन फार्म भरते समय ही मैं अपनी रुचि के अनुसार 'Strengthening Teachers Union to protect trade union right' और 'Quality Education for all' विषय पर बहस में शामिल होने के लिए अपनी इच्छा जता चुका था लेकिन यहाँ तो इन दोनों विषयों पर एक ही साथ बहस होनी थी। इसलिए 'Quality Education for all' में ही भाग लेना उचित समझा। संयोग से नोटिस में उसी में मेरा नाम भी था। आरम्भ में अन्तर्राष्ट्रीय श्रम संगठन की ओर से कान्फ्रेंस का अभिनन्दन किया गया और प्रस्ताव कमिटी, क्रेडिन्सियल कमिटी, चुनाव कमिटी की घोषणाएँ हुई और विभिन्न क्षेत्रों के प्रतिनिधियों ने अपनी बातें रखीं।

लगभग दो घंटे तक बहस चली। प्रायः विभिन्न देशों के प्रतिनिधियों ने अपने देश की स्थिति के अनुसार बातें रखीं। भारत में गुणवत्तापूर्ण शिक्षा के मार्ग में उपस्थित बाधाओं की चर्चा करते हुए हमने कहा कि गुणवत्तापूर्ण शिक्षण गुणवत्तापूर्ण अध्यापक के बिना सम्भव नहीं है जबकि भारत में ऐसे शिक्षकों का लगातार अभाव होता जा रहा है। देश में लगभग चार लाख शिक्षकों की नियुक्ति की जा रही है। शिक्षक-छात्र अनुपात राष्ट्रीय अनुपात से अधिक 1 : 94 है। इस मार्ग की कठिनाइयों की चर्चा करते हुए मैंने कहा कि महिला शिक्षकों का प्रतिशत अत्यन्त कम यानी 36 प्रतिशत है। मात्र 53 प्रतिशत आबादी को प्राथमिक विद्यालयों की सुविधा प्राप्त है वह भी लगभग तीन किलोमीटर की दूरी पर। इसी प्रकार 33 प्रतिशत विद्यालयों के पास ब्लैकबोर्ड, 65 प्रतिशत के पास बेसिक आवश्यकताएँ नहीं हैं। देहात के छह विद्यालयों में मात्र एक को शौचालय की सुविधा है। हमने उस नग्न सच्चाई को भी सामने रखा कि भारत के लगभग दस लाख सरकारी विद्यालयों में काम करनेवाले पैंतीस लाख शिक्षकों के सम्वर्ग को ही सरकार समाप्त करने पर आमादा है और इसलिए 'Quality Education for all' का सवाल भारत में काफी कठिन है। लेकिन निस्सन्देह यह लड़ाई बड़ी महत्त्वपूर्ण है।

हमारे ग्रुप की बैठक पाँच बजे समाप्त हुई तो स्वीमिंग पूल की ओर चले गए। अभी तक दो ग्रुपों की बैठक समाप्त नहीं हुई थी इसलिए कुछ देर तक अकेले

होटल की प्राकृतिक सुषमा को निहारने का अवसर मिला। शाम का भोजन स्वीमिंग पूल के पास खुले आसमान में था, इसलिए उसकी तैयारियाँ चल रही थीं।

कर्मकार आए तो हम दोनों देर तक हीरा प्रसाद के नेपाली डेलीगेशन के साथ बातें करते रहे। इस रीजनल संगठन में नेपाल की स्थिति अच्छी है। नेपाल पहले से अपना प्रभाव जमाए हुए है।

शाम का धुँधलका घिरने लगा था और कुर्सियों पर प्रतिनिधियों के झुंड जमने लगे थे। शुरू हो गया पीने-पिलाने का दौर। घर से अलग होने का सुख एक अलग सुख ही है। अचानक मिली यह आजादी दिल्ली के कुछ साथियों को 'जाहिद शराब पीने दे' के दौर तक खींच ले गई और हम उठकर नॉनवेज और जूस के टेबुल पर रामपाल सिंह और ईश्वरन के पास पहुँच गए।

सूसन ने ममता की चुनावी भूख जगा दी थी। वह आई और भोजन के बीच में ही अलग हटाकर चुनाव की चर्चा छेड़ बैठी। किसी प्रकार समझाया। फिर बाद में रणनीति तय करने का वादा कर विदा किया और भोजन समाप्त किया। बल्बों की तेज, जगमग रोशनी में स्वीमिंग पूल के बाहर रात का अँधेरा होटल में उतर आया था। लेकिन यहाँ रात्रि की जगमगाहट और रौनक अपने शबाब पर थी।

अच्छी नींद नहीं आने के बावजूद सुबह देर से ही उठा। उजाला, कमरे में प्रवेश कर चुका था और सूरज की रोशनी होटल के बाहर सड़कों एवं भवनों पर पसर चुकी थी। देर तक मन अलसाया रहा और दिन की लम्बाई दिल पर भारी पड़ती रही। बार-बार आरामदेह बिस्तर की मोटाई चुभ रही थी और मन में भय व्याप्त हो रहा था कि ऐसी आरामदेह व्यवस्था में बीमार न पड़ जाऊँ।

अखबार का ख्याल आते ही दरवाजा खोला। देखा अखबार प्रतीक्षा कर रहा है। यहाँ एक अच्छी परम्परा है कि होटल की ओर से ही 'जकार्त्ता पोस्ट' अखबार कमरे के द्वार पर डाल दिया जाता है। आप चाहें तो लेकर समाचार देख सकते हैं। समाचार-पत्र उलट गया लेकिन एजूकेशन इंटरनेशनल का कोई समाचार अथवा चित्र समाचार-पत्र में नहीं था। अश्चर्य नहीं हुआ। हिन्दुस्तान में भी शिक्षा एवं शिक्षक संगठन सम्बन्धी समाचार अखबारों में स्थान कम ही पाते हैं।

जल्दी-जल्दी तैयार होकर निकला तो अधिकांश दरवाजे बन्द मिले। अखबार बाहर छटपटाते मिले। नाश्ता के स्थान पर ईश्वरन मिल गए। बैग रखा और नाश्ते के काउंटर की ओर बढ़ गया ताकि अपना मनपसन्द नाश्ता ले सकूँ। वैसे इतने प्रकार के सामान यहाँ रखे मिलते हैं और वे इतने अजनबी हैं कि अपनों की पहचान करना काफी मुश्किल लगता है। पावरोटी, दूध के साथ कुछ और चुना लेकिन 'और' अनुकूल नहीं था। शुरू ही किया था कि ममता आ गईं। रात से चुनावी भूत जो उस पर सवार था अभी तक उतरा नहीं था। मैंने संकेत किया कि वह ईश्वरन से बातें करें। ईश्वरन ने मुझे थोड़ी देर में ही समझा दिया कि सूसन सार्क देशों

की तमाम महिला प्रतिनिधियों को इसलिए चुनाव लड़ने के लिए उकसा रही हैं कि कोई दूसरा उनके खिलाफ उम्मीदवारी की बात नहीं सोच सके। नाश्ता और चुनाव चर्चा चल रही थी कि रामपाल जी भी आ गए। उन्होंने ममता के जोश को यह कहकर ठंडा कर दिया कि संविधान के आलोक में चुनाव समिति के सदस्य चुनाव नहीं लड़ सकते। चुनाव समिति की घोषणा के साथ ही आपको अपना नाम वापस कर लेना चाहिए था। ममता शान्त हो गईं। रात से उसके माथे पर चढ़ा चुनावी बुखार उतरने लगा था। मुझे इससे काफी राहत मिली। अखिल भारतीय माध्यमिक शिक्षक महासंघ को इस बार चुनावी युद्ध से अपने को अलग रखना था।

वहाँ से निकले तो धर्मविजय पंडित और रमेश जोशी मिल गए। पंडित कल से ही मुझे ई. आई. की राजनीति समझाने में लगे हैं और जोशी की उम्मीदवारी की वकालत कर रहे हैं। हमें और रामपाल को उनके साथ बैठना पड़ा। चर्चा चली तो मैंने अपना दृष्टिकोण रखा कि भारत के बाहर सभी संगठनों को चुनावी युद्ध में एक रणनीति और एकता के साथ उतरना चाहिए ताकि साउथ ईस्ट एशिया के इस संगठन और एजूकेशन इंटरनेशनल में हमारी पहचान बन सके। पंडित ने हमारे दृष्टिकोण से सहमति व्यक्त की। उन्होंने कहा कि भारत के सभी संगठनों को इसी प्रकार की सोच रखनी चाहिए। रामपाल जी ने भी लगभग ऐसा ही विचार रखा और तय हुआ कि कान्फ्रेंस के बीच टी-ब्रेक में हम रणनीति पर पुनः विचार करेंगे।

हॉल में पहुँचे तो कान्फ्रेंस शुरू हो चुकी थी। एजूकेशन इंटरनेशनल के महासचिव अपनी रिपोर्ट प्रस्तुत कर रहे थे। यह रीजनल कान्फ्रेंस जिस थीम पर आधारित थी, उसके महत्त्व की चर्चा करते हुए उन्होंने विभिन्न देशों से प्राप्त संक्षिप्त प्रतिवेदनों को सामने रखा और कई छोटे-छोटे देशों ने अलग से अपनी परिस्थितियों की चर्चा की। ममता चुनाव समिति के सदस्य होने के नाते नामांकन पत्रों को प्राप्त करने की कर्रवाई में व्यस्त थीं।

आज का लंच होटल के ही ग्राउंड फ्लोर के एक हॉल में था। हॉल काफी सजा सँवरा था और संगीत की मधुर ध्वनि उसे और आकर्षक बना रही थी। नव कुमार कर्मकार (पश्चिम बंगाल) और मैं शाकाहारी टेबुल खोजकर पहुँचे तो पंडित और जोशी भी आ गए। सूप ले ही रहे थे कि ममता आ पहुँचीं। उसने सूप की इतनी तारीफ की कि लगा कि जोशी को ललचा रही हैं। जोशी आज निराहार थे और गौरी व्रत कर रहे थे। मैंने गौरी व्रत पर प्रश्न चिह्न खड़ा किया तो पंडित बोला कि इनकी पत्नी शिवव्रत करती हैं इसलिए इन्हें गौरी व्रत करना ही चाहिए। फिर लगभग एक घंटे तक खाने-पीने का दौर चलता रहा। जो असल पीनेवाले नहीं थे उन्हें होटल की लड़कियाँ टेबुल पर ही पूछ-पूछ कर ड्रिंक परोस रही थीं। कुछ जूस हमने भी लिया।

पूरे हॉल के टेबुल रंग-बिरंगे औरत-मर्दों से भरे पड़े थे। अलग-अलग वेश-भूषा,

अलग-अलग पसन्द और कई तरह की बोलियाँ। सचमुच हॉल में दुनिया सिमट आई थी। भोजन के साथ वीडियोग्राफी, कैमरे के क्लिक और चमक जारी थी।

लंच के समय ही कर्मकर ने बताया था कि बाहर थोड़ी दूर पर I.S.D. बूथ है और दर होटल से सस्ती है। बाहर निकले तो धूप काफी तेज थी। विषुवतरेखीय प्रदेशों में दो बजे के आस-पास धूप तेज हुआ करती है। फिर चौबीस घंटे वातानुकूलित कमरे में रहने के कारण भी धूप तेज लगने लगी थी। सड़क किनारे बने सायादार रास्ते से कुछ दूर चले लेकिन बूथ बन्द था। अगले बूथ के लिए बढ़े तो धूप सताने लगी थी। सड़क पर स्वचालित बस स्टैंड जहाँ टिकट कटाते ही बस का दरवाजा खुलता है, दिखाई पड़े। बेहद आश्चर्य हुआ। इतनी छोटी सी जगह और इतनी सारी आधुनिक सुविधाएँ। सड़क पर दोनों ओर खड़ी भव्य और आकर्षक इमारतें शालीन नर-नारी के समान दिखाई पड़ रही थीं। इमारतों में इंडोनेशियाई भाषा में उनके नाम साफ-सुथरे ढंग से अंकित थे और कहीं गाड़ियों अथवा आदमियों की भीड़-भाड़ या रेलमपेल नहीं थी। अनुमान से एक-दो भवन मिलिट्री के मालूम हुए।

बूथ पर पहुँचे तो कोशिश के बावजूद बातें नहीं हो सकीं। पटना में आवाज सुनाई नहीं पड़ी और शेष जगहों पर फोन लगाना ही नहीं आया। निराश लौट आए। लेकिन फोन की दरें सचमुच होटल की दरों से सस्ती थीं।

लेकिन गेट पर फिर चेकिंग। जब-जब बाहर से कोई आता है गेट का लड़का बैग चेक करता है। बिहार में इतने पर ही हंगामा होने लगता। लेकिन यहाँ ऐसा कुछ नहीं। अघोषित अनुशासन है और उसमें बँध के रहना अच्छा लगता है।

तीसरे सत्र में 9 सितम्बर को गठित दलों की रपटें पेश की गईं। एड्स और एच. आई. वी. पर उस समूह के अध्यक्ष श्री एस. ईश्वरन, शिक्षक संगठनों की मजबूती और ट्रेड यूनियन अधिकार पर सूसन हाथगुड, 'सबों के लिए गुणवत्तापूर्ण शिक्षा और सामाजिक न्याय के लिए शिक्षकों के स्तरोन्नयन' पर मि. यासुवा मोरिकोशी और 'गैट तथा शिक्षा के निजीकरण पर शिक्षक संगठनों की प्रतिक्रिया' पर मि. ग्राहम मैकचुलोच ने अपने-अपने समूह की रपट पेश की। फिर दो दिन पूर्व महिलाओं का जो सेमिनार हुआ था उसकी रिपोर्ट पेश की गई। चुनाव हेतु नामांकन की प्रक्रिया पूरी हो चुकी थी और सूचना दी गई कि पाँच बजे तक ही नामांकन वापस लिए जा सकते हैं। जिन पदों पर कोई दूसरे नामांकन नहीं हुए उनके निर्विरोध जीत की घोषणा भी कल ही की जाएगी।

शाम सात बजे जकार्ता के महामहिम उपराज्यपाल की ओर से 'तामान इम्पीयन जया एंकल' नामक एक भव्य होटल में भोज का आयोजन था। सारे प्रतिनिधियों को बसों से इस होटल में लाया गया। शाम को 7 बजे यहाँ काफी अँधेरा घिर जाता है। बस से निकले तो लगा किसी शाही शादी में जा रहे हैं। पूरा शहर रंग-बिरंगे

बिजली के बल्बों से सजा हुआ था। पेड़-पौधों, खम्भों सर्वत्र कई तरह से बिजली के बल्बों की सजावट की गई थी। बल्बों से ही गेट और बन्दरवार बनाए गए थे। तिरुपति में इसी प्रकार पूरे तिरुमाला शहर को सजे हुए देखा था। आज जकार्ता को दुल्हन की तरह सजा-धजा देख रहा था। बड़ा सुखद लगा।

होटल पहुँचे तो लगा किसी राजभवन में आ गए हैं। तीन-चार भव्य हॉलों से गुजरते हुए एक बड़े हॉल में पहुँचे जहाँ बैठने की काफी अच्छी व्यवस्था थी। समारोहों के लिए मंच भी बना था। बूफे तो सजा था लेकिन वेज कहीं नहीं था जबकि शाकाहारियों की भी अच्छी संख्या थी।

महामहिम उपराज्यपाल आए किन्तु कोई ताम-झाम नहीं। जाँच-पड़ताल, सुरक्षा के नाम पर कोई हड़कम्प नहीं। हमने खड़े होकर उनका अभिवादन किया। परम्परागत तरीके से बच्चियों के दो-तीन संगीत के कार्यक्रम हुए। भाषा की दीवारों के बावजूद संगीत दिल को बाँध ही लेता है और सात समुन्दर की दूरी मिटा ही डालता है। फिर उपराज्यपाल ने संक्षिप्त सम्बोधन किया-''मैं देख रहा हूँ आपकी भूखी आँखों को इसलिए हमें भोजन में विलम्ब नहीं करना चाहिए। जकार्ता में आप सबका स्वागत है।'' भोज शुरू हो गया और साथ-साथ नृत्य भी।

दोनों के समवेत आनन्द में प्रतिनिधि डूब-उतरा रहे थे कि नृत्य करनेवाली लड़की मंच से उतरकर प्रतिनिधियों के बीच आ गई। फिर तो समा ही बदल गया। कई प्रतिनिधि महिला और पुरुष उसके साथ नृत्य करने लगे। नृत्य करते-करते कुछ मंच पर चढ़ गए। कई भारतीय भी नृत्य करनेवालों में शरीक हो गए। उनमें ममता भी थी। नृत्य, गीत और वाद्य का यह मनोरम वातावरण लगभग एक घंटे तक सब पर हावी रहा। लगा कि भाषा और देशों के विभाजन की सारी दीवारें अचानक ढह गई हैं और सचमुच 'वसुधैव कुटुम्बकम्' बन गया है।

हमने मन ही मन एजूकेशन इंटरनेशनल को धन्यवाद दिया और चुपचाप बस में आ बैठे।

आज का दिन पिछले दिनों की अपेक्षा भारी लगने लगा था। कान्फ्रेंस के दो दिन अच्छे लगे लेकिन भारतीय भोजन और रहन-सहन के अभाव से काम में अनमनापन छाया रहा। एक कारण अपने स्वभाव और टीम के साथी का अभाव भी था। इसीलिए उठते ही एक हल्की खुशी आई कि आज कान्फ्रेंस से मुक्ति मिल जाएगी।

ज्यादा काम भी नहीं था आज। कान्फ्रेंस में आज प्रस्ताव पेश होने थे। निम्नांकित विषयों पर सात प्रस्ताव पेश किए गए जिनपर हल्की चर्चा के बाद स्वीकृति का प्रस्ताव पारित हो गया।

प्रस्तावों में मूलतः उन चुनौतियों की चर्चा थी जो इक्कीसवीं सदी में दुनिया की शिक्षा और शिक्षकों के सामने मौजूद हैं। मसलन दुनिया में बढ़ता एड्स,

एच. आई. वी. का प्रभाव, शिक्षा पर गैट और निजीकरण के बढ़ते प्रभाव के विरोध में शिक्षक संगठनों की प्रतिक्रिया और उनकी गोलबन्दी तथा दुनिया में शिक्षकों के स्तरोन्नयन और उन्हें आर्थिक-सामाजिक रूप से मजबूत बनाते हुए सबों के लिए गुणवत्तापूर्ण शिक्षा और सामाजिक न्याय की लड़ाई को मजबूती प्रदान करना और शिक्षक संगठनों को ट्रेड यूनियन अधिकारों के लिए संघर्ष करने की स्थिति में लाने हेतु मजबूती प्रदान करने का सवाल आदि। कुछ प्रस्ताव एजूकेशन इंटरनेशनल के प्रभाववाले देशों में श्रमिक संगठनों के आन्दोलनों के बिरादराना समर्थन में थे। प्रस्तावों का मुख्य स्वर चुनौतियों से लड़ने का था।

दरअसल दुनिया में शिक्षा और शिक्षकों के सामने लगभग एक ही प्रकार की चुनौतियाँ हैं। शिक्षा पर निजीकरण और व्यावसायीकरण के खतरे हैं और शिक्षकों के सम्वर्ग को समाप्त कर अल्पवेतन, अल्पयोग्यताधारी पारा टीचर की नियुक्ति कर शिक्षा को पूर्णत: बाजार के हवाले कर देने की योजना है। बिहार माध्यमिक शिक्षक संघ ने 1999 के दिसम्बर में सहरसा में आयोजित अपने 44वें अधिवेशन और 2005 में लखीसराय में आयोजित 45वें अधिवेशन में इन चुनौतियों को रेखांकित किया था और इनसे लड़ने का संकल्प लिया था तब से हमारी वैचारिक लड़ाई जारी है। अभी देश में शिक्षा के अधिकार विधेयक को पारित कराने और कोठारी आयोग की अनुशंसा के आलोक में कॉमन स्कूल सिस्टम (समान विद्यालय प्रणाली) की लड़ाई हमारी मुख्य लड़ाई है। शिक्षक, उनके सम्वर्ग, उनकी सेवा दशाओं को तभी बचाया जा सकता है।

बाजार बगल में ही था लेकिन अपरिचित स्थान होने के कारण हम दोनों टैक्सी से पहुँचे जिसका किराया आठ हजार रुपए। यहाँ टैक्सियों का कोई स्वीकृत रंग नहीं है जैसा कि दिल्ली या भारत के अन्य शहरों में हुआ करता है। वह किसी रंग की हो सकती है सिर्फ उसके ऊपर TAKSI का बोर्ड लगा रहता है। टैक्सियों के रूप में प्राय: अच्छी चमचमाती नई-नई मॉडल की गाड़ियाँ प्रयोग में आती हैं। वह भी जकार्ता के आधुनिकीकरण का ही द्योतक है।

दिन की रोशनी में जकार्त्ता चमचमाता और खूबसूरत दिखाई पड़ता है। न्यूयार्क और वाशिंगटन की तरह बीस-पच्चीस मंजिलों की इमारतें, एक से एक नई-नई डिजाइन में बनी हुई। सड़कें बिलकुल साफ-सुथरी और उनके डिवाइडर काफी चौड़े तथा उन डिवाइडरों पर गमलों में पेड़-पौधे। सड़कों के किनारे पैदल यात्रियों के लिए फुटपाथ। थोड़ी-थोड़ी दूर पर सड़क पार करने के लिए बने हुए फुट ओवर ब्रिज, बसों के लिए ऑटोमेटिक बस स्टाप और पूरे शहर में ओवर ब्रिजों का बिछा जाल ताकि ट्राफिक जाम की समस्या नहीं हो। देखकर आश्चर्य होता है कि कैसे इतने कम समय में इंडोनेशिया ने इतना कुछ कर लिया है। आजादी के पचास-साठ वर्षों में भी भारत का पिछड़ापन विदेशों में जाने के बाद उजागर होने लगता है और

एक अव्यक्त पीड़ा से मन भर जाता है। क्या इतनी मेधा और क्षमता के बावजूद हम उस रफ्तार से विकास की मंजिलें नहीं तय कर सकते?

बाजार में पहुँचे तो दिल्ली और पटना के बाजारों की तरह यहाँ भी सड़कों के किनारे सामान सजाए सेल लगाए कतारें लगी मिलीं। अन्तर यही है कि यहाँ हो-हल्ला कम है। सेल की दरें लगी हैं और सामान सजे हैं। आप मनपसन्द सामान ले सकते हैं। सड़क के दोनों किनारे दूर तक दुकानें सजी हैं बिलकुल साफ-सुथरी। जकार्ता में लगभग प्रत्येक दुकान पर विक्रेता लड़कियाँ ही हैं। विशेषकर जूतों, घड़ियों और कपड़ों की दुकानें। कहीं-कहीं दुकानों के अन्दर सेल की तख्तियाँ लगी हैं और सेल की प्रत्येक वेरायटी पर एक-एक लड़की खड़ी ग्राहकों का स्वागत कर रही है। पैसे के काउंटर पर भी कम्प्यूटर के साथ लड़कियाँ ही हैं। लगता है कि जकार्ता के प्रत्येक व्यावसायिक क्षेत्र में लड़कियों की संख्या और उनका प्रतिशत ज्यादा है।

लगभग एक किलोमीटर लम्बे बाजार में सामानों को देखते, मोलभाव करते पैर थकने लगे तो कुछ सामान खरीदने की ठानी। किन्तु छोटी-छोटी चीजों के दाम हजारों-लाखों में। चाबी की रिंग छह हजार रुपए की थी तो मनीपर्स बारह हजार रुपए का। दोस्तों को उपहार देने के लिए कुछ चीजें खरीदीं। लेकिन मनोज, छोटू, गोलू के लिए भी सस्ती शर्ट ही लगी जिसकी कीमत प्रति शर्ट छत्तीस हजार रुपए के आस-पास थी। लेकिन शर्ट मनपसन्द थी। सड़क के सेल में पचास हजार रुपए में तीन शर्ट आती थीं। अनिल, मनोज और बिरजू के लिए लेना आवश्यक लगा। आखिर वे कैसे जानेंगे कि इंडोनेशिया से उनके लिए भी उपहार आए हैं। मेरी जिन्दगी तो इन्हीं के सहारे चलती है। गोल्डी और छोटी के लिए भी कपड़े ले लिए। कम से कम गाँव में पहनकर इंडोनेशिया का प्रचार तो वे ही करेंगी। खरीदते-खरीदते रुपए घट गए तो एक दुकान में डॉलर बदलने गए। लड़की दौड़कर आई और बदलने के स्थान पर ले गई। दस मिनट में पचास डॉलर के चार लाख बावन हजार रुपए लेकर बाहर आए। फिर कुछ बाजार किया। पैर थक गए तो आराम की दृष्टि से हम लोग आम का जूस पीने बैठे। तेरह हजार रुपए में दो गिलास जूस पीए। कर्मकार ने भी कुछ सामान खरीदे।

अब कर्मकार की समस्या थी कि बारह सितम्बर को वे कहाँ रहेंगे? होटल बोरोबुदुर 11 सितम्बर तक ही बुक था। सोचा कर्मकार की व्यवस्था सस्ते होटल में एक दिन के लिए की जाए। लेकिन पड़ोस के जिन-जिन होटलों में गए, किराया बोरोबुदुर से थोड़ा ही कम था किन्तु उनकी व्यवस्था, सफाई काफी अच्छी थी। कमरे कहीं खाली नहीं मिले। सूरज ढलने लगा था और सड़कों पर गाड़ियों का रेला बढ़ता जा रहा था। होटल लौट आए लेकिन किराया चार हजार रुपए अधिक लगा। शाम होने के कारण लौटनेवाला रास्ता कुछ लम्बा था।

पता चला कि आज शाम खाना नहीं मिलेगा। बाहर जाने की सोच ही रहे थे कि मेरे कमरे के हिमाचल प्रदेश वाले पार्टनर आ पहुँचे। बोले, गुजराती खाना खिलाता हूँ। दौड़कर गुजराती रोटियों के पैकेट ले आए। हमने और कर्मकार ने उसे ही खाकर और चाय पीकर रात गुजार दी।

पिछली रात देर तक नींद नहीं आई तो यात्रा-संस्मरण लिखता रहा। सुबह जल्दी ही उठ गया। सुख-सुविधाओं के बावजूद यहाँ असहज महसूस होता रहा। अखबार देखकर निवृत्त हुआ तो ममता ने फोन किया कि वह तैयार होकर आ रही है। उसी ने AISTF का प्रमाण पत्र सरस्वती से प्राप्त कर लिया था और उसे देना चाहती थी। जल्दी-जल्दी तैयार हुआ क्योंकि लगभग साढ़े नौ बजे हवाई अड्डे ले जाने के लिए बस आनेवाली थी। उसके पहले नाश्ता और चेकिंग से गुजरना था। आज का नाश्ता कान्फ्रेंस की ओर से आखिरी नाश्ता था। रामपाल जी और ईश्वरन को फोन मिलाया तो तय हुआ कि नाश्ता साथ करेंगे।

नाश्ता लेकर बैठे ही थे कि रामपाल जी और कर्मकार आ पहुँचे। देर तक कान्फ्रेंस के संस्मरणों पर बातें चलती रहीं। कर्मकार उदास थे क्योंकि उन्हें आज रुकना पड़ रहा था। बैंकाक तक तो हवाई जहाज मिल रहा था लेकिन बैंकाक से कोलकाता की उड़ान नहीं मिल रही थी। दूसरे होटलों में भी जगह नहीं थी।

काउंटर पर चेकिंग कराकर चाबी सौंपी और नीचे के प्रतीक्षा कक्ष में बस का इन्तजार करने लगा। भारत के AIPTF के साथी यहीं थे। नेपाल तथा कुछ अन्य देशों के साथी भी आ पहुँचे।

आज गौर से नए-पुराने जकार्ता को नजदीक से देखने का अवसर था। नए जकार्ता की तुलना में पुराना पटना सिटी की तरह कन्जस्टेड और पिछड़ा दिखाई पड़ता है। कम ऊँचाई वाले घर, टिन और एस्वेस्टस की छतें और वह सब कुछ जो बिहार के शहरों में है। हाँ सड़कें अच्छी हैं और बिजली कटती नहीं है।

राष्ट्रीय हवाई अड्डे से होकर ही अन्तर्राष्ट्रीय हवाई अड्डे का रास्ता है। हवाई अड्डे का परिसर बेहद प्रशस्त, सजा हुआ और खूबसूरत है। सड़क किनारे रंग-बिरंगे फूल, साफ-सुथरी सड़कें और परिसर में खड़ी नए-नए मॉडल की चमचमाती हजारों गाड़ियाँ यूरोप के किसी शहर का भ्रम पैदा करती हैं। इतनी आधुनिक और तरतीबवार खड़ी गाड़ियाँ नई दिल्ली में नहीं दिखाई पड़तीं। वहाँ तो चढ़ते-उतरते बेतरतीब गाड़ियों के रेले यात्री को परेशान कर देते हैं।

भीतर घुसे तो कुछ साथियों ने स्थानीय मुद्रा को डॉलर में बदलने के लिए कतार लगाई। मेरे पास एक-सवा लाख रुपए थे। पता चला कि एक लाख तो यहाँ टैक्स देना पड़ेगा। सो बदलने का इरादा छोड़ दिया।

बोर्डिंग के लिए काउंटर पर पहुँचे तो काउंटर लड़की ने टैक्स की माँग की। इंडोनेशिया में एक रात रहने पर एक लाख रुपए टैक्स देना पड़ता है। एक लाख

रुपए जमा किए। बोर्डिंग टिकट लिया और सामान बुक कराकर निश्चिन्त हो गया। फिर इमीग्रेशन और हवाई अड्डे के भीतर।

यहाँ भी भीतर एक छोटा-मोटा अन्तर्राष्ट्रीय बाजार है। इत्र और सेंट की कई दुकानें हैं। ज्यादातर लोग उपहार आदि देने के लिए खरीदते हैं। मैंने भी कुछ मोल-भाव किए लेकिन इत्र काफी महँगा था। इसलिए कुछ घड़ी तक आनन्द पाने के लिए इत्र में पैसे व्यय करना मुझे अपव्यय लगा।

गेट संख्या 7 पर पहुँचे तो वहाँ कोई नहीं था। जल्दी-जल्दी काम निबटाकर डेढ़ घंटा पहले ही पहुँच गया था। सामने इंडोनेशिया के सामाजिक-सांस्कृतिक परम्पराओं को अपने निर्माण में समेटे जकार्ता का हवाई अड्डा फैला था। किसी पब्लिक स्कूल के बच्चे हवाई अड्डे का परिदर्शन करने आए थे और निर्द्वन्द्व भाव से घूम-टहल रहे थे। कुछ देर तक पढ़ने-लिखने की कोशिश की लेकिन मन कहीं और था। गेट संख्या 7 के स्क्रीन पर टी. जी. 434 अंकित हो गया और यात्री भीतर जाने लगे तो हम भी उठकर चले। फिर जाँच और अन्तिम प्रतीक्षालय में। यह प्रतीक्षालय भी मंत्रियों के आवास में बने शेडवाले प्रतीक्षालयों के समान ही है किन्तु है खूबसूरत एवं वातानुकूलित।

फिर वही उड़ान, वही रास्ते, वहीं सबकुछ। ऊपर नीला आसमान और नीचे नीला समुद्र। बीच में उड़ता हवाई जहाज। अलविदा जकार्ता। नई दिल्ली उतरे तो रात्रि के 9 बजे थे। सामान लेते, डॉलर बदलते दस बज गए। बिहार निवास का भोजन आज काफी स्वादिष्ट लगा। एक सप्ताह के बाद बिहारी भोजन मिला था। सम्पूर्ण तृप्ति के साथ भोजन किया। सचमुच दुनिया कितनी छोटी हो गई है। ठीक ही कहा है कि कर लो दुनिया मुट्ठी में। याद आया कि अभी दस घंटे पहले जकार्ता को अलविदा कहा था।

18

डॉ. ब्रजकुमार पांडेय और अखिल भारतीय शान्ति एकजुटता संगठन के सौजन्य से मुझे वियतनाम में आयोजित द्वितीय भारत, वियतनाम मैत्री महोत्सव में भाग लेने वाले शिष्टमंडल का सदस्य होने का गौरव हासिल हुआ था। मैं इस शिष्टमंडल के साथ 9 अगस्त, 2008 से 15 अगस्त, 2008 तक हनोई और होची मिन्ह सिटी तथा वियतनाम को निकट से देखने-परखने और जानने-समझने का अवसर प्राप्त किया था।

कोलकाता के नेताजी सुभाषचन्द्र बोस अन्तर राष्ट्रीय हवाई अड्डे से रात के बारह बजे हमारे विमान ने सिंगापुर के लिए उड़ान भरी थी। यह हमारी दूसरी विदेश

यात्रा थी। इसके पहले हम दक्षिण पूर्व एशियाई देशों के शिक्षक संगठनों के एक वैश्विक सम्मेलन में जकार्ता में भाग लेने गए थे। हमारी वह यात्रा नई दिल्ली से शुरू हुई थी। किन्तु हवाई यात्राओं का भय और आतंक मन मस्तिष्क से मिट चुका था। दूसरे दिन सिंगापुर में हम 6.35 बजे प्रातः पहुँचे थे। हमारी घड़ियाँ दो घंटे पीछे थीं। सिंगापुर हवाई अड्डा देखकर लगा था कि शायद स्वर्ग यहीं है। कालीन बिछी हुई फर्श, हवा से तेज दौड़ती स्काई ट्रेनें और परियों से भी खूबसूरत लड़कियाँ। सब कुछ विस्फारित कर देने वाला। बार-बार देखने का मन करता। लेकिन धरती के इस स्वर्ग में हमारी गुंजाइश ज्यादा कहाँ थी। जल्दी ही हमें हनोई के लिए उड़ान भरनी थी। फिर तो सिंगापुर के आकर्षण को मन में समेटे हम हनोई उड़ चले थे।

हनोई के हवाई अड्डे पर हम उतरे तो वियतनाम, भारत शान्ति एकजुटता संगठन के पदाधिकारियों ने शिष्टमंडल का स्वागत किया। स्कूली बच्चों ने तिरंगा झंडा, लहराते हुए भारत, वियतनाम की एकता के नारे लगाए। गुलदस्ता भेंट किया और हमें बसों तक पहुँचाया। इस अवसर पर भारतीय दूतावास के पदाधिकारी एस. के. मिश्र भी उपस्थित थे जो गर्मजोशी से हाथ मिला रहे थे। अद्भुत शहर है हनोई। आज यह वियतनाम की राजधानी है। देखकर लगता ही नहीं है कि इस हनोई ने युद्ध के दौरान भारी विनाशलीला झेली है। इतना जल्दी वियतनामियों ने इसका पुनर्निमाण कर लिया है कि आश्चर्य होता है। अब तो यह एक आकर्षक और सुन्दर शहर के रूप में दिख रहा है। चौड़ी-चौड़ी सड़कें, किनारे वृक्ष की कतारें, सड़कों पर ध्यान खींचती मोटर साइकिलें, कारें, चौक-चौराहों पर लालबत्ती के अनुशासन में बँधकर रुकते सभी प्रकार के छोटे-बड़े वाहन। ओह, अद्भुत अनुशासन है वियतनाम का। शायद इसी अनुशासन ने 3,29,566 वर्ग किलोमीटर क्षेत्रफल में फैले आठ करोड़ आबादी वाले वियतनाम को यह समृद्धि प्रदान की है।

हवाई अड्डे से निकले तो आसमान साफ था। चारों ओर खेतों में हरियाली पसरी थी और धान के पौधे झूम-झूमकर हमारा स्वागत कर रहे थे। धान यहाँ की मुख्य फसल है। सड़क के दोनों ओर आकर्षक छोटे-छोटे मकान आँखों को बाँधे जा रहे थे और वातानुकूलित गाड़ी शीशे जैसी चिकनी सड़क पर फिसलती जा रही थी। सड़क पर टूट-फूट, गड्ढे का कहीं नामो-निशान नहीं। एक घंटे में हम राजकीय अतिथिशाला पहुँचे तो देखकर लगा कि कोई पाँच सितारा होटल है। पाँच मंजिलों वाला यह सरकारी गेस्ट हाउस भव्य, आकर्षक और व्यवस्थित था। झील के किनारे होने के कारण इसका सौन्दर्य और भी द्विगुणित हो रहा था। सीढ़ी, लिफ्ट, भोजन का कमरा, मीटिंग हॉल, वेटिंग रूम आवश्यकता की सारी चीजें। व्यवस्था इतनी उम्दा कि पहले से सब कुछ तय। चाबी लीजिए और रूम में प्रवेश पाइये। मुझे चौथी मंजिल पर कमरा नम्बर 408 मिला। रूम पार्टनर उमेश कुमार सिंह। शिष्टमंडल के नेता पल्लव सेन गुप्ता ने बताया कि पाँच बजे शाम शिष्टमंडल की

बैठक होगी। तब तक नाश्ता, भोजन, आराम करने की आजादी थी। ऐसा सुख तो हिन्दुस्तान में ससुराल में भी सुलभ नहीं होता।

शाम को बैठक में जुटे तो स्व-परिचय के बाद लोय ने, जो वियतनाम, भारत मैत्री संगठन के पदाधिकारी थे, वियतनाम के संघर्षों पर एक संक्षिप्त किन्तु प्रभावी वक्तव्य दिया। शायद वियतनाम का प्रारंभिक परिचय देना चाहते थे। उन्होंने कहा कि वियतनाम के संघर्षों का इतिहास सैकड़ों वर्ष पुराना है। उन्नीसवीं शताब्दी में यह देश फ्रांस के कब्जे में आया और बीसवीं शताब्दी के प्रारंभ में यहाँ राष्ट्रीय आन्दोलन का शंखनाद हो गया। द्वितीय विश्वयुद्ध के दौरान राष्ट्रीय आन्दोलन ज्यादा तीव्र हुआ और अधिक मजबूती से उभरा। 2 सितम्बर, 1945 को हो ची मिन्ह के नेतृत्व में इसे स्वतंत्रता प्राप्त हुई। देश का दक्षिणी हिस्सा तक ब्रिटेन के कब्जे में था। फिर उत्तरी-दक्षिणी भागों में युद्ध का सिलसिला शुरू हुआ। 1950 में अमेरिका द्वारा कोरिया पर आक्रमण के समय भी पचासों करोड़ के हथियार के साथ अमेरिका, फ्रांसीसियों की मदद में आया और डियेन वियेन फ्यू को युद्ध का बेसिन बनाया। तीन वर्ष तक भयंकर युद्ध के बाद वियतनामियों ने गुरिल्ला लड़ाई से फ्रेंच और अमेरिकी सैनिकों के हौसले पस्त कर दिए। वियतनाम की जीत हुई और फिर उत्तर-दक्षिण वियतनाम का एकीकरण हुआ। 2 जुलाई, 1976 को वियतनाम समाजवादी गणराज्य बना। वियतनाम का इतिहास हो ची मिन्ह के नेतृत्व और विचारों तथा वियतनामियों की दृढ़ संकल्प शक्ति का पक्का गवाह है। पिछले तीस वर्षों में वियतनाम ने योजनाबद्ध विकास किया है। निरक्षरता को दुश्मन मानते हुए अंध-विश्वास और अशिक्षा के खिलाफ युद्ध किया है। हो ची मिन्ह के नेतृत्व में शिक्षा की सुविचारित योजनाएँ लागू की हैं। 1980 के बाद गरीबी हटाने के कई कदम उठाए गए हैं और 2005 तक 80 फीसदी गरीबी कम हुई है। 2015 तक गरीबी उन्मूलन का लक्ष्य दस वर्ष पहले ही पूरा किया जा चुका है। सबको स्वास्थ्य सुविधाएँ मुहैया कराई गई हैं। गरीबों के लिए अपार्टमेंट, दो हजार गाँवों में स्थायी घर, सड़कें सब कुछ बनाई गई हैं और कम समय में ही वियतनाम एक विकसित देश की श्रेणी में शामिल हो गया है।

लोय के इस वक्तव्य ने महान रूसी उपन्यासकार तोल्सतोय के उस पत्र की याद दिला दी जो उन्होंने गांधी जी को लिखा था। तोल्सतोय ने अपने पत्र में पूछा था कि क्या कारण है कि समुन्दर पार का एक द्वीप के आकार वाला इंग्लैंड एक उपमहाद्वीप के आकार वाले देश पर कब्जा किए हुए है? क्या कारण है कि कुछ हजार इंग्लिस्तान के सैनिक करोड़ों की आबादी वाले और अपार संसाधनों के धनी हिन्दुस्तान जैसे देश को गुलाम बनाने में सफल हुए हैं? तोल्सतोय का यह प्रश्न गांधी जी के लिए भारतीय स्वतंत्रता संग्राम की लड़ाई के लिए रास्ता तलाशने का प्रेरणा स्त्रोत बना था। गांधी जी ने पहचाना था कि भारतीय उच्च वर्ग और जनसाधारण

के बीच अलगाव ही वह मुख्य कमजोरी है जिसका लाभ उठाकर साम्राजी भारत को गुलाम बनाने में सफल हुए हैं। इसी प्रकार लेनिन के नेतृत्व में आम जनता यानी किसान और मजदूरों को सशक्त बनाकर ही बोल्शेविक क्रान्ति जारशाही को उलटने में सफल हुई थी। गांधी जी के नेतृत्व में आम जनता गाँव के किसानों और शहर के मजदूरों तथा अन्य श्रमिकों यानी जनसाधारण को सशक्त और समर्थ बनाकर एवं उन्हें हाशिए से केन्द्र में लाकर भारतीय राष्ट्रीय क्रान्ति द्वारा साम्राजी व्यवस्था को उलटने में समर्थ हुई थी। हो ची मिन्ह ने इन्हीं वस्तुगत सच्चाइयों को समझा था और इसी प्रकार वियतनाम के किसानों, मजदूरों, आम जनों को गोलबन्द कर फ्रेंच और अमरीकियों को वियतनाम से खदेड़ने में कामयाबी हासिल की थी। क्रान्ति की सफलता में साहित्य की शक्ति का बोध इसी प्रकार होता है।

वियतनामी आजादी और विकास के इन्हीं ऐतिहासिक सन्दर्भों के साथ हमने वियतनाम के कतिपय उल्लेखनीय विरासतों का अवलोकन किया। जब हम संसार के सात आश्चर्यों में शामिल और विश्व विरासत घोषित हा-लाँग देखने पहुँचे जो प्राकृतिक सौन्दर्य का नायाब नमूना है तो हम दंग रह गए। लगभग दो सौ किलोमीटर की लम्बी यात्रा के बाद भी हमें थकान का बोध नहीं था। समुद्र के छाड़न से निर्मित झील में कई किलोमीटर के बाद हम हा-लाँग के पहाड़ तक पहुँचे थे जिसे प्रकृति ने अपने हाथों से गढ़ा है। वैसी कलाकृति पहाड़ों को काटकर भी मनुष्य नहीं बना सकता। वियतनामियों ने सिर्फ उसे सजाया-सँवारा है और उस अनमोल प्राकृतिक उपहार की रक्षा की है। हा-लाँग की वह छोटी सी जगह आज राष्ट्रीय, अन्तरराष्ट्रीय पर्यटकों का लुभावना केन्द्र है और राष्ट्रीय जी. डी. पी. का एक बड़ा हिस्सा मुहैया कराती है। झील तक प्रतिदिन हजारों छोटी-बड़ी गाड़ियाँ पर्यटकों को वहाँ पहुँचाती हैं और हजारों लाल झंडे वाले स्टीमर, सुस्वादु भोजन की व्यवस्था के साथ संसार के इस आश्चर्य का दर्शन कराते हैं। लेकिन सब कुछ योजनाबद्ध एवं त्रुटिरहित। साथ ही हा-लाँग तक पहुँचने में बीच-बीच में होटलों, ढाबों में हस्त शिल्प की दुकानें हैं जो दिव्यांगों द्वारा निर्मित वस्तुएँ बेच कर राष्ट्रीय आय बढ़ा रही हैं। पर्यटक नाश्ते और भोजन के बहाने वियतनाम निर्मित वस्तुएँ खरीदने को प्रेरित हो रहे हैं।

हो ची मिन्ह मुसोलियम भी वियतनाम की एक अद्‌भुत धरोहर है। अपनी एकता और समृद्धि के प्रतीक के रूप में वियतनामियों ने हो ची मिन्ह के मकबरे को बनवाया है जिसके भीतर आज भी उसके इस मुक्तिदाता राष्ट्रनायक का शव रखा हुआ है। यह जगह सामान्य आवागमन से मुक्त है और पूर्णतः संरक्षित क्षेत्र है। प्रतिदिनि लाखों देशी-विदेशी पर्यटक यहाँ आते हैं और हो ची मिन्ह को सैल्यूट करके अपनी श्रद्धांजलि अर्पित करते हैं। बसें, टैक्सियाँ एक निर्धारित स्थान पर ही रोक दी जाती हैं। उन्हें आगे बढ़ने की इजाजत नहीं है। अद्‌भुत अनुशासन यहाँ भी दीख पड़ता है। हमारा शिष्टमंडल जब मुसोलियम पहुँचा तो बस से उतरते ही पुष्पगुच्छ के साथ

आगे-आगे सैनिकों ने परेड किया। मकबरे में हमने एक-एक कर प्रवेश किया और हो ची मिन्ह को सैल्यूट कर दूसरे रास्ते से बाहर निकल गए। भीतर चार कोनों पर चार सैनिक ऐसे खड़े थे मानो स्टैच्यू हों। शान्ति ऐसी जिसे मुर्दा शान्ति कहना ज्यादा उपयुक्त होगा। कहीं कोई आवाज नहीं, कैमरे की क्लिक नहीं। मानो वियतनाम हो ची मिन्ह की नींद में खलल नहीं डालना चाहता हो। आज भी ताजातरीन शव देखकर धन्य हो वियतनाम कहने का मन करता है। गाइड यहाँ बाहर सम्पूर्ण इतिहास को दुहरा देता है। बाहर आए तो बगल में हो ची मिन्ह का आवास दिखाया गया। इन तीन कमरों वाले आवास में वे 1954-58 तक रहे थे। कमरे में उनके द्वारा प्रयुक्त पलंग, कुर्सियाँ उपयोग के छोटे-मोटे सामान यथावत रखे हैं। दरवाजा बन्द लेकिन सब कुछ दिखाई पड़ने लायक पारदर्शी। बगल में काम करने, मीटिंग करने का कमरा, बमबारी के समय छिपने का बंकर और अपना एक छोटा-सा बगीचा। पता चला कि वे सब्जियाँ, फल-फूल स्वयं उगाते थे। थोड़ी दूर आगे बनारस के विश्वनाथ मन्दिर वाली गली के समान सजी-सँवरी दुकानें, उन पर वियतनामी वस्तुओं की बिक्री की बेहतरीन व्यवस्था। सब कुछ सुव्यवस्थित एवं आकर्षक। पर्यटकों को बाँध लेने वाला।

यहीं हो ची मिन्ह सभागार में भारत, वियतनाम मैत्री महोत्सव आयोजित था। हमारा शिष्टमंडल पहुँचा तो वियतनामी बच्चों ने भारत-वियतनाम के झंडे लहराते हुए बैनर के साथ हमारा स्वागत किया। महोत्सव के मंच पर Strengthening solidarity and cooperation for durable partnership का बैनर लगा था। हॉल पूरी तरह भरा था लेकिन शिष्टमंडल के लिए एक ओर का स्थान रिक्त था। थोड़ी देर में मादाम मिन्ह, वियतनाम के विज्ञान एवं टेक्नोलॉजी मंत्री तथा उप-प्रधानमंत्री आए। वियतनामी बच्चियों ने बेहद खूबसूरत नृत्य पेश किया। 'ऐ मेरे वतन के लोगो' गीत गाया। वही लय, वही उच्चारण, वही स्वर सब कुछ वैसा ही जैसा लता गाती हैं। फिर बच्चे-बच्चियों के कई आकर्षक कार्यक्रम हुए जिनमें वियतनामी संस्कृति की झलक दीख पड़ी। लगा कि वियतनाम ने लम्बे संघर्ष और गर्भ से अनुशासन और विकास को पैदा किया है। शिक्षा संस्कृति के दरवाजों को खोला है। कितना सच है कि क्रान्तियाँ विचारों और संघर्षों से जन्मती हैं। मंच पर संक्षिप्त भाषण हुए और दोनों देशों के मैत्री सम्बन्धों को बनाए रखने की चर्चा हुई। शिष्टमंडल के नेता पल्लव सेन गुप्ता ने भारत के विदेश मंत्री श्री प्रणव मुखर्जी का संदेश पढ़ा। भारतीय शिष्टमंडल के कलाकारों ने भी 'आमार नाम तोमार नाम वियतनाम, वियतनाम' गीत नृत्य प्रस्तुत किया। अन्त में 'हम होंगे कामयाब' और 'कभी अलविदा ना कहना' के साथ हम बाहर निकले।

पल्लव सेन गुप्ता ने कार्यक्रम के बीच में ही बता दिया था कि सभी जन प्रतिनिधियों को दोपहर के भोज पर मैत्रीपूर्ण राजनयिक वार्ता में शामिल होना है।

बाहर निकले तो मुझे पल्लव ने इशारा किया और हम एक गाड़ी से विशिष्ट भोज में ले जाए गए। इस भोज में डेलीगेशन के माननीय सांसद जोयचीन बक्सला, आंध्र प्रदेश विधान परिषद् के सदस्य, यादव के. रेड्डी, पश्चिम बंगाल विधान सभा के सदस्य, श्रुतिनाथ प्रहराज, विप्लव मजूमदार और देवराजन के साथ मैं और डेलीगेशन के नेता पल्लव सेन गुप्ता थे। उधर से राष्ट्रीय असेम्बली के माननीय उपाध्यक्ष, वियतनाम शान्ति एकजुटता संगठन के पदाधिकारी लोय और एक-दो अन्य उच्चस्तरीय पदाधिकारी थे। चीयर्स के साथ शुरू इस लंच में वियतनाम का विकास, राजनीतिक स्थितियाँ, वैश्वीकरण और उदारीकरण के प्रभाव, महँगाई का राष्ट्रीय विकास पर प्रभाव, बीस वर्षों की प्रगति आदि विभिन्न विषयों पर काफी देर तक चर्चा हुई। श्रुति जहाँ प्रश्नों की झड़ी लगाए जा रहे थे, आतिथ्य करने वाले राजनयिक शालीनता पूर्वक मित्र देश को सन्तुष्ट करने का प्रयास कर रहे थे। उनका पूरा प्रयास था कि वियतनाम की किसी क्षेत्र में कोई शिकायत न हो। अन्य साथियों ने भी बीच-बीच में सवाल पूछे। लेकिन कहीं कोई उत्तेजना नहीं, शब्दों की मर्यादा का भंग नहीं दीख पड़ा। इस बीच पाँच बार भोजन की प्लेटें बदलीं, नए-नए आइटम आए। नई प्रकार की शराबों से गिलास भरे। वहाँ सिर्फ कोई असहज रहा तो वह मैं। क्योंकि मुझे न तो भोजन के आइटम समझ में आए और न पेय पदार्थ ही मुझे पसन्द आए। मुझे असहज देखकर परोसने वाले ने धीरे से पूछा—क्या आप कोका कोला लेंगे? मेरे हाँ कहने पर कोका कोला का गिलास आया और मैं चुस्की लेते हुए शिष्टमंडल का साथ देता रहा। भोजन में भी मैं कुछ टूँग-टाँग कर ही आइटम निकालता क्योंकि उन आइटमों पर मुझे शक था कि बीफ हो सकता है। लेकिन मेरी आदत है कि ननवेज के डिनर टेबुल पर मुझे वेज लेने में कोई परेशानी नहीं होती! देवराजन ने धीरे से कहा कि आप बहुत कम ले रहे हैं तो मैंने टिप्पणी की कि ज्यादा लेने की आदत होती तो आप जैसा मोटा नहीं हो जाता। देवराजन हँसे और बोले, मैं भी आपके समान ही स्मार्ट बनूँगा। लगभग एक-डेढ़ घंटे तक लंच और वार्ता चलती रही। याद आया कि डॉ. सच्चिदानन्द सिन्हा के डिनर टेबुल पर भी ऐसी ही बड़ी-बड़ी राजनयिक चर्चाएँ हुआ करती थीं। सचमुच बड़े-बड़े डिनर टेबुल राजनीतिक विमर्शों के लिए ही आयोजित होते हैं।

लंच समाप्त हुआ तो पल्लव हो ची मिन्ह एकेडमी चले गए जहाँ पहले समूह को वियतनाम की राजनीतिक दिशा, समाजवादी विकास और बाजार व्यवस्था पर विमर्श में हिस्सा लेना था। दूसरा समूह वियतनाम और भारत के व्यापारिक सम्बधों पर विमर्श हेतु चैम्बर्स ऑफ कामर्स गया। तीसरे, चौथे और पाँचवें समूहों ने वियतनाम के कम्युनिस्ट नौजवानों, ट्रेड यूनियन और महिला संगठनों से विमर्श करने की राह पकड़ी। हम सभी जन प्रतिनिधि माननीय सांसद बक्सला के नेतृत्व में राष्ट्रीय असेम्बली में संसदीय विमर्श के लिए पहुँचे। राष्ट्रीय एसेम्बली के डिपुटी सेक्रेटरी

जनरल डॉ. एनजीयूनसी जुंग से चुस्कियों के साथ डेढ़ घंटे तक हमने वियतनाम की संसदीय परम्पराओं और कार्यवाहियों पर चर्चा की। मेरे एक प्रश्न के उत्तर में उन्होंने बताया कि यहाँ शिक्षा पर राष्ट्रीय जी. डी. पी. का तीस प्रतिशत खर्च होता है और देश में साक्षरता का प्रतिशत 95 फीसदी है।

पाँच बजे शिष्टमंडल को महामहिम राष्ट्रपति के पास जाना था। थोड़ी देर लेटकर देह सीधी की। राष्ट्रपति भवन पहुँचे तो भारत जैसी कोई ताम-झाम नहीं थी। मुख्य द्वार पर दो सैनिक तैनात थे। उन्होंने बसों को अन्दर जाने की इजाजत दे दी और बसें हमें राष्ट्रपति भवन की सीढ़ियों तक छोड़कर वापस हो गईं। वहाँ सीढ़ियों पर राष्ट्रपति के एक अधिकारी ने हमारा स्वागत किया और हम भीतर पहुँचे तो वहाँ महामहिम राष्ट्रपति, भारत के राजदूत तथा अन्य लोगों ने प्रतिनिधिमंडल के सदस्यों से गर्मजोशी से हाथ मिलाया। लगा कि भारत, वियतनाम के रिश्ते सदियों से कितने आत्मीय हैं। मंच पर महामहिम राष्ट्रपति के साथ शिष्टमंडल के नेता पल्लव सेन गुप्ता और भारत के राजदूत बैठे और हम दो पंक्तियों में आमने-सामने कुर्सियों पर। दीवार पर हो ची मिन्ह की विशाल प्रतिमा दिखाई पड़ी। बगल में एक नौजवान दुभाषिया माइक पर अलग खड़ा था। सर्वप्रथम डेलीगेशन के नेता पल्लव सेन गुप्ता ने अंग्रेजी में वियतनाम के प्रति आभार प्रदर्शन करते हुए वियतनामी जनता के संघर्षों और उपलब्धियों की चर्चा की। पश्चात् आंध्र प्रदेश के एम. एल. सी. यादव के. रेड्डी और पश्चिम बंगाल के एम. एल. ए. राबिनदेव ने अंग्रेजी में वियतनामी जनता का आभार प्रदर्शन किया। मेरी बारी आई तो मैंने अपना सम्बोधन हिन्दी में किया। वियतनाम के शानदार संघर्षों, उपलब्धियों की चर्चा करते हुए मैंने महामहिम और वियतनामी सरकार तथा जनता का आभार प्रदर्शन किया। लोगों को क्षणिक आश्चर्य हुआ लेकिन शिष्टमंडल ने मेरे हिन्दी सम्बोधन को सराहा। दरअसल अपने देश से बाहर सरकारी समारोहों में अपनी राष्ट्रभाषा को अपमानित कर अंग्रेजी में सम्बोधन मुझे गुलाम मानसिकता का द्योतक प्रतीत होता है। जबकि मीडिया में मैंने लगातार ऐसे दृश्यों को देखा और पढ़ा है कि दूसरे देशों के राष्ट्राध्यक्ष अपनी राष्ट्रभाषा में अपना सम्बोधन करते हैं। लेकिन भारत के लोग अंग्रेजी बोलने में गौरव का बोध करते हैं। वियतनामी राष्ट्रपति ने अपना सम्बोधन वियतनाम की राष्ट्रभाषा में किया जिसका अंग्रेजी अनुवाद दुभाषिये ने किया। महामहिम के सम्बोधन के बाद बाहर निकले तो सीढ़ियों पर उनके साथ फोटो खिंचाने की होड़ लग गई। एक ग्रुप फोटो हुआ और हाथ हिलाकर उन्होंने हमारा अभिवादन किया। फिर हम विदा हुए।

शाम का डिनर झील में एक वोट पर आयोजित था। वियतनाम की खूबसूरती उसकी झीलें भी हैं। यहाँ वोटिंग की अच्छी व्यवस्था है। हजारों छोटे-बड़े स्टीमर इस व्यवसाय में लगे हैं और पर्यटन इस देश का न केवल एक महत्त्वपूर्ण व्यवसाय है वरन राष्ट्रीय आय का एक बड़ा हिस्सा भी देता है। चाय, कॉफी से शुरू हुआ

दौर जैसे-जैसे डिनर की ओर बढ़ा हनोई की आखिरी शाम गहराने लगी। संगीत की स्वर लहरियों के साथ आधुनिक नृत्य का समाँ बँधने लगा। सदस्यों पर भी सुरूर चढ़ना शुरू हुआ। संगीत और नृत्य की इस भीड़ में वियतनामी बालाएँ भी शरीक हो गईं और डेलीगेशन के कुछ युवाओं ने भी मर्यादा के बंधन तोड़ डाले। बक्सला भी भूल गए कि वे एक माननीय सांसद हैं। इस पूरे कार्यक्रम के दौरान स्टीमर दूर तक फैली विशाल झील में कई किलोमीटर की यात्रा करता रहा। स्टीमर जब किनारे लगा डिनर समाप्त हो चुका था और रात के दस बज चुके थे। बाहर सामान बेचने वाली लड़कियाँ यात्रियों को घेर रही थीं।

हनोई से हम वायुमार्ग से हो ची मिन्ह सिटी आए तो यहाँ भी हवाई अड्डे पर बच्चों और वियतनाम, भारत मैत्री संगठन के पदाधिकारियों ने गुलदस्ते भेंट कर हमारा स्वागत किया। हवाई अड्डे से निकले तो दिन के तीन बज रहे थे। धूप तीखी थी और वातावरण में उमस भरी थी। वातानुकूलित बस सीधे म्यूजियम पहुँची। कैम्पस में अमेरिकी टैंकों, सेना के लड़ाकू विमानों, लांचरों को देखकर शरीर में सिहरन दौड़ गई। सभी युद्ध सामग्रियों पर उनके नाम अंकित थे ताकि सही जानकारी प्राप्त हो सके। स्त्री-पुरुषों, बच्चों की भारी भीड़ थी जो म्यूजियम देखने आए थे। हमने घूम-घूमकर एक-एक चीज देखी और मन ही मन वियतनाम की बहादुरी की दाद दी।

सूरज ढलान पर आया तो सीढ़ियों पर ही डेलीगेशन की बैठक हुई। पल्लव सेन गुप्ता ने सभी को लिबर्टी होटल जाने का संकेत किया और सभी जन प्रतिनिधियों को वियतनाम की पीपुल्स पार्टी के डिपुटी हेड से विमर्श हेतु ले जाया गया। डिप्टी हेड का कार्यालय भी काफी सुन्दर एवं सजा-धजा था। काठ की कलाकारी युक्त दो कुर्सियों के बीच चाय के प्याले रखे गए थे। यह नई व्यवस्था काफी अच्छी लगी। डेढ़ घंटे तक हो ची मिन्ह के डिपुटी हेड से वियतनामी प्रगति और योजनाओं पर हमारी चर्चा हुई। विमर्श से निकले तो चैम्बर्स ऑफ कामर्स की ओर से एक भव्य होटल में पहुँचे। सैगान का यह होटल थ्री स्टार होटल था और काफी व्यवस्थित एवं समृद्ध दिखाई पड़ा। यहीं हमने रात का डिनर लिया।

दूसरे दिन कई किलोमीटर की यात्रा कर हम कू ची की युद्धभूमि देखने पहुँचे जहाँ वियतनाम ने अपने सीमित संसाधनों किन्तु रणकौशल से दुनिया की सबसे बड़ी ताकत अमेरिका के छक्के छुड़ा दिए थे और उसे अपने आप को समेटकर भागना पड़ा था। कू ची पहुँचे तो घड़ी नौ बजा चुकी थी। हल्की धूप पसरी थी और वातावरण में उमस विद्यमान थी। बसों से उतरे तो सामने खूबसूरत और आकर्षक प्रसाधन। एक यात्री गृह और प्रदर्शनी तथा बिक्री का केन्द्र भी। सामने कई किलोमीटर में फैला विशाल जंगल। किन्तु बेहतरीन एवं व्यवस्थित। प्रत्येक स्थान पर नियोजित व्यवस्था वियतनाम की खासियत है।

जंगल में घुसे तो सेना के दो जवानों ने हमारा मार्गदर्शन किया। एक स्थान

पर रोककर हमें बताया गया कि इधर-उधर न जाएँ। एक साथ चलें। फिर एक स्थान पर रोककर हमें आधे घंटे की एक वीडियो फिल्म दिखाई गई जिसमें अमेरिकी सैनिकों के साथ इस जंगली क्षेत्र में लड़ाई का जीवित दृश्य था। वियतनाम के किसानों, मजदूरों और आम जनगण ने किस प्रकार सैनिक प्रशिक्षण प्राप्त कर सुरंगें खोदकर लड़ाई लड़ी और जीत हासिल की। सुरंगों में किसी में कमांडर का दफ्तर तो किसी में घायल सैनिकों के इलाज की व्यवस्था, किसी में गोपनीय मंत्रणा तो किसी में लंगर की व्यवस्था। जंगल के बीच-बीच में हस्तशिल्प की वस्तुओं, शर्ट-पैंट, टोपी, फोटो आदि की बिक्री के केन्द्र। आश्चर्य होता है कि वियतनाम ने पर्यटन के प्रत्येक स्पाट पर लोगों के रोजी-रोजगार की अच्छी व्यवस्था कर रखी है।

उमस चरम पर थी। पसीना चल रहा था लेकिन नई-नई चीजें देखने का जोश उफान पर था। घड़ी ने बारह बजाए और शिष्टमंडल को चलने का संकेत हुआ। बाहर निकले तो सामने बौद्धकालीन मन्दिरों के दो नमूने दीख पड़े। वहाँ पहुँचकर देखा तो प्रधान मन्दिर में हो ची मिन्ह की विशाल आदमकद प्रतिमा देखकर आश्चर्य हुआ। बौद्ध मन्दिरों की तरह नगाड़े की आवाज। अगरबत्तियाँ जलाकर सम्मान प्रदर्शन की परिपाटी। आश्चर्य हुआ हो ची मिन्ह का बुद्ध की तरह सम्मान। दरअसल हो ची मिन्ह वियतनाम के बुद्ध ही तो थे। हम लोगों ने भी उसी परम्परा अनुरूप सम्मान प्रदर्शित किया। पता चला कि यह मन्दिर 1993 में बना था। बाहर निकले तो जंगल के दूसरे हिस्से में अमेरिकी लड़ाकू विमान, गाड़ियाँ, बमवर्षक विमान जहाँ-तहाँ ध्वस्त बिखरे पड़े थे। जो जहाँ गिरा वही पड़ा हुआ है। शायद वियतनाम उन्हें उसी रूप में अपने देशवासियों और विदेशियों को दिखाना चाहता है। तीखी धूप सहनशीलता की सीमा पार कर रही थी। जल्दी ही निकले और स्टीमर पर लंच किया। शाम को बाजारों में बच्चों के लिए शर्ट खरीदी। टैक्सी का किराया पचास हजार रुपए यानी तीन अमेरिकी डालर और भारतीय मुद्रा में एक सौ बत्तीस रुपए। सारे सामानों की कीमत सत्तर हजार से एक लाख रुपए तक। यहाँ वियतनामी मुद्रा न भी हो तो अमेरिकी डालर में काम चल जाता है। स्थानीय मेलानुमा बाजार में मोल-भाव तो नहीं था लेकिन एक बात ने चिन्तित और निराश किया। बाजार से निकले तो स्कूटी पर लड़कियों के झुंड ने घेर लिया। पूछने लगीं—डू यू वान्ट समथिंग?

आज हमारी वियतनाम यात्रा का आखिरी दिन था। शाम को सात बजे भारतीय स्वतंत्रता की पूर्व संध्या पर भारत, वियतनाम मैत्री के सम्मान में सांस्कृतिक संध्या आयोजित थी। देर तक नृत्य गीत का आनन्द लेकर होटल पहुँचे तो रात गहरा रही थी। देर तक हो ची मिन्ह की कविता की ये पंक्तियाँ मानस में उमड़ती-घुमड़ती रहीं जो उन्होंने नेहरू के प्रति लिखी थीं।

मैं संघर्षरत हूँ तुम कर्तव्योन्मुख हो,
तुम जेल में हो, मैं कारागृह में हूँ।

यह दस सहस्त्र मीलों का फासला,
हम एक दूसरे से कभी नहीं मिले।
लेकिन हमारे सम्पर्क शब्दातीत हैं।
समान विचार तुम्हें और मुझे जोड़ते हैं।

दूसरे दिन हम भारतीय स्वतंत्रता दिवस के उपलक्ष्य में वाणिज्य मंत्रालय द्वारा आयोजित समारोह में तिरंगे झंडे को सैल्यूट कर राष्ट्रगान के बाद विदा हुए तो महामहिम राष्ट्रपति के सम्बोधन की ये पंक्तियाँ बार-बार मानस में उमड़-घुमड़ रही थीं–

परिश्रम से खुलते द्वार प्रगति के,
लगन से मिलती कामयाबी।

सचमुच वियतनाम ने अपने परिश्रम से प्रगति के द्वार खोल लिए हैं और कामयाबी हासिल कर ली है। लौटती यात्रा में बार-बार वियतनामी जनता का संघर्ष, विकास और वियतनाम का अद्भुत अनुशासन मानस को उद्वेलित करता रहा। क्या भारत भी वैसा कर पाएगा?

19

गाजियाबाद पहुँचे ही थे कि उनका फोन आया। वे जानना चाहते थे कि गाड़ी कहाँ पहुँची है? मनोज ने बताया कि गाजियाबाद पार कर रहे हैं तो वे आश्वस्त हो गए।

गाड़ी के बाहर 21 अक्टूबर, 2008 के सूरज की सुनहली किरणें पसर चुकी थीं और प्रकाश वातानुकूलित डब्बे के भीतर छन-छन कर आ रहा था। फोन की बातचीत से ही मुझे मालूम हो गया कि एस्कोर्ट की एम्बुलेंस पार्टी है जो डॉ. प्रभात कुमार की व्यवस्था के तहत मुझे रिसीव करने स्टेशन आई है।

गाड़ी दिल्ली में प्रवेश कर गई तो उनका फोन फिर आया। लगा कि वे ड्यूटी के प्रति काफी सतर्क और निष्ठावान हैं। सचमुच सेवा भाव भी यही है। निजी संस्थानों की यही खूबियाँ उनके विकास के मूल में हैं।

रात में खाना खाने के बाद दो नींद की गोलियाँ ले ली थीं ताकि नींद ठीक से आ जाए। जब से बीमार पड़ा हूँ भय से नींद ही नहीं आती। पता नहीं मृत्यु से क्यों इतना भय पैदा हो गया है? 'निर्भय स्वागत करो मृत्यु का, मृत्यु एक है विश्राम स्थल' पंक्तियाँ पढ़ाते समय तो भय नहीं उत्साह पैदा होता था क्योंकि सच्चाई यही है कि मृत्यु शाश्वत है और उससे प्रयत्नों के बावजूद बचा नहीं जा सकता।

वासांसि जीर्णानि यथा विहाय
नवानि गृह्णाति नरोऽपराणि

तथा शरीराणि विहाय जीर्णा
न्यन्यानि संयाति नवानि देही

गीता का यह संदेश भी मृत्यु भय को मिटाता है। फिर भी इस बीमारी ने मुझे अज्ञात एवं अपार भय से भर दिया है। घर और बच्चों के भविष्य परेशान कर रहे हैं।

डॉ. प्रभात कुमार ने सीढ़ी से नीचे उतारकर मुझे मनोवैज्ञानिक रूप से दिल्ली यात्रा के लांयक बना दिया था वरना दिल्ली की गाड़ी से शायद मैं उतर जाता। इसका अहसास मुझे तब हुआ जब राजेन्द्रनगर टर्मिनल पर मुझे विदा करने आए डॉ. हर्षवर्द्धन प्रसाद सिंह, शशिभूषण दूबे, विजय कुमार सिंह, अमिताभ, अनीता और दूसरे लोग उतर गए। पटना जंक्शन पर पंकज मालवीय साथ आ गए। मैं जा पाऊँगा कि नहीं, यह आशंका मुझ पर हावी होने लगी थी। धीरे-धीरे मन को अश्वस्त किया और इसीलिए आठ बजते-बजते खाना खाकर 'ट्रैका' की दो गोलियाँ ले लीं ताकि नींद आ जाएगी तो चिन्ता एवं भय से मुक्त हो जाऊँगा।

दिल्ली जाने के प्रश्न पर परिवार और मित्रों के बीच सहमति तो थी लेकिन कब जाया जाए, इस पर कई राय थीं। वैसे हार्ट हास्पीटल में भर्ती के दौरान डॉ. ए. के. ठाकुर ने तो विजयादशमी के दिन ही जाने का सुझाव दे डाला था लेकिन लगा कि वे अपने यहाँ से अन्यत्र भेजना चाहते हैं। कारण भी लोगों ने बताया कि ठाकुर जी अतिविशिष्ट मरीजों के इलाज में असुविधा महसूस करते हैं। चूँकि उनको देखने वाले इतने लोग आते हैं और खासकर राजनीतिज्ञों को, कि अस्पताल का अनुशासन टूट जाता है और डॉक्टरों-नर्सों को भारी असुविधा होती है।

ठाकुर जी के सुझाव को गम्भीरता से नहीं लिया। वैसे भी हमारा इलाज डॉ. प्रभात कुमार कर रहे थे और आत्मीय सम्बन्ध होने के कारण उन्हीं के सुझाव हमारे लिए महत्त्वपूर्ण थे। उनकी राय थी कि सुविधानुसार दिल्ली जाया जाए। वे दिल्ली के लिए जल्दीबाजी में नहीं थे। उनका मानना था कि आवश्यक उपचार हार्ट हास्पीटल में हो गया है और उपयुक्त दवा चल रही है। इसलिए थोड़ा विलम्ब से भी जाने से कोई दिक्कत नहीं होगी। मित्रों की राय के आधार पर ही तय हुआ कि दीपावली के बाद दिल्ली जाएँगे। लेकिन लम्बा गैप देखकर फिर तय किया कि दीपावली के पूर्व ही एन्जियोग्राफी कराकर वस्तुस्थिति जान लेनी चाहिए क्योंकि आवास में कैद और नीचे-ऊपर चढ़ने पर रोक से मन बेहद घबड़ा गया था। लगता था कि जिन्दगी मकान के इस प्रथम तल में ही सिमट जाएगी। यूँ भी मेरा स्वभाव है कि कोई काम करना होता है तो शीघ्र करना चाहता हूँ। इसलिए घर में ही सलाह कर कार्यक्रम बन गया था कि दीपावली से पहले ही दिल्ली जाया जाए।

अखिल भारतीय आयुर्विज्ञान संस्थान की भीड़ और जटिलता से पहले से परिचित था। सरकार द्वारा इलाज का खर्च वहन करने का प्रावधान था ही। इसलिए

डॉ. प्रभात कुमार से राय हुई कि एस्कोर्ट में ही दिखाया जाए लेकिन उस समय डॉ. अशोक सेठ विदेश में थे। फलतः उन्होंने कार्डियो के एच. ओ. डी. डॉ. टी. एस. क्लेर से बात की। सब कुछ तय हो गया। उन्होंने ही एम्बुलेंस की भी व्यवस्था करवा दी और वही एम्बुलेंस नई दिल्ली स्टेशन पर राजधानी से रिसीव करने आई थी।

पटना राजधानी दस नम्बर प्लेटफार्म पर लगती है और बिना लम्बी दूरी तय किए अथवा सीढ़ियाँ चढ़े बाहर नहीं जाया जा सकता। सीढ़ियों से परहेज भी करना था और ज्यादा दूरी तक पैदल चलना भी निषिद्ध था। सोचा था कि प्लेटफार्म पर रेलवे की कुर्सी लेकर एम्बुलेंस तक पहुँचूँगा। कुर्सी मिलने में कठिनाई हो रही थी। मनोज ने एस्कोर्ट पार्टी को फोन मिलाया और डॉक्टर एक नर्स के साथ कुर्सी लिए प्लेटफार्म पर हाजिर! बाद में पता चला कि एम्बुलेंस के साथ वे प्लेटफार्म से मरीज को रिसीव करने हेतु कुर्सी भी रखते हैं। प्रायः हृदय रोग के मरीजों को तो निर्बाध चलने में कठिनाई रहती ही है।

कुर्सी पर मैं, पीछे-पीछे डॉक्टर, नर्स और मनोज, पंकज तथा हमारे अंगरक्षक दूबे जी। पूरा दस नम्बर प्लेटफार्म पार कर बाहर आए जहाँ उनकी एम्बुलेंस लगी थी। बिजली की फुर्ती की तरह उन्होंने मुझे एम्बुलेंस में चढ़ाया और दरवाजा बन्द कर लिया। मनोज वगैरह किसी को बैठने की इजाजत नहीं दी। मनोज घबराए कि कहाँ ले जा रहा है लेकिन मैंने सलाह दी कि वे एस्कोर्ट पहुँचें। मेरा संकेत समझकर वे गाड़ी लेकर एस्कोर्ट पहुँच गए।

एम्बुलेंस क्या थी, चलता-फिरता अस्पताल थी। अनवरत ब्लडप्रेशर नापने तथा आपातकाल में सहायता की सारी मशीनें लगी हुईं। मुझे लिटाकर पानी दवा चढ़ाने वाली सुई हाथ में फिट कर दी गई ताकि आवश्यकतानुसार कोई ट्रीटमेंट किया जा सके। मैं उनकी नजर में सर्वाधिक महत्त्वपूर्ण व्यक्ति था जिसके जीवन को मौत से बचाने की जवाबदेही उनकी थी। एम्बुलेंस खुली और डॉक्टर ने बीमारी का इतिहास पूछना शुरू कर दिया। मैं स्वाभाविक रूप से घटना का जिक्र किए जा रहा था और वह गणेश की तरह सब कुछ नोट किए जा रहा था। शायद महर्षि व्यास ने इसी प्रकार गणेश से महाभारत लिखवाया था।

मनोज और दूबे जी हमसे पहले एस्कोर्ट पहुँच गए। एम्बुलेंस नहीं थी, उन्हें चिन्ता हुई तो फोन मिलाया। चूँकि एम्बुलेंस बड़ी गाड़ी थी और शहर में काफी भीड़-भाड़ थी इसलिए उसे पहुँचने में कुछ देर हुई। हम पहुँचे और तुरन्त इमरजेंसी में भरती कर दिए गए। सब कुछ आनन-फानन। मुझे मरीजों का ड्रेस पहना दिया गया। ब्लड प्रेशर नापा गया। इतिहास देखा गया लेकिन हम इमरजेंसी में जाना चाहते हैं कि नहीं किसी ने जानने की कोशिश नहीं की। मुझसे तो कुछ भी पूछना आवश्यक नहीं समझा गया।

घड़ी 10 बजा चुकी थी और बाहर धूप तेज हो गई थी। नाश्ते तथा दवा खाने का वक्त गुजर चुका था। भूख भी जोर से लग आई थी। मैंने इच्छा जाहिर की तो तुरत नाश्ता आया। नाश्ता के बाद मनोज को बुलाकर बातें कीं और समझाया कि निदेशक से बातें कर एन्जियोग्राफी की व्यवस्था कराये। हमारा मामला इमरजेंसी का नहीं है। फिर एन्जियोग्राफी की फीस जमा हुई और कमरा संख्या 418 आवंटित हो गया। लगभग 12 बजे मुझे इमरजेंसी से वी. आई. पी. कमरा संख्या 418 में शिफ्ट कर दिया गया। अब थोड़ा इत्मीनान हुआ। एम्बुलेंस से इमरजेंसी तक तीन-चार घंटे की अयाचित एवं अवांछित पीड़ा से मुक्ति मिल गई। लगा अब ठीक हूँ।

कमरा संख्या 418 तीसरी मंजिल पर है। इस मंजिल के सभी कमरे वी. आई. पी. कमरे हैं। बीच में गलियारा और दोनों ओर कमरे, पूरी तरह वातानुकूलित। प्रतिदिन का किराया लगभग पंचानबे सौ रुपए। कमरे में एक पलंग, सोफासेट, दो कुर्सियाँ, टेलीविजन तथा इमरजेंसी सेवा हेतु मशीनें लगी हुई हैं। खिड़की के पर्दे भी काफी महँगे, झँझरीदार जैसा बिहार के सचिवालय में मंत्रियों के कक्ष में लगे हैं। जाने के पहले बुद्धदेव जी ने कहा था कि एस्कोर्ट पाँच सितारा होटल है। कमरा देखकर उनकी बात याद हो आई। लगा कि सच कहा था बुद्धदेव ने। कमरों में साथ में एक अटेंडेंट के रहने की व्यवस्था एवं अनुमति है। अनुशासन कड़ा है इसलिए इसका अनुपालन होता है। वैसे भी एस्कोर्ट बिहार नहीं है जहाँ अनुशासन तोड़ना शान की बात मानी जाती है।

मूविंग चारपाई से कमरा में पहुँचा तो भारी एकान्त देखकर मन आतंकित हो गया किन्तु थोड़ी ही देर में व्यवस्था देखकर राहत महसूस हुई। बगल में ही उसी मंजिल पर इमरजेंसी सेवा के लिए नर्सों का कार्यालय और कमरे में इमरजेंसी घंटी। इत्मीनान हो गया। पर्दे की रस्सियाँ खींचीं और धूप कमरे के अन्दर दाखिल हो गई। खिड़की से बाहर परिसर में फैली हरियाली, सिलसिलेवार खड़ी गाड़ियाँ और चलते-फिरते लोग अच्छे लगे।

थोड़ी देर में भोजन आया। सब कुछ चाँदीनुमा प्लास्टिक कागजों से बिलकुल पैक किया हुआ। हवा या कीटाणु वगैरह के प्रभाव से पूरी तरह मुक्त। स्वाद बिलकुल उम्दा लेकिन भोजन नपा-तुला। खाना खाकर मुक्त हुआ तो भोजन प्रभारी महिला प्रतिक्रिया जानने पहुँची। दो-तीन सवाल। कैसा लगा? कल क्या खाना चाहेंगे? वे प्रतिदिन एक बार आतीं और एक आकर्षक गुड मार्निंग के साथ दो-तीन सवाल पूछतीं। फिर सन्तुष्ट होकर दूसरे कमरे में चली जातीं।

चार-पाँच बजते-बजते तय हो गया कि कल यानी 22 अक्टूबर को डॉ. टी. एस. क्लेर एन्जियोग्राफी करेंगे। पटना से मंसूर आलम मिलने आए और उनके साथ कुछ और लोग भी आए। शाम होते-होते इन्द्रशेखर मिश्र भी आए और देर तक बातें हुईं। सबने दुआ की कि सब कुछ ठीक-ठाक रहे!

मनोज नीचे से दो-तीन बुकलेट उठा ले आए थे। एन्जियोग्राफी क्या है? एन्जियोप्लास्टी क्या है? वहाँ ऐसी बुकलेटें काउंटर पर आम लोगों की जानकारी के लिए रखी रहती हैं और उनका कोई शुल्क नहीं लगता। सो वे हिन्दी-अंग्रेजी दोनों में उठा लाये। सोचा पढ़कर जानकारी लेनी चाहिए।

नींद का संकट तो यहाँ भी था, इसलिए 'एन्जियोग्राफी क्या है? पढ़ गया। याद आया कि पटना राजधानी में आते वक्त श्री अवधेश नारायण सिंह, माननीय श्रम मंत्री, बिहार मिलने आए थे। वे भी दिल्ली ही आ रहे थे। हमारे पुराने एवं विश्वस्त मित्र हैं। बड़ी देर तक एन्जियोग्राफी के सम्बन्ध में चर्चा की थी और बताया था कि इसमें कहीं पीड़ादायक स्थिति नहीं है। पिछले वर्ष अवधेश बाबू एन्जियोग्राफी और एन्जियोप्लास्टी की प्रक्रिया से गुजर चुके थे। पटना में भी हार्ट हास्पीटल के बाद जब हमारे समधी त्रिवेणी तिवारी मिलने आए थे तो उन्होंने भी बताया था कि एन्जियोग्राफी अब एक सामान्य एवं रुटीन प्रक्रिया है और कहीं से भी कष्टकर नहीं है। इसमें तो बेहोश करने की आवश्यकता भी नहीं पड़ती है और मरीज स्वयं भी कम्प्यूटर के स्क्रीन पर सब कुछ देखता रहता है।

खैर, सुबह हुई। मानसिक रूप से तो कल से ही तैयार हो रहा था। अस्पताल वालों ने आपरेशन के वांछित स्थान की आवश्यक सफाई करके भी मुझे तैयार कर दिया था। एक ही बात खटकती थी कि आज बुधवार है और यह दिन हमारे खानदान में अच्छा नहीं माना जाता। छोटू का फोन बार-बार आ रहा था। फिर उसने घर से बड़े भाई साहब से विमर्श करके इस शंका का भी निवारण कर लिया है। चूँकि मंगलवार को ही मैं दाखिल हो गया था और प्रक्रिया शुरू हो गई थी। इसलिए अब बुधवार का प्रश्न नहीं था।

मुझे सात-साढ़े सात बजे तक तैयार होने को कहा गया था। मैं निर्धारित समय पर स्नान-ध्यान से निवृत्त हो गया। दूरदर्शन पर स्वामी रामदेव, आचार्य सुदर्शन तथा भक्ति के अन्य कार्यक्रम आ रहे थे। नाश्ता आया तो रोज से काफी कम और हल्का। बताया कि तीन-चार घंटे बिलकुल खाली पेट रखा जाता है। लेकिन एन्जियोग्राफी का निर्धारित समय ग्यारह बजे जब गुजरने लगा तो मैंने सिस्टर से पुछवाया। फिर कुछ नाश्ता आया क्योंकि दो बजे के आस-पास समय निर्धारित हो चुका था। दिन का भोजन तो आज वर्जित ही था।

लगभग डेढ़ बजे नर्स आई और प्रीप्रेट्री कक्ष में ले गई। यह वह कक्ष है जहाँ एन्जियोग्राफी के पहले और बाद में मरीजों को कुछ देर रखा जाता है। पहले रखकर एक इंजेक्शन लगाते हैं ताकि मानसिकता बन जाए। कहते हैं कि इससे खून पतला होता है। एन्जियोग्राफी के बाद यहाँ ड्रेसिंग करते हैं। लगभग एक घंटे यहाँ रखा गया। खाली दिमाग होने के कारण निरर्थक बातें सोचता रहा। दूबे जी बीच-बीच में आकर हालचाल पूछ लेते। लगभग तीन बजे नर्स लैब में ले गई। वहाँ भी

बीस-पच्चीस मिनट बाहर प्रतीक्षा करनी पड़ी, क्योंकि अन्दर कोई मरीज था। लैब में लेटे-लेटे ही मूविंग चारपाई से आपरेशन टेबुल पर शिफ्ट कर दिया गया और कपड़ों से पूरा शरीर ढंक दिया गया। कपड़े के भीतर सिर्फ वह स्थान खुला रखा गया जहाँ से प्रक्रिया शुरू करनी थी। दो-तीन नर्सों तथा सहायकों ने यह प्रक्रिया पूरी की। पश्चात् डॉ. क्लेर ने मशीनों की सहायता से प्रक्रिया शुरू की और लगभग तीस-पैंतीस मिनट में एन्जियोग्राफी का काम पूरा हो गया लेकिन टेबुल पर मैं उसी प्रकार पड़ा रहा। न तो कपड़े हटाए गए और न मुझे हटाया गया। कोई तकलीफ तो नहीं थी सिर्फ इस तकलीफ के कि वहाँ बिलकुल चित्त लेटना था। दाएँ-बाएँ मुड़ना नहीं था और न पैर मोड़ना था। समझ नहीं पा रहा था कि आपरेशन के बाद भी मुझे हटाया क्यों नहीं जा रहा है? बाद में जब कमरे में आया तो पता चला कि आपरेशन के बाद डॉ. क्लेर ने मनोज को बुलाकर कहा था कि दो ब्लाकेड हैं। एन्जियोप्लास्टी करनी होगी। लगभग चार लाख रुपए लगेंगे। इस समय करने से आसानी होगी। मनोज रुपए के नाम पर डर गए थे। चूँकि वहाँ दूसरा कोई अनुभवी व्यक्ति नहीं था, इसलिए वे निर्णय नहीं ले पाए थे। उनके इन्कार के बाद मुझे वहाँ से हटाया गया। प्रीप्रेट्री रूम में नर्सों ने आवश्यक ड्रेसिंग की और कमरे तक पहुँचा दिया। तीन-चार मंजिलों की दूरी वहाँ लिफ्ट तय कर देती है। लिफ्ट भी ऐसी वैसी नहीं, पूरी मूविंग चारपाई को समेट लेने वाली।

याद आया कि ट्रेन में अवधेश बाबू ने अपने साथ घटी इसी प्रकार की घटना की चर्चा की थी। उन्होंने बताया था कि एन्जियोग्राफी टेबुल पर डॉक्टर ने उनसे कहा था कि ब्लाकेड हैं और एन्जियोप्लास्टी करना आवश्यक है। उसके लिए अलग से चार-पाँच लाख रुपए जमा करने होंगे। कितनी कठिन बात है घंटे नहीं मिनटों में चार लाख रुपयों की व्यवस्था करना? कितनी नान्सेंस बात है मरीज को टेबुल पर लिटा कर उससे बारगेनिंग करना। यह बात पहले भी तो कही जा सकती है कि यदि ब्लाकेड होंगे तो एन्जियोप्लास्टी करनी होगी और उसकी फीस अलग से लगेगी। लैब में जाने के पहले मरीज के अटेंडेंट से विमर्श किया जा सकता है और उसे पहले से तैयार किया जा सकता है। सुना है एम्स में एन्जियोग्राफी के समय ही बातें कर ली जाती हैं लेकिन निजी अस्पतालों की तो अपनी राजनीति और रणनीति है। वे पहले मरीज फँसाते हैं फिर मनमाने पैसे वसूलते हैं। 'प्राणी' की कोई कीमत नहीं दिखाई पड़ती और उस स्थिति में डॉक्टर ईश्वर का अवतार नहीं सिर्फ एक ठग की भूमिका में दिखाई पड़ता है।

खैर, मैं तो अब उस स्थिति से बाहर आ गया था लेकिन पछतावा भी था और चिन्ता भी। चिन्ता इसलिए कि एन्जियोप्लास्टी तो करानी ही होगी। फीस चुकाकर कष्ट भी दुबारा झेलना होगा। कुछ हल्का नाश्ता किया तब तक डॉ. शंभू शरण श्रीवास्तव और पंकज मालवीय आ पहुँचे। शंभू जी सिर्फ एम. एल. सी. और

ज. द. यू. के राष्ट्रीय स्तर के नेता ही नहीं हैं, एक अच्छे डॉक्टर भी हैं। पत्नी भी अच्छी डॉक्टर हैं। उनकी भी राय हुई कि एन्जियोप्लास्टी करा ही लेना श्रेयस्कर है। पैसे की व्यवस्था पर भी सोच-विचार शुरू हुआ, क्योंकि घंटे में चार लाख रुपए जमा करने थे जबकि पास में सिर्फ डेढ़ लाख रुपए ही बचे थे। बुद्धदेव जी का यही आकलन था कि दो लाख रुपए में सब कुछ निबट जाएगा।

तय हुआ कि डॉ. शंभू शरण श्रीवास्तव, डॉ. क्लेर से बातें कर कल की तरीख तय कर दें और हास्पीटल छोड़ने के पूर्व सारी राशि जमा कर दी जाएगी। इतने में कम से कम दो दिन का समय मिल जाएगा। शंभू जी ने डॉ. क्लेर को सारी बातें बताईं और एक दिन के अन्तराल पर 24 अक्टूबर की तिथि तय हो गई। यह भी तय हो गया कि रुपए के बगैर आपरेशन नहीं रुकेगा, जो है जमा कर दिया जाए।

उनके जाते ही मंसूर आलम आए। उन्होंने आवश्यकता होने पर हर प्रकार की सहायता का आश्वासन दिया था। उन्हीं को भार दिया कि कल तीन लाख रुपयों की व्यवस्था कर दें। वे सहमत तो हो गए लेकिन मन आशंकित बना रहा। रात को मनोज ने इन्द्रशेखर मिश्र, समितेन्द्र नाथ गौतम तथा पटना से भी बातें कीं। कुल मिलाकर व्यवस्था की बात तय हो गई फिर चिन्ता थी कि समय पर नहीं होगा तो स्थिति बुरी होगी। 22 की रात इसी चिन्ता के साथ गुजर गई।

23 को सुबह के सूरज में पूरी चमक थी। खिड़की का परदा हटाते ही धूप कमरे में भर आई। काफी अच्छा लगा। बाहर का मौसम बहुत ही चित्ताकर्षक था। अस्पताल के मुंडेरों पर कबूतरों का झुंड इत्मीनान से चहलकदमी कर रहा था। बिलकुल निश्चिंतता एवं शान्ति के साथ। खिड़की से एस्कोर्ट की खूबसूरती झाँक रही थी और मन प्रसन्न था कि बीमारी के आखिरी दौर की समाप्ति कल ही हो जाएगी। इसी सोच-विचार में था कि पंकज एक अपरिचित लड़के के साथ आए, बोले–ये सन्तोष पाठक हैं और एस्कोर्ट में ही काम करते हैं। परिचय के दौरान पाठक ने बताया कि वह बलिया जिले के रहने वाले हैं और छपरा में उनके सम्बन्ध हैं। उन सम्बन्धों के अध्यापक मेरा नाम लेते हैं और वे यही सोच कर आए कि शायद मैं वही केदार नाथ पांडेय हूँ। उनकी सोच सही निकली थी और वे काफी खुश थे।

सन्तोष पाठक वार्ड की व्यवस्था का काम देखते हैं और मरीजों से लेकर उनकी आवश्यकताओं को जानना और तुरत व्यवस्था करना उनकी ड्यूटी का हिस्सा है। थोड़ी देर पहले से ए. सी. काम नहीं कर रहा था। पाठक ने उसे तुरत ठीक कराया और एस्कोर्ट के बारे में बहुत सी जानकारियाँ दीं। वे खूब खांटी भोजपुरी बोल रहे थे और किसी को भी प्रभावित करने की क्षमता उनमें विद्यमान थी। फिर तो पाठक का आना-जाना नियमित हो गया।

शाम होते-होते इन्द्रशेखर मिश्र, मंसूर आलम आदि ने मिलकर रुपयों की व्यवस्था कर दी और फिर इस चिन्ता से मुक्ति मिल गई। आज की रात नींद भी अच्छी आई।

उम्मीद थी कि 24 को 9-10 बजे ही आपरेशन का काम पूरा हो जाएगा क्योंकि नाश्ता भी हल्का ही आया था। एन्जियोग्राफी का अनुभव और एन्जियोप्लास्टी की पुस्तिका पढ़ लेने के बाद दिल-दिमाग में भयावह तस्वीर तो नहीं थी लेकिन एक छोटे-मोटे आपरेशन को फेस करने की बात थी। मैं 9 बजते-बजते तैयार हो गया था और नर्स के आने का इन्तजार कर रहा था। लेकिन नर्स बारह बजे के आसपास आई। आज प्रीप्रेट्री कक्ष में ज्यादा इन्तजार नहीं करना पड़ा। इंजेक्शन के 20-25 मिनट बाद ही मैं लैब में चला गया। मनोज ने डॉ. क्लेर को आश्वस्त कर दिया था कि यदि आवश्यकता हो तो खुला आपरेशन भी किया जा सकता है। लेकिन आज 45 मिनट का समय लगा। एन्जियोप्लास्टी की प्रक्रिया से गुजरते हुए आपरेशन टेबुल पर 45 मिनट बिलकुल चित्त अवस्था में लेटना काफी अखरने वाली बात थी। क्योंकि एक ही पोजीशन में लेटना बेहद कष्टकर लग रहा था।

आपरेशन के बाद मुझे आई. सी. यू. में स्थानान्तरित कर दिया गया, जहाँ नर्सों ने मरहम-पट्टी की। दवाइयाँ लगातार चढ़ाई जाती रहीं, लेकिन शाम को लगभग 8 बजे जब आपरेशन प्वाइंट को सील करने की कार्रवाई हुई तो काफी कष्ट हुआ। कई नर्सों और डॉक्टर ने मिलकर कार्रवाई पूरी की और मुझे वह लोककथा याद आ गई जिसमें कहा गया था कि-'पिंडा पराई से अधिक दुख सीधा दियाई में है।'

एन्जियोप्लास्टी के बाद जब बैंडेज किया जाता है तो चार-पाँच घंटों तक उस पर बालू की बोरियाँ रखी जाती हैं और सहज भाव से सोना सम्भव नहीं हो पाता है। यहाँ आई. सी. यू. में पेशाब और पाखाना की पूरी जवाबदेही नर्सों की होती है।

रात के भोजन में खिचड़ी ही खानी थी। नर्स ने खाने में मदद की। लेकिन नींद आज की रात भी नहीं आई। तन और मन असहज बना रहा। करवट मोड़ने में काफी कठिनाई थी। सबेरा होते ही चाय के साथ मैं सहज महसूस करने लगा था। नर्स ने पानी से मेरे शरीर को पोंछ-पाँछ कर साफ कर दिया था और डॉ. अंकुर खैरियत रिपोर्ट ले चुके थे। मैं समझता था कि 24 घंटे के हिसाब से मुझे शाम के 3 बजे तक आई. सी. यू. में रहना पड़ेगा। लेकिन नाश्ते के बाद ही मुझे आई. सी. यू. से फिर 418 नम्बर कमरे में पहुँचा दिया गया और तब मैं सहज महसूस करने लगा। लगा कि मैं बिलकुल चंगा हो गया हूँ। थोड़ी देर में मनोज और यतीन्द्र दूबे भी आए। सन्तोष पाठक भी आए और सारी व्यवस्था पहले जैसी बन गई। टी. वी. पर स्वामी रामदेव के कार्यक्रम, मानस पाठ के कार्यक्रम और अन्य कार्यक्रम चलने लगे थे। डॉ. क्लेर और अंकुर भी आए और खैरियत रिपोर्ट ली। मुझे तीन दिनों तक एस्कोर्ट में रहना था। ये तीन दिन अच्छे गुजरे।

रविवार को सुबह से ही इन्तजार था कि डॉक्टर आकर हाल-चाल लेंगे और मुझे मुक्त करेंगे लेकिन पता चला कि रविवार को डॉक्टर कम आते हैं। भरसक

नहीं के बराबर। सारे बिल का भुगतान करवाने के बाद डिस्चार्ज स्लिप भी आ गई और भोजन वाली मैडम अपना चार्ट सौंपते हुए बता गईं कि क्या खाना है और कब खाना है। पंकज बिहार निवास से गाड़ी लेकर आ पहुँचे थे। लगा कि कारागार से मुक्त हो गए, क्योंकि बिहार निवास में उस प्रकार की बाध्यताएँ और कड़े नियम-कानून का पालन नहीं करना था। अब सवाल सिर्फ इतना था कि यहाँ समय पर खाने की व्यवस्था कैसे होगी और चार दिनों का वक्त कैसे कटेगा?

कैंटीन वाले को बुलाकर समझा दिया कि क्या खाना बनेगा और कब बनेगा? समित और पप्पू के यहाँ से भी खाने की व्यवस्था की गई। सबसे ज्यादा दिक्कत दीपावली को हुई जब कैंटीन अचानक बन्द हो गई। किन्तु पप्पू और समित इतना खाना दे गए कि पर्याप्त हो गया। तीन दिन आसानी से कट गए।

30 अक्टूबर को दो घंटे पहले ही एस्कोर्ट पहुँच गए। दरअसल जब मन कहीं से उचट जाता है तो समय गुजारे नहीं गुजरता। औरंगजेब गाड़ी लेकर आठ बजे ही आ गया था। सोचा कुछ वक्त दवा वगैरह लेने में लगेगा, इसलिए एस्कोर्ट जल्दी आ गए। दवा ली, घूम-फिर कर व्यवस्था देखी। तब तक 11 बज गए। डॉ. क्लेर ने एक-दो मरीजों के बाद ही देख लिया और छुट्टी कर दी।

स्टेशन पर व्यवस्था भी औरंगजेब ने ही की। कुर्सी वाले को बुलाकर 10 नम्बर प्लेटफार्म पर पहुँचवाया और फिर गाड़ी खुलने के वक्त उसका एक आदमी आया यह देखने कि ठीक से सीटें मिल तो गईं। सीटें पहले से कन्फर्म थीं और कठिनाई नहीं थी। खाना पप्पू दे गए थे और शेष लोगों की चिन्ता करनी नहीं थी क्योंकि राजधानी एक्सप्रेस में भोजन मिलता ही है।

लगभग नौ बजे लेटे तो सारी घटनाएँ फिल्म की तरह मस्तिष्क में उभरने लगीं। दूसरी बार तीन महीने की अवधि बिताकर डॉ. राकेश कुमार को दिखाने दिल्ली आए थे। जाँच रिपोर्ट से पता चला था कि काफी सुधार है। सिर्फ संयम और खान-पान से ही लिवर फंक्शनिंग में सुधार था। उन्होंने कोई दवा नहीं लिखी थी। ठीक-ठाक का प्रमाण पत्र लेकर 24 सितम्बर को राजधानी से लौट रहे थे कि दिल्ली स्टेशन पर ही छाती में कुछ दर्द महसूस हुआ। लगा कि गैस प्राब्लम है। कुछ दवा ली लेकिन दर्द घटता-बढ़ता रहा। पोजीशन बदलने पर भी दर्द घट बढ़ जाता। एक-दो बार स्थिति असह्य लगी तो बगल के यात्री ने कंडक्टर को बुलवाया। उसने कानपुर में गाड़ी रुकवाने और भर्ती कराने की बातें कीं लेकिन फिर सोया तो नींद आ गई। बिना किसी बाधा के पटना पहुँच गया।

विधान परिषद् में विश्वविद्यालयों के कुलसचिवों और वित्त पदाधिकारियों की बैठक नवअंगीभूत कॉलेजों के शिक्षकों/कर्मियों को हटाए जाने के सन्दर्भ में आयोजित थी। बैठक मेरी पहल एवं प्रश्न के सन्दर्भ में थी। इसलिए रहना आवश्यक लगा। तैयार होकर निकल ही रहा था कि बेतिया के प्रो. त्रिपाठी एक मित्र के साथ आ

पहुँचे। बैठक, लोकलेखा समिति एवं रामदेव वर्मा से मिलकर समस्या के समाधान पर चर्चा हुई और रात की असहज स्थिति के बावजूद आराम नहीं कर मैं तनावों के साथ बैठक में चला गया। दोपहर में बिना लंच लिए दूसरी पाली की बैठक में भी शरीक हुआ। बैठक से निकला तो सीधे पाली क्लीनिक जाकर ब्लडप्रेशर जँचवाया और ई. सी. जी. कराया। कुछ खास नहीं मिला। कुछ इत्मीनान हुआ लेकिन साढ़े दस बजे खाना खाते समय पुनः दर्द हुआ तो छोटू ने डॉ. प्रभात को फोन मिलाया। उनके सुझाव पर हार्ट हास्पीटल पहुँचा और बी. पी, ई. सी. जी. आदि की जाँच हुई। खाँसी भी थी इसलिए चेस्ट इन्फेक्शन मानते हुए डॉक्टर ने छुट्टी कर दी। एक-दो हल्की-फुल्की दवा लिख दी। लौटा तो काफी डरा हुआ एवं कुछ असहज महसूस करता रहा। रात 11.30 बज चुके थे। नींद आ गई लेकिन 1.30 बजे भयंकर दर्द शुरू हुआ। मैं समझ गया कि दिल का दौरा है।

छोटू ने तुरत डॉ. प्रभात को फोन मिलाया। हम फिर हार्ट हास्पीटल पहुँचे। जाँच दर जाँच और नींद टूटी तो पता चला कि हार्ट हास्पीटल के आई. सी. यू. में हूँ। खतरा टल गया था लेकिन लगा कि एक नया जन्म हुआ है। पुनर्जन्म।

20

बिहार में पहली बार दो हजार दो के शिक्षक निर्वाचन क्षेत्र के चुनाव के दरम्यान राजनीतिक और आपराधिक हस्तक्षेप खुल कर दिखाई पड़ा। इसके पूर्व मैं उन्नीस सौ सत्तर से का. जयमंगल सिंह के लिए चुनाव प्रचार का कार्य करता आ रहा था। लेकिन मतदान केन्द्रों पर कभी भी इस प्रकार का हस्तक्षेप नहीं देखा-सुना था। शिक्षक अपनी मर्जी से मतदान केन्दों पर आते थे और स्वेच्छया अपने पक्ष के उम्मीदवारों को मत देते थे। मतों की गणना सुगमतापूर्वक हो जाती थी। छियानबे में भी इस प्रकार का कोई दृश्य नहीं दिखाई पड़ा था और न कोई बात सुनाई पड़ी थी। किन्तु इस बार एक उम्मीदवार ने आपराधिक चरित्र के राजनेताओं के साथ न केवल बड़े-बड़े पोस्टर छपवाये और क्षेत्र में प्रचारित किया बल्कि सरकारी राजनीतिक दल के लोगों ने पार्टी के नाम पर गाड़ियों के लम्बे-लम्बे काफिले के साथ सम्पूर्ण क्षेत्र में भ्रमण किया और शिक्षकों को डराया, धमकाया। मैं इन सबसे परे शिक्षक संघ के बल पर चुनाव वैतरणी पार करने में लगा रहा। हालाँकि भारतीय कम्युनिस्ट पार्टी का घोषित उम्मीदवार था। मतदान के दिन तो हद ही हो गई जब एक जिले में एक अनुमंडल के लगभग सभी मतदान केन्द्रों पर जमकर बूथ लूट और जबरिया मतदान रोकने की कारवाई की गई। यहाँ तक कि महिला मतदाताओं के साथ भी अभद्र और अशोभनीय व्यवहार हुआ। कुछ लोगों ने न केवल पोलिंग

ऐजेन्टों को मारा–पीटा वरन मतदाताओं को बूथों पर जाने तक नहीं दिया। प्रशासन ज्यादा कुछ संरक्षण भी नहीं कर सका। बावजूद शिक्षकों ने छियानबे की भूल सुधारते हुए इतने उत्साह के साथ मत दिया कि रोक और मार–पीट की घटनाएँ उनके जोश–खरोश के सामने बौनी साबित हो गईं। राजनीतिक–गुंडागर्दी लोकतंत्र के सामने पराजित हो गई।

लोकतंत्र में असली शक्ति जनता ही होती है और जब जनता जग जाती है तो गोलियाँ भी उसके सामने कुछ नहीं कर पातीं। इस बार भी यही हुआ। यहाँ तक कि मतगणना के दौरान भी कोशिशें कम नहीं हुईं लेकिन लोकतंत्र विरोधी सारी कोशिशें नाकाम रहीं। सम्भवतः पहली या दूसरी मई को मतगणना थी। मैं मतगणना की तैयारी में व्यस्त था। मतगणना की पूर्व संध्या तक जिलों की रिपोर्टिंग में मेरी जीत सुनिश्चित लग रही थी लेकिन इम्तहान में शामिल होने वाले विद्यार्थी की तरह कलेजा धड़क रहा था कि परिणाम क्या होगा? चूँकि चुनाव छपरा के अराजपत्रित कर्मचारी नेता मोहन गिरि के घर को केन्द्र बनाकर लड़ रहा था इसलिए मतगणना के एक दिन पहले माधुरी वहीं मिलने आईं। उन्होंने न केवल अपने प्रयासों की चर्चा की वरन मुझे ढाढ़स भी बँधाने की कोशिश की। यह भी बताया कि उत्तर प्रदेश माध्यमिक शिक्षक चयन आयोग में वाराणसी के एक हायर सकेन्ड्री स्कूल में प्रधानाचार्य के पद के लिए आवेदन किया है और जल्दी ही उसका साक्षात्कार होने वाला है। उस दिन रात विभिन्न प्रकार की बातों को सोचने में ही गुजर गई और इत्मीनान की नींद नहीं आ पाई।

चुल्हन बाबू, सुरेन्द्र सौरभ, वीरबहादुर सिंह, श्याम बिहारी शुक्ल, दिनेश कुमार शुक्ल आदि मित्रों ने दिन में चाक–चौबन्द मतगणना की तैयारियों के सम्बन्ध में विमर्श किया था और अब मतगणना की प्रतीक्षा थी। सुबह ही तैयार होकर मतगणना के लिए निकला तो फिर धड़कन बढ़ी हुई थी। डर लगता था कि कहीं सरकारी साजिशें न हों। लेकिन सब कुछ सामान्य ढंग से गुजर गया। एक–दो बार मतगणना टेबुल पर हो–हल्ला हुआ लेकिन आयुक्त के हस्तक्षेप से शान्त हो गया। आखिरी गणना के बाद जब परिणाम मालूम हुआ तो नीचे समर्थकों का शोरगुल, नारेबाजी तेज हो गई लेकिन प्रक्रिया पूरी करने में भी एक–डेढ़ घंटा लग गया। प्रमाणपत्र मिलते–मिलते शाम के छः बज गए। नीचे उतरा तो मीडिया ने घेरा। उनके कैमरे क्लिक करने लगे। समर्थक शिक्षकों का हुजूम जिन्दाबाद के नारे लगाते मालाएँ पहनाने को उमड़ पड़ा। उनका जोश उफान पर था। मेरा मानना है कि चुनावों में कार्यकर्ता ही जीतते या हारते हैं। उम्मीदवार तो प्रतीक होता है।

किसी प्रकार अंगरक्षकों की सहायता से नगरपालिका चौक के चुनावी कार्यालय पहुँचा। छोटी सी सभा हुई। सबको धन्यवाद दिया। इस बीच मिठाइयाँ बँटीं। शिक्षक प्रसन्नतापूर्वक लौटे। जीवन में जो सोचा नहीं था वह अप्रत्याशित मिल गया। शायद

पैंसठ से शिक्षक संघ के माध्यम से शिक्षकों की सेवा का फल था। लेकिन इस सेवा की मिठास को देखने और इसे महसूस करने वाली नहीं थी। जिसने बुरे दिनों में हमें ताकत दी थी और घरेलू लड़ाइयों के बाद भी अपना प्यार और सर्वस्व अर्पित कर निष्काम भाव से मुझे इस योग्य बनाया था, आजीवन साथ निभाने का वादा किया था। आज उसका अभाव अखर गया। नियति की नीयत को समझना बड़ा मुश्किल है। उसके कार्यकलापों का रहस्य जानना मनुष्य के लिए सम्भव नहीं है।

दो हजार दो के बाद दो हजार आठ और दो हजार चौदह में बिहार के इस उच्च सदन के लिए निर्वाचित हो चुका हूँ। इस दरम्यान बयालिस विधान सभायी क्षेत्रों के जंगलों, और दुर्गम स्थानों तक फैले सारण शिक्षक निर्वाचन क्षेत्र के लगभग सभी शिक्षण संस्थानों में जाने का सुअवसर मिला है। पश्चिम चम्पारण के उन अपराध प्रभावित क्षेत्रों में भी भ्रमण कर शिक्षकों का प्यार, स्नेह और आशीर्वाद पाया है जहाँ दिन के उजाले में भी जाने में डर लगता है। बेतिया के संजय शाही, गड़खा (सारण) के शशि भूषण कुमार विद्यार्थी, छपरा के वीरबहादुर सिंह, सीवान के बच्चन प्रभाकर की स्मृतियाँ मन में उभर रही हैं। आज वे नहीं हैं। दो हजार आठ और दो हजार बारह में दो बार खुद पुनर्जन्म पाया है। महसूस किया है कि सेवा, धर्म कितना कठिन है।

सेवा धर्म परम गहनो योगिनांऽपि अगम्यः।

इसीलिए तो कहा गया है कि सेवाधर्म योगियों के लिए भी कठिन है।

दो हजार आठ के मतगणना की खट्टी-मीठी यादें भी हैं जब सरकारी साजिश झेलनी पड़ी और चुनाव आयोग के हस्तक्षेप पर रात एक बजे परिणाम घोषित हुआ। संजय शाही का सहयोग और उत्साह आखिर तक मुझे ताकत देता रहा।

विधान परिषद् चुनाव परिणाम के बाद माधुरी से संवाद कम होते गए। दशहरा की छुट्टियों में जब घर गया था उनका फोन आया कि वाराणसी के गोपी राधा बालिका हायर सेकेंड्री स्कूल में प्रधानाचार्य पद पर उनकी नियुक्ति हो गई है। वे योगदान कराने में मदद चाह रही थी। उत्तर प्रदेश जन्मभूमि होने के कारण आज भी वहाँ से जीवन्त लगाव है। गाँव आने-जाने तथा शिक्षक संगठन में बड़ी भूमिका से अन्य राज्यों से भी लगाव है। साथ ही वाराणसी मेरी कमिश्नरी रही है।

इसलिए अपने मित्र विजय नारायण राय, प्रधानाचार्य के साथ दूसरे दिन वाराणसी पहुँचा और जिला विद्यालय निरीक्षक तथा उनके विद्यालय की प्रबन्ध समिति के अध्यक्ष से मिलकर उन्हें परिचित कराया। उनके योगदान को सुगम बनाया। कभी-कभार दूरभाष पर बातें हो जातीं अथवा कभी-कभी वाराणसी जाने का मौका मिलता तो मुलाकातें हो जातीं। अपने काम के सिलसिले में वे भी कभी पटना या सीवान आतीं तो भेंट हो जाती लेकिन मन में चुनाव पूर्व जो तरंगें उठ रही थीं कि माधुरी जीवन की रिक्ति को भर देगी, वह धीरे-धीरे उनकी बातों और व्यवहार से

साफ हो गया। उन्होंने मूलत: अपने पिता से जो संस्कार और प्रशिक्षण पाया था उसमें किसी पर-पुरुष से प्रेम और उसका बन जाने की बात शामिल नहीं थी। उन्होंने भाइयों, बहनों का अभिभावकत्व तन-मन से स्वीकार लिया था। इस पर वह अडिग थीं। निजी जिन्दगी का सुख उसके समक्ष कहीं नहीं था। धीरे-धीरे मैंने भी मन के एक कोने में जमी इस सुप्त आकांक्षा पर धूल की परतें डालने की कोशिश की। सन् 70 के दशक में श्रीपत राय के सम्पादन में इलाहाबाद से प्रकाशित होने वाली कहानी पत्रिका की 'दोस्ती' कहानी याद आई। कहानी का नायक एक महिला से दोस्ती करता है। मन में तरंगें उठने लगती हैं। पुरुष स्पर्श से आगे के सम्बन्धों की सोचने लगता है। एक दिन उसके घर पहुँचता है और एकान्त सुलभ होने पर उसके कंधे पर हाथ रखकर कुछ आगे की सोचता है कि उसकी महिला मित्र प्यार से कह उठती है कि क्या पुरुष और स्त्री की मित्रता सिर्फ शारीरिक सम्बन्धों के लिए ही होती है। उससे परे नहीं हो सकती? पुरुष के हाथ बिजली के करेंट की तरह मित्र महिला के कन्धे से हट जाते हैं। उसे महसूस होता है कि जिस्मानी सम्बन्धों से परे भी रूहानी सम्बन्ध प्रकृति और पुरुष में सम्भव हैं। शायद ज्यादा टिकाऊ भी ऐसे सम्बन्ध ही हुआ करते हैं।

दो हजार दो की सात मई को विधान परिषद् में शपथ ग्रहण के साथ ही तत्कालीन सभापति माननीय प्रो. जाबिर हुसेन ने मुझे राजकीय आश्वासन समिति का सदस्य मनोनीत कर दिया। तब तक मैं परिषद् की कार्य संचालन नियमावली और समितियों के महत्त्व को जानता-समझता नहीं था। जब समिति की बैठकों में शामिल होने लगा, समितियों का महत्त्व समझ में आया। उस समय परिषद् के वरिष्ठ सदस्य मंगनी लाल मंडल आश्वासन समिति के अध्यक्ष हुआ करते थे। वे काफी अनुभवी और कुशल अध्यक्ष थे और समिति की बैठक प्रतिदिन दो पालियों में किया करते थे। हालाँकि विधान परिषद् की प्रक्रिया एवं कार्य संचालन नियमावली में बैठक दस दिनों के अन्तराल पर करने का प्रावधान है। हम लोग अपनी सुविधानुसार बैठक में भाग लेते लेकिन उपस्थिति रोज बनानी पड़ती थी।

मैं शिक्षा विभाग से सम्बन्धित आश्वासनों पर ज्यादा ध्यान देता था क्योंकि उसमें मेरी ज्यादा अभिरुचि थी और वे मसले मुझे ज्यादा समझ में आते थे। जिस समय मैं आश्वासन समिति का सदस्य बना वह विश्वविद्यालय, महाविद्यालय के प्राध्यापकों के त्रिविध लाभ योजना पर विमर्श कर रही थी। दरअसल जब सरकार ने इस योजना को घोषित किया था, शिक्षकों को उम्र में दो वर्ष की वृद्धि अथवा त्रिविध लाभ लेने का विकल्प दिया गया था। दो वर्ष की आयु वृद्धि नहीं लेने पर त्रिविध लाभ का विकल्प था। अधिकांश शिक्षकों ने उम्र वृद्धि का ही विकल्प स्वीकार किया था। स्टैच्युट में प्रावधान किया गया था कि यदि निर्धारित समय सीमा में विकल्प नहीं घोषित किया गया है तो उस व्यक्ति को विकल्प ए देय होगा

जो त्रिविध लाभ का द्योतक था। लगभग सभी विश्वविद्यालयों ने समय सीमा के अन्तर्गत शिक्षकों से विकल्प नहीं लिया था। फलतः उम्र वृद्धि का लाभ लेने के बाद भी वे त्रिविध लाभ के हकदार हो रहे थे क्योंकि सरकार और विश्वविद्यालयों ने चूक कर दी थी।

बिहार विश्वविद्यालय मुजफ्फरपुर के तत्कालीन कुलपति प्रो. एस. के. बोस ने एक ऐसा ही परिपत्र जारी किया था। आश्वासन समिति ने इसी कमजोर बिन्दु को पकड़ लिया था। इस आश्वासन पर वर्षों बैठक चली। सरकार का तर्क था कि इसे स्वीकारने में चार-पाँच सौ करोड़ रुपए खर्च होंगे। जो काफी मुश्किल था। सरकार इसे गम्भीर आर्थिक मुद्दा मान लागू करने से कतरा रही थी और समिति लागू कराने पर आमादा थी क्योंकि सदन में सरकार आश्वासन दे चुकी थी। माननीय सभापति भी इस आश्वासन के कार्यान्वयन में रुचि ले रहे थे। समिति की जिस दिन बैठक होती, विभिन्न विश्वविद्यालयों से पचासों शिक्षक आ जाते और क्या हुआ, जानना चाहते। आखिर दो वर्षों के अथक श्रम के बाद समिति ने इस आश्वासन को कार्यान्वित कराया और राज्य के हजारों शिक्षक इससे लाभान्वित हुए, जिसमें जय प्रकाश विश्वविद्यालय, छपरा के भी अनेक शिक्षक थे। इस आश्वासन ने मुझे समिति की उपयोगिता और उसके महत्त्व को समझा दिया। इसके अलावे भी शिक्षा और शिक्षकों से जुड़े कई महत्त्वपूर्ण आश्वासनों पर समिति ने सार्थक पेशकदमी ली। मेरी रुचि और सक्रियता को देखते हुए कभी-कभी माननीय मंडल जी को जब समय पर पहुँचने में कठिनाई होती मुझे फोन करते कि पांडेय जी मैं कुछ विलम्ब से आऊँगा, तब तक आप समिति की बैठक की अध्यक्षता सम्हालेंगे। कई बार मुझे यह अवसर मिला। इसने आगे के दिनों में मुझे काफी लाभ पहुँचाया।

बाद में बद्री नारायण लाल की सेवानिवृत्ति के पश्चात् पार्टी कोटे के तहत जब मैं निवेदन समिति का अध्यक्ष मनोनीत हुआ तो सरकार के सारे विभागों से सम्बन्धित निवेदनों पर प्रत्येक विभाग के सचिव/प्रधान सचिव से विमर्श का अवसर मिला। एक बार जब तत्कालीन कार्यकारी सभापति प्रो. अरुण कुमार ने गुस्से में मुझे निवेदन समिति से हटाकर मानवाधिकार समिति का अध्यक्ष मनोनीत कर दिया तो उस समिति को भी मैंने क्रियाशील कर दिया। अधिकारियों को बुलाकर कई मामलों का समाधान कराया। अब तो पिछले दस-बारह वर्षों से मैं लगातार निवेदन समिति का अध्यक्ष मनोनीत होता आ रहा हूँ। परिषद् में यही समिति आज भी क्रियाशील और उपयोगी मानी जाती है। अब तक सैकड़ों शिक्षकों को सेवोत्तर लाभ, सेवा निरंतरता का लाभ, अनुकम्पा आधारित नियुक्ति, भूमि अतिक्रमण से मुक्ति, कब्रगाहों की चहारदीवारी तथा नीतिगत और उनके व्यक्तिगत मामलों का निष्पादन मेरे नेतृत्व में किया गया है। 2015 में जब विश्वविद्यालय अधिनियम अद्यतन संशोधित 1976 में संशोधन के फलस्वरूप सम्बद्धता प्राप्त महाविद्यालयों के शिक्षकों की

सेवा सम्पुष्टि के मामले में चयन समिति का गठन कर तत्कालीन अर्हता पर उनकी सेवा मान्यता देने का प्रावधान एक्ट में किया गया है, तो समिति ने प्रत्येक विश्वविद्यालय का दौरा कर इसे प्रभावी ढंग से लागू कराने की कारवाई शुरू की है। बहुत हद तक सफलता भी मिली है। इसी प्रकार अल्पसंख्यक विद्यालयों के शिक्षकों की नियुक्ति का अनुमोदन, वित्तरहित शिक्षकों को अनुदान का भुगतान, उनकी शासी निकायों का गठन, राज्य के प्रोजेक्ट माध्यमिक विद्यालयों के शिक्षकों की सेवा मान्यता बिहार राज्य आवास बोर्ड के मकान, फ्लैट, प्लाट को लीज होल्ड से फ्री होल्ड में कराने और आबंटी को अधिकार दिलाने जैसे कई लोकोपयोगी काम समिति की पहल पर पूरे किए गए हैं।

लेकिन जब से राष्ट्रीय राजनीति में क्षेत्रीय दलों का उभार और पार्टियों की आन्तरिक राजनीति एवं लोकतंत्र में सुप्रीमो संस्कृति का विकास हुआ है, राजनीति व्यक्ति आधारित हुई है। राजनीति से मूल्य और आदर्श तिरोहित हो चले हैं। पंचायती राज व्यवस्था लागू होने के बाद और विधान मंडलों के उच्च सदनों में स्थानीय निकाय के चुनावों की अनिवार्यता लागू किए जाने के बाद तो पूरी राजनीति अर्थ केन्द्रित हो चुकी है। वोट खरीदे जा रहे हैं और मतदाता इसी मूल्य को अपना आखिरी लाभ मान चुका है। बिहार में ही नहीं बल्कि देश में 90 के दशक से पतनशीलता का दौर शुरू हो गया है। आर्थिक नीतियों में आए उदारीकरण के प्रभाव और सांसद, विधायक निधियों के प्रयोग ने जन सेवा और देश सेवा के भाव को केन्द्र से उठाकर हाशिये पर डाल दिया है। सांसद और विधायक अब वोटों के सौदागर बन चुके हैं। जाति और धर्म ने कोढ़ में खाज का काम किया है। संसद और विधान मंडलों की विश्वसनीयता पर प्रश्नचिह्न है। कोई नैतिक उच्च आचरण और आदर्श चरित्र वाला व्यक्ति, धनहीन कार्यकर्ता राजनीति की बात सोच भी नहीं सकता। गांधी और नेहरू के देश में मात्र सत्तर वर्षों में राजनीति इतनी अंधी सुरंग में प्रवेश कर जाएगी इसकी कल्पना संविधान निर्माताओं को भी नहीं रही होगी। चार सौ वर्षों पूर्व किलावेली ने अपनी पुस्तक 'द प्रिन्स' के द्वारा जो घोषणा की थी कि साध्य के लिए साधनों की शुद्धता आवश्यक नहीं है इसका प्रयोग तो श्रीमती इन्दिरा गांधी ने ही देश में आपातकाल लगाकर कर दिया था फिर भी वे लोकतंत्र में विश्वास करती थी। उन्होंने तानाशाही की बजाय संसद का चुनाव कराकर लोकतंत्र को स्थापित किया था। लेकिन संसद या विधानमंडल ही न केवल अपनी गरिमा को गिरा रहे हैं बल्कि जिन उद्देश्यों के लिए वे स्थापित किए गए हैं, उनसे दूर होते जा रहे हैं। विधान मंडल का काम डिबेट, डिस्कशन और डिसीजन पर पहुँचना है लेकिन अब माननीय सदस्यों ने इसे डिस्ट्रप्शन और इन्ट्रप्शन में तब्दील कर दिया है। लोकतंत्र में विपक्ष भी सरकार का ही अंग होता है, यह मान्य आदर्श अब भूलता जा रहा है। विपक्ष का काम सदन में नारेबाजी, सदन को बाधित करना, जनसरोकारों के

सवालों को इग्नोर करते हुए लगातार वेल में जाना, कुर्सियाँ और माइक तोड़ना आदि हो चुका है। संसद और विधानमंडल बहस की बजाय अखाड़े में तब्दील हो चुके हैं। बिहार विधान परिषद् ने माननीय नीतीश कुमार की अध्यक्षता में सदस्यों के लिए जिस आचार नियमावली का निर्माण किया और जो सदन से स्वीकृत होकर प्रक्रिया और कार्य संचालन नियमावली का हिस्सा है, वह भी बेमानी हो चुकी है। परिषद् में गमला फोड़ने की घटना राष्ट्रीय समाचारों की सुर्खियाँ बनी थीं। सरकारों ने भी पीठासीन पदाधिकारियों के सम्मेलन में सर्व सम्मति से स्वीकृत नब्बे दिनों के सत्रों की बजाय सत्रों को लगातार छोटा करने और माननीय सदस्यों को जनसरोकार के मुद्दे उठाने का कम अवसर देने का उपाय कर रखा है। संक्षेप में कहें कि जीवन के अन्य क्षेत्रों में आई गिरावटों का असर विशेषाधिकार सम्पन्न इन सदनों पर भी दिखाई पड़ने लगा है। अदमगोंडवी की गजल की ये पंक्तियाँ आज कितना सच प्रतीत हो रही हैं।

काजू भुने पलेट में व्हिस्की गिलास में
रामराज उतरा विधायक निवास में

बावजूद लोकतंत्र के इन उच्च संस्थाओं में अभी भी सम्भावनाओं की तलाश करनी होगी।

इसके अलावे मुख्यमंत्री क्षेत्र विकास योजना के अन्तर्गत सदस्यों द्वारा अनुशंसित योजनाओं का कार्यान्वयन, मुख्यमंत्री चापाकल योजना को गति पकड़ाने की कार्रवाई भी समिति के माध्यम से मैंने मुस्तैदी से कराया है। दरअसल विधायिका में समितियाँ विधान मंडल का लघु रूप होती हैं। यदि माननीय सदस्य सच्चे अर्थों में समितियों में हिस्सेदारी करें तो कार्यपालिका से जनहित के ज्यादा सरोकारों को पूरा करवा सकते हैं। लेकिन दुर्भाग्य है कि सदस्यगण समितियों की बैठकों को ज्यादा तवज्जो नहीं देते। वे सिर्फ उपस्थिति दर्ज करने तक ही अपनी भूमिका मानते हैं। फलत: विधान मंडल में उनके होने का अपेक्षित लाभ जनगण को नहीं मिल पाता। कई बार मुझे विधान सभा और विधान परिषद् की संयुक्त लोक लेखा समिति का भी सदस्य रहने का अवसर मिला है। माननीय अब्दुल बारी सिद्दीकी जी के साथ काम करने का सुयोग प्राप्त हुआ है। इस समिति की उपयोगिता राज्यहित में सर्वाधिक है।

प्रो. जाबिर हुसेन जी के सौजन्य से विधान मंडल की संयुक्त संसदीय वेतन समिति का हिस्सा बनने के बाद विधान परिषद् के पदाधिकारियों, कर्मचारियों के पदों, सेवाओं को बरकरार रखने की एक लम्बी लड़ाई भी लड़ने का अवसर मिला है। मुझे यह कहने में कोई संकोच नहीं है कि हमें इसमें सफलता भी मिली है जबकि समिति परिषद् के कर्मचारियों, पदाधिकारियों के पदों को घटाने की पक्षधर थी।

इसी प्रकार बिहार इंटरमीडिएट शिक्षा परिषद् और बिहार संस्कृत शिक्षा बोर्ड के सदस्य के रूप में शिक्षकों के पक्ष में अनेक कारगर और उपयोगी फैसले कराने

में खड़ा होना पड़ा। घर से सैकड़ों किलोमीटर दूर छपरा के अटट देहाती स्कूल में मुझे जीने की जगह मिली थी। मैं आया था न्यायपूर्ण तरीके से अर्थोपार्जन करने जैसे मेरे गाँव जवार के और लोग बाहर गए थे लेकिन यहीं इसी की मिट्टी, पानी, हवा का होकर रह गया। बहुत सारे अच्छे बुरे दिनों को देखते, झंझावातों को सहते, जातियों सम्प्रदायों की आँधियों से लड़ते-जूझते इस पड़ोसी राज्य के समाज, संस्कृति, राजनीति का हिस्सा बन गया और इसी में रच-बस गया। यहाँ के शिक्षकों, छात्रों, अभिभावकों, मित्रों के प्यार ने मुझे न केवल शिक्षक संगठन का ताज सौंपा वरन विधान परिषद् जैसे उच्च सदन तक पहुँचा दिया। जिस आदमी ने कभी शहर का सपना नहीं देखा था, वह राज्य की राजधानी तक पहुँच गया। देश-दुनिया की शिक्षा व्यवस्था में हस्तक्षेप करने के काबिल बन गया। शिक्षकों के मान-सम्मान की लड़ाई लड़ते सफलताओं-असफलताओं के भँवर जाल में फँसते, उबरते समाज बदलने वाली पार्टी का सिपाही बन गया। उनके नारों, विचारों, सिद्धान्तों और नेताओं की कुर्बानियों, बलिदानों की कतार में लगे लोगों के साथ खड़ा हो गया।

ये वे दिन थे जब दुनिया के एक-तिहाई देशों में और उनके अवाम पर इस विचारधारा का राज कायम था। मेरे मन में भी तरंगें उठती थीं कि अब अपने देश में भी उसी खुशहाली और बेहतरी के दिन आ जाएँगे। शिक्षा की वही रोशनी फैल जाएगी। केरल जिसकी शुरुआत दूसरे आम निर्वाचन में कर चुका था। उन दिनों देश में कांग्रेस प्रमुख सत्ताधारी पार्टी थी। उत्तर से दक्षिण और पूरब से पश्चिम तक सर्वत्र उसी का राज था। लेकिन कांग्रेस को दक्षिण का लाल सितारा नहीं सुहाया। उसने सत्ता के बल पर गैर कानूनी तरीके से केरल की सत्ता को पलट दिया। फिर शुरू हुआ गैर-कांग्रेसवाद का सिद्धान्त। सत्ता से बाहर के राजनीतिक दलों ने गठबंधन बनाकर लड़ने की नीति बनाई और 67 आते-आते संविद की सरकारें बनने लगीं। इस सिद्धान्त के मुख्य सिद्धान्तकार डॉ. राम मनोहर लोहिया थे जिनका नारा 'सौ में पावे पिछड़ा साठ' हिट कर गया।

फिर 69 में जब शासक कांग्रेस पार्टी विभाजित हुई और श्रीमती इन्दिरा गांधी की सरकार बहुमत में नहीं रही भारतीय कम्युनिस्ट पार्टी ने उनकी मदद की। सरकार बच गई। 69 से 71 तक दो वर्षों के अन्तराल में इस अल्पमत की सरकार ने जनहित के कई अच्छे काम किए। राजाओं के प्रिवीपर्स को खत्म किया। निजी क्षेत्र के बैंकों का सरकारीकरण किया। किसानों के लिए योजनाएँ दीं। आजाद भारत के इतिहास का यह स्वर्णिम काल है। इसके बाद भारत के अच्छे दिन नहीं आए। 71 में गरीबी हटाओ के नारे पर जब इन्दिरा गांधी ने बहुमत हासिल किया तो इसी दौर में पाकिस्तान युद्ध में भारत को ऐतिहासिक विजय मिली। बांग्लादेश वजूद में आया। लेकिन संविधान की मर्यादाएँ, राजनीतिक जीवन की शुचिता, मूल्य, आदर्श टूटने बिखरने लगे और एक नई तानाशाही उभरने लगी।

देश में महँगाई, भ्रष्टाचार तूफान बनकर आया। 'इन्दिरा इज इंडिया, इंडिया इज इन्दिरा' नारा आकार लेने लगा। फिर 74 के बिहार छात्र आन्दोलन और जे. पी. आन्दोलन से घबड़ाकर इन्दिरा गांधी ने अपने बचाव में आपातकाल लगाया तो राजनीतिक, शुचिता तार-तार हो गई। जेलें भर गईं। प्रेस पर सेन्सरशिप लागू हो गया। बोलने-लिखने की आजादी छिन गई। तानाशाही राज कायम हो गया। जबरन नसबन्दी होने लगी। आखिरकार जन दबाव में इन्दिरा गांधी को आपातकाल हटाना पड़ा। लोहिया का गैर-कांग्रेसवाद का नारा साकार हुआ। 1977 में जनता पार्टी की सरकार बन गई जो जे. पी. आन्दोलन में शामिल दलों को मिलाकर बनी थी जिसमें दक्षिण, वाम, उदारवादी सभी शामिल थे। मोरारजी देसाई का प्रधानमंत्री का सपना पूरा तो हुआ किन्तु अपने ही अन्तरविरोधों में यह सरकार दो वर्षों में ही टूट-बिखर गई। इसके बाद बहुमत की दो सरकारें बनीं, इन्दिरा गांधी की और उनकी साम्प्रदायिक हत्या के बाद उनके बेटे राजीव गांधी की। बाद की नरसिम्हा राव और अटल बिहारी वाजपेयी की सरकारें मिली-जुली थीं जिनकी किसी ने नोटिस नहीं ली। नरसिम्हा राव की सरकार किसी प्रकार बहुमत जुटाकर बनी थी। रीगन और थैचर ने अमेरिका और इंग्लैंड को आर्थिक संकट से उबारने के लिए जो नीति बनाई थी देश ने आर्थिक सुधारों के नाम पर न केवल उन आर्थिक नीतियों को लागू किया वरन सांसदों की खरीद-बिक्री, सांसद निधि के रूप में संसदीय राजनीति में नए लोभ के क्षेत्रों को खोलकर पूरी शुचिता को ही खत्म कर दिया। राजनीति को प्रदूषण से भर दिया। दुनिया के गरीब, नव आजाद देशों और जनगण को समानता, मानवता, संघर्ष का संदेश देने वाला सोवियत संघ भी टूट-बिखर चुका था। समाजवाद के सपने धराशायी हो गए थे। गुट निरपेक्ष आन्दोलन कमजोर पड़ गया था और पूँजी का अश्वमेधीय घोड़ा सरपट दौड़ लगा चुका था। देश ने इस नीति को विकास का एकमात्र वाहक मान लिया था।

अटल बिहारी वाजपेयी के नेतृत्व में जब सरकार बनी इसमें बहुतेरे वैसे लोग शामिल थे जो गैर-कांग्रेसवाद के कट्टर समर्थक थे किन्तु साम्प्रदायिकता के धुर विरोधी थे। यद्यपि उनके पहले बी. पी. सिंह की सरकार के जमाने से ही धार्मिक आधार पर राजनीति का चेहरा बदलने लगा था। आडवाणी की रथयात्रा के बाद भारतीय जनता पार्टी मजबूत होने लगी थी। वाजपेयी के बाद कांग्रेस के नेतृत्व में सम्प्रग की फिर सरकारें बनीं लेकिन आर्थिक भ्रष्टाचार के ऐसे कीर्तिमान सामने आए कि देश की जनता ने भ्रष्टाचार से मुक्ति, रोजी-रोजगार की बढ़ोत्तरी, विदेशों से काला धन लाकर सबके खाते में पन्द्रह लाख रुपए जमा कर देने जैसे लोक-लुभावन वादों पर नरेन्द्र मोदी को सत्ता में ला दिया। लेकिन चार वर्षों में सरकार ने एक भी वादा पूरा नहीं किया। उसका अच्छे दिनों का वादा जुमला साबित हो गया। महँगाई आसमान छू रही है। नोटबंदी से असंगठित क्षेत्र के करोड़ों लोगों

की नौकरियाँ, रोजी-रोजगार छिन चुके हैं। बैंकों में जमा अपना धन भी निकालने पर रोक है। किन्तु गैर भाजपावाद के नाम पर दिल्ली में नीतीश कुमार के अथक प्रयासों के बाद भी गैर भाजपायी ध्रुवीकरण दिखाई नहीं दे रहा है। वामपंथियों के अलग-अलग ताल-सुर दिखाई सुनाई पड़ रहे हैं। एका का कहीं कोई लक्षण नहीं है। शिक्षा, स्वास्थ्य कॉरपोरेट के हाथों गिरवी होता जा रहा है। सब पर बाजार हावी है। सिद्धान्त, विचार, गरीब, नौजवान, पिछड़ा और दलित के प्रति समर्पण या इनके हितों के प्रति प्राथमिकता कोई मायने नहीं रखती। भारतीय जनता पार्टी के साथ जो गठबंधन में हैं, वे भी उसकी बुनियादी नीतियाँ नहीं मानते। कांग्रेस के साथ जो गठबंधन में हैं, उनकी भी बुनियादी नीतियों में भारी फर्क है। राजनीति अवसरवादिता की हो चुकी है।

आजादी के कोई सत्तर वर्ष बाद देश के सामाजिक और आर्थिक ढाँचे में बदलाव तो जरूर आए हैं। आर्थिक और तकनीकी क्षेत्र में आए इन बदलावों ने देश के सामाजिक ढाँचे को झकझोरा भी है। असंवेदनशील नागरिकों की जमात और सामाजिक सुधार नए आर्थिक ढाँचे की पहचान हैं और इसे खत्म किए बगैर सम्भावनाओं के नए क्षितिज में प्रवेश नहीं किया जा सकता। भारतीय सभ्यता और संस्कृति पर टी. वी., रेडियो और मीडिया से लगातार हमले हो रहे हैं। उनके आक्रमणों से हम बेखबर हैं। लेकिन जाति धर्म, वर्ग और समाज के स्वार्थ पर हम एक हो जाते हैं। सुप्रसिद्ध लेखक खुशवंत सिंह ने एक बार लिखा था कि 'वी इंडियन्स आर दी मोस्ट हिपोक्रेट्स इन दी वर्ल्ड' यानी हम भारतीय दुनिया में सबसे बड़े पाखंडी हैं। यह पाखंड हमारे समाज, संस्कृति में कब प्रवेश कर गया, हमें मालूम नहीं। उदारीकरण, वैश्वीकरण और आधुनिकता की नकल ने हमारे समाज के शाश्वत सांस्कृतिक मूल्यों को तिलांजलि दे दिया है। जीवन का कोई ऐसा क्षेत्र नहीं बचा है जहाँ हमारा पतन नहीं हुआ है। पिछड़े दो-ढ़ाई हजार वर्षों से देश ने लगातार आक्रमणों को झेला है। शक, हूण, कुशाण, मुगलों और अंग्रेजों के हमले लगातार हुए हैं। मगर ये सभी सीधे हमले थे। लेकिन आज वैचारिक आक्रमण हो रहा है। धार्मिक ढाँचे में आए परिवर्तनों के बाद जीवन मूल्यों में परिवर्तन आना स्वाभाविक है। फिर भी बहुसंख्यक समाज के जीवन मूल्य अपरिवर्तित हैं। देश की बृहत्तर आबादी की आज भी समझ है कि भारत भले सांस्कृतिक इकाई रहा हो लेकिन रणनीतिक रूप से उसे एक रहने का अवसर कम मिला है। भारत की मुख्य समस्याएँ जाति, भाषा, धर्म सम्प्रदाय की रही हैं। उन्नीसवीं शदी में पाश्चात्य शिक्षा के फलस्वरूप ज्ञान-विज्ञान के साक्षात्कार का नया युग जरूर आया और यह पुनर्जागरण का दौर रहा है। देश ने सकारात्मक, नकारात्मक पहलुओं को समझना शुरू किया। चेतना का विस्तार शुरू हुआ। ब्रह्म समाज, आर्य समाज, राम-कृष्ण मिशन के प्रभाव से राष्ट्र और समाज को नई दिशा मिली। उच्च कोटि के राजनीतिक, सामाजिक,

आध्यात्मिक चिन्तक पैदा हुए। भारत राजनीतिक रूप से एकजुट रहा और आजादी की लड़ाई लड़ा। भारतीय राष्ट्रीय कांग्रेस का उद्देश्य ब्रिटिश शासन के विरोध को नरम रुख देना था लेकिन गांधी के नेतृत्व ने उच्च वर्गीय भारतीयों की संस्था को आम भारतीयों की आवाज बना दिया। लेकिन आजादी के बाद के वर्षों में यानी बीसवीं शदी के उत्तरार्द्ध में देश की संपत्ति का कुछ हाथों में संकेन्द्रण कर दिया। अब भूमंडलीकरण के बाद इसमें और तेजी आई है। गरीबी, अशिक्षा उन्मूलन जैसे कार्यक्रमों, स्वरोजगार योजनाओं पर अनाप-शनाप धन खर्च करने के बाद भी आधी आबादी गरीबी और अशिक्षा से जकड़ी हुई है। कृषि क्षेत्र में आवश्यक भूमि सुधार, गाँवों में कृषि आधारित लघु उद्योगों और व्यवसायों के अभाव के कारण शहरों की ओर पलायन बढ़ा है। आधारभूत संरचना की कमी और अव्यवस्था के शिकार शहरों, महानगरों में गंदी बस्तियों का विस्तार हो रहा है। सुरक्षित और आरामदेह राजमार्ग, ग्रामीण सड़कों के निर्माण में क्या मजबूरी है, समझ से परे है। मेट्रो निर्माण, गंगा परिवहन काली कमाई के स्त्रोत हैं। स्वतंत्रता के बाद स्वदेशी ढंग से देश का पुनर्निर्माण, आवश्यकता आधारित नीतियों का निर्माण, सबको गुणवत्तापूर्ण समान शिक्षा और स्वास्थ्य सेवा उपलब्ध कराने की जगह समाजवाद और पूँजीवाद का कॉकटेल पचास वर्षों तक परोसा गया है। इक्कीसवीं सदी में यही रफ्तार है। अब संस्कृति में धार्मिक साम्प्रदायिकता परोसी जा रही है। चुनावों में जातिवाद का भूत सिर पर चढ़कर बोल रहा है। अब तो महापुरुषों, यहाँ तक कि देवताओं को जातिगत चश्मे से देखा जा रहा है।

सन् 1888 ई. में इंग्लैंड के विद्वान सर जान स्ट्रेची का कथन कि भारत की पहली समस्या जातिवाद है, सवा सौ वर्षों के बाद भी आज अक्षरश: सही प्रतीत हो रही है। असहिष्णुता, सामाजिक सौहार्द कायम करने की प्रवृत्ति, विश्वविद्यालयों में बहस और शोध के स्थान पर उग्र राष्ट्रवाद को बढ़ावा और इन उच्च शिक्षा केन्द्रों को डंडे के बल पर संचालित करने की दृष्टि, कार्यक्रमों में इतिहास को तोड़-मरोड़ कर पेश करने और साम्प्रदायिक दिशा देने की कोशिश आदि खतरनाक लक्षण हैं। शिक्षकों में कक्षाओं से पलायन और सबकुछ तुरत पा लेने की प्रवृत्ति विनाशकारी लक्षण है। ये सारी घटनाएँ भारत राष्ट्र की एका और अस्तित्व पर प्रश्न-चिह्न खड़ा करती हैं। समाज का हर व्यक्ति 'हमें क्या मतलब' की प्रवृत्ति से ग्रसित है। यह संक्रमण काल कितने दिनों तक चलेगा कहना कठिन है। राष्ट्र के प्रति हमारी प्रतिबद्धता ही इस अवधि को घटा सकती है। इसके लिए जाति, धर्म, अशिक्षा से मुक्ति अवश्यंभावी है।

✪✪✪